Randy Singer · Das Spiel

Randy Singer

DAS SPIEL

Thriller

SCM Hänssler

SCM

Stiftung Christliche Medien

Bestell-Nr. 395.198
ISBN 978-3-7751-5198-6

Internet: www.scm-haenssler.de
E-Mail: info@scm-haenssler.de
Umschlaggestaltung: OHA Werbeagentur GmbH, Grabs, Schweiz;
www.oha-werbeagentur.ch
Titelbild: istockphoto.com, Archiv OHA Werbeagentur GmbH
Satz: Satz & Medien Wieser, Stolberg
Druck und Bindung: CPI – Ebner & Spiegel, Ulm
Printed in Germany

Lob für *Das Spiel*

»Als Anwalt kennt Randy Singer das Drama des Waffenproblems aus dem Gerichtssaal. In *Das Spiel* führt er uns dieses Drama in einer fesselnden Geschichte, die die Leidenschaften beider Seiten der amerikanischen Schusswaffendiskussion aufgreift, lebendig vor Augen.«

Dennis Henigan, Vizepräsident für Gesetz und Politik im *Brady Center to Prevent Gun Violence* und Autor von *Lethal Logic: Exploding the Myths That Paralyze American Gun Policy.*

»Ein tolles Buch! Mit *Das Spiel* hat Randy Singer einen temporeichen, spannenden Ritt durch unser Rechtssystem vorgelegt. Diese unterhaltsame Geschichte wird Sie von der ersten Szene an in ihren Bann ziehen. Und sie wird Sie, wie sich das für ein gutes Buch gehört, über Ihre eigene Haltung zum Thema Waffengesetze ins Grübeln bringen.«

Alan Gura, Anwalt für Verfassungsrecht, der das Grundsatzurteil vor dem Obersten Gerichtshof der USA im Fall *District of Columbia gegen Heller (2008)* über den privaten Besitz von Handfeuerwaffen gewann.

»Zugabe! Randy Singer hat es wieder einmal geschafft: schon wieder ein starker, nachdenklich stimmender Roman, von dem seine Leser nicht genug bekommen können. *Das Spiel* ruft seine Leser auf, alte Meinungen infrage zu stellen und über die schwierigen Aspekte der amerikanischen Waffengesetze nachzudenken.«

Misty Bernall, Mutter der ermordeten Schülerin der *Columbine High School* Cassie Bernall und Autorin von *Cassie: Sie sagte Ja.*

»Was für ein fesselndes Buch! In *Das Spiel* hat mich Singer von der ersten Seite an mit brillanter Erzählkunst und einer mutigen Botschaft zum Waffengesetz in unserem Land gefesselt. Gerade, als ich dachte, die Geschichten könnten nicht mehr besser werden, kam dieses Buch, das noch besser ist als sein letztes. Das dürfen Sie nicht verpassen!«

Aaron Norris, Fernseh- und Filmproduzent und Regisseur

Lob für weitere Romane von Randy Singer

»Singer ködert den Leser von der Eröffnungsszene dieses großartigen Thrillers im Gerichtssaal an und treibt ihn im Sturm durch eine Handlung, die einfach nie nachlässt.«

Publishers Weekly über *Die Vision*

»Mit diesem fesselnden Justizthriller, den ich einfach nicht aus der Hand legen konnte, beweist Singer sich als der christliche John Grisham.«

Publishers Weekly über *Der Jurist*

»Realistisch und fesselnd – *Die Witwe* ist eine packende Geschichte über die verfolgte Kirche und diejenigen, die für weltweite Religionsfreiheit kämpfen.«

Jay Sekulow, leitender Anwalt des *American Center for Law and Justice*

Dieses Buch ist dem Andenken von Karen Farley gewidmet.

Vorwort des Autors

Dieses Mal ist es etwas Persönliches.

Am 16. Dezember 1988 nahm der sechzehnjährige Schüler Nicholas Elliot eine halbautomatische Handfeuerwaffe mit in die *Atlantic Shores Christian School* und eröffnete das Feuer. Er erschoss eine Lehrerin namens Karen Farley und verletzte einen der stellvertretenden Schulleiter, dann stürmte er einen Wohnwagen, in dem sich eine Bibelklasse traf. Als er versuchte, das Feuer auf die Schüler zu eröffnen, die sich in der hinteren Ecke des Wohnwagens zusammenkauerten, blockierte die Waffe. Der Bibellehrer, Hutch Matteson, rang Elliot nieder und verhinderte eine Tragödie, wie sie mehrere Jahre später an der *Columbine High School* in Colorado passierte.

Atlantic Shores war die Schule, an der meine Frau Lehrerin war. Es war die Schule, in die meine Kinder gingen (auch wenn sie an diesem Tag nicht dort waren).

Als ich erfuhr, dass Elliot die Waffe illegal über einen Strohmann in einem Waffengeschäft im County *Isle of Wight* gekauft hatte, vertrat ich die Familie von Karen Farley in einem nie dagewesenen Prozess gegen dieses Waffengeschäft.

Das Urteil schockierte alle.

Dieser Prozess liegt siebzehn Jahre zurück – meine Feuertaufe im amerikanischen Streit um Waffenbesitz.

Mit diesem Buch greife ich dieses Thema siebzehn Jahre später bewusst wieder neu auf: weiser (hoffe ich), vorsichtiger und mit mehr Verständnis für beide Seiten. Es ist nicht mein Ziel, Leute zu bekehren (zumindest nicht, was die Waffendebatte und den zweiten Verfassungszusatz angeht), sondern beide Seiten fair darzustellen und den Leser entscheiden zu lassen.

Ich habe versucht, fesselnde Charaktere auf beiden Seiten zu schaffen. Um genau zu sein: Ich war so fest entschlossen, ausgewogen zu sein, dass ich etwas getan habe, was ich vorher noch nie getan hatte und was meines Wissens auch kein anderer Autor je getan hat:

Ich bat meine Leser, das Urteil für dieses Buch festzulegen.

Wir haben ein Video zusammengestellt, das eine Nachrichtensendung über den fiktiven Fall zeigte, um den es in diesem Buch geht, und Teile der Schlussplädoyers beider Anwälte. Wir baten die Leser, das Video anzusehen und ein Urteil zu fällen. Das Urteil in diesem Buch spiegelt deshalb das Urteil der Mehrheit meiner Leser wider.

Danke, dass Sie diese Reise mit mir gemacht haben. In einem sehr realen Sinn sind Sie immer die Geschworenen. Und genau wie in meinen echten Fällen habe ich ein etwas flaues Gefühl im Magen, während ich Ihnen meinen Fall darlege.

Die Geschworenen ziehen sich zur Beratung zurück …

Teil I

Widerrechtliche Tötung

1

Rachel Crawford schloss die Augen, während die Maskenbildnerin der Show, eine quirlige Frau namens Carmen, sie rasch nachpuderte.

»Die Sonnenbräune steht Ihnen gut«, sagte Carmen. »Die Diva wird von ihrem Tussitoaster immer eher orangefarben.«

»Die Diva« war die Primetime-Moderatorin des Fernsehsenders WDXR, Lisa Roberts. Lisa behandelte die Mitarbeiter wie Dreck, und es fiel nicht schwer, sie zu hassen. Lisa war einsachtundsiebzig groß, hatte lange, dünne Beine und beschwerte sich ständig darüber, wie fett die Kamera sie wirken ließ. Ihr Stuhl musste höher als die aller anderen eingestellt werden, die Kamera musste immer so positioniert sein, dass sie ihre linke Seite einfing (was ein Muttermal auf ihrer linken Wange herausstellte, das sie für sexy hielt), und ihr Wasser musste kalt sein, mit genau der richtigen Menge Eis.

»Vielleicht mache ich meinen nächsten Bericht über Sonnenbänke«, sagte Rachel. Carmen nahm ihr den Umhang ab, und Rachel begutachtete sich im Spiegel.

Sie war keine Lisa. Sie war ein bisschen kleiner, kräftiger gebaut und sah eher aus wie das Mädchen von nebenan. Doch Rachel hatte etwas, was Lisa nicht hatte – es war der Grund für ihr inneres Leuchten.

»Ich habe gehört, von Sonnenbänken bekommt man Krebs«, sagte Carmen, die dieser Gedanke aufmunterte. »Nicht nur Hautkrebs, auch Leber, Schilddrüse – alle möglichen fiesen Sachen.«

Rachel drehte sich fast unmerklich zur Seite, so beiläufig, dass Carmen es nicht merkte. Die Bluse, die sie trug, fiel weit – nicht so sehr, dass es offensichtlich gewesen wäre, aber gerade weit genug. Sie hatte noch ein paar Wochen, bis ihr Geheimnis herauskam.

Als neue Reporterin im Team für investigative Reportagen bei WDXR arbeitete Rachel seit einiger Zeit an einem Beitrag über die Auswirkungen von Mobiltelefonen auf schwangere Frauen. In zwei Wochen würde sie als Teil dieses Beitrags ihre eigenen aufregenden Neuigkeiten in der Sendung verkünden.

Für mindestens einen Abend würde Lisa nicht im Mittelpunkt der Aufmerksamkeit stehen. Heute hatte Rachel jedoch über eine ganz andere Story zu berichten.

»Danke, Carmen«, sagte Rachel. Sie nahm ihre Unterlagen und die Wasserflasche und ging zur Tür. »Dieses Wasser ist viel zu warm«, sagte sie in einer perfekten Imitation von Lisas Tonfall. Carmen kicherte.

»Außerdem geht es mir direkt auf die Hüften!«, schoss Carmen zurück und reckte ihr Kinn in die Luft, während sie Rachel ein abschätziges kleines Kopfschütteln zuwarf.

Rachel lächelte, verließ die Maske und wechselte in ihren Investigative-Reporterin-Modus. Der größte Teil des Berichts dieses Abends war schon auf Band. Die Nachrichtensendung um fünf war gut gelaufen. Was sollte also um sechs schiefgehen?

Sie liebte ihre Arbeit. Doch der Gedanke daran, Mutter zu sein, gefiel ihr noch mehr. Sie wollte beides machen: Teilzeitreporterin und Vollzeitmutter. Doch das war ein Thema, mit dem sie sich später beschäftigen würde.

* * *

Rachel nestelte an ihrem Knopf im Ohr herum und hörte, wie der Redakteur der Sendung Lisa Roberts und Manuel Sanchez, Lisas Co-Moderator, Anweisungen zu den nächsten Abschnitten gab. Rachel setzte sich so aufrecht wie möglich, auch wenn sie dann immer noch ein ganzes Stück kleiner war als Lisa, und lächelte in die Kamera. Der Redakteur startete den Countdown. Lisa behielt ihren finsteren Blick bei, bis der Mann »Null« sagte und damit eine magische Verwandlung von der verwöhnten Diva zur hingebungsvollen und mitfühlenden Nachrichtensprecherin auslöste.

»Über dreitausend Studenten aus aller Welt kommen jeden Sommer nach Virginia Beach, um in dem Urlaubsort zu arbeiten«, las Lisa vom Teleprompter ab. »Einige Unglückliche davon enden als Opfer der Menschenhandelsindustrie. Unsere Reporterin Rachel Crawford hat die Einzelheiten für uns.«

Lisa hielt ihre Pose, während sie zur Aufzeichnung des Reporterteams schalteten. Sie mochte schwer zu ertragen sein, aber sie war ein Profi. Lisas Topmodel-Aussehen und ihre unerschütterliche Gelassenheit würden sie bald aus Norfolk herausführen, weg von dem Ort, den Lisa verächtlich »Navy-Kaff« nannte; dem Ort, den Rachel liebte und ihr Zuhause nannte.

Rachel sah den Bericht zum ungefähr vierzigsten Mal und erlaubte sich einen kurzen Augenblick des Stolzes. Er begann mit ein paar Bildern von

The Surf, einem beliebten Lokal in Virginia Beach, mit einem Begleitkommentar von Rachel darüber, wie die internationalen studentischen Ferienarbeiter dazu beitrugen, es über Wasser zu halten. Sie hatten ein Video von zwei osteuropäischen Frauen, die an der Bar arbeiteten, kellnerten und sogar den Müll hinaustrugen. Die Kameraeinstellungen waren sorgfältig ausgewählt, damit die Zuschauer die Gesichter der Studentinnen nie richtig sehen konnten. Dann war wieder Rachel im Bild, die mit ernster Miene vor der Bar stand, den Kopf leicht zur Seite geneigt.

»Aber ein paar von diesen Mädchen, die unter der Voraussetzung, dass sie anonym bleiben können, mit WDXR gesprochen haben, sagten, ihr Sommer in Virginia Beach habe auch seine Schattenseiten.«

Die nächste Einstellung zeigte Rachel, wie sie eine der Arbeiterinnen interviewte. Die Cutter hatten das Gesicht der Studentin unkenntlich gemacht und ihre Stimme digital verändert. Sie sprach über den Besitzer von *The Surf* – Larry Jamison –, den Mann, der den Mädchen Jobs versprochen und ihre Reise nach Amerika bezahlt hatte.

»Wenn du nicht eines von ›Larrys Mädchen‹ wirst, kommst du nie aus deinen Schulden heraus, egal, wie hart du arbeitest. Außerdem wirst du bedroht.«

Während Rachel die Vorgehensweise erklärte, erschien eine Internetseite auf dem Bildschirm. Die Bilder der Mädchen waren verfälscht, doch es war offensichtlich eine Pornoseite, eine, die Rachel bis zu Larry Jamison zurückverfolgt hatte.

»Wir haben Mr Jamison zu diesen Vorwürfen befragt«, sagte Rachel in dem Beitrag. »Er war zu keiner Stellungnahme bereit.«

In ein paar Sekunden würden sie wieder live auf Sendung sein. Rachel kontrollierte ihren Knopf im Ohr und wandte sich Lisa zu. Sie hörte einen Knall, der sie erschreckte – vielleicht waren es auch mehrere Knalle gewesen –, so etwas wie Feuerwerkskörper auf der anderen Seite der schalldichten Tür des Studios. Sie warf einen Blick auf die Türen, doch niemand außer ihr schien sich Gedanken zu machen.

»Fünf Sekunden«, sagte eine Stimme in ihrem Ohr. »Vier, drei, zwei, eins …«

Ein Kameramann deutete auf Lisa, und die wandte sich Rachel zu. »Diese Mädchen, die Sie interviewt haben, schienen mir so verletzlich«, sagte Lisa. »War ihnen klar, dass sie diesen Kerl anzeigen konnten?«

Aus dem Augenwinkel bemerkte Rachel plötzliche Unruhe im Studio. Wie ein Profi konzentrierte sie sich weiterhin auf Lisa und erklärte, warum die Mädchen nicht bereit waren, sich zu erkennen zu geben.

»He!«, schrie jemand. »Er hat eine Waffe!«

Schüsse erklangen, als Rachel zu den Stimmen herumwirbelte, geblendet von den hellen Scheinwerfern, die auf sie herunterbrannten. Sie hörte weitere Schüsse, Angst- und Schmerzensschreie – ein furchtbares Chaos im Studio. »Runter!«, schrie jemand.

Es gab Flüche und eine dritte Salve Schüsse, als Rachel sich zu Boden warf und rasch hinter das Moderatorenpult kroch – eine schicke Acrylkonstruktion, die sicherlich keine Kugel abhalten würde. Über ihr ging der »On Air«-Monitor aus. In diesem Chaos sah Rachel zu Lisa hinüber, die mit schreckgeweiteten Augen und einer Faust vor ihrem Mund von einem lautlosen Schluchzen geschüttelt wurde.

Einen Moment lang war alles still.

2

Rachel kauerte sich hinter das Pult, gelähmt vor Angst. Ihr Atem ging stoßweise; winzige Explosionen in der ohrenbetäubenden Stille. Sie presste beide Hände vors Gesicht, halb betend, halb horchend – zitternd vor Entsetzen.

Sie hörte Schritte und schweres Atmen.

Rachel schnappte nach Luft, als sie den Schützen aus dem Augenwinkel über sich aufragen sah: Larry Jamison, das Ziel ihrer investigativen Reportage. Der Mann hatte einen irren Blick, die grauen Haare wirr, mit rotem Gesicht und Bartstoppeln. Er zielte mit einer flachen, schwarzen Pistole, die aussah wie die abgehackte Version einer Waffe aus einem Rambofilm, auf sie. Mit fahrigen Bewegungen löste er das Magazin und rammte ein zweites in die Waffe, während das erste auf den Boden fiel.

»Du bist es«, zischte Jamison, schnappte Rachel an den Haaren und riss sie auf die Füße. Er presste ihr den Lauf ins Kreuz. Von hinten legte er ihr den linken Arm um den Hals und riss sie dicht an sich. Rachel roch Schweiß und Alkohol, seinen stinkenden Atem feucht an ihrem Ohr.

»Alle auf eure Posten!«, befahl er. »Ich will, dass wir in zwei Minuten live auf Sendung sind, sonst stirbt dieses süße Ding hier.«

Zitternd ließ Rachel den Blick durch das Studio gleiten. Einer der Kameramänner, ein sanfter Riese, mit dem Rachel sich oft unterhalten hatte, lag neben seiner Kamera. Blut breitete sich auf seiner Brust aus. Sie sah eine junge Kameraassistentin zusammengekauert in einer Ecke. Die Regiekabine war verlassen. Lisa und Manuel konnte Rachel nicht sehen – sie mussten auf die andere Seite des Moderatorenpults gekrochen sein.

»Geh wieder an deine Kamera!« schrie Jamison die Frau in der Ecke an. Er feuerte ein paar Kugeln in die Wand über ihrem Kopf. Funken stieben, und sie schrie auf und kroch zu ihrem Posten.

»Zwei Minuten«, wiederholte Jamison. »Ich rede jetzt in diesem Moment über Bluetooth mit einem meiner Partner. Er wartet auf das Fernsehsignal.«

Rachel rang nach Atem, als Jamison seinen linken Arm enger um ihren Hals drückte und sie zum Ende des Moderatorenpults zerrte, wo Lisa und Manuel sich auf dem Boden zusammenkauerten. Jamison richtete seine Waffe auf Lisa. »Hallihallo!«

Er lachte, als sie ihn voller Entsetzen ansah. »Geh wieder hinter dein Pult! Wir haben eine Sendung zu schmeißen.«

Zitternd und schluchzend stand Lisa auf. Sie wich langsam vor Jamison zurück und kletterte auf ihren Moderatorenstuhl.

»Braves Mädchen«, sagte er. Er richtete seine Pistole auf Manuel und drückte Rachels Luftröhre mit seinem linken Arm noch enger zu. Der Raum begann sich vor Rachel zu drehen.

»Wir sind noch nicht auf Sendung«, zischte er, offensichtlich frustriert. »Los, irgendwer muss in diese Regiekabine!«

Manuel warf einen raschen Blick zu der Regie hinüber. »Sie sind weg.«

»Das sehe ich!«, schrie Jamison. Er drehte sich um und feuerte eine weitere Ladung Kugeln in Richtung der Regie. Die Pistolenschüsse hallten in Rachels Ohr wider. Die Kugeln zerbarsten das Glas der Kabine in winzige Scherben, die auf das Mischpult regneten.

Dann richtete er die Waffe wieder auf Manuel. »Bring uns auf Sendung!«

Manuel schüttelte den Kopf, und Schweißperlen traten ihm auf die Stirn, trotz der feuchtkalten Luft im Studio. »Ich k-kann nicht … ich weiß nicht, wie.«

»Dann bist du nutzlos.«

Manuel öffnete den Mund – ein stummes Flehen, zu verängstigt, um zu reden.

Rachel war kurz davor, das Bewusstsein zu verlieren: ihr Sichtfeld wurde vom Rand her schon dunkel. *Wie viele Schüsse hat Jamison abgefeuert? Wie viele sind noch übrig?* Sie sprach in Gedanken ein schnelles Gebet und rammte ihren Ellbogen rückwärts in seinen Bauch, hörte ihn grunzen und versuchte, sich zu befreien. Sie hatte sich fast aus seinem Arm gewunden, doch er hieb ihr die Ecke des rechteckigen Magazins seiner Pistole gegen den Schädel. Der Schlag warf sie zu Boden. Benommen spürte sie, wie ihr Blut über die Stirn lief.

Mit verschwommenem Blick sah sie zu Jamison auf. Sie blinzelte und krabbelte ein Stück rückwärts.

»Glaubst du, ich spiele hier Spielchen?«, fragte Jamison.

In Panik schüttelte Rachel den Kopf. Er lächelte sie an und nahm das zweite Magazin heraus, um rasch das dritte in die Waffe zu rammen.

Jamison legte den Kopf zurück und brüllte: »Wir sind nicht auf Sendung! Jede Minute, die wir nicht auf Sendung sind, stirbt jemand!«

Er ging einen Schritt auf Rachel zu und sah auf sie hinab. »Vielleicht fange ich mit dir an.« In seinen Augen blitzte es erwartungsvoll. »Nimm die Hände auf den Rücken und leg dich mit dem Gesicht nach unten hin!«

Rachel tat, wie ihr befohlen wurde und kämpfte die Panik nieder. Zu ihrer Linken sah sie das Zucken einer Bewegung, eine hockende Gestalt. Sie zwang sich, nicht hinzusehen. Sie hoffte, dass es Bob Thomas, der Regisseur der Sendung, war. Ein hoch aufgeschossener und schlacksiger Mann, der verschwunden war, als die Schießerei begonnen hatte. Bob würde sie nicht sterben lassen.

Jamison ging zu Rachel hinüber. Er stieg mit einem Bein über sie, so dass er gegrätscht über ihr stand. Sein Atem ging in kurzen, harten Stößen.

»Bettle um dein Leben.«

Für den Bruchteil einer Sekunde kämpfte Verachtung mit ihrer Angst. Sie würde diesen Mann nicht anbetteln – er würde sowieso schießen. Doch sie wusste, sie brauchte Zeit. Sie schloss die Augen. »Bitte, tun Sie mir nicht weh«, sagte sie. »Ich kann Ihnen hier heraushelfen.«

Jamison lachte - ein falsches, geringschätziges Glucksen. »Sieh mich an«, sagte er leise.

Sie öffnete die Augen und sah über ihre Schulter mit verdrehtem Hals hinauf zu ihrem Peiniger. Er beugte sich näher, das Gesicht verzerrt vor Vergnügen über seine Rache. Der schwarze Lauf der Pistole dominierte ihr Sichtfeld; sein wahnsinniges Grinsen bildete den Hintergrund. »Du musst ein bisschen Demut lernen«, sagte er. »Du weißt nicht, was es bedeutet zu betteln, oder?«

Er griff in ihr Haar und zog ihren Kopf weiter zurück. *»Bitte«*, sagte sie mit Tränen in den Augen. Schmerz pochte in ihrer Wange und strahlte von ihrem Nacken aus. Sie schloss die Augen, doch das Bild des schwarzen Pistolenlaufs und von Jamies Gesicht verschwand nicht. »*Bitte* schießen Sie nicht.«

»Das ist nicht betteln«, sagte Jamison. Er ließ ihre Haare los, und ihr Kopf fiel nach vorn. Sie wappnete sich, fühlte sich hilflos und wartete auf den Einschlag der Kugel. Sie dachte an Blake, ihren Mann. An das winzige Leben, das in ihrem Leib heranwuchs. Eigentlich sollte dies ein sicherer Ort sein.

»Mach die Augen auf!«

Sie tat es. Gerade rechtzeitig, um zu sehen, wie Jamison die Waffe auf Manuel Sanchez richtete. »Sag deinem Kumpel auf Wiedersehen.«

»Nein!«, schrie sie.

Bevor Manuel sich rühren konnte, feuerte Jamison. Rachel schnappte nach Luft, als sich ein kleines Loch in der Mitte von Manuels Stirn öffnete. Er grunzte - die Luft entwich aus seinem Körper - und brach auf dem Boden zusammen.

Rachel sah Manuels Augen glasig werden, während Blut aus seinem Kopf strömte. Sie wandte sich ab; ihr Mageninhalt stieg in ihre Kehle auf.

»Du musst lernen, wie man bettelt«, sagte Jamison mit unbewegter Stimme. »Und jetzt mach, dass du auf deinen Platz kommst.«

Rachel schob sich auf ein Knie hoch, und der Raum begann sich zu drehen. Sie zögerte, wischte sich Blut aus Augen und Mund. Sie sah, wie Jamison gegen Manuels leblosen Körper trat und den Co-Moderator auf den Rücken drehte.

»Beeil dich!«, befahl er.

Sie stand langsam auf und dachte an Manuel. Ihn sterben zu sehen, hatte alles verändert. Statt Rachel mehr Angst einzujagen, stählte es sie irgendwie. Sie fühlte sich für Manuels Tod verantwortlich – diese ganze Sache war *ihre* Schuld. Jamison war ihretwegen hier. Jetzt war es an ihr, klar zu denken. Jemand musste dafür sorgen, dass es nicht noch mehr Blutvergießen gab, bis Hilfe kam.

Sie taumelte zu ihrem Sitz, Jamison wachsam im Auge behaltend. Er war hinter Lisa getreten.

»Bring uns auf Sendung«, sagte er zu Lisa.

»Ich versuche es«, antwortete die mit zitternder Stimme und bebenden Lippen. »Aber *bitte* …«, brachte sie heraus, »hören Sie auf, diese Pistole auf mich zu richten.«

»Du hast dreißig Sekunden«, sagte Jamison.

Lisa holte Luft. Sie deutete auf einen Punkt an der rechten Seite des Studios. »Dahinter«, sagte sie, »ist unser Regisseur. Er kann die Regiekabine bedienen.«

»Schön«, antwortete Jamison.

Er ging hinüber zur Kamera, zwang Bob Thomas aus seinem Versteck und beorderte ihn in die Regiekabine. Eine oder zwei Minuten später wechselten der große Bildschirm auf dem Boden vor dem Moderatorenpult und der andere, der von der Decke hing, von einer Einblendung über technische Probleme zu einer Liveaufnahme des Pultes. Rachel war geschockt von ihrem eigenen Äußeren: Blut lief ihr übers Gesicht und befleckte ihre Bluse. Sie strich ihre Haare nach hinten und wartete.

Wie lange würde es noch dauern, bis ein Sondereinsatzkommando das Studio stürmte?

Jamison war allein. Wenn sie alle vier zusammenarbeiteten …

Jamie stellte sich neben die einzelne Kamerafrau, die den Kamerakran bediente. Die Kamera war auf eine Weitwinkelaufnahme eingestellt, die sowohl Lisa als auch Rachel zeigte. Jamison hielt die Pistole auf Rachel gerichtet und sah in regelmäßigen Abständen über seine Schulter, um die Studiotür im Auge zu behalten.

»Mein Name ist Larry Jamison!«, schrie er, die Stimme laut genug, dass die drahtlosen Mikros sie aufnahmen, die Lisa und Rachel trugen. »Sie haben gerade gemeine Lügen gesehen, die von diesem Fernsehsender übertragen wurden. Jetzt werden Sie die Wahrheit hören.

Stell dich vor!«, brüllte Jamison Lisa an. Er richtete die Waffe auf sie.

»Ich bin Lisa Roberts«, sagte sie mit unsicherer Stimme und eine Oktave höher als normal. Aus Gewohnheit blickte sie direkt in die Kamera.

Jamison schwang die Pistole zu Rachel hinüber. Einen Augenblick, gerade lange genug, um einen winzigen Anflug von Widerstand zu zeigen, sprach Rachel nicht.

»Und ich bin Rachel Crawford«, sagte sie schließlich, »ein Mitglied des Teams für Investigative Reportagen von WDXR.«

»Vor zehn Minuten hat diese Frau Sie angelogen«, rief Jamison. »Und jetzt wird sie dafür zur Verantwortung gezogen.«

Er sah noch einmal über die Schulter zur Studiotür, dann trat er vor und umrundete langsam das Moderatorenpult, bis er zwischen Lisa und Rachel stand.

Rachel beobachtete, wie Jamison sich selbst im Fernsehmonitor begutachtete und dann die Waffe seitlich an ihren Kopf setzte.

Gott helfe mir.

3

Jamison hielt die Waffe auf Rachel gerichtet, sein Blick schoss von ihr zu Lisa zu der großen Krankamera, die alles einfing. »Der Bericht, den Sie über mich gesehen haben, ist totaler Schwachsinn. Das liegt daran, dass dieser Sender, WDXR, sich mehr für Einschaltquoten interessiert als für die Wahrheit.«

Er machte einen halben Schritt zu Rachel hin. Nicht nah genug, dass sie ihn erreichen konnte, aber nahe genug, dass sie den Körpergeruch von den Schweißhalbmonden unter seinen Armen und dem Streifen Feuchtigkeit direkt unter seiner Brust riechen konnte, die ihm das Hemd am Körper kleben ließen.

»Wer sind deine anonymen Quellen?«, fragte er Rachel.

Sie zögerte – der Instinkt der Journalistin, ihre Quellen zu schützen.

»Sag's mir!«, schrie Jamison und hob die Waffe über seinen Kopf, als wolle er vortreten und sie wieder mit dem Pistolengriff schlagen.

»Nysa Polides und Teresa Yankow.«

»Nysa. Teresa.« Jamison spuckte die Worte vor Rachel aus. »Wusstest du, dass *sie mich* gebeten haben, sie auf meine Internetseite aufzunehmen? Wusstest du, dass sie die ganze Zeit vorhatten, mich zu erpressen?«

Rachel verarbeitete diese Beschuldigungen rasch. Die Frauen hatten so verlässlich gewirkt. Unschuldig. Naiv.

Jamisons Gesicht wurde dunkler, die Adern an seinem Hals traten hervor. »Sie wollten tausend Dollar die Woche, sonst wollten sie mit ihren Lügen an die Öffentlichkeit gehen. Tausend in der Woche! Wo soll ich so viel Geld hernehmen?«

Er wirbelte zu Lisa herum. »Dein Sender hat sie ihre Identität geheim halten lassen? Du bist genauso dafür verantwortlich! Niemand hat sie überprüft!«

Lisa schüttelte rasch den Kopf, die Augen geweitet vor Angst. Jamison machte ein paar Schritte auf sie zu, bis er nahe genug war, um sie zu berühren. Er atmete schwer, hyperventilierte beinahe, die Augen voller Hass. Lisa zitterte, sah zu ihm auf, dann zur Studiotür, dann zurück zu Jamison.

Rachel sah ebenfalls zur hinteren Tür hinüber. *Wo ist das Sondereinsatzkommando? Wie lange kann es denn noch dauern, bis sie hier sind?*

Jamison drückte den Lauf seiner Waffe gegen Lisas Schläfe. Sie schloss schluchzend die Augen. Er sah über seine Schulter zu Rachel. »Du solltest dich besser bei deinen Zuschauern entschuldigen. Und mach es diesmal gut!«

O Gott, lass ihn nicht schießen! »Es tut mir so leid«, sagte Rachel schnell. »Erschießen Sie sie nicht! Bitte! Dieser Bericht ist von mir, nicht ihrer. Sie hatte nichts damit zu tun.«

Jamison lächelte dünn und beugte sich zu Lisas Gesicht vor. »Ist sie schuldig?«, fragte er. »Bist du auch der Meinung, dass es *ihre* Schuld ist?«

Lisa zitterte. Ihre Worte waren schwer zu verstehen, unterbrochen von Schluchzern: »Sie … hat … einen Fehler … gemacht.«

»Ich sage, sie ist schuldig«, gab Jamison zurück und richtete sich hoch auf, die Pistole immer noch an Lisas Schläfe gepresst. »Was meinst du?«

»Fragen Sie sie. Nicht … mich.«

Er schwenkte in dem Augenblick herum, als die Studiotür mit einem Knall aufgerissen wurde, und alles gleichzeitig passierte. Rauchbomben explodierten, Jamison drückte so oft in Rachels Richtung ab, wie er konnte, sein eigener Körper zuckte unter den Kugeln des Sondereinsatzkommandos, Rachel ließ sich zu Boden fallen und versuchte, sich im Fallen zu drehen, um ihm den Rücken zuzuwenden, um das unschuldige Leben in ihrem Schoß zu schützen.

Sie fühlte, wie etwas an ihrer Schulter riss, einen Schlag in ihrem Rücken und wie eine weitere Kugel in ihre Schädelbasis eindrang.

Eine Millisekunde von Bildern folgte – ihr Mann, das neue Leben, das in ihr wuchs. Für den winzigsten Bruchteil einer Sekunde streckte sie sich nach ihnen aus, doch dann explodierten sie in einem blendenden Lichtblitz.

Rachel war tot, bevor sie auch nur Auf Wiedersehen sagen konnte.

Teil II

Die Firma

4

Einen Kontinent entfernt vom Chaos in den WDXR-Studios trat Jason Noble zum wichtigsten Schlussplädoyer seiner jungen Karriere vor die Geschworenen.

»Sprechen wir über die Haare«, sagte er, während er die neugierigen Blicke der Geschworenen prüfte. Manchen stand buchstäblich der Mund offen; andere unterdrückten ein Feixen. Jason gab vor, es nicht zu bemerken.

»Mr Lockhart behauptet, dass der Haarfund begründete Zweifel hervorruft. ›Vergessen Sie die Wut der Angeklagten, als sie erfuhr, dass ihr Ehemann und ihre beste Freundin eine Affäre miteinander hatten‹, sagt er. ›Vergessen Sie die Tatsache, dass ihre beste Freundin auch noch zufällig eine sehr talentierte Backgroundsängerin war, die der Ehemann der Angeklagten auf dieselbe Weise zu einem Star machen konnte, wie er die Angeklagte zu einem Star gemacht hatte. Vergessen Sie das alles. Wenn die Haarprobe zeigt, dass Carissa Lawson mehrere Monate lang Drogen genommen hat, dann muss die Todesursache eine selbst zugefügte Überdosis sein, keine Vergiftung.‹«

Die Geschworenen hörten nur halb zu, doch das war für Jason in Ordnung. Sie waren zu sehr mit Starren beschäftigt.

Am Abend zuvor hatte Jason aus einer Laune heraus seine Haare platinblond gefärbt und mit Gel gestylt – die Frisur des Opfers. Diese Veränderung war mehr als symbolisch.

Monate zuvor, als Carissa Lawsons Autopsie tödliche Mengen von Oxycodon und Kokain in ihrem Blut ergeben hatte, hatte der Gerichtsmediziner als Todesursache eine versehentliche Überdosis angegeben. Doch dann begannen die Gerüchte. Die Backgroundsängerin hatte eine Beziehung mit dem Mann der bekannten Rocksängerin Kendra van Wyck gehabt. Als van Wyck von der Affäre erfuhr, versetzte sie das in Eifersucht und Wut. Sie verdankte ihren Ruhm den Bemühungen ihres Mannes, eines wohlhabenden Musikmanagers, der sie »entdeckt« hatte. Seine Liebe zu einer anderen, vor allem wenn diese andere so talentiert war wie Carissa Lawson, zerfraß Kendra van Wyck wie ein Krebsgeschwür.

Van Wyck wurde schließlich wegen Mordes angeklagt. Doch der Fall der Staatsanwaltschaft beruhte zum größten Teil auf Indizien, und van

Wyck hatte die beste juristische Unterstützung, die man für Geld bekommen konnte. Der Anwalt der Verteidigung, der gegen Jason auftrat, ein Pitbull namens Austin Lockhart, hatte seinen Fall auf die Popularität von Kendra van Wyck und auf die Labortests von Carissa Lawsons Haaren aufgebaut.

Van Wyck war nicht selbst zu ihrer Verteidigung in den Zeugenstand getreten. Stattdessen hatten sich ihre Anwälte auf den angesehenen Toxikologen Dr. Richard Kramer verlassen. Ein Mann, der die Geschworenen über die Wunder der Drogentests von Haaren belehrt hatte. Laut Kramer wurden die Haarwurzeln, während das Haar wuchs, durchblutet. Bei einem chronischen Drogenkonsumenten enthielt das Blut Spuren der fraglichen Drogen, die in der Haarrinde eingeschlossen wurden. Da ein Haar ungefähr einen Zentimeter im Monat wächst, konnte man verschiedene Abschnitte eines Haares einer Person untersuchen und sagen, wie lange diese Person bereits Drogen nahm.

Kramer sagte aus, dass die Untersuchung der Haarprobe von Carissa Lawson hohe Dosen an Oxycodon und Kodein in allen Abschnitten ihrer acht Zentimeter langen Haare ergeben habe. Die offensichtliche Schlussfolgerung? Carissa Lawson hatte über Monate hinweg Kokain und Schmerzmittel wie *OxyContin* genommen und war an einer selbst zugefügten Überdosis gestorben.

Während er sich seinem Schlussplädoyer näherte, wusste Jason, dass die Geschworenen nach einem Grund suchten, die beliebte Angeklagte freizusprechen. Das *People Magazine* zählte sie schließlich durchgängig zu den gefragtesten weiblichen Interpreten. Der Scheidungsantrag ihres Mannes und der Mordprozess hatten ihr nur noch mehr Aufmerksamkeit gebracht und die Plattenverkäufe angekurbelt. Außerdem weinte die Sängerin während der Verhandlung wie aufs Stichwort.

»Mord durch Vergiften? Oder eine versehentliche Überdosis?«, fragte Jason. Er schritt vor den Geschworenen auf und ab. Keine Notizen, nur ein spontaner kleiner Plausch. Jason hatte jedes Wort auswendig gelernt.

»Carissa Lawson hatte die Beziehung mit dem Ehemann der Angeklagten beendet. Doch das bedeutete nicht, dass er sie weniger liebte. Und es bedeutete auch nicht, dass er nicht vorhatte, die Angeklagte abzuservieren und Carissa zum nächsten Superstar zu machen.

Hatte Kendra van Wyck ein Motiv? ›Es gibt nichts Schlimmeres als die Rache einer verschmähten Frau.‹ Indem sie Carissa Lawson tötete, konnte die Angeklagte gleichzeitig Carissa *und* ihren Mann bestrafen.

Ohne Zweifel – die Angeklagte hatte eine Menge Motive.

Die Angeklagte wurde früh am Abend der Nacht, in der Carissa Lawson starb, mit ihr gesehen. Als die Angeklagte von der Affäre ihres Mannes erfuhr, konfrontierte sie ihn nicht damit. Auch Carissa konfrontierte sie nicht damit. Sie beschloss stattdessen, Freunde zu bleiben, damit Carissa keinen Verdacht schöpfte, wenn sie Zeit mit ihr verbrachte. Die Angeklagte hatte durch jede Menge enge Bekannte Zugang zu OxyContin-Tabletten zur Schmerzlinderung und zu Kokain. Zwei von diesen Bekannten haben sich des Drogenbesitzes mit Verkaufsabsicht schuldig bekannt.

Mit anderen Worten: Die Angeklagte hatte die Gelegenheit.

Doch Mr Lockhart behauptet, dass die Affäre zwischen Caleb van Wyck und Carissa Lawson zwei Monate vor deren Tod stattgefunden habe. Warum hätte die Angeklagte sechs Monate vorher beginnen sollen, Carissa Lawson zu vergiften? Laut Mr Lockhart beweist die Haarprobe, dass Carissa Lawson eine Drogenabhängige war, die an einer Überdosis starb, und kein Opfer einer einmaligen Vergiftung.«

Jason hielt inne. Jetzt hatte er ihre Aufmerksamkeit. »Und so läuft alles wieder auf das Haar hinaus. Abgesehen von dem Toxikologen hat kein einziger Zeuge Carissa Lawson mit Drogenmissbrauch in Verbindung gebracht. Zeigt das Haar wirklich einen sechsmonatigen Drogenkonsum, oder sollten wir die Ergebnisse der Haaruntersuchung als unzuverlässig verwerfen?

Sie werden sich an mein Kreuzverhör von Dr. Kramer erinnern. Er gab zu, dass Haare durch Fremdquellen mit Drogen kontaminiert werden können: zum Beispiel durch Schweiß oder wenn man sich mit den Händen durchs Haar fährt. Das kann die Ergebnisse fehleranfällig machen.« Jason machte eine effektvolle Pause. Eines der Dinge, die er gelernt hatte, indem er Verteidiger vor Gericht studiert hatte, war die Wirkung von Stille. Ein Verteidiger, der keine Angst vor Stille hatte, zeigte eine feste Überzeugung. Stille half, die Geschworenen neu auszurichten.

Sie half Jason außerdem, sich an sein Skript zu erinnern.

»Sie haben gehört, wie der Gerichtsmediziner den langsamen und schmerzhaften Tod beschrieb, den Carissa Lawson erlitt. In großen Mengen verschließen Kokain und Oxycodon die Lungen, was dazu führt, dass das Opfer erstickt, während sich Flüssigkeit ansammelt und die Atmung nicht mehr möglich ist. Am Ende ertrank Carissa in ihrer eigenen Lungenflüssigkeit, vermutlich, während ihre eigene beste Freundin zusah und vorgab, den Notarzt zu rufen, während Carissa nach Luft rang.«

Jason schüttelte den Kopf und fuhr sich mit den Händen durch die Haare. »Schwitzte Carissa Lawson, während sie diesen langsamen Tod starb und darum kämpfte, Luft zu bekommen?« Er hielt abermals inne und sah jeden Geschworenen nacheinander einzeln an. »Sie entscheiden. Eines ist nicht fraglich – wenn sie vergiftet wurde, hätte ihr Schweiß große Mengen dieser Drogen enthalten und ihre Haare verunreinigt.

Doch Dr. Kramer sagt, wir sollten uns deshalb keine Sorgen machen. Bevor er die Haare untersuchte, wusch er die Proben zweimal mit Dichlormethan, einem Lösungsmittel, das garantiert jede Kontamination entfernt. Aber Sie haben auch gehört, dass unser Toxikologe, Dr. Chow, sagte, dass seiner Meinung nach Drogen, die im Schweiß enthalten sind, nicht durch bloßes Waschen vom Haar entfernt werden könnten, weil sie Ionenverbindungen mit den Haarfollikeln bilden würden. Folglich kann uns eine Haaruntersuchung nicht sagen, ob die im Haar vorhandenen Drogen auf eine Kontamination durch Schweiß nach einer einmaligen Vergiftung zurückzuführen sind oder auf längerfristigen Drogenmissbrauch.

Gestern Abend kam ich auf eine haarsträubende Idee, wenn Sie mir den Ausdruck verzeihen. Ich habe meine Haare platinblond gefärbt – wobei der Farbstoff die externe Kontamination darstellt, die sich mit den Haarpartikeln verbindet.« Jason ging zu seinem Anwaltstisch hinüber und sprach dabei über seine Schulter weiter. »Sie werden sich erinnern, dass Dr. Chow aussagte, dass dieselbe chemische Reaktion, die die Einbindung von Haarfärbemitteln in die Haarfollikel erklärt, genauso mit Drogen wie Kokain und Oxycodon stattfindet.«

Jason zog ein Handtuch aus seiner Aktentasche und nahm zwei Plastikflaschen vom Boden hoch. Er ging wieder zur Geschworenenbank zurück und lächelte kurz zwei jungen, weiblichen Geschworenen zu – die Geschworenen 5 und 7 –, die genickt hatten, als er seine Argumente anführte.

Jason konnte im Allgemeinen auf die jüngeren Frauen zählen. Er hatte nicht den gemeißelten Kiefer eines Filmschauspielers, doch er war gut in

Form und hatte mehr als nur ein paar Bemerkungen über seine Augen erhalten. »Schlafzimmerblick.« »Faszinierend.« Oder an Tagen vor Gericht wie heute, wenn er seine grünen Kontaktlinsen trug: »durchdringend«.

Jason kam aus der Entfernung – wie die drei Meter, die ihn von den Geschworenen trennten –, gut mit Frauen aus. Nur diejenigen, die er näher an sich heranließ, machten ihm immer Probleme.

»Ich habe meinen Experten gebeten, mir etwas Dichlormethan zu Verfügung zu stellen«, erklärte er. »Ich werde meine Haare direkt hier vor Ihnen waschen, und zwar mit derselben Chemikalie und derselben Prozedur, wie sie Dr. Kramer anwandte, bevor er die Haare des Opfers untersuchte.«

»Einspruch!« Austin Lockhart hielt es anscheinend nicht länger aus. Die meisten Anwälte vermieden es, während Schlussplädoyers Einspruch zu erheben, da das im Allgemeinen nur die Argumente des Gegners untermauerte. Doch Lockhart hatte damit Karriere gemacht, selbst Nebensächlichkeiten zu bestreiten, bis er rot im Gesicht und mehr als wütend war. Was im Moment absolut zutraf.

»Das ist unerhört«, schäumte er. »Die chemische Zusammensetzung von Haarfärbemittel und Kokain ist wohl kaum dieselbe. Woher wissen wir überhaupt, dass in dieser Flasche Dichlormethan ist? Das Ganze ist nichts als Selbstdarstellung und höchst unpassend.«

Jason heuchelte Verblüffung darüber, dass jemand dagegen Einspruch erheben könnte. Statt sofort zu antworten, sah er zur Richterin auf, als sei der Einspruch es nicht wert, dass er seinen Atem dafür verschwendete.

»Mr Noble?«, fragte Richterin Waters.

»Zunächst einmal, Frau Richterin, hatte ich gestern Abend kein Kokain oder Oxycodon zur Hand, sonst hätte ich das benutzt. Doch wenn ich ein Geschworener wäre, wüsste ich zumindest gerne, ob dieses viel gepriesene Lösungsmittel, das Dr. Kramer benutzte, ein bisschen Haarfarbe entfernen kann.«

»Das ist … das ist einfach … lächerlich!«, stammelte Lockhart. »Es ist nicht *relevant*, und es ist höchst gesundheitsschädlich. Wenn er eine Vorführung hätte machen wollen, hätte er es mit seinem Experten tun müssen, damit ich Dr. Chow dazu ins Kreuzverhör hätte nehmen können.«

»Es tut mir leid, Euer Ehren«, antwortete Jason rasch. »Ich muss an dem Tag im Beweismittelunterricht gefehlt haben, als es hieß, Selbstdarstellung sei unzulässig.«

Als er ein paar Geschworene kichern hörte, wusste Jason, dass er auf der richtigen Spur war.

»Außerdem«, fuhr er fort, »würde Dr. Chow mit platinblonden Haaren noch lächerlicher aussehen als ich.«

»Darüber könnten die Meinungen auseinandergehen«, sagte die Richterin und erntete damit ebenfalls Gekicher. »Einspruch stattgegeben.«

Jason wandte sich wieder den Geschworenen zu und bemerkte, dass die Geschworene 7 noch immer ein leichtes Lächeln im Gesicht trug. Er würde diese Resonanz mit einer großzügigen Portion Augenkontakt stärken. »Jetzt, wo wir festgestellt haben, wie viel Vertrauen die Verteidigung in ihre eigenen Haarwaschprozeduren setzt, lassen Sie uns über die Affäre sprechen ...«

* * *

In einer Luxussuite des *Westin Hotels* sah Robert Sherwood, der Geschäftsführer von *Justice Inc.*, dem Gerichtssaaldrama im Hausfernsehen zu. Er studierte die Bilder auf dem geteilten Bildschirm – eine Kamera folgte Jason im Gerichtssaal, die andere fing die Gesichtsausdrücke der Geschworenen ein. Sherwood war bereit, 75 Millionen Dollar aus seinen Firmengeldern auf den Ausgang dieses Falles zu verwetten.

Wie die meisten überlebensgroßen Rockstars unterstützte auch Kendra van Wyck ein Labyrinth von Firmen. Die Plattenfirma ihres Mannes, eine Modelinie, ihre eigene Realityshow- und Produktionsfirma. Alle waren höchst profitable Unternehmen, doch sie alle waren wertlos, wenn die Diva zu einem Leben im Gefängnis verurteilt wurde. Wenn sie dagegen gewann, würde der Wert der Firmen in die Höhe schnellen. Bis heute, bis zu diesem genialen Kunststück im Schlussplädoyer, hatte Sherwood gedacht, van Wyck würde der größte Freispruch eines Prominenten seit O. J. Simpson zuteil werden. Inzwischen war er sich da nicht mehr so sicher.

»Der Junge ist vielleicht schlauer, als es gut für ihn ist«, sagte Sherwood kopfschüttelnd. »Er verfälscht die Ergebnisse.«

Er rieb sich die Stirn, wo sich mal wieder Migräneschmerzen breitmachten. Seine Firma hatte Hunderttausende von Dollar in die sorgfältige Recherche dieses Falles investiert, die perfekten Geschworenen ausgewählt, jedes Beweisstück genau geprüft. Jetzt machte Jason Noble das Ganze mit einem einstudierten Drama in seinem Schlussplädoyer zunichte.

»Wir können nicht zulassen, dass das noch einmal vorkommt«, sagte Sherwood. »Sorgen wir dafür, dass dieser Prozess sein letzter ist.«

5

Jason Noble sah die Berichterstattung der Schießerei in den Studios von WDXR im Fernsehen in seinem Hotelzimmer - einer Suite mit Meerblick im *Malibu Beach Inn* an der Küste von Kalifornien.

Bis das Filmmaterial seine Aufmerksamkeit weckte, war er allein darauf konzentriert gewesen, auf den Anruf zu warten, der ihm sagte, dass die Geschworenen zu einem Urteil gekommen waren. Den Luxus um sich herum bemerkte er gar nicht - den wunderbar weißen Sand von *Carbon Beach*, das aufmerksame Hotelpersonal, das bereit war, ihm jeden Wunsch von den Augen abzulesen, die Crème de la Crème von Hollywood, die gelegentlich die Bar in der Lobby frequentierte. Nichts davon war wichtig, während er über die Fortschritte der Geschworenen spekulierte, den Fall van Wyck in Gedanken wieder und wieder durchging und sich auf das Schlimmste gefasst machte. Derselbe junge Anwalt, der im Gerichtssaal Gelassenheit und Unbekümmertheit demonstrierte, war erstklassig darin, sich Sorgen zu machen, wenn sich die Geschworenen zur Beratung zurückzogen.

Doch in den letzten paar Minuten hatte er seinen eigenen Fall vollkommen vergessen.

Laut *Fox News* war die ganze schmutzige Geschichte bei WDXR live in Virginia Beach und Norfolk ausgestrahlt worden. Jetzt, zwei Stunden später, sah er zum dritten oder vierten Mal eine Aufzeichnung der Schießerei. Jedes Mal, wenn sie das Band abspielten, riet eine Nachrichtensprecherin den Zuschauern mit schwachem Magen, nicht hinzusehen. Eine Einblendung am unteren Bildrand warnte vor Gewaltdarstellungen. Jason gehörte vermutlich zur Kategorie »schwacher Magen«, aber er konnte den Blick nicht abwenden und sah in morbider Fassungslosigkeit zu, wie Jamison auf Rachel Crawford schoss, während die Kugeln des Sondereinsatzkommandos in Jamisons Körper krachten und die letzten Schüsse Teile seines Kopfes wegrissen.

Jason schaltete weiter auf andere Kanäle, von denen alle atemlos das Band abspielten (wenn einige auch die letzten paar grausigen Bilder herausschnitten) und die Belagerung aus verschiedenen Blickwinkeln analysierten. CNN hatte einen Bürgerrechtsanwalt aufgetrieben, der das Sondereinsatzkommando kritisierte. Sie hätten schneller zuschlagen müssen. Sie hätten früher Tränengas einsetzen müssen. Die üblichen Salonstrategen-Diskussionen. NBC wartete mit einem forensischen Psychiater auf, der versuchte, Jamisons wirren Verstand zu analysieren. CBS konzentrierte sich auf die Waffe.

Eine Frau der *Handgun Violence Coalition* argumentierte leidenschaftlich für eine Erneuerung des Verbots von halbautomatischen Feuerwaffen. »Diese Waffe dient keinem legitimen Zweck. Man kann nicht damit jagen. Für Schießübungen ist sie nicht geeignet. Sie wird nur zu einem Zweck benutzt: unschuldige Menschen niederzumähen.« Ihre rechtschaffene Empörung war förmlich mit Händen zu greifen. »Was wir heute gesehen haben, ist genau der Zweck, zu dem diese Waffe verkauft wird.«

Die CBS-Moderatorin Jessica Walsh – jung, fotogen und ausdrucksstark – nickte. »Laut Polizei ist die fragliche Waffe eine MD-9, eine halbautomatische Handfeuerwaffe, die von der Waffenfirma *MD Firearms* in Georgia hergestellt wurde. Die Geschäftsführerin der Firma, Melissa Davids, ist uns jetzt live aus Atlanta zugeschaltet.«

Die Aufnahme einer arrogant dreinblickenden Brünetten füllte den halben Bildschirm. Jason schätzte sie auf ungefähr fünfundvierzig oder fünfzig Jahre. Die Frau hatte ein langes Gesicht mit eindrucksvollen braunen Augen, einem vorspringenden Kinn und scharfen Wangenknochen; ein paar Pfund weniger, und sie hätte magersüchtig ausgesehen.

»Guten Abend, Ms Davis«, sagte Walsh.

»Guten Abend.«

»Was sagen Sie zu dem Argument, dass die MD-9 vorwiegend von Kriminellen benutzt wird und nicht zum Schutz der Gesetze dient? Ohne die Debatte wieder aufwärmen zu wollen, ob Waffen töten oder Menschen töten: Können Sie uns sagen, warum Sie eine Waffe wie diese herstellen?«

»Weil sie gekauft wird.«

Walsh wartete auf eine detailliertere Erklärung, doch Davis sah nur in die Kamera. Ungerührt. Unverfroren.

»Aber das ist doch der Punkt«, sagte Walsh mit gerunzelter Stirn. »Die Waffe wird überproportional oft von Kriminellen gekauft, oft illegal oder über Strohmänner. Warum sollten legitime Käufer, die Waffen zur Selbstverteidigung oder zur Jagd nutzen, eine Waffe wie diese benötigen?«

»Warum stellt man Autos her, die schneller fahren als die Geschwindigkeitsbegrenzung es erlaubt?«, fragte Davids knapp und kompromisslos zurück. »Ihre Fragen gehen am eigentlichen Thema vorbei. Warum fragt niemand nach den Gesetzen, die es ehrlichen Bürgern verbieten, bei der Arbeit Waffen zu tragen? Wenn jemand in diesem Studio eine Waffe gehabt hätte, würden Rachel Crawford und die anderen Opfer jetzt vielleicht noch leben.«

Walsh machte ein skeptisches Gesicht und verzog die Mundwinkel. »Das heißt, dass Sie sich in keiner Weise für diese Tode verantwortlich fühlen?«

»Nein. Die erste Tragödie in diesem Fall ist, dass die einzige Person, die in diesem Studio eine Waffe hatte, ein geistesgestörter Mörder war. Die zweite Tragödie ist, dass Fernsehanstalten wie die Ihre den Bericht immer und immer wieder zeigen, um die Einschaltquoten zu steigern.« Davids verengte die Augen; ihre Verachtung für die Medien war deutlich sichtbar. »Und *dafür* fühlen *Sie* sich nicht verantwortlich?«

Jason kam es so vor, als habe die Frage Jessica Walsh unvorbereitet getroffen. Eigentlich sollte *sie* die harten Fragen stellen. Ihr Blick schoss einen Moment von der Kamera fort, doch sie fing sich schnell: »Wir warnen unsere Zuschauer immer vor drastischem Filmmaterial«, erklärte sie. »Dennoch ist es unsere Pflicht, aktuelle Ereignisse zu zeigen, auch wenn sie manchmal vielleicht bestürzend sein mögen.«

»Sie lassen die Zuschauer entscheiden; wir lassen die Käufer entscheiden«, sagte Davids. »Dies ist ein freies Land.«

Walsh antwortete mit einem sarkastischen kleinen Grunzen – der ungläubige kleine Laut entschlüpfte ihr, bevor sie sich zurückhalten konnte. »Melissa Davids«, sagte Walsh, »Geschäftsführerin von MD Firearms. Vielen Dank, dass Sie mit uns gesprochen haben.«

»Gern geschehen. Und, Jessica?«

»Ja.«

»Ich möchte den Familien der Opfer mein Mitgefühl aussprechen.«

Das, fand Jason, war ein Auftritt, den sein Vater bewundern würde. Als Polizist in Atlanta hatte Jasons Vater mehr als ein paar sinnlose Morde gesehen. Dennoch wäre er wahrscheinlich der Erste, der die Rechte der Waffenindustrie wie MD Firearms und von Waffenbefürwortern wie Melissa Davids verteidigen würde.

Jason zappte noch durch ein paar Kanäle mehr und sah Juristen darüber spekulieren, wer dafür verantwortlich gemacht werden sollte. Die Opfer konnten ihren Arbeitgeber WDXR nicht verklagen, weil die Unfallversicherungsgesetze solch eine Klage verhinderten. Eine Klage gegen das Sondereinsatzkommando wäre nahezu unmöglich, denn Polizisten besaßen uneingeschränkte Immunität bei solchen Ermessensentscheidungen. Zudem wurde allgemein angenommen, dass der Mörder selbst kein Vermögen beiseite geschafft hatte. Für Anwälte war das die größte aller Tragödien - ein Todesfall, ohne dass man jemanden verklagen konnte.

Das Klingeln des Telefons erinnerte Jason wieder an dringendere Angelegenheiten.

»Wir brauchen Sie hier in fünfzehn Minuten«, sagte der Anrufer. »Alle drei Jurys sind zu einem Urteil gekommen.«

Jason sah auf die Uhr; die Geschworenen hatten ihre gesetzte Frist bis zur letzten Minute genutzt. »Sieht die Geschworene 5 zufrieden aus?«, fragte Jason. Er war sich ziemlich sicher, dass die junge Dame auf seiner Seite war.

»Das weiß ich nicht«, sagte der Anrufer. »Für mich sehen sie alle verärgert aus.«

Jason legte noch einmal Deodorant nach - das Extrastarke aus der Apotheke -, zog ein frisches neues T-Shirt über und dasselbe weiße Hemd, das er schon früher am Tag getragen hatte. Er knöpfte das Hemd zu und zog die Krawatte ordentlich fest. Dann schlüpfte er in seine Slipper und kämmte und gelte sich rasch die Haare. Sein Magen war in Aufruhr; die zum Zerreißen gespannten Nerven eines großen Falls wurden mit jeder Minute des Wartens noch mehr gedehnt. Er hatte den ganzen Tag kaum etwas gegessen - einen Teller Suppe und ein paar Kekse zum Mittagessen, einen Energieriegel und einen Smoothie nach der Verhandlung. Während einer anstrengenden Gerichtsverhandlung nahm er oft drei oder vier Pfund in einer Woche ab, was er sich eigentlich nicht leisten konnte.

Jason sprach sich selbst Mut zu und konzentrierte sich darauf, wieder in seine Rolle zu schlüpfen. In ein paar Minuten würde er in den Gerichtssaal schlendern und zuhören, wie der Gerichtsdiener die Urteile verkündete. Wenn Jason verlor, würde er die Geschworenen anstarren, als seien sie Idioten, und dann zu Austin Lockhart hinübergehen, um ihm die Hand zu schütteln. Wenn er gewann, würde er es mit einem Achselzucken abtun, als habe er nichts anderes erwartet. In zwanzig Minuten, wenn die Urteile verkündet wurden, würde man die Ergebnisse nicht an seinem Gesicht ablesen können.

Er würde stoisch sein. Ein erstklassiger Schauspieler. Ein unbekümmerter Anwalt.

Jason putzte sich die Zähne und musterte sich kurz in dem mannshohen Spiegel im Badezimmer. Er ließ ein strahlendes Lächeln aufblitzen, unterstrichen von einem Blitzen in den eindringlichen grünen Augen. Gegen die leichte Krümmung seines Nasenrückens, eine alte Fußballverletzung, konnte er nichts tun, doch das schien die weiblichen Geschworenen nicht abzuschrecken.

»Wir würden gerne die Geschworenen einzeln befragen lassen«, sagte Jason und wurde ernst, als er sich den schlimmsten Fall vorstellte. »Und wir beantragen einen neuen Prozess wegen Diskriminierung durch die Verteidigung während der Geschworenenauswahl und aufgrund unseres vorher eingereichten *Daubert*-Antrags.«

Er verengte die Augen, ein intensiver Blick für die imaginären Geschworenen, die sich gegen ihn gewandt hatten. Der Blick würde keinen Stahl schmelzen, vor allem nicht, weil sein platinblondes Haar seiner Seriosität spottete, doch er würde sie auf jeden Fall wissen lassen, dass sie Jasons Meinung nach soeben eine reuelose Mörderin freigesprochen hatten. Direkt nach diesem Blick würden die Geschworenen eine letzte Chance bekommen, es wiedergutzumachen, wenn der Richter sie einzeln fragte, ob sie mit dem Urteil einverstanden seien.

Jetzt war er bereit für den schlimmsten Fall. Er würde den Schlag einstecken, seinem Gegner gratulieren und ein paar Tage damit verbringen, zu analysieren, was falsch gelaufen war. Danach würde er zum nächsten Fall übergehen. Das war der Alltag von Anwälten. Doch Jason wusste auch, dass eine Niederlage monatelang, vielleicht sogar Jahre, an ihm haften bleiben würde. Besessenheit? Ganz sicher.

Er zuckte die Achseln. *Es ist, was es ist.* Unter seinem gelassenen Auftreten, einer rund um die Uhr oskarreifen Vorstellung, darauf ausgelegt, andere zu verleiten, ihn zu unterschätzen, war Jason ein Krieger. Er lebte für den Wettkampf.

Im Bewusstsein, dass er den schlimmsten Fall überleben konnte, verbannte er jeden weiteren Gedanken an eine Niederlage. Heute würde er die Rolle des huldvollen Siegers spielen, und er gestand sich zu, sich die Szene schon einmal vorzustellen. Er würde kaum auf das Urteil reagieren, als wäre es nur eine Formsache, als hätte er es die ganze Zeit gewusst.

Van Wyck würde zu einer lebenslangen Strafe verurteilt werden. Und Jason würde anfangen, sich auf seinen nächsten Fall vorzubereiten.

6

Jason bog auf den Studentenparkplatz der *Pepperdine Law School* ein. Er parkte und ging eilig zum Gerichtssaal im ersten Stock, vor dem ein privater Sicherheitsmann mit verschränkten Armen und einem Knopf im rechten Ohr stand.

Jason nickte dem Mann zu, betrat den Saal und verbrachte die nächsten Minuten damit, dem Fernsehteam und dem Justizangestellten das Leben schwer zu machen. Es hatte ihm gefallen, den Fall van Wyck hier zu verhandeln. Die Schule hatte den Gerichtssaal vor kurzem renoviert und neueste Technik installiert, einschließlich der drei Kameras an den Wänden und zwei an der Decke, die alle per Fernbedienung von einer schallisolierten Kabine aus bedient werden konnten. Die unauffällige Technik lenkte weniger ab als bei anderen Prozessen, wo Jason sich fühlte, als müsse er gleichzeitig einen Fall verhandeln und in einem Film mitspielen.

Jason befestigte den Akku an seinem Gürtel, fädelte das Kabel zwischen den Knöpfen seines Hemdes hindurch und steckte sich das Miniaturmikro an die Krawatte. Er machte einen kurzen Soundcheck, goss sich ein Glas Wasser ein und setzte sich an seinen Tisch, wo er sich zurücklehnte und die Beine kreuzte – den linken Knöchel aufs rechte Knie. Es war seine Pose der Gleichgültigkeit. *Wie – ich soll mir Sorgen machen?* Austin Lockhart marschierte in kleinen Kreisen vor seinem eigenen Tisch herum und machte Smalltalk mit seiner Mandantin.

Ein paar Minuten später betrat der Gerichtsdiener den Raum und rief das Gericht zur Ordnung. Richterin Waters folgte ihm dicht auf den Fersen, setzte sich und ließ den Gerichtsdiener die Geschworenen hereinholen. Sie sah kurz zu beiden Anwälten hinüber, und Jason lächelte sie leicht an, was sie ignorierte.

Jason wischte sich die Hände an den Hosenbeinen ab und faltete sie auf dem Tisch. Seine feuchten Hände hinterließen einen kleinen Wasserfleck auf dem polierten Glas, so zog er sie diskret zurück, den rechten Arm auf die Armlehne und die linke Hand unters Kinn. Er hatte jeden Fall der letzten zwei Jahre gewonnen, doch seine Nerven lagen immer noch blank beim Anblick der Geschworenen, die auf ihren Sitzen herumrückten, die Köpfe gesenkt und mit finsteren Mienen.

Die Geschworene 5 lächelte definitiv nicht. Die Geschworene 7, eine alleinerziehende Mutter, die bei *Costco* einkaufte und Romane von Janet Evanovich und Bücher von Ann Coulter las, lächelte ebenfalls nicht.

Trotz seiner gespielten Arroganz hatte Jason diesmal kein gutes Gefühl. Er griff nach seinem Glas und nahm einen Schluck Wasser.

»Sind Sie zu einem Urteil gelangt?«, fragte Richterin Waters.

»Das sind wir.« Die Sprecherin war Geschworene 4, eine gut gekleidete Frau mittleren Alters in der hinteren Reihe. Sie arbeitete in der PR-Abteilung eines der Hollywood-Studios. Trank Lightlimo. Hatte die Zeitschrift *Entertainment Weekly* abonniert. Wählte die Demokraten. Engagierte sich im Umweltschutz und für die PETA. Definitiv nicht Jasons Wahl für eine Sprecherin.

Sie reichte dem Gerichtsdiener den Zettel, auf dem das Urteil stand, der ihn wiederum an die Richterin weiterreichte.

Richterin Waters studierte ihn eine Minute und genoss dabei offensichtlich die Gelegenheit, die Anwälte auf die Folter zu spannen. *Wie lange braucht man, um das Wort* schuldig *zu lesen?*

Sie reichte den Zettel zurück an den Gerichtsdiener und nickte. Der stellte sich in die Mitte des Gerichtssaals, und Richterin Waters bat die Angeklagte und ihren Anwalt, aufzustehen. Der Gerichtsdiener hielt den Zettel vor sich, als bereite er sich darauf vor, mitten im Tempel von einer alten Schriftrolle des Alten Testaments abzulesen. Er wartete, kostete den Moment aus.

»Wir, die Geschworenen, befinden die Angeklagte im Anklagepunkt des Mordes ersten Grades für …« Der Gerichtsdiener hielt inne.

Die Zeit blieb stehen. Jason war speiübel.

»... schuldig.« Der Gerichtsdiener sah die Angeklagte und Austin Lockhart direkt an. Jason reagierte kaum, bis auf einen kurzen Blick auf seine zwei Lieblingsgeschworenen, begleitet von einem leichten Nicken. Sie erwiderten den Blick beide mit einem unauffälligen Lächeln, stolz auf ihre Rolle in diesem Beratungsprozess.

Austin ließ die Geschworenen einzeln befragen, während sich Jason auf seinem Sitz zurücklehnte und zusah, wie jeder Geschworene das Urteil bestätigte. Nach einer Reihe von Anträgen auf Feststellung der Ungültigkeit des Verfahrens wegen schwerer Verfahrensverstöße, die allesamt von Richterin Waters abgelehnt wurden, wurden die Geschworenen entlassen und der Gerichtsdiener führte sie hinaus.

Eine Geschworenengruppe war durch, jetzt waren es nur noch zwei.

* * *

Die erste Geschworenengruppe, diejenige, die den Fall live beobachtete, war die wichtigste. Doch es gab zwei andere, ähnliche Geschworenengruppen, die in zwei anderen Scheingerichtssälen saßen und die Vorgänge über eine interne Übertragungsanlage sahen. Alle drei von diesen Schattenjurys bestanden aus Einwohnern der Region Los Angeles und sollten die genauen Besonderheiten der tatsächlichen Jury nachahmen, die ein paar Tage zuvor zusammengestellt worden war, um den tatsächlichen Fall in einem Gerichtssaal im Zentrum von L.A. zu hören.

Jasons Firma, *Justice Inc.*, war eine erfahrene Geschworenenberatungs- und Recherchefirma. Für größere Prozesse stellten sie drei Schattenjurys zusammen, sobald die tatsächliche Jury ausgewählt war. Die Firma führte innerhalb von wenigen Tagen einen eiligen und vertraulichen Probeprozess mit intensiven Sitzungen durch und kam lange vor dem Ende des echten Prozesses zu einem Urteil. Eine Prognose für den tatsächlichen Fall wurde dann privilegierten Investoren mitgeteilt und hatte dann Aktienkäufe oder Optionenverkäufe rund um die betroffenen Firmen zur Folge.

Die Schattengeschworenen wurden gut bezahlt und zur Geheimhaltung verpflichtet. Außerdem kannten sie nur das Urteil ihres eigenen Gremiums. Falls sie also die Vertraulichkeitsvereinbarung brachen, konnten sie das Gesamtergebnis dennoch nicht durchsickern lassen.

Die erste Schattenjury, diejenige, die das Privileg hatte, Jason und die anderen Anwälte höchstpersönlich zu sehen, war die Jury, die am genauesten die tatsächliche Jury widerspiegelte. Doch der Vorsitzende von Justice Inc., Robert Sherwood, setzte niemals gern Millionen von Dollar aufs Spiel, wenn die drei Schattenjurys nicht zum selben Ergebnis kamen. Selbst dann wurden die Entscheidungen der einzelnen Geschworenen in die komplexe Profilerstellungs-Firmensoftware eingegeben, damit unerwartete Ergebnisse gekennzeichnet und analysiert werden konnten. Die hochbezahlten Analysten der Firma untersuchten zudem stundenlang die Beratungen der Geschworenen, um sicherzugehen, dass die Ergebnisse keine Zufallstreffer waren, womöglich gesteuert durch die starke Persönlichkeit eines einzelnen Geschworenen oder eine Eigenheit in den Verhandlungsverläufen der Probeprozesse, die im echten Fall unter Umständen nicht auftraten.

Jason setzte sich im zweiten Gerichtssaal und sah zu, wie sich die Geschworenen auf der Geschworenenbank versammelten, nachdem Richterin Waters sie hereingerufen hatte. Zum ersten Mal in drei Tagen war der große Bildschirm, auf dem die Geschworenen die Verhandlung verfolgt hatten, durch echte Teilnehmer ersetzt worden. Jason hatte diese Geschworenen nie vorher gesehen und fand es immer interessant, die Reservegeschworenen mit der ersten Wahl zu vergleichen. Obwohl das Mikromarketingprofil jedes Geschworenen sorgfältig durchleuchtet wurde, damit es dem des entsprechenden Mitglieds der echten Jury entsprach, unterschied sich jedes Schattengremium im Aussehen deutlich von den anderen. In dieser Gruppe war zum Beispiel die Geschworene 5, eine von Jasons Hauptverbündeten laut ihrem Profil, dünner und runzelte skeptisch die Stirn, was die Geschworene 5 im Hauptraum dieses hypothetischen Prozesses nie getan hatte.

Doch das Aussehen war nicht der springende Punkt. Wie Robert Sherwood es ausdrückte: »Der Mensch sieht, was vor Augen ist, Justice Inc. aber sieht das Herz.« Das war typisch Sherwood – teils Satire, teils Arroganz, aber es traf den Nagel auf den Kopf. Er war ein Mann, den man fürchten und respektieren musste, wenn nicht gar uneingeschränkt bewundern.

Jeder Pseudogeschworene war auf Grundlage dessen ausgewählt worden, wie genau sein Mikromarketingprofil dem eines echten Geschworenen entsprach. Politische Parteien, Medikamente, die genommen wurden, Einkaufsgewohnheiten, Zeitschriften, die sie lasen, der religiöse Hintergrund,

Lieblings-Internetseiten und Fernsehsendungen, Sportvereine, das Alter der Kinder, sogar die Automarke, die jeder Geschworene fuhr – all diese Faktoren und hundert weitere waren von dem riesigen Rechercheteam der Firma sorgfältig zusammengetragen und analysiert worden. Komplexe Software gewichtete jeden Faktor nach dem Falltyp, um den es ging, dann filterte sie die angehenden Geschworenen mit Hilfe eines Algorithmus auf Grundlage der gewichteten Faktoren und identifizierte virtuelle Klone der tatsächlichen Geschworenen.

Das System funktionierte. Während Jasons anderthalb Jahren in der Firma hatten sich die Schattenjurys nur einmal geirrt, und das bei einem gespaltenen Ergebnis: zwei der Schattenjurys hatten sich für die eine Seite ausgesprochen und die Dritte für die andere.

Heute schloss sich die zweite Jury der ersten an und sprach van Wyck schuldig. Jason nickte den Geschworenen zu und schob seinen Stuhl zurück, während Austin sie befragen ließ und ihnen seinen schönsten finsteren Blick schenkte. Wieder blieben die Geschworenen bei ihrer Entscheidung, und die Anwälte, die Richterin und das Gerichtspersonal zogen in den dritten Gerichtssaal um.

Inzwischen schwitzte Jason kaum noch. Er hatte den Fall schon gewonnen. Die einzige Frage war noch, ob es einstimmig sein würde.

Vielleicht war es sein Schlussplädoyer gewesen. Oder dass er den wichtigsten Experten der Verteidigung eiskalt demontiert hatte. Oder vielleicht die Tatsache, dass van Wyck sich entschieden hatte, nicht zu ihrer Verteidigung in den Zeugenstand zu treten. Irgendetwas beeinflusste diese Geschworenen. Später würde Jason die Aufzeichnungen studieren und herausfinden, was genau es war.

»Sind die Geschworenen zu einem Urteil gekommen?«, fragte Richterin Waters.

»Das sind wir«, sagte die Sprecherin. Es war Geschworene 7, eine alleinerziehende Mutter; ein deutliches Zeichen, dass Jason alle drei gewinnen würde. Sie reichte dem Gerichtsdiener das Formular und warf einen verstohlenen Blick auf die Angeklagte. Normalerweise hätte der Augenkontakt Jason beunruhigt, doch diesmal verscheuchte er den Gedanken. Dies war die Geschworene 7, deren Profil nach Recht und Ordnung schrie, und eine todsichere Wette, dass sie auf Jasons Seite des Falls stand. Außerdem tendierten Frauen im Allgemeinen dazu, Jason zu mögen und die arrogante

Angeklagte zu hassen. Es waren die Männer, die dem Zauber der Rocksängerin verfielen.

Vielleicht wollte die Geschworene 7 nur die Chance haben, die Hoffnung im Blick der Angeklagten zu sehen, bevor das Urteil sie zerschmetterte.

Richterin Waters studierte das Urteil, reichte es dem Gerichtsdiener und wies die Frau, die Kendra van Wyck ersetzt hatte, an, sich neben Austin Lockhart zu stellen.

Wieder stellte sich der Gerichtsdiener auf seinen Platz mitten im Saal. »Zum Anklagepunkt des Mordes ersten Grades befinden wir, die Geschworenen, die Angeklagte für ...«

Wie immer hielt er inne.

»... nicht schuldig.«

»*Yes*!«, zischte Austin Lockhart unterdrückt, allerdings laut genug, dass Jason es hören konnte.

Jason starrte den Gerichtsdiener ungläubig an, als habe er das Ergebnis falsch vorgelesen. Dann riss er sich zusammen - *spiel deine Rolle!* Der stoische Anwalt. Unerschütterlich. Nichts Besonderes.

»Wollen Sie die Geschworenen befragen?«, fragte Richterin Waters.

Jason warf einen flüchtigen Blick zu ihnen hinüber. Sie sahen müde aus. Die meisten mieden den Augenkontakt. Sie schienen sich sicher zu sein in dem, was sie taten.

»Ach nö«, sagte Jason mit einem Achselzucken, als habe die Richterin ihn eben nach einer Unterbrechung der Sitzung für die Mittagspause gefragt. »Ich gehe davon aus, dass sie es wohl ernst gemeint haben.«

7

Zwei Stunden später klopfte Jason an die Tür von Zimmer 301, einer großen Ecksuite im *Malibu Beach Inn*, das Andrew Lassiter bewohnte, das Genie hinter Justice Inc.

Wie es seine Gewohnheit war, kam Jason mit einer großen Pizza - die eine Hälfte mit Schinken und Salami, die andere Hälfte nur mit Käse - einer Portion scharfer Hähnchenflügel, Blauschimmelkäse, einem Sechserpack Bier und einer Flasche Cola light. Das Bier, die Hähnchenflügel und die

Hälfte der Pizza mit dem Fleisch waren für Lassiter, einer Bohnenstange von Mann, dessen Stoffwechsel jenseits von Gut und Böse war. Jason hatte Lassiter nie Sport machen sehen, doch seine Gehirnzellen allein verbrauchten wahrscheinlich schon mehr Kalorien als bei den meisten anderen Menschen der ganze Körper.

An diesem Abend kam Lassiter mit einer braunen Bundfaltenhose, in die er sein T-Shirt gesteckt hatte, und Socken mit einem kleinen Loch auf dem rechten großen Zeh an die Tür. Seine wirren braunen Haare hingen ihm in die Stirn und fielen ihm nur dank einer hippen Brille mit schwarzem Rand nicht in die Augen. An den Schläfen war er leicht grau: das Einzige, was darauf hindeutete, dass er schon zwanzig Jahre und zwei Insolvenzen zuvor seinen Abschluss an der *MIT* gemacht hatte – mit neunzehn Jahren.

Er nahm Jason die Pizza ab und schloss die Tür hinter ihnen ab, während Jason die anderen Leckereien auf dem runden Tisch in der Mitte des Raums abstellte.

»Beweisstück Nr. 12 der Staatsanwaltschaft«, sagte Jason. Das war ein Spiel, das Jason mit dem Mann spielte, der ein solch fotografisches Gedächtnis besaß, das ihn immer wieder verblüffte.

Lassiter sah Jason eine Minute an, als läse er von einem imaginären Teleprompter ab. Er blinzelte ein paar Mal, eine irritierende nervöse Angewohnheit von ihm.

»Laborergebnisse«, sagte er. »Toxikologische Untersuchung von Haarproben. Willst du die Zahlen hören?«

»Ich vertraue dir. Versuchen wir es mit dem Geschworenen 6 – Religionszugehörigkeit.«

Lassiter blinzelte wieder, während er ein paar Hähnchenflügel auf einen Plastikteller legte und die kleine Schachtel mit dem Käse öffnete. Informationen über die Geschworenen waren seine Spezialität. »Ehemaliger Katholik. Geht zweimal im Jahr zur Messe. Verheiratet mit einer abtrünnigen Baptistin.«

Jason schüttelte den Kopf. »Irgendwann wirst du mir mal zeigen müssen, wie du das machst.«

Lassiter machte sein erstes Bier auf und öffnete eine Videodatei auf seinem Computer. »Gehen wir direkt zur dritten Geschworenenauswahl.«

»Ist auch in Ordnung«, sagte Jason. Nach jedem abgeschlossenen Fall trafen sich die beiden Männer, um sich die Beratungen der Hauptjury anzusehen und ein wenig mehr darüber zu lernen, wie Geschworene tickten. Diesmal hatte Lassiter offenbar dieselbe Idee wie Jason - sich am besten die Gruppe anzusehen, bei der Jason verloren hatte und zu versuchen, herauszufinden, was schiefgelaufen war.

Jason drehte seinen Stuhl herum, damit er besser sehen konnte. Lassiter machte sich über seine Hähnchenflügel her.

»Es war wahrscheinlich die Geschworene 7«, sagte er zwischen zwei Bissen.

»Sieben?«, fragte Jason. Er ging zur Couch hinüber, wo Quittungen, Informationen über den Fall und zusammengelegte Kleidung ordentlich gestapelt lagen. Er rückte einen der Stapel beiseite und fand den großen schwarzen Spiralblock für die dritte Schattenjury, der die detaillierten Profile aller Geschworenen enthielt. Jeder Datenpunkt war außerdem irgendwo in Lassiters Gehirn hinterlegt. »Warum die Geschworene 7?«

Lassiter war mit dem Verschlingen seiner Hähnchenflügel fertig und lehnte sich auf seinem Stuhl zurück, als die Geschworenenberatung auf dem Bildschirm erschien. »Ihr Mann hatte eine Affäre«, sagte er. »Endete in einer schmerzlichen Scheidung, chaotischer als bei den Geschworenen 7 in beiden anderen Gruppen. Wahrscheinlich hat ihr dein kleiner Exkurs zu William Congreve nicht gefallen - ›Es gibt nichts Schlimmeres als die Rache einer geschmähten Frau.‹ - oder die Tatsache, dass die sitzen gelassene Ehefrau immer die Verdächtige Nr. 1 für die Staatsanwaltschaft ist.«

Jason nahm diese Informationen schweigend auf. Er stellte sich hinter Lassiter und behielt den Computermonitor im Auge, während er gleichzeitig das Profil der Geschworenen 7 in dem schwarzen Notizblock durchsah.

Auf dem Bildschirm waren die Geschworenen gerade damit beschäftigt, ihren Sprecher zu wählen. Der Geschworene 4, im mittleren Management bei einer Softwarefirma, war der Erste, der seinen Namen ins Spiel brachte. Doch die Geschworene 7 wandte ein, dass man, da die Angeklagte eine Frau sei, vielleicht eine Frau als Sprecherin in Betracht ziehen sollte.

Bevor Jason blinzeln konnte, hatte schon jemand vorgeschlagen, dass die Geschworene 7 diese Rolle übernehmen sollte. Sie protestierte halbherzig und wurde umgehend trotzdem gewählt.

Jason zog seinen Stuhl neben Lassiter. Er nahm sich ein Stück Pizza aus dem Karton und legte es auf seinen Teller, auch wenn er schon jetzt langsam den Appetit verlor.

»Sie hatten das schon vorher abgesprochen«, sagte Lassiter. »Ich habe gesehen, wie sie schon früher im Fall die Köpfe zusammengesteckt haben. Die Geschworene 10 hatte schon zugestimmt, die Sieben als Sprecherin zu wählen. Sie hatten vermutlich noch zwei oder drei andere verpflichtet.«

»Genau wie in *Survivor*«, sagte Jason. Manchmal war es entmutigend, Geschworenen bei der Arbeit zuzusehen.

»Die Sache ist die:«, gab Lassiter zurück, »Die Geschworene 7 war von Anfang an komplett gegen dich eingestellt und suchte nach einem Weg, die Beratungen zu beeinflussen.«

Jason setzte sich mit seiner Pizza, einem Wasser und dem schwarzen Notizblock wieder hin. Eigentlich durfte er die Aufnahme mit den Beratungen nicht sehen. Doch nach ein paar Monaten bei Justice Inc. hatte er sich mit Andrew Lassiter angefreundet, dem Mann, der die letztendliche Verantwortung dafür schulterte, die Vorhersage über den wirklichen Fall zu machen, basierend auf den Ergebnissen der Schattenjurys.

Jedes Mal, wenn Justice Inc. einen großen Fall ins Visier nahm, sah sich Lassiter den gesamten Entscheidungsprozess jeder Schattenjury an. Er blieb oft fast die ganze Nacht wach, nachdem die Geschworenen ihre Urteile abgegeben hatten, und analysierte in jede Richtung. Er war das Superhirn hinter dem gesamten System – der Erfinder der Mikromarketing-Software, die den Kern der Firmenmethoden ausmachte. Sein Verstand war eine seltene Mischung aus wissenschaftlicher Genialität und psychologischem Verständnis.

Ein Jahr zuvor hatte Jason Lassiter gebeten, ihm während der Analyse einer der Geschworenengruppen über die Schulter schauen zu dürfen, mit dem Argument, dass es Jasons eigenes Verhandlungsgeschick verbessern könnte und Lassiter Gesellschaft hätte. Lassiter hatte schließlich nachgegeben, obwohl er Jason zur Geheimhaltung verpflichtete. Die beiden Männer fingen sofort damit an – Lassiter als der laserfokussierte Professor, Jason als der lernbegierige Prozessanwalt, zusammengebracht durch ihr unersättliches Verlangen, die Dynamik von Geschworenenberatungen genau zu erforschen.

Nach ein paar Prozessen hatte der Revisionsprozess seine eigene schrullige Routine angenommen – wie eine private Premierenparty. Sie diskutierten die Dinge, die gut für Jason gelaufen waren, und was er anders hätte machen können. Sie sprachen über die Eigenarten jedes Geschworenen und ob etwas Besonderes in dem Probeprozess passiert war, das die Ergebnisse verzerren könnte. Nachdem er das Video über Nacht durchgesehen hatte, traf sich Lassiter zu einer abschließenden Besprechung mit einer Gruppe von anderen Analysten und rief dann Robert Sherwood mit einer Vorhersage für den echten Fall an.

»Warum hast du *uns* nichts vom Mann der Geschworenen 7 erzählt?«, fragte Jason.

»Du kennst die Regeln. Du bekommst nur Zugang zu den Angaben, die auch die echten Anwälte haben.«

»Sie wissen nichts von der Affäre?«

»Ich glaube nicht. Die Geschworene 7 und ihr Mann haben sich auf eine Eigentumsaufteilung geeinigt, ohne vor Gericht zu gehen. Haben unüberbrückbare Differenzen angeführt. Keiner von beiden will über den wahren Grund reden.«

»Dann hätte ich den Fall anders verhandelt.«

»Das will ich doch hoffen.« Lassiter öffnete seine zweite Bierdose, blinzelte ein paar Mal den Bildschirm an und nahm einen großen Schluck. Inzwischen federte er nervös mit dem linken Bein – die Kalorien verglühten, sobald sie in seinen Organismus gelangten.

»Wie hast *du* das mit der Affäre dann herausgefunden?«, wollte Jason wissen. Er wusste, dass Justice Inc. eine ganze Menge Ermittler unterhielt, die jeden Stein umdrehten, wenn sie die Mikromarketing-Profile für die Bürger erstellten, die für den fraglichen Fall als Geschworene ausgewählt worden waren. Die Ermittler durchwühlten den Müll jedes Geschworenen – was genau genommen kein Verbrechen war, denn es war aufgegebenes Eigentum. Oft erlangten sie durch einen genialen Hacker, der direkt Andrew Lassiter unterstellt war, Zugang zu den Computerdateien eines Geschworenen. Eine Handvoll Geschworene stimmten einer Telefonbefragung zu, die Justice Inc. unter dem Deckmantel einer Timesharing-Firma durchführte, die schon allein für die Teilnahme an der Befragung ein kostenloses Hin- und Rückflugticket einer Fluggesellschaft versprach. Es gab auch Gerüchte über noch fragwürdigere Methoden, doch die wurden in Jasons Gegenwart nie besprochen.

»Wir wissen eine ganze Menge«, sagte Lassiter und nahm sich noch einen Hähnchenflügel.

»Lässt du die Geschworenen überwachen?«

Lassiter sah Jason über seine Brille hinweg leicht verärgert an. Dieses Thema hatten sie schon durch – es gab Dinge, die Jason einfach nie wissen durfte.

»Okay«, sagte Jason. »Ich sage ja nur, dass es schwer zu glauben ist, dass der Mann der Geschworenen 7 eine Affäre hatte und dass die tatsächlichen Anwälte, die den Fall verhandeln und ihre eigenen hochbezahlten Juryberater nichts davon wissen.«

»Bitte«, sagte Lassiter. »Da könntest du auch gleich einen Handleser einstellen und diese sogenannten Juryberater einfach überspringen. Sie stellen keine echten Ermittler ein. Sie raten nur wild ins Blaue hinein, auf Grundlage der Informationen, die jeder hat. Was sie machen, ist ein Roulettespiel. Was wir machen, ist Wissenschaft.«

Die nächsten 90 Minuten sah sich Jason die Aufzeichnung mit Lassiter zusammen an und prüfte ab und zu die Profilinformationen eines Geschworenen. Wie üblich gab Lassiter aufschlussreiche Kommentare ab, indem er die Gesprächsbeiträge der Geschworenen mit den Daten in ihren Profilen verknüpfte.

Er hörte nach drei Flaschen Bier auf und stellte seinen halb leergegessenen Teller Hähnchenflügel auf dem Tisch ab. Die ganze Zeit, in der die Geschworenen diskutierten, arbeitete er – mit federndem Bein und blitzenden Augen – an einer Tabelle: den Bildschirm aufgeteilt in die Aufnahme der Beratungen und die Tabellenkalkulationen, die ihren Ausgang vorhersagten.

Irgendwann räumte Jason den Tisch ab und stellte die Reste in Lassiters Kühlschrank. Sein Freund blieb über seinen Computer gebeugt und frisierte die Zahlen, während er sich gleichzeitig mit Jason unterhielt und den Geschworenen bei ihrem Geplapper zuhörte.

Nach zwei Stunden Beratung beschloss die Geschworene 7, dass es Zeit für eine weitere Abstimmung sei. Es war die vierte oder fünfte Abstimmung – Jason hatte aufgehört zu zählen –, und jedes Mal war die Zahl der Geschworenen, die für einen Freispruch stimmten, um einen oder zwei angestiegen.

»Acht zu vier für Freispruch«, verkündete die Geschworene 7 nach einer kurzen Abstimmung durch Handzeichen. Vereinzeltes Stöhnen von denjenigen, die von Anfang an für einen Freispruch gewesen waren, war zu hören. Sie hatten offensichtlich auf ein paar mehr Konvertiten gehofft.

Während der letzten Stunde der Aufnahme sah Jason hilflos zu, wie die Geschworene 7 und ihre Verbündeten seinen Fall auseinandernahmen und die anderen Geschworenen nötigten. Er selbst hatte eine Antwort auf jede Frage parat, doch er würde sie nie äußern können.

In zwei Jahren hatte er nie einen Fall bei Justice Inc. verloren. Nicht eine einzige Schattenjury hatte sich gegen ihn gewandt. Doch jetzt geschah es genau vor seinen Augen, und er konnte sich absolut nicht vorstellen, was er anders hätte machen können, um das zu verhindern.

»Die Staatsanwaltschaft wird verlieren, oder?«, fragte Jason und meinte damit den echten Fall.

»Warum sagst du das?« Lassiter stand zum ersten Mal in zwei Stunden auf und streckte sich. »Du hast bei zwei von drei Jurys gewonnen.«

»Aber Austin Lockhart ist kein besonders guter Prozessanwalt. Und die Geschworene 7 hat einen Auftrag von Gott. Keiner sollte es wagen, eine sitzengelassene Frau des Mordes anzuklagen … nicht mit ihr!«

»Sie ist ein bisschen durchgedreht«, gab Lassiter zu. Er blinzelte und räusperte sich. »Aber du hast bei den anderen beiden Jurys gewonnen, also war das dort offenbar kein großer Faktor. Ich persönlich mache mir mehr Gedanken über den Jason-Noble-Faktor.«

Jason wusste, dass es als Kompliment gemeint war – ein Verweis auf seine überragenden Fähigkeiten als Anwalt und ob sie die Ergebnisse verzerrt haben könnten. Jason setzte nicht besonders viel Vertrauen in sich selbst. Er war sicherlich besser als Lockhart, aber nicht gut genug, um den ganzen Prozessausgang zu verändern.

»Ich habe mal einen Blick auf den Anfang der anderen Beratungen geworfen, bevor du hier warst«, sagte Lassiter. »Die anderen Geschworenen waren direkt von Anfang an fast einstimmig für eine Verurteilung. Sicher, du warst im Vergleich mit Lockhart der bessere Anwalt, aber du hattest noch mehr. In neun von zehn Fällen geht Kendra van Wyck ins Gefängnis.«

»Ich weiß nicht«, sagte Jason. »Ich habe diesmal kein gutes Gefühl.«

»Genau das ist es. Du arbeitest mit Gefühlen. Ich arbeite mit Fakten.«

8

Robert Sherwood und seine Gäste grillten an Bord seiner Zwanzigmeterjacht *Veritas* fast zwei Stunden lang Steaks, tranken Wein und vermieden dabei sorgfältig jedes Gespräch übers Geschäft, bis sie aus dem Hoheitsgebiet der Vereinigten Staaten heraus waren. Sherwood erinnerte seine Gäste immer wieder daran, dass sie nichts Illegales taten, dass man aber nie wisse, wann irgendein mediengeiler Staatsanwalt sich einen kreativen neuen Weg ausdenken würde, das Gesetz zu verdrehen und einem nachzustellen, einfach weil er fand, dass niemand so viel Geld machen sollte, ohne ein bisschen von den Behörden schikaniert zu werden.

Sherwoods Gäste vertraten jeder einen großen Hedgefonds. Sie waren Teil eines exklusiven Clubs von jungen Wall-Street-Genies, ein paar der glücklichen Überlebenden, die noch vor dem Zusammenbruch auf einen Baissemarkt gesetzt hatten. Aber es war immer noch Sherwood, der das Gespräch bestimmte und sich über Politik ausließ, über Baseball, den Immobilienmarkt in Manhattan, Golf und Jachten – einfach über alles, worüber der große Mann reden wollte. Bis aufs Geschäft – das konnte bis später warten.

Sherwood war fünfzehn Jahre älter als der älteste Gast und mindestens zwanzig Pfund schwerer als die meisten von ihnen. Der Mann hatte sich gut gehalten, und die Leute waren regelmäßig darüber erstaunt, wenn sie erfuhren, dass er streng auf die Sechzig zuging. Sherwood färbte sich die Haare, ließ sich die Zähne bleichen und trainierte täglich. Er war einssiebenundachtzig groß und wog solide 210 Pfund, genauso viel wie während seines Jurastudiums vor 25 Jahren. Sherwood war laut und selbstbewusst und fand im Allgemeinen innerhalb von einer halben Stunde, nachdem er jemanden neu kennengelernt hatte, einen Weg, seinen schwarzen Gürtel zu erwähnen.

Er wusste, dass zwei seiner Gäste ihm nicht in die Quere kommen würden, es niemals wagen würden, eine Empfehlung von Robert Sherwood in Frage zu stellen. Aber da war noch Felix McDermont. McDermont war der unscheinbarste Mann im Raum – schmal und leise, mit femininen Zügen und einer Brille mit Drahtgestell, vorstehenden Wangenknochen, die ihn wie einen Kriegsgefangenen aussehen ließen, und Zähnen, die für seinen Mund zu groß waren. Er brachte Sherwood jedes Mal mit einer hartnäckigen Reihe von unschuldig klingenden Fragen auf die Palme, doch Sherwood lud ihn weiterhin ein, denn McDermont tätigte üblicherweise die größten Investitionen von all seinen Kunden. Wenn McDermont einmal seinen Einsatz gemacht hatte, zogen innerhalb von vierundzwanzig Stunden ein Dutzend anderer Hedgefonds nach.

Eine liebenswerte Eigenschaft hatte er außerdem: Jedes Mal, wenn er ungefähr hundert Millionen für seinen Fonds machte, spendete McDermont großzügig für Sherwoods aktuelle wohltätige Sache, die im Augenblick zufällig die AIDS-Epidemie in Kenia war. Von jemandem, der so großzügig war wie McDermont, konnte sich Sherwood eine ganze Menge Unsinn gefallen lassen.

Um halb drei führte Sherwood seine Gäste in die edel ausgestattete Hauptkabine, zog seinen Laptop heraus und drückte einen Knopf, der den großen Fernsehbildschirm aus seinem Schrank ausfahren ließ. Die Hedgefondsmanager gossen sich starke Drinks aus der Bar ein - sie kannten sich aus - und setzten sich in die dick gepolsterten Ledersessel. Alle außer McDermont, der stoisch Wasser trank und sich auf einen Barhocker setzte, den Laptop aufgeklappt auf der Bar vor sich.

Sherwood schaltete das Kabinenlicht an und ließ die Jalousien an den Fenstern herunter. Er zündete sich einen fetten Stumpen an - keine teure importierte Marke, sondern eine Zigarre mit blauem Kragen aus Philadelphia, der Stadt der Bruderliebe - und öffnete eine PowerPoint-Präsentation, die Andrew Lassiter vorbereitet hatte. Sherwood marschierte in der Kabine auf und ab, während er sprach, blies Rauch aus und blieb gelegentlich für einen schönen langen Zug an der Zigarre stehen oder um mit dem glimmenden Ende zu gestikulieren, um seine Argumente zu unterstreichen.

Sherwood hatte das Ganze vorher schon einundvierzig Mal durchexerziert. In vierunddreißig Fällen hatte er den Gewinner korrekt vorhergesagt, und in fünf weiteren Fällen war es schließlich auf eine außergerichtliche Einigung hinausgelaufen. Er hatte sich nur zwei Mal geirrt. Einmal davon, in den frühen Jahren von Justice Inc., hatte es das junge Unternehmen fast in den Bankrott getrieben.

Bis zu diesem Tag hatte Sherwood eine Gewinnsträhne von neunzehn Fällen. Jeder Gewinn machte seinen Kunden mehr Mut, so dass sie ihre Einsätze im folgenden Fall noch erhöhten. Sherwood würde nie genau erfahren, wie viel jeder Hedgefonds einsetzte, aber in einem großen Fall wie dem Van-Wyck-Prozess, mit einem Welleneffekt, der sich allmählich ausbreitende Wirkungen auf etliche andere Firmen haben konnte, würde ein gewiefter Hedgefondsmanager leicht hundert Millionen Dollar ins Spiel bringen können, ohne Verdacht zu erregen. Mit dem richtigen Urteil würden Sherwoods Investoren ihr Geld verdoppeln.

Dreißig Minuten lang langweilte Sherwood die Männer mit Hintergrundinformationen, die sie schon kannten - die Anklagepunkte gegen van Wyck, die Stärken und Schwächen der Anwälte, allgemeine Informationen über die Geschworenen. Der tatsächliche Prozess hatte vier Tage vorher begonnen, und die Anwälte hatten geschätzt, dass er drei Wochen dauern würde. Die öffentliche Meinung war gespalten darüber, wer gewinnen würde - perfekte Voraussetzungen für die modernen Recherchemethoden von Justice Inc.

Die Hedgefondsmanager hörten geduldig zu. Felix McDermont tippte genauso schnell wie Sherwood sprach, protokollierte jedes Detail, vermutlich damit er es später genau überprüfen konnte. Die anderen Gäste brauchten keine Einzelheiten - sie wollten einfach das Fazit hören.

Sherwood ging zu einer Glasschüssel mit einer Nussmischung, pickte sich ein paar Cashews heraus und kaute sie geräuschvoll, bevor er eine neue Seite aufrief. Sie zeigte Informationen über die Geschworene 7, die kompletten Details über die Affäre ihres Mannes eingeschlossen.

»Wie gut sind Ihre Quellen?«, fragte McDermont ohne aufzusehen.

»Wir haben Rafael Johansens Firma beauftragt, wie in jedem anderen Fall auch.«

MacDermont machte sich eine Notiz. Johansens Informationen konnte man vertrauen.

Die nächste Seite war der Trumpf, der Grund, warum jede Firma im Raum Justice Inc. jeweils fast 150 000 Dollar zahlte, genug, um jeden Cent der Firmenkosten für die Probeprozesse wieder hereinzuholen.

»Zwei von drei Schattenjurys haben die Angeklagte schuldig gesprochen«, sagte Sherwood. Er hielt kurz inne, um die Information richtig sacken zu lassen. Justice Inc. gab normalerweise nur Empfehlungen ab, wenn alle drei Schattenjurys zum selben Ergebnis gekommen waren. Er sah, wie sich die Enttäuschung auf den Gesichtern seiner Gäste breitmachte. »Aber wir glauben, dass die dritte Jury ein Ausreißer ist, angetrieben durch die emotionale Verbindung der Geschworenen 7 mit der Angeklagten. Im Nachhinein glauben wir, dass die Geschworene 7 der dritten Schattenjury eine sehr viel stärkere Persönlichkeit hat als die Geschworene 7 der echten Jury. Wir sind bereit, einen Schuldspruch vorherzusagen, trotz des Ausgangs der dritten Schattenjury.«

»Begünstigen die wissenschaftlichen Beweise nicht die Verteidigung?«, fragte McDermont. »Geschworene ignorieren heutzutage höchst ungern Beweise der Spurensicherung.«

Sherwood stimmte ihm zu, sprach aber in den nächsten Minuten über die Lücken in der Beweisführung der Haaruntersuchungen. Schwächen, die Jason Noble aufgezeigt hatte.

Er zeigte ein Video von Jasons Kreuzverhör des Toxikologen, der die Rolle von Dr. Kramer spielte. Als Jason fertig war, war allen bis auf Felix McDermont klar, worauf der Fall hinauslief.

»Ich habe das Eröffnungsplädoyer des Staatsanwalts und seine Befragung der ersten paar Zeugen gesehen«, sagte McDermont. »Offen gesagt, war ich nicht sehr beeindruckt. Demnach, was ich bis jetzt vom Kreuzverhör Ihres Mannes gesehen habe, könnte er besser sein als die echte Staatsanwaltschaft, was die Ergebnisse entkräften würde.«

Das war ein gutes Argument – und eines, das Sherwood ebenfalls Sorgen machte. In der Nacht zuvor hatte er fast zwei Stunden mit Andrew Lassiter diskutiert. *Vielleicht müssen wir nur Geduld haben. Die Geschworene 7 macht mir Sorgen. Jason Noble ist besser als die echten Staatsanwälte. Und vielleicht ist Austin Lockhart nicht so gut wie die echten Verteidiger. Fünfundsiebzig Millionen sind ein großes Risiko, wenn wir unterschiedliche Ergebnisse von unseren Jurys bekommen.*

Doch Lassiter war hartnäckig geblieben. Er habe das Ganze auf sechzehn verschiedene Arten überprüft, sagte er. Die dritte Schattenjury sei ein Ausreißer. Es gäbe keine Garantie, aber diesmal läge die Wahrscheinlichkeit bei 90 Prozent.

Am Ende hatte er Sherwood überzeugt, der an diesem Morgen die Investition von fünfundsiebzig Millionen Dollar in Leerverkäufe und Verkaufsoptionen für verschiedene Firmen, die betroffen waren, wenn van Wyck schuldig gesprochen wurde, autorisiert hatte. Fünfundsiebzig Millionen von Justice Inc. eigenem Geld! Jetzt war es zu spät, um noch umzukehren.

Sherwood nahm ruhig einen weiteren Zug von seiner Zigarre.

McDermont sprach in die Stille hinein. »Mir gefällt die Theorie der Staatsanwaltschaft nicht. Sie verstehen den wissenschaftlichen Beweis nicht. Ich habe mir ihre Referenzen angeschaut. Sie sind nicht an Indizienfälle wie diesen gewöhnt.«

Das hasste Sherwood an McDermont. Sherwood war selbst immer ein erfolgreicher Prozessanwalt gewesen. Er hatte einen Instinkt für Geschworene. McDermont hatte vermutlich noch nie einen Gerichtssaal von innen gesehen. »Wollen Sie, dass ich einen von unseren Prozessanwälten in Ihre Firma schicke, damit sie Ihnen Ratschläge über Erdgas-Termingeschäfte geben?«, fragte Sherwood.

McDermont hörte auf zu tippen, verschränkte die Arme und lehnte sich auf seinem Barhocker zurück.

»Wir haben Dutzende von Fällen verhandelt«, sagte Sherwood und erwiderte seinen Blick. »Dies ist unser Fachgebiet. Wenn wir uns nicht sicher sind, kommen wir nicht mit einer Empfehlung zu Ihnen.«

»Nennen Sie mir einen Prozentsatz«, sagte McDermont.

»Neunzig«, gab Sherwood zurück.

McDermont dachte darüber nach.

Die Stille wurde unterbrochen, als zwei der Hedgefondsmanager sich dafür aussprachen. Auch mitten im größten Chaos der Wall Street hatten die Prognosen von Justice Inc. beneidenswerte Erträge gebracht und ihr Vertrauen verdient.

»Was ist mit Ihnen?«, fragte Sherwood McDermont.

»Ich werde darüber nachdenken. Ihre Erfolgsbilanz ist überzeugend. Aber in diesem Fall stimmt etwas nicht.«

Sherwood wusste, dass McDermont ein sturer Mann war. Manchmal widersetzte er sich umso mehr, je mehr Sherwood drängte. »Sie bezahlen uns dafür, dass wir Ihnen unsere beste Empfehlung aussprechen«, sagte Sherwood. »Das haben wir getan. Der Rest liegt bei Ihnen.«

»Danke«, sagte McDermont. Sherwood nahm das als Stichwort, fortzufahren.

»Auf den nächsten Seiten geht es um die Bemühungen unserer Stiftung in Kenia«, sagte Sherwood.

Bilder von hohläugigen Kenianern, die nur noch Haut und Knochen waren, tauchten auf dem Bildschirm auf. Mütter. Kinder. Menschen, deren Blick sagte, dass sie jeden Grund zu leben verloren hatten.

»In Kenia leiden Millionen von Menschen am HIV-Virus, können sich aber keine Taxifahrt zum Krankenhaus leisten, um sich behandeln zu lassen. Und selbst wenn sie dorthin gelangen, fehlt ihnen meistens das Geld für die Medikamente.«

Sherwood hielt inne und drückte seine Zigarre in einem Aschenbecher aus. »Ein Kind mit HIV kann sein ganzes Leben im Schatten einer Klinik verbringen, die lebensverlängernde Medikamente besitzt und trotzdem sterben, weil es kein Geld dafür hat. In Kenia liegt die Armutsgrenze bei einem Dollar am Tag.«

Eine Seite erschien, die Gesichter von kleinen Kindern zeigte, die im Müll wühlten und zur Kamera aufsahen. »Dies ist der Grund, weshalb Justice Inc. existiert«, sagte Sherwood. »Amerika hat Menschen wie uns, die obszön reich sind. Wir können Millionen von Leben retten, wenn wir bereit sind, uns mit nur 10 Prozent zu beteiligen.«

Die Hedgefondsmanager sahen düster drein. Sie würden 10 Prozent spenden; sie wussten, dass dies der Eintrittspreis war. Alle bis auf McDermont. Wenn er mit einstieg, würde er 20 Prozent geben.

»Unser Ziel als Firma ist dieses Jahr, unserer Keniastiftung 50 Millionen Dollar zu spenden. Es wäre uns eine Ehre, wenn Sie sich entschließen würden, sich uns anzuschließen.«

Sherwood sah von einem Gesicht zum anderen. Er schloss die Datei im Bewusstsein, dass er sein Anliegen so dringlich gemacht hatte wie möglich. Sein Bildschirmschoner ersetzte die Präsentation und zeigte eine hübsche junge Dame in den Bergen von Pakistan – Marissa Sherwood, sein einziges Kind. Gestorben mit fünfundzwanzig Jahren. Sie war zu einem humanitären Einsatz in das krisengeschüttelte Land aufgebrochen und hatte dort geholfen, in Teilen des Landes, die durch Krieg und Armut verwüstet waren, für sauberes Trinkwasser zu sorgen. Sie war im Kreuzfeuer zwischen zwei verfeindeten Stämmen getötet worden.

Sherwood sagte kein Wort über sie. Diese Männer hatten seine Geschichte schon viele Male gehört. Heute ließ er Marissas blaue Augen für sich sprechen.

Es gibt Dinge im Leben, die wichtiger sind, als Geld zu verdienen.

* * *

Am nächsten Tag investierte Felix McDermont fast hundert Millionen Hedgefonds-Dollar in verschiedene Leerverkäufe und Verkaufsoptionen, die sich auszahlen würden, wenn Kendra van Wyck verurteilt wurde - und jämmerlich Schiffbruch erleiden, wenn nicht.

Als der Anruf kam, seufzte Robert Sherwood tief und erleichtert auf. Wenn clevere Vermögensverwalter sahen, wie Hedgefondsgeld im großen Stil gegen van Wyck gewettet wurde, würden sie annehmen, dass die Fonds Insiderwissen über den Prozess besaßen. Als Reaktion darauf würden die Vermögensverwalter anfangen, Aktien von van Wycks Firmen abzustoßen, was die Aktienkurse noch vor dem Urteil abstürzen lassen würde.

Justice Inc. würde dann keine Verurteilung mehr brauchen, um ihr Geld zu verdoppeln. Bis die Geschworenen eine Entscheidung getroffen hatten, würde Justice Inc. bereits abgesahnt haben.

Das setzte sich den ganzen Prozess über fort, und innerhalb von drei Tagen nach dem Treffen auf der Jacht hatte Justice Inc. seine Investition verdoppelt und begann, ihr Geld herauszuziehen.

Bis die Geschworenen mit ihrer Beratung begannen, hatte Justice Inc. ihre achtzig Millionen Gewinn angelegt. Andere mochten ihr letztes Hemd verlieren, doch das Geld der Justice Inc. war nicht mehr in Gefahr. Sherwoods Ruf würde einen schweren Schlag abbekommen, wenn die Sängerin freigesprochen wurde, doch seine Erfolgsbilanz würde makellos bleiben.

Und das war gut so. Drei Wochen nach dem Treffen auf der Jacht erschien die Jury nach zwei Tagen intensiver Beratungen und verkündete ihr Urteil.

Kendra van Wyck wurde in allen Anklagepunkten freigesprochen.

9

Der Hauptsitz von Justice Inc. erstreckte sich über zwei Stockwerke in einem Bürohochhaus an der Broad Street 125 im Herzen von New Yorks Finanzviertel. Weil »Partner« wie Jason Noble so viel reisten, besaßen sie keine Büros in der Broad Street. Stattdessen stellte Justice Inc. ihnen BlackBerrys, Laptops und einen großzügigen Mietzuschuss zur Verfügung. Wenn Jason in New York war, benutzte er die Ecke seines Einzimmerappartements, das zwei Häuserblocks vom Central Park entfernt lag, als Büro. Er zahlte eine Menge Geld für die Nähe zu einer der wenigen Grünanlagen der Stadt und opferte dem bequemen Zugang zum Park viele Quadratmeter an Wohnfläche.

Am Morgen nach dem Urteil im Van-Wyck-Fall kostete Jason seinen letzten Tag in New York aus, bevor er zu einem langen und umfangreichen Probeprozess nach Houston flog, bei dem es um Preisabsprachen bei einem von Amerikas größten Ölkonzernen ging. Wenn sie dieses Urteil gut hinbekamen, würde das enorme Investmentmöglichkeiten für Justice Inc. und ihre Kunden eröffnen. Es gab Gerüchte, dass allein Justice Inc. möglicherweise fast zweihundert Millionen investieren würde. Das würde der am besten geprüfte Fall werden, den Jason in seiner ganzen Zeit bei der Firma verhandelt hatte.

Es war kurz vor 8.30 Uhr an einem trüben Mittseptembertag, mit bewölktem Himmel und drohendem Dauerregen. Jason band seine Laufschuhe zu, entschlossen, eine schnelle Runde zu laufen, bevor es zu regnen anfing. Er lauschte den juristischen Berichterstattern, die versuchten, aus dem Urteil im Fall van Wyck vom Vortag schlau zu werden.

Obwohl er wusste, dass Justice Inc. aufs falsche Pferd gesetzt hatte, war er persönlich zufrieden mit dem Ergebnis. Jason hatte getan, was echte Staatsanwälte nicht konnten. Gleichzeitig hatte er Andrew Lassiter erzählt, dass er ein schlechtes Gefühl hatte, was die Seite der Staatsanwaltschaft anging – ein Gefühl, das sich als richtig erwiesen hatte.

Ich arbeite mit Fakten, hatte Lassiter gesagt. *Du arbeitest mit Gefühlen.*

Ein Punkt für die Gefühle.

Als Jason die Wohnung verließ, hörte er das doppelte Vibrieren seines BlackBerry, das ihm eine neue E-Mail ankündigte. Er wusste, er sollte es ignorieren, doch das war unmöglich. Diese Geräte wurden nicht umsonst im Volksmund auch »CrackBerry« genannt – sie machten süchtig.

Die E-Mail war von Robert Sherwood, der ihn für 10.00 Uhr zu einer Besprechung in sein Büro bat.

Jason starrte die E-Mail kurz an, während seine Gedanken rasten. Anders als Andrew Lassiter tendierte Mr Sherwood nicht dazu, mit jungen Partnern herumzuhängen. Um genau zu sein, war Jason vorher nur zu drei Gelegenheiten in Sherwoods Büro gewesen, und eine davon war sein Bewerbungsgespräch gewesen.

Es hatte vermutlich mit dem bevorstehenden Fall in Houston zu tun, oder vielleicht mit dem Urteil im Fall van Wyck. Was auch immer es war: Jason hatte ein ungutes Gefühl dabei.

Er zog seine Laufschuhe wieder aus und ging unter die Dusche. Es gab Geschichten über junge Anwälte, die Mr Sherwood hatten warten lassen. Keine davon war gut ausgegangen.

* * *

Um 9.50 Uhr stieg Jason aus dem Taxi, gab dem Fahrer ein Trinkgeld und rannte durch den Nieselregen in die Lobby, die ihm nur achtzehn Monate vorher eine Gänsehaut gemacht hatte. Ein weißer Marmorboden mit geschmackvoll platzierten braunen Marmorquadraten, ein Granitkarree mit einer Oase von Grünpflanzen und Blumen in der Mitte der Lobby, verspiegelte Messingleisten überall und ein Sicherheitsbediensteter/Empfangschef hinter einer Rezeption aus Mahagoni symbolisierten New Yorker Macht, Prestige und Status. Dies war das Herz von New York, New York. Hier wurde gutes Geld gemacht.

Jason fuhr mit dem Fahrstuhl in den zwanzigsten Stock und musterte während der schnellen Fahrt sein eigenes Spiegelbild. Er war der einzige Partner, der darauf kommen könnte, ohne Anzug zu einem Termin wie diesem zu gehen. Stattdessen trug er eine schwarze Hose und ein langärmliges Button-Down-Hemd mit aufgerollten Ärmeln. Jason stammte aus Atlanta, wo *business casual* eine Kunstform war. Aber wichtiger noch: Er arbeitete hart daran, eine lässige Haltung zu vermitteln, eine Fassade, um seine übermäßig wettkampforientierte und überambitionierte Persönlichkeit zu verbergen, die direkt unter der Oberfläche lauerte. Aufmerksame Beobachter konnten Hinweise auf den wahren Jason Noble entdecken, wie die abgekauten Fingernägel nach einem stressigen Prozess. Aber er war inzwischen Profi, die meisten davon gut zu verbergen.

»Guten Morgen, Mr Noble.« Eine hübsche Empfangsdame ließ ein blendendes Lächeln aufblitzen.

Die Firma sollte Sonnenbrillen ausgeben.

Jason meldete sich an, und ein paar Minuten später tauchte eine ebenfalls umwerfend hübsche Frau auf, um Jason den Flur entlang zu Robert Sherwoods Büro zu führen. Jason dachte an die abfälligen Bemerkungen der jungen weiblichen Partner, die meinten, gutes Aussehen sei offenbar das wichtigste Einstellungskriterium bei Justice Inc. Seltsam, dass die männlichen Partner sich nie beschwerten.

Die Frau geleitete Jason in das Allerheiligste von Sherwoods geräumiger Eck-Zimmerflucht. »Mr Sherwood wird gleich zurück sein«, sagte sie. »Mein Name ist Olivia. Bitte lassen Sie es mich wissen, wenn Sie irgendetwas brauchen.«

Olivia verließ den Raum und Jason ergriff die Gelegenheit, sich umzusehen. Seine vorhergehenden Besuche in diesem Büro waren kurze Sitzungen mit Mr Sherwood und anderen Anwälten gewesen - nie allein wie jetzt. Obwohl er sich die größte Mühe gab, sich nicht von den Insignien des Erfolgs beeindrucken zu lassen, war die Aussicht aus der Fensterfront nach Westen selbst an einem Regentag atemberaubend. Die Freiheitsstatue, die grünen Bäume auf Ellis Island, ein paar Schiffe, die durch das bewegte Wasser des Hudson River navigierten - das war alles ein bisschen viel für einen Polizistensohn aus Alpharetta, Georgia.

Doch die Aussicht war nicht der Aspekt von Sherwoods Eckbüro, über den am meisten gesprochen wurde. Diese Ehre gebührte einem banalen marineblauen Ledersessel, der direkt vor Sherwoods Schreibtisch stand. Das ausgebleichte Leder war rissig, und die hölzernen Armlehnen waren an den Kanten dunkel gefärbt - das Ergebnis, vermutete Jason, von jahrelang angesammeltem Handschweiß. Der alte Sessel sah zwischen den anderen, teuren Büromöbeln fast lächerlich deplatziert aus; die marineblaue Farbe passte nicht einmal zu dem satten braunen Dekor der restlichen Einrichtung.

Doch der blaue Sessel war bekannt dafür, auch noch unter den kühnsten jungen Partnern Angst und Schrecken zu verbreiten. Die Gerüchteküche bei Justice Inc. besagte, dass der blaue Sessel nur für Standpauken und Entlassungen und ähnlich unangenehme Ereignisse benutzt wurde. Wenn Mr Sherwood einen bat, sich in den blauen Sessel zu setzen, hatte man besser einen aktuellen Lebenslauf in der Hinterhand.

Als Sherwood den Raum betrat, strich Jason gerade über die kleinen Messingknöpfe auf der Rückenlehne und fragte sich, wie viele Leben wohl in diesem Sessel verändert worden waren.

»Danke, dass Sie gekommen sind«, dröhnte Sherwood, was Jason zusammenzucken ließ. Sherwood kam herüber und schüttelte ihm die Hand mit einem Griff, den man eher von einem Footballtrainer erwartete. Der Mann war von der alten Schule - weißes Hemd, rote Krawatte, schwarze elegante Schuhe. Er klopfte Jason auf die Schulter. »Setzen Sie sich doch.«

Jason holte Luft und ließ sich widerstrebend auf dem blauen Sessel nieder. Ohne etwas zu sagen, ging Sherwood um seinen Schreibtisch herum und setzte sich auf seinen eigenen Schreibtischstuhl. Jason rutschte ein klein wenig tiefer und kreuzte die Beine übereinander, indem er seinen linken Knöchel aufs rechte Knie legte. Er war nicht eingeschüchtert ... zumindest nicht sehr.

Bevor Sherwood zu sprechen anfing, streckte Olivia noch einmal ihren Kopf ins Büro. »Es tut mir leid«, sagte sie, »aber es ist Mr McDermont, und er würde Sie gern sprechen.«

Sherwood sah verärgert aus. »Ich habe schon zwei Mal mit ihm gesprochen. Sagen Sie ihm, ich rufe ihn später zurück.«

Olivia machte ein langes Gesicht, als wüsste sie, dass McDermont es an ihr auslassen würde. »Ich sage es ihm«, antwortete sie.

Sobald Olivia verschwunden war und die Tür geschlossen hatte, schob Sherwood seinen Stuhl zurück und stand auf, wobei er nach einem versiegelten Umschlag griff. »Man sagt, man soll nie einen Tisch zwischen sich und seinem Gesprächspartner stehen haben. Schafft eine Barriere oder so ein Blödsinn.« Er kam hinter seinem Schreibtisch hervor und deutete auf einen kleinen runden Tisch. »Ziehen wir doch dorthin um.«

Jason lächelte in sich hinein - als Student der Täuschung und Beeinflussung erlebte er jetzt einen Meister. Er gesellte sich zu Sherwood an den Konferenztisch mit Blick über den Fluss und fühlte sich plötzlich ein wenig sicherer, nachdem er von dem blauen Sessel befreit war.

»Hat Olivia Ihnen etwas zu trinken angeboten?«

»Ich brauche nichts, danke.«

»Sie haben einen unglaublichen Prozess hingelegt in Los Angeles«, sagte Sherwood.

»Danke.« Jason verspürte ein wenig Stolz - schließlich kam das vom Oberboss. Doch er bemerkte auch, dass auf dem Umschlag, den Sherwood geistesabwesend auf dem Tisch herumschob, sein Name stand.

»Zu schade, dass die echten Staatsanwälte nicht Ihr Drehbuch benutzt haben.«

Jason dachte an sein »Drehbuch«, inklusive seiner Nummer mit dem

Haarefärben. Er hatte nach dem Prozess ein anderes Produkt benutzt, um seine natürliche braune Haarfarbe wiederzubekommen. »Sie sind auf Nummer sicher gegangen. Staatsanwälte gehen immer auf Nummer sicher.«

Sherwood runzelte bei dem Gedanken die Stirn und nickte. »Wissen Sie, was unser System antreibt?«

»Sir?«

»Wissen Sie, was unser Strafrechtssystem antreibt? Warum die Geschworenen ihre Sache meistens gut machen?«

Jason fielen tausend Dinge ein – die Unschuldsvermutung, das Recht, sich seinen Anklägern zu stellen, eine Jury aus Seinesgleichen – aber er war sich nicht sicher, worauf Sherwood hinauswollte. »So habe ich darüber eigentlich noch nie nachgedacht«, gab Jason zu.

»Seine konfrontative Natur«, antwortete Sherwood, als wäre die Antwort für jeden Idioten offensichtlich. »Wenn zwei gleich fähige und gut vorbereitete Anwälte eifrig ihre Mandanten vor einem unvoreingenommenen Entscheider vertreten, siegt im Allgemeinen die Wahrheit.«

Er drehte den Umschlag in seinen Händen und konzentrierte sich auf Jason. »Und was verpfuscht das System? Wann funktioniert es *nicht*?«

»Wenn faule oder inkompetente Anwälte beteiligt sind. Wenn die Geschworenen oder Richter nicht unvoreingenommen sind.«

»Richtig«, sagte Sherwood. »Es gibt ein altes Sprichwort über die Definition einer Jury. Es sind zwölf Männer und Frauen aus der örtlichen Gemeinschaft, die zusammenkommen, um zu entscheiden, welcher Mandant den besseren Anwalt beauftragt hat. Wenn außergewöhnliche Anwälte mit enormen Ressourcen besser arbeiten und cleverer sind als ihre Gegner, gewinnen sie. Aber dabei verliert die Gerechtigkeit.«

Drei Jahre Jurastudium und zwei Jahre Berufserfahrung, doch Jason hatte es noch nie zuvor auf diese Art ausgedrückt gehört. Sherwood war dafür berühmt, die Dinge auf die Kernfrage zu reduzieren.

»Genau das ist beim Probeprozess für den Van-Wyck-Fall passiert«, fuhr Sherwood fort. »Sie waren der bessere Anwalt. Sie haben eine Verurteilung herausgeholt, obwohl die Beweise einen Freispruch verlangten. Sie haben ein paar Hedgefondsmanager Millionen von Dollar gekostet.«

Jason wusste nicht recht, was er sagen sollte. Er hatte das Gefühl, gleichzeitig angeklagt und beglückwünscht zu werden.

»Ich glaube, da trauen Sie mir zu viel zu«, brachte er heraus.

»Das hat Andrew Lassiter auch gesagt. Und ich habe auf ihn gehört. Es hat mich jedoch einiges an Glaubwürdigkeit gekostet, Jason. Und es hat meine Kunden eine Menge Geld gekostet.«

Jason unterdrückte den Drang, sich zu entschuldigen. Was hatte er falsch gemacht?

»Es ist nicht Ihre Schuld«, sagte Sherwood, als würde er Jasons Gedanken lesen. »Wir haben Ihnen am ersten Tag gesagt, dass wir wollen, dass Sie in jedem Fall Ihr Bestes geben. Die einzige Art, wie das hier funktioniert, ist, wenn beide Anwälte ihr Äußerstes geben.« Sherwood ließ ein kurzes Lächeln aufblitzen, fast ein Zwinkern. »Leider ist Ihr Bestes zu gut.

Ich habe noch nie jemanden gefeuert, weil er zu gut in seinem Job war, Jason. Aber es gibt für alles ein erstes Mal.«

Sherwood neigte den Kopf zurück und wieder nach vorn, streckte beiläufig seine Halsmuskeln, als wäre es alltäglich für ihn, Leute zu feuern.

Habe ich richtig gehört?

Der Geschäftsführer legte den Umschlag hin und stand auf; seine massige Gestalt ragte über dem Tisch auf. Er ging zu seiner Anrichte und zog eine Kiste Zigarren heraus. Er hielt sie Jason hin, eine surreale Geste, die Jason bewusst machte, dass dieser Augenblick in die Geschichte von Justice Inc. eingehen würde. Seine Freunde würden es nicht glauben! Er wurde gefeuert, weil er seinen Job zu gut machte - und bekam dann zur Feier eine Zigarre angeboten, als hätten er und Sherwood gerade die *NBA Championship* gewonnen.

»Nein, danke«, sagte Jason.

Sherwood stellte die Kiste auf den Tisch und wickelte eine für sich selbst aus. Er biss das Ende ab und spuckte es in einen Abfalleimer. Dann steckte er die Zigarre in den Mund, ohne sie anzuzünden und kaute darauf herum, während er sprach.

»Ich werde Sie für die Restlaufzeit Ihres Zweijahresvertrags bezahlen«, sagte er und schob Jason den Umschlag zu. »Wahrscheinlich würde ich Ihnen einen Bonus für bemerkenswerte Leistungen zahlen, wenn Sie die Firma nicht ein oder zwei Jahre zurückgeworfen hätten, indem Sie einen Fall gewannen, den Sie hätten verlieren müssen.«

Jason biss sich auf die Zunge und beäugte den großen Mann neugierig. Es war schwer zu sagen, ob Sherwood es sarkastisch oder ernst meinte.

Sherwood zuckte die Achseln und schenkte Jason ein wissendes Lächeln. »Ich weiß, das klingt dumm. Aber es ist, als würde ein Nationalspieler in einer Dorfmannschaft mitspielen. Sie sind besser darauf vorbereitet, einen großen Fall zu verhandeln als 90 Prozent der Prozessanwälte der größten Kanzleien dieser Stadt.« Er kaute noch ein bisschen auf seiner Zigarre. »Sie haben eine Gabe, Jason. Und ich will Ihnen helfen, am richtigen Platz zu landen.«

Sherwood hielt inne, als würde er sich das spontan ausdenken. Doch Jason wusste es besser. »Sie sind in Virginia zugelassen, oder?«

»Ja, Sir.«

»Und nennen Sie mich nicht ›Sir‹. Das hatten wir doch schon.«

»Ach ja.«

»Ich habe Freunde in ein paar von den größeren Kanzleien in Washington. Die Anfangsgehälter liegen bei ungefähr einsfünfzig.« Sherwood ging zu seinem Schreibtisch hinüber, holte zwei Ordner und ließ sie vor Jason auf den Tisch fallen. »Ich habe schon ein paar Anrufe gemacht, falls Sie interessiert sind.«

Jason las die Namen auf den Ordnern – zwei renommierte Firmen mit Adressen in bester Lage. Nicht schlecht für einen Kerl, der seinen Abschluss an der *University of Georgia* gemacht hatte.

»Ich weiß das zu schätzen«, sagte Jason. Er zog die Ordner zu sich her und stapelte sie ordentlich aufeinander. »Aber ich habe eigentlich daran gedacht, meine eigene Kanzlei zu eröffnen. Strafverteidigung. Klägervertretung auf Erfolgshonorarbasis. Ich bin mir nicht sicher, ob ich bei einer großen Firma glücklich würde, wo ich meine ersten fünf Jahre in der Bibliothek verbringen müsste.«

Sherwood kaute auf seiner Zigarre und musterte Jason, als wäre er eine Art Versuchstier.

»Ich bin Prozessanwalt, Mr Sherwood, kein Schreibtischtäter.«

»Nennen Sie mich Robert. Und das war mir klar.« Er grinste. Er ging zu seinem Telefon, hieb auf den Knopf der Gegensprechanlage und rief Olivia in sein Büro. »Besorgen Sie Jason bitte die Kontaktdaten von Dr. Rivers«, bat er sie. »Und bringen Sie mir die Jacobsen- und Bakke-Akten.«

Als Olivia weg war, wandte er sich wieder Jason zu. »Dr. Rivers hat gerade ihren Job als leitende Toxikologin bei der Staatsanwaltschaft in Virginia an den Nagel gehängt. Sie baut eine Beratungsfirma in Richmond auf und will jetzt auf der Seite der Verteidigung arbeiten. Sie weiß, wer Dreck am Stecken hat, Jason, kennt sozusagen all die Keller, in denen Leichen vergraben sind. Aber sie ist nur eine Expertin. Sie muss mit einem richtig guten Prozessanwalt zusammenarbeiten.«

Richmond, dachte Jason. Weit genug von Atlanta entfernt, um der Vergangenheit zu entkommen. Groß genug, um sich selbst einen Namen zu machen.

»Ich habe schon mit Rivers über Sie gesprochen«, sagte Sherwood. »Sie arbeitet im Moment an zwei großen Strafrechtsfällen, die von Haaruntersuchungen abhängen. Vielleicht ziehen Sie nach Richmond. Vielleicht werden Sie und Rivers das Team der Wahl für Fälle, in denen es um Haarproben geht.«

Das klang gut für Jason, fast zu gut. Doch das ging alles ziemlich schnell. Von New York nach Richmond. Von Pseudoprozessen bei Justice Inc. zu realen Fällen, bei denen echte Leben auf dem Spiel standen. War er wirklich bereit, einen großen Strafprozess zu verhandeln – nur zwei Jahre nach seinem Examen?

Natürlich bist du das, sagte er sich selbst. Er hatte eine Menge mittelmäßiger Anwälte in den echten Fällen beobachtet, die Justice Inc. nachstellte. Sie hatten Angst davor, Risiken einzugehen. Wie konnte er es schlechter machen? Schließlich war er eben gefeuert worden, weil er zu gut war.

Sherwood schenkte Jason diesen Blick, der besagte, dass er genau wusste, was Jason dachte. »Sorgen Sie dafür, dass Sie ordentliche Vorschüsse bekommen«, riet ihm Sherwood. »Das ist die erste und wichtigste Regel für Strafverteidiger.«

Seine eigene Kanzlei. Zwei neue Mandanten. Eine Top-Sachverständige als Partnerin.

Jason warf einen verächtlichen Blick auf den blauen Sessel. »Vielleicht nehme ich *doch* eine Zigarre«, sagte er.

10

Jason verbrachte fast eine Stunde in Sherwoods Büro, bei weitem die längste Zeitspanne, die er je mit dem Geschäftsführer von Justice Inc. verbracht hatte. Er erfuhr, dass Sherwood fast zehn Jahre geschäftsführender

Teilhaber einer großen New Yorker Kanzlei gewesen war. Jason sog seine Tipps zur Kanzleiführung in sich auf und bat einmal sogar um einen Block und Stift, damit er mitschreiben konnte. Die Konferenz endete erst, als Olivia sie erneut unterbrach und Sherwood an seinen nächsten Termin erinnerte.

»Okay«, sagte Sherwood, »wir machen Schluss.«

Als Olivia gegangen war, wandte er sich wieder Jason zu. »Sie haben es mich schon hundert Mal sagen hören, aber ich will, dass es das Letzte ist, was Sie von mir hören: Sie werden in Ihrem Leben obszön viel Geld verdienen. Aber es wird immer jemanden geben, der noch mehr verdient, und Sie werden nie das Gefühl haben, dass es genug ist.«

Sherwoods dunkle Augen glühten mit einer Eindringlichkeit, die er allein für dieses Thema reservierte. »Wir haben Sie besser ausgebildet, als die meisten Eliteanwälte das je sein werden. Wie mit anderen ehemaligen Mitarbeitern von Justice Inc. werde ich auch mit Ihnen in Verbindung bleiben und helfen, wo immer ich kann. Ich bitte Sie im Gegenzug nur um eines: Tun Sie Ihre Schuldigkeit bei der Linderung des Leids in einem Drittweltland. Wir spenden 10 Prozent unseres Bruttogewinns für solche Anliegen. Ich möchte Sie bitten, darüber nachzudenken, dasselbe zu tun.«

Jason nickte und nahm die unangezündete Zigarre aus dem Mund. Sie erschien ihm plötzlich ein bisschen protzig.

»Ich werde Sie jetzt an unsere Personalabteilung weiterreichen«, sagte Sherwood. Er stand auf, Jason folgte seinem Beispiel. »Wir haben ein paar Abfindungspapiere, die Sie sich ansehen müssen, und ein paar drakonische mögliche Sicherheitsprozesse, aber nehmen Sie das nicht persönlich. Bei jedem Fall stehen Millionen von Dollar auf dem Spiel, und wir müssen vorsichtig sein.«

»Ich verstehe«, sagte Jason. Er schüttelte Sherwood die Hand, warf seine Zigarre in den Abfalleimer, nahm den Umschlag, der seinen Abfindungsscheck enthielt, und den Block, auf den er drei volle Seiten Notizen gekritzelt hatte. Er dankte Sherwood für die tolle Erfahrung, bei Justice Inc. gearbeitet zu haben und folgte dann Olivia zum Büro von Michael Ortberg, dem Personalchef von Justice Inc.

Dort füllte Jason einen regelrechten kleinen Papierberg aus – eine Abfindungsvereinbarung, die Wahl seiner Krankenkasse, eine Wettbewerbsklausel, eine Vertraulichkeitsvereinbarung und andere, ähnliche Dokumente. Widerstrebend gab er seinen von der Firma gestellten BlackBerry zurück, wobei er daran dachte, wie viele persönliche E-Mails und Sprachnachrichten das Gerät enthielt. Der Schlag wurde etwas gemildert, als Ortberg ihm erklärte, dass Mr Sherwood Justice Inc. autorisiert hatte, ihm ein Ersatzgerät zu stellen, mit voll bezahltem Servicevertrag fürs erste Jahr. Als kleine Aufmerksamkeit würde die Firma Jasons Kontaktliste auf das neue Gerät übertragen, wenn sie das auch nicht mit seinen E-Mails tun konnten.

»Tut mir leid«, sagte Ortberg. »Firmenpolitik. Diese E-Mail-Adresse gehört Justice Inc., und wir müssen die volle Kontrolle darüber behalten.«

Ortberg erklärte, dass Jason seine privaten E-Mails von seinem Firmencomputer auf einen USB-Stick kopieren könne, bevor er seinen Computer zurückgab. »Wir werden außerdem alle Ihre persönlichen Daten von der Festplatte löschen, bevor wir den Computer neu vergeben.«

»Soll ich den Computer morgen vorbeibringen?«, fragte Jason.

»Ehrlich gesagt, haben wir auch dazu Firmenrichtlinien. Einer von unseren Leuten fährt mit Ihnen nach Hause nach und bringt alles zurück ins Büro. Es ist nicht so, dass wir *Ihnen* nicht vertrauen. Aber ein paar von unseren Anwälten und anderen Angestellten werden unter weniger günstigen Umständen freigestellt, und wir müssen die Richtlinien bei allen, die die Firma verlassen, auf dieselbe Art anwenden.«

»Ich verstehe«, sagte Jason, obwohl es eigentlich nicht so war. Was war mit all dem Vertrauen passiert, das ihm der Geschäftsführer der Firma noch vor knapp einer Stunde ausgesprochen hatte? »Ich werde ein paar Passwörter für meine Bankkonten und andere persönliche Dinge löschen müssen, bevor Sie den Computer zurücknehmen.«

»Rafael kann sich darum kümmern.«

Rafael Johansen tauchte ein paar Minuten später auf. Jason beschloss, dass der Mann frisch vom Filmgelände des neuesten Hollywood-Actionstreifens herübergekommen sein musste. Braungebrannt und durchtrainiert, trug Johansen ein kurzärmliges Button-Down-Hemd und eine weiße Hose. Das Hemd war weit geschnitten und verbarg den Bizeps des Mannes, doch seine Unterarme besaßen hervortretende Adern und das stahlharte Aussehen eines Steroidkonsumenten. Rafael hatte schütteres Haar und einen gepflegten Bart, der einer granitenen Kieferpartie folgte. Er trug einen Bluetooth-Kopfhörer und eine dunkle Sonnenbrille, obwohl die Wettervorhersagen noch mehr Regen ankündigten.

Jason versuchte auf der Taxifahrt in seine Wohnung ein Gespräch anzufangen, doch Rafael hatte sich offenbar auf Ein-Wort-Grunzer spezialisiert. Also verbrachten sie den größten Teil der Fahrt schweigend.

In Jasons Apartment angekommen, förderte Rafael eine Liste der Dinge zutage, die er mitnehmen sollte. Dinge, die Jason laut dem Vertrag, den er unterschrieben hatte, als er bei Justice Inc. angefangen hatte, erhalten hatte. Sie begannen mit Jasons Laptop. Jason lud seine persönlichen Sachen auf einen USB-Stick und löschte die entsprechenden Ordner von der Festplatte. Rafael sah ihm dabei die ganze Zeit über die Schulter.

Als nächstes gab Jason alle USB-Sticks, CDs und Papierordner ab, die er in seiner Zeit bei Justice Inc. erstellt hatte. Sein Vertrag nannte das alles »Mietarbeit« und bestimmte klar und deutlich, dass es an die Firma zurückfiel.

Rafael rief jemanden an und sprach Spanisch mit ihm. Zwanzig Minuten später erschienen zwei Männer in Jasons Apartment und begannen, alles in Kisten zu verpacken.

Sie gerieten in eine Sackgasse, als Rafael darauf bestand, persönlich Jasons Schreibtischschubladen und die Schubladen seines Aktenschranks auf weiteres Eigentum von Justice Inc. zu prüfen. Jason weigerte sich und forderte Rafael auf, ihm zu zeigen, wo im Vertrag festgelegt sei, dass er in Jasons Privatsphäre eindringen durfte.

»Ich gehe nur sicher, dass Sie Ihren Vertrag erfüllt haben«, beharrte Rafael. »Es ist zu Ihrem eigenen Schutz. Wenn firmeneigene Informationen nach außen dringen, werde ich bestätigen können, dass sie nicht von Ihnen kamen.«

»Darauf lasse ich es ankommen«, gab Jason zurück.

Rafael starrte Jason einen Augenblick an. Er hatte seine Sonnenbrille eine Stunde zuvor auf den Kopf geschoben und ausdruckslose dunkle Augen enthüllt, die er nun benutzte, um Jason einzuschüchtern.

Stattdessen machte es Jason allerdings nur wütend.

»Ich muss einen Anruf erledigen«, sagte Rafael.

Er rief Michael Ortberg an, der darum bat, mit Jason sprechen zu dürfen und dann am Telefon die Rolle des guten Cops spielte. Es sei nichts Persönliches, sagte Ortberg. Er gab zu, dass Rafael kein vertragliches Recht besitze, in die Schubladen zu sehen, doch er drängte Jason, ihn trotzdem nachsehen zu lassen. »Ich weiß, dass Sie nichts zu verbergen haben«, sagte

Ortberg. »Wenn Sie Rafael bei dieser Sache also einfach bei Laune halten würden, würde das die ganze Sache um einiges leichter machen.«

»Was kommt als nächstes, meine Socken- und Unterwäscheschublade?«

Als auf Jasons sarkastische Bemerkung einen Moment Stille folgte, wurde er noch aufgebrachter. »Sie machen Witze!«, sagte er.

»Ja, ich mache Witze«, antwortete Ortberg. »Geben Sie mir bitte Rafael noch einmal.«

Rafael nahm das Telefon und ging in einen anderen Raum. Als er zurückkam, wies er seine Männer an, sicherzugehen, dass sie alles in die Kisten verpackt und beschriftet hatten. Er nahm ein Formular aus einem Ordner und bat Jason, es zu unterschreiben.

Während die Männer die Kisten zuklebten und beschrifteten, las Jason das Formular sorgfältig durch. Es war eine Bescheinigung, dass er alles zurückgegeben hatte – sämtliche Daten und Informationen, die er während seiner Zeit bei Justice Inc. je zusammengetragen hatte, ob elektronisch gespeichert oder auf Papier oder auf andere Art festgehalten. Jason las das Formular, öffnete seine Schreibtischschublade und reichte Rafael noch einen USB-Stick, dann unterschrieb er.

Rafael nahm das Formular, dann reichte er Jason einen schlichten weißen Umschlag mit Jasons Namen darauf. »Mr Sherwood wollte, dass Sie das bekommen«, sagte Rafael.

Nachdem Rafael und seine Männer gegangen waren, setzte sich Jason an seinen Schreibtisch und öffnete den Umschlag. Die positiven Gefühle, die er über seine Zeit bei der Justice Inc. gehabt hatte, waren größtenteils verschwunden. Rafael hatte Jason das Gefühl gegeben, ein verurteilter Verbrecher zu sein, der versuchte, Firmengeheimnisse zu stehlen.

Der Umschlag enthielt einen Brief von Robert Sherwood, in dem er seine Dankbarkeit für Jasons gute Arbeit ausdrückte. *Ich habe nie jemanden gekündigt, weil er zu gut war,* stand in dem Brief. *Mir scheint, Sie verdienen einen kleinen Bonus.*

Beigefügt war ein weiterer Scheck über 75 000 Dollar – ein Halbjahresgehalt. Das erhöhte Jasons Abfindung auf insgesamt 150 000 Dollar.

Auch wenn es ihm immer noch eine seltsame Art schien, eine Firma zu verlassen, fühlte sich Jason jetzt nicht länger zu wenig wertgeschätzt.

Er setzte sich ein paar Minuten schweigend hin und dachte darüber nach, wie schnell sich sein Leben verändert hatte. In Zeiten wie diesen sehnte er sich am meisten danach, den Hörer aufzunehmen und seine Mutter anzurufen. Seine Mutter war eine bemerkenswerte Frau gewesen, die einen sechsmonatigen Kampf gegen den Krebs verloren hatte, als Jason in der Mittelstufe gewesen war. Bis zu ihrem Tod war Jason immer der Sohn seiner Mutter gewesen und hatte die Aufmerksamkeit und bedingungslose Liebe aufgesaugt, die für sie so natürlich waren wie das Atmen. Jasons Mutter starb, nachdem der Krebs von ihrem Darm in die Leber metastasiert hatte. Vierzehn Jahre später stiegen Jason immer noch die Tränen in die Augen, wenn er nur an sie dachte.

Damals hatten die Leute nur den Kopf geschüttelt. »Sie war noch so jung«, sagten sie.

Nach dem Tod seiner Mutter war Jason mit seinem Vater allein gewesen – einem strengen Zuchtmeister, der nie wieder heiratete. Jason fühlte sich jetzt verpflichtet, seinen Vater anzurufen und ihm von den neuesten Entwicklungen zu erzählen.

Sein Vater hatte zwar widerwillig akzeptiert, dass Jason anfing, für Justice Inc. zu arbeiten, doch er hatte immer davon geträumt, dass er Staatsanwalt würde. Stattdessen würde Jason seinem Vater nun von seinen Plänen erzählen müssen, Strafverteidiger zu werden und sich der »dunklen Seite« anzuschließen.

Sein Vater würde fluchen und Jason wissen lassen, dass er enttäuscht von ihm war. Er würde ihn daran erinnern, wie so viele Male zuvor, dass Jason hinter Gittern säße, wenn es keine Brüderlichkeit zwischen Polizeibeamten geben würde – die Art, wie sie sich um die Familien der jeweils anderen kümmerten. Er würde alles in seiner Macht stehende tun, um Jason wieder einmal Schuldgefühle zu machen.

Doch es würde nur nach hinten losgehen und Jason an den Grund erinnern, warum er diesen Weg überhaupt eingeschlagen hatte. Wenn andere Cops genauso bereit waren, außerhalb des Gesetzes zu agieren wie die, die Jason kannte, würden alle möglichen unschuldigen Menschen gute Verteidiger brauchen.

Sein Vater würde das nie verstehen. Er würde Jason nur vorwerfen, ein Verräter zu sein.

Doch Jason kannte die Wahrheit.

Es war sein Vater, der Verrat begangen hatte. Das System hatte die Seele seines Vaters längst gekauft.

* * *

Robert Sherwood sah auf, als es an seiner Bürotür klopfte.

»Herein.«

Die Tür schwang auf, und Rafael Johansen trat ein. »Wir sind fertig«, sagte er.

»Glauben Sie, dass er Kopien der Software hat?«, fragte Sherwood.

»Vielleicht. Er wollte uns keinen Zugang zu seinen Schreibtischschubladen und Aktenschränken geben.«

Sherwood dachte einen Augenblick darüber nach. Da enorme Summen auf dem Spiel standen, hatte Justice Inc. immer peinlich genau darauf geachtet, Firmeninformationen zu schützen.

»Ich glaube, er ist offen und ehrlich«, sagte Sherwood. »Aber wir sollten ihn trotzdem zirka ein Jahr überwachen lassen, nur um sicherzugehen.«

11

Jason brauchte drei Tage, um anzurufen. Die ersten zwei Tage klickte er die Kontaktdaten seines Vaters auf dem BlackBerry ein halbes Dutzend Mal an und scrollte bis zur Telefonnummer seines Vaters nach unten. Aber er konnte sich nicht überwinden, sie zu wählen.

Am dritten Tag brachte Jason in der Einsamkeit seines Apartements den Mut auf, die Nummer zu wählen. Das Telefon klingelte drei Mal, ohne dass jemand abhob, und weckte Jasons Hoffnung, er könne vielleicht nur eine Nachricht hinterlassen.

Doch dann hob sein Vater ab. »Jason, ich bin gerade mitten an einer Sache. Kann ich dich zurückrufen?«

»Klar.«

Eine Stunde später, als Jason die *Avenue of the Americas* hinunterging, spürte er sein BlackBerry zweimal vibrieren. Der Name und die Nummer seines Vaters erschienen auf dem Bildschirm.

»Hey Dad«, sagte Jason.

»Hey, Jason. Tut mir leid, dass ich vorhin keine Zeit hatte. Ich war mitten in einer Abteilungsbesprechung. Was ist los?«

Justice Inc. legte größten Wert auf Vertraulichkeit, deshalb musste Jason selbst seinem Vater gegenüber etwas vage bleiben. In der Vergangenheit hatte er seine Arbeit als »juristische Recherchen für Investmentfirmen« beschrieben.

Sein Vater hatte über den »Schreibtischjob« gespöttelt, tolerierte es aber, weil er wusste, dass Jason 150 000 im Jahr verdiente, genug um einen ordentlichen Batzen seines Studiendarlehens zurückzuzahlen. Die unausgesprochene Annahme - zumindest die unausgesprochene Annahme seines Vaters - war, dass Jason eine Stelle als Staatsanwalt annehmen würde, sobald sein Zweijahresvertrag enden würde.

»Ähm, ich gehe früher aus New York weg, Dad. Um genau zu sein, nächste Woche.« Jason zögerte - es war nie leicht, mit seinem Vater zu reden. »Ich habe meine Projekte vor der geplanten Zeit beendet, und sie zahlen mir den Rest meines Gehalts aus.«

Das hatte ein längeres Schweigen zur Folge. Jason stellte sich den finsteren Blick seines Vaters vor - der kantige Kiefer verkrampfte, während sich die Stirn verstimmt in Falten legte. Jasons Ansicht nach war das ein Gesicht, das wenig Ähnlichkeit mit seinem eigenen hatte. »Du verschweigst mir etwas«, sagte sein Dad. »Du hattest einen Zweijahresvertrag. Irgendwas muss passiert sein.«

»Nichts ist passiert«, sagte Jason. Er wurde langsam etwas unruhig. Warum konnte sein Vater nicht einfach akzeptieren, dass Jason etwas richtig gemacht hatte? »Ich habe meine Rechercheprojekte beendet ... früher als vorgesehen. Sie fanden meine Arbeit toll, haben eine Tonne Geld mit mir gemacht, und jetzt werden sie mir helfen, eine eigene Kanzlei aufzubauen.«

Jason hielt den Atem an; bereit für die Explosion. Er stand an einer Straßenkreuzung und wartete, dass die Ampel umsprang, Ellbogen an Ellbogen mit ein paar Dutzend New Yorkern. Er hatte das Gefühl, dass alle ihm zuhörten.

»Eine eigene Kanzlei?«

»Der Vorsitzende der Firma hat Beziehungen. Er macht mich mit ein paar von seinen Kunden bekannt und mit einer Sachverständigen, die bis vor kurzem die leitende Toxikologin in Virginia war. Ich werde eine eigene Kanzlei in Richmond aufmachen.«

Die Ampel sprang um, und sofort fingen Taxis an zu hupen. Ein großer

Reisebus ließ seinen Motor aufheulen. Jason ging im Strom der Massen weiter.

Sein Vater sagte etwas, aber Jason musste ihn bitten, es zu wiederholen.

»Was für Kunden?«

»Alle möglichen. Prozesskram. Zivilrechtlich genauso wie strafrechtlich.«

Das brachte ihm ein weiteres Schweigen ein. Man musste es seinem Vater nicht erklären - freie Anwälte, die Strafrechtsfälle behandelten, vertraten Kriminelle. Aus der Sicht seines Vaters hatten nur die Staatsanwälte weiße Westen.

»Tolle Art, seinen Lebensunterhalt zu verdienen«, sagte sein Vater schließlich. »Strafmilderungen für Vergewaltiger rausholen. Über Polizisten und Opfer herfallen, für wie viel - ein paar Hundert die Stunde?«

Jason wollte jetzt nicht darüber reden. Sein Vater war stur, eine Eigenschaft, die Jason allerdings geerbt hatte. »Es gibt auf beiden Seiten gute Anwälte, Dad. Das weißt du.« *Und genauso auch korrupte*. Wenn Jason diesen Teil auch nicht aussprach.

»Interessante Art, deine Dankbarkeit zu zeigen«, sagte Jasons Vater. Jason wusste, dass diese Bemerkung kommen würde, aber sie ging ihm trotzdem gegen den Strich. Es war eine Anspielung auf *den Vorfall,* den Punkt in Jasons Leben, als er gelernt hatte, dass Cops gekauft und verkauft werden konnten - mit Loyalität, wenn nicht gar mit Geld. Dasselbe Ereignis, das Jason aus Sicht seines Vaters für immer in dessen Schuld stehen ließ.

Der Vorfall verfolgte Jason nun schon seit zehn Jahren, hatte mit Alpträumen und depressiven Phasen begonnen und war dann schließlich in bleibenden Zynismus übergegangen. Es war, auch wenn sein Vater das nie verstehen würde, der Grund gewesen, warum Jason beschlossen hatte, Strafverteidiger zu werden.

»Matt Corey hat seine Karriere aufs Spiel gesetzt - sein ganzes Lebenswerk -, damit du noch eine Chance bekommst«, erinnerte ihn sein Vater. »Du hättest es nie bis zum Jurastudium gebracht, wenn Matt unsere Freundschaft nicht so wichtig gewesen wäre, dass er das tat. Warum willst du dein Leben damit verbringen, Männer wie ihn anzugreifen?«

»Das werde ich nicht tun, Dad.« Es war eine kleine Lüge, doch Jason wollte einfach nur das Gespräch beenden.

»Rufst du mich an, um mich nach meiner Meinung zu fragen oder um mir davon zu erzählen?«

Jason holte Luft und trat an den Rand des Gehwegs, heraus aus dem Verkehrsstrom. »Ich werde es machen, Dad. Und ich werde es auf die richtige Art machen. Ich habe mich entschieden.«

Jasons Vater antwortete nicht gleich, vielleicht in der Hoffnung, dass das unbehagliche Schweigen Jason dazu bringen würde, seine Meinung zu ändern. Wenn ja, verschwendete er seine Zeit.

»Es gibt keine richtige Art«, sagte Jasons Dad schließlich. Und mit diesem abschließenden Kommentar legte er auf.

Teil III

Gegner

12

Zwei Monate später

Kelly Starling warf einen verstohlenen Blick auf ihre Uhr und achtete darauf, dass der Jobanwärter, der ihr gegenübersaß, es nicht bemerkte. Sie mochte diesen jungen Mann - Geoff, ein Student im zweiten Jahr von der *Georgetown University* mit guten Noten, der einiges an gemeinnütziger Arbeit vorweisen konnte. Kellys Firma, eine der größten und renommiertesten Kanzleien in Washington, hätte wirklich noch einen Idealisten wie Kelly gebrauchen können. Doch sie wusste, dass dies nie geschehen würde.

»Ich habe den Artikel über Ihre Arbeit mit den Opfern von Menschenhandel gelesen«, sagte Geoff mit Bewunderung im Blick. »Das ist eines der Dinge, die mich an Ihrer Kanzlei gelockt haben.«

Er sprach von einer zwei Jahre alten Story, die die *Washington Post* gebracht hatte: wie junge Frauen mit Jobversprechen nach Amerika gelockt und dann in die Prostitution oder Pornografie gezwungen wurden, um unüberwindbare Schulden abzuzahlen. Kelly war damals in ihrem zweiten Jahr bei *Burgess & Wicker* gewesen und hatte angefangen, ein paar von diesen Fällen *pro bono* zu übernehmen - Prozesse anstrengen, um die Schulden der Frauen zu annullieren und Staatsanwälte drängen, die Männer anzuklagen, die sie hergeholt hatten. Der Artikel hatte ihnen eine sehr gute Presse eingebracht, und jetzt fügte B&W ihn all ihren Werbe- und Personalwerbungsmaterialien bei, als hätte sich die Firma ernsthaft der *pro-bono*-Arbeit verpflichtet.

Kelly hatte die Geschichte in Dutzenden von Interviews erzählt und Jurastudenten mit einer Seite von Washington fasziniert, von der die meisten nicht einmal gewusst hatten, dass sie existierte. Gleichzeitig achtete sie sorgfältig darauf, nicht den Eindruck zu erwecken, dass sie eine Chance haben könnten, eine zweite Kelly Starling zu werden. B&W war an abrechenbaren honorarpflichtigen Stunden interessiert, nicht an Kreuzzügen.

Kelly war einzigartig - eine glückliche Begünstigte der Publicity, die dem Image der Kanzlei genützt hatte und das Gewissen der Seniorpartner erleichterte, wenn sie mehr als eine Million im Jahr einstrichen. Eine Kelly Starling war gut für eine Kanzlei wie B&W, weil sie ihr ein weiches Profil verschaffte. Das »Vorzeigemädchen« der Kanzlei hatten die Kollegen sie genannt. Doch ein Haufen Kelly Starlings hätte das Finanzmodell der

Firma zerstört und den Goldesel geschlachtet, der den Partnern das nötige Kleingeld für ihre Bentleys, die Privatschulen für ihre Kinder und Schönheitsoperationen für ihre Frauen einbrachte.

Ein Gähnen unterdrückend, erzählte Kelly Geoff ihre Sexhandelsgeschichte, allerdings die jugendfreie Variante ohne die blutrünstigen Details. Die meisten Jobanwärter drückten ihr Entsetzen darüber aus, dass solche Dinge in der Landeshauptstadt direkt vor der Nase der Regierung geschehen konnten. Ein paar von den selbstbewussteren männlichen Anwärtern - im Allgemeinen ehemalige Sportskanonen - versuchten dann, ein bisschen zu flirten oder erklärten Kelly, dass sie an ihrer Stelle die Sache vielleicht in die eigenen Hände genommen und ein paar Köpfe weggepustet hätten, wenn es keiner sah.

Kelly war daran gewöhnt: Männer, die versuchten, sie zu beeindrucken. Sie war in der Highschool Schwimmerin gewesen, schnell genug, um sich ein paar Collegestipendien zu verdienen, die sie umgehend abgelehnt hatte. Sie versuchte immer noch, in Form zu bleiben, doch ihr Schreibtischjob forderte seinen Tribut. Außerdem gab es Dinge, die man in einem Fitnessstudio nicht in Ordnung bringen konnte.

Für ihren eigenen kritischen Blick waren ihre Schultern ein bisschen zu breit und ihr fehlten die Kurven, die die meisten Frauen ihres Alters besaßen. Stattdessen hatte sie durchtrainierte Arme und einen flachen Bauch. Sie erinnerte sich immer noch an den Artikel, der während ihrer Highschool-Zeit in der Zeitung ihrer Heimatstadt erschienen war. Es war vermutlich als Kompliment gemeint gewesen, aber einem sechzehnjährigen Mädchen, das ungelenke einssiebenundsiebzig groß war, kam das damals nicht so vor: *Sie hat den perfekten Schwimmerkörper. Ihre Körperhaltung ist schlaksig, locker und selbstbewusst wie bei einem Jungen. Ihr Körper erinnert an ein auf der Spitze stehendes Dreieck - breite Schultern, langer Oberkörper, schmale Hüften - und verschafft ihr einen deutlichen Vorteil gegenüber den anderen, muskulöseren Schwimmerinnen, die sie in schöner Regelmäßigkeit schlägt.*

Ein auf der Spitze stehendes Dreieck - nicht gerade die Beschreibung des nächsten weiblichen Hollywoodstars. Doch Kelly kam ganz gut damit zurecht. Es gab Leute, die sie eine »Naturschönheit« nannten, vermutlich ein zweifelhaftes Kompliment für die Tatsache, dass Kelly wenig Make-up trug und ihre aschblonden Haare unkompliziert kurz und stufig trug, womit sie zwischen dem morgendlichen Schwimmtraining und dem Büro möglichst wenig Zeit verlor. Ehrlichere Begutachter benutzten das Wort *markant*, um ihr schmales Gesicht zu beschreiben. Ein Adjektiv, das seinen Ursprung vielleicht in ihrer kräftigen Kieferpartie oder ihrer hohen Stirn hatte. Sie kniff die Augen zusammen, wenn sie lächelte und zeigte dabei Grübchen und dank der Wunder der Kieferorthopädie zwei perfekte Reihen weißer Zähne.

Der Artikel in der *Washington Post* nannte sie eine Kreuzung zwischen Dara Torres und Greta Van Susteren - in Kellys Augen eine ziemliche Spanne. Derselbe Artikel hatte sie als leicht zwanghaft beschrieben, eine »Perfektionistin«, wie der Reporter geschrieben hatte. Die Tatsache, dass sich Kelly fast zwei Jahre später immer noch an den genauen Wortlaut erinnern konnte, gab ihm vermutlich recht.

Jedenfalls war die Personalbeauftragte bei B&W nicht dumm - sie schickte Kelly fast zwei Mal so viele männliche wie weibliche Jurastudenten.

Doch Geoff versuchte nicht, den Coolen zu spielen oder seinen Männlichkeitswahn zu demonstrieren. »Das ist unglaublich«, sagte er, als Kelly fertig war. »Ich hätte nicht halb so viel Mut.«

Geoff war groß und etwas ungelenk, die blonden Haare hochgegelt, doch sein Zeugnis war übersät mit Einsen. Falls B&W ihn einstellte, würde er in der Bibliothek festsitzen und komplizierte Steuerzufluchtssysteme recherchieren oder fremdfinanzierte Übernahmen. Er würde keine Minute für die Obdachlosen oder Alten übrig haben.

Kelly brachte das Gespräch so effizient wie möglich zum Abschluss und begleitete Geoff fünf Minuten zu früh ins Büro des nächsten Anwalts. Sie ging rasch zurück in ihr Büro, damit sie das Gesprächsformular vor ihrem nächsten Termin ausfüllen konnte. Sie bewertete Geoff in ein paar Punkten niedriger als fünf auf einer Skala von eins bis zehn - niedrig genug, um sicherzustellen, dass er es nicht schaffte. Kelly mochte den Jungen wirklich. So sehr, dass sie nicht bereit war, ihn dem Dampfkochtopf bei B&W auszusetzen. Nur die Starken überlebten in Kellys Firma. Ihre Partner hätten Hackfleisch aus Geoff gemacht.

13

Später am Tag wartete Kelly in ihrem Büro auf den Anruf der Empfangsdame. Sie versuchte, sich mit anderen Akten zu beschäftigen, aber es nützte nichts. Endlich, ein paar Minuten nach eins, kam der Anruf durch, auf den sie gewartet hatte.

»Mr Crawford ist hier.«

»Können Sie ihn in 12A führen? Ich bin in ein paar Minuten unten.«

Mr Crawford. Blake Crawford. Der trauernde Witwer von Rachel Crawford, der Reporterin, die vor zwei Monaten in den WDXR-Studios erschossen worden war. Eine Woche zuvor hatte er Kelly aus heiterem Himmel angerufen und sagte, er sei von der *Handgun Violence Coalition* an sie verwiesen worden. Er wollte darüber sprechen, den Hersteller der MD-9 zu verklagen - der Waffe, die Larry Jamison benutzt hatte, um Rachel hinzurichten.

Zuerst hatte Kelly gedacht, es sei ein Telefonstreich, doch sie verkniff es sich, etwas Dummes zu sagen. Als ihr klar wurde, dass der Anrufer tatsächlich Blake Crawford war, begann sie in Gedanken die juristische Analyse. Auch wenn der Fall überzogen klang, wollte Kelly nicht nein sagen, bis sie zumindest ein paar Recherchen angestellt hatte. Schließlich bekam sie nicht jeden Tag Anrufe von potenziellen Mandanten mit nationalem Bekanntheitsgrad.

Es sei kompliziert, hatte Kelly gesagt, und erklärt, dass er sie zwischen zwei Besprechungen erwischt habe. Ob sie einen Termin vereinbaren könnten? Wäre gleich nächste Woche früh genug?

Kellys nächster Anruf hatte dem Direktor der *Handgun Violence Coalition* gegolten, der sagte, er habe Blake Crawford tatsächlich an sie verwiesen. Der Direktor erklärte, er habe einen Anruf von einem wichtigen Spender erhalten, der anregte, Kelly könne die perfekte Anwältin sein, um Blake Crawford gegen den Waffenhersteller zu vertreten. Der Spender hatte ihm eine Kopie des *Washington-Post*-Artikels gefaxt und angemerkt, dass sowohl Kelly als auch Rachel Crawford sich aktiv gegen den Menschenhandel eingesetzt hätten. »Vielleicht sollten Sie Blake Crawford anrufen«, hatte der Spender vorgeschlagen, »und ihm die Ausgangsebene für eine Klage gegen MD Firearms erklären und ihn an Kelly Starling verweisen.«

Kelly hatte nach dem Namen des Spenders gefragt.

»Er will ungenannt bleiben«, hatte der Direktor geantwortet.

Nach ein paar Tagen zusätzlicher Recherchen hatte Kelly einige solide Antworten zusammengetragen. Der Fall hatte Potenzial. Und sie würde alle Hebel in Bewegung setzen, um ihn zu bekommen.

Blake Crawford ein paar Minuten in Konferenzraum 12A, dem Kronjuwel des Washington-Büros von B&W, sitzen zu lassen, war ein guter Anfang.

Fast die Hälfte der 450 Anwälte von B&W saß in diesem Bürogebäude aus dunkel getöntem Glas, einer der renommiertesten Adressen in Washington. Andere arbeiteten von ebenso vornehmen Adressen in Atlanta, Singapur, Paris, Bangkok und London aus. Konferenzraum 12A hatte einige Geschäftsführer aus der Liste der 500 umsatzstärksten Firmen des Landes und nicht weniger Senatoren gesehen. Milliardengeschäfte waren an seinem 12-Meter-Mahagonitisch abgeschlossen worden. Bill Gates war hier entthront worden. Pressekonferenzen wurden hier abgehalten. Landesweite politische Aktionen angekündigt. Sogar ein paar Büroaffären waren hier in den frühen Morgenstunden vollzogen worden, wobei sich die Beteiligten der versteckten Kameras offensichtlich nicht bewusst gewesen waren.

Von 12A aus konnte man den *Farragut Square* überblicken und über seine Probleme nachgrübeln, während man auf das Gebäude der amerikanischen Handelskammer blickte oder einen Blick auf das Kapitol am Horizont erhaschte. Kelly traf sich mit ihren Sexhandelsmandantinnen auf Parkbänken und in schmuddeligen Restaurants, doch Blake Crawford würde das volle Programm bekommen, inklusive zusätzlicher fünf Minuten Wartezeit, damit er die echten Gemälde bewundern und erkennen konnte, dass Kelly eine sehr wichtige und viel beschäftigte Partnerin einer sehr erfolgreichen Firma war.

»Tut mir leid, ich bin zu spät«, sagte Kelly, als sie in den Konferenzraum platzte und Blakes Hand mit genau der richtigen Dosis Bestimmtheit drückte. »Etwas zu trinken?«

»Danke, ich brauche nichts«, sagte er. Blake trug eine Khakihose, ein hellblaues Hemd und ein schwarzes Jackett. Er hatte dunkle Ringe unter den Augen und eine ruhige Stimme; die Belastung der letzten Monate stand ihm deutlich ins Gesicht geschrieben.

Kelly hatte seine Zurückhaltung bewundert, als er im Fernsehen erschien. Er hatte es kategorisch abgelehnt, irgendjemanden außer Larry Jamison verantwortlich zu machen - nicht WDXR wegen nachlässiger Sicherheit; nicht das Sondereinsatzkommando, weil es nicht früh genug eingegriffen hatte; nicht den Waffenhändler, weil er die Waffe illegal verkauft hatte; nicht den Hersteller der Waffe. »Ich weiß nicht, warum das passiert ist«, hatte Blake Crawford gesagt. »Aber ich muss einfach darauf vertrauen, dass Gott seine Gründe dafür hatte. Schuldzuweisungen lassen den Schmerz nicht verschwinden.«

Kelly vertraute Gott auch. Doch manchmal brauchte Gott ihrer Meinung nach einen guten Anwalt.

Kelly setzte sich Blake gegenüber und fühlte sich plötzlich dumm, dass sie sich in so einem großen und imponierenden Raum mit ihm traf. »Danke, dass Sie gekommen sind«, sagte sie. »Mein Beileid für Ihren Verlust.«

»Danke.« Blake sah Kelly einen Augenblick an und senkte dann den Blick auf den Tisch. »Ich hätte fast abgesagt«, gab er zu. »Ich weiß immer noch nicht, ob es das Richtige ist.«

»Das verstehe ich«, sagte Kelly. »Lassen Sie uns einfach einen Schritt nach dem anderen machen.«

Sie stellte Blake ein paar einführende Fragen und kritzelte ein paar Notizen auf einen Block, damit sie das Aufnahmeformular für neue Mandanten ausfüllen konnte. »Ich habe meine Untersuchung noch nicht abgeschlossen, aber ich habe mir schon ein paar Gedanken gemacht«, sagte Kelly. Sie bemerkte einen leeren Blick in den Augen ihres potenziellen Mandanten - der Schmerz der Tragödie hatte sich anscheinend in eine gewisse Gefühllosigkeit verwandelt. Sie hatte denselben Blick bei Mandanten ihrer Menschenhandelsfälle gesehen, wenn sie die Hoffnung aufgegeben hatten.

»Lassen Sie uns mit dem Waffenhändler anfangen.« Kelly öffnete einen Ordner, den sie über *Peninsula Arms* zusammengetragen hatte, das Geschäft, das die Waffe verkauft hatte, die Larry Jamison benutzt hatte, um Blakes Frau zu ermorden.

»Jamison war vorbestraft und durfte laut Bundesgesetz keine Schusswaffe kaufen«, erklärte Kelly. »Die Waffe wurde in Wirklichkeit einem dreiundzwanzigjährigen Mann namens Jarrod Beeson verkauft. Wie Sie wissen, sagte Beeson ursprünglich aus, dass jemand ihm seine Waffe gestohlen habe und dass er sich nur nicht die Mühe gemacht habe, es zu melden. Aber im nächsten Moment erzählt ein Kerl, der wegen illegalen

Besitzes von Schusswaffen einsitzt, den Strafverfolgungsbehörden, dass Beeson einer der Männer war, die eben diesem Waffengeschäft als Mittelsmänner bei anderen Strohverkäufen dienten. Die Agenten der ATF* üben Druck auf Beeson aus und er knickt ein und gibt seine Rolle als Strohkäufer zu.«

Blake Crawford nickte abwesend.

All diese Informationen waren bereits im Fernsehen im ganzen Land ausgestrahlt worden, wie Kelly wusste. Beeson hatte ein Geständnis unterschrieben und seine Rolle in mehreren Strohverkäufen von Peninsula Arms eingeräumt. Er gab sogar zu, dass die Angestellten von Peninsula Arms seine Handynummer manchmal an potenzielle Kunden herausgaben. Drei Wochen zuvor hatte die Bundespolizei den Besitzer und einen Angestellten von Peninsula Arms angeklagt. Letzte Woche hatten das Geschäft und sein Besitzer Konkurs angemeldet.

»Dies ist kein Einzelfall.« Kelly schob eine neunzehnseitige Excel-Tabelle über den Tisch. Sie enthielt eine lange Liste von Waffen, die von Peninsula Arms verkauft worden waren und mit Verbrechen in New York City, Washington, Baltimore und Philadelphia in Verbindung gebracht werden konnten.

»Vor ein paar Jahren haben ein paar Kommunalverwaltungen Klage gegen skrupellose Waffenhändler erhoben, die illegale Transaktionen vornahmen – Waffen an berechtigte Käufer zu verkaufen, die als Vertretung für nicht berechtigte Käufer fungierten. New York City hat sogar verdeckte Ermittler als Scheinkäufer in die Waffengeschäfte geschickt.

Der erste Agent wählte jeweils eine Waffe aus, zögerte aber beim Papierkram, wenn es zu den Fragen darüber kam, ob er Straftäter sei oder schon einmal zwangseingewiesen wurde. Ein paar Stunden später kam dann dieselbe Person mit einer zweiten Person zurück, deutete direkt vor demselben Angestellten des Waffengeschäftes auf die Waffe und gab dem zweiten Agent Geld, um sie zu kaufen. Der Angestellte ließ den zweiten verdeckten Ermittler den Papierkram ausfüllen und verkaufte die Waffe, um dann zuzusehen, wie diese Person die Waffe an den illegalen Käufer weitergab. Die Händler haben das nie der Sicherheitsbehörde gemeldet.«

---

* *Bureau of Alcohol, Tobacco, Firearms and Explosives;* Sicherheitsbehörde für Alkohol, Tabak, Schusswaffen und Sprengstoff (Anm. d. Übers.).

Kelly wartete einen Augenblick, während Blake die Tabelle überflog. Mit Hilfe der Anwälte der *Handgun Violence Coalition* hatte sie die Statistiken von allen Städten der Ostküste, die eine Klage angestrengt hatten, herausgefiltert. »Allein im Jahr 2006, das letzte Jahr, für das wir Statistiken haben, verkaufte Peninsula Arms 251 Schusswaffen, die mit Morden oder schweren Körperverletzungen in diesen vier Städten in Verbindung stehen. Nur bei einem weiteren Verkäufer können mehr Waffen zu Verbrechen zurückverfolgt werden. In diesen beiden Geschäften – *Brachman's Gun Shop* und Peninsula Arms – wurden mehr als 30 Prozent der Waffen verkauft, die in diesen Städten in Verbindung mit Gewaltverbrechen auftauchten.«

Kelly hielt inne und wartete, bis Blake den Blickkontakt herstellte. Diesmal meinte sie, ein wenig mehr Leben in seinen Augen zu erkennen.

»Nicht eine der Waffen, die zu Peninsula Arms zurückverfolgt werden können, wurde bei dem Verbrechen von seinem ursprünglichen Käufer benutzt«, fuhr Kelly fort. »Wir sprechen hier von einer riesigen Anzahl von Strohverkäufen, Blake. Drei separate Vorladungen der ATF. Und raten Sie, was die bevorzugte Waffe bei einem von vier Verbrechen war?«

»Die MD-9«, sagte Blake, die Stimme eher traurig als zornig.

»Die MD-9«, wiederholte Kelly. Sie sagte es mit mehr Gefühl, als könne sie Blakes Rückgrat irgendwie durch einen Bruchteil ihrer eigenen Entschlossenheit stärken.

Als nächstes öffnete Kelly einen Ordner über MD Firearms und begann, ihre Recherchen zu Lasten der Firma darzulegen. Laut Kelly wusste die Geschäftsführerin der Firma, eine Frau namens Melissa Davids, dass die MD-9 nur für eines gebaut war – Menschen zu töten. So vermarkteten sie die Waffe. Und es funktionierte. Die mattschwarze halbautomatische Waffe wurde überall von Straßengangstern bevorzugt, wie die Beweise, die Kelly aus den Gerichtsverfahren der Städte zusammengetragen hatte, zeigten.

»Die Firma macht jedes Mal, wenn sie eine davon verkauft, fast zweihundert Dollar damit«, erklärte Kelly. »Und über Peninsula Arms verkaufen sie Hunderte davon – in dem Wissen, dass mit vielen der Waffen bei verurteilten Verbrechern durch illegale Strohtransaktionen hausieren gegangen wird.«

Blake nickte, und in den traurigen Augen zeigte sich endlich ein wenig Feuer. »Ich habe Melissa Davids ein paar Mal in Fernsehsendungen gesehen«, sagte er. »Das ist einer der Gründe, warum ich hier bin.« Er schwieg, und Kelly bemerkte, dass seine Unterlippe ein klein wenig zitterte. »Sie sagt, sie macht sich keine Sorgen. Sie sagt, es gibt ein Bundesgesetz, das Hersteller vor Prozessen wie diesem schützt. Sie zeigt keinerlei schlechtes Gewissen, weil ihre Waffe bei diesem Verbrechen benutzt wurde. Es ist fast, als wäre sie stolz darauf.«

Diese kurze Rede ließ Kelly wieder einmal bewusst werden, wie gern sie diesen Fall verhandeln würde. Eine Kreuzfahrerin brauchte einen Kreuzzug. Und hier war ein vernünftiger Mann, dessen Leben ohne seine eigene Schuld in Trümmern lag. Es zerriss ihr das Herz.

»Es *gibt* tatsächlich ein Bundesgesetz«, sagte Kelly. »Es ist ein Gesetz zum Schutz legalen Waffenhandels. Es schützt Händler und Hersteller vor Klagen, wenn eine Schusswaffe tut, wozu sie hergestellt wurde und Schaden durch kriminelle Aktivitäten hervorruft. Aber ein paar Gerichte haben es für verfassungswidrig erklärt. Außerdem gibt es eine wichtige Ausnahme.«

Kelly las den exakten Gesetzestext vor – jedes Wort zählte. »Dieses Gesetz gilt nicht für ›eine Aktion, bei der der Hersteller oder Verkäufer eines ausgewiesenen Produkts wissentlich gegen ein staatliches oder bundesstaatliches Gesetz verstößt, das auf den Verkauf oder die Vermarktung eines Produktes anwendbar ist.‹«

Sie sah zu Blake auf und meinte, einen schwachen Hoffnungsschimmer zu entdecken. Angehörige von Opfern versuchten oft, einen tieferen Sinn im Tod eines geliebten Menschen zu finden. Einen Grund. Ein übergeordnetes Wohl.

»Ich weiß, dass eine Klage sie mir nicht zurückbringt«, sagte Blake. »Aber vielleicht verhindert es, dass jemand anderes durch dieselbe Hölle gehen muss, die ich durchmache. Vielleicht bringt es Melissa Davids dazu, es sich gründlich zu überlegen, ob sie Geschäften wie Peninsula Arms oder diesem anderen Händler, den Sie erwähnt haben, Waffen verkauft. Ich muss nur sicher sein, dass wir nicht gegen Windmühlen kämpfen.«

Kelly widerstand dem Drang, ihm zu sagen, dass gegen Windmühlen zu kämpfen ihre Spezialität war. Dieser Fall war nicht hoffnungslos. Andere Kreuzfahrer hatten unter ähnlichen Umständen gesiegt.

»Erinnern Sie sich noch an die Heckenschützen aus der Washingtoner Gegend?«

»Ja.«

»Sie hatten ihre Waffe auch aus einem Strohverkauf. Die Firma *Bull's Eye Shooter Supply* hat so schlampig gearbeitet, dass sie von 238 Waffen, die sie verkauft hatten, nicht einmal die Papiere finden konnten - inklusive das Bushmaster-Sturmgewehr, das John Allen Mohammed und Lee Malvo benutzt hatten. Die Opfer haben Klage eingereicht, sowohl gegen *Bull's Eye* als auch gegen den Waffenhersteller. Sie haben sich auf eine Entschädigung von 2,5 Millionen Dollar geeinigt.«

Blake dachte einen Augenblick darüber nach und sah dabei auf seine Hände hinab. Als er wieder zu Kelly aufsah, sah sie dicke Tränen, die sich in seinen Augen sammelten.

»Ich weiß, das hören Sie ständig«, sagte er. »Aber es geht mir nicht ums Geld. Falls wir Klage einreichen - und ich habe mich immer noch nicht entschieden - aber wenn wir es tun ... dann schließen wir keinen Vergleich.«

Kelly prozessierte seit fünf Jahren für B&W. Jeder Mandant schwor, es sei eine Frage des Prinzips. Für die meisten war das Prinzip, das am meisten zählte, der Geldbetrag, den die andere Seite als Vergleich anbot. Sie spürte, dass Blake eine Ausnahme sein könnte.

»Ein Fall wie dieser wird nicht leicht«, sagte sie. »Es könnte Jahre dauern. Sie und ich werden beide gnadenlos von der Nationalen Schusswaffenvereinigung und ihren Geschäftspartnern angegriffen werden.« Sie unterbrach sich, um die Ernsthaftigkeit ihrer Warnung zu unterstreichen. »Sind Sie dazu bereit?«

Als Antwort griff Blake in seine hintere Hosentasche und zog seinen Geldbeutel hervor. Er öffnete ihn und holte ein kleines, gefaltetes Stück Papier mit einem körnigen braunweißen Bild darauf heraus. Vorsichtig faltete er das Stück Papier auseinander und schob es über den Tisch.

»Hier.« Er drehte es, und das Bild wurde klar. Es war ein 3-D-Ultraschallbild. Das kleine Baby in Rachels Bauch lag in der üblichen Embryonalstellung mit dem Kopf nach unten und sah gemütlich und zufrieden aus.

Das Bild erschütterte Kelly. »Wie weit?«

»Zweiundzwanzigste Woche.«

Kelly zögerte, versuchte ihr Privatleben von ihrem beruflichen zu trennen. Sie musste sich auf Blake und Rachel konzentrieren. »Wussten Sie, ob es ein Mädchen oder ein Junge war?«

»Ein kleines Mädchen.«

»Hatten Sie schon einen Namen ausgesucht?«

»Rebecca.«

Rachel und Rebecca. Biblische Namen.

»Das tut mir leid«, sagte Kelly. Sie faltete das Papier vorsichtig, als übergebe sie ein unbezahlbares Kunstwerk, und reichte es Blake zurück.

Die Nachrichtenmedien hatten berichtet, dass Rachel schwanger gewesen war, also war dieser Teil keine Überraschung. Doch tatsächlich das Ultraschallbild zu sehen und den Namen zu hören, machte es irgendwie real. Ein Mensch. Ein winziges Baby am sichersten Ort, den man sich vorstellen konnte, gewaltsam abgeschlachtet.

Das war die Art von Gedanken, die Kelly in den vergangenen sieben Jahren sorgfältig vermieden hatte. Dieser Fall, wenn der Prüfungsausschuss sie ihn verfolgen ließ, konnte härter und persönlicher werden als alle, die Kelly je verhandelt hatte.

14

Vier Tage später, an einem kalten Freitagmorgen im November, präsentierte Kelly ihr Vorhaben vor einem Prüfungsausschuss von B&W mit steinernen Gesichtern.

Trotz allen gegenteiligen Marketingstrategien und Rekrutierungsgesprächen war B&W immer noch tief in der »Männerfreundschafts«-Kultur verwurzelt. Die fünf ernsten Gesichter im Prüfungsausschuss gehörten zu der Riege der alten, männlichen, weißen, von Eliteuniversitäten abgegangenen Anwälten. Es waren außerdem fünf der konservativsten und pessimistischsten Partner in der Firma, strategisch in diesem Ausschuss platziert, weil die Firma glaubte, der beste Moment, lästige Mandanten loszuwerden, sei fünf Minuten, bevor man den Vertrag für ihre Vertretung unterschrieb.

Kelly schaffte es ungefähr halb durch ihre Präsentation, bevor die Fragen begannen.

»Was ist mit der Theorie des unabhängigen aufhebenden Urteils? Verhindern die Straftaten dieses Kerls … wie hieß er noch?«

»Jamison.«

»Richtig. Verhindern seine Straftaten nicht das Recht, MD Firearms zu verfolgen?«

Bevor Kelly antworten konnte, schaltete sich ein anderes Ausschussmitglied ein. »Sie schlägt keine Fahrlässigkeitshypothese vor. Sie will sagen, dass die Firma eine Störung der öffentlichen Ordnung schafft, indem sie an verbrecherische Händler verkauft. Die Kausalität wird unter der Annahme der Störung der öffentlichen Ordnung anders analysiert.«

»Um genau zu sein«, sagte Kelly, »schlage ich beides vor.«

»Selbst wenn wir das auf Erfolgshonorarbasis machen: Wer zahlt die Auslagen?«

»Ich schlage vor, dass unsere Kanzlei sie vorschießt.«

»Könnten Hunderttausend oder mehr werden«, murmelte jemand.

»Haben Sie die Umfragen zum Waffengesetz gesehen?«, fragte eines der Mitglieder. »Eine Mehrheit der Amerikaner ist *für* den zweiten Verfassungszusatz.«

»Was hat das denn mit der ganzen Sache zu tun?«, gab ein anderes Ausschussmitglied zurück. »Wir gehen doch nicht gegen den zweiten Verfassungszusatz vor.«

»Das ist doch nur eine Frage der Formulierung«, schoss das erste Mitglied zurück. »Sie wissen genauso gut wie ich, dass dies nur ein Umweg ist, um den amerikanischen Bürgern hinterrücks die Pistolen aus den Händen zu nehmen.«

Und so ging es weiter. Die Ausschussmitglieder, die für privaten Waffenbesitz waren, stritten mit den Waffengegnern, und Kelly kam kaum zu Wort. Die Männer steckten ihre Positionen schnell fest, und niemand änderte jemandes Meinung. Am Ende der Sitzung gab der Ausschuss Kelly mit 3:2 Stimmen die Genehmigung, den Fall zu übernehmen.

Es gab allerdings doch eine unerwartete Wendung. John Lloyd, der Vorsitzende des Ausschusses und Befürworter des Falls, schlug vor, dass B&W den Fall *pro bono* statt auf Erfolgshonorarbasis übernahm.

Zuerst gefiel Kelly diese Idee gar nicht. Wenn die Kanzlei einen Fall auf Erfolgshonorarbasis verhandelte und ein Urteil mit großer Entschädigungssumme erwirkte, würde das erstrittene Geld ihren Arbeitsstunden für den Fall angerechnet. Doch *pro bono*-Fälle waren Sonderfälle – gemeinnützige Arbeit, zusätzlich zu der normalen, repressiven Quote der anrechenbaren Stunden, die sie leisten mussten.

»Wenn wir den Fall auf Erfolgshonorarbasis nehmen«, sagte Lloyd, »werden die Medien uns als einen Haufen Notarztwagen-Jäger hinstellen, die versuchen, Profit aus der Waffengewalt zu schlagen. Wenn wir ihn *pro bono* übernehmen, werden sie uns als prinzipientreuen Reformanwälten applaudieren.«

»Und es könnte sein, dass wir eine Million Dollar in den Wind schießen«, protestierte jemand.

Lloyd deutete auf Kelly. »Wir werden das hübscheste Gesicht unserer Kanzlei auf allen Kanälen haben - nichts für ungut, Kelly. Wie viel, meinen Sie, würde es uns kosten, wenn wir diese Art von Werbung kaufen müssten?«

Kelly wurde ein wenig rot. Sie hatte keine Angst vor Medienpräsenz, aber es wäre nett gewesen, mehr als nur das Vorzeigemädchen der Kanzlei zu sein. »Ich halte das für einen Fehler«, sagte sie. »Dieser Fall könnte zu ähnlichen weiteren Fällen führen. Das könnte sich zu einem sehr lukrativen neuen Geschäftsfeld entwickeln.«

Dieser Gedanke erzeugte ernsthaft besorgte Blicke auf den Gesichtern der beiden Partner, die gegen den Fall gestimmt hatten. »B&W ist eine Kanzlei für Wirtschaftsprozesse«, sagte einer. »Keine für Körperverletzungsklagen. Ich für meinen Teil will nicht als die Kanzlei bekannt sein, die dem zweiten Verfassungszusatz den Krieg erklärt hat.«

John Lloyd nahm seine Brille ab und sprach mit der Würde eines Friedensstifters. »Das sind berechtigte Bedenken, und ich will damit nicht vorschlagen, dass wir dem zweiten Verfassungszusatz den Krieg erklären. Wir übernehmen einen Fall, schlachten die Publicity aus, die wir dadurch bekommen, und dann gehen wir wieder zu unserem Alltagsgeschäft über.«

Es war nicht gerade eine uneingeschränkte Vertrauensbekundung, doch Kelly wollte nur mit einem intakten und genehmigten Fall diesen Raum verlassen. Auch wenn sie nicht wusste, wie sie ihre anrechenbaren Stunden *und* diesen Fall gleichzeitig schaffen sollte, war das auf eine gewisse Art nicht wichtig. Wenn sie gewann, würde ihr Ansehen in die Höhe schnellen und ihre fehlenden anrechenbaren Stunden spielten keine Rolle mehr. Wenn sie verlor, konnten sie auch alle anrechenbaren Stunden der Welt nicht retten.

Je länger sie darüber nachdachte, desto besser gefiel ihr der Gedanke, den Fall *pro bono* zu übernehmen. Lloyd hatte Recht. Die liberalen Medien würden Kelly als den weißen Ritter porträtieren, der gegen die Waffengewalt in die Schlacht zog. Ihre Kanzlei konnte den nächsten Fall auf Erfolgshonorarbasis übernehmen.

»Wollen Sie wirklich, dass ich das *pro bono* mache?«, fragte sie. Ihr Tonfall machte deutlich, dass es ein größeres Opfer bedeuten würde, aber eines, das sie widerstrebend für das Wohl der Firma bringen würde.

»Ich fürchte ja«, sagte John Lloyd.

»Also gut«, sagte Kelly und widerstand dem Drang zu lächeln.

15

Zwei Wochen später reichte ein Bote von B&W beim Bezirksgericht von Virginia Beach eine dicke Klage ein. Eine Presseerklärung folgte kurz darauf. Für die Klage musste Kelly nur allgemeine Vorwürfe vorbringen, aber sie war viel weiter gegangen. Sie hatte den Schriftsatz mit einer Menge spezifischer Fakten über die MD-9 und über die Art, wie Peninsula Arms einen Großteil der Schwarzmärkte von New York, Philadelphia, Baltimore und Washington D.C. belieferte, aufgemotzt.

Zum Glück für Kelly waren alle diese vier Städte zufällig große Medienumschlagplätze.

Eine Woche zuvor hatte B&W eine PR-Firma von außerhalb beauftragt, für den Tag nach der Klageeinreichung Interviews in den namhaftesten Frühstücksfernsehsendungen zu arrangieren. Folglich befand sich Kelly, während die Klage vom Gerichtsdiener des Bezirksgerichts *Virginia Beach* ihren Eingangsstempel bekam, im Flugzeug von D.C. nach New York. Sie war nervös, aber sie hatte von den Staranwälten bei B&W gelernt, dass erfolgreiche anwaltliche Praxis aus einem Drittel Können und zwei Dritteln Vermarktung bestand. Abgesehen davon war das eine tolle Gelegenheit, die öffentliche Wahrnehmung dieses Falles zu beeinflussen, inklusive die potenzieller Geschworener in Virginia Beach. Sie würde in die Kameras blicken und so tun, als spräche sie bei einem netten Abendessen mit ein paar Freunden. Wie schwer konnte das schon sein?

Am Dienstagabend wurde Kelly am Flughafen *LaGuardia* von PR-Berater Jeff Chapman und einem Limousinenchauffeur in Empfang genommen, der ein Schild mit Kellys Namen darauf trug. Auf dem Weg ins Hotel informierte Jeff Kelly über sämtliche Interviews, die am folgenden Tag vorgesehen waren und die Arten von Fragen, auf die sie sich einstellen musste. Jeff war ein großer Mann, jovial und selbstsicher, und seine Einweisung half Kelly, ruhiger zu werden. Er schien mit allen Moderatoren der Sendungen per Du zu sein und versicherte Kelly, dass die meisten Interviews sehr mitfühlend werden würden.

»Sie werden harte Fragen stellen müssen, weil das ihr Job ist. Aber denken Sie daran, insgeheim werden sie Sie anfeuern. Wenn Sie straucheln, werden sie eine einfach zu beantwortende Frage stellen, damit Sie am Ende gut dastehen.«

»Und dann gibt es noch *Fox & Friends*«, sagte Kelly.

»Selbst dort wird man aufpassen müssen, wie sehr man Sie bedrängt. Die Allgemeinheit hat großes Mitgefühl mit Ihrem Mandanten.«

* * *

In jedem Studio stellte Jeff Chapman sie der Sendeleitung und den Maskenbildnern vor und plauderte mit ihnen wie mit alten Freunden. Kelly fegte durch die ersten paar Interviews, wobei es ihre einzige Enttäuschung war, dass Matt Lauer, ihr Lieblingsmoderator, an diesem Tag frei hatte. Ihr drittes Interview bei *Good Morning America* des Senders ABC ging flott voran, bis Diane Sawyer die Frage nach ihrer Erfahrung aufwarf: »Wenn es Ihnen nichts ausmacht, würde ich Sie gern fragen, wie lange Sie schon als Anwältin arbeiten?«

»Fünf Jahre«, antwortete Kelly. Sie hatte auf Jeff Chapmans Rat hin an diesem Morgen viel gelächelt. Doch jetzt lächelte sie nicht. »Ich bin im selben Alter wie Rachel Crawford, als sie über den Haufen geschossen wurde.«

»Tolle Antwort«, sagte Jeff nach dem Interview. Den ganzen Morgen hatte er ihr schon gesagt, dass sie ein Naturtalent sei.

Daran könnte ich mich gewöhnen, dachte Kelly.

* * *

CNN war wohl ihr bestes Interview. Sie hatten ein ganzes Paket von Grafiken zusammengestellt, basierend auf den Statistiken, die Kelly in ihrer

Klage hervorgehoben hatte. Als zusätzliches Extra hatten sie ein paar Details über mehrere andere Verbrechen ans Licht befördert, bei denen Waffen beteiligt waren, die von Peninsula Arms verkauft worden waren, vor allem die MD-9. Gegen Ende des Interviews brachten sie sogar eine MD-9 ins Studio, wobei sie Kelly versicherten, dass sie nicht geladen sei.

Die Waffe sah böse aus, wie sie da auf dem Moderatorenpult lag – flach und kantig, mattschwarz, mit einem stumpfen Lauf. »Sind Sie der Meinung, Waffen wie diese sollten legal sein?«, fragte der Moderator.

Als Antwort begann Kelly ihre Rede darüber, warum Verbrecher Waffen wie die MD-9 bevorzugten. Gesetzestreue Bürger hätten keine Verwendung dafür, argumentierte sie. »Und die *National Rifle Association** kann nicht länger das zweifelhafte Argument anbringen, wenn wir Waffen wie diese verbieten, käme das letztendlich auch bei Jagdgewehren und Pistolen zur Anwendung. Der Oberste Gerichtshof hat diese Möglichkeit mit dem Fall *Heller* ausgeschlossen.«

Fünfzehn Minuten später wurde Kelly eilig in die weniger freundliche Umgebung der Fox-News-Studios geführt. Jeff machte seine übliche Vorstellungsrunde, und Kelly wurde in die Maske gescheucht. Als sie sich auf den Stuhl setzte, erklärte Jeff ihr, er habe noch andere dringende Termine und müsse los. Dies sei ihr letztes Interview. Kelly solle sich einfach ein Taxi rufen, das sie zum Hotel zurückbrachte. Jeff würde dort zum Mittagessen wieder zu ihr stoßen.

Kelly dankte ihm und machte es sich auf ihrem Stuhl bequem, während eine lebhafte junge Frau das Make-up nachbesserte, das sie noch in mehreren Schichten von den anderen Sendungen im Gesicht hatte. »Sie brauchen keine große Hilfe von mir«, sagte die Frau.

»Danke.«

»Sie haben noch ungefähr fünf Minten, bevor Ihr Beitrag losgeht«, sagte die Frau, als sie fertig war. »Der *Green Room* ist gleich den Flur runter.«

Kelly dankte ihr und steuerte auf den *Green Room* zu. Alles war an diesem Morgen so schnell gegangen, dass sie ein paar Minuten gut gebrauchen konnte, um einen klaren Kopf zu bekommen. Bisher hatte sie ihre Medien-Feuertaufe relativ unbeschadet überstanden. Noch ein Interview, und sie konnte in die Sicherheit ihres Büros in D.C. zurückkehren.

---

* Nationale Schusswaffenvereinigung (Anm. d. Übers.).

Der *Green Room* bei Fox News war ein Klon der anderen *Green Rooms*, die Kelly an diesem Morgen gesehen hatte. Ein Sofa, ein paar Ledersessel, ein Couchtisch und ein großer Spiegel an der Seitenwand. Tafeln und signierte Fotos von Berühmtheiten, die den Moderatoren ihre besten Wünsche ausdrückten, hingen überall im Raum. Knabbereien und Getränke waren auf einem Tisch an einer Wand entlang aufgereiht, während ein Flachbildschirm an der anderen Wand das Programm von Fox News brachte. Ein Mann mittleren Alters mit vollem grauem Haar sprach mitten im Raum mit einer spindeldürren und winzigkleinen Frau. Sie hörten auf zu reden, als Kelly eintrat.

Der Mann streckte eine fleischige Hand aus. »Mein Name ist Parker, Abgeordneter im Kongress«, sagte er.

Er sah im wirklichen Leben älter aus; bekam langsam Falten und Altersflecken. Er war eine Ikone der Konservativen, fünfundsechzig oder siebzig Jahre alt und sicherlich kein Fan von Waffenprozessen.

»Kelly Starling.«

Sie schüttelten sich die Hände, und Parker drückte fest genug zu, um ihr eine Botschaft zukommen zu lassen. »Ich weiß, wer Sie sind.«

Kelly ignorierte die Bemerkung und streckte ihre Hand der Frau entgegen, die vor ihr stand. Sie schätzte die Frau auf ungefähr zwei- oder dreiundfünfzig und konnte sehen, dass sie angespannt war.

Vielleicht lag es daran, weil Kelly gerade ihre Firma verklagt hatte.

Melissa Davids ignorierte Kellys ausgestreckte Hand. Kelly lächelte und zog ihre zurück.

»Ich wusste nicht, dass wir gemeinsam auftreten«, sagte Kelly.

»Jetzt wissen Sie's«, antwortete Davids.

16

Kelly sah keinen Grund, im *Green Room* eine große Diskussion anzufangen. »Es ist nichts Persönliches«, sagte sie. »Ich vertrete nur meinen Mandanten.«

Sie wollte gehen und sich setzen, doch Davids hatte andere Pläne. »Wurden Sie schon einmal vergewaltigt?«, fragte sie.

Kelly starrte sie eine Sekunde lang an – sicher, dass sie die Frage falsch verstanden hatte. »Wie bitte?«

»Ich schon. Mit sechzehn. Ich habe zwei Jahre damit verbracht, Jiu-Jitsu zu lernen und wurde mit achtzehn wieder angegriffen. Damals habe ich mir meine erste Waffe gekauft.« Davids machte einen halben Schritt auf Kelly zu und senkte die Stimme. »Seither hat mich niemand mehr angefasst.«

Diese Frau ist knallhart.

»Hören Sie, ich weiß, Sie meinen es gut«, fuhr Davids fort. »Sie sind ohne Zweifel eine dieser großherzigen Liberalen, die sich total für Frauenfragen engagieren. Sie wollen Frauen mehr Macht geben?«

Kelly verschränkte die Arme und beschloss, nicht zu antworten.

»Bringen Sie ihnen das Schießen bei. Eine Pistole ist der beste Freund einer Frau.«

Wenn Kelly es nicht mit eigenen Ohren gehört hätte, hätte sie es wahrscheinlich nicht geglaubt. Davids war wie eine Figur aus einem Comic.

»Danke für den Rat«, sagte Kelly.

* * *

Die Fetzen flogen gleich wieder, sobald Kelly und Davids nebeneinander im Studio saßen. Den größten Teil des Beitrags lang hatte Kelly das Gefühl, in einem Kreuzverhör durch den Moderator der Sendung zu stecken, während Davids nach spaßigen Gelegenheiten Ausschau hielt, dick aufzutragen. Ein paar Mal unterbrach Davids Kellys Antwort und wurde immer lauter, bis Kelly sie sprechen ließ.

»Wir wurden dreizehn Mal verklagt, wenn irgendwelche Psychos eine unserer Waffen für ein Verbrechen benutzten«, sagte Davids, die Augen zu Schlitzen verengt. »Wir wurden in New York verklagt, in San Francisco, Boston, Philadelphia und Detroit.« Sie machte eine effektvolle Pause. »Wir haben bisher keinen Cent bezahlt. Die Einzigen, die mit solchen Fällen Geld machen, sind die Anwälte, nicht die Opfer.«

»Das waren andere juristische Voraussetzungen«, konterte Kelly. »Auf der Grundlage Ihres Designs und der Vermarktung der Waffe. Dieser Fall ist anders. Es geht um die Belieferung des Schwarzmarktes …«

»Das ist nichts anderes«, unterbrach sie Davids. »Das ist nur Anwaltgeschwätz.«

Beide Frauen argumentierten gleichzeitig, doch diesmal sprach Kelly lauter. »Ich bin noch nicht fertig!«, sagte sie mit Nachdruck. »Ich habe Sie ausreden lassen; ich würde dieselbe Höflichkeit auch von Ihnen begrüßen.«

Der Moderator lächelte und hielt die Hände hoch. »Eine nach der anderen«, sagte er. »Ms Starling zuerst, und dann kann Ms Davids antworten.«

»Unsere Kanzlei übernimmt den Fall *pro bono*«, sagte Kelly. »Jeder Dollar, der dabei herauskommt, geht an den Mandanten. Zusätzlich ...«

»Und ich nehme an, es geht Ihnen auch nicht um die Publicity«, warf Davids sarkastisch ein. »Was der Grund ist, dass Sie schon den ganzen Tag von einer Morgenshow zur nächsten hetzen.«

»Sie sind nicht besonders gut darin, Leute ausreden zu lassen«, gab Kelly zurück. Sie wusste, dieses Wie-du-mir-so-ich-dir ließ sie beide dumm aussehen; sie musste zu ihren Themen zurückfinden.

»Sie hat recht«, sagte der Moderator, über ihr Geplänkel grinsend.

»Wollen Sie ehrlich sagen, dass Sie nicht wussten, dass Peninsula Arms illegal Waffen verkauft?«, fragte Kelly. »Haben Sie nie die Videoaufnahmen von verdeckten Ermittlern in New York City gesehen, die bei Peninsula Arms Strohkäufe tätigten? Wussten Sie nichts von den 251 Waffen, die allein 2006 bei Verbrechen benutzt wurden und die mit Peninsula Arms in Verbindung gebracht werden können? Die Medien waren voll von diesem Zeug - wie konnten Sie das nicht wissen?«

Davids beugte sich vor und starrte Kelly an. »Sie wollen hören, was ich weiß? Ich weiß, dass Sie nicht den Besitz des Mannes einklagen, der in Wirklichkeit die Frau Ihres Mandanten erschossen hat. Ich weiß, dass Sie das Waffengeschäft nicht verklagt haben, von dem Sie behaupten, es hätte illegal Waffen verkauft. Stattdessen verklagen Sie meine Firma, und wir wussten nicht einmal etwas von den Verkäufen. Aber sobald die Klage eingereicht ist, machen Sie die Runde in sämtlichen Talkshows in Amerika. Das weiß ich.«

Der Moderator setzte an, das Thema zu beenden, doch Kelly unterbrach ihn.

»Darf ich antworten?«, fragte sie.

»Wir haben nur noch fünfzehn Sekunden«, sagte der Moderator. »Ich überlasse Ihnen das Schlusswort.«

Fünfzehn Sekunden? Ihr Wettkampfinstinkt sprang an. Kelly hatte genug davon, herumgeschubst zu werden.

»Ich habe Ihnen hinter der Bühne gesagt, dass es nichts Persönliches ist«, sagte Kelly mit zusammengebissenen Zähnen zu Davids. »Ich habe gelogen. Es *ist* etwas Persönliches. Ihre hochmütige Haltung hat Rachel Crawford das Leben gekostet. Das nehme ich *sehr* persönlich.«

Davids verzog verächtlich das Gesicht und setzte zu einer Antwort an.

»Es tut mir leid«, beharrte der Moderator und übertönte Melissa Davids damit. »Wir haben wirklich keine Zeit mehr.« Er las ein paar Sätze vom Teleprompter ab, während der Aufnahmeleiter die nächste Pause anzählte.

Sobald das rote Licht ausgegangen war, stand Davids auf und nahm ihr Ansteckmikro ab. Sie ignorierte Kelly, dankte dem Moderator von Fox News und steuerte auf den *Green Room* zu.

Kelly versuchte, freundlich zu sein und brachte ein falsches Lächeln zustande, als sie dem Moderator ebenfalls dankte und das Set verließ. Sie stand ein paar Minuten hinter den Kameras und sah sich den Beginn des nächsten Berichts an. Der Abgeordnete Parker, ein regelmäßiger Gast der Sendung, dozierte über den Zweck des Gesetzes zum Schutz legalen Waffenhandels. Es sei, so sagte er, eine Gesetzgebung, die speziell darauf ausgerichtet sei, diese Art von unverdienten Gerichtsverfahren zu stoppen.

»Lassen Sie mich vorlesen, was das Gesetz über diese Arten von Zivilprozessen sagt«, sagte der Abgeordnete. »Sie sind ein Missbrauch des Rechtssystems, sie untergraben das öffentliche Vertrauen in die Gesetze unseres Landes, durch sie droht eine Verminderung eines verfassungsmäßigen Grundrechtes und der bürgerlichen Freiheit, und sie stellen eine unverhältnismäßige Bürde für den zwischenstaatlichen und internationalen Handel dar.«

Kelly hatte genug gehört. Sie verließ das Studio und kehrte in den *Green Room* zurück, um ihren Ordner zu holen. Zu ihrem Glück, oder vielleicht auch zum Glück ihrer Gegnerin, war Melissa Davids bereits gegangen.

17

Auf ihrem Weg zurück ins Hilton sah Kelly auf ihren BlackBerry. Eine Menge enthusiastischer E-Mails wartete auf sie – Freunde und Familie schwärmten davon, sie im Fernsehen gesehen zu haben. Anwaltskollegen von B&W sagten ihr, sie habe ihre Sache gut gemacht. Kelly prüfte ihre unbeantworteten Anrufe – dreizehn allein in den letzten paar Stunden – und wählte sofort die eine Nummer, die ihr am wichtigsten war.

»Meine Freunde sagen, Sie waren toll in den Fernsehsendungen«, erzählte ihr Blake Crawford. »Ich habe es nicht übers Herz gebracht, sie selbst anzuschauen.«

»Hat irgendwer von Ihren Freunden *Fox & Friends* gesehen?«

»Ein paar. Sie sagten, Melissa Davids sei eine blöde Kuh.«

Kelly war erleichtert, diese Beurteilung zu hören, auch wenn sie aus einem total voreingenommenen Blickwinkel kam.

»Ich glaube, man kann mit Sicherheit sagen, dass sie es uns nicht leicht machen wird.«

»Das haben Sie mir in Ihrem Büro schon gesagt.«

»Es ist ein bisschen anders, wenn man sie in Fleisch und Blut trifft. Kennen Sie diese Leute, die mit solchen Autoaufklebern herumfahren, auf denen steht: ›Sie können meine Waffe haben, aber nur über meine Leiche‹?«

»O ja.«

»Ich glaube, Davids hält sie für Verräter.«

Das brachte ihr ein kleines, höfliches Kichern von Blake ein. Obwohl sie ihn noch nicht lange kannte, hatte Kelly das Gefühl, dass es vermutlich schon lange her war, seit er das letzte Mal wirklich gelacht hatte. Und wer konnte es ihm verübeln?

»Meine Freunde sagen, Sie waren auch nicht gerade ein Schwächling«, sagte Blake.

Das war die Bemerkung, die Kelly hören wollte. Sie fühlte sich, als hätte sie sich in dem Fox-Interview auf dem falschen Fuß erwischen lassen. Aber der Mandant hatte ein gutes Gefühl dabei. Es war komisch mit den Mandanten: Sie scherten sich nicht immer darum, wie gut und eloquent man war; sie wollten nur wissen, dass man für sie kämpfte.

»Danke«, sagte Kelly. »Ich glaube, wir haben einen guten Anfang gemacht.«

* * *

Es brauchte zwei diskrete Anrufe von konservativen, waffenbefürwortenden Senatoren, beide Freunde von Robert Sherwood und wesentliche Begünstigte von Sherwoods politischen Spenden, bevor Melissa Davids dem Treffen zustimmte. Letztendlich stimmte sie nur unter der Bedingung zu, dass sie das Treffen als ersten Termin am Nachmittag dazwischenzwängen konnten, vor ihrem Rückflug nach Atlanta. Sherwood ließ Davids von einem Fahrer bei den Fox News-Studios abholen und sie auf sein Anwesen am Wasser in Greenwich, Connecticut bringen. Diskretheit war von größter Bedeutung.

Sherwood kam ihr selbst an der Tür entgegen und war verblüfft, wie viel kleiner sie im Vergleich zum Fernsehen in Wirklichkeit aussah. Als sie sich die Hände schüttelten, hatte ihr Griff die Stärke von Eisen; wenn sie sprach, tat sie das in knappen Sätzen und in militärischem Stakkato, ohne eine Spur von Südstaatenakzent. Sie sah Sherwood mit derselben misstrauischen Eindringlichkeit an, die ein Preisboxer benutzte, um den anderen vor dem Kampf einzuschüchtern.

Robert Sherwood mochte sie sofort.

»Etwas zu trinken?«

»Nein, danke.«

»Wie war Ihre Fahrt hier heraus?«

»Gut.«

Besucher konnten es sich normalerweise nicht verkneifen, den riesigen Eingang zu Sherwoods Herrenhaus zu bestaunen oder durch das Haus zu der Fensterfront, die aufs Wasser blickte, zu starren. Die Aussicht vom Haupteingang war atemberaubend. Man konnte an dem vornehmen Marmor, dem prächtigen Holz und den antiken Möbeln im Inneren vorbeisehen, durch die deckenhohen Fenster, die sich an der hinteren Wand aufreihten, direkt auf die gestufte Terrasse und die exquisite Landschaftsgestaltung, die zur Meerenge des *Long Island Sund* hinunterführte. An klaren Tagen konnte man an Sherwoods Eingangstür stehen und Segelboote, Vergnügungsjachten und andere Schiffe weiter als eine Meile in jede Richtung den Sund sprenkeln sehen.

Sherwoods Nachbarn waren einige der reichsten Männer und Frauen Amerikas - nicht die protzigen *Neureichen*, Fernsehstars und Sportler mit beschränkten Einkommensverhältnissen, sondern das alte Geld mit echtem Vermögen –, Hedgefondsmanager und Führungskräfte von Maklerfirmen, die clever genug gewesen waren, 2008 den Zusammenbruch des Aktienmarkts zu überleben. Das waren Männer und Frauen, die im Jahr mehr Geld machten als die Gehaltsliste der *New York Knicks** zusammengenommen.

Doch Melissa Davids, das musste man ihr lassen, war offenbar durch nichts von alledem zu beeindrucken.

»Ich habe nicht viel Zeit«, sagte sie und sah sich kaum um dabei. »Ich schlage vor, dass wir gleich zum Geschäftlichen kommen.«

»Also gut«, sagte Sherwood. »Aber ich will Ihnen erst etwas zeigen.«

Er führte sie durch das riesige Wohnzimmer, das sich über den hinteren Teil des Hauses erstreckte, an einer Hausbar mit Spüle vorbei und durch eine Tür, die sich zu einem anderen großen Raum hin öffnete, der die Ostseite des Hauses einnahm. Er besaß wenige Fenster und keine Aussicht auf den Hafen. Seine Ausstattung war rustikaler, mit einem steinernen offenen Kamin und Trophäen an den Wänden - afrikanische Löwen, Bären aus Alaska, kanadische Elche.

Sherwood nahm seine Waffen ernst. Seine Sammlung umfasste mehr als vierzig Schusswaffen, unter anderem vier Gewehre und zwei Pistolen von MD Firearms.

Melissa Davids Lippen verzogen sich zu einem leichten Lächeln. »Ihre Freunde haben mir schon erzählt, dass Sie ein Sammler sind.«

Sie verbrachten fast eine halbe Stunde im Trophäenzimmer, Davids kritisierte die Waffen ihrer Konkurrenten und wies sogar auf ein paar Schwächen an ihren eigenen hin. Ein trockener Humor kam dabei an die Oberfläche, und sie ließ sich von Sherwood zu einem Drink überreden.

»Scotch? Brandy?«, fragte er.

»Ich bin aus dem Süden«, antwortete Davids. »Wir trinken Whiskey und Bier.«

Bei zwei *Bud Lights* tauschten sie Jagdgeschichten aus. Zum Mittagessen servierte Sherwood Sandwiches und Pommes Frites auf Papptellern.

Während des Essens sah Davids auf die Uhr. »Okay«, sagte sie, »Sie haben den Echter-Waffennarr-Test bestanden. Kommen wir jetzt zum Geschäftlichen. Senator Michaels sagte, Sie könnten vielleicht beim Fall Crawford behilflich sein.«

»Ich leite die beste Geschworenenberatungsfirma der Welt«, sagte Sherwood. Er legte sein Sandwich ab und begann mit einer Erklärung der Mi-

* Das Basketballteam von NY (Anm. d. Übers.).

kromarketing-Techniken, die Justice Inc. nutzte, um Geschworenenurteile vorherzusagen.

Davids blickte skeptisch drein. »Ich gebe jedes Jahr ein paar Millionen Dollar für Anwälte aus. Wenn Sie so gut sind, warum habe ich dann noch nie von Ihnen gehört?«

Sherwood senkte die Stimme. Das war der kritische Teil. »Wir haben Millionen dafür ausgegeben, das System zu perfektionieren. Doch um ganz offen zu sein: Firmen wie Ihre können sich unsere Dienste nicht leisten.«

Davids zuckte mit keiner Wimper, aber er konnte sehen, dass er ihre Aufmerksamkeit hatte.

»Wir stellen Pseudojurys zusammen, die die echten Jurys sehr genau widerspiegeln. Andere Beratungsfirmen wissen, wie man Schattenjurys benutzt. Aber unsere Geschworenen sind den echten so ähnlich, dass sie schon fast Klone sind. Mit diesen Geschworenen halten wir Pseudoprozesse ab, arbeiten rund um die Uhr, um das tatsächliche Urteil Tage oder sogar Wochen, bevor die echte Verhandlung endet, vorherzusagen. Wir verkaufen unsere Ergebnisse an Hedgefondsmanager und Investmentfirmen.«

Davids hatte aufgehört zu essen, und Sherwood sah ihren Blick: die heraufdämmernde Erkenntnis, dass dies eine Möglichkeit sein konnte, an die sie vorher nicht gedacht hatte. Eine andere Liga. Was konnte wertvoller sein als die Fähigkeit, genau vorherzusagen, welche Geschworenen ihrer Position am wohlwollendsten gegenüberstanden?

Doch sie war eine knallharte Verhandlungspartnerin, die sich hütete, beeindruckt zu wirken. »Weil Sie so ein großer Waffenfan sind, werden Sie in diesem Fall eine Ausnahme machen«, sagte Davids mit einem Anflug von Sarkasmus. »Für die magere Summe von einer halben Million oder so werden Sie uns genau sagen, welche Geschworenen wir aussortieren und welche wir behalten sollen.«

Sherwood lächelte. »Ich habe es Ihnen bereits gesagt – Sie können sich uns nicht leisten.«

»Worum geht es Ihnen dann? Warum diese kunstvolle Vorstellung?«

Sherwood stand auf und holte sich noch ein Bier aus dem Kühlschrank. »Ich will, dass Sie gewinnen«, sagte er. »Ich mag Ihre Seite der Debatte. Außerdem: Wenn ich vorhabe, eine Menge Geld mit dem Fall zu machen, kann ich es mir nicht leisten, von seinem Ausgang überrascht zu werden.«

»Da können Sie beruhigt sein«, sagte Davids. Sie nahm noch einen Bissen von ihrem Sandwich. Sherwood wartete, während sie kaute. »Wir haben bisher noch keinen Kläger bezahlt und haben nicht vor, bei Blake Crawford damit anzufangen. Wir werden gewinnen, Mr Sherwood. Sie können Ihr Geld auf den Tisch legen.«

Robert Sherwood schüttelte den Kopf. »Wir haben drei Pseudojurys diesen Fall in Indiana durchgehen lassen, der auf dem besten Weg zur Verhandlung war, bis der Kongress Sie mit dem Gesetz zum Schutz legalen Waffenhandels aus der Patsche geholt hat. Sie hätten fast zehn Millionen verloren. Sie haben vielleicht noch nie bezahlt, aber nur, weil Sie in Fällen wie diesen noch nie vor Gericht mussten.«

Sherwood beobachtete, wie Davids' Gesichtszüge sich anspannten, die Augen schmal wurden. Sie hörte das nicht gern, aber er sprach ruhig und sachlich weiter. »Ihre hochbezahlten Anwälte und firmeneigene Berater haben im vergangenen Jahr fast jede wichtige Anhörung in Fällen, die momentan gegen Sie anhängig sind, verloren. Bisher haben die Gerichte in New York, Indiana und im Bundesstaat Washington entweder das Gesetz zum Schutz legalen Waffenhandels für verfassungswidrig gehalten oder andere Wege gefunden, es zu umgehen. Es ist nur eine Frage der Zeit, bis Sie anfangen müssen, sich in den Fällen, wo Sie angeblich indirekt den Schwarzmarkt beliefert haben, echten Geschworenen zu stellen – und unsere Recherchen sind nicht ermutigend.«

Davids trank ihr Bier aus und wischte sich den Mund ab. »Es gibt genug Leute, die mir sagen, wie schlecht die Dinge stehen«, sagte sie knapp. »Ich bin mir vollkommen im Klaren darüber, dass innerstädtische Jurys nur zu erpicht darauf wären, einem Waffenhersteller wie uns ein teures Urteil anzuhängen. Das ist die amerikanische Art, Mr Sherwood. Jeder ist ein Opfer. Verklagen wir den großen, bösen Konzern. Für einen Vortrag in Staatsbürgerkunde hätte ich nicht den ganzen Weg hier herauskommen müssen.«

»Ich habe eine Lösung«, sagte Sherwood. Sie schenkte ihm einen Haben-wir-die-nicht-alle?-Blick. »Moment«, sagte er. »Hören Sie es sich an.«

»Mein Flugzeug hebt in zweieinhalb Stunden ab. Ich brauche dreißig Minuten, um zum Flughafen zu kommen.«

»Also gut, dann komme ich gleich zum Punkt«, sagte Sherwood. »Virginia Beach ist eine gute Stadt für einen Testfall – es ist ziemlich konservativ und überwiegend republikanisch. Aber es gibt keine große Waffenkultur hier. Sie brauchen eine andere Art von Anwalt, um diesen Fall zu verhandeln. Jemanden, der jung ist. Jemanden, der nicht in die Stereotypen passt. Jemand, mit dem sich eine Jury in Virginia Beach identifizieren kann.«

»Und ich nehme an, Sie haben genau die richtige Person dafür?«

»Er ist der beste junge Prozessanwalt, den ich je gesehen habe. Ich musste ihn aus unserem Programm entlassen, weil er zu gut war - er hat die Ergebnisse verfälscht. Er würde Fälle gewinnen, die die meisten von uns für unmöglich zu gewinnen halten.«

Sherwood erkannte an ihrem Blick, dass Davids ihm das nicht abkaufte. »Ich habe schon mehr als genug Anwälte«, sagte sie. »Und ich brauche wahre Gläubige, nicht jemanden, der, wie Sie sagen, Stereotypen zuwiderläuft.«

»Mir zuliebe«, sagte Sherwood. »Schauen Sie sich den Jungen auf Band an. Nur fünfzehn Minuten.«

Davids sträubte sich zunächst, stimmte aber schließlich zu. Sie gingen zu einem Flachbildschirm an der Wand, wo Sherwood den Zusammenschnitt der Highlights schon vorbereitet hatte - Teile eines Eröffnungsplädoyers, Jason beim Kreuzverhör, ein Ausschnitt aus Jasons bestem Schlussplädoyer. Sherwood lieferte die Kommentare dazu und erklärte, dass Davids ihre hauseigenen Anwälte für die Gesamtstrategie benutzen konnte und Jason für die Verhandlung.

»Dieser Junge wirkt Wunder bei Geschworenen«, wiederholte Sherwood. »Sie können ihm beibringen, wie man mit Waffen umgeht, warum sie wichtig sind. Jemand wie Jason, der weniger in die Waffenkultur eingebunden ist, wird den Geschworenen diese Auffassungen besser auf eine Art erklären können, dass sie es verstehen.«

Davids sah aus, als würde sie darüber nachdenken, deshalb unterstrich Sherwood seine Argumente: »Er ist in Virginia zugelassen, und Sie brauchen jemanden, der jung ist. Kelly Starling ist jung und frisch und sieht gut aus. Halten Sie das für Zufall? Die Waffengegner wissen, dass Männer normalerweise unsere Richtung unterstützen.

Auf der anderen Seite zeigt unsere Voruntersuchung, dass junge Frauen typischerweise Mitgefühl mit einem Opfer wie Blake Crawford haben. Jason könnte helfen, diese demografische Gruppe zu überzeugen.«

Davids nickte leicht und schien sich zu entspannen. »Ich werde darüber nachdenken.« Sie schwieg einen Moment, dann fragte sie: »Warum besitzen

Sie ein russisches SKS?« Sie deutete auf eine der Waffen in Sherwoods Sammlung. »Die sind Schrott.«

»Das war ein Geschenk«, erklärte Sherwood. »Ich habe es nicht mehr als zwei Mal abgefeuert, seit ich es bekommen habe.«

Davids schien das zu akzeptieren und lenkte das Gespräch auf die Jagd. Sie ging erst zwei Stunden später, um mit Sherwoods Privatflugzeug nach Süden zu fliegen. Auf dem Rückflug rief Sherwoods Pilot an und überbrachte gute Neuigkeiten.

»Sie hat den Anwalt ihrer Firma angerufen und ihn gebeten, Jason Nobles Hintergrund zu überprüfen«, sagte der Pilot.

Nachdem Robert Sherwood aufgelegt hatte, goss er sich ein Glas Scotch mit Wasser ein. Bevor er zu Bett ging, trat er noch einmal in sein Waffenzimmer und besah sich seine Trophäen an den Wänden, die Fotografien von ihm mit seinen Jagdkumpels, die Waffen, die ihm so viel Freude bereitet hatten.

Bis zu dem Tag, an dem seine Tochter starb.

Direkt vor dem Treffen mit Davids hatte er darüber nachgedacht, die Jagdfotos abzuhängen, hatte sich aber dagegen entschieden. Sie verliehen dem Raum so viel Authentizität. Außerdem hatte er es auch in den letzten fünf Jahren nicht verändert. Davids hatte offenbar nicht bemerkt, dass es keine aktuellen Fotos gab.

Er schaltete das Licht aus und schloss die Tür ab. Die Einzelheiten, die er über den gewaltsamen Tod seiner Tochter erfahren hatte, schossen ihm durch den Kopf. Er würde sich noch einen Drink einschenken, bevor er den Abend beschloss.

18

Jason Noble hatte seine Kanzlei erst seit sechs Wochen und schon genug von der Plackerei. Er liebte die juristische Praxis; er hatte nur keine Zeit dafür. Er war jetzt eher Jason Noble, der Büroleiter, geworden als Jason Noble, der Prozessanwalt. Er sagte sich immer wieder, dass sich das wieder ändern würde, sobald sich alles eingespielt hatte.

Zumindest hatte er ein Klassebüro. Sherwood hatte ihm sehr ans Herz gelegt, sich erstklassige Räumlichkeiten in der Main Street zu sichern. »Niemand will einen Anwalt, der sich kein Büro an der Main Street leisten kann.« Jason hatte anfangs protestiert, während er die Summe berechnete, die er verbrauchen würde, bis gute Honorare hereinkamen.

Sherwood wischte diese Einwände mit einem einzigen Telefonanruf vom Tisch.

»Sie haben eine Kreditlinie von hunderttausend Dollar bei der *Bank of America*«, sagte er, als er zurückrief. »Sie können das nach sechs Monaten wahrscheinlich verdoppeln, wenn Sie Ihre Zahlungen rechtzeitig leisten.«

Zunächst schienen ihm 100 000 Dollar eine Menge Geld. Sechs Wochen später hatte Jason schon die Hälfte davon verbraucht. Ein Innenarchitekt (noch einer von Sherwoods Ratschlägen) kostete 5 000 Dollar; Büro- und Konferenzraummöbel lagen bei 15 000; Computer und Software noch einmal 5 000; ein Anwalt für die Firmengründung, Versicherungen, ein selbstständiger Buchhalter, eine Putzmannschaft, und so weiter. In den ersten zwei Wochen kam es Jason vor, als sei die einzige juristische Arbeit, die er machte, das Aushandeln von Verträgen mit Lieferanten. In seiner dritten Woche begann er, Einstellungsgespräche mit Assistenten zu führen und eröffnete seine erste Fallakte.

Die nächsten Wochen verbrachte Jason damit, zu versuchen, die Abläufe in den Strafgerichten in und um Richmond zu lernen. Wie versprochen lieferte Sherwood ihm ein paar große Fälle direkt vor die Haustür, die alle mit Haarproben zu tun hatten. Drei weitere Fälle kamen auf Empfehlung von Dr. Patricia Rivers, der ehemaligen leitenden forensischen Toxikologin des Commonwealth of Virginia. Bis Woche sechs hatte Jason sieben Fälle in seinem Aktenschrank.

Der Anruf von Robert Sherwood mit dem vielversprechenden Fall Nummer acht kam vollkommen unerwartet.

»Sind Sie inzwischen so weit, doch lieber den Job bei der großen Firma in D.C. übernehmen zu wollen?«, fragte Sherwood.

»So gut wie.«

Sherwood lachte. »Halten Sie durch. Es wird noch viel schlimmer werden, bevor es besser wird. Glauben Sie mir – ich habe das auch durchgemacht.«

»Danke für die Aufmunterung.«

»Wie viele Fälle haben Sie?«, wollte Sherwood wissen.

»Nicht viele«, gab Jason zu. Die genaue Zahl war ihm ein bisschen peinlich. Er war noch nie ein großartiger Marketing-Guru gewesen. »Ungefähr zehn.«

»Das ist nicht schlecht für die ersten Monate«, sagte Sherwood. »Irgendeine Zivilklage bis jetzt?«

»Noch nicht.«

»Bereit für Ihre erste?«

Jason spürte einen Adrenalinstoß. Er hatte schon herausgefunden, dass die Fälle an Land zu ziehen die halbe Miete war.

»Ich denke, ich kann es dazwischenschieben.«

»Vielleicht wollen Sie ihn gar nicht«, sagte Sherwood in scherzhaftem Ton. »Er wird tonnenweise Zeit verschlingen. Wird vermutlich zweihundertfünfzig, vielleicht sogar dreihundert die Stunde einbringen. Die Mandantin wird keine Probleme haben zu zahlen. Außerdem ist er sehr öffentlichkeitswirksam.«

»Vielleicht bleibe ich doch besser bei meinen Strafsachen«, spielte Jason mit. »Ich arbeite lieber für weniger Geld und mache mir weiterhin Sorgen, ob ich überhaupt bezahlt werde.«

»Okay«, sagte Sherwood. »Ich wünsche Ihnen noch einen schönen Tag.«

»Nein ... warten Sie! Ist das Ihr Ernst?«

»Es ist ein guter Fall.« Diesmal klang Sherwood nüchterner. »Aber es gibt einen Haken.«

Jason wartete. Es gab immer einen Haken.

»Der Fall wurde in Virginia Beach eingereicht. Die Anwältin des Klägers ist keine von der Sorte, die einen Vergleich schließt. Ich denke, ein Anwalt, der diesen Fall übernimmt, müsste eine Menge Zeit in Virginia Beach verbringen, vielleicht sogar den größten Teil. Es ist die Art von Fall, bei dem man in die Köpfe der Geschworenen dringen muss. Aus Ihrer Zeit bei uns wissen Sie, wie wichtig das ist.«

»Ich habe Zeit in Newark verbracht. Ich glaube, dann kann ich auch ein paar Monate in Virginia Beach überleben.«

»Gut. Die Mandantin wird Sie in Kürze anrufen. Ihr Name ist Melissa Davids. Sie ist die Geschäftsführerin von MD Firearms. Sie will, dass Sie sie im Fall Rachel Crawford vertreten.«

Jason antwortete nicht sofort; er war sich ganz und gar nicht sicher, dass er den Mann richtig verstanden hatte. »Der *Crawford*-Fall?«

»Sie will ein unverbrauchtes Gesicht als Vertreter der Waffenindustrie«, sagte Sherwood. Es klang, als mache es ihm Spaß, diese Neuigkeiten zu überbringen. »Jemanden, der vielleicht zufällig auch noch ein ziemlich ordentlicher Prozessanwalt ist.«

Jason fehlten die Worte. Die meisten Anwälte warteten ihre ganze Berufslaufbahn auf einen Fall wie diesen. »Werde ich als Berater vor Ort fungieren?«

»Nicht nur als Berater vor Ort. Soweit ich weiß, sollen Sie bei der Verhandlung behilflich sein. Vielleicht als Berater neben ihrem Firmenanwalt.«

»Das ist unglaublich ...« Für den Bruchteil einer Sekunde trug die Euphorie Jason davon. In der nächsten Sekunde schlug die Realität ein. »Warum glauben sie, dass ich qualifiziert bin?«

»Sie folgen meiner Empfehlung. Und glauben Sie mir, Jason, Sie sind mehr als bereit.«

19

Melissa Davids verlor keine Zeit. Sie rief Jason am Tag nach seinem Telefongespräch mit Robert Sherwood an und beorderte ihn zu einer dringenden Sitzung mit ihr und Case McAllister, dem Leiter der Rechtsabteilung bei MD Firearms.

Jason legte seinen Flug auf 6.30 Uhr am 12. Dezember, zwei Tage nach dem ersten Anruf. Er stand um 4.00 Uhr auf und wühlte noch ein paar Minuten in seinem Kleiderschrank herum, bevor er sich für den perfekten Aufzug für einen Termin mit einer Waffen herstellenden Mandantin entschieden hatte – Jeans, ein weißes Hemd und ein Sportsakko. Es waren Temperaturen um den Gefrierpunkt vorhergesagt, aber Jason hasste es, auf Reisen einen schweren Wintermantel und eine Aktentasche herumzuschleppen. Da er 95 Prozent seiner Zeit in geschlossenen Räumen oder Flugzeugen verbringen würde, beschloss er, den Mantel zu Hause zu lassen.

Sein Pendlerflug wurde ein bisschen von Windböen gebeutelt. Als er schließlich landete, mussten sie dreißig Minuten auf der Startbahn warten, bis ihr Gate frei war. Jason kämpfte sich durch den überfüllten Terminal zum unterirdischen Transit und die lange Rolltreppe hinauf zur Gepäckausgabe.

Ein Fahrer mit einem Schild, das sorgfältig mit Jasons Namen beschriftet war, wartete auf ihn. Zum ersten Mal in seinem Leben fühlte sich Jason wie ein ganz großer Anwalt.

»Willkommen in Atlanta«, sagte der Mann. »Sie müssen Jason Noble sein.«

Sie schüttelten sich die Hände, und Jason murmelte: »Danke, dass Sie mich abholen.«

»Lassen Sie mich das nehmen«, sagte der Mann und griff nach Jasons Aktentasche.

»Danke«, sagte Jason, obwohl er sich ein wenig albern vorkam, einen alten Kerl seine Aktentasche tragen zu lassen. Der Fahrer war ungefähr siebzig, mit gebeugten Schultern, einer schmalen, spitzen Nase und grauen Haaren, die zurückgekämmt waren, so dass sie sich um seine Ohren kräuselten. Er trug einen Anzug, eine rote Fliege und Cowboystiefel.

Jason folge seinem Fahrer zum Kurzzeitparkplatz und knöpfte unterwegs sein Sakko zu, weil der Wind wie mit Messern stach. Sein Fahrer schien ein wenig zu hinken.

»Wo ist Ihr Mantel?«, fragte er.

»Ich hasse es, ihn herumzuschleppen«, sagte Jason. Der kalte Wind im Parkhaus biss ihm ins Gesicht, und er kam sich ein bisschen dumm vor.

Der Fahrer führte ihn zu einem Ford Taurus, den er aus ein paar Schritten Entfernung aufschloss. »Dieses Baby hier hat eine gute Heizung«, sagte er. »Sie können auf dem Rücksitz sitzen. Aber die meisten Leute setzen sich lieber zu mir nach vorn.«

Widerwillig folgte Jason dem Wink und stieg vorn ein. Eigentlich hatte er sich darauf gefreut, aus dem Fenster zu sehen und vor sich hin zu träumen, während sie durch Atlanta fuhren, ein paar positive Erinnerungen hervorzukramen und negative zu unterdrücken, wenn er vertraute Orientierungspunkte wiedererkannte. Die Fahrt nach Buford würde im morgendlichen Berufsverkehr annähernd eine Stunde dauern.

Der Mann legte Jasons Aktentasche vorsichtig auf den Rücksitz und öffnete den Kofferraum. Er holte eine schwarze Pistole in einem Schulterholster heraus und schnallte sie sich unter sein Jackett.

»Wir hatten einen großen Streit mit Hartsfield-Jackson«, erklärte er, während er ins Auto stieg. »Sie wollen keine Waffen auf dem Flughafengelände - nicht auf den Parkplätzen, nirgends - aber wir haben sie ein paar Mal vor Gericht gezerrt. Der zweite Verfassungszusatz ist der zweite Verfassungszusatz. Die Bundesbehörden dürfen einem die Waffen an den Metalldetektoren abnehmen, aber nicht vorher. Ich habe eine Erlaubnis zum verdeckten Tragen von Waffen und bringe meine immer mit, wenn ich zum Flughafen fahre, aus purem Trotz.«

Jason widerstand dem Drang, ihm zu sagen, dass er in dieser Sache mit den Behörden einer Meinung war. Der Gedanke an Tausende von Passagieren, die auf dem Flughafengelände - auch außerhalb der Metalldetektoren - mit Waffen unter ihren Jacketts herumrannten, war nicht gerade beruhigend.

Die nächste Stunde hatte Jason keine Zeit, in Erinnerungen zu schwelgen. Der Fahrer verwickelte ihn buchstäblich pausenlos in ein Gespräch, auch nachdem Jason gleich zu Anfang versuchte, klarzustellen, dass er nicht plaudern wollte, indem er Antworten gab, die aus nicht mehr als ein oder zwei Worten bestanden. Der Fahrer sprach über den zweiten Verfassungszusatz, die Jagd, schikanöse Prozesse, seine Straußenleder-Cowboystiefel, Jasons bevorzugte Automarke, die Georgia Bulldogs, illegale Einwanderer und milde Richter. Er rang Jason sogar Informationen über seinen Vater, einen Inspektor der Mordkommission in Atlanta, ab.

»Polizistensohn, was? Ich bin überrascht, dass Sie kein Staatsanwalt sind.«

»Mein Vater auch.«

Endlich hielten sie vor einem unscheinbaren, einstöckigen, aus roten Ziegeln gebauten Gebäude in einer kleinen Seitenstraße eines Industriegebiets von *Lawrenceville-Suwanee,* im Grunde mitten im Nirgendwo. Hinter dem Bürogebäude befand sich ein Produktionsgebäude aus Beton und ein Parkplatz an der Seite, voll mit Hunderten von Autos. In der Nähe der Ladedocks parkten ein paar Neunachser.

Draußen war ein kleines Schild angebracht mit der Adresse der Firma und dem Namen MD Firearms. Ein paar sorgfältig gestutzte Sträucher reihten sich an den Gehwegen entlang. Die Fingerhirse, die hier in Georgia als Rasen durchging, war jetzt im Winter braun geworden.

Jason hatte sich eine ganz andere Anlage vorgestellt. Die berüchtigte Firma MD Firearms, im Mittelpunkt von so viel landesweitem Medieninteresse, sah aus wie jede andere gesetzestreue amerikanische Produktionsanlage, die ein Produkt zusammensetzt und sich abrackert, Kohle zu machen.

»Da hinten ist unsere Fertigungsanlage«, sagte der Fahrer. »Dahinter ist eine Schießanlage - kann man von hier aus nicht richtig sehen. Und dieses einstöckige Gebäude hier vorn, das aussieht wie eine renovierte Grundschule - das ist die weltweite Zentrale von MD Firearms.«

Jason dankte dem Fahrer, der ihn an der Eingangstür absetzte und Jason seine Aktentasche reichte. »Die Empfangsdame weiß, dass Sie kommen«, sagte der Fahrer.

Jason blätterte einen Fünfdollarschein von dem restlichen Geld in seiner Tasche ab und versuchte, ihn dem Fahrer zu geben.

»Nein danke«, sagte der Mann. »Ich arbeite für die Firma. Wir dürfen kein Trinkgeld annehmen.«

»Okay. Also, danke nochmals.« Jason holte tief Luft und steuerte auf den Eingang zu.

20

Die wenig verheißungsvolle Größe des Gebäudes war nur die erste von vielen Überraschungen. Melissa Davids kam Jason in der Lobby entgegen und führte ihn persönlich durch die Fertigungsanlage.

Sie war überhaupt nicht die grimmige Fürsprecherin, die er im Fernsehen gesehen hatte. Sie kannte die meisten Arbeiter am Band mit Namen und fragte sie danach, was sie mit ihren Familien für Weihnachten geplant hatten. Auch wenn Davids eine kleine und unscheinbare Frau war, beherrschte ihre Persönlichkeit und Ausstrahlung alle in ihrer Umgebung. Sie schaffte es, die Leute bei ihrem Nachnamen zu nennen und das irgendwie trotzdem sehr viel informeller und vertrauter wirken zu lassen, als wenn sie ihre Vornamen oder Spitznamen benutzt hätte. Die Gebäude waren ordentlich und nüchtern, die Art von Atmosphäre, die man in jeder erstklassigen Fertigungsanlage erwartete.

Nach dem Rundgang führte Davids Jason in ihr Büro, das sich in der vorderen Ecke des Gebäudes befand. Es war etwa halb so groß wie das von

Jason. Fotos von Melissas Mann - einem Buchhalter laut Jasons Recherchen - und ihren Kindern schmückten die Wände. Sie hob den Hörer ab und bat Case McAllister, sich zu ihnen zu gesellen.

Ein paar Minuten später kam Jasons Fahrer ins Büro, ein listiges Lächeln auf dem Gesicht. Jason brauchte eine Sekunde, bis er die Puzzleteile zusammengefügt hatte. Verblüfft schüttelte er dem Mann flüchtig die Hand.

»Wir kennen uns schon«, sagte Case. »Hatten eine gute Fahrt vom Flughafen hierher.«

Jason kam sich vor wie ein Idiot, weil er es versäumt hatte, den Mann nach seinem Namen zu fragen. Es war vermutlich eine Art von Lackmustest, um zu sehen, wie ein Anwalt einen einfachen Fahrer der Firma behandeln würde. Rasch rollte Jason sein Gespräch mit Case in Gedanken noch einmal auf und versuchte sich zu erinnern, ob er etwas Dummes gesagt hatte.

»Hat Melissa schon mit Ihnen über die Besprechungsregeln gesprochen?«, fragte Case.

Besprechungsregeln? »Nein.«

»Sie hasst Besprechungen«, erklärte Case. »Sie glaubt, dass Ausschüsse und Besprechungen die Orte sind, wo gute Ideen sterben. Alle Besprechungen bei MD Firearms, an denen Melissa teilnimmt, finden im Stehen statt. Wenn wir es nicht in einer halben Stunde zu Ende bringen, machen wir es getrennt.«

»Gute Regeln«, sagte Jason.

»Wie hat er sich auf der Fahrt geschlagen?«, fragte Davids.

Case warf einen Blick auf den Notizblock, den er mitgebracht hatte. »Ein bisschen liberaler als die meisten unserer externen Anwälte. Kein großer Jäger oder Waffenliebhaber. Verachtet schikanöse Rechtsstreits nicht mit derselben Leidenschaft wie wir beide das vielleicht tun.«

Jason spürte, wie er ein wenig rot wurde und begann sich zu fragen, wie er das Robert Sherwood erklären sollte. *Ich habe die Mandantin verloren, bevor ich überhaupt in ihrer Firma ankam.*

»Irgendwelche positiven Punkte?«, fragte Davids.

»Ein paar. Er fährt einen Ford F-150 und sein Vater ist ein Cop.« Das brachte ihm ein zustimmendes Nicken von Davids ein. »Er ist auch Georgia Bulldogs-Fan. Hat seinen Abschluss in Jura an der University of Georgia gemacht.«

»Ist noch zu retten«, sagte Davids.

»Gerade noch«, gab Case zurück.

Der ganze Austausch fühlte sich surreal an; daneben zu sitzen, während andere einen bewerteten. Sie sprachen an Jason vorbei, als würde er nicht existieren.

Doch dann wandte sich Case McAllister an ihn. »Wir haben mit zwei anderen interessierten Anwälten gesprochen, die uns beide versichert haben, wir könnten ein Urteil im beschleunigten Verfahren auf Grundlage des Gesetzes zum Schutz legalen Waffenhandels bekommen. Sie meinten, sie würden den Fall in weniger als sechs Monaten abhandeln. Haben Sie sich das Problem angesehen?«

Diese Frage brachte Jason noch mehr aus dem Tritt; nicht, weil er sich das Gesetz nicht angesehen hatte, sondern weil er nicht gewusst hatte, dass er sich in einem Schönheitswettbewerb mit anderen Kanzleien befand. Er wollte diesen Fall wirklich, und Robert Sherwood hatte es so klingen lassen, als gehöre er ihm, wenn er nur danach fragte. Aber er konnte sich keinen juristischen Rat aus den Fingern saugen, nur um einen Mandanten an Land zu ziehen.

»Demnach, wie ich die Klage lese, fällt sie unter eine Ausnahmeregelung des Gesetzes«, sagte Jason. »Und wenn wir beschließen, den Fall vor dem einzelstaatlichen Gericht zu belassen, was ich auf Grund der konservativen Natur der Geschworenen in Virginia Beach empfehle, wird es fast unmöglich werden, ein beschleunigtes Verfahren zu bekommen. Virginia ist der einzige Bundesstaat, der bei Anträgen auf Urteile im beschleunigten Verfahren keine Aussageprotokolle zulässt. Wenn wir für die ursprünglichen Schriftsätze kein Urteil bekommen, was ich nach meiner Prüfung der Klageschrift für unwahrscheinlich halte, dann gehen wir vor Gericht.«

Jason hielt einen Augenblick inne und versuchte herauszufinden, welchen Eindruck diese schonungslose Ehrlichkeit auf seine potenziellen Mandanten machte. »Bei allem Respekt, Mr McAllister, Sie brauchen einen guten Prozessanwalt, nicht jemanden, der seine Zeit damit verbringen wird, nicht zu gewinnende Anträge einzureichen.«

Dieser Beurteilung folgte ein kurzes Schweigen, und Jason konnte immer noch nichts in den Gesichtern seiner Gastgeber lesen. Case McAllister notierte sich etwas auf seinem Notizblock.

»Ich mag ihn«, sagte Davids. »Das ist der erste ehrliche Rat, den wir zu diesem Fall bekommen haben. Außerdem versichert mir Robert Sherwood, dass er ein exzellenter Prozessanwalt ist.«

McAllister nickte zustimmend, und Jason spürte, wie sich seine Halsmuskeln entspannten. Er bemerkte, wie Davids Wert darauf gelegt hatte, Sherwoods Namen in das Gespräch einfließen zu lassen.

Melissa machte einen halben Schritt nach vorn und sah Jason direkt in die Augen, als wolle sie irgendwie seine Charakterstärke messen.

»Sie werden uns verteufeln«, sagte sie. »Sie werden Ihnen buchstäblich das Gefühl geben, des Teufels Advokat zu sein. Sie werden diese Geschworenen ansehen müssen und ihnen sagen, dass ein armer, trauernder Witwer keinen Cent verdient. Sie werden sich über Waffen und die Waffenkultur informieren müssen. Sie werden den zweiten Verfassungszusatz verteidigen müssen, als wäre er ihr erstgeborenes Kind. Können Sie das alles tun?«

Sie sagte es mit der Ernsthaftigkeit eines Eheversprechens. *Mann, diese Leute sind vielleicht erbittert bei der Sache!*

»Ja«, sagte Jason genauso ernsthaft, um zu zeigen, dass dieses Spiel auch andere spielen konnten. »Aber Sie müssen mich bestimmen lassen, wo es im Prozess langgeht. Und sich von mir als Zeugin vorbereiten lassen. Und bei ein paar wilden Sachen mitmachen, die ich mir unterwegs vielleicht ausdenken werde. Und Sie müssen mich - und nur mich - die Geschworenen auswählen lassen. Und noch eines: Sie müssen meine Rechnungen rechtzeitig bezahlen und mir einen Vorschuss von fünfundsiebzigtausend Dollar überweisen.« Er zögerte, versuchte sicherzugehen, dass er nichts vergessen hatte. »Können *Sie* das alles tun?«

»Ich mag diesen Kerl *wirklich*«, sagte Davids zu Case McAllister.

21

Ein paar Minuten, nachdem Melissa Davids ihre Erklärung abgegeben hatte, begleitete Case McAllister Jason den Flur entlang in sein Büro, das größer war als Melissas, aber genauso nüchtern. Die beiden Männer besprachen fast eine Stunde lang die Prozessstrategie. Sie waren sich einig, dass sie den Fall nicht zum Bundesgericht verlegen wollten und beschlossen, sofort einen Antrag auf Klageabweisung zu stellen, obwohl keiner von ihnen glaubte, sie könne Erfolg haben.

Als sie Schluss machten, streckte Davids den Kopf zur Tür herein. »Schnappen Sie sich Ihren Mantel, Noble«, sagte sie. »Wir treffen uns in fünf Minuten auf dem Schießplatz.«

Bevor Jason antworten konnte, war sie wieder weg.

Case erhob sich langsam; diesmal erkannte man sein Humpeln deutlicher. »Mieses Knie«, sagte er. »Müsste komplett ersetzt werden, aber ich schiebe es immer wieder auf. Wenn ich eine Weile gesessen habe, ist es schlimmer.«

Case nahm einen langen Mantel von einem Haken an der Innenseite seiner Bürotür. »Hier«, sagte er und reichte ihn Jason.

»Schon in Ordnung. Wirklich.«

»Spielen Sie nicht den Helden«, gab Case zurück. »Sie werden sich da draußen den Hintern abfrieren. Melissa vergisst regelmäßig die Zeit.«

Jason nahm den Mantel und probierte ihn an. Er war schwarz und reichte ihm bis zu den Knien, wie etwas, was Doc Holliday zur Schießerei am *O.K. Corral* getragen hätte. Die Ärmel waren zu kurz und der Mantel war zu eng. »Vielleicht, wenn ich mein Sakko ausziehe.« Er probierte den Mantel erneut. Die Ärmel krochen immer noch an Jasons Unterarmen hinauf.

Case musterte ihn. »Geht schon«, sagte er.

* * *

Die Freiluftschießanlage von MD Firearms lag hinter der Fabrik auf einem großen Stück Land, das an einem Wald voller Kiefern endete. Jason hatte bei dem Rundgang mit Davids auch im Inneren einen Schießstand gesehen. Doch laut Case zog es Melissa Davids bei weitem vor, ihre Schießübungen draußen zu machen.

Ein paar Minuten, nachdem Jason angekommen war, tauchte die Geschäftsführerin der Firma mit zwei grauen Diplomatenkoffern auf.

»Er gehört ganz Ihnen«, sagte Case. »Bringen Sie ihn einfach ins Büro zurück, wenn Sie fertig sind.« Der Anwalt zog sich zum Gebäude zurück, während Davids die Diplomatenkoffer abstellte und Jason Ohrenschützer und eine Sicherheitsbrille reichte.

»Haben Sie jemals eine Waffe abgefeuert?«, fragte Davids.

»Nein.«

Sie sah ihn ungläubig an. »Und Sie sind ein Polizistensohn?«

»Das ist eine lange Geschichte.«

Davids schüttelte den Kopf. »Das werden wir später psychologisch analysieren. Fangen wir für den Augenblick mit ein paar Grundlagen an.«

Nach einer kurzen Sicherheitseinweisung öffnete Davids den ersten Koffer. Er enthielt eine MD-9, die gleiche Waffe, wie sie Larry Jamison benutzt hatte, um Rachel Crawford niederzustrecken. Selbst für Jason, der jetzt 275 Dollar die Stunde bezahlt bekam, um den Hersteller zu verteidigen, sah die Waffe bösartig aus.

Laut Jasons Recherchen war die MD-9 bei Gangs beliebt geworden, nachdem sie im Text von ein paar omnipräsenten Rap-Songs aufgetaucht war. Die Waffe war mattschwarz lackiert und kantig – keine dieser glatten, glänzenden, maschinengefertigten Oberflächen wie bei teureren Waffen. Sie hatte einen kurzen Lauf und einen eckigen Pistolengriff, der aus der Mitte der Waffe ragte, nicht am hinteren Teil. Davids begann, das schmale graue Magazin mit zweiunddreißig 9-Millimeter-Patronen aus Messing zu laden.

»Was wissen Sie über die Waffen-Fachsprache?«, fragte sie.

»Nicht viel. Was ich gelesen habe.«

»Die Waffengegner beschreiben Waffen gern als ›Automatische‹ und ›Halbautomatische‹, damit es klingt, als wäre eine Waffe wie diese hier ein Maschinengewehr. Eine Vollautomatische feuert, solange man den Abzug gedrückt hält. Eine Halbautomatische wie diese hier feuert jedes Mal, wenn man den Abzug drückt, eine Patrone ab.«

Jason hatte darüber gelesen, wie leicht die MD-9 zu einer vollautomatischen Waffe umgebaut werden konnte, bevor sie in den frühen 90er Jahren umgestaltet wurde. Aber er beschloss, dieses Thema für später aufzuheben.

»Sie werden außerdem hören, dass Leute den Begriff *automatisch* benutzen, wenn sie eine Pistole wie die MD-45 meinen. In diesem Kontext bedeutet das, was sie meinen, dass die Pistole automatisch nachlädt, indem sie die Explosionskraft der Patrone nutzt, um sich nach jedem Schuss selbst nachzuladen und zu spannen. Diese Pistolen sind eigentlich selbstladend oder halbautomatisch.«

Sie sah zu Jason auf. »Haben Sie das so weit verstanden?«

»Klar«, sagte er. In Wahrheit war es ein wenig verwirrend. Aber er würde schon noch dahinterkommen.

Melissa Davids zeigte ihm den richtigen Umgang und Schießtechniken für die MD-9 und demonstrierte Jason die beste Haltung, indem sie mehrere menschenförmige Ziele in fünfzehn Metern Entfernung umlegte. Jason bemerkte, dass selbst in Davids' erfahrenen Händen ein paar der Schüsse ihr Ziel verfehlten.

Sie nahm die Ohrenschützer ab und wandte sich ihm zu. »Anwaltsgeheimnis?«

»Natürlich.«

Sie sah die Waffe an und wog sie dabei in ihren Händen. »Dieses Ding ist Schrott. Es ist unpraktisch und unhandlich und tritt wie ein Maulesel. Es ist gut bis ungefähr siebeneinhalb Meter, und das war's dann.«

Jason widerstand der offensichtlichen Frage: *Warum verkaufen Sie die Waffe dann?* Erstens, weil er die Geschäftsführerin der Firma nicht schon bei ihrem ersten Treffen verprellen wollte. Zum anderen, weil er die Antwort schon kannte: *Weil die Leute sie kaufen.*

Sie reichte Jason die Waffe und drückte einen Knopf, der die Zielfiguren wieder aufstellte. Ein weiterer Knopf holte sie auf siebeneinhalb Meter heran.

Die Waffe fühlte sich schwer und unangenehm in Jasons Hand an, als bräuchte sie einen zweiten Griff am hinteren Ende, damit seine linke Hand etwas Stabilität schaffen konnte.

Er versuchte, Davids' Körperhaltung zu imitieren, schaffte es aber nicht so richtig.

»Nehmen Sie das eine Bein noch ein kleines bisschen zurück«, sagte sie, indem sie gegen seinen rechten Fuß klopfte, bis er ihn zurückzog. »Wettkampfschützen nehmen eine leicht breitbeinige Körperhaltung ein, aber in einer echten Selbstverteidigungssituation kommt es mehr auf die Balance und auf die Fähigkeit an, sich zu den Seiten wenden zu können.

Jetzt halten Sie den Arm mit der Waffe ruhig und fest, der unterstützende Arm ist leicht gebeugt.« Davids demonstrierte es ihm beim Sprechen. »Heben Sie die Waffe gerade nach oben in Ihre Blickrichtung, bis Kimme und Korn in einer Linie und auf das Ziel gerichtet sind.«

Jason tat wie ihm geheißen. Seine Hände zitterten ein bisschen, teils von der Kälte, teils waren es die Nerven, teil das unerwartete Gewicht der Waffe.

»Legen Sie los«, sagte Davids, die Stimme laut genug, um durch die Ohrenschützer dringen zu können. »Leeren Sie das Magazin.«

Der Abzug reagierte schnell und brauchte wenig Druck. Doch die Waffe bockte, und Jasons erste paar Schüsse kamen langsam und gingen am Ziel vorbei. Er bekam ein Gefühl für die Waffe und begann, schneller abzudrücken, wobei er sich nach jedem verirrten Schuss schnell wieder ausrichtete. Auch nachdem alle Ziele gefallen waren, drückte Jason weiter ab und feuerte zielgerichtet auf ein Stück Holz weiter hinten auf der Bahn und übersäte den Boden mit 9-Millimeter-Kugeln. Patronenhülsen flogen an ihm vorbei, eine traf den Rand seiner Schutzbrille. Er leerte das Magazin innerhalb von Sekunden.

Davids lächelte. Sie hängten sich beide die Ohrenschützer um den Hals.

»Puh«, sagte er. »Das war ein Rausch. Kein Dreckskerl ist sicher, wenn ich mit einer MD-9 feuere.«

Davids musterte ihn mit einem Blick, der eine leichte Meinungsänderung anzudeuten schien. »Die meisten, die zum ersten Mal schießen, fangen ein bisschen vorsichtiger an«, sagte sie.

Der zweite Diplomatenkoffer enthielt eine glänzende Pistole, die Davids mit dem Stolz einer jungen Mutter handhabte. »Es ist ein Prototyp«, erklärte sie. »Eine MD-45. Fünf Zoll langer Lauf. Gehäuse aus blauem Karbonstahl und Aluminiumlegierung. Griff aus Rosenholz. Zwei zehnschüssige Magazine.«

Sie lud die Waffe und reichte sie Jason. Sie fühlte sich Tonnen leichter an als die MD-9, mit einem bequemen hölzernen Griff, der sich angenehm in Jasons Handfläche schmiegte. Davids stellte die Ziele wieder auf und fuhr sie die Bahn entlang wieder auf fünfzehn Meter Entfernung.

Jason zielte, und Davids korrigierte seine Haltung. »Entspannen Sie sich noch ein bisschen mehr. Heben Sie die Waffe gerade vor sich hoch. Verspannen Sie nicht im Ellbogen.«

Anders als ihr bösartiger Cousin fühlte sich die MD-9 in Jasons verschwitzten Händen glatt und bequem an. Der Abzug hatte einen klaren Druckpunkt und kam schnell zurück. Er feuerte effizient und mit viel größerer Genauigkeit. Die Waffe hatte Kugeln mit größerem Kaliber, aber nur halb so viel Rückstoß. Der längere Lauf und die Präzisionsbearbeitung machten es auch auf diese größere Distanz leichter, die Ziele zu treffen - nicht genau ins Herz, aber zumindest eine Schulterwunde oder eine, die sich nach unten in den Oberschenkel verirrte. Jason verfehlte das Ziel nur einmal komplett.

Als er fertig war, nahmen Jason und Davids die Ohrenschützer und Schutzbrillen ab.

»Gefällt sie Ihnen?«, fragte Davids.

»O ja.«

»Wir bestellen Ihnen eine, Noble. Ich schicke sie an einen Händler in Virginia Beach. Es ist ein Prototyp, der unsere neueste Sicherheitstechnik enthält - sind Sie dafür bereit?«

»Klar.«

»Sie hat ein eingebautes GPS-System, um die Waffe orten zu können. So können Sie sie ausfindig machen, wenn sie je gestohlen wird. Außerdem wird sie eine Sicherheitssperre haben, die per Fingerabdruck aktiviert wird und sicherstellt, dass die Waffe nur von Ihnen selbst abgefeuert werden kann.«

Jason wusste, dass an solchen Waffentypen gearbeitet wurde - einige der Klagen, die er recherchiert hatte, behaupteten sogar, dass es ein Versäumnis sei, solche Sicherheitssperren nicht bei allen Waffen einzubauen. Doch Jason hatte nicht gewusst, dass MD Firearms schon an diesem Prototyp arbeitete.

»Ich dachte, so eine Waffe zu besitzen, könnte sich für Medieninterviews als nützlich erweisen, oder vielleicht sogar für Ihr Schlussplädoyer«, sagte Davids. »Sie werden viel Gerede darüber hören, dass wir halbautomatische Waffen forcieren und der große Händler mit dem Tod sind. Könnte vielleicht hilfreich sein, wenn Sie sagen, dass Sie eine Waffe von MD Firearms besitzen, die mit einem GPS-System und einer fingerabdruckgesteuerten Sicherheitssperre ausgestattet ist. Unserer Marketingabteilung könnte diese Publicity auch nicht schaden.«

Jason war sich da nicht so sicher. Er war immer noch der Meinung, es könne mehr Gewicht haben, wenn er sagte, er habe in seinem Leben noch nie eine Waffe besessen. So konnte ihm niemand vorwerfen, Teil dieser Industrie zu sein. Doch Davids bat ihn nicht unbedingt um Erlaubnis. Er hatte das Gefühl, das nichts seine Mandantin schneller verprellen würde, als ihr Produkt gering zu schätzen.

»Schießen wir doch noch ein paar Runden, und dann nehmen wir Ihnen die Fingerabdrücke ab«, schlug Davids vor, während sie den Prototypen nachlud. »Unsere Marktstudien haben bisher nur einen einzigen Fehler an der MD-45 gezeigt.«

Jason wartete, dass sie weitersprach - immer noch mit dem Gedanken ringend, Waffenbesitzer zu werden.

»Mit all diesen Sicherheitseinrichtungen will sie keiner kaufen.«

* * *

Jason verließ die Stadt, ohne bei seinem Vater vorbeizuschauen. Er hatte ihn seit mindestens einer Woche nicht gesprochen, und sein Dad konnte nicht wissen, dass Jason nach Atlanta geflogen war.

Weihnachten kam früh genug, und es war Pflicht, dass Jason ihn dann besuchte. Er würde es kurz halten - Heiligabend und der erste Weihnachtsfeiertag - und dafür sorgen, dass irgendeine Krise in seiner Kanzlei am zweiten Weihnachtsfeiertag seine Anwesenheit in Richmond erforderlich machen würde. Jasons ältere Schwester hatte geheiratet und war nach Kalifornien gezogen. Sie tauchte nur alle drei Jahre einmal auf, und dieses war keines davon. Jason hasste Weihnachten.

22

Eine Woche später

Robert Sherwood hatte große Lust, Andrew Lassiter seinen dürren kleinen Hühnerhals umzudrehen, nahm sich aber vierundzwanzig Stunden Zeit, um sich zu beruhigen. Das Arzneimittelpatent-Urteil war das zweite Mal in drei Monaten, dass Justice Inc. falsch lag. Sherwoods Mandanten brachten die Telefonleitungen zum Glühen. Seine Bemühungen, sie zu beruhigen, hatten wenig Erfolg. Felix McDermont, Sherwoods größter und unberechenbarster Kunde, war außer sich.

»Streichen Sie mich von Ihrer Liste«, sagte er Sherwood. »Wenn ich eine Münze werfe, bekomme ich dieselben Ergebnisse.«

»Überstürzen Sie nichts. Wir haben immer noch eine Trefferquote von 90 Prozent.«

»Auf Ihren Rat hin vierzig Millionen weniger zu haben, war überstürzt«, antwortete McDermont. »Unsere Beziehung zu beenden, ist es nicht.«

Nach dem Telefongespräch hatte Sherwood begonnen, seine Vorstandsmitglieder zu befragen. Als er die Stimmen gesammelt hatte, berief er eine Sitzung mit Andrew Lassiter für diesen Morgen ein.

Die Wahl des Zeitpunkts war miserabel, doch was blieb ihm übrig? Sein ganzes Leben lang hatte Sherwood es sich zur Gewohnheit gemacht, sich um Probleme zu kümmern, sobald sie ihre hässlichen Köpfe erhoben. Probleme wurden mit der Zeit nur schlimmer, nie besser. Abgesehen davon – wenn er bis Januar wartete, konnte Lassiter Wind von seinem Plan bekommen. Er würde Einfluss auf die Vorstandsmitglieder nehmen und es konnte sein, dass sie weich wurden, wenn sich der Zorn über das Patenturteil abgekühlt hatte.

Sherwood hatte ihre Stimmen jetzt. Es gab keine Garantie, dass er sie auch im Januar noch haben würde. Er konnte die Tatsache nicht ändern, dass Weihnachten nur noch eine Woche entfernt war. Zweifellos würde er dafür zur Legende werden, die Vergleiche mit Charles Dickens' Geizkragen Scrooge waren fast zu naheliegend.

Aber er hatte keine Wahl. Man konnte Lassiter nicht mehr trauen.

* * *

»Er ist hier«, sagte Olivia.

Sherwood atmete lang und tief aus. Wenn er genau hinhörte, konnte er die Weihnachtslieder von der Straße heraufklingen hören. Die Lobby von Justice Inc. war mit einem großen Baum geschmückt und der politisch korrekten Menge an heller Weihnachtsbeleuchtung. Die zwei falschen Vorhersagen hatten die Kunden der Firma eine Menge Geld gekostet, aber die Firma selbst war in diesem Jahr ungemein profitabel gewesen. Sherwood hatte gerade ein paar deftige Bonusschecks unterschrieben.

Und jetzt das.

Olivia führte Lassiter ins Büro und schloss die Tür. Die beiden Männer schüttelten sich die Hände. Lassiter hatte gebeugte Schultern und rote Augen, trug einen schäbigen marineblauen Pullover und Jeans, seinen Laptop hatte er unter den Arm geklemmt. Sherwood hatte Lassiter selten ohne seinen Laptop gesehen. Lassiters Haare sahen aus, als sei er gerade aus dem Bett gekrochen, und er blinzelte ein paar Mal hinter seiner dicken Brille. *Warum sind die Genies eigentlich nie gesellschaftsfähig?*

Die beiden Männer hatten anfangs ein überragendes Team abgegeben. Lassiter hatte die Software und die Mikromarketingformeln entwickelt, um die Geschworenenurteile vorherzusagen, während Sherwood für die Finanzierung die Risikokapitalgeber bearbeitet und die Hedgefonds-Kundschaft aufgebaut hatte, die so gut für Justice Inc. Dienste bezahlte.

Als die Firma wuchs, wurde Sherwood zum Gesicht der Firma, weil er derjenige war, der mit den Vorstandsmitgliedern, Investoren und Klienten zu tun hatte. Lassiter konzentrierte sich wie besessen auf das Studium der menschlichen Psyche und verfeinerte laufend seine Formeln und Modelle zur Vorhersage, wie sich die Geschworenen verhalten würden.

Aber jetzt hatte er nachgelassen. Und Sherwood war derjenige, der das Chaos beseitigen musste, wenn Lassiter sich irrte.

»Setz dich«, sagte Sherwood. Er deutete auf den marineblauen Sessel. Er kannte die Gerüchte um den Sessel und hatte nie etwas getan, um sie zu entkräften. Es war ein praktischer Weg, schlechte Nachrichten erkennen zu lassen, ohne tatsächlich etwas zu sagen. Die Menschen konnten sich vorbereiten.

Lassiters Augen spiegelten Verwirrung und Schmerz wider, wie bei einem treuen Hund, der aus dem Haus geworfen wird, wenn ein neugeborenes Baby nach Hause kommt.

Er zuckte einmal und machte einen Schritt zur Seite. Dann setzte er sich auf den anderen Sessel vor Sherwoods Schreibtisch, den braunen Ledersessel.

Interessant.

Sherwood setzte sich hinter seinen Schreibtisch.

Ohne Aufforderung begann Lassiter zu reden; sein Blinzeln war außer Kontrolle. »Ich habe mir die Beratungen der Pseudojury letzte Nacht noch einmal angesehen und das Programm optimiert. Ein Teil davon war die beschränkte *Vorvernehmung* der Geschworenen, die Richter Davis im echten Fall erlaubt hat. Außerdem haben die Verteidiger die Geschworenen verprellt, als sie alle Zeugen angriffen, die in den Zeugenstand traten. Wir können schlechte Anwälte nicht einkalkulieren, vor allem nicht, wenn der Ruf der Kanzlei so gut ist wie in diesem Fall.«

Sherwood hielt seinen Tonfall geschäftsmäßig. »Aber Andrew, alle drei Schattenjurys kamen mit einem Freispruch zurück. Die echte Jury urteilte auf Patentverletzung und 325 Millionen Dollar Entschädigung. Unsere Kunden wollen keine Ausflüchte; sie wollen Ergebnisse.«

»Wir *haben* ihnen die Ergebnisse geliefert, Robert. Es ist Wissenschaft, kein Ratespiel. Lass mich dir ein paar Dinge zeigen.«

Lassiter schob sich die Brille in die Haare und klappte seinen Laptop auf. Sherwood wusste, was jetzt kam – detaillierte Erklärungen von Formeln und Mikromarketingtechniken, ein Mischmasch von Algorithmen, Ausgabepräferenzen und Verbraucherpsychologie. Es gab noch andere in Sherwoods Organisation, die die Modelle anwenden konnten, aber nicht halb so viel Ballast mit sich herumschleppten.

»Stell den Computer weg, Andrew. Über den Punkt sind wir hinaus.«

Lassiter hob mit an Panik grenzender Besorgnis den Blick. »Was meinst du damit?«

Sherwood beugte sich vor. Er hasste das, aber Lassiters Reaktion bestärkte seine Entscheidung. »Die Firma muss ohne dich weitermachen, Andrew. Unsere Kunden verlieren das Vertrauen in uns. Die letzten Monate waren hart. Der Vorstand ist sich einig, dass es Zeit für einen Wechsel ist.«

Sherwood unterbrach sich, damit seine Worte wirken konnten. Es war eindeutig, dass er Lassiter einen Schock versetzt hatte. Der Mann starrte einen Augenblick ins Nichts, dann legte er seinen Computer umständlich auf den Boden, als sei sein Gewicht in seinen Händen mehr, als er tragen könne.

»Es tut mir leid«, sagte Sherwood. »Ich weiß, es ist ein schrecklicher Zeitpunkt, aber ich habe mich für ein ordentliches Abfindungspaket ausgesprochen.«

Lassiter wollte etwas sagen, brachte aber nichts heraus. Er sah aus, als würde er jeden Moment zusammenbrechen. »Ihr hattet schon eine Vorstandssitzung?«, brachte er schließlich heraus.

»Ich habe mit allen Vorständen gesprochen.«

In den nächsten Minuten erklärte Sherwood die Einzelheiten der vorgeschlagenen Abfindungsvereinbarung. Die Auszahlung würde 2,5 Millionen betragen. Zusätzlich würde Lassiter seine Beteiligung von 15 Prozent an der Firma behalten und konnte Profit machen, wenn die Firma an die Börse ging. Im Gegenzug brauchte Justice Inc. eine unterzeichnete Verzichts- und Vertraulichkeitserklärung.

Als Sherwood fertig war, hatte Andrew Lassiter ein wenig die Fassung wiedergewonnen. Der glasige Blick war verschwunden. Er setzte seine Brille auf, nahm seinen Laptop und stand auf. Er räusperte sich. Einmal. Zweimal. »Das kannst du nicht machen«, sagte er. »Ich habe buchstäblich jedes einzelne Programm entwickelt, das wir benutzen.«

»Das waren alles Auftragsarbeiten.« Sherwoods Stimme war jetzt eindringlicher. Er stand ebenfalls auf. »Das weißt du, Andrew. Es ist das Beste so.«

Lassiter zitterte, doch seine Kiefermuskeln waren fest. »Ich bin nicht dein Angestellter, Robert. Wir sind Partner. Wir haben diese Firma gemeinsam aufgebaut.«

»Das willst du nicht wirklich, Andrew.«

»Ich gehe zu einem Anwalt.«

Sherwood seufzte und kam hinter seinem Schreibtisch hervor. Er legte eine Hand auf Lassiters Arm. Lassiter starrte ihn an, durch ihn hindurch. »Wir hatten eine gute Zeit, Andrew. Und ich hoffe, wir können weiterhin Freunde sein. Aber ich habe unseren Aktionären und dem Vorstand gegenüber eine Treuepflicht, ganz zu schweigen von den Kunden.« Er drückte Lassiters Arm. »Ich hätte das auch von unserer Personalabteilung machen lassen können, aber ich hatte das Gefühl, ich sei es dir schuldig, es dir selbst zu sagen. Es tut mir wirklich leid.«

Lassiter starrte ihn ein paar unbehagliche Sekunden lang schweigend an. Er blinzelte, machte einen Schritt zur Seite und ging zur Tür.

»Warte eine Sekunde«, sagte Sherwood. »Ich brauche den Computer.«

Lassiter sah auf seinen Laptop hinab und zurück zu Sherwood, den Mund ungläubig geöffnet. Sherwood streckte die Hand aus. »Ich brauche ihn jetzt.«

Lassiter hielt ihn mit beiden Armen vor sich umklammert. In seine Augen trat ein wilder Ausdruck, als könne er jeden Moment explodieren.

»In deinem Büro packen ein paar Leute deine persönlichen Sachen zusammen, während wir hier reden«, sagte Sherwood. Er hielt seine Stimme ruhig, wie mit einem Selbstmörder auf einem Fenstersims. »Rafael wartet draußen und wird dich aus dem Gebäude begleiten. Ich brauche deinen Computer und die Schlüssel. Mach es uns nicht schwerer, als es schon ist, Andrew. Du kennst unsere Regeln.«

Lassiter zögerte noch ein paar Sekunden, das Gesicht schmerzlich verzogen, bevor er Sherwood den Computer übergab. Er griff in seine Tasche und zog einen Schlüsselbund heraus. Mit zitternden Händen nahm er die Büroschlüssel ab.

Er sah so bedauernswert aus. Tränen stiegen ihm in die Augen. Es war, als habe Sherwood ihn eben auf den elektrischen Stuhl befohlen und ihm keine Multimillionen-Abfindung angeboten.

»Wirst du klarkommen?«, fragte Sherwood.

Lassiter starrte ihn einen Augenblick an, als könne er nicht glauben, dass Sherwood die Dreistigkeit besaß, ihn so etwas zu fragen.

»Das ist nicht richtig«, sagte Lassiter. Diesmal gab es kein Räuspern. »Es ist einfach nicht richtig.« Er wandte sich um, wie in Trance, und öffnete die Bürotür.

Draußen wartete Rafael Johansen.

Nachdem Lassiter gegangen war, setzte sich Robert Sherwood an seinen Schreibtisch und zündete sich eine Zigarre an. Er wusste, dass Lassiter das Angebot mit einem Anwalt besprechen und das Licht am Ende des Tunnels sehen würde. Sherwood hätte das Ganze vielleicht machen sollen wie es andere Geschäftsführer gemacht hätten – sich die Leute von der Personalabteilung darum kümmern lassen. Aber das war nie Robert Sherwoods Art gewesen.

Er nahm einen langen Zug von der Zigarre und beruhigte seine angespannten Nerven. Andrew Lassiter war ein guter Mann. Wahnsinnig talentiert. Justice Inc. hätte es ohne ihn nie geschafft. Aber Sherwood hatte seine treuhänderischen Pflichten, und er konnte nicht zulassen, dass Freundschaften sich störend auswirkten.

Manchmal hasste er seinen Job.

23

Die Nachricht auf seinem Anrufbeantworter überrumpelte Jason. Er hatte nichts mehr von Andrew Lassiter gehört, seit er drei Monate zuvor Justice Inc. verlassen hatte.

Ruf mich so schnell wie möglich an. Es ist wichtig.

Jason rief von seinem Bürotelefon aus zurück. Lassiter hob beim ersten Klingeln ab.

»Bist du allein?«, fragte Lassiter.

»Ja.«

»Ich wurde bei Justice Inc. gefeuert. Sherwood hat mich rausgedrängt. Ich brauche deine Hilfe.«

Durch die Leitung konnte Jason Lassiters Verzweiflung hören. Der Mann war atemlos und spuckte die Worte hektisch aus.

»Sie haben meine ganze Software, meine Programme, alles. Sherwood hat sich die Stimmen des Vorstands eingeholt und mich gestern zu sich bestellt. Eine Woche vor Weihnachten. Kannst du das fassen? Seine Schläger haben mich aus dem Gebäude eskortiert!«

Jason hatte Schwierigkeiten, das alles zu verarbeiten. Andrew Lassiter war nicht nur ein Angestellter; er war der Mitbegründer, das Genie hinter den Mikromarketingformeln.

»Du bist Teilhaber. Wie kann der Vorstand dich einfach abwählen?«

Lassiter räusperte sich; seine nervösen Ticks liefen auf Hochtouren. »Genau genommen können sie mir meine Anteile nicht wegnehmen. Aber wenn sie mit der Firma nicht an die Börse gehen, sind meine Anteile wertlos. Sie werden Sherwoods Gehalt erhöhen, mehr Geld nach Kenia schicken, alles tun, um die Profite zum Jahresende zu drücken. Sie können die Bücher manipulieren, um den Aktionären zu bezahlen, was immer sie wollen.«

Jason wusste, dass Lassiter ein wenig überreagierte. Minderheitsaktionäre durften die Bücher prüfen, um sicherzugehen, dass keine Profite verschleiert wurden. Dennoch war die Dringlichkeit in Lassiters Stimme nicht zu überhören. Es ging eigentlich gar nicht ums Geld.

»Was für einen Grund haben sie dir genannt?«, fragte Jason.

Lassiter verbrachte mehrere Minuten damit, sein Treffen mit Sherwood zu beschreiben. Er ließ sich ein paar Minuten lang ablenken, als er erklärte, warum die Fehlkalkulation in dem Arzneimittelpatentfall nicht seine

Schuld war. Die Formeln funktionierten, und seine Vorhersage wäre richtig gewesen, wenn die echten Anwälte ihren Job gemacht hätten. Unglücklicherweise war die Verteidigung jämmerlich gewesen.

Zurück beim Thema, beschrieb Lassiter die Einzelheiten der vorgeschlagenen Auflösungsvereinbarung. 2,5 Millionen klangen vielleicht viel, aber es war ein Almosen im Vergleich zum wahren Wert der Firma.

Jason hörte geduldig zu, stellte angemessene Fragen und versuchte dabei, herauszufinden, was er tun sollte. Er fühlte sich mit Andrew Lassiter auf besondere Weise verbunden. Andere bei Justice Inc. hatten rein geschäftlich gedacht. Sie schwitzten über Gewinn- und Verlustrechnungen, den Komplexitäten des Börsenhandels, Budgets für die Pseudoprozesse.

Lassiter dagegen war mehr wie Jason. Ihre fixe Idee war, herauszufinden, wie Geschworene tickten. Für Lassiter war sich bei einem Geschworenenurteil zu irren, wie seine Frau zu betrügen. Es war eine Charakterschwäche, nicht nur eine falsche Geschäftsprognose.

Auf eine Art machte dieses zwanghafte Verhalten Andrew Lassiter zu einem Gleichgesinnten. Normalerweise hätte Jason, dessen eigene Besessenheit darin lag zu gewinnen, keine Mühen gescheut, um zu helfen.

Aber nicht, wenn das bedeutete, sich mit Robert Sherwood anzulegen. Der Mann hatte seine Fehler, aber er war nicht das personifizierte Böse, wie Lassiter ihn darstellte. Er war ein harter Geschäftsführer, und dass er Lassiter hinausgedrängt hatte, überraschte Jason nicht völlig. Aber Robert Sherwood hatte auch ein Herz. Ihm war ehrlich an sozialer Gerechtigkeit gelegen. Er hatte Jason in den drei Monaten, die er jetzt selbstständig war, sehr geholfen.

»Was soll *ich* deiner Meinung nach dabei tun?«, fragte Jason.

»Sei mein Anwalt«, sagte Lassiter mit gepresster Stimme, eine halbe Oktave höher als normal. »Ich brauche jemanden, der Klage einreicht – jemanden, der sich nicht einschüchtern lässt.«

»Du brauchst nicht mich«, protestierte Jason. »Du brauchst jemanden mit Erfahrung in Wirtschaftsrecht. Jemanden, der nicht schon für die Firma gearbeitet hat.«

Dies bewirkte ein Schweigen in der Leitung, gefolgt von einem typischen Räuspern, in das Lassiter sich unter Druck flüchtete. Als Lassiter schließlich sprach, brach seine Stimme, und die reine Emotion kam an die Oberfläche. »Du irrst dich, Jason. Dir sind dieselben Dinge wichtig wie mir. Dieser Fall wird hart. Andere Anwälte könnten sich bestechen oder einschüchtern lassen. Ich brauche jemanden, dem ich vertrauen kann.«

Jason schluckte. Er hatte nicht darum gebeten – das Flehen eines verzweifelten Mannes. Er fühlte sich wie ein Kind in einem hässlichen Scheidungskrieg.

»Ich bitte dich um keinen Gefallen, Jason. Ich werde zahlen, was immer deine Stunde kostet.«

Jason versuchte, sich vorzustellen, wie er Robert Sherwood verklagte. Der einzige Weg, Andrew Lassiters Wiedereinstellung zu bewerkstelligen, wäre, das komplette Geschäftskonzept von Justice Inc. zu gefährden. Vielleicht konnte Jason die Wettbewerbsklausel anfechten, die Lassiter unterschrieben hatte, so dass er sich selbst ein ähnliches Geschäft aufbauen konnte. Wenn andere Firmen dieselben Mikromarketingformeln benutzen konnten, um diese einflussreichen Fälle vorherzusagen, würden die Geschäfte von Justice Inc. einen schweren Schlag hinnehmen müssen.

Doch Justice Inc. hatte Jason fair behandelt. Ohne Robert Sherwood wäre Jason jetzt nicht da, wo er war. Seine größten Kunden waren alle Empfehlungen von Sherwood. Und was hatte Andrew Lassiter für ihn getan?

»Andrew, es tut mir leid. Ich kann den Fall einfach nicht übernehmen. Ich habe zu viele Loyalitätskonflikte dabei.«

Jason wartete. Das Schweigen wurde ungemütlich.

»Du bist mit einem anderen Anwalt besser beraten«, beharrte Jason. »Jemand ohne diese Konflikte.«

»Danke, dass du dir Zeit genommen hast«, sagte Lassiter mit kühler Stimme. Bevor Jason antworten konnte, legte sein Freund auf.

Jason ging zum Fenster hinüber und starrte auf die Straße hinab. Er rieb sich den Nacken und beobachtete die kleinen Schneeflocken, die den Nachmittagshimmel sprenkelten, ein Novum in Richmond, vor allem im Dezember.

War er eingeschüchtert von Robert Sherwood? Ein wenig. War das der Grund, warum er Lassiter abgewiesen hatte? Eigentlich nicht. Es war eine geschäftliche Entscheidung. Jason hatte in der Vergangenheit viele Male trotz seiner Angst gehandelt. Wenn er sich mit Männern wie Robert Sherwood anlegen musste, würde er es tun.

Zumindest redete er sich das selbst ein.

Dies war nicht der Fall eines kleinen Kerls wie Lassiter, der von einem mächtigen Mann mit allen wirtschaftlichen Mitteln ausgenutzt wurde. Wenn es so wäre, hätte sich Jason dazu gezwungen gefühlt, einzugreifen. War das nicht eines der Dinge, die er bei Justice Inc. gelernt hatte - die Robin-Hood-Philosophie von Gerechtigkeit?

Nein, es war nur eine geschäftliche Streitigkeit, und Jason hatte keine Lust, hineinzugeraten. Abgesehen davon würde Andrew Lassiter auf den Füßen landen. Der Kerl war nachweislich ein Genie.

Aber die Fragen hörten nicht auf - dieses Nagen in seinem Magen. Hatte er nur Angst? War er dabei, einen Freund im Stich zu lassen?

Es war nur eine geschäftliche Streitigkeit, ermahnte er sich. Zwischen zwei erwachsenen Männern.

24

An Heiligabend bestieg Jason ein Flugzeug in Richmond zu seinem zweiten Flug nach Atlanta in weniger als zwei Wochen. Er fand sich neben einer Mutter und ihrem Sohn im Grundschulalter, der aufgeregt war, weil er seine Großeltern besuchte, wieder. Als Jason in Atlanta ausstieg, war der Flughafen voller Menschen - Tausende von lächelnden und aufgeregten Gesichtern, die Kinder und Gepäck durch die Terminals schleppten. In dieser Jahreszeit spürte Jason immer einen zusätzlichen Stich von Einsamkeit und Neid.

Wie es wohl wäre, zu einer normalen Familie nach Hause zu kommen - eine Mutter, die ihre Kinder mit bedingungsloser Liebe überschüttete, ein Vater, der nicht versuchte zu kontrollieren und zu manipulieren, eine Schwester, die mehr als einmal in drei Jahren da war?

Jason würde es nie erfahren. Für ihn würde Weihnachten dieses Jahr wieder aus Diskussionen mit seinem Vater bestehen, gefolgt von langen Perioden unbehaglichen Schweigens. Die Traditionen und Erwartungen von Weihnachten hatten ihre eigene Art, familiäre Mängel zu verstärken.

Auf seinem Weg zur Gepäckausgabe rief Jason seine Nachrichten ab. Sein Vater hatte angerufen. Er arbeitete die Schicht von drei bis elf, weil er für einen Kollegen einsprang, bei dessen Frau vor kurzem Krebs diagnostiziert worden war. Detective Corey würde Jason vom Flughafen abholen. Sein Vater sprach ihm Coreys Handynummer aufs Band und sagte, er freue sich, Jason später am Abend zu sehen.

Seinem Tonfall nach zu schließen, bezweifelte Jason das.

* * *

Detective Matthew Corey war einer der am jüngsten aussehenden Fünfundvierzigjährigen, die Jason kannte. Corey begann seine Tage mit ungefähr neunzig Minuten im Fitnessstudio, hantierte mit den ganz großen Gewichten, meißelte seine Muskeln und formte seinen sowieso schon beeindruckend flachen Bauch. Er hatte dichtes, dunkles Haar, buschige, schwarze Augenbrauen und Haut, die aussah, als gehöre sie in eine Rasierschaumwerbung. Die einzigen Zugeständnisse an sein Alter – vor allem an seine zweiundzwanzig Jahre bei der Polizei von Atlanta – waren die beginnenden Falten in seinen Augenwinkeln.

»Danke fürs Kommen«, sagte Jason.

»Du gehörst zur Familie«, antwortete Corey. Er setzte den Blinker und fuhr vom Bordstein weg. »Du siehst gut aus«, fügte er ohne Überzeugung hinzu. Es war eine oberflächliche Begrüßung von einem Mann, dessen Lieblingshobby es war, sich selbst im Spiegel zu betrachten. Er erwartete vermutlich ein Gegenkompliment.

»Und du siehst aus, als würdest du langsam ein bisschen schlaff«, antwortete Jason.

Corey lächelte. »Neunmalklug wie immer. Freut mich zu sehen, dass die Uni dich nicht verändert hat.«

Jahre vorher, als Neuling, hatte Matt Corey Jasons Vater als Partner auf Streife zugeteilt bekommen. Mindestens zwei Mal und vielleicht auch öfter, je nachdem, wer die Geschichten erzählte und wie viele Biere sie vorher hinuntergespült hatten, hatte Jasons Vater Corey das Leben gerettet. Auch nachdem beide auf andere Posten versetzt worden waren – Jasons Vater zur Mordkommission und Corey ins Drogendezernat –, waren sie enge Freunde geblieben.

»Es gibt nichts, was ich nicht für deinen Vater tun würde«, hatte Corey zu Jason gesagt. »*Nichts*. Und das meine ich ernst.«

Auf dem Weg zum Haus verbrachten sie die Fahrt mit leerem Gerede – Jasons Arbeit, die Ermittlungen, mit denen Corey gerade zu tun hatte, Coreys Familie. Corey hatte selbst bei jemand Unbedeutendem wie Jason das Bedürfnis, Eindruck schinden zu müssen, also verbrachte er einen guten Teil der Zeit damit, mit diesem Fall zu prahlen und mit jenem Drogenfund, vor allem mit den Verhaftungen, bei denen die Verdächtigen sich wehrten … und das später noch bereuten.

Als sie ungefähr fünf Minuten vom Haus entfernt waren, schwenkte das Gespräch zu Jasons Vater.

»Er trinkt mehr als früher«, sagte Corey. »Allein. Und er fehlt immer wieder bei der Arbeit.«

Das überraschte Jason nicht, aber er war ratlos, was deswegen zu tun war. Sein Vater trank schon seit Jahren. Der Alkohol machte ihn grüblerisch und löste seine Zunge. Er beschimpfte die, die versuchten, mit ihm darüber zu reden. Jasons Lösung war, sich rauszuhalten.

»Er ist stolz auf dich, Jason«, sagte Corey, wobei er den Blick auf die Straße gerichtet ließ. »Dir sagt er wahrscheinlich nie etwas, aber er gibt ständig mit *dir* an – sein Sohn, der große Anwalt.«

Hätte Corey gerade gesagt, er habe die Königin von England geheiratet, wäre Jason nicht überraschter gewesen. Jasons Vater hatte in seiner Gegenwart nie etwas in dieser Art gesagt. Er kritisierte nur, kritisierte an jeder Kleinigkeit herum. Lob gab es in seinem Vokabular nicht.

»Das überrascht mich«, sagte Jason.

»Natürlich wäre es ihm lieber, wenn du den weißen Hut aufhättest. Aber er ist trotzdem stolz auf dich.«

Das versteckt er aber gut, dachte Jason. Nichtsdestotrotz wusste er es zu schätzen, dass Detective Corey ihm das erzählte. Es würde die nächsten vierundzwanzig Stunden vielleicht ein bisschen erträglicher machen. Alles, was Jason je von seinem Vater bekommen hatte, war ein tiefes Gefühl von Enttäuschung. Er wollte, dass Jason Football spielte, aber Jason spielte lieber Fußball. Er wollte, dass Jason ein Navy SEAL wurde, aber Jason wollte Theater spielen. Als Jason anfing, Jura zu studieren, sprach sein Vater über die Staatsanwälte, vor denen er Respekt hatte. Jetzt war Jason Strafverteidiger.

Sie erreichten das Haus, und Corey fuhr in die Einfahrt. »Es ist toll zu sehen, dass es bei dir so gut läuft«, sagte er. Er wandte sich Jason zu und sah ihm direkt in die Augen. »Ich bin froh, dass du deine zweite Chance genutzt hast. Ich wusste damals, dass du ein guter Kerl bist.«

Jason hatte fast damit gerechnet, dass Corey wieder von diesem Abend vor zehn Jahren anfangen würde, der Jasons Leben für immer verändert hatte. Es war der Abend, an dem er lernte, dass Cops manchmal ihre eigenen Gesetze machten. Dennoch zog sich ihm bei diesen Worten der Magen zusammen.

Einmal alle paar Jahre erwähnte Corey es. Jason hatte das Gefühl, der Detective wolle sich vergewissern, dass sein Geheimnis immer noch sicher war, dass Jason immer noch eine Schuld anerkannte, die er nie ganz würde zurückzahlen können.

»Ich bin mir da nicht so sicher«, sagte Jason. Er starrte zur Windschutzscheibe hinaus; seine Schuld lastete schwer auf ihm. Das war der Grund, warum er nicht gern in Coreys Nähe war; es war eine ständige Erinnerung an die schlimmste Nacht in Jasons Leben. »Gute Jungs lassen ihre Freunde nicht im Stich.«

»Jeder macht mal Fehler«, sagte Corey mitfühlend. »Und ein dummer Fehler sollte dich nicht dein Leben lang verfolgen.«

Jason nickte. Er wusste, dass es keinen Sinn hatte, darüber zu diskutieren. Er sollte Detective Corey dankbar sein und es ihm nicht übelnehmen.

»Ich weiß«, sagte er.

Er schluckte die Worte hinunter, die er eigentlich sagen wollte. *Es verfolgt mich trotzdem mein Leben lang.*

25

Jason schaffte es nur ein oder zwei Mal im Jahr nach Hause. Die letzten paar Male war er verblüfft gewesen, wie sehr sich das Haus verändert hatte. Es war ein kleines, einstöckiges Ziegelhaus in einem der älteren Viertel von *Alpharetta.* Jasons Vater hatte das Haus gekauft, um dem zu entkommen, in dem ihn so viel an Jasons Mutter erinnerte.

Es machte Jason traurig, zu sehen, wie dieses Haus langsam verkam – der Garten, der von Unkraut überwuchert wurde, der fleckige Teppich, der ersetzt werden müsste, die verblichenen Fliesen im Bad und in der Küche.

Das Haus roch nach schalem Bier.

Als halbherziges Zugeständnis an die Jahreszeit hatte sein Vater einen Sessel ins Wohnzimmer gestellt und einen künstlichen Christbaum aufgestellt. Von außen zu dekorieren hatte er sich überhaupt nicht die Mühe gemacht, was das Haus zu einer Kuriosität in der Nachbarschaft machte, die in allen Arten von kitschigen Außenbeleuchtungen strahlte.

Jason warf seine Sachen in sein altes Schlafzimmer, ein Zimmer, das jetzt als besserer Lagerraum herhielt, und umrundete die überflüssigen Möbel, den alten Stepper und die Kartons, die den Boden bedeckten. Er dachte daran, ein paar alte Freunde von der High School anzurufen, erinnerte sich dann aber daran, dass sie normalerweise Familienaktivitäten geplant hatten. Stattdessen wechselte er zwischen dem Fernseher und dem Internet auf dem alten Computer seines Vaters hin und her.

Nächstes Jahr würde er sich eine gute Ausrede ausdenken, damit er Weihnachten in Alpharetta ganz ausfallen lassen konnte.

Um 23.30 Uhr kam sein Vater nach Hause und entschuldigte sich, dass er so spät dran war. Er habe die Schicht mit einem jungen Kollegen getauscht, der eine kranke Frau hatte, und Jason verkniff sich einen bissigen Kommentar. Er konnte den Alkohol riechen, als sie sich die Hände schüttelten und sein Vater seine linke Hand seitlich an Jasons Schulter legte – eine »Umarmung« in der Noble-Familie.

Nachdem sein Vater sich umgezogen hatte, schenkte er sich sofort ein Bier ein … Jason war sich fast sicher, dass man eher *noch* ein Bier sagen musste. »Auch eins?«, fragte er.

»Nein, danke.«

»Entspann dich, Junge. Es ist Weihnachten!«

Jason hatte dem Alkohol zehn Jahre zuvor abgeschworen. Er würde jetzt nicht wieder damit anfangen, vor allem, wenn er sah, was er aus seinem Vater gemacht hatte. »Ich nehme einfach ein Wasser.«

Sein Vater schüttelte den Kopf und murmelte etwas, das Jason nicht verstand. Er reichte Jason eine Zweiliterflasche Cola aus dem Kühlschrank, und Jason goss sich ein Glas ein. Die Cola war abgestanden.

Sie setzten sich an die gegenüberliegenden Enden des Küchentischs wie zwei Revolverhelden, die ihre Kampfpositionen einnahmen.

Jason musterte seinen Vater – sein Verfall schien zum Haus zu passen. Jason hatte die Statur seiner Mutter, ihre durchschnittliche Größe, ihren hohen Stoffwechsel, den schmalen Knochenbau. Sein Vater war breit und gedrungen, fast zehn Zentimeter kleiner als sein Sohn, kräftig wie ein Bulle. Er hatte im letzten Jahr ein bisschen zugenommen, und er hatte die rote, fleckige Gesichtshaut eines Alkoholikers, passend zu einer großen Nase und den permanent blutunterlaufenen Augen. Er sah älter aus als zweiundfünfzig.

»Erzähl mir von deiner Kanzlei«, sagte sein Vater.

Sein Tonfall verriet, dass er vielleicht tatsächlich interessiert sein könnte, trotz der Enttäuschung, die er geäußert hatte, als Jason sich für eine Karriere als selbständiger Anwalt entschieden hatte. Jason erinnerte sich an Detective Coreys Bemerkungen und beschloss, mit einer Beschreibung des Waffenfalls anzufangen, den er gerade an Land gezogen hatte. Sein Vater huldigte dem zweiten Verfassungszusatz. Im Hause Noble hatte es immer Waffen gegeben, seit Jason denken konnte, auch wenn Jason selbst nie eine abgefeuert hatte.

Dieser Fall konnte vielleicht tatsächlich helfen, die Sichtweise seines Vaters zu ändern, dass Jason nur einen Haufen Gauner und Polizistenmörder verteidigte.

»Erinnerst du dich an die Schießerei bei diesem Fernsehsender in Virginia Beach – die, die alle live gezeigt haben?«

»Ja.« Sein Vater machte kurzen Prozess mit seinem Bier.

»Der Ehemann dieser Reporterin hat Klage gegen die Waffenhersteller erhoben, weil sie angeblich von dem illegalen Verkauf ihrer Schusswaffen wussten und nichts dagegen getan haben.«

»MD Firearms«, murmelte sein Vater und nahm noch einen Schluck.

»Genau. Sie haben mich gebeten, sie zu vertreten. Man sagt, das könnte der größte Fall zum zweiten Verfassungszusatz seit Jahren werden.« Jason nippte an seiner Cola, während sein Vater das Gesicht verzog und die Neuigkeit verdaute.

»Was weißt du über sie?«

»Was ich im Internet und in den Zeitungen gelesen habe.« Jason beschloss, die Tatsache auszusparen, dass er sich ihre Fabrik angesehen hatte, die nur eine kurze Fahrt vom Haus seines Vaters entfernt war.

»Vielleicht solltest du noch ein bisschen mehr recherchieren, bevor du diesen Fall annimmst.«

Sein Tonfall ernüchterte Jason. Er hatte den Fall nicht angenommen, um die Anerkennung seines Vaters zu bekommen, aber er hatte auch nicht gedacht, dass es schaden würde. »Das heißt?«

Sein Vater spielte ein paar Sekunden mit seinem Bierglas und dachte offenbar nach, wie er vorgehen sollte. »Hast du davon gehört, wie sie das mit den Schalldämpfern gemacht haben?«

Jason zuckte die Achseln. Er wusste nicht einmal, dass sie Schalldämpfer herstellten.

»Vor ein paar Jahren hat dein potenzieller Mandant beschlossen, ein bisschen zusätzliche Kohle zu machen, indem sie die Produktion auf Schalldämpfer ausgeweitet haben. Das einzige Problem war, dass laut ATF-Vorgaben damals jeder, der einen kompletten Schalldämpfer bestellte, ihn registrieren lassen musste. Also ist MD Firearms – damals hießen sie noch *Buford Arms Corporation* oder so ähnlich – eine Partnerschaft mit ein paar anderen Firmen in Georgia eingegangen, um Einzelteile für Schalldämpfer zu verkaufen. Ich glaube, deine Mandanten haben die Rohre verkauft und die anderen die Einbauten.«

Jasons Vater hielt inne, um noch einen Schluck zu nehmen. »Am Ende hat die ATF einen Durchsuchungsbefehl bekommen und eine Razzia in allen Fabriken dieser Firmen durchgeführt. Sie haben Unterlagen beschlagnahmt, die etwa sechstausend Verkäufe von Einzelteilen von Schalldämpfern bewiesen, aber nur vier Käufer hatten ihre Schalldämpfer registrieren lassen. Ungefähr fünfzig davon wurden an Leute mit Vorstrafen verkauft.«

Jason hörte genau zu, er wusste, dass die Anwälte der Klägerpartei damit hausieren gehen würden. Diese Art von Beugung der Regeln kam ihm für die Melissa Davids, die er bei MD Firearms kennengelernt hatte, untypisch vor.

»Also hat die ATF die ganzen Beweise genommen und diese Firmen vor Gericht gezerrt, um ihnen die Lizenzen zu entziehen, aber der Richter hat die Klage abgewiesen – er meinte, keiner könne beweisen, dass sie vorsätzlich das Registrierungsgesetz umgehen wollten. Hätte ja sein können, dass sie völlig legal versuchen, Einzelteile für Schalldämpfer zu verkaufen.« Jasons Vater schnaubte. »Was für ein Blödsinn.«

»War Melissa Davids zu der Zeit auch schon dabei?«, fragte Jason.

»Sie hat dort gearbeitet.« Jasons Vater ging zum Kühlschrank, um sich sein zweites Bier zu holen, zusätzlich zu den wer weiß wie vielen, die er schon vorher getrunken hatte. »Ein paar Jahre später half ihr die Familie ihres Mannes, die Firma den ursprünglichen Besitzern abzukaufen, und sie versprach, dort aufzuräumen. Aber alles, was sie gemacht hat, war den Namen der Firma und die Waffennamen zu ändern. Bis zum Verbot von Angriffswaffen haben sie ihre MD-9 lastwagenweise ausgeliefert und wussten genau, dass die Leute sie zu einer Vollautomatik umbauten. Die ATF hat Hunderte von umgebauten Waffen zu Verbrechen zurückverfolgt, auch zu einem hier in *Forsyth County,* wo ein Cop von einer Drogengang niedergemäht wurde. Als das Verbot vor fünf Jahren auslief, legten sie die MD-9 in all ihrer Pracht und beliebter als je zuvor wieder neu auf.«

Jetzt verstand Jason, warum sein Vater sich an all diese Fakten erinnerte. Forsyth County war direkt nebenan. Ein Polizist war getötet worden. Eine Grenze war überschritten worden.

Jasons Vater ließ sich schwer auf seinen Stuhl fallen und öffnete seine Bierflasche. Diesmal hielt er sich nicht mit einem Glas auf.

»Tu mir einen Gefallen, Junge. Übernimm diesen Fall nicht.«

Er starrte Jason an, wartete auf eine Antwort.

»Junge?«

Jason senkte den Blick. Er wollte den Zorn seines Vaters nicht anstacheln. Nicht heute Abend. Es war Heiligabend. Sie hatten sich seit Monaten nicht gesehen. Ein falsches Wort, und die Noble-Männer gingen sich gegenseitig mit unglaublicher Geschwindigkeit an die Kehle.

Aber er würde nicht lügen. Und er würde jetzt nicht damit anfangen, sich von seinem Vater sagen zu lassen, welche Fälle er übernehmen sollte und welche nicht. Sagte er seinem Vater vielleicht, welche Verbrechen er aufklären sollte?

Jason holte tief Luft und sah seinem Vater in die blutunterlaufenen Augen. »Das habe ich schon, Dad. Jeder hat das Recht auf eine Verteidigung.«

Sein Vater fluchte, sein Gesicht rötete sich. »Warum musst du diese Familie andauernd in Verlegenheit bringen?«

»Meine Mandanten haben diese Frau nicht erschossen«, argumentierte Jason. Er dachte, er könnte mit seinem Vater vielleicht umgehen wie mit einem Mitglied der Jury, an seine Unvoreingenommenheit appellieren. »Zieh die Firma in einem Fall wie diesem zur Verantwortung, und es ist nur noch eine Frage der Zeit, bis sie hinter *Glock* oder *Smith & Wesson* her sind. Das ist ein Fall für den zweiten Verfassungszusatz, Dad.«

»Das ist doch Schwachsinn«, zischte sein Vater. »Und das weißt du auch. Du willst diesen Fall, weil du dir einen großen Namen machen willst. Jason Noble, der große Strafverteidiger.«

Jason schluckte den Köder. Er konnte nicht anders. Irgendwie schaffte es sein Vater immer, ihm unter die Haut zu gehen. »Das stimmt, Dad. Du weißt alles über mich. Du hast mich durchschaut.« Jason spürte, wie seine Wut rasch außer Kontrolle geriet, obwohl er sich geschworen hatte, dass das diesmal nicht der Fall sein würde. »Alles, was ich mache, ist falsch. Ich bin nie gut genug für den viel gepriesenen Namen Noble. Für den hart arbeitenden Polizisten.« Jason verzog höhnisch das Gesicht. »Wenn die wüssten!«

»Ich brauche dein Verständnis nicht.« Jasons Vater stand auf und starrte Jason angeekelt an. »Du bist seit fünf Minuten hier, und du fängst schon wieder mit diesem Scheiß an.«

Jason senkte den Blick auf den Tisch, kochend vor Wut. Er hatte sich nur einmal körperlich mit seinem Vater angelegt, ein paar Monate, bevor er ans College gegangen war. Sein Vater hatte Jason zu Boden geworfen, sich auf ihn gesetzt und ihn geschlagen, bis er ihn anflehte, er möge aufhören.

Danach hatte sein Vater ein paar Sekunden dagestanden und auf ihn herabgesehen. »Du glaubst, du kannst einen alten Mann schlagen?«, hatte er gehöhnt. Jason hatte dort am Boden gelegen, vorsichtig seine Lippe befühlt, während Blut auf den Teppich floss. Kleinlaut hatte er den Kopf geschüttelt.

»Mach den Teppich sauber«, hatte sein Vater gesagt. Dann war er gegangen.

Sein Vater war schneller und stärker als er wirkte. Jedes Mal, wenn sie stritten, kam diese Prügelei wieder in Jason hoch und drängte sich mit solcher Wucht in sein Gedächtnis, dass er fast das Blut wieder schmecken konnte. Aber dann gab es auch Momente, so wie jetzt, in denen Jason so wütend war, dass es ihm egal war. Außerdem war er jetzt älter. Stärker. Sein alter Herr hatte zweifellos ein bisschen nachgelassen.

In der Hitze des Gefechts wollte Jason aufspringen und irgendetwas anfangen, den alten Mann entweder ein für alle Mal schlagen oder ihn zwingen, Jason so schlimm zu verprügeln, dass es ihre Beziehung für immer beendete.

»Willst du den alten Mann auf die Probe stellen?« Die Worte waren höhnisch, ein Echo von vor acht Jahren. Sie kannten ihre jeweiligen wunden Punkte.

Jason sah auf, Tränen brannten ihm in den Augen. »Was willst du, Dad? Willst du mich wieder schlagen? Na los, dann schlag mich.« Jason stand auf und hielt seine Hände geöffnet neben sich. »Fühlst du dich dann wie ein richtiger Mann - wenn du dein Kind schlägst? Vielleicht kannst du dieses Mal ein paar bleibende Schäden anrichten.«

Sein Vater stand vor ihm; die Wut färbte sämtliche Gesichtszüge. Jason rechnete fast damit, dass die Fäuste jeden Moment fliegen würden. Diesmal würde er sich nicht einmal wehren. Er würde seinen Vater tun lassen, was immer er ihm an Schaden zufügen wollte. Er würde es ihm heimzahlen, indem er nie wieder mit ihm sprach.

Die Konfrontation dauerte nur ein paar Sekunden, dann schüttelte sein Vater leicht den Kopf, als könne er nicht fassen, was für einen Idioten er da als einen Sohn großgezogen hatte. Er setzte sich auf seinen Stuhl, sah Jason verächtlich an und nahm einen Schluck Bier.

Jason ging den Flur entlang zu seinem Zimmer.

»Wo willst du hin?«

»Ins Bett, Dad. Frohe Weihnachten ... Danke, dass du es zu etwas so Besonderem gemacht hast.«

26

Für Kelly lag Trost darin, zur Kirche zu gehen. Sie saß mit ihrer Familie in der zweiten Reihe - mit ihrer Mutter, zwei älteren Brüdern und zwei jüngeren Schwestern. Von der Starling-Familie war nur Kelly unverheiratet, auch wenn die Gemeindemitglieder ihr Möglichstes getan hatten, um Kelly zu verkuppeln, seit sie ein paar Tage zuvor nach Hause gekommen war. Wer brauchte eine Partnervermittlung, wenn er eine ganze Kirche voller Kundschafter und begabter Heiratsvermittler hatte?

Vier Enkel würden den Starling-Haushalt morgen bevölkern und die Erwachsenen an die einfachen Freuden von Weihnachten erinnern. Vier war viel, fand Kelly. Sie liebte ihre Nichten und Neffen. Aber sie ließ die kleinen Rabauken auch gern wieder hinter sich, wenn sie das chaotische Haus ihrer Familie in Charlottesville verließ und sich auf den Rückweg nach D.C. machte.

Heute, am Heiligabend, lag eine Art feierlicher Friede über der reich geschmückten Kirche, in der Kellys Vater der Pastor war. Traditionen, vor allem die religiösen, hatten ihre besondere Art, den Geist zu beruhigen und den Blick auf die Ewigkeit zu richten. Die Weihnachtslieder, die Liturgie, die Kerzen und die kurze Predigt ihres Vaters über die Hoffnung ließen Kelly Abstand von dem Trubel ihrer Kanzlei gewinnen. Es gefiel ihr gar nicht, dass sich Weihnachten in ihrer Kanzlei an sie heranschlich und dann so plötzlich vor der Tür stand – ihre eigentlich liebste Jahreszeit, verloren in einem Strudel von Stundenhonoraren und *pro-bono*-Projekten. Jahresabschlussberichte und Bonusschecks konkurrierten mit dem Kind in der Krippe um ihre Aufmerksamkeit.

Kelly fühlte sich ein bisschen schuldig, wie sie hier als Teil der perfekten kleinen Familie des Pastors in der Kirche saß und wusste, dass sie ihren Vater das Wohlwollen einiger seiner konservativeren Gemeindeglieder gekostet hatte. Eine der Töchter des Pastors zu sein, hatte sie hier immer im Fokus der Aufmerksamkeit stehen lassen, doch dieses Jahr wurde es noch durch die öffentliche Aufmerksamkeit für den Crawford-Fall erschwert. Anders als der Artikel in der *Washington Post* über ihre Arbeit mit den Opfern von Menschenhandel, hatte dieser Fall das Potenzial, die Kirche zu spalten – sozialliberale Aktivisten gegen Jäger und Waffenenthusiasten. Aber aus Respekt vor ihrem Vater hatten nicht einmal die Gemeindeglieder, die heimlich hofften, Kelly würde den Fall verlieren, ein negatives Wort ihr gegenüber geäußert.

Der Gottesdienst endete an diesem Heiligabend, wie an jedem Heiligabend davor, damit, dass ihr Vater das Abendmahl leitete. Zum entsprechenden Zeitpunkt würden die Teilnehmenden sich vorn in der Kirche in einer Reihe aufstellen, eine kleine Oblate gereicht bekommen und einen Schluck aus einem von mehreren Abendmahlskelchen nehmen.

Kelly konnte sich noch an ihr erstes Abendmahl erinnern, nachdem sie die wahre Natur der Buße und die Rolle von Jesus Christus bei ihrer Rettung verstanden hatte. Ihr Vater hatte erklärt, wie Christus seiner Kirche geboten hatte, das Abendmahl als Erinnerung an sein Opfer zu feiern. Die

Abendmahlelemente, erklärte er, waren kraftvolle Symbole des Leibes und des Blutes Christi.

Ihre Augen hatten sich mit Tränen gefüllt, als sie das erste Mal mit ihrer Mutter nach vorn gegangen war. »Christi Leib, das Brot, das vom Himmel herabgekommen ist«, hatte ihr Vater gesagt, als er ihr die Oblate reichte. Sie ging ein paar Schritte weiter und stippte sie in den Kelch. »Christi Blut, der Kelch des Heils«, sagte einer der Gemeindeleiter. Kelly hatte feierlich genickt und die Oblate gegessen. Sie war zu ihrem Platz zurückgekehrt und hatte zugesehen, wie der Rest der Gemeinde sich anstellte; bei vielen sah es aus, als täten sie es nur aus Gewohnheit. Damals, als dreizehnjähriges Mädchen, hatte sie sich versprochen, dass sie das Abendmahl nie auf die leichte Schulter nehmen würde.

Die Worte ihres Vaters durchbrachen die Erinnerungen und holten sie in die Gegenwart zurück. »Wir laden jeden, der Christus als seinen Erlöser angenommen hat, ein, an dieser symbolischen Zeremonie teilzunehmen, die wir Abendmahl nennen. Denken Sie daran, dass der Säugling, der kam, um der Welt Hoffnung zu bringen, auch der Erlöser ist, der starb, um der Welt das Leben zu schenken.

Aber wir bitten Sie auch, an die Worte des Apostels Paulus zu denken. Niemand sollte unwürdig am Abendmahl teilnehmen. Wenn Ihr Herz nicht dabei ist oder wenn Sie aus einem anderen Grund nicht teilnehmen wollen, kommen Sie einfach nach vorn und verschränken Sie die Arme. Statt des Abendmahls wird jemand aus der Gemeindeleitung für Sie beten und Sie segnen.«

Sie begannen mit der Liturgie: Ihr Vater las, die Gemeinde antwortete. Der erste Teil der Liturgie enthielt ein Bußgebet.

»Lasst uns unsere Sünden gegen Gott und unseren Nächsten bekennen«, sagte Kellys Vater.

Die Gemeinde antwortete unisono: »Gnädiger Gott, wir bekennen, dass wir in Gedanken, Worten und Taten, durch das, was wir getan haben und durch das, was wir unterlassen haben, gegen dich gesündigt haben.«

Das Gebet ging weiter, aber diese ersten Worte blieben in Kellys Herz hängen.

Durch das, was sie getan hatte. Durch das, was sie unterlassen hatte.

Seit fünf Jahren trug Kelly die Bürde dessen mit sich herum, was sie getan hatte und das Wissen um das, was sie unterlassen hatte. Sie hatte es niemandem anvertraut, nicht einmal ihrem Vater. Sie hatte auch nicht versucht, es bei den Behörden richtigzustellen. Gott war fern geworden, ihre Gebete immer seltener, Kirchenbesuche fast nichtexistent.

Sie war viel beschäftigt. Sie war müde.

Und ehrlich gesagt, lief sie vor Gott davon.

Als ihre Reihe aufstand und nach vorn ging, fand sich Kelly zwischen ihren beiden Brüdern eingezwängt wieder. Wie immer reihten sie sich vor ihrem Vater auf. Letztes Jahr hatte sie das Abendmahl genommen und ihre Schuldgefühle dabei unterdrückt. Sie hatte die Warnung des Apostels Paulus für ein paar Tage beiseitegeschoben, damit sie Weihnachten genießen konnte, aber später waren die Schuldgefühle wieder über sie hereingebrochen. Zusammen mit der Reue. Und der Heuchelei.

Durch das, was wir getan haben. Und durch das, was wir unterlassen haben.

Sie stand vor ihrem Vater. Er hatte eine Oblate in der Hand und wartete, dass Kelly ihre Hände aufhielt und das Symbol von Christi gebrochenem Leib entgegennahm.

Stattdessen verschränkte sie die Arme.

Ihr Vater zuckte mit keiner Wimper. Er streckte die Hand aus und legte sie auf ihre Schulter, schloss die Augen und bat den Herrn, sie zu segnen.

* * *

Auf dem Weg nach Hause hatte es ihr Vater so eingerichtet, dass sie mit ihm fuhr. Sie begrüßte die Chance, ein paar Minuten mit ihm allein zu sein, bevor sie in den Tumult des Heiligabends im Haus eintauchten. Es erinnerte Kelly an die High School, als ihr Vater immer morgens früh aufgestanden war und sie zum Schwimmtraining gefahren hatte, obwohl sie schon einen Führerschein hatte.

»Hat dir die Predigt gefallen?«, fragte er.

»Fünfzehn Minuten. Was könnte einem daran nicht gefallen?«

»Die Leute wollen am Heiligabend keine lange Predigt. Sie brauchen nur eine Erinnerung. Sie brauchen eine Chance, durchzuatmen und sich zu erinnern.«

»Sie war toll, Dad. Das sind sie immer.«

Ihr Vater hielt den Blick nach vorn gerichtet. »Ich bin wirklich stolz auf dich, Kelly. Du bist eine außergewöhnliche junge Dame.« Er unterbrach sich. Sie fühlte ein *Aber* kommen, und er enttäuschte sie nicht. »Aber du warst immer schon so hart zu dir selbst.«

Und das von einem Mann, der weiß, wie man Schuldgefühle weckt. Ihr Vater hatte eine freundliche, sanfte Art, aber er wusste, wie er sämtliche Gefühle auslöste. Vor allem ein schlechtes Gewissen.

»Ich hatte einen guten Lehrer.«

Er schenkte ihr ein wissendes Lächeln. Ihr Vater war zu ehrlich, um ihr zu widersprechen. Niemand war strenger zu sich selbst als Kellys Vater. »Gibt es etwas, worüber du sprechen musst, Kelly?«

Sie ließ die Frage nur eine Sekunde nachklingen. Es war verführerisch, ihrem Vater alles zu erzählen. Irgendwie wusste sie, dass er sie nach dem ersten Schock verstehen würde. Aber etwas Mächtigeres hielt sie zurück – vielleicht der Schmerz, den es in ihm auslösen würde; vielleicht ihre eigene Scham darüber, was sie getan hatte; vielleicht die Tatsache, dass die Zeit angefangen hatte, die Erinnerung abzuschwächen und sie die Wunde nicht wieder komplett aufreißen wollte.

»Mir geht's gut, Dad. Ich kann nur im Moment das Abendmahl nicht nehmen.«

Das löste ein längeres Schweigen aus. Es war ein alter Trick, den Kelly während ihres Studiums durchschaut hatte. Ihr Vater würde einfach abwarten. Früher oder später würde sie gestehen, getrieben von ihrem überaktiven Gewissen und dem ohrenbetäubenden Klang der Stille. Aber sie war inzwischen älter. Weiser. Eine Anwältin.

»Ich schaffe das schon, Dad. Es ist eines dieser Dinge, mit denen man allein fertigwerden muss.«

27

Am ersten Weihnachtstag stand Jasons Vater um zehn auf, trank zwei Tassen Kaffee und schluckte ein paar *Ibuprofen* gegen den Kopfschmerz. Dann entschuldigte er sich.

»Ich habe es gestern nicht so gemeint«, brachte er heraus, leise und mit schwerer Zunge. »Das war der Alkohol, der da aus mir sprach.«

»Mach dir keine Gedanken deswegen.«

»Du hast einen Job zu machen. Gib's ihnen ordentlich.«

»Das habe ich vor.«

Jason machte Pfannkuchen, obwohl sein Vater keinen großen Appetit hatte. Sie absolvierten lange Perioden des Schweigens, was die Tatsache, dass sie nicht mehr viel gemeinsam hatten, nur noch unterstrich. Mittags war es Zeit, die Geschenke auszupacken.

Als erstes packten sie beide Geschenke aus, die Jasons Schwester geschickt hatte. Danach zog Jason ein kleines Päckchen aus seiner Aktentasche.

»Danke«, sagte sein Vater, während er es umständlich auspackte. Der Mann hatte große Hände, und Jason bemerkte, dass sie ein wenig zitterten, was das Geschenkeauspacken noch schwieriger machte. Schließlich drang er zu dem einzelnen Stück Papier in der Mitte einer kleinen Schachtel vor.

»Nach dem, was du gestern Abend gesagt hast, willst du es vielleicht gegen ein anderes Modell umtauschen«, bot Jason an.

Sein Vater zog das Foto einer MD-45 heraus, der Waffe, die Jason auf der Schießanlage abgefeuert hatte. Unter dem Bild war ein Geschenkgutschein für das Waffengeschäft *Bulls Eye Marksman* in *Cumming*, Georgia.

»Ich habe im Laden angerufen und herausgefunden, wie viel die MD-45 kosten würde. Dieser Gutschein ist genau diese Summe wert. Aber, Dad, ich wäre bestimmt nicht enttäuscht, wenn du dir eine andere Waffe kaufst. Du kannst diesen Gutschein für jede Waffe im Laden benutzen.«

»Ich habe nie gesagt, dass sie nicht wissen, wie man gute Waffen baut«, sagte sein Vater. Er sah Jason an, einen Funken Stolz in den blutunterlaufenen Augen. »Ich hätte nie gedacht, dass ich den Tag noch erleben würde, an dem ich so etwas von dir bekomme.«

Als nächstes machte Jason sein Geschenk von seinem Vater auf. Eine neue Aktentasche – weiches Leder. Ein Geschenkgutschein von einem Büroversand und noch einen von einem Männerbekleidungsgeschäft. Jason musste zugeben: Sein Vater hatte es wirklich versucht.

»Welche Art von Waffen hast du?«, fragte Jason seinen Vater.

Der wurde bei dieser Frage munter und ratterte eine Liste der Waffen im Arsenal der Noble-Familie herunter. Dann hatte er eine glänzende Idee.

»Wenn du ab jetzt der große Verteidiger des zweiten Verfassungszusatzes bist, könnte es hilfreich sein, wenn du weißt, wie man eine Waffe abfeuert. Deine Mutter wollte nie, dass ich dich mitnehme, als du klein warst, und als du dann in der Mittelstufe warst …« Jasons Vater sah ein bisschen melancholisch aus. »Na ja, wir haben nicht viel Zeit miteinander verbracht. Soll ich versuchen, die Erlaubnis zu bekommen, dass wir heute Nachmittag auf den Schießstand des *Fulton County* dürfen?«

Jason dachte kurz darüber nach. Sie konnten im Haus herumsitzen und einen erneuten Streit riskieren. Oder sie konnten ein paar Stunden auf dem Schießstand verbringen. Vielleicht konnte er etwas lernen, was sich für den Fall als nützlich erwies. Außerdem würde es seinem Vater recht geschehen – viel Krach, damit der Kater schlimmer wurde.

»Klingt gut. Ich muss nur vor acht am Flughafen sein.«

28

Einen Monat später

Richter Robert A. Garrison jr. führte nun schon seit sieben Jahren den Vorsitz im Gerichtssaal 8 des Bezirksgerichts von Virginia. Klein, dicklich, blass und kahl wie er war, sah er eher aus wie ein Buchhalter, der gerade eine hektische Steuerabgabesaison überlebt hatte, als wie ein Richter. Aber mit der Macht des Hammers verwandelte sich der Mann in einen Monarchen. Er hatte den Laden fest im Griff und begann die Verhandlung regelmäßig ein oder zwei Minuten zu früh. Er hielt Angeklagten und ihren Anwälten gern Vorträge und bevorzugte Staatsanwälte, die radikal genug waren, dass niemand ihm vorwerfen konnte, zu milde gegen das Verbrechen zu sein.

Garrison hatte ein Talent dafür, im Rampenlicht zu stehen, und war ein oder zwei Mal wegen seiner eigentümlichen Vorstellungen von verhältnismäßigen Strafen in Kontroversen geraten. Zwei Achtzehnjährige, die angeklagt waren, weil sie öffentliche Schulen mutwillig verwüstet hatten, bekamen gesagt, sie sollten in seinen Gerichtssaal zurückkehren, wenn sie jeder einen Eimer Kaugummi von den Tischunterseiten in öffentlichen Schulen abgekratzt hätten. Um sicherzugehen, dass sie nicht schummelten, setzte

Garrison einen Hilfssheriff zu ihrer Überwachung ein. Ein anderer Angeklagter, der mit der Stereoanlage seines Autos gegen die Lärmverordnung verstoßen hatte, wurde zu zwölf Stunden Barry Manilow am Stück verurteilt, auch hier überwacht von einem armen Hilfssheriff, der niemandem etwas zuleide getan hatte.

Garrisons Hauptqualifikation für die Richterbank war nicht sein Intellekt, Auftreten oder seine Prozesserfahrung. Es war sein Vater. Der alte Garrison war einer der erfolgreichsten Bauunternehmer, die je Bäume dem Erdboden gleichgemacht und die Natur in *Hampton Roads* zerstört hatten. Zum Glück für seinen Sohn nutzte er seine Freigebigkeit, um die örtlichen Republikaner zu unterstützen, die gerade in Richmond regierten. Sie erwiderten den Gefallen, indem sie Robert jr., einen unscheinbaren Immobilienanwalt, auf einen offenen Richterposten am Bezirksgericht von Virginia Beach beriefen.

Diese parteiische Berufung löste einen kleinen Aufruhr in der örtlichen juristischen Gemeinschaft aus, aber die Anwälte von Virginia Beach fanden schnell wieder wichtigere Dinge, über die sie sich beschweren konnten, und ließen Garrison in Ruhe.

Garrison spielte die Rolle des echten Südstaatengentlemans und zog sich ganz traditionell ab dem *Memorial Day* Seersucker-Anzüge an und trug sie bis zum *Labor Day* mindestens zweimal in der Woche unter seiner Robe. Weitere Accessoires waren Brillen mit Drahtgestell, eine Mitgliedschaft im *Princess Anne Golf Club*, ein Haus an der sechzigsten Straße, nur zwei Blocks vom Meer entfernt, eine schöne Frau, zwei Kinder und die Zugehörigkeit zu einer großen Kirchengemeinde. Er ging selten hin.

Garrison wusste, dass die anderen Richter ihn nützlich fanden, weil er nicht vor dem Medieninteresse zurückschreckte und Fälle mit großer öffentlicher Aufmerksamkeit liebte. Als Rachel Crawfords Fall auf dem Tisch der vorsitzenden Richterin des Bezirksgerichts Virginia Beach landete, wusste Garrison sofort, dass sie ihn ihm übertragen würde. Niemand sonst hatte Lust auf das Chaos mit all den Kameras im Gerichtssaal, der genauen Kontrolle der Öffentlichkeit, den Anwälten, die sich fürs Fernsehpublikum überschlugen. Dennoch ließ die Chefin Garrison bis eine Woche vor der ersten Anhörung in diesem Fall warten – einem Antrag auf Klageabweisung auf Grundlage des Gesetzes zum Schutz legalen Waffenhandels –, bevor sie es ihm mitteilte.

Garrison war ihr jedoch schon einen Schritt voraus. Er hatte den Fall schon bei diversen Weihnachtscocktailpartys mit seinen republikanischen Freunden besprochen, wobei er sorgfältig darauf geachtet hatte, keine Rechtsansicht über das Wesen des Streitfalls zu äußern. Er selbst hatte nie eine Waffe besessen, ihm waren Segelboote und Golfclubs lieber, aber alle seine Freunde besaßen welche. Ihrer ernsthaften Überzeugung nach ging es in diesem Fall nur darum, viel Geld aus einer Tragödie, für die MD Firearms nichts konnte, herauszuschinden. Was sollte als nächstes kommen? Bier- und Weinhersteller verklagen, wenn ein betrunkener Autofahrer einen Unfall verursachte? Warum nicht *Boeing* verklagen, weil sie die Flugzeuge hergestellt hatten, mit denen die Terroristen ins World Trade Center geflogen waren?

Garrison konnte ihnen nicht widersprechen. Er war selbst auch der Meinung, die Klage sei ein Missbrauch des Rechtssystems. Hatte der Kongress nicht schließlich bereits ein Gesetz gegen diese Art von Klagen erlassen?

Ein wirtschaftsfreundlicher Richter wie er, vor allem einer, der an den zweiten Verfassungszusatz glaubte, würde diesen Fall so schnell abweisen, dass die Anwälte (die beide nicht aus der Gegend kamen) nicht einmal Zeit hatten, herauszufinden, wo im Gerichtsgebäude die Toiletten waren.

Aber als die Akte am frühen Freitagnachmittag in seinem Büro eintraf, stieß er auf unerwartete Schwierigkeiten. Es schien, dass die Bundesgesetze eine Ausnahmeregelung für Klagen auf Grundlage von Beihilfe oder Anstiftung zu illegalen Aktivitäten enthielten. Crawfords Anwältin behauptete, dass der Hersteller von den illegalen Strohverkäufen wusste und nichts dagegen unternahm.

Die Klage abzuweisen würde nicht so einfach werden, wie Garrison es sich gedacht hatte.

Er beschloss, den Gerichtsdiener übers Wochenende ein paar Zusatzrecherchen machen zu lassen. Auch ohne ein entsprechendes Bundesgesetz konnte er den Fall wahrscheinlich auf Grundlage der Theorie abweisen, dass ein Hersteller nicht für die Straftaten einer dritten Partei, die nicht in seinem Namen handelte, zur Verantwortung gezogen werden konnte.

Am Montag arbeitete er eilig seinen morgendlichen Terminkalender ab, nahm ein schnelles Mittagessen zu sich und verbrachte den Nachmittag damit, in dem Fallrecht zu graben, das der Gerichtsdiener ihm herausgesucht hatte. Dummerweise war das Gesetz undurchsichtig. Sein Bauch sagte ihm, er solle die Klage abweisen, aber sein Kopf warnte, dass sein Urteil aufgehoben werden könnte. Ein Sitz am Obersten Gericht von Virginia war für jeden Richter schwer zu ergattern; eine Aufhebung seines Urteils in diesem Fall würde all seine Hoffnungen zunichtemachen.

Die Vorschriften erlaubten nicht, dass Fälle im vorbereitenden Stadium abgewiesen wurden, es sei denn, es gab keinen Weg, dass der Kläger gewinnen konnte, selbst wenn alles, was er in der Klage vorbrachte, stimmte. Vielleicht konnte Garrison abwarten, bis sie weiter vorangeschritten waren, nachdem der Kläger sein Beweismaterial vorgelegt hatte, und den Fall dann erst abweisen. Aber wenn er das tat, würde er bis dahin von der Partei, die ihm seinen Posten verschafft hatte, eine Welle der Kritik über sich ergehen lassen müssen.

Bis Montagabend war die Nachricht durchgesickert, dass der Fall ihm übertragen worden war. In der Zeitung vom Dienstagmorgen stand ein Leitartikel über Garrison, inklusive Zitate von lokalen juristischen Größen, die den Richter als »fair«, »unparteiisch« und »akkurat« bezeichneten.

Ein hoch angesehener Anwalt einer großen Kanzlei namens Mack Strobel fasste es am besten zusammen: »Er ist kein Lance Ito*.«

Garrison schloss seine Bürotür und las den Artikel mehrmals. Es gab ein paar Sätze, die man hätte anders schreiben können, aber zum größten Teil hatte es der Reporter richtig hinbekommen. Garrison wirkte wie ein sachlicher Richter, der seinen Gerichtssaal im Griff hatte.

Er faltete die Zeitung zusammen und schob sie sorgfältig in seine Aktentasche. Er konnte nicht den Bürokopierer benutzen, um Kopien von dem Artikel zu machen – das hätte jemand bemerken können. Er würde auf dem Heimweg bei einem Copyshop anhalten. Die Zeitung würde mit der Zeit vergilben, aber die Kopien würden ihre Farbe behalten.

Dies war nicht nur irgendein Zeitungsartikel. Er hatte das Gefühl, dass diese Geschichte auch noch in Jahren im Sammelalbum seines Lebens eine zentrale Bedeutung haben würde. Wenn er seine Karten richtig ausspielte, konnte dies seine Fahrkarte an den Obersten Gerichtshof von Virginia werden.

Und wer verdiente es mehr als er?

---

* Der vorsitzende Richter im Fall O. J. Simpson (Anm. d. Übers.).

Teil IV

Vor der Verhandlung

29

Am Freitag, den 30. Januar holte Jason Case McAllister am Flughafen ab und steuerte das Bezirksgericht von Virginia Beach für die Anhörung um 11.00 Uhr an. Sie waren übereingekommen, dass Jason Case vorstellen und seine Zulassung für Virginia *pro hac vice* – nur für diesen Fall – beantragen würde und dass Case den Antrag vortragen würde. Wenn der Fall vor Gericht endete, würden Jason und Case als Co-Anwälte gemeinsam daran arbeiten, mit Jason als erstem Anwalt. Doch Case wollte den ersten Antrag vortragen, und Case bezahlte die Rechnungen. Mehr war dazu nicht zu sagen.

Auf dem Weg zum Gerichtsgebäude erwartete Jason, dass sie über die Strategie reden würden, aber Case war mehr an Football interessiert. Er fragte auch nach Jasons Vater, und Jason gab ihm eine kurze Zusammenfassung von Weihnachten.

Sein Vater sei mit ihm schießen gegangen, erzählte Jason. Ein paar Tage später hatte er die MD-45 abgeholt, die Jason bestellt hatte. Die Vater-Sohn-Streits gingen Case McAllister natürlich nichts an. Deshalb wechselte Jason so schnell es ging das Thema.

»Was glauben Sie, wann ich meine Sonderbestellung abholen kann?«, fragte Jason und meinte damit seine maßangefertigte MD-45.

»Bald«, antwortete Case. »Wir hatten viele Vorbestellungen für Weihnachten und haben noch nicht alles abgearbeitet. Bei Prototypen kann die Herstellung eine Weile dauern.«

* * *

Das Gerichtsgebäude in Virginia Beach war eine riesige Festung, die durch einen unterirdischen Tunnel mit dem städtischen Gefängnis verbunden war und am Rand eines ausufernden städtischen Komplexes lag, der sich aus lauter ähnlichen Ziegelgebäuden im Kolonialstil zusammensetzte. Jahre zuvor, als sich der Stadtkomplex im südlichen, ländlichen Teil der Stadt entwickelt hatte, war er von Maisfeldern umgeben gewesen. Jetzt war er von Wohnsiedlungen, Bürogebäuden und Geschäften umgeben. Bäume waren asphaltierten Parkplätzen gewichen, die Natur durch Mini-Märkte und Fast-Food-Restaurants ersetzt worden.

Als sie sich dem Gebäude näherten, war Jason überrascht, eine kleine Gruppe von Demonstranten im Kreis gehen zu sehen, die Schilder trugen und sich von dem halben Dutzend Fernsehkameras filmen ließen: Jason wusste, dass dies ein Fall mit großem öffentlichem Interesse war, aber diese ganze Aufmerksamkeit bei einer Anhörung eines Antrags auf Klageabweisung kam ihm doch ein wenig außergewöhnlich vor.

Zumindest schien die zähe Gruppe von Demonstranten, die den Temperaturen um den Gefrierpunkt und einem beißenden Wind trotzten, auf seiner Seite zu sein. Besonders zwei Schilder weckten seine Aufmerksamkeit. *Wir sind dazu bestimmt, bewaffnet zu sein – der Herr hat uns einen Zeigefinger gegeben*. Und ein anderes, für die Fernsehkameras ordentlich in schwarzen Buchstaben bedruckt: *Gott hat die Menschen geschaffen; MD Firearms hat sie ebenbürtig gemacht.*

Jason und Case gingen an den Demonstranten und Kameras vorbei, den Blick geradeaus gerichtet. Als sie die Stufen hinaufstiegen und Case sich Zeit ließ wegen seines kaputten Knies, hätte Jason schwören können, er habe einen Demonstranten etwas murmeln hören, das nur für Case McAllisters Ohren bestimmt war. Es klang wie »Hol sie dir, Case«, auch wenn Case nicht einmal zu erkennen gab, dass er den Mann bemerkt hatte.

Case gab seine Faustfeuerwaffe am Metalldetektor des Gerichtsgebäudes zur Aufbewahrung wie ein echter Cowboy ab und machte Smalltalk mit den Beamten. Dann fuhren die beiden Anwälte mit dem Aufzug in den zweiten Stock und folgten den Schildern zu Gerichtssaal 8. Als sie den Flur vor dem Saal erreichten, erlebte Jason die zweite Überraschung an diesem Morgen.

Der Flur war voller Menschen. Sie drängten sich vorwärts und versuchten, einen Blick an den drei bulligen Beamten vorbei zu werfen, die in der offenen Tür standen und eine menschliche Blockademauer bildeten. Jason und Case drängten sich unter Einsatz ihrer Ellbogen durch die Menge. Diesmal gab es keinen Irrtum: Mehrere Leute grüßten Case, schüttelten ihm die Hand oder wünschten ihm Glück.

»Kennen Sie diese Leute?«, fragte Jason.

»Gleichgesinnte.«

Case und Jason zeigten den Beamten ihre Ausweise und wurden in den Gerichtssaal gelassen. Es gab nur ungefähr ein Dutzend Holzbänke im Besucherbereich, aber alle Plätze waren besetzt. Eine Fernsehkamera – die Kamera, die die Bilder an die örtlichen Fernsehsender übertragen würde –

war an einer Wand aufgebaut. An den anderen Wänden standen dichtgedrängt Menschen, sicherlich ein Verstoß gegen irgendeine Brandschutzregel.

Die Menge war überwiegend weiß, überwiegend männlich und überwiegend mittleren Alters. Man musste kein Genie sein, um sich ausdenken zu können, dass Case oder irgendjemand anderes von MD Firearms die örtlichen Waffenenthusiasten angerufen und ihnen gesagt hatte, sie sollten die Truppen versammeln. Vielleicht versuchte er, dem Richter eine Botschaft zu senden. Vielleicht versuchte er aber auch, die zukünftigen Geschworenen zu beeinflussen. Was immer der Grund war, es war etwas ganz anderes als die abgeschotteten Verhandlungen, die Jason bei Justice Inc. mit der Muttermilch eingesogen hatte.

* * *

Während sie sich einen Weg durch die Menge bahnte, dachte Kelly Starling darüber nach, was für eine unübersehbare und dumme Masche all das war. Von ein paar Hundert Waffennarren, denen man an den Metalldetektoren die Waffen abgenommen hatte, würde sie sich nicht einschüchtern lassen. Selbst Richter Garrison, ein knallharter Konservativer und eine schlechte Voraussetzung für Kellys Fall, würde sich vermutlich von diesem Trick beleidigt fühlen – als könne ihn der Druck der Menge beeinflussen.

Blake Crawford und ein paar Freunde und Familienmitglieder befanden sich bereits im Gerichtssaal und schienen ein bisschen erschüttert von all der Aufmerksamkeit. Niemand habe sie grob behandelt, versicherte Blake, aber Kelly konnte ihm die Sorge in den Augen ablesen. Er hatte vermutlich nicht mit einer Menge gerechnet, die so überwiegend gegen einen trauernden Witwer eingestellt war.

Es lag noch etwas anderes in Blakes Gesichtsausdruck, das Kellys Eifer anfachte. Es war der verstörte Blick eines Mandanten, der versuchte, eine Tragödie zu verstehen, eine fadenscheinige Hoffnung, dass das Rechtssystem aus etwas grauenhaft Bösem etwas Gutes machen konnte. In Momenten wie diesem setzten Mandanten ihre Hoffnungen irrational auf Wiedergutmachung mit dem Ausgang des Zivilprozesses: »*Vielleicht kann ich helfen, dass andere nicht auch so leiden müssen. Vielleicht wird der Tod meiner Frau nicht umsonst gewesen sein.*«

Um die Unsicherheit ihres Mandanten auszugleichen, zeigte Kelly umso mehr Selbstvertrauen, indem sie die Beamten bat, ein paar Plätze in der ersten Reihe hinter Kellys Anwaltstisch zu räumen, damit Blakes Verwandte und Freunde sich setzen konnten. Dieses Manöver brachte ihr die kaum unterdrückte Feindseligkeit der Menge ein, vor allem, weil sie es den Einwänden ihres Mandanten zum Trotz tat.

»Wir können uns an die Wand stellen«, bot Blakes Bruder an.

»Machen Sie sich nicht lächerlich«, gab Kelly zurück, laut genug, dass die ersten Reihen es hören konnten. »Sie haben den ganzen Gerichtssaal vollgestopft. Wir haben doch wohl das Recht auf eine einzige mickrige Reihe!«

Als Jason Noble und Case McAllister den Mittelgang entlang kamen, musterte Kelly sie, wobei sie sich so stellte, dass es aussah, als würde sie sich mit ihrem Mandanten unterhalten. McAllister sah alt aus, wettergegerbt und selbstbewusst, und ging leicht hinkend. Seine schmalen, gebeugten Schultern verrieten sein Alter, doch sein Blick war scharf, und er hatte ein listiges kleines Lächeln auf den Lippen, als betrachte er ein Meisterwerk, das er eben gemalt hatte. Jason Noble war jung und sah auf eine sorglose Surferart ganz gut aus. Er hatte durchdringende grüne Augen und dunkle, verstrubbelte Haare. Er sah aus, als käme er gerade von einer Verbindungsparty der Universität Georgia, das Ying zu Case McAllisters Yang.

Kelly notierte in Gedanken, dass Jason vermutlich gut mit den jungen, weiblichen Geschworenen zurechtkommen würde. Aber außer einer Art jungenhaftem Charme konnte sie sich nicht vorstellen, warum MD Firearms ihn als Unterstützung für den Fall ausgewählt haben sollte. Er war erst seit zwei Jahren mit dem Studium fertig – fast fünf Jahre jünger als sie. Kelly selbst war relativ jung und unerfahren für einen Fall von solch einer Größenordnung. Sie kam zum Schluss, dass Jason vermutlich nur da war, um Case McAllisters Aktentasche zu tragen.

Sie näherte sich dem Anwaltstisch der Verteidigung und streckte die Hand aus.

»Kelly Starling«, sagte sie.

Jasons Griff war fest, aber seine Hand war kalt und feucht. Die Nerven.

»Jason Noble«, sagte er.

Er drehte sich um und deutete auf Case McAllister, der sich gerade gesetzt hatte. »Das ist mein Co-Anwalt, Case McAllister.«

Kelly machte einen Schritt auf den Mann zu, in der Erwartung, er würde aufstehen und ihr die Hand schütteln. Stattdessen sah er verächtlich zu ihr auf, nickte ihr kurz zu und wandte sich wieder seinen Papieren zu.

»Ich freue mich auch, Sie kennenzulernen«, sagte Kelly.

Sie kehrte zu ihrem eigenen Tisch zurück, das Blut pochte ihr in den Schläfen. Dieser Mann war unhöflich, aber sie würde sich nicht aus dem Konzept bringen lassen.

Sie konnten eine Menschenmenge anschleppen und Psychospielchen spielen, aber Kelly würde nicht kneifen. McAllister hatte vielleicht Erfahrung, einen wohlwollenden Richter und ein Bundesgesetz auf seiner Seite, aber Kelly hatte einen trauernden Witwer, eine furchtbare Schießerei und die Massenmedien.

Und sie hatte noch etwas anderes. Ihre eigenen kleinen Geheimwaffen. Den Grund, warum sie höchst zuversichtlich war, was die heutige Anhörung anging.

Kelly hatte die heilige Schrift der Anwälte - einen Präzedenzfall. Einen Fall aus genau diesem Gericht. Kein Urteil von Richter Garrison, aber von einem seiner angesehenen Kollegen von vor zehn Jahren. Es war, um einen schlechten Vergleich zu wählen, ihre Wunderwaffe.

Farley gegen Guns Unlimited. *Wollen wir doch mal sehen, wie der große Case McAlllister damit fertig wird.*

30

Nachdem er seinen *pro-hac-vice*-Status erhalten hatte, schwafelte Case McAllister fast eine halbe Stunde darüber, warum Richter Garrison die Klage abweisen sollte. Kelly konnte das zustimmende Gemurmel von den billigen Plätzen hören.

McAllisters Hauptargument war, dass Hersteller aus gesetzlichen und grundsätzlichen Gründen nicht für den Missbrauch ihrer Produkte zur Verantwortung gezogen werden sollten. Zur Veranschaulichung ging er eine Liste von Produkten durch. Messer natürlich. Und was war mit Autos? Wenn jemand ein Auto in ein belebtes Einkaufszentrum steuerte, sollte dann der Hersteller zur Verantwortung gezogen werden? Dann gab es noch Düngemittel. Niemand hatte Düngemittelfirmen verklagt, nachdem Timothy McVeigh in Oklahoma City eine Bombe auf Basis eines Düngemittels benutzt hatte.

Und was ist mit Zigaretten?, wollte Kelly fragen. Aber sie war noch nicht an der Reihe.

Als nächstes wandte sich McAllister dem Gesetz zum Schutz legalen Waffenhandels zu – ein Gesetz, von dem er behauptete, es sei dazu gemacht, genau diese Art von ungerechtfertigten Klagen zu verhindern. Er erklärte das Grundprinzip und zitierte ausgiebig aus dem Gesetzestext. Er sprach bedächtig, mit einem nur ganz leichten Südstaatenakzent: »Zivilrechtliche Haftungsklagen gegen Waffenhersteller basieren auf Theorien, die in Hunderten von Jahren bürgerlichen Rechts und Rechtslehre in den Vereinigten Staaten keine Grundlage besitzen und stellen keine *bona-fide*-Erweiterung des bürgerlichen Rechts dar.«

Er hielt inne und sah zum Richter auf, dann fuhr er fort zu lesen. »Die mögliche Unterstützung dieser Klagen durch einen eigenwilligen Justizbeamten würde die zivilrechtliche Haftung in einer Art und Weise ausdehnen, die so von den Gestaltern der Staatsverfassung, durch den Kongress oder durch die Legislative der einzelnen Staaten nicht beabsichtigt war.«

Richter Garrisons Gesicht schien sich beim Verweis auf einen eigenwilligen Justizbeamten leicht zu röten. »Gibt es nicht eine Ausnahme für strafbare Handlungen durch einen Händler oder Hersteller?«, fragte Garrison. »Unter anderem die Arten von Strohverkäufen, die in diesem Fall angeblich stattgefunden haben?«

Das war eine gute Frage, dachte Kelly, das erste Anzeichen, dass Garrison vielleicht doch kein vollkommen blinder Gläubiger war.

Aber Case McAllister tat es mit einem Achselzucken ab. »Der genaue Wortlaut des Gesetzes sagt, dass der Hersteller oder Verkäufer einer anderen Person Beihilfe leisten, sie anstiften oder sich mit ihr verschwören muss, um die Waffe jemandem zu verkaufen, der nicht dazu berechtigt ist. Im vorliegenden Fall hat mein Mandant die Waffe nicht verkauft – das tat der Händler. Und mein Mandant hat sicherlich niemanden angestiftet oder Beihilfe zu diesem Verkauf geleistet. Wir wussten vor der Schießerei nicht einmal davon.«

»Warum ist das keine Frage für die Geschworenen?«, gab Garrison zurück. »Tatsachenfragen, wie die Frage, ob das Verhalten Ihres Mandanten

Anstiftung oder Beihilfe war, sollten von einer Jury entschieden werden, nicht von einem Richter.«

McAllister zögerte nicht. »Weil Hunderte Jahre lang Straftaten von Dritten die Haftung für Händler und Hersteller ausgeschlossen haben. Der einzige Grund, warum wir hier sind, ist, bei allem Respekt für Mr Crawford, weil mein Mandant das einzige Unternehmen ist, das man mit dieser Waffe in Verbindung bringen kann, das nicht bankrott ist.«

McAllister hielt inne und schluckte, als falle ihm der nächste Punkt in seiner Argumentation schwer. »Larry Jamison erschoss Rachel Crawford. Jarrod Beeson kaufte die Waffe illegal. Peninsula Arms verkaufte die Waffe illegal. Mein Mandant hat gegen kein Gesetz verstoßen, und dennoch sind wir die Einzigen, die verklagt werden.

Wir sind hier, weil Mr Crawford glaubt, dass MD Firearms tiefe Taschen hat. Mr Crawford will, dass jemand dafür bezahlt, was seiner Frau passiert ist, auch wenn diese Person oder dieses Unternehmen vollkommen richtig gehandelt hat und Waffen legal an einen amtlich zugelassenen Feuerwaffenhändler verkauft hat. Es mag für Mr Crawford bedauerlich sein, aber mein Mandant ist ein waffenherstellendes Unternehmen, keine Versicherungsgesellschaft. Kein vernünftiger Richter würde diesen Fall vor eine Jury bringen.«

McAllister packte seine Papiere zusammen und hinkte vom Podium. Garrison kritzelte etwas auf seinen Notizblock; seine roten Ohren reflektierten sein Missfallen über den Ton, den McAllister angeschlagen hatte.

»Ms Starling«, sagte Garrison endlich. »Ihre Antwort?«

Kelly stand auf und ging selbstsicher zum Podium. »Am 16. Dezember 1988 ging Nicholas Elliot, ein sechzehnjähriger Junge, mit einem halbautomatischen Sturmgewehr in seine Schule in Virginia Beach. Er exekutierte einen Lehrer und verletzte einen zweiten. Er zwang eine ganze Klasse von Schülern, sich in der hinteren Ecke eines Wohnwagens zusammenzukauern und um Sicherheit zu beten, während er sich bereitmachte, auch auf sie zu feuern. Die Waffe klemmte, der Lehrer überwältigte Elliot, und das Leben all dieser Schüler wurde gerettet.«

Kelly fand ihren Rhythmus und gewann mit jedem Wort mehr Sicherheit. Sie hatte recht mit dem Gesetz. Außerdem hatte sie die Gerechtigkeit auf ihrer Seite. Sie musste nur dafür sorgen, dass Garrison das verstand.

»Später wurde entdeckt, dass ein anrüchiges Waffengeschäft im *County*

Isle of Wight namens *Guns Unlimited* Nicholas Elliot erlaubt hatte, die Waffe durch einen illegalen Strohverkauf zu kaufen, wobei sein Onkel auf dem Papier der Käufer der Waffe war, obwohl die Angestellten des Geschäfts hätten wissen müssen, dass Elliot der eigentliche Käufer war. Die Familie des ermordeten Lehrers verklagte das Waffengeschäft, und Richter John Moore hatte es mit einem Antrag auf Klageabweisung genau wie wir hier zu tun.«

Kelly hatte ihre Hausaufgaben gemacht. Richter Moore war in Rente, aber seine Urteilsbegründungen galten immer noch. Die Urteilsbegründung selbst war nicht dokumentiert – zu dieser Zeit wurden nur die Urteile von Berufungsgerichten dokumentiert. Aber die *Handgun Violence Coalition* hatte den Fall verfolgt und Kelly die Urteilsbegründung besorgt.

Kelly reichte Case McAllister eine Kopie und dem Richter eine zweite.

»Richter Moore ließ die Klage gegen den Waffenhändler zu. Seine Begründung stützte sich auf den gesunden Menschenverstand. Der Kongress verbietet es bestimmten Personen, wie Kindern und Straftätern, Feuerwaffen zu kaufen. Wenn ein Händler einen Strohhandel mit solch einer Person eingeht und der Käufer dann eine Straftat begeht, kann der Händler nicht versuchen, sich hinter der Doktrin der den Kausalzusammenhang unterbrechenden Ursache zu verstecken, als hätte er diese kriminellen Handlungen nicht vorhersehen können. Warum verbietet der Kongress denn überhaupt den Verkauf von Waffen an Kinder und Straftäter? Weil die Gefahr offenkundig ist, nichts Unerwartetes.«

Kelly hielt einen Augenblick inne, damit Garrison die paar Zeilen der Urteilsbegründung lesen konnte.

Er sah auf. »Fahren Sie fort«, sagte er.

»Mr McAllister sagt, dass kein vernünftiger Richter so ein Urteil aussprechen würde. Ich hatte nie das Privileg, vor Richter Moore zu erscheinen. Aber nach allem, was ich gehört habe, war er der Inbegriff der Vernunft.«

Richter Garrison nahm seine Lesebrille ab und starrte einen Augenblick die hintere Wand an.

Er wandte sich wieder Kelly zu. »Sonst noch etwas, Frau Anwältin?«

Die Frage war Richtersprache. Sie bedeutete *Halt den Mund und setz dich, solange du noch einen Vorsprung hast.*

»Im Moment nicht, Euer Ehren.«

»Dann vertagt sich das Gericht für eine kurze Unterbrechung.«

»Erheben Sie sich!«, rief der Gerichtsdiener. Das Schweigen hielt an, bis Richter Garrison durch die Tür hinter der Richterbank verschwunden war. Seinem Abgang folgte aufgeregtes Stimmengewirr und frustriertes Gemurmel, als hätte die gegnerische Mannschaft eben einen Ausgleich erzielt.

An Kellys Tisch bemühte sich Blake, seine Euphorie einzudämmen. »Das war brillant«, sagte er, die Stimme ein aufgeregtes Flüstern.

»Wir werden sehen«, sagte Kelly, denn das sagte man als erfahrene Prozessanwältin. Doch im Herzen stimmte sie Blake zu.

Es *war* brillant.

31

Während der Pause reichte Case McAllister seine Kopie von *Farley gegen Guns Unlimited* an Jason weiter. »Wussten Sie davon?«

Jason schüttelte den Kopf.

Es war nur eine Frage, gestellt in höflichem Ton ohne Modulation, aber Jason wusste, was Case wirklich sagen wollte. *Sie sind der Berater vor Ort. Wir zahlen Ihnen viel Geld, damit Sie von Fällen wie diesem wissen – Fälle, die zur Stadtgeschichte gehören, aber nicht in den Gesetzbüchern oder in elektronischen Datenbanken wie Westlaw auftauchen.*

Jason überflog die Urteilsbegründung rasch. Im Fall Farley war die Klage gegen den Hersteller in Wirklichkeit abgewiesen worden und der Fall war nur gegen den Händler weitergegangen. Aber es war nutzlos, diesen Unterschied geltend zu machen. Der Hersteller im Fall Farley hatte nichts von der wechselhaften Geschichte seines Händlers gewusst. Deshalb war die Klagepartei mit anderer Begründung gegen den Hersteller vorgegangen. Aber hier war Kelly Starling schlau genug gewesen, den genauen Wortlaut der Ausnahme im Gesetz zum Schutz legalen Waffenhandels zu benutzen und hatte angeführt, dass MD Firearms Peninsula Arms »Beihilfe geleistet, angestiftet und sich verschworen« hatte, um illegal Feuerwaffen zu verkaufen. Das Gesetz ließ Kelly durch die Vordertür herein. Der Fall Farley verhinderte, dass MD Firearms mit der Begründung einer unvorhersehbaren, den Kausalzusammenhang unterbrechenden Ursache durch die Hintertür verschwinden konnte.

Kurz gesagt: Sie waren erledigt.

»Wir wussten, dass diese Anhörung wenig Aussicht auf Erfolg haben würde«, sagte McAllister. »Ich mag nur keine Überraschungen.«

»Ja, Sir«, sagte Jason.

* * *

Garrison betrat die Richterbank mit finsterem Blick. Er rief den Gerichtssaal mit seinem Hammer zur Ordnung, Stille senkte sich daraufhin über den Raum.

Jason wusste, dass der beste Fall wäre, dass der Richter über den Fall nachdenken wollte. Der schlimmste Fall konnte ein sofortiges Urteil gegen MD Firearms sein, so dass der Fall weitergehen konnte.

Garrison wandte seine Aufmerksamkeit zunächst Blake Crawford zu. »Was ich jetzt sagen werde, ist nicht respektlos gemeint, Mr Crawford«, sagte er. Jasons Herz begann ein bisschen schneller zu schlagen. Konnte es möglich sein?

»Ich weiß, dass Sie einen schrecklichen Verlust erlitten und zweifellos das Gefühl haben, dass jemand für diesen Verlust zur Verantwortung gezogen werden muss.«

Jason warf einen Blick zu Crawford hinüber, der geschlagen aussah. Jason wollte sich keine falschen Hoffnungen machen ... aber es klang, als würde Richter Garrison dazu ausholen, die Klage abzuweisen.

»Ich verstehe diese Gefühle zwar gut und möchte Ihnen persönlich mein Beileid darüber ausdrücken, was passiert ist, aber meiner Ansicht nach ist die Person, die für den Tod Ihrer Frau verantwortlich ist, Larry Jamison. Sie könnten höchstens auch dem Geschäft einen Teil der Schuld geben, das ihm illegal die Waffe verkauft hat – Peninsula Arms.«

Jason konnte nicht fassen, dass er das hörte. Nicht in einer Million Jahren hätte er geglaubt, dass der Richter den Fall so früh abweisen würde. Es war fast zu gut, um wahr zu sein.

»Dennoch ...«, sagte Garrison und unterbrach sich dann.

Das Wort traf Jason wie ein Vorschlaghammer.

»Meine persönliche Ansicht zählt hier nicht. Als ich Richter wurde, habe ich einen Eid geleistet, dem Gesetz zu folgen.«

Der Richter seufzte und ließ den Blick über den Gerichtssaal schweifen. »Das Gesetz lässt mir in diesem Fall keine Wahl. Es gibt eine Ausnahme im Bundesgesetz, das Hersteller schützt, und diese Ausnahme lässt Raum für Klagen gegen Hersteller, die Beihilfe leisten oder zu illegalen Verkäufen anstiften.

Zusätzlich bin ich verpflichtet, den Präzedenzfällen dieses Gerichtes zu folgen, vor allem einem Urteil von jemandem, der so geachtet wie Richter Moore ist.«

Garrison wandte seine Aufmerksamkeit Jason und Case zu. »Der Antrag ist abgelehnt. Ich sage nicht, dass dieser Fall notwendigerweise vor eine Jury kommen wird. Aber für den Augenblick hat die Klagepartei genug vorgebracht, um einen Klageanspruch zum Ausdruck zu bringen.«

Jason hörte Gemurmel hinter sich, und der Richter benutzte seinen Hammer. Garrison versuchte selbst dann noch, die Rolle eines Verbündeten der Waffenbefürworter zu spielen, wenn er gegen sie entschied. Niemand im Gerichtssaal kaufte es ihm jedoch ab.

»Ms Starling«, sagte der Richter, »bitte entwerfen Sie eine Verfügung, die das Urteil widerspiegelt. Sonst noch etwas?«

»Nein, Euer Ehren«, sagte Kelly Starling und erhob sich halb, als sie sich an den Richter wandte.

Garrison sah Jason und Case an. Case saß nur da und wartete lange genug, dass Jason schon daran dachte, aufzustehen und selbst zu antworten.

Als Case schließlich sprach, schien es, als spräche er zu sich selbst. »Da werden eine Menge Händler pleitegehen.«

»Wie bitte?«, fragte Garrison, eindeutig verwirrt.

Case stand auf. »Wenn wir bei Tatbeständen wie diesem angeklagt werden können, illegale Käufe angestiftet oder begünstigt zu haben, werden wir vielen Händlern keine Waffen mehr verkaufen dürfen.«

Jede Falte von Garrisons Gesicht war angespannt. Er war nicht daran gewöhnt, dass Anwälte Widerworte gaben.

»Darüber müssen Sie sich mit dem Kongress auseinandersetzen«, sagte er. »Hier verschwenden Sie nur Ihre Zeit damit.«

»Auf diese eine Aussage können wir uns einigen«, sagte Case.

Richter Garrison schien verblüfft von dieser Bemerkung. Außer sich vor Wut. Doch anscheinend überlegte er es sich, bevor er Case an die Kehle sprang. Seine republikanischen Freunde würden schon aufgebracht genug sein, weil er den Antrag auf Klageabweisung abgelehnt hatte. Es brachte nichts, alles nur noch schlimmer zu machen.

»Das Gericht vertagt sich«, schloss Garrison.

* * *

Bevor sie das Gericht verließ, musste Kelly noch eine Aufgabe erledigen. Sie zog eine Mitteilung über eine eidesstattliche Aussage aus ihrer Aktentasche und prüfte sie noch ein letztes Mal.

Normalerweise riefen Anwälte die andere Seite an und einigten sich gemeinsam auf Daten, an denen sie im Vorfeld der Verhandlung eidliche Aussagen von Hauptzeugen aufnehmen wollten.

Aber manchmal, wenn Kelly eine Botschaft übermitteln wollte, schickte sie Aussagemitteilungen, ohne nachzufragen. Das erzürnte die andere Seite normalerweise und endete in einer großen Diskussion.

Am Ende wurde dann in gegenseitigem Einvernehmen ein Datum für die Aussagen festgelegt.

Aber die Botschaft war angekommen.

Diese spezielle Mitteilung war für Melissa Davids. 10.00 Uhr. Kellys Büro in Washington, D.C. Sie hatte es für den 9. Februar angesetzt, in nur anderthalb Wochen. Die Anwälte der Verteidigung würden sicherlich die Zeit und den Ort beanstanden, und Kelly würde sich bereiterklären, den Termin zu verschieben – solange Davids die erste Zeugin war, die aussagte.

Sie ging zu dem Tisch, wo Case McAllister und Jason Noble ihre Aktentaschen packten. Sie legte die Mitteilung vor Case hin.

»Das ist eine Mitteilung für die eidliche Aussage von Melissa Davids«, sagte Kelly. »Ich bin bereit, was Zeit und Ort angeht, flexibel zu sein, wenn sie als Erste drankommt.«

»Das ist sehr aufmerksam von Ihnen«, sagte McAllister. Er sah Kelly nicht an. Noch nahm er das Dokument in die Hand.

Sie stand eine Sekunde da, dann kehrte sie zu ihrem Mandanten zurück. »Gehen wir«, sagte sie und packte ihre Sachen. »Schauen Sie geradeaus. Antworten Sie niemandem.«

Blake nickte und setzte sein Pokerface auf.

Als sie sich zum Gehen wandten, bemerkte Kelly, dass Case McAllister und Jason Noble bereits gegangen waren. Ihre Mitteilung lag immer noch auf dem Tisch der Verteidigung, unangetastet.

»Dreckskerle«, murmelte sie vor sich hin.

32

Kelly Starling und Blake Crawford tauchten Seite an Seite aus dem Gerichtsgebäude auf, Familienmitglieder und Freunde in ihrem Kielwasser. Die Demonstranten machten dem Gefolge Platz und verzichteten darauf, ihnen Slogans ins Gesicht zu brüllen. Sie zeigten sich von ihrer besten Seite.

Die Medien dagegen nicht.

Kameramänner gingen mit ihren Kameras rückwärts, nur ein paar Meter vor Kelly. Reporter feuerten beliebig Fragen ab.

»Ms Starling, wie fühlen Sie sich mit dem Urteil des Gerichts?«

»Ich fühle mich großartig.«

»Welche Beweise haben Sie, dass MD Firearms von den Verkäufen wusste?«

Kelly lächelte. »Eine Menge.«

»Stimmt es, dass der Untersuchungsbericht über Larry Jamison fehlerhaft war?«

»Was hat das damit zu tun?«, schoss Kelly zurück, bevor sie sich ermahnen konnte, den Mund zu halten.

»Könnte die Verteidigung das als Mitverschulden geltend machen?«

Kelly ging schneller. »Natürlich nicht. Das ist lächerlich.«

Im Vorbeieilen fing sie noch ein paar mehr Fragen auf, bis sie und Blake die Reporter überholt hatten. Als sie sich an ihrem Auto von Blake verabschiedete, ungefähr eine halbe Meile vom Gericht entfernt, standen ihm Tränen in den Augen.

»Ich bin froh, dass ich Sie gefunden habe«, sagte er.

Kelly umarmte ihn kurz und stellte sich vor, was für ein wunderbarer Ehemann er für Rachel gewesen sein musste. Der Mann war sensibel und hatte keine Scheu, das auch zu zeigen. Obwohl sie sich selbst dafür verachtete, dass sie das so zwanghaft analysierte, würde er einen starken Zeugen abgeben.

»Wir haben noch einen langen Weg vor uns«, warnte sie.

Den größten Teil der Fahrt nach D.C. verbrachte sie damit, über Blake und Rachel nachzudenken und zog sogar ein Foto von Rachel aus ihrer Aktentasche, um sich an den unschuldigen Charme der Frau zu erinnern. Den Rest der Zeit telefonierte sie mit dem Chef der Presseabteilung ihrer Kanzlei. Vier lokale Fernsehsender würden in einem der Firmenkonferenzräume auf sie warten, wenn sie zurückkam. Die Partner waren stolz auf sie. Sie meinten, dass eine Pressekonferenz ein guter Weg wäre, um Kapital aus der kostenlosen Werbung zu schlagen.

Kelly seufzte. Doch was hatte sie schon für eine Wahl? Sie hätte es vorgezogen, ihren Fall im Gerichtssaal zu verhandeln, aber Melissa Davids würde an diesem Abend vermutlich überall im Fernsehen sein und sich darüber auslassen, dass Rachel Crawfords Familie nur auf Geld aus war.

Es konnte nicht schaden, das Spiel ein bisschen auszugleichen.

* * *

Auf dem Weg zum Flughafen schien Case McAllister sich keinerlei Gedanken über die Anhörung zu machen. Er hatte sein Jackett auf den Rücksitz geworfen und sich auf den Beifahrersitz gelümmelt, entspannt und gesprächig. »Wir wussten schon von Anfang an, dass wir verlieren würden«, erinnerte er Jason. »Ich habe ein paar Freunde in der Legislative von Virginia. Sie haben Mittel und Wege, Richter Garrison zurechtzustutzen. Wir können diese Sache immer noch in der Verhandlung mit einem Antrag auf Streichung gewinnen.«

Jason war sich da nicht so sicher. Er würde sich auf den Fall vorbereiten, als würden sie vor die Jury treten. Richter Garrisons Urteil hatte nicht viel Spielraum für einen Antrag auf Streichung gelassen.

Den größten Teil der Fahrt sprach Case über alles außer über den Prozess. Als sie am Flughafen hielten, ermahnte er Jason, nicht mit der Presse zu sprechen. »Melissa kümmert sich gern selbst um die Öffentlichkeitsarbeit«, sagte er.

Wem sagst du das, dachte Jason.

»Konzentrieren Sie sich einfach auf die Prozessvorbereitung.«

Nachdem er Case abgesetzt hatte, verbrachte Jason ein paar Minuten damit, die Ereignisse des Tages Revue passieren zu lassen. Case erschien ihm höchst selbstsicher, fast, als habe er eine innere Verbindung mit Richter Garrison. Aber wenn es so war, warum hätte Garrison dann heute gegen MD Firearms urteilen sollen? Konnte es sein, dass Davids und McAllister diese Anhörung tatsächlich verlieren wollten, weil ihnen bewusst war, dass die kostenlose Werbung für ihre Firma Millionen wert sein würde?

Der Gedanke, dass sein eigener Mandant diesen Fall in Richtung eines Prozesses drängen könnte, beunruhigte Jason. Vielleicht war das nur ein Produkt seiner zynischen Fantasie. Oder vielleicht hatte Case zu seiner Zeit so viele Kontroversen erlebt, dass dieser Fall für ihn nur ein kleiner Impuls auf dem Radarschirm war. So oder so: Jason fand es trotzdem merkwürdig, dass dasselbe Urteil, das seinen Magen in unablässige Aufruhr versetzt hatte, keinerlei Eindruck auf Case zu machen schien.

Doch dann dachte Jason an den Moment, als Kelly das Farley-Urteil herausgezogen hatte. Case hatte verständlicherweise frustriert gewirkt. Und überrascht. Also kam er vielleicht einfach nur schnell über Dinge hinweg.

Als Jason die Autobahn erreichte, nahm er, statt nach Norden in Richtung Richmond zu fahren, die zweite Auffahrt in Richtung Süden und schließlich nach Osten nach Virginia Beach. Es gab Dinge, die er nicht beeinflussen konnte. Den Richter zum Beispiel. Vielleicht auch seine Mandanten nicht.

Aber Jason hatte einen Job zu machen, und darauf musste er sich konzentrieren. Er musste davon ausgehen, dass dieser Fall am Ende vor der Jury verhandelt wurde.

Der heutige Tag hatte ihm die Möglichkeit gegeben, Kelly Starling zu analysieren, und er war beeindruckt gewesen. Sie war sachlich und gut vorbereitet, besaß aber auch ein lebhaftes Lächeln, aufgeweckte braune Augen und einen kurzen, gestuften Haarschnitt, der ihr ein typisch amerikanisches Aussehen verlieh. Sie hätte auch als Werbefigur arbeiten können. Außerdem schien sie tatsächlich extrovertiert zu sein, kein verschlossener Mensch wie Jason, der nur die Rolle eines Prozessanwalts spielte.

Aber er konnte auf mindestens eine Schwäche zählen. Sie war von Burgess & Wicker, einer traditionellen, großen Kanzlei, die traditionelle Prozessvorbereitung für große Kanzleien lehrte. Sie würde sich auf die eidlichen Aussagen konzentrieren, Wagenladungen von Anträgen stellen und versuchen, Jason unter einem Berg von Papierkram zu begraben. Sie würde den Prozess als eine Schlacht der Beweise betrachten, ihre gegen seine, einen prozesstechnischen Wettstreit mit dem Urteil als Siegespreis.

Aber Jason war anders ausgebildet. Bei Justice Inc., unter Andrew Lassiters wachsamen Augen, hatte Jason entdeckt, dass es im Gerichtssaal nicht um die *Debatte* ging, sondern ums *Drama*. Der Prozess war ein Theaterstück, die Geschworenen das Publikum, die Anwälte die Schauspieler. Was für Jason am meisten zählte, war nicht dieses oder jenes Beweisstück. Was zählte, war das Publikum. Was schätzten sie? Was motivierte sie? Wie konnte er an den Themen rühren, die ihnen am wichtigsten waren? Es war Cicero, keine Ausbildung in einer großen Kanzlei, der die Grundlage für Jasons Drehbuch bildete. *Berühre ihre Herzen, dann bewegst du ihren Verstand.*

Das war der Schlüssel zum Wesen der Anwaltschaft.

Doch es gab hier auch ganz praktische Sorgen. Er hatte bei seiner Vorbereitung auf die Anhörung von heute einen entscheidenden Fall übersehen, weil er nicht in den örtlichen juristischen Aufzeichnungen auftauchte. Das war der Grund, warum clevere Firmen üblicherweise lokale Legenden für ihre Prozesse anheuerten statt im ganzen Land bekannte Anwälte von außerhalb. Jedes Gericht hatte seine eigene Kultur. Jede Stadt und jedes County hatte seinen einzigartigen Geschworenenpool mit einer einzigartigen Mischung von Werten, Ängsten und wunden Punkten.

Sollte sich Kelly Starling doch auf die Beweise und Anträge konzentrieren, beschloss Jason. Er selbst würde auch intensiv an diesen Aspekten des Falls arbeiten, aber sein wahrer Fokus würde anderswo liegen. Er würde zu einem Teil der Kultur von Virginia Beach werden. Den heutigen Abend würde er dort verbringen, und morgen würde er sich nach einer vorübergehenden Bleibe für die nächsten Monate umsehen, genau wie Robert Sherwood es ihm geraten hatte.

In ungefähr sechs Monaten, es sei denn, Case McAllister kümmerte sich hinter den Kulissen um die Sache, würde Jason eine Hauptrolle im Fall *Crawford gegen MD Firearms* spielen.

Es wurde Zeit, sich in die Rolle einzuarbeiten.

33

Jason sicherte sich ein Zimmer in einem Hotel direkt am Meer, dann fuhr er die Laskin Road hinauf und suchte nach einem Restaurant. Beim Mittagessen hatte er es eilig und deshalb wenig Appetit gehabt. Jetzt war er ausgehungert.

Ungefähr eine halbe Meile vom Meer entfernt, neben einem leer stehenden Kino, fand Jason genau den richtigen Ort. Er parkte vor einem Burger-Laden mit einem violetten Dach und einem Schild, das dicke Milchshakes versprach. *The Purple Cow,* die lila Kuh. Wenn er ein echtes Stück Leben von Virginia Beach erleben wollte, sah das hier nach einem vielversprechenden Ort dafür aus.

Im Inneren gab es lila Sitznischen, eine alte Jukebox, die »Help Me, Rhonda« von den Beach Boys spielte, eine Theke, einen riesigen Kaugummikugelspender, Kinderzeichnungen von lila Kühen an einer Wand und eine bunte Sammlung von lebensgroßen Bildern an den anderen, inklusive eines von Bill Clinton als Elvis verkleidet und singend neben einem von Marilyn Monroe.

Der Laden war ungefähr halb voll, nicht schlecht für ein Wochenende im Winter. Die Wirtin sagte, Jason könne sich hinsetzen, wo er wolle. Jason suchte sich eine Nische in der hinteren Ecke aus und studierte die Speisekarte.

Jason schätzte, dass seine Kellnerin eine Schülerin oder Studentin aus der Gegend war. Ihr Namensschild wies sie als *Kim* aus, und sie versuchte, Jason dazu zu überreden, einen lila Milchshake zu bestellen, indem sie auf eine Familie am Nebentisch deutete, wo die Kinder lila Zähne und Zungen hatten.

»Sie können nicht ins *Purple Cow* kommen und keinen lila Milchshake bestellen.«

»Ich glaube, ich bleibe trotzdem bei Vanille.«

Als Hauptgericht empfahl Kim Lasagne, und Jason tat ihr den Gefallen. Ein paar Minuten später brachte sie den Vanilleshake, und Jason wusste sofort, dass er den richtigen Ort gefunden hatte. Der Shake war unglaublich gut, eine Rückkehr zu den Tagen echter Eiskrem und echter Milch, dickflüssig genug, dass man ihn auch mit noch so viel Anstrengung nicht durch einen Strohhalm saugen konnte. Kim servierte ihn in zwei Gläsern –

in dem großen Aluminiumgefäß, in dem er gemixt wurde und in einem schmalen, hohen Trinkglas. *So* servierte man Shakes richtig!

Jason schoss ein Gedanke durch den Kopf, bevor das Essen kam. Es war verrückt, und es entsprach überhaupt nicht seinem natürlichen Temperament, aber sein Wettkampfinstinkt verdrängte seine Schüchternheit. Kelly Starling würde sich vermutlich heute Abend auf einem Fernsehsender über den Fall auslassen, während Melissa Davids ihre eigenen Argumente auf einem anderen abgab. Aber Jason hatte die Gelegenheit, herauszufinden, wie echte Geschworene aus Virginia Beach möglicherweise dachten. Er machte Kim auf sich aufmerksam, und sie kam lächelnd zu ihm an den Tisch.

»Haben Sie heute Stammgäste hier?«, fragte Jason. »Ich brauche zu etwas Bestimmtem die Meinung von ein paar Leuten, die in Virginia Beach wohnen.«

Kim legte ihre Stirn in Falten und sah verwirrt drein.

»Ich bin Anwalt«, sagte Jason mit gesenkter Stimme. »Ich bin von außerhalb, und ich habe einen Fall, den ich in ein paar Monaten verhandeln muss. Ich wollte eine spontane Meinung von solchen Leuten, die vielleicht in meiner Jury sitzen werden. ... Ich zahle ihnen sogar das Essen.«

Kim stellte ein paar Fragen zu dem Fall und Jason blieb vage. Dennoch hörte sie genug, um ihre Neugier anzustacheln. »Dürfte ich dann auch zuhören?«, fragte sie.

»Solange Sie keinen Ärger mit Ihrer Chefin deswegen bekommen.«

»Das ist kein Problem«, sagte Kim. Sie nickte in Richtung einer Ecknische. »Der Typ gegenüber ist ein Jugendpastor namens Wayne von einer Kirche hier. Er kommt ungefähr einmal pro Woche. Das Paar, das bei ihm sitzt – mir fallen gerade ihre Namen nicht ein – gehört auch zu der Gemeinde.«

»Meinen Sie, sie werden das machen?«, fragte Jason.

»Ein Gratisessen? Wayne? Äh ... ja.«

Nach einer unbeholfenen Vorstellung begann Jason die Fakten des Crawford-Falls zu erklären. Er sprach so unparteiisch wie er konnte; er ließ nicht einmal erkennen, ob er die Klägerpartei oder die Verteidigung vertrat. Nach ungefähr drei Minuten musste er noch einmal von vorn anfangen, als das Paar, dem das Restaurant gehörte, zu der Diskussion stieß und eine Menge bohrender Fragen stellte.

In Gedanken machte er sich Notizen, während die kleine Gruppe über das richtige Urteil debattierte. Die Männer tendierten dazu, mit MD Firearms zu sympathisieren, aber die Miteigentümerin des Restaurants erwies sich als sehr überzeugend. »Ich werde nie vergessen, wie ich die Schießerei im Fernsehen gesehen habe«, sagte sie. »Ich finde einfach, der Hersteller hat die Pflicht, keine Zwischenhändler zu benutzen, die illegal verkaufen.«

Ihr Mann schüttelte den Kopf. »Das sehe ich anders. Der Hersteller hat diese Frau nicht erschossen.«

»Aber nehmen wir mal an, wir würden jemanden einstellen, von dem wir wissen, dass er zu Gewalttätigkeiten neigt. Und dann würde er eines Tages sauer und eine Prügelei mit einem Kunden anfangen. Meinst du nicht, dass wir dann schuld wären?«

Die Frage rief nachdenkliches Schweigen hervor. »Ich verstehe, was du meinst«, sagte ihr Mann schließlich.

Genauso ging es den anderen. Als das Pendel einmal angefangen hatte zu schwingen, hörte es nicht auf, bis es 2,5 Millionen Dollar erreicht hatte.

Es war keine wissenschaftliche Umfrage oder auch nur eine repräsentative Gruppendiskussion. Aber es diente als effektiver Weckruf.

»Wen vertreten Sie?«, fragte Kim.

»Die Firma, die Sie eben zu 2,5 Millionen Dollar verknackt haben.«

Als er zu seiner Nische zurückkehrte, fragte Kim Jason, ob sie ihm seine Lasagne aufwärmen solle.

»Packen Sie sie mir doch bitte ein«, sagte er. »Ich glaube, ich habe den Appetit verloren.«

34

Jason verbrachte das Wochenende damit, nach einem Büro und einer Wohnung für die nächsten Monate zu suchen. Er hoffte auf etwas Bezahlbares nicht weit vom Strand entfernt.

Am Samstag wurde das Wetter unangenehm, mit Dauerregen und beißenden Winden aus Nordost, so dass die Uferpromenade wie ausgestorben war. Trotzdem konnte sich Jason diese Stadt im Sommer vorstellen – von Touristen, Surfern und Strandspaziergängern wimmelnd. Er erfuhr, dass die Wirtschaft in Strandnähe auf Saisonarbeiter angewiesen war: fast sechstausend internationale Studenten, die mit Vier-Monats-Visa im Land waren. Er erfuhr auch, dass die meisten davon Frauen waren.

Dauerhaft an den Strand zu ziehen, war kein so abwegiger Gedanke.

Jeden Tag machte er sich mit demselben Maß an Disziplin auf die Jagd nach einer Wohnung und einem Büro, den er auch einem wichtigen Fall gewidmet hätte. Er durchkämmte die Zeitungen und das Internet nach möglichen Adressen, suchte sie über seinem Morgenkaffee auf einem Stadtplan und fuhr später am Tag dort vorbei. So konnte er die uninteressanten aussortieren, ohne mit jemandem telefonieren oder – was noch schlimmer war – sich unendliche Verkaufsgespräche anhören zu müssen. Er würde nur hineingehen, wenn die Adresse wirklich vielversprechend war.

Jeden Abend ging er zum Abendessen ins *Purple Cow*, wo sein Kellner oder seine Kellnerin ihn mit einem anderen Tisch von Einheimischen bekanntmachte, die nichts gegen ein kostenloses Essen hatten. Am Montagabend lieferten die Einheimischen den ersten Freispruch, und die Besitzerin des Restaurants freute sich so für Jason, dass sie ihm das Essen für diese Familie umgehend schenkte.

»Das ist alles Teil des Esserlebnisses«, sagte sie. »Gute Burger, lila Milchshakes, ein verrückter Strafverteidiger. Was könnte amerikanischer sein?«

Am Dienstagmorgen schloss Jason zwei Verträge ab. Einen Einjahresmietvertrag für ein Büro an der Laskin Road und einen monatlich kündbaren Mietvertrag für ein »Cottage« – das war der Virginia-Beach-Ausdruck für ein kleines, freistehendes Wohnhaus auf demselben Grundstück wie das Haupthaus. Dieses spezielle Cottage war ein kleines Apartment über einem Bootshaus auf einem Grundstück am Wasser in *Bay Colony*. Das Haus und das Cottage teilten sich einen Garten mit Blick auf eine Wasserfläche namens *Linkhorn Bay* und lagen weniger als eine Meile vom Meer entfernt.

Eine agile Witwe, Evelyn Walker, lebte allein im Haupthaus, außer im Sommer, wenn sie Zimmer an Studenten aus aller Welt vermietete. Sie suchte jemanden, der ihr half, das Grundstück im Auge zu behalten, vor allem außerhalb der Saison, wenn keine Studenten da waren.

Das Cottage hatte die perfekte Größe für einen jungen, alleinstehenden Kerl. Es besaß einen Raum im Hauptgeschoss, der als Wohnzimmer mit Küche diente. Ein Bad und ein Schlafzimmer gab es oben, über dem Wasser im Bootshaus. Die Einrichtung war klassisch 80er-Jahre. Neonfarben dominierten – ein orangefarbener Teppich und lindgrüne Wände im Wohnzimmer und ein Kuddelmuddel von Bildern, Strandsouvenirs und abstrakter Kunst als Dekoration. Es war nicht gerade eine elegante Penthousewohnung mit Blick aufs Meer, aber der Preis stimmte.

Auf der Fahrt zurück nach Richmond brachte Jason endlich den Mut auf, einen Anruf zu erwidern, den er am Montag erhalten hatte. Genau genommen waren es zwei Anrufe am Montag und einer am Dienstagmorgen, alle an die Mailbox weitergeleitet, als Jason sah, wer es war.

»Danke für den Rückruf«, sagte Andrew Lassiter. Jason meinte, immer noch einen Anflug von Panik in Andrews Stimme erkennen zu können. »Ich muss mich für ein paar Minuten mit dir treffen. Es ist dringend.«

Das war genau, was Jason *nicht* brauchte. Er hatte Lassiter schon deutlich gesagt, dass er sich nicht in seinen Streit mit Robert Sherwood hineinziehen lassen wollte.

»Ich glaube nicht, dass das eine gute Idee ist.«

Lassiter antwortete schnell. Knapp. »Es ist nicht, was du denkst. Es hat nichts mit Sherwood zu tun. Er hat mich beschissen; darum kümmere ich mich selbst. Hier geht es um etwas anderes.«

»Können wir am Telefon darüber reden?«

Lassiters Seufzen klang entnervt. »Wie weit bist du von deinem Büro entfernt?«

»Eine halbe Stunde.«

»Ruf mich von deinem Bürotelefon aus zurück«, sagte Lassiter. »Auf dieser Leitung will ich nicht reden.«

Jason rief genau dreißig Minuten später an. Lassiter hob beim ersten Klingeln ab und klang genauso angespannt wie vorher. Er versuche, die Auseinandersetzung mit Justice Inc. hinter sich zu lassen, sagte er. Er müsse einen Vorstoß in eine andere Richtung machen, und vielleicht könne Jason ihm dabei helfen.

Jason würde einen Geschworenenberater für den Crawford-Fall brauchen, und keiner wusste mehr über das Auswählen von Geschworenen als Andrew Lassiter. Er würde Jason gratis beraten, nur für die Publicity, die er mit so einem öffentlichen Fall bekommen würde. Ab dann könne er seine eigene Beraterfirma entwickeln.

Jason war interessiert, aber gleichzeitig gingen sämtliche Alarmlämpchen bei ihm an. »Sind diese Mikromarketingformeln nicht Eigentum von Justice Inc.?«

»Es sind *meine* Formeln«, schnappte Lassiter. »Aber das ist ein anderes Thema. Ich rede davon, neue Formeln zu entwickeln, bessere Formeln, speziell für diesen Fall.«

»Hast du keine Wettbewerbsklausel unterschrieben?«

»Ich bin *keine* Konkurrenz, Jason. Ich weiß sicher, dass Justice Inc. auf Grundlage des Urteils in diesem Prozess investieren wird. Wenn sie mit den Aktien von Waffenherstellern spielen, können sie nicht auch als Juryberater fungieren – das wäre ein Interessenkonflikt.«

Was er sagte, ergab Sinn, aber Jason hatte dennoch Bedenken. Er fühlte sich wie der Ringrichter zwischen zwei wütenden Schwergewichtsboxern. »Ich weiß nicht, Andrew. Ich habe einfach kein gutes Gefühl dabei. Ich wäre ohne Mr Sherwood gar nicht an diesem Fall beteiligt.«

Lassiter antwortete mehrere ungemütliche Sekunden lang nicht. Als er es doch tat, schien seine Stimme ruhiger, resignierter als die fieberhafte Tonlage von vor wenigen Sekunden. »Ich werde dir etwas absolut im Vertrauen sagen«, sagte er. »Du musst mir versprechen, dass es nicht nach draußen dringt.«

»Okay«, sagte Jason, auch wenn er sich nicht ganz sicher war, ob er es überhaupt hören wollte. Je weniger er über den Streit zwischen Sherwood und Lassiter wusste, desto besser.

»Kelly Starling hat ein paar Jahre vor dir bei Justice Inc. gearbeitet«, sagte Lassiter. »Ihrer Vita kann man das nicht ansehen, weil dort nur die Firma in New York aufgeführt ist, die sie an Justice Inc. verliehen hat. Dieselben Arbeitsumstände wie du sie hattest, nur über eine andere Firma. Sie ist eine Ehemalige, Jason. Ich würde lieber für deine Seite arbeiten, aber wenn du nicht dazu bereit bist, hat sie mich in einer Sekunde eingestellt.«

Diese Enthüllung verblüffte Jason. Seine Gegnerin hatte dieselbe Spitzenausbildung bekommen wie er? Es war wie herauszufinden, dass der eigene Fußballtrainer auch heimlich die Gegenmannschaft trainierte.

Lassiter hatte keinen Grund zu lügen. Er hatte dort gearbeitet. Er musste Kelly Starling gekannt haben.

»Interessanter Zufall«, sagte Jason, der sich ein paar Sekunden Zeit nahm, um es zu verarbeiten.

»Wohl kaum«, konterte Lassiter. »Justice Inc. hat sie genauso in den Fall hineingezogen wie dich.«

»Das war ironisch gemeint«, sagte Jason. »Aber warum wollen sie Ehemalige auf beiden Seiten?«

»Es macht unsere Muster - *ihre* Muster - genauer. Es vermindert die Unberechenbarkeiten ein bisschen, wenn man die Anwälte und ihre Neigungen kennt. Das hat Sherwood angefangen, nachdem ein paar Fälle wegen miesen Anwälten den Bach runtergegangen waren.«

Jason nahm an, dass diese Information als Kompliment gemeint war. Er war an dem Fall beteiligt, weil Justice Inc. ihm zutraute, MD Firearms aggressiv zu vertreten. Aber es war ein bisschen beunruhigend zu merken, dass Sherwood über seine Gegnerin dasselbe dachte. Jason fühlte sich wie eine Marionette, deren Fäden von den Vorständen in New York gezogen wurden.

»Außerdem« fügte Lassiter von sich aus hinzu, »wissen sie, dass sowohl du als auch Kelly keine Angst davor habt, einen Fall zu verhandeln. Sie verdienen nichts daran, wenn es zu einem Vergleich kommt.«

Diese Information änderte die Flugbahn von Jasons Gedanken. Robert Sherwood war Jason nicht nur beruflich behilflich; er inszenierte den nächsten großen Fall. Und wenn jemand wie Andrew Lassiter für die andere Seite arbeitete, konnte das katastrophal enden.

Dennoch hatte Jason das bange Gefühl eines Sterblichen, der das Schlachtfeld der Götter betrat. Er wollte weder Lassiter noch Sherwood gegen sich aufbringen.

»Lass mich Robert Sherwood anrufen und ihm sagen, dass wir darüber nachdenken«, schlug Jason vor. »So erfährt er es nicht von jemand anderem.«

»Wir schulden Sherwood *gar nichts*«, beharrte Lassiter. »Sie haben uns benutzt, Jason. Vor allem Sherwood. Und sie benutzen dich immer noch.«

Jason sprach ruhig, aber er ließ sich nicht beirren. Er wollte Andrew im Boot haben, aber er wollte sich nicht mit Justice Inc. anlegen. Er versicherte seinem Freund, dass er seine Beteiligung als beschlossene Sache darstellen würde und nicht als Frage um Erlaubnis. »Ich will nicht, dass er es von jemand anderem erfährt und glaubt, ich würde hier etwas hinter seinem Rücken tun«, sagte Jason.

»Du schuldest ihm nichts«, wiederholte Lassiter. »Aber bitte: wie du willst.«

Als sie auflegten, seufzte Jason tief. Er spürte, dass er in einen hässlichen Streit zwischen zwei Männern hineingezogen wurde, die er hoch schätzte. Einer von beiden würde am Ende enttäuscht von ihm sein.

Er machte sich Sorgen wegen seines Anrufs bei Robert Sherwood und ging das Gespräch mehrmals in Gedanken durch. Mit jeder Minute, die verging, fiel ihm ein neuer Grund ein, den Anruf aufzuschieben.

Als er schließlich sein Handy herauszog, um Sherwood anzurufen, kam ein Anruf mit der Vorwahl von Atlanta herein, bevor er wählen konnte. Er beschloss, ihn anzunehmen. Jeder Anruf war besser als mit Sherwood zu reden.

35

»Jason, hier ist Matt Corey.«

Detective Corey rief nie einfach so an. Ein Kloß bildete sich in Jasons Kehle.

»Was ist los?«

»Es geht um deinen Vater, Jason. Es wird schlimmer mit ihm. Es wirkt sich langsam auf seine Arbeit aus.«

Jason starrte seine Bürowand an. Er wusste, dass die Trinkerei seines Vaters schlimmer geworden war. Aber er hatte immer angenommen, dass sein Vater damit zurechtkäme, eine klare Linie zwischen dem Alkohol und der Arbeit, die er liebte, ziehen würde.

»An Weihnachten war es ziemlich schlimm«, gab Jason zu. »Aber ich dachte, er beschränkt es auf seine Freizeit.«

»Ich will am Telefon nicht ins Detail gehen. Er hat Probleme im Revier, und es gibt ein paar Sachen, von denen keiner weiß. Die Sache ist die – er braucht Hilfe.«

»Okay. Aber auf mich wird er nicht hören.«

»Ich habe schon mit Julie gesprochen. Sie wäre bereit, nächste Woche nach Hause zu kommen, wenn du es auch einrichten kannst. Die Abteilung hat ein offizielles Interventionsprogramm, aber ich kenne deinen Vater. Er würde nicht gut darauf reagieren. Meiner Ansicht nach sollten wir drei – du, ich und Julie – einen Therapeuten finden, der sein Handwerk versteht, und bei ihm zu Hause eine Intervention machen. Die Abteilung heraushalten. Wir könnten eine Entzugsklinik in der Hinterhand haben, und ich könnte rechtzeitig dafür sorgen, dass seine Fälle anderen übertragen werden. Damit er keine Ausrede hat.«

Jason holte tief Luft. Der Gedanke, sich seinem Vater so entgegenzustellen, verursachte ihm körperliche Übelkeit. »Er ist stur, Detective Corey. Ich weiß nicht, ob das funktionieren wird.«

»Ich würde dir einen Klaps auf den Hinterkopf verpassen, wenn ich dich hier hätte«, sagte Detective Corey. »Wie oft habe ich schon gesagt, dass du mich Matt nennen sollst?«

Jason antwortete nicht. Das Thema hatte seinen Sinn für Humor zunichte gemacht.

»Jason, ich weiß, dass es schwer ist. Und ich weiß, dass du und dein Vater nie eine gute Beziehung hattet …«

Die Worte, freundlich und sachlich ausgesprochen, schnitten dennoch wie Klingen. Sie waren herzzerreißend und gleichzeitig nicht zu leugnen.

»Aber wir können das nicht ohne dich machen. Man sagt, eine Intervention hat keine Chance, wenn jemand Wichtiges im Leben des Menschen fehlt.«

Jason fühlte, wie sich beim bloßen Gedanken daran sein Herzschlag beschleunigte. Bald würden Kopfschmerzen folgen.

»Er respektiert dich, Matt. Er liebt Jules.«

Und mich kann er nicht ausstehen, wollte Jason hinzufügen. Doch er tat es nicht; Verletzlichkeit war nicht seine Sache. »Er und ich haben ernsthafte Probleme.«

»Ich kann dich nicht zwingen, Jason. Und ich weiß, dass er dich in der Vergangenheit oft verletzt hat. Aber jetzt im Moment … er braucht dich.«

Es folgte ein langes Schweigen, während Jason alles verdaute. Er konnte sich nicht vorstellen, wie eine Intervention gut enden sollte, aber wie konnte er Nein sagen? Der Mann war sein Vater.

»Also gut«, sagte Jason. »Ich werde es versuchen.«

* * *

Am nächsten Morgen ignorierte Jason einen Anruf von Andrew Lassiter. Es hatte keinen Sinn, noch einmal mit ihm zu reden, solange er nicht vorher mit Robert Sherwood telefoniert hatte. Jason hatte gestern Nachmittag eine Nachricht hinterlassen und wartete auf einen Rückruf.

Der Anruf kam am Nachmittag. Nachdem Jason ihn über den Fall auf den neuesten Stand gebracht hatte (Sherwood war zufrieden über Jasons Pläne, nach Virginia Beach zu ziehen), fasste Jason den Mut, über Andrew Lassiter zu sprechen.

Andrew habe angerufen und seine Dienste als Juryberater angeboten, erklärte Jason. Doch er wisse, dass Andrew Justice Inc. im Streit verlassen habe, und er wolle sichergehen, dass Andrew keine Wettbewerbsklausel brach, wenn Jason ihn engagierte.

»Es gibt eine Wettbewerbsklausel«, sagte Sherwood, »und sie ist sehr weit gefasst. Juryberatung wäre da sicherlich mit eingeschlossen, da dafür unvermeidlich die Nutzung unserer Software erforderlich wäre oder ein davon abgeleitetes Programm.«

»Okay«, sagte Jason zögernd. Er wollte vorsichtig auftreten; das Letzte, was er wollte, war eine große Diskussion mit Sherwood. Aber er wollte auch nicht, dass Andrew für die Gegenseite arbeitete.

»Können Sie für diesen Fall eine Ausnahme machen?«, fragte Jason. »Es würde mir wirklich sehr helfen.« Er wählte seine nächsten Worte sorgfältig – nur eine Andeutung, dass Jason etwas von Kelly Starling wissen könnte, gerade genug, um Sherwood zu denken zu geben. »Ich habe eine Vermutung, dass Sie in diesem Fall auf meine Seite wetten, obwohl beide Seiten *sehr gut vertreten* werden«, sagte Jason. »Mit Lassiters Hilfe könnte ich Ihre Wette sichern.«

»Ich verstehe«, antwortete Sherwood nachdenklich. »Hat Andrew Ihnen auch gesagt, dass wir ein wenig Erfahrung mit Ihrer Gegnerin haben?«

Jason fühlte sich wie ein Tier, das gerade gehört hat, wie die Falle scheppernd zuschnappt, während ihm der Schmerz langsam ins Bewusstsein dringt. Die Frage war schlau formuliert, sodass er damit nichts zugab. Und Jasons Antwort musste entweder eine Lüge sein oder ein Bruch seines Versprechens gegenüber Andrew.

Matt gesetzt, sagte Jason gar nichts.

»Spielen Sie keine Spielchen mit mir, Jason. Ich bin sicher, dass Andrew mit Ihnen über Kelly Starling gesprochen hat.«

»Ja, Sir. Das hat er.«

»Wir versuchen, bei solchen Fällen unsere eigenen Leute unterzubringen, Jason. So wissen wir, dass die Anwälte ihre Arbeit im Prozess gut machen werden. Wir versuchen nicht, das Ergebnis zu beeinflussen – Sie werden kein Wort von mir darüber hören, *wie* Sie den Fall verhandeln sollen. Wir versuchen nur, einen Teil des Rätselratens auszuschalten, das damit einhergeht, wenn inkompetente Anwälte beteiligt sind.«

Sherwood hielt inne, als würde er abwägen, ob er noch mehr sagen sollte. »Kelly war eine ordentliche Anwältin, Jason. Aber sie war nicht so gut, dass wir sie baten, das Programm vorzeitig zu verlassen.

Und ich bin ein Waffenenthusiast«, fuhr Sherwood fort. »Deshalb habe ich versucht, Sie für die Verteidigung von MD Firearms engagieren zu lassen. Es war übrigens keine ungebührliche Beeinflussung; wir haben MD Firearms nur geholfen, die Notwendigkeit einer anderen Art von Anwalt zu sehen.«

»Das weiß ich«, sagte Jason.

»Folgendes werde ich tun«, sagte Sherwood mit autoritärer Stimme. Der Mann schien immer einen oder zwei Schritte voraus zu sein. »Wenn Sie Lassiter dazu bringen können, etwas zu unterschreiben, das garantiert, dass das eine einmalige Sache wird, damit er es nicht als Sprungbrett benutzt, um eine Firma wie unsere aufzuziehen, lasse ich es ihn machen.«

»Ich werde es versuchen«, sagte Jason. »Aber ich glaube, Sie haben wahrscheinlich recht. Er will eine Firma darauf aufbauen.«

»Dann kann er es nicht machen«, sagte Sherwood entschieden. »Sagen Sie ihm, entweder er unterschreibt etwas, womit er verspricht, sich an die Wettbewerbsklausel zu halten und bestätigt, dass es sich um eine einmalige Ausnahme handelt, oder er kann es nicht machen.«

»Ich werde mit ihm reden«, versprach Jason.

Jason legte auf und redete es sich aus, sofort Lassiters Nummer zu wählen. Er hatte drei andere Anrufe, die er zuerst machen musste. Lassiter konnte warten, bis er an der Reihe war.

Zehn Minuten später erschien Sherwoods Nummer noch einmal auf Jasons Display. Er nahm den Anruf an.

»Haben Sie Lassiter schon angerufen?«, fragte Sherwood.

»Nein, Sir.«

»Gut. Vergessen Sie, was ich vorhin gesagt habe. Sagen Sie ihm, dass er Ihnen helfen kann, diesen Fall zu gewinnen.«

»Okay. Aber wenn ich fragen darf: Was hat sich geändert?«

»Meine Ansichten. Dieser kleine Idiot wird uns verklagen, daran besteht kein Zweifel. Unsere Anwälte sagen, es würde nicht schaden, wenn wir ihm einen klaren Verstoß gegen die Wettbewerbsklausel nachweisen können. Außerdem macht das diesen Fall noch leichter zu analysieren, denn wir werden genau wissen, was für eine Art Geschworene ihr aussuchen werdet.«

Nicht gerade die nobelsten Gründe, dachte Jason. Doch eigentlich war es ihm egal. Alles, nur heraus aus diesem Chaos.

»Ich sage es ihm«, sagte Jason. »Nicht die Begründung, natürlich. Nur, was für ein großzügiger Kerl Sie sind.«

»Sie haben gute Instinkte, Junge.«

»Das weiß ich zu schätzen. Aber ehrlich gesagt, wäre es mir am liebsten, wenn Sie und Andrew die ganze Sache wieder hinbekommen würden. Sie sind beide viel zu talentiert und schlau, um so einen Zermürbungskrieg anzufangen.«

Sherwood schwieg einen Augenblick; vermutlich war er solch eine Offenheit nicht gewohnt. »Jason, nichts wäre mir lieber gewesen, als mich im Guten von Andrew zu trennen. Wussten Sie, dass wir ihm 2,5 Millionen Dollar gezahlt und ihm seinen fünfzehnprozentigen Anteil an der Firma gelassen haben?«

Jason antwortete nicht. Vielleicht fischte Sherwood, um zu sehen, ob Lassiter über die Einzelheiten des Vertrags gesprochen hatte. Vielleicht gab es eine Vertraulichkeitsvereinbarung.

»Das habe ich mir gedacht«, sagte Sherwood. »Das hat er Ihnen nicht erzählt. Na los, arbeiten Sie mit ihm, Jason, aber seien Sie vorsichtig. Er frisst alles in sich hinein, und dann stößt er wie eine Schlange plötzlich zu.«

Jason kicherte beinahe bei der Beschreibung von Lassiter als Schlange. Der Mann konnte keiner Fliege etwas zuleide tun.

»Ich werde es mir merken«, sagte Jason.

36

Am Mittwochmorgen holte Jason seinen Prototyp der MD-45 bei einem Sportartikelgeschäft in Richmond ab. Im Geschäft schenkte er dem Papierkram besondere Aufmerksamkeit. Er sollte das Formular 4 473 der ATF ausfüllen. Außerdem musste er einen amtlichen Lichtbildausweis vorzeigen und bekam eine Rechnung mit seiner Adresse ausgestellt. Dann musste er warten, bis die Sofortprüfung seines Strafregisters auf nationaler Ebene seinen Namen freigab.

Der Großteil von Formular 4 473 bestand aus einer »Käuferbescheinigung«, die eine Reihe von Fragen enthielt, die Jason beantworten musste, und ein Feld für seine Unterschrift.

Die allererste Frage war auch gleich die wichtigste: *Sind Sie der tatsächliche Käufer der in diesem Formular aufgeführten Feuerwaffe(n)?* Auf diese Frage folgte eine fettgedruckte Warnung: **Sie sind nicht der tatsächliche Käufer, wenn Sie die Feuerwaffe(n) im Auftrag einer anderen Person erwerben. Wenn Sie nicht der tatsächliche Käufer sind, kann der Händler Ihnen die Feuerwaffe(n) nicht aushändigen.** *(Siehe Hinweis 1, Definition tatsächlicher Käufer und Beispiele.)*

Jason las sich alle Beispiele durch, während der Angestellte ihm zusah. Nach ein paar Sekunden beschloss der ungeduldige Angestellte, ein wenig Hilfestellung zu geben. »Die meisten Leute kreuzen bei Frage 12a einfach ›ja‹ an und ›nein‹ bei den Fragen 12b bis 12k. Wenn Sie bei irgendeiner Frage von 12b bis 12k nicht ›nein‹ ankreuzen, kann ich Ihnen die Waffe nicht verkaufen.«

»Danke«, sagte Jason, ohne den Kopf zu heben.

Trotz des Drängens des Angestellten nahm er sich die Zeit, jede Frage zu lesen.

Liegt eine Anzeige oder Anklage aufgrund einer Straftat gegen Sie vor?

Wurden Sie je für eine Straftat verurteilt?

Sind Sie ein gesetzwidriger Konsument von oder abhängig von Marihuana, Beruhigungsmitteln, Aufputschmitteln, Rauschgift oder einem anderen Rauschmittel?

Wurden Sie je gerichtlich für geistesgestört erklärt?

Wurden Sie je wegen häuslicher Gewalt gerichtlich angeklagt?

Sind Sie Ausländer und halten sich illegal in den Vereinigten Staaten auf?

Am Ende der langen Liste von Fragen stand ein Abschnitt fettgedruckter Warnungen, die den Käufer darüber informierten, dass er oder sie für falsche Angaben strafrechtlich verfolgt werden konnte.

»Sie nehmen das wirklich ernst«, sagte Jason, als er das Formular unterschrieb.

»Ja«, maulte der Angestellte. »Außer man kauft seine Waffen auf der Straße oder bei einer Waffenbörse. Die ATF schikaniert einfach gern legale Käufer.«

Jason hatte von der Debatte um Waffenbörsen gelesen. Tausende von Messeverkäufern umgingen das Formular 4 473, weil sie keine zugelassenen Feuerwaffenhändler waren. Er beschloss, diesen Köder nicht zu schlucken. Die Waffe, die benutzt worden war, um Rachel Crawford zu töten, war in einem Waffengeschäft gekauft worden. Der Strohkäufer, Jarrod Beeson, hatte bescheinigt, dass er der tatsächliche Käufer war und das Formular mit seinem Namen unterschrieben. Der Angestellte im Waffengeschäft wusste angeblich, dass die Waffe in Wirklichkeit für Larry Jamison bestimmt war, verkaufte sie aber trotzdem, ungeachtet der fettgedruckten Warnungen.

Beeson saß im Gefängnis. Der Besitzer des Waffengeschäfts und der Angestellte waren angeklagt worden, und es ging das Gerücht um, sie dächten über einen Deal mit der Staatsanwaltschaft nach.

Jason kaufte noch ein paar Patronen, dankte dem Angestellten und beschloss, direkt zum Schießplatz zu fahren.

* * *

Genau wie er sie in Erinnerung hatte, besaß die Waffe ein angenehmes Gewicht und fühlte sich geschmeidig an. Sie reagierte sauber, wenn er den Abzug drückte, und es war leicht zu zielen. Ihm gefiel es, zu wissen, dass die Waffe nur von ihm abgefeuert werden konnte. Seine Fingerabdrücke lösten diese ganze Feuerkraft aus. *Seine* Waffe.

Auf dem Nachhauseweg fühlte er sich ein bisschen seltsam mit einer Waffe im Auto. Andererseits fühlte er sich auch sicherer. Schließlich machte ihn seine MD-45 *tatsächlich* ebenbürtig. Auf der anderen Seite kam es ihm aber so vor, als brächte die Waffe eine neue Aura der Gefahr – als wäre die Welt plötzlich zu gefährlich geworden, um ohne Waffe unterwegs zu sein.

Er rief Melissa Davids an und erzählte ihr, dass er der stolze neue Besitzer einer MD-45 war.

»Haben Sie einen Antrag für das verdeckte Tragen einer Waffe gestellt?«, fragte sie.

Daran hatte er nicht gedacht. Sein Hauptanliegen war im Moment, an dem Fall zu arbeiten, nicht Dirty Harry zu spielen. »Noch nicht.«

»Sie bekommen vielleicht leichter eine, wenn Sie ein paar Todesdrohungen bekommen haben«, sagte Davids sachlich. »Falls Sie ein paar brauchen, lassen Sie es mich wissen. Ich habe ein paar übrig.«

Jason dankte ihr, erklärte aber, er könne vermutlich alle Todesdrohungen, die er brauchte, selbst herbeiführen.

»Ich würde mich gerne vor Ihrer Aussage nächste Woche mit Ihnen treffen«, sagte er, das Thema wechselnd. »Ich komme in einer Familienangelegenheit am Freitag in die Stadt. Können wir dann einen Termin vereinbaren?«

»Warum?«

»Um uns auf Ihre Aussage vorzubereiten.«

»Ich habe schon öfter eidliche Aussagen gemacht«, sagte Davids abweisend. »Ich bin ein großes Mädchen.«

Diese Antwort machte Jason wütend. »In diesem Fall haben Sie noch keine Aussage gemacht. Sie haben mich als Anwalt engagiert. Wir sollten uns wirklich im Vorfeld treffen.«

»Ich habe Sie als meinen *Prozess*anwalt engagiert. Dies ist eine eidliche Aussage. Ich kann selbst auf mich aufpassen.«

»Es gibt nicht viele legitime Einwände, die ich bei einer eidlichen Aussage vorbringen kann«, gab Jason zurück und versuchte angestrengt, dabei ruhig zu bleiben. »Es ist schwer, eine Zeugin zu verteidigen, die nicht vorbereitet ist.«

»Jason, es ist mir egal, ob Sie während meiner Aussage auf den Schießplatz gehen. Ich habe das schon öfter gemacht. Ich kann mit Kelly Starling umgehen.«

Ein paar Sekunden lang drückte Jason seine Bedenken in Form von Schweigen aus. »Sie sind die Mandantin«, sagte er dann widerwillig.

»Das bin ich.«

37

Blake Crawford tauchte gerade rechtzeitig für seine Aussagevorbereitung auf. Kelly begann mit den grundsätzlichen Ratschlägen. Hören Sie sich die Fragen genau an. Raten Sie nicht. Sehen Sie in die Kamera. Denken Sie nach, bevor Sie antworten. Diese Art von Dingen.

Als nächstes verbrachte sie ein paar Stunden damit, die Rolle von Case McAllister oder Jason Noble zu spielen und nahm Blake in die Mangel, versuchte, ihn aus der Bahn zu werfen und dazu zu bringen, die Fassung zu verlieren. Gelegentlich unterbrach sie ihre Befragung und gab ihm ein paar Hinweise.

Insgesamt schlug sich dieser Mann unglaublich gut. Er sprach ruhig und ehrlich. Selbst während der Übungsfragen klang seine Stimme erstickt, wenn er über Rachel und das Baby sprach. An einem Punkt hielt Kelly inne und fragte ihn, ob er eine Pause benötige.

»Bringen wir es einfach hinter uns«, sagte er.

Er war am besten, wenn er über Rachels Hoffnungen und Träume sprach. Blake war Mathematiklehrer an einer High School und Tennistrainer. Er und Rachel waren vor weniger als einem Jahr von Florida nach Virginia Beach gezogen, als Rachel den Job als Reporterin für investigative Reportagen angeboten bekam. Es war ein größerer Markt und eine bessere Stelle als bei dem kleinen Fernsehsender, für den Rachel in Florida gearbeitet hatte. Für Blake bedeutete es, mitten im Schuljahr umzuziehen und sich eine Arbeit als Vertretungslehrer in Virginia zu suchen.

»Das ist ein ziemliches Opfer«, sagte Kelly.

Blake zuckte die Achseln. »Eigentlich nicht. Lehrerstellen gibt es wie Sand am Meer. Aber Rachel liebte den Fernsehjournalismus. Und sie war begabt. Egal, wo ich hinkam, war ich mehr oder weniger nur als Rachels Mann bekannt.«

Als Kelly ihre letzte Frage gestellt hatte, erklärte sie ihn für vorbereitet. »Sie werden großartig sein. Seien Sie einfach Sie selbst. Wir haben nichts zu verbergen.«

Blake schluckte und sah einen Augenblick an Kelly vorbei. »Kann ich Sie jetzt etwas fragen?«

»Natürlich.«

»Ihr Vater ist Pastor, oder?«

Die Frage traf Kelly ein wenig überraschend. »Ähm, ja.«

»Glauben Sie, dass es *richtig* ist, was ich hier mache?« Er wand sich ein wenig und spielte mit einem Stift, während er sprach. »Ich meine, nicht aus der rechtlichen Perspektive. Ich meine als Christ. Glauben Sie, dass es christlich ist, das zu tun?«

Kelly zögerte nicht. »Ja. Auf jeden Fall. Warum fragen Sie?«

Blake legte den Stift nieder. Sorge zerfurchte seine Stirn. »Viele meiner Freunde aus meiner Gemeinde meinen, ich stünde auf der falschen Seite. Sie wissen schon ... sie sagen es nicht offen. Aber ich schließe es aus den kleinen Dingen. Manche von ihnen haben Schwierigkeiten mit dieser Klage, weil sie wirklich an den zweiten Verfassungszusatz glauben. Ich weiß nicht, vielleicht haben sie das Gefühl, das ist ein großer Schritt in die Richtung, dass die Regierung uns irgendwann das Recht nehmen wird, uns zu verteidigen. Sie sind sowieso keine großen Fans der Regierung.«

Kelly wollte ihn unterbrechen und ihm vorschlagen, vielleicht die Gemeinde zu wechseln, aber sie kannte sich gut genug aus, um ihn ausreden zu lassen.

»Andere haben vielleicht das Gefühl, dass ich es nur fürs Geld mache. Vor allem, weil wir nicht einmal die Leute verklagt haben, die wirklich verantwortlich sind. Und dann ist da noch diese Frage, ob Christen überhaupt prozessieren sollten.«

Kellys Gedanken rasten, während ihr Mandant seine umherschweifenden Gedanken aussprach. Ihr eigenes Verständnis von Gott als einem Gott der Gerechtigkeit war so tief in ihr verwurzelt, dass sie Fälle wie diesen fast als besondere Berufung begriff. Wie konnte jemand, der anscheinend denselben Gott ehrte, die Dinge so anders sehen?

»Gott kümmert sich um Gerechtigkeit«, sagte sie. »Das zieht sich durch das ganze Alte Testament.« Sie versuchte, sich an ein konkretes Beispiel zu erinnern, aber sie war keine große Bibelkennerin. »Selbst im Neuen Testament ging Paulus mit seinem Fall bis vor Caesar. Und der einzige Grund, warum Christus sich geweigert hat, sich selbst zu verteidigen, war der, dass es um Wichtigeres ging. In seinem Fall verlangte die Gerechtigkeit Opfer.«

Blake sah skeptisch drein. Selbst für Kellys Ohren klangen ihre Argumente konfus. Dann hatte sie eine Idee. »Soll ich mal versuchen, meinen Vater ans Telefon zu bekommen?«

Blake hielt das für eine gute Idee, und Kelly schlüpfte in den Flur hinaus, damit sie über ihr Handy mit ihrem Vater sprechen und ihm vertraulich die Situation erklären konnte. Ein paar Minuten später legte sie das Gespräch auf das Telefon mit Lautsprecher im Konferenzraum und stellte Blake vor. »Die Frage ist, Dad, ob es für Blake als Christ das Richtige ist, seinen Fall weiterzuverfolgen.«

Sie sah Blake an. »Ist es das?«

»Im Grunde ja. Ich meine, ich will nicht klingen, als läge ich gefühlsmäßig im Streit mit mir selbst. Aber an manchen Tagen fühlt es sich einfach so an, als würde ich auf der falschen Seite dieses Falls stehen und eine Menge Leute, die mir wichtig sind, verstimmen. Die meisten von ihnen sind nur zu nett, um etwas zu sagen. Ich weiß auch nicht.«

»Das ist eine sehr gute Frage«, sagte Kellys Vater. Etwas, das Kelly immer an ihrem Vater geschätzt hatte, war, dass er keine Angst vor harten Fragen hatte. »Und es ist ganz natürlich, wenn man wegen so einer Sache unsicher ist.« Seine Stimme war gelassen und beruhigend - Kelly nannte sie seine »Pastorenstimme«, aber normalerweise eher im Sinne von »Sprich nicht mit mir wie ein Pastor!«. Heute klang sie allerdings toll.

»Wie bei vielen Themen im Leben sollten Sie vielleicht als erstes in Ihr Herz schauen. Nur Sie wissen, warum Sie diesen Prozess wirklich führen. Geht es ums Geld? Ist es Vergeltung? Ein Versuch, das Loch in Ihrem Herzen auszufüllen, das Rachels Tod gerissen hat?«

Ihr Vater wartete, und Blake schien darüber nachzudenken.

»Oder ist es der Wunsch, andere davor zu bewahren, denselben Schmerz durchleben zu müssen, den Sie erlitten haben? Gerechtigkeit ist ein nobler Begriff, Blake. Aber der Grat zwischen Gerechtigkeit und Vergeltung ist schmaler, als es den meisten Leuten bewusst ist. Vergeltung ist dem Herrn vorbehalten, nicht uns.«

Blake nickte. »Das frage ich mich die ganze Zeit. Manchmal ist es schwer zu sagen, was mich wirklich antreibt.«

»Verständlich«, sagte Kellys Vater. »Doch das ist eine Frage, die nur Sie beantworten können. Was die theologischen Fragen angeht - es stimmt, dass den Christen im Neuen Testament gesagt wird, sie sollen keine Prozesse gegen ihre Brüder und Schwestern im Glauben führen, aber das würde Sie nicht an einer Klage gegen MD Firearms hindern. Und es hilft Ihnen vielleicht zu wissen, dass unser gesamtes Schadenersatzsystem eigentlich von den mosaischen Gesetzen im Alten Testament abgeleitet ist.

Als Kelly beschloss, ihren Lebensunterhalt damit zu verdienen, Leute zu verklagen und zu verteidigen, habe ich ein bisschen zu diesem Thema recherchiert.«

Interessant, dachte Kelly. *Das hat er mir nie erzählt.*

»Lassen Sie mich Ihnen eine Passage aus dem zweiten Buch Mose, Kapitel 21, vorlesen, die hier vielleicht zutrifft. Es war damals zwar von gefährlichen Rindern die Rede und nicht von gefährlichen Waffen, aber Sie werden die Parallelen erkennen. ›Wenn ein Rind einen Mann oder eine Frau so stößt, dass sie sterben, soll das Rind gesteinigt werden, sein Fleisch dürft ihr jedoch nicht essen. Der Besitzer des Rindes wird nicht bestraft. Wenn das Rind jedoch schon früher auf Menschen losgegangen ist und der Besitzer trotz Warnung keine Sicherheitsvorkehrungen getroffen hat, soll das Rind – wenn es jemanden tötet – gesteinigt werden und auch den Besitzer soll man mit dem Tod bestrafen. Falls ihm stattdessen nur eine Geldstrafe auferlegt wird, soll er sie in voller Höhe bezahlen, um sein Leben freizukaufen.‹«

»Wow«, sagte Kelly, begeistert, dass ihr Prozess vielleicht tatsächlich eine biblische Grundlage hatte. »Das ist genau dasselbe Prinzip. Wir sagen, dass MD Firearms wusste, dass sein Zwischenhändler Waffen an Leute verkaufte, die schon früher auf Menschen losgegangen sind, und nichts dagegen tat. Dass sie trotz Warnung keine Sicherheitsvorkehrungen getroffen haben, sozusagen. Folglich ist es nicht nur der Händler, der bezahlen sollte, sondern auch MD Firearms.«

Sie sah Blake an. Er schien nicht genauso begeistert zu sein wie Kelly, aber er ließ die Schultern etwas weniger hängen. »Leuchtet Ihnen das ein?«, fragte sie.

»Eigentlich hilft es mir sogar sehr.«

Zu dritt beleuchteten sie das Thema noch eine Weile von allen Seiten, und Kellys Vater warnte Blake, dass das Leben selten die Wahl zwischen Schwarz und Weiß bereithielt. »Das meinte der Apostel Paulus, als er sagte: ›Von allen Seiten werden wir von Schwierigkeiten bedrängt, aber nicht erdrückt. Wir sind ratlos, aber wir verzweifeln nicht. Wir werden verfolgt, aber Gott lässt uns nie im Stich. Wir werden zu Boden geworfen, aber wir stehen wieder auf und machen weiter.‹ Manchmal müssen wir weitergehen, immer einen Schritt nach dem anderen, und einfach warten, dass sich der Nebel lichtet.«

Als sie auflegten, konnte Kelly deutlich erkennen, dass das Gespräch Blake geholfen hatte. Doch sie kannte auch ihren Vater gut genug, dass ihr klar war, dass Blake vielleicht nicht sein einziger oder vielleicht nicht einmal sein erster Zuhörer zu diesem Thema gewesen war.

Nachdem ihr Mandant gegangen war, rief Kelly ihren Vater noch einmal an.

»Danke, Dad. Genau das hat er gebraucht.«

»Er stellt die richtigen Fragen, Kelly. Er wird schon klarkommen.«

Sie sprachen noch ein paar Minuten, und ihr Vater unterzog sie dem üblichen Verhör. Schlief sie genug? Brauchte sie etwas? Schaffte sie es auch mal, Pausen zu machen? Ihr Vater erzählte ihr ein paar Geschichten über die Begeisterung seiner Gemeindeglieder, als sie Kelly im Fernsehen gesehen hatten.

»Wir beten für dich, Kelly. Und wir sind stolz auf dich.«

Sie wusste, dass es stimmte. Sie hatte die Leute zu Hause schon immer stolz gemacht.

Was nur dazu führte, dass sie sich noch mehr wie eine Heuchlerin fühlte. Wenn sie wüssten, was sie getan hatte, würde ihre Familie sie wahrscheinlich immer noch lieben. Aber der Stolz würde sich in Mitleid und ernsthafte Sorgen verwandeln, im Wissen um eine Sünde, die viel über ihr verwirrtes und gebrochenes Herz verriet.

38

Jason schlief in der Nacht von Donnerstag auf Freitag nicht mehr als ein paar Stunden. Am Freitagmorgen nahm er einen frühen Flug nach Atlanta und traf sich mit seiner Schwester und Detective Corey am Flughafen. Er schüttelte Corey die Hand und umarmte Julie. Sie war teils Mutter und teils Schwester für ihn. Sie hatten verschiedene Weltansichten – sie stand auf Recycling und Biolebensmittel und fand, Al Gore sollte zum König des Universums gekrönt werden –, aber sie hatten dieselbe zerrüttete Kindheit gehabt; ein Band, das wichtiger war als Politik. Julie lehrte Soziologie an irgendeiner Schule in Kalifornien, deren Namen Jason sich nie merken konnte.

Julie war immer die Friedensstifterin in der Noble-Familie gewesen, hielt schnell ein sanftes Wort bereit oder ein Ablenkungsmanöver oder einen Kompromiss für die verschiedensten Wortgefechte, die zwischen Jason und seinem Vater ausbrachen. Sie war unkompliziert und pragmatisch und stellte normalerweise alle anderen voran. »Genau wie ihre Mutter«, hatte Jasons Vater immer gesagt.

Für diese Reise führte sie eine kleine Sporttasche und einen Rucksack mit sich. Wie Jason hatte sie offenbar nicht vor, lange zu bleiben.

Alle drei steckten am Flughafen über einem Kaffee die Köpfe zusammen und entwarfen die Strategie für die Intervention. Detective Corey brachte Jason und Julie auf den neuesten Stand der Dinge, der sich in letzter Zeit an der Arbeitsstelle verschlimmert hatte. Zu Jasons Überraschung wurde sein Vater von der Dienstaufsicht wegen Kokain, das bei einem seiner Fälle verschwunden war, befragt. Seine unbegründeten Abwesenheitszeiten stiegen, und seine Fallabschlussrate sank. Laut Detective Corey bestand das Risiko, dass Jasons Vater auf Probezeit gesetzt wurde, selbst wenn die Dienstaufsicht ihn von jedem Verdacht freisprach.

»Ich kann nicht glauben, dass er Kokain nimmt«, sagte Jason ungläubig. Sein Vater hasste diese Droge. Er hatte gesehen, wie viel Schmerz und Zerstörung sie anrichtete.

»Das tut er auch nicht«, sagte Matt entschieden. »Aber das stoppt die Gerüchte nicht.«

Der Plan war, Dr. Paul Prescott, einen ausgebildeten Suchtberater, im Haus von Jasons Vater zu treffen. Prescott würde bei diesem Treffen vermitteln.

Dr. Prescott hatte Jason, Julie und Matt dringend geraten, Jasons Vater Briefe zu schreiben, die sie während des Gesprächs vorlesen würden. »Es ist sehr wichtig, dass Sie in dem Brief nur Ich-Botschaften benutzen«, hatte er Jason bei ihrem Telefongespräch gesagt. »Wenn Ihr Vater anfängt zu sagen, dass wir ihm nicht vorschreiben können, was er zu tun hat, wird meine Antwort sein: ›Das tut auch keiner. Ihre Familie und Ihr ehemaliger Partner sagen Ihnen, was *sie* tun werden.‹«

Bevor sie den Flughafen verließen, lasen Matt, Jason und Julie jeweils den anderen ihre Briefe vor. Jason hatte sich stundenlang damit gequält, was er sagen sollte und am Ende einfach entschieden, alles herauszulassen. Sein Brief enthielt Dinge, die er seinem Vater nie laut gesagt hatte. Dass er ihn liebte. Dass es ihm leid tat, dass er ihn enttäuscht hatte. Dass er seinen Vater dafür respektierte, dass er all die Jahre so hart gearbeitet und buchstäblich sein Leben dafür eingesetzt hatte, dass Jason und Julie ein besseres Leben haben konnten als er. Dass er wusste, dass sein Vater sein Bestes getan hatte, um Jason und Julie großzuziehen, nachdem ihre Mutter gestorben war, und dass er ihm dafür dankbar war. Jasons Brief endete damit, dass er seinem Vater sagte, wie viel einfacher es wäre, ihn einfach so weitermachen zu lassen wie bisher, dass er ihm aber zu wichtig war, als dass er das aussitzen konnte. Dass er hoffte, dass sein Vater ihm vergeben werde, wenn sein Brief scheinheilig klang. Er wollte nur, dass er Hilfe bekäme.

Als er seinen Brief fertig vorgelesen hatte und sein Bestes tat, um seine Gefühle im Zaum zu halten, sah er Tränen über Julies Wangen laufen.

»Dr. Phil hätte es nicht besser ausgedrückt«, witzelte Detective Corey im Versuch, die Stimmung zu retten.

Julie streckte die Arme aus und umarmte Jason.

Diesen Brief zu schreiben, war eines der schwersten Dinge, die Jason je getan hatte.

* * *

Paul Prescott war ein Bär von einem Mann. Er hatte ein gerötetes Gesicht, lockige braune Haare, große braune Augen, die nie zu blinzeln schienen und runde Wangen mit Grübchen, wenn er lächelte. Er traf sich mit den anderen in einem *Starbucks* ungefähr eine halbe Meile vom Haus entfernt.

»Ich war selbst abhängig«, sagte Dr. Prescott. »Alkohol. Drogen. Alles Mögliche. Ich weiß, was euer Vater durchmacht. Egal, wie er heute reagiert, ihr tut das Richtige.«

Sie gingen den Plan noch einmal durch, und Jason war übel. Er wusste, dass das alles irgendwie ihm angelastet werden würde. Seine Gefühle waren heillos verworren, und er versuchte nicht einmal, sie zu ordnen. Er wollte seinen Vater nicht sehen, aber auf einmal tat er ihm auch leid. Die eigene Familie und der beste Freund dieses Mannes heckten jetzt Pläne gegen ihn aus. In gewisser Weise fühlte sich Jason wie ein Verräter.

Jason hatte ernsthafte Bedenken, was das ganze Vorhaben anging. Es kam ihm so unbarmherzig vor, so dramatisch. Sein Vater war ein Einzelgänger. Er mochte es nicht, wenn man ihn bevormundete. Wenn es nach Jason gegangen wäre, hätte er das Ganze abgeblasen.

Aber es ging nicht nach Jason. Alles war zu weit vorangeschritten, als dass er jetzt noch aussteigen konnte. Er nickte ernst, während die anderen sprachen; er versuchte, sich seinen Vater nach einer erfolgreichen Behandlung vorzustellen, wie er sich mit Jason versöhnte und Jahre verletzter Gefühle wieder in Ordnung brachte. Aus irgendeinem Grund wollte dieses Bild in seinem Kopf nicht so recht Gestalt annehmen.

Sie fuhren mit zwei Autos zum Haus. Das Ziel war, dass Jasons Vater mit Dr. Prescott zum Behandlungszentrum fuhr. Detective Corey hatte sich schon darum gekümmert, dass seine Aufgaben umverteilt wurden. Jason und Julie hatten sich geeinigt, die Kosten der Behandlung zu teilen, also war auch das Geld kein Problem. Der Plan war, alle Ausreden vorwegzunehmen und sofortiges Handeln zu verlangen.

Als sie vor dem Haus hielten, war es fast Mittag. Das Auto seines Vaters stand in der Einfahrt. Die vier Verschwörer gingen zur Tür, und Jason schluckte seine Ängste hinunter und klopfte. Den Blick seines Vaters, als er langsam die Tür öffnete, würde er nie vergessen.

39

Freitag war der dritte Tag in Folge, an dem Kelly an ihrem Schreibtisch zu Mittag aß. An diesem Morgen hatte sie nach ihrem Schwimmtraining im Fitnessclub auch noch das Frühstück ausfallen lassen. Über den Morgen verteilt hatte sie eine Packung Kräcker geknabbert und verdrückte jetzt ein bisschen Obst, ein Sandwich und eine Handvoll Karottenstreifen, während sie die Firmen-E-Mails durchsah.

Sie hatte in dieser Woche bisher wahrscheinlich fünftausend Seiten Dokumente durchgesehen, die einer ihrer Firmenkunden auf eine Anfrage in einem großen Produkthaftungsfall hin offenlegen würde. Kelly war eine von mehreren Kollegen, die an diesem Fall arbeiteten. Es war ihre Aufgabe, die Kartons voller Dokumente durchzuackern, die aufgereiht auf dem Boden in ihrem Büro standen, und zu entscheiden, welche Dokumente mit

Hinweis auf die anwaltliche Schweigepflicht zurückgehalten werden sollten. Es war eine stupide Arbeit, das juristische Äquivalent des Dienstes in einer Mautstation – einen Dollar entgegennehmen; fünfzig Cent herausgeben; »Vielen Dank.«

Es war paradox, wie die Medien davon sprachen, was für ein Vorteil es doch für Blake Crawford war, eine große Kanzlei aus D.C. und all ihre Ressourcen als Vertretung zu haben. In Wahrheit hatte Kelly das Gefühl, den Fall Crawford nur am Feierabend und an den Wochenenden dazwischenquetschen zu können, während sie ihr Soll an abrechenbaren Stunden mit anderen Fällen erfüllte, bei denen sie ganz unten in der Hackordnung stand.

Rasch las sie noch drei E-Mails und verschob sie auf den Stapel mit den weniger dringenden Aufgaben. Das schillernde Leben einer Anwältin in einer Großkanzlei.

Ihre Langeweile wurde durch ein gelegentliches »Pling« von ihrem Computer unterbrochen – dem Zeichen, dass eine neue E-Mail angekommen war. Früher war das ein willkommenes Geräusch gewesen, aber jetzt öffnete Kelly jede E-Mail mit noch ein bisschen mehr Beklommenheit. Seit ihrem Sieg bei der Anhörung zum Antrag auf Klageabweisung war ihr Posteingang immer wieder von Hassmails von verschiedenen Waffenverrückten dort draußen durchsetzt.

Sie hatte alle beleidigenden E-Mails ausgedruckt und bewahrte sie zur Motivation in einem kleinen Ordner auf. »Lasst uns als erstes mal alle Klägeranwälte umbringen«, stand in einer. »Meine Waffe bekommen Sie nicht, aber Sie können ein paar Kugeln haben«, schrieb ein anderer. Wieder andere waren direkter und voller Obszönitäten. Wenn sie sie zum ersten Mal las, lief es Kelly kalt den Rücken herunter. Wenn sie sie zum vierten oder fünften Mal las, machten sie sie wütend.

Die Kanzlei hatte die entsprechenden Schritte unternommen – die E-Mails der Polizei melden, Kelly privaten Schutz anbieten (den sie abgelehnt hatte) und ihre Mailadresse von der Kanzleihomepage nehmen, wenn sie auch jeder Idiot trotzdem herausfinden konnte. John Lloyd, der Seniorpartner in der Fallprüfungskommission, hatte tatsächlich vorgeschlagen, die Anwälte in diesem Fall zu wechseln – woraufhin Kelly verächtlich das Gesicht verzogen hatte – oder dass Kelly sich vielleicht überlegen sollte, sich zum Schutz eine Waffe zu kaufen. Es war das erste Mal in ihrer Berufslaufbahn, dass sie einen Seniorpartner ihrer Kanzlei gefragt hatte, ob er verrückt geworden sei.

Die E-Mail, die jetzt hereingekommen war, trug den Fall Crawford in der Betreffzeile. Es sah aus, als sei auch sie wieder einmal von irgendeiner temporären Mailadresse abgeschickt worden, die unmöglich zurückzuverfolgen war. Kelly machte sich auf den Inhalt gefasst, mit dieser vertrauten Mischung aus Tapferkeit und Furcht.

Als sie zu lesen begann, merkte sie sofort, dass diese E-Mail anders war. Bis zum dritten Satz war jedes letzte Fitzelchen von Kellys Tapferkeit verflogen. Sie fühlte sich, als habe ihr jemand einen Schlag versetzt, der ihr den Atem nahm, als sei buchstäblich ihr Herz stehengeblieben. Das Blut wich ihr aus dem Gesicht, und einen Moment lang konnte sie sich nicht rühren.

> Gratulation zum Fall Ihres Lebens. Warnung: SCHLIESSEN SIE KEINEN VERGLEICH! Richter Shaver braucht die Publicity nicht. Solange Sie meinen Instruktionen folgen, ist Ihr Geheimnis bei mir sicher. Andernfalls werden Sie alles über sich und den Richter im Kryptonit-Blog lesen. Wiederhole: Dieser Fall muss vor eine Jury gehen. Sollten Sie einem Vergleich zustimmen, bringt Kryptonit die Story heraus.

Kelly las die E-Mail ein zweites Mal, dann ein drittes. Der Kryptonit-Blog war eine Klatschseite, die peinliche Geschichten über Schauspieler, Politiker und Rockstars brachte. Der Blog war das Internet-Äquivalent des *National Enquirer,* eines Boulevardmagazins: noch rücksichtsloser in seinen Anschuldigungen als die meisten Blogs, aber dann und wann traf er ins Schwarze.

Richter Shaver war der Bezirksrichter, für den Kelly vor fast sieben Jahren gearbeitet hatte. Er war vor kurzem an den *Fourth Circuit Court of Appeals,* das Bundesberufungsgericht des vierten Bezirks der USA in Kalifornien, berufen worden. Der Justizausschuss des Senats würde ihn genauestens dazu befragen, falls und wenn die Senatoren es endlich schafften, den Stau der Ernannten in der Warteschlange aufzulösen. Bis dahin hing er in der Luft.

Der Zeitpunkt für die E-Mail hätte nicht schlechter gewählt sein können. Was Kelly vollends fertigmachte, war die Tatsache, dass jemand von ihrer

Beziehung mit dem Richter wusste. Sie hatte nie mit jemandem darüber gesprochen. Mit keiner Menschenseele. Nicht einmal mit ihrem Vater. Nicht mit ihrer besten Freundin. Nicht mit einem Psychologen oder Berater. *Niemand* wusste es.

Bis auf diese Person namens Luthor.

Luthor. Das war der Name, mit dem der Schreiber die E-Mail unterschrieben hatte. Eine Anspielung, wie Kelly wusste, auf Supermanns größte Rachegöttin.

Sie druckte die E-Mail aus, faltete sie zwei Mal, steckte sie in einen versiegelten Umschlag und legte sie ganz unten in ihre Aktentasche. Sie löschte die Original-E-Mail von ihrem Computer und leerte den elektronischen Papierkorb. Ihr war bewusst, dass das Original immer noch irgendwo auf dem Kanzleiserver lauerte, aber das konnte sie nicht ändern.

Es würde Stunden dauern, bevor sie sich wieder auf ihre geschäftlichen E-Mails konzentrieren konnte. Die Aufgabe schien ihr plötzlich unglaublich belanglos. Ihre Welt war gerade auf den Kopf gestellt worden. Ein Geist von vor sieben Jahren war mit aller Macht zurückgekehrt.

Sie ging den schlimmsten Fall in Gedanken durch. Als ehemalige Angestellte war sie im Rahmen der Überprüfung von Richter Shavers Hintergrund durch das FBI befragt worden. Der Besuch von den Agenten stand ihr noch lebhaft vor Augen; das freundliche Gespräch und die bohrenden Fragen, die sie gestellt hatten. Sie hatte den Richter geschützt und dabei ihren eigenen Kopf auf die Guillotine gelegt.

»Gibt es etwas, das Sie sein Urteilsvermögen bezweifeln lässt?«, hatten sie gefragt.

»Nein.«

»Haben Sie Kenntnis von etwas, was eine Person benutzen könnte, um Richter Shaver zu erpressen oder zu bedrohen?«

»Nein.«

»Haben Sie Kenntnis von intimen Beziehungen zwischen Richter Shaver und irgendjemandem außer seiner Frau?«

Auch wenn sie der Meinung war, das ginge sie nichts an, hatte Kelly nicht gezögert. »Nein.«

Jetzt konnte es sein, dass sie vor einem landesweiten Skandal stand, einer Shakespeare-Tragödie mit Kelly in einer Hauptrolle. Der Gedanke daran drehte ihr den Magen um.

Bisher hatte Luthor etwas verlangt, was Kelly ohnehin tun wollte – den Fall zu einem Urteil bringen. Aber was würde er als nächstes wollen?

Sie rief Richter Shaver an; etwas, was sie nicht getan hatte, seit sie ihre Stelle bei B&W angetreten hatte. Seine Sekretärin ging ans Telefon und freute sich offensichtlich, als Kelly ihren Namen nannte.

»Wie schön, mal wieder von Ihnen zu hören! Wie lange ist das jetzt her?«

»Sieben Jahre«, sagte Kelly.

Sie plauderten eine Weile, auch wenn Kelly kaum ein Wort von dem hörte, was die Dame sagte.

»Ist Richter Shaver da?«, fragte Kelly schließlich.

»Nein.« Seine Sekretärin zog das Wort lang, es tat ihr leid, Kelly enttäuschen zu müssen. »Er ist bis nächsten Mittwoch auf einer Konferenz in Phoenix. Aber ich bin sicher, er würde total gerne von Ihnen hören. Soll ich Ihnen seine Handynummer geben?«

»Gerne.«

Sobald Kelly aufgelegt hatte und bevor sie den Mut verlor, wählte sie Richter Shavers Handynummer. Wieder gab es einen Austausch von Höflichkeiten.

»Ich muss dich wegen einer Sache sehen«, erklärte Kelly. »Es ist ziemlich dringend.«

Shaver fragte, ob sie nicht am Telefon darüber sprechen könnten, aber Kelly bestand auf einem Treffen. Als er fragte, ob sie bis nächsten Mittwoch warten könne, hörte sie die Anspannung in seiner Stimme.

»Ich glaube schon«, sagte Kelly.

Der Richter antwortete nicht sofort. »Sollte ich besser den ersten Flug nach Hause nehmen?«

Kelly hätte am liebsten ja gesagt. Sie wollte so schnell wie möglich mit ihm darüber sprechen, ihn auf das Schlimmste vorbereiten, einen Plan entwerfen. Aber wenn der Richter die Konferenz abrupt verließ, würde das ganz neue Probleme aufwerfen. Was, wenn Luthor ihm folgte? Vielleicht wusste Luthor von der Konferenz. Vielleicht wollte er, dass Kelly und Richter Shaver alles stehen und liegen ließen und sich zu einer Krisenbesprechung trafen, damit er alles auf Video aufnehmen konnte.

»Nächsten Mittwoch reicht auch noch«, sagte Kelly.

»Okay«, antwortete Shaver und klang unsicher dabei. »Bist du sicher?«

»Ja.«

Der Richter sah in seinen Kalender und sagte, der kommende Mittwochvormittag sei schon voll, er könne sich aber um halb zwölf mit ihr treffen.

Halb zwölf. Mitten am Tag, eine Zeit, zu der das Büro voller Menschen war. Der Richter war vorsichtig. Er wollte sie nicht allein treffen.

Sie wünschte, sie wären auch schon vor sieben Jahren so besonnen gewesen.

40

Zunächst erhellte sich Jim Nobles Gesicht beim Anblick seiner Kinder und Matt Coreys auf seiner Türschwelle. Er sah aus wie ein Kind, das eine Überraschungs-Geburtstagsparty betreten hat. Jason fühlte sich nur noch schlechter.

»Jules!«, rief er aus. Julie trat vor und umarmte ihn.

»Hey, Dad.«

Er lächelte Jason an. »Hey, Kumpel.«

»Hey.«

Dr. Prescott trat vor und streckte die Hand aus. »Ich bin Dr. Paul Prescott. Ich arbeite in verschiedenen Dingen mit der Polizei zusammen.«

Die Vorstellung ließ Jasons Vater erstarrten, seine spontane Freude verwandelte sich rasch in die Erkenntnis, dass etwas Unheilvolles vor sich ging. Er ignorierte Prescotts Hand und sah von Jason zu Matt. »Was ist hier los?«, fragte er. Auf das darauf folgende Schweigen hin verengte er die Augen, und die Röte stieg ihm ins Gesicht – Argwohn machte erstem Zorn Platz.

»Kann mir vielleicht jemand sagen, worum es hier geht?«

»Wir würden gern ein paar Minuten mit Ihnen über ein paar persönliche Dinge sprechen«, sagte Prescott. »Können wir reinkommen?«

»Persönliche Dinge?«

»Lassen Sie uns das drinnen besprechen.«

Jasons Vater stand ein paar Sekunden nur da und versperrte dem viel größeren Prescott den Weg. Jim Noble mochte zehn Zentimeter kleiner und fünfundsiebzig Pfund leichter als der Doktor sein, aber Jason hatte keine

Zweifel, auf wen er setzen würde, sollte es zu Handgreiflichkeiten kommen. Sein Dad war ein harter Knochen.

»Bitte machen Sie es nicht schwerer, als es schon ist«, sagte Prescott mit ruhiger Stimme.

Es war Julie, die die festgefahrene Situation auflöste. Als sie ihren Vater bat, mitzuarbeiten, trat er zurück und ließ sie herein. »Was ist hier los, Jules?«, fragte er.

»Kann ich dir das drinnen sagen?«

Er nickte und folgte seiner Tochter ins Wohnzimmer.

Es sah noch schlimmer aus als an Weihnachten. Zusätzlich zu den leeren Gläsern, ungeöffneten Briefen und schmutzigen Kleidern lagen im Wohnzimmer mehrere Fallakten verstreut auf dem Boden herum. Außerdem eine Schüssel mit alten Chips, eine leere Kaffeetasse, ein paar Bücher und einige Zeitschriften auf dem Couchtisch. Die vier Besucher setzten sich, und Jason holte sich dazu einen Stuhl vom Küchentisch. Den Sessel ließen sie frei.

Prescott lud Jasons Vater ein, sich zu setzen, doch der weigerte sich. »Was ist hier los?«, fragte er und sah einen nach dem anderen dabei an.

»Es wäre wirklich hilfreich, wenn Sie sich setzen würden«, drängte Prescott, diesmal mit festerer Stimme. Jason wusste, dass dies die falsche Herangehensweise war. Er beobachtete die Reaktion seines Vaters. Er hatte achtzehn Jahre mit diesem Mann in einem Haus gewohnt und gelernt, die Zeichen einer bevorstehenden Explosion zu erkennen – hervortretende Adern am Hals und auf der Stirn, geblähte Nasenflügel, zusammengezogene Augenbrauen.

»Sie sind Ihren Kindern und Matt sehr wichtig«, sagte Prescott. »Sie haben ein paar Dinge gesehen, die ihnen solche Sorgen machen, dass sie extra hierher gereist sind – in Julies Fall den ganzen Weg von Kalifornien –, um mit Ihnen darüber zu sprechen. Sie bitten Sie nur darum, dass Sie sie ausreden lassen.«

Jasons Vater schnaubte, sein Temperament übernahm die Kontrolle. »Kommen Sie mir nicht mit diesem Psychoscheiß«, sagte er. Er wandte sich an Jason. »Mein Sohn kommt einmal im Jahr an Weihnachten vorbei und macht sich wieder aus dem Staub, so schnell er kann. Sogar Julie denkt sich immer wieder Ausreden aus, wegzubleiben …«

Matt stand jetzt und machte einen Schritt auf seinen ehemaligen Partner zu. »Nicht«, sagte er ruhig. »Lass es nicht an ihnen aus.«

»Wenn ich euch so wichtig bin, konntet ihr dann nicht einfach den Hörer abheben und mich anrufen?« Der Blick des alten Mannes war voller Bitterkeit und schwenkte von einem zum anderen. »Müsst ihr euch gegen mich verbünden? Mir einen Psychologen auf den Hals hetzen, damit er mich für verrückt erklärt?«

»Komm schon«, sagte Matt, die Hand erhoben, um seinen Freund zu stoppen. »Wir haben eine Menge zusammen durchgemacht. Sag nichts, was du später bereuen könntest.«

Jason schaltete sich ebenfalls ein. Er zwang sich, die Kommentare seines Vaters und den Schmerz zu ignorieren: »Du brauchst Hilfe, Dad. Wir wollen dir helfen.«

Sein Vater lachte ihn aus. »*Ihr* wollt mir helfen.« Er wandte sich an Matt Corey. »Sagen wir das nicht immer unseren Verdächtigen beim Verhör, bevor wir sie festnageln? ›Wir wollen nur helfen.‹«

»Warum setzt du dich nicht erst mal hin?«, fragte Matt.

Jasons Vater starrte ihn an, aber Matt zuckte mit keiner Wimper.

»Du weißt, dass ich dich gernhabe, Mann«, sagte Matt. »Aber ich weiß nicht, was mit dem Jim Noble passiert ist, vor dem ich einmal Respekt hatte. Dieser Mann hätte sich nie so benommen. Dieser Mann hätte nicht die Leute verletzt, die ihm am wichtigsten sind.«

Die Bemerkung durchdrang die Schutzwälle von Jasons Vater wie ein Betäubungspfeil. Er erwiderte nichts, sondern setzte sich auf die Kante seines Sessels, den Blick auf Prescott gerichtet.

Matt setzte sich ebenfalls. »Danke«, sagte er leise.

Prescott übernahm die Führung des Treffens und erklärte, dass Jason, Julie und Detective Corey sich unabhängig voneinander zunehmend Sorgen um ihren Vater und Freund gemacht hätten. »Ihr Trinken hat Auswirkungen auf alle Bereiche Ihres Lebens«, sagte Prescott. »Ihre Arbeit. Ihre Beziehung zu Ihren Kindern, und in Julies Fall auch ihre Bereitschaft, Sie eine Beziehung mit Ihren Enkeln aufbauen zu lassen. Diese Drei hier haben Sie alle sehr gern und haben beschlossen, einen der härtesten Wege ihres Lebens zu gehen – nämlich bei dieser Intervention mitzumachen.«

Ausnahmsweise einmal konnte Jason den Gesichtsausdruck seines Vaters nicht lesen. Er hörte Prescott aufmerksam zu, sah dabei aber nicht ein einziges Mal Jason, Julie oder Matt an, bis Prescott mit seiner Ansprache fertig war.

Prescott erklärte, dass er jeden der Anwesenden gebeten habe, einen Brief zu schreiben und dass Matt vielleicht anfangen sollte.

Matt Corey las seinen Brief langsam und gefühlvoll vor und blickte dabei oft zu Jasons Vater auf, um die Wirkung abzuschätzen. Er sprach über seinen großen Respekt gegenüber seinem ehemaligen Partner, vor allem davon, was der ältere Cop ihm beigebracht hatte; wie er immer seine eigene Laufbahn nach der seines Partners ausgerichtet und ihm nachgeeifert hatte. »Auf gewisse Weise bist du mir näher als mein eigener Vater«, sagte er.

Der Brief hielt sich nicht mit Details über den momentanen Zustand von James Nobles beruflicher Leistung zurück. Seine Arbeitszeiten waren nur noch sporadisch. Ein paar Partner hatten um ihre Versetzung gebeten, weil sie seine Launen nicht mehr ertragen konnten. Seine Fallabschlussrate war im Keller, und inzwischen gab es Gerüchte über verschwundenes Kokain. »Ich weiß, dass du es nicht warst«, las Matt vor. »Aber seien wir ehrlich: Du bist süchtig. Nur dass dein Stoff in Flaschen verkauft wird.«

Jason sah, wie sich das Gesicht seines Vaters rötete, doch er machte keine Anstalten, darauf zu antworten. Matt schloss mit der flehentlichen Bitte an Jim, sich Hilfe zu holen, und der Zusicherung seiner Unterstützung. In dem Schweigen, das darauf folgte, richtete sich die allgemeine Aufmerksamkeit auf Jason.

»Dann bin ich wohl der Nächste.«

Jasons Herz hämmerte, während er seinen Brief auffaltete. Er musste seine ganze Willenskraft aufbringen, um seinem Vater in die Augen zu sehen, als er sich bereit machte zu lesen. Er hatte nur diese eine Chance, und er wollte es richtig machen. Er musste sich ständig selbst daran erinnern, dass der Mann, der in diesem Raum saß, eigentlich gar nicht sein Vater war. Die Sauferei hatte James Nobles Seele gestohlen und einen Dämon zurückgelassen. Dies war also vielleicht Jasons einzige Hoffnung, all das zu ändern.

Jasons Brief begann, indem er ein paar schöne Erinnerungen aus seiner Kindheit erzählte, Ereignisse, die im Trubel der letzten Jahre untergegangen waren. Er warf einen Blick zu seinem Vater hinüber, während er las, bat ihn um Verzeihung, dass er ihn so oft enttäuscht hatte. Selbst während dieses Teils des Briefes, bei Worten, über denen er geweint hatte, während er sie formulierte, veränderte sich der Ausdruck seines Vaters nicht. Julies Wangen dagegen waren nass von lautlosen Tränen.

Jason zählte die Veränderungen auf, die er an seinem Vater bemerkt hatte, und wie sie ihre Beziehung belastet hatten. Er gab zu, dass es seine eigene Reaktion gewesen war, seinen Vater zu meiden und bat ihn dafür um Verzeihung. Wenn er Hilfe annehmen würde, versprach Jason, würde er für ihn da sein und das Ganze mit ihm durchstehen. Aber um ehrlich zu sein, könne er es einfach nicht ertragen, in seiner Nähe zu bleiben und ihm bei seiner Selbstzerstörung zuzusehen, wenn sich sein Vater nicht ändern würde.

»Du hast mich immer gelehrt, dass ein Mann zu sein bedeutet, sich seinen Problemen zu stellen und nicht aufzugeben«, sagte Jason. »Gib deine Familie nicht auf, Dad. Wir wollen dich wiederhaben. Wir lieben dich zu sehr, um tatenlos zuzusehen. Ich flehe dich an, Dad – hol dir Hilfe.«

Als Jason seinen Brief beendet hatte, blickte er mit Tränen in den Augen auf. Sein Vater starrte zurück, immer noch regungslos, und sah aus, als könne er nicht fassen, dass sich sein eigener Sohn gegen ihn gewandt hatte.

»Es tut mir leid, Dad«, sagte Jason. »Aber das ist der einzige Weg, der uns einfiel, wie wir dir helfen können.«

Sein Vater nickte grimmig und wandte sich an Julie. »Ich bin sicher, dass der alte Mann dich auch enttäuscht hat«, sagte er mit vor Sarkasmus triefender Stimme. »Aber ich kann jetzt wirklich nicht noch mehr davon ertragen. Das mit meiner beruflichen Leistung ist wirklich die Höhe.« Er sah Matt Corey an, und in seinem Blick loderte es wieder. »Du weißt, wie dieses Dezernat ist. Und du weißt mehr als genau, dass dieser Mist gegen mich rein politisch ist.«

Er wandte sich wieder an Jason. »Und was dich angeht – tut mir leid, dass ich als Vater so total versagt habe.«

»Das will ich damit nicht sagen …«

»*Genau das* willst du damit sagen«, schoss der Ältere zurück. Wären die anderen nicht da gewesen, da war sich Jason sicher, hätte sein Vater ihn körperlich angegriffen. »Und es ist leichter, es auf den Alkohol zu schieben, als über die wahren Probleme zu reden.«

»Reden wir doch über die wahren Probleme«, schaltete sich Prescott, immer noch mit ruhiger Stimme, ein.

Jim Noble beugte sich vor, die Unterarme auf den Knien, die Hände verschränkt. Er musterte einen Augenblick den Boden und sah dann zu Prescott auf. »Raus hier«, sagte er. »Sie haben Ihr kleines Spiel gespielt und ich habe verstanden. Meine Trinkertage sind vorbei. Ich habe einen Weckruf gebraucht, und ich habe ihn bekommen. Vielen Dank. Und jetzt raus aus meinem Haus.«

»Du brauchst Hilfe, Dad«, sagte Julie.

»Ihr könnt alle gehen«, beharrte Jasons Vater. »Und zwar *jetzt*.«

Prescott nickte, und die anderen folgten seinem Wink. Sie hatten darüber gesprochen. Jasons Vater musste wissen, dass sie es zu Ende führen würden. Er musste wissen, dass sie einfach aus seinem Leben verschwinden würden, wenn er sich nicht änderte.

Sie ließen ihn da sitzen, vorgebeugt und den Blick auf den Boden gerichtet. Julie legte ihm eine Hand auf die Schulter, als sie an ihm vorbeiging. Jason ging ohne eine Berührung.

»Geben Sie ihm ein oder zwei Tage, um darüber nachzudenken«, sagte Dr. Prescott, als sie sich zu viert in der Einfahrt versammelten. »Meine Einschätzung ist, dass er mit Matt über eine Therapie reden wird.«

Jason hatte seine Zweifel. Tief im Herzen wusste er, dass sie das Richtige getan hatten. Aber er hatte wenig Hoffnung, dass sein Vater sich tatsächlich ändern würde.

Er faltete seinen Brief und steckte ihn in die Tasche. Am Flughafen zog er ihn wieder heraus und dachte an all die emotionale Energie, die darin steckte. Er warf ihn in einen dieser modernen Mülleimer mit elektrischem Kompressor. Wie aufs Stichwort vibrierte der Behälter und quetschte den Brief mit weggeworfenen Zeitungen, Schokoriegelverpackungen und Pommes Frites zusammen.

Es war an der Zeit, beschloss Jason, diesen Abschnitt seines Lebens hinter sich zu lassen.

41

Kelly verbrachte den Samstagmorgen hauptsächlich damit, aus ihrem Bürofenster zu starren und über Richter Shaver nachzudenken. Vielleicht hatte diese Person namens Luthor nur vor, sie von der Vorbereitung ihrer Befragung von Melissa Davids abzulenken. Falls ja: es funktionierte.

Naiv hatte sie geglaubt, das Kapitel Shaver in ihrem Leben abgeschlossen zu haben. Es gab natürlich Narben. Außerdem blieb eine Art unablässiger Scham, die ständig dicht unter der dünnen Oberfläche lauerte. Aber sie hatte immer angenommen, dass diese Angelegenheiten Privatsache waren, die Reue und Buße vor Gott erforderten und niemanden außer sie selbst betrafen.

Die E-Mail gestern hatte diese Annahme zerschmettert. Noch jemand wusste es. Und schlimmer noch: Dieser Jemand hatte vor, dieses Wissen zu nutzen, um Kelly im Fall Crawford zu manipulieren.

Doch das würde sie nicht zulassen. Blake Crawford hatte ihr das wichtigste Anliegen seines Lebens anvertraut. Sie würde ihn gut vertreten, selbst wenn das eine öffentliche Bloßstellung und Erniedrigung bedeuten würde. Daran war nicht zu rütteln, sie konnte es sich nicht einmal erlauben, an Alternativen zu denken. In den nächsten Monaten konnte ihr Leben zur Hölle werden. Aber zumindest würde sie sich noch im Spiegel ansehen können, wenn alles vorbei war.

In gewisser Weise machte sie sich mehr Sorgen um Richter Shaver als um sich selbst.

Sie konnte ehrlich sagen, dass sie ihm gegenüber keine Gefühle der Bitterkeit oder Rache hegte. Es war genauso ihre Schuld gewesen wie seine. Wenn die Presse dahinterkam, würde sie zweifellos ihn als den Hauptschuldigen darstellen – ein mächtiger Bundesrichter, der eine verliebte Hilfskraft in seiner Macht hatte. Nicht, dass Kelly unbeschadet davonkommen würde. Auch wenn Shaver die Schmähungen der Presse voll abbekommen würde, würde sie als eine opportunistische Manipulatorin dargestellt werden, die bereit war, ihren Körper gegen Macht einzutauschen, ohne sich um den Tribut zu kümmern, den ihr Handeln von einer unschuldigen Ehefrau und deren Kindern fordern würde. Ihr Name würde im selben Atemzug mit dem von Monica Lewinsky genannt werden.

In Wirklichkeit war es nichts dergleichen gewesen.

Es hatte als emotionale Verbundenheit begonnen. Sicher, der Mann war gut aussehend, aber Kelly hatte sich als erstes von seinem Herzen angezogen gefühlt. Er vertrat die Sache der Armen und Hilflosen, riskierte für die Gerechtigkeit die Aufhebung seiner Urteile in der Berufungsverhandlung. Er hatte sich Kellys Träume angehört und hatte ihre politische Enttäuschung geteilt. Im Rückblick wurde ihr bewusst, dass sich das Kräfteverhältnis geändert hatte, als der Richter begann, von seinen eigenen Problemen zu erzählen – der Druck im Job, eine abgekühlte Ehe, eine Tochter im Teenageralter, die keine Zeit mehr mit ihm verbringen wollte.

Seine Verletzlichkeit hatte ihn in Kellys Augen nur erhöht. Er war authentisch und durchschaubar, selbstbewusst genug, um mit richterlichen Konventionen zu brechen, sicher genug, um seine Probleme mit einer juristischen Hilfskraft zu besprechen. Kelly hatte für Richter Shaver härter gearbeitet als für irgendwen oder irgendetwas sonst in ihrem ganzen Leben. Er inspirierte sie. Er half ihr, den Respekt für das Gesetz als Mittel dazu wiederzugewinnen, das Leben der Menschen zu verändern. Respekt, den sie in der zynischen Atmosphäre des Jurastudiums verloren hatte.

Arbeit bis spät in die Nacht führte zu gemeinsamen Abendessen und dazu, dass der Richter Kelly nach Hause fuhr. Er wollte nicht, dass sie allein bei Nacht mit der Metro, Washingtons U-Bahn, fuhr.

Manchmal saßen sie noch fast eine Stunde mit laufendem Motor in seinem Auto an der Ecke, bis sie ihm schließlich Gute Nacht sagte. Sie vertrauten sich gegenseitig ihre Gedanken an. Die Mühe des Richters um eine funktionierende Ehe, die Art, wie seine Frau die Kinder gegen ihn aufgehetzt hatte. Kelly hatte Lynda Shaver, eine zupackende Partnerin einer großen Washingtoner Anwaltskanzlei, bei einem gesellschaftlichen Ereignis kennengelernt. Kelly hatte keine Ahnung, warum der Richter sich überhaupt jemals zu dieser Frau hingezogen gefühlt hatte.

Richter Shaver liebte seine Frau immer noch und glaubte daran, dass die Ehe funktionieren konnte. Aber während Kelly ihm zuhörte, wie er darüber sprach, wurde ihr klar, dass Lynda Shaver sich schon Jahre zuvor emotional von ihm hatte scheiden lassen.

Der Wendepunkt kam an einem kalten Abend im Januar. Früher am Tag hatte man Richter Shaver, der auf der Anwärterliste fürs Vierte Berufungsgericht gestanden hatte, gesagt, dass er noch nicht dran sei. Er hatte seine Arbeit an diesem Tag mit seinem üblichen Enthusiasmus erledigt und Kelly gegenüber kein Wort über seine Enttäuschung verloren. Sie erfuhr es erst von seiner Sekretärin.

Spät an diesem Abend, in seinem Auto vor Kellys Wohnung, stiegen dem Richter die Tränen in die Augen. Nicht weil er übergangen worden war – er hatte immer noch kein Wort über seine berufliche Enttäuschung verloren –, sondern weil seine Frau ihm in einem Wutanfall in der Nacht zuvor eine

Affäre mit einem anderen Partner in der Firma gestanden hatte. Die Affäre ging schon fast ein Jahr.

»Wir führen schon lange keine richtige Ehe mehr«, hatte Lynda Shaver dem Richter gesagt. »Wenn wir wegen der Kinder und für deine Karriere zusammenbleiben wollen, ist das eine Sache. Aber lass uns wenigstens ehrlich damit umgehen.«

In dieser Nacht hatte Kelly den Arm ausgestreckt und seine Hand berührt.

42

Am Montag ließ Kelly ihr morgendliches Schwimmtraining ausfallen. Sie zog einen schwarzen Rock mit einem grauen Jackett an und dezente Ohrringe. Sie trug die Sportuhr mit einem schmalen blauen Klettarmband, die sie auch zum Schwimmen trug.

Sie brauchte dreieinhalb Stunden, um das Hilton an der Strandpromenade von Virginia Beach an der 30. Straße zu erreichen. Sie hätte es vorgezogen, die Aussage in den vornehmen Konferenzräumen von B&W aufzunehmen, aber Melissa Davids wollte nicht nach D.C. kommen. Statt eine große Diskussion anzufangen und die Aussage verschieben zu müssen, was zweifellos genau das war, was Davids wollte, hatte Kelly sich bereiterklärt, nach Virginia Beach zu fahren.

Um das Ganze noch schlimmer zu machen, hatte Jason Noble Kelly gesagt, dass sein Büro noch nicht eingerichtet sei, dass sie deshalb den Konferenzraum des Hotels nutzen mussten. Nach einem hitzigen Wortwechsel darüber, wer zahlen sollte, einigten sie sich, die Kosten zu teilen.

Kelly kam eine halbe Stunde früher, um den Raum vorzubereiten. Der Kameramann und der Gerichtsschreiber wollten beide wissen, wo die Zeugin sitzen würde. »Am Tischende«, sagte Kelly und deutete an das Ende mit der Aussicht. Sie wollte, dass Davids hinaus aufs Meer sah – vielleicht würde sie das ablenken. Kelly würde Jason erzählen, dass das Licht für die Videoaufzeichnung so besser sei.

Die Zeugin und ihre Anwälte hielten Pünktlichkeit nicht für nötig und erschienen zehn Minuten zu spät. Sie hatten Kelly nicht angerufen oder ausrichten lassen, dass sie zu spät kommen würden und entschuldigten sich auch nicht, als sie schließlich ankamen. Es gab knappe einleitende Worte und Händeschütteln. Jason Nobles Hand war kalt und feucht.

Melissa Davids sah kleiner und älter aus als am Set von Fox News, als Kelly sie das letzte Mal gesehen hatte. Sie trug Jeans und Pullover, die Haare zurückgebunden. Case McAllister hatte einen klassischen grauen Anzug an, Manschettenknöpfe mit Monogramm an den Hemdsärmeln, seine typische Fliege und ein Paar abgewetzter Cowboystiefel. Jason Noble musste das *Ziehen Sie sich leger an, damit es aussieht, als wären wir unbesorgt*-Memo von Davids bekommen haben. Er trug Jeans und ein blaues Nadelstreifenhemd mit hochgekrempelten Ärmeln. Er versuchte, ein saloppes Durchschnittsbürger-Image zu vermitteln, bis hinab zu den fehlenden Socken.

Zweifellos so ein Strand-Ding.

* * *

Während Kelly Starling sich durch ihre einleitenden Fragen arbeitete, lehnte sich Jason auf seinem Stuhl zurück und musterte sie von Kopf bis Fuß. Sogar in ihrem Kreuzverhörmodus hatte sie dieses durch und durch Amerikanische an sich – weiche Haut, faszinierende braune Augen und perfekte weiße Zähne. Ein wenig Tiefe verliehen ihr die kantige Kieferpartie und die Augen, die schmal wurden, während sie im knappen Tonfall einer Staatsanwältin Fragen auf Davids abfeuerte. Sie war fünf oder sechs Jahre älter als Jason, erfahren genug, um zu wissen, was sie tat, aber auch jung genug, um die Aufmerksamkeit der jüngeren Männer in der Jury auf sich zu lenken.

Heute war sie ganz geschäftsmäßig.

Melissa Davids hatte einen guten Einstieg. Sie wandte den Blick nicht von Starling, überlegte kurz vor jeder Antwort und gab keine belanglosen Informationen preis. Jason begann, sich ein wenig zu entspannen. Vielleicht brauchte sie seine Hilfe wirklich nicht.

Im Kurs über Zeugenaussagen an der Universität hatten Jason und seine Mitstudenten die Antitrustklage gegen Microsoft studiert und diskutiert, wie arrogant und ausweichend Bill Gates während seiner Aussage dreingeblickt hatte. Die Lektion war laut Jasons Professor, dass selbst kluge Firmenbosse Vorbereitung brauchten.

Dieser Professor war anscheinend nie der sturen und selbstsicheren Melissa Davids begegnet.

* * *

»Ich möchte Ihre Aufmerksamkeit auf die MD-9 lenken«, sagte Kelly. In der Verhandlung hatte sie vor, eine Nachbildung der Waffe mitzubringen und sie im ganzen Gerichtssaal herumzuzeigen. Aber Zeugenaussagen waren nicht ganz so förderlich für Effekthascherei.

»Ich hatte mich schon gefragt, wann Sie damit ankommen würden«, sagte Davids.

»Eine neuere Untersuchung der *Tidewater Times* kam zu dem Ergebnis, dass diese Waffe auf Rang vier unter den Angriffswaffen steht, die die ATF mit Gewaltverbrechen in Verbindung bringt. Haben Sie davon Kenntnis?«

»Ich lese die *Tidewater Times* nicht«, schnaubte Davids.

»Ihre Firma hatte Probleme mit der ATF, nicht wahr?«

»Wir wurden für keinen einzigen Gesetzesverstoß verurteilt.«

»Das war nicht meine Frage. Ihre Firma hatte Probleme mit der ATF, nicht wahr?«

»Einspruch«, sagte Jason, »die Frage wurde bereits beantwortet.«

»Das ist das Problem«, sagte Kelly. »Sie wurde eben nicht beantwortet.«

Davids starrte Kelly einen Augenblick lang an. »Ich denke doch.«

»Okay. Dann gehen wir es mal durch. Ein paar Jahre vor dem Verbot von Angriffswaffen wurde die MD-9 neu gestaltet, als die ATF vor Gericht ging, um Ihnen die Waffenherstellerlizenz zu entziehen. Ist das richtig?«

»Die ATF ging vor Gericht, um uns die Lizenz entziehen zu lassen. Wir haben uns geeinigt, als wir es leid waren, noch mehr Geld für Anwälte auszugeben. Also, ja: Wir haben die MD-9 leicht umgestaltet, um ihre Bedenken auszuräumen. Aber die Übereinkunft schloss ausdrücklich jede Haftung aus.«

»Die ATF war aufgebracht, weil Leute, die die MD-9 kauften, diese ganz leicht innerhalb von Minuten und nur mit Hilfe einer Feile in ein illegales vollautomatisches Maschinengewehr umbauen konnten. Entspricht das der Wahrheit?«

Davids verzog verächtlich das Gesicht. »Sie können auch Dünger zu einer Bombe umbauen. Das macht die Hersteller von Dünger nicht zu Kriminellen.« Sie drehte sich direkt in Richtung Kamera. »Wir haben sie als Halbautomatik verkauft. Was die Leute zu Hause damit machten, war ihre Sache.«

Kelly beugte sich vor. Die Zeugin zerrte an ihren Nerven. »Wie viele umgebaute MD-9-Gewehre wurden mit Verbrechen in Verbindung gebracht?«

»Ich habe keine Ahnung.«

»Mehr als zehn?«

»Wer weiß?«

»Mehr als hundert?«

»Könnte sein.«

»Mehr als tausend?«

»Sie sagte doch, dass sie es nicht weiß«, warf Jason ein, der immer noch zurückgelehnt auf seinem Stuhl saß. Er hatte kein einziges Stück Papier vor sich auf dem Tisch liegen, als wäre dieses Prozedere zu unbedeutend, um sich auch nur Notizen zu machen.

»Vielleicht wird das Ihrem Gedächtnis auf die Sprünge helfen«, sagte Kelly. Sie schob Melissa Davids ein Dokument zu und reichte Jason eine Kopie. Sie bat den Gerichtsschreiber, das Dokument als Beweisstück aufzunehmen.

»Können Sie mir sagen, was das für ein Dokument ist?«, fragte Kelly.

»Ein Schriftsatz, den die ATF in dem Fall eingereicht hat, über den wir vorhin gesprochen haben.«

»Schauen Sie bitte auf Seite drei, zweiter Abschnitt. Wie viele MD-9-Gewehre waren zu vollautomatischen Waffen umgebaut worden und konnten mit Verbrechen in Verbindung gebracht werden?«

»Achthundertdreiunddreißig«, sagte Davids.

»Und das hat Sie nicht betroffen gemacht?«

Davids schnaubte höhnisch. »Wir haben die Waffe umgestaltet, damit das nicht mehr passieren konnte. Ist das so schwer zu verstehen?«

Kelly spürte, wie sich ihr Gesicht rötete, als die Wut in ihr aufstieg. »Beantworten Sie einfach meine Frage. Hat Sie diese Tatsache betroffen gemacht?«

»Kriminelle bauen manchmal ihre Waffen um. Kriminelle benutzen sie manchmal, um unschuldige Menschen zu töten. Jedes Mal, wenn jemand stirbt, macht mich das betroffen. Dennoch ist es meine Hoffnung, dass Sie irgendwann, bevor diese Zeugenaussage zu Ende ist, vielleicht tatsächlich darüber sprechen wollen, ob es gerecht ist, zu versuchen, *uns* für alles zur Rechenschaft zu ziehen, was diese Kriminellen tun.«

43

Drei Stunden lang bearbeitete Kelly Starling die Zeugin, während Jason zuschaute und gelegentlich einen Einspruch einwarf. Um halb zwei bestand er auf einer Mittagspause. Fünfundvierzig Minuten später waren sie wieder bei der Sache, und Kelly konzentrierte sich auf die Herstellung von Schalldämpfern durch die Firma MD Firearms.

»Hat Larry Jamison einen Schalldämpfer benutzt?«, fragte Jason. »Das muss mir entgangen sein.«

Kelly schoss einen finsteren Blick auf ihn ab. »Sie haben die Möglichkeit, Fragen zu stellen, wenn ich fertig bin«, sagte sie.

»Vielleicht werden meine ja relevant sein«, gab Jason zurück, obwohl sie beide wussten, dass Jason keine Fragen haben würde. Fragen an den eigenen Zeugen stellte man in der Verhandlung, nicht während außergerichtlicher eidlicher Aussagen. Warum sollte man der Gegenseite einen Fahrplan für die eigenen Strategien geben?

Wenn auch sonst nichts, brachte Jasons Bemerkung wenigstens Melissa Davids zum Lächeln.

Kelly dagegen schien nicht amüsiert. Sie erhöhte die Intensität ihrer Fragen, die jetzt noch schneller aufeinander folgten.

Davids weigerte sich, über Schalldämpfer zu sprechen und nannte sie eine Hollywood-Erfindung, gab aber zu, dass MD Firearms die äußeren Rohre für »schallvermindernde Aufsätze« verkaufte, während andere Hersteller in Georgia die dazu passenden inneren Teile verkauften. So konnte jede Firma die behördlichen Auflagen umgehen, die eine Registrierung des Käufers eines kompletten Aufsatzes vorschrieben. Die Firmen machten gemeinsam Werbung und stellten manchmal auf denselben Waffenmessen aus, mit dem Ergebnis, dass Tausende unregistrierter »schallvermindernde Aufsätze« auf der Straße in Umlauf waren.

Die ATF habe die Firmen wegen dieser Frage verklagt, gab Davids zu. Diesmal habe der Richter gegen die ATF geurteilt. Kelly zog eine Kopie eines Briefes hervor, den einer der Geschäftsführer dem Herausgeber einer Tageszeitung in Atlanta am Tag nach einem aufwieglerischen Artikel über das Urteil geschickt hatte. Der Brief verglich die brutalen Taktiken der ATF mit den Taktiken von Hitler und Stalin. Als Davids sagte, sie teile diese Ansichten, ließ Kelly den Brief als Beweismittel aufnehmen.

Es war fast drei Uhr nachmittags, als Kelly endlich mit ihren Fragen über Peninsula Arms begann.

»Wissen Sie, was ein illegaler Strohkauf ist?«, fragte sie.

»Natürlich.«

»Erklären Sie es mir.«

Davids sah Jason an. »Ist es meine Aufgabe, ihr das Gesetz zu erklären?«

»Eigentlich nicht«, antwortete Jason. Er gab sich immer noch große Mühe, desinteressiert zu wirken. »Aber wenn Sie es tun, kommen wir hier vielleicht schneller wieder heraus.«

Davids seufzte. »Ein Strohkauf ist, wenn ein berechtigter Käufer einer Feuerwaffe im Namen einer anderen Person, die nicht berechtigt ist, eine Feuerwaffe zu kaufen, eine Pistole kauft. Sagen wir zum Beispiel, dass Sie einmal gegen Ihren Willen in eine psychiatrische Anstalt eingewiesen wurden. Jason hier dürfte in diesem Fall keine Feuerwaffe kaufen und die Papiere für Sie ausfüllen und Ihnen diese Feuerwaffe geben.«

»Und wenn ein Waffengeschäft wissentlich an solch einem Kauf beteiligt ist, verstößt es gegen das Bundesgesetz, ist das richtig?«

»Natürlich.«

»Überwachen Sie Ihre Zwischenhändler, um sicherzugehen, dass sie keine illegalen Strohverkäufe tätigen?«

Das war eine Fangfrage. Zum ersten Mal schien Davids zu zögern, bevor sie antwortete. »Das ist nicht unsere Aufgabe.«

»Schulen Sie Ihre Zwischenhändler darin, wie sie Strohkäufe vermeiden können?«

»Das ist auch nicht unsere Aufgabe.«

»Wenn Sie erfahren würden, dass einer Ihrer Zwischenhändler an Hunderten von illegalen Strohverkäufen beteiligt war und dass die Waffen in den Händen von Straßenkriminellen endeten, würden Sie diesen Zwischenhändler dann von der Belieferung mit Ihren Produkten ausschließen?«

Jetzt befanden sie sich auf dünnem Eis. »Das ist eine hypothetische Frage«, sagte Jason. »Ich weise die Zeugin an, nicht zu antworten.«

Kellys braune Augen blitzten auf. »Muss ich den Richter anrufen und mir eine Entscheidung holen?«

Jason machte eine Handbewegung in Richtung Telefon. »Tun Sie sich keinen Zwang an.«

Er wusste, dass sie es nicht tun würde. Richter hassten es, über Streitigkeiten in eidlichen Aussagen entscheiden zu müssen. Sie rügten immer beide Anwälte, dass sie sich wie Kinder benahmen, die sich auf dem Spielplatz zankten. Außerdem war sich Jason ziemlich sicher, dass er diesen Einspruch gewinnen würde – die Frage zielte auf Spekulationen ab, nicht auf Fakten.

Kelly wandte sich wieder der Zeugin zu. »Haben Sie davon Kenntnis, dass die Städte New York, Washington, Baltimore und Philadelphia Klage gegen Waffenhändler eingereicht haben, die Waffen verkauft hatten, die man später zu Verbrechen auf den Straßen dieser Städte zurückverfolgen konnte?«

»Ja, das weiß ich. Wollen Sie meine Meinung zu diesen Prozessen hören?«

»Das wird nicht nötig sein.«

»Das dachte ich mir.«

»Sie wissen außerdem, dass verdeckte Ermittler aus diesen Städten in mehreren Geschäften eine ganze Reihe von offensichtlichen Strohkäufen tätigten, auch bei Peninsula Arms, und sogar ein paar von diesen Transaktionen auf Video aufgenommen haben. Richtig?«

Davids schnaubte. »Meiner Meinung nach hätte die ATF diese verdeckten Ermittler verklagen sollen, weil sie illegal Waffen gekauft haben, und die Geschäfte, weil sie sie illegal verkauft haben.«

»Wussten Sie, dass Peninsula Arms mindestens drei Vorladungen der ATF wegen illegaler Strohverkäufe bekommen hat?«

»Möglicherweise wusste ich davon.«

Jason verkrampfte sich, rang den Instinkt nieder, Einspruch zu erheben, um seiner Mandantin Ärger zu ersparen. Einsprüche zogen nur Aufmerksamkeit auf die Antwort und signalisierten dem anderen Anwalt, dass er auf der richtigen Spur war.

Aber Jason war auch bewusst, dass Davids mit dieser letzten Antwort – dass sie »möglicherweise« von den Vorladungen durch die ATF gewusst habe – gefährlich nahe an einen Meineid herankam. Bei der Durchsicht des Unternehmenswerdegangs seiner Mandantin hatte er firmeneigene E-Mails, elektronische Dokumente und Ordner durchgesehen, um festzulegen, was davon er der Gegenseite vorlegen wollte. Die meisten der Ordner enthielten nichtssagende Aufzeichnungen über das Design der MD-9, Vertriebsdokumente oder Verträge mit verschiedenen Vertriebspartnern und Händlern. Jason war fast eingeschlafen, während er das ganze Zeug durchforstete. Aber ein dreiseitiges Memo von Case McAllister an Melissa Davids hatte seine Aufmerksamkeit geweckt. Es trug den Titel »Verkäufe an Händler, die von den großen Städten im Nordosten verklagt wurden.«

Das Dokument war der berühmte »entscheidende Beweis«, fast ein Jahr vor der Crawford-Schießerei verfasst. Es ging darin um die Frage, ob MD Firearms die Belieferung von Händlern, die von den Stadtverwaltungen verklagt worden waren, einstellen sollte.

In diesem Memo hatte Case genau analysiert, wie viele Waffen von MD Firearms mit Verbrechen in diesen Städten in Verbindung gebracht werden konnten und welche Händler die Waffen verkauft hatten. Seine Analyse zeigte, dass vier Händler, unter anderem Peninsula Arms, für fast die Hälfte der Waffen verantwortlich waren, die bei diesen Verbrechen benutzt worden waren. Case hatte die Profite aufgeschlüsselt, die mit Verkäufen an diese gewissen Händler erzielt wurden und die geschätzten Anwaltskosten, falls die Händler MD Firearms verklagten, wenn sie versuchten, sie nicht länger zu beliefern. Case warnte außerdem davor, dass man es als Eingeständnis von MD Firearms werten könnte, dass sie die Pflicht hatten, alle Zwischenhändler zu überwachen, wenn sie Schritte unternahmen, die Verkäufe an einige Händler einzustellen Damit riskierten sie, jedes Mal verklagt zu werden, wenn ihre Waffen bei Verbrechen benutzt wurden.

Seine Schlussfolgerung: *»Eine sorgfältige Kosten-Nutzen-Analyse ergibt, dass wir weiterhin allen lizenzierten und qualifizierten Händlern Waffen verkaufen sollten.«*

Melissa Davids hatte ihre Antwort von Hand über den Kopf des Memos gekritzelt: *»Na so was. Was ist bloß mit der freien Marktwirtschaft passiert?«*

Es war ein Memo, mit dem Kelly Starling nur zu gern während ihres Schlussplädoyers herumwedeln und argumentieren würde, dass es MD Firearms nur um Profite ging, nicht um das Leben von unschuldigen Opfern wie Rachel Crawford. Jason hatte vor, dafür zu sorgen, dass Kelly diese Gelegenheit nie bekam.

Als Teil des Verfahrens zur Sachverhaltsermittlung vor der mündlichen Verhandlung hatte Kelly einen offiziellen Antrag auf Einsicht in alle relevanten Dokumente von MD Firearms gestellt. Aber Jason hatte Cases Memo zurückgehalten.

Damit, das war ihm bewusst, befand er sich auf wackligem juristischem Boden. Oberflächlich betrachtet enthielt das Memo einen juristischen Rat und fiel damit unter die anwaltliche Schweigepflicht. Aber als Jason mit Case McAllister über dieses Memo gesprochen hatte, hatte er erfahren, dass Davids das Dokument per E-Mail an den Geschäftsführer einer anderen Waffenfirma geschickt hatte, der vor denselben Entscheidungen stand.

»Zweimal im Jahr treffen sich die Vorstände der größten Waffenhersteller und sprechen über gemeinsame Probleme«, hatte Case erklärt. »Eines der Dauerthemen war natürlich der Prozess, den die Städte angestrengt haben. Ein anderer Geschäftsführer dachte ernsthaft daran, Händler, die sich nicht an die Gesetze halten, nicht mehr zu beliefern. Melissa wollte ihm das ausreden und schickte ihm das Memo, ohne mich vorher zu fragen.«

Indem Davids das Memo einer Person außerhalb der Firma überließ, hatte sie auf das Anwaltsgeheimnis verzichtet. Doch das war nicht das Ende der Analyse. Jasons Recherchen hatten eine mögliche Rechtfertigung dafür ergeben, es Kelly Starling trotzdem vorzuenthalten – etwas namens »Doktrin der gemeinsamen Verteidigung«. Wenn zwei Firmen beide Ziel von gerichtlichen Anklagen waren und sich »gemeinsam verteidigten«, konnten sie Dokumente austauschen, ohne das Anwaltsgeheimnis zu gefährden. Es war weit hergeholt, aber die Doktrin verlieh Jason einen Grund, das Memo in gutem Glauben unter Verschluss zu halten.

Dennoch fühlte er sich unbehaglich, wenn Davids vorgab, so wenig über die Verkaufsmuster dieser Händler zu wissen.

Kelly Starling schob eine neunzehnseitige Tabelle vor die Zeugin hin und reichte Jason eine Kopie. Obwohl Jason das Memo von Case McAllister nicht vorgelegt hatte, hatte Kelly anscheinend ihre eigenen Hausaufgaben gemacht.

»Dies hier ist eine Tabelle, die Informationen über Waffen enthält, die mit Verbrechen in den Städten in Verbindung gebracht werden konnten, die Klage erhoben haben, und die Händler, die die Waffen verkauft hatten«, sagte Kelly. »Allein 2006 standen 251 Waffen, die bei Peninsula Arms gekauft wurden, mit Morden oder schwerer Körperverletzung in diesen vier Städten in Verbindung. Keine dieser Waffen wurde von ihrem ursprünglichen Besitzer benutzt. Nur ein anderer Händler hatte noch mehr Waffen verkauft, die in Verbrechen verwickelt waren. Ist Ihnen je in den Sinn gekommen, dass Sie aufhören sollten, Peninsula Arms und diesem anderen Händler, *Brachman's Gun Shop*, Waffen zu verkaufen, weil sie offensichtlich mit Waffenschiebern zusammenarbeiteten?«

»Ich habe es Ihnen schon gesagt – es ist nicht unsere Aufgabe, Waffengeschäfte zu überwachen.«

Kelly schnaubte. »Das war nicht meine Frage. Haben Sie je darüber nachgedacht, Peninsula Arms nicht weiter zu beliefern?«

»Nein«, sagte Davids. »Wenn mir jemand so etwas vorgeschlagen hätte, hätte ich ihm gesagt, dass ich immer noch an den zweiten Verfassungszusatz und die freie Marktwirtschaft glaube.«

Weil er von McAllisters Memo wusste, wand sich Jason förmlich bei dieser Antwort. Davids hatte ihre Antwort hypothetisch formuliert, deshalb log sie technisch gesehen nicht. Aber die Antwort war auch nicht die volle Wahrheit.

Kelly machte sich ein paar Notizen auf ihrem Block, als wüsste sie, dass es langsam warm wurde, ohne ganz herauszubekommen, was ihr entgangen war. »Obwohl Sie wussten, dass Peninsula Arms drei Mal wegen Strohverkäufen von der ATF vorgeladen worden war, dass es in Strohverkäufe an verdeckte Ermittler aus New York verwickelt war und in einem Jahr mit über 200 Waffen in Verbindung gebracht werden konnte, die von unregistrierten Besitzern für Verbrechen benutzt worden waren, waren Sie nicht der Meinung, dass Sie die Pflicht hätten, die Auslieferung an diesen Händler zu stoppen?«

Davids zuckte mit keiner Wimper. »Lassen Sie es mich so ausdrücken«, sagte sie. »Wenn Sie mit drei Verurteilungen wegen Trunkenheit am Steuer zu einem Autohändler kommen würden, meinen Sie, dieser Autohändler würde Ihnen ein Auto verkaufen?« Sie ließ Kelly keine Zeit zu antworten. »Natürlich würde er das. Und wenn Sie bei Ihrer vierten Fahrt unter Alkoholeinfluss jemanden umbringen, wissen Sie, wessen Schuld das dann ist? Die der Regierung. Sie sind diejenigen, die beim dritten Mal Ihren jämmerlichen Hintern ins Gefängnis hätten stecken sollen. Es ist nicht die Schuld des Autohändlers. Es ist nicht *seine* Aufgabe, *Ihnen* vorzuschreiben, wie Sie sich zu verhalten haben.«

Kelly Starling verzog das Gesicht, als wolle sie sich selbst in den Hintern beißen, weil sie eine Frage zu viel gestellt hatte. Doch jetzt hatte sie schon mit dieser Art von Fragen angefangen. »Versuchen wir es mit einem anderen Vergleich, Ms Davids. Nehmen wir an, Sie sind ein Barmann und Ihr Kunde hat schon einen zu viel intus, sucht aber in seinen Taschen nach seinem Autoschlüssel. Glauben Sie, Sie können ihm einfach noch ein Bier verkaufen und sich keine weiteren Gedanken machen?«

Zum ersten Mal an diesem Tag lächelte Melissa Davids Kelly an. »Perfektes Beispiel. Vielleicht könnte das Unfallopfer den betrunkenen Fahrer verklagen. Und vielleicht könnte das Unfallopfer die Kneipe verklagen, die dem Fahrer noch etwas zu trinken verkauft hat. Aber Sie können nicht die Brauerei verklagen.«

* * *

Nach der Aussage fuhr Jason Case McAllister und Melissa Davids zum Flughafen. Sie hatten gerade noch genug Zeit, um ihre Waffen einzuchecken und das Flugzeug noch zu erwischen.

»Gute Arbeit heute«, sagte Jason.

»Loben Sie sie nicht zu sehr, sonst wird sie noch eingebildeter«, warnte Case.

Davids grinste. »Das muss die gute Vorbereitung gewesen sein.«

44

Jason tauchte am Donnerstag in Jeans und einem alten Sweatshirt in seinem neuen Büro auf. Die erste Stunde ließ er seine Winterjacke an, während der Raum warm wurde. Er hatte den ersten Stock eines nichtssagenden Ziegelbaus an der Laskin Road ungefähr eine Meile vom Strand entfernt gemietet. Das Erdgeschoss teilten sich ein Versicherungsvertreter und ein Hypothekenmakler. Es gab ausreichend Parkplätze, das Gebäude war ziemlich neu und auf dem Schild draußen stand jetzt in der dritten Zeile von oben *Jason Noble, Rechtsanwalt.*

Die Büromöbel kamen kurz vor Mittag an – zwei Stunden zu spät –, und Jason dirigierte die Möbelpacker, während er sich gleichzeitig mit jemandem von der Telefongesellschaft und von einem Breitbandanbieter besprach. Um 14.00 Uhr hatte er die meisten seiner Akten von seinem Truck auf den Fußboden seines Büros geschafft, gerade rechtzeitig, um mit den fünf Bewerbungsgesprächen zu beginnen, die er hintereinander gelegt hatte.

In der Woche zuvor hatte er Stellenanzeigen für eine Anwaltsgehilfin im Mitteilungsblatt der Anwaltskammer und in einer lokalen Tageszeitung geschaltet. Von den ersten drei Kandidatinnen hatte nur eine juristische Erfahrung, und die bestand aus zwölf Jahren Immobilienkaufabschlüssen. Eine der drei Kandidatinnen war viel zu bemüht und kicherte pausenlos, die Zweite hatte die Persönlichkeit eines Baumstumpfs und die Dritte, die mit der Immobilienerfahrung, stellte viel zu viele Fragen über Arbeitsunfähigkeit, Krankheitszeiten und Gleittage. »Am Wochenende und an den Abenden kann ich aber nicht arbeiten«, sagte sie, als hätte sie den Job schon.

Darum musst du dir keine Sorgen machen, dachte Jason.

Die vierte Kandidatin, Tami Pershing, schien direkt vom Cover einer Modezeitschrift in Jasons kleinen Konferenzraum gestiegen zu sein und machte ihn sprachlos. Sie trug einen kurzen Rock und ein enges Oberteil und war genau auf Augenhöhe mit Jason, als sie sich die Hände reichten. Selbst wenn man die Absätze abzog, musste sie immer noch knapp über einsachtzig groß sein.

Tami hatte einen *Associate Degree** und war gerade erst nach Virginia Beach gezogen, wie sie erklärte. Sie hatte keine juristische Erfahrung, aber

---

* Akademischer Grad, der von verschiedenen amerikanischen Bildungseinrichtungen nach Abschluss von 2 Jahren verliehen wird. – Anm. d. Übers.

Jason begann sofort, diesen Umstand herunterzuspielen. »Willkommen im Club«, witzelte er. »Wir können zusammen lernen.«

Die juristische Arbeit, das wusste Jason, war zermürbend. Jemanden wie Tami im Büro zu haben, würde ihm einen Ansporn geben, früh anzufangen. Außerdem würde es männlichen Mandanten nichts ausmachen, ein paar zusätzliche Minuten im Empfangsbereich zu warten.

Er ließ sich Tamis Eckdaten geben - Erfahrung als Assistentin, Anschläge pro Minute, Computerkenntnisse und so weiter. Sie hatte keinen der auffälligen Persönlichkeitsmängel der anderen Bewerberinnen - und selbst wenn, hob Jason gerade sozusagen ihren Notendurchschnitt an.

»Was führt Sie nach Virginia Beach?«, fragte Jason.

»Mein Freund ist Kampfpilot«, antwortete Tami. »Er wurde gerade nach Oceana versetzt.«

Das war nicht ganz die Antwort, die Jason sich vorgestellt hatte, aber als Anwalt war er es gewohnt, nach Schlupflöchern zu suchen. *Freund* hatte sie gesagt. Nicht *Verlobter* oder *Ehemann*. Sie trug keinen Verlobungsring. Und sie hatte Nacht- und Wochenendarbeit nicht von vornherein ausgeschlossen. Er hätte nie versucht, eine solide Beziehung *aktiv* auseinanderzubringen, aber manchmal passierten Dinge einfach.

Tamis fünfundvierzig Minuten schienen viel schneller zu verfliegen als die der vorherigen Bewerberinnen, was bestätigte, dass sie bis jetzt die beste Wahl war. Sie sprachen gerade davon, wie sehr sie beide den Strand mochten und dass sie es nicht erwarten konnten, dass es endlich wärmer wurde, als sie von der nächsten Bewerberin unterbrochen wurden.

Eine kleine Dame, umfangreich und mit dünn werdenden blonden Haaren und Augen wie ein Bluthund, spähte um die Ecke der Tür zum Konferenzraum, die Jason offengelassen hatte. »Ich bin Bella Harper«, sagte sie mit einem Brooklyn-Akzent, der wie aus *Mein Vetter Winnie* klang. »Ich bin mit Jason Noble verabredet.«

»Der bin ich«, sagte Jason. »Setzen Sie sich doch bitte noch einen Moment im Empfangsbereich; wir sind in einer Minute fertig.«

Fünf Minuten später beendeten Jason und Tami ihr Gespräch. Jason begleitete sie hinaus in den Empfangsbereich, stellte die beiden Frauen einander vor und war verblüfft von dem Gegensatz. Tami bewegte sich mit der Eleganz eines Models - aufrechte Haltung, leichtes Lächeln, eine »Freut mich, Sie kennenzulernen«-Begrüßung. Sie ragte über Bella auf, die hängende Schultern hatte und steif in ihren Bewegungen war, die Lesebrille hing an einem Band um den Hals.

»Zum Glück ist das hier keine Volleyballprüfung«, scherzte Bella.

Tami schenkte ihr einen fragenden Blick und ein neugieriges Lächeln. Dann sah Jason einen Anflug von Schalk in Tamis Augen. »Oh«, sagte sie, und ihr Gesicht spiegelte Überraschung. »Sie dachten, ich würde mich hier als Jasons Assistentin vorstellen.«

Jason sah Bella an, die ein bisschen Farbe verloren zu haben schien.

»Er ist mein Freund«, sagte Tami.

Bevor Jason wusste, wie ihm geschah, streckte Tami die Hand nach ihm aus und drückte seinen Arm. »Wir sehen uns später, Schatz«, sagte sie und gab Jason einen raschen Kuss auf die Wange.

»Okay, danke«, sagte Jason und wurde rot. »Bis heute Abend.«

Er wandte sich Bella Harper zu, die ihn neugierig ansah. »Sprechen wir doch in meinem Konferenzraum miteinander«, sagte Jason.

Sein BlackBerry vibrierte, die Nummer auf dem Display gehörte Andrew Lassiter. »Entschuldigen Sie mich nur eine Minute«, sagte Jason zu Bella. Er ging ans Telefon und wanderte den Flur entlang in sein neues Büro, wo er die Tür hinter sich schloss.

Er wollte Lassiter so schnell wie möglich zum Crawford-Fall dazuholen. Sie hatten bereits einen Beratervertrag ausgehandelt. »Kannst du nach Virginia Beach kommen und dir das Video von Melissa Davids Aussage anschauen?«, fragte Jason. »Sie ist ein bisschen schwierig vorzubereiten. Vielleicht lässt sie sich eher auf die Prozessvorbereitung ein, wenn wir ihr die Reaktionen von ein paar Testgruppen aus Virginia Beach zeigen können.«

* * *

Jason hatte vorgehabt, das Bewerbungsgespräch schnell hinter sich zu bringen, aber Bella spielte nicht mit. Sie hatte fast dreißig Jahre Erfahrung als Anwaltsassistentin, kannte alle Gerichte und Arbeitsabläufe in ganz Hampton Roads, besaß außergewöhnlich gute Tipp- und Ablagefähigkeiten und kannte sich sogar mit Buchhaltung, Treuhandkonten und Betriebskosten aus. »Mr Carson musste in den ersten fünf Jahren keinen Buchhalter einstellen«, sagte sie stolz.

Es wäre nett, dachte Jason, Tami als Empfangsdame einzustellen und Bella für die Routinearbeit. Aber er konnte sich noch keine zwei Mitarbeiter leisten.

Er las Bellas Lebenslauf aufmerksam. Am Anfang ihres Berufslebens hatte sie öfter die Stelle gewechselt, aber die letzten zwanzig Jahre war sie bei einer Firma gewesen. »Warum haben Sie bei *Carson & Associates* aufgehört?«, frage Jason.

»Brad Carson ist wahrscheinlich der beste Anwalt in dieser Gegend«, sagte Bella abwehrend, als habe Jason eben den Charakter des Mannes beleidigt. Ihr Gesichtsausdruck änderte sich, und Jason meinte, zu bemerken, wie ihr Blick ein wenig verklärt wurde. »Ich war dabei, als er anfing. Aber in letzter Zeit, na ja … ähm, um ehrlich zu sein, hat er sich einen jungen Staranwalt dazugeholt, der meint, er sei Gottes Geschenk an die Anwaltschaft, und, na ja, wir haben uns einfach permanent gestritten. Irgendwann habe ich beschlossen, dass es Zeit ist, dass einer von uns beiden sich neu orientiert.«

»Weiß er, dass wir uns hier unterhalten?«, wollte Jason wissen.

»Nein. Er würde wahrscheinlich versuchen, mich zu überreden, zurückzukommen. Er ist sehr überzeugend, und ich liebe ihn wie einen Sohn, aber ich … na ja, Sie wissen schon.«

Jason wusste nichts, aber er dachte sich, er sollte vielleicht nicht nachbohren. Bella hatte Tami ungefähr dreißig Jahre Erfahrung voraus. Aber Bella war schroff und schien ihm ein wenig emotional. Und Tami hatte schon bewiesen, dass sie ziemlich schlagfertig war.

»Danke, dass Sie gekommen sind«, sagte Jason. »Ich nehme mir ein paar Tage Zeit, darüber nachzudenken und melde mich dann bei Ihnen allen.«

Bella rührte sich nicht.

»Ich denke, es wird spätestens Donnerstag oder Freitag«, sagte Jason und stand auf. »Soll ich die E-Mail-Adresse von Ihrem Lebenslauf benutzen?«

»Kann ich offen sprechen?«, fragte Bella.

Jason drehte leicht den Kopf, ein nonverbaler Hinweis, dass die Antwort nein war. Aber was aus seinem Mund kam, war: »Natürlich.«

»Sie führen lausige Bewerbungsgespräche, Mr Noble. Andererseits gibt es eine Menge Fragen, die Sie wahrscheinlich nicht stellen können, ohne verklagt zu werden.«

Jasons Haltung wurde steif. Zumindest machte sie ihm die Wahl leicht. Das Letzte, was er brauchte, war, sich täglich mit einer unverschämten New Yorkerin herumzuschlagen.

»Ich bin Single«, sagte Bella. »Ich arbeite auch nachts und am Wochenende. Es kann sein, dass ich mich beschwere, denn so bin ich nun mal. Aber es macht mir wirklich nichts aus, Ihre Wäsche aus der Reinigung zu holen. Sie scheinen mir ein netter junger Mann zu sein und brauchen vermutlich jemanden im Büro, der den bösen Cop spielt. Das ist zufällig meine Spezialität. Das und Honorare eintreiben. Bei aller gebührenden Bescheidenheit, aber wenn meine Wenigkeit nicht gewesen wäre, wäre Brad Carson inzwischen schon drei Mal bankrott gewesen.«

Jason starrte sie einen Augenblick an, dann setzte er sich mit dem Gefühl, dass sie noch nicht fertig war mit ihrem Verkaufsgespräch, wieder.

»Sie sind gerade erst von Richmond hierhergezogen, stimmt's?«, fragte Bella.

»Richtig.«

»Haben Sie mal eine Weile in Florida gelebt?«

Auch wenn er nicht daran gewöhnt war, dass die Bewerber die Fragen stellten, beschloss Jason, mitzuspielen. »Eigentlich nicht.«

»Dachte ich mir.« Bella beugte sich vor. »Ihre ... *Freundin* –« Bella malte Anführungsstriche mit den Fingern in die Luft – »ist in einem Auto mit Florida-Kennzeichen weggefahren. Ich habe aus dem Fenster geschaut, während Sie hinten in Ihrem Büro am Telefon waren, weil ich so einen Verdacht hatte. Sie ist ja offensichtlich ziemlich clever, und sie hat andere ... *Vorzüge*, die ich nicht habe. Aber was weiß sie von Kunden-Treuhandkonten, den gängigen Buchhaltungsregeln und vom Verfassen von gerichtlichen Beschlüssen mit den Regeln für die Hauptverhandlung fürs Bezirksgericht Virginia Beach?«

Jetzt war es an Jason, ein wenig peinlich berührt zu sein. Er schenkte Bella ein schmallippiges und kleinlautes Lächeln. *Erwischt.*

»Außerdem«, sagte Bella, »müssen Sie sich fragen, ob ein Mädchen, das sich so anzieht, etwas von Waffen und dem zweiten Verfassungszusatz versteht.« Sie blickte sich um und senkte die Stimme. »Ich hab eine«, sagte sie verschwörerisch. »Es ist keine von MD Firearms, aber ich habe eine Genehmigung zum verdeckten Tragen.«

Jason war sich nicht sicher, was er davon hielt. Etwas an dem Gedanken, dass die Firmensekretärin eine Waffe in ihrer Handtasche herumschleppte, war ein bisschen beunruhigend.

Bella beugte sich vor und griff in ihre riesige Handtasche. »Keine Sorge«, sagte sie. »Ich suche nicht nach der Pistole.«

Sie zog zwei Aktenordner heraus und legte sie auf den Tisch. Der erste war mit »Recherchen« überschrieben und der andere mit »Aussagezusammenfassung«.

»Ich habe mir die Freiheit genommen, ein paar Fälle aus Virginia zum Thema den Kausalzusammenhang unterbrechende Ursache und die Definition von ›Beihilfe und Begünstigung‹ zusammenzutragen, denn das ist die Formulierung der Ausnahmeregelung vom Gesetz zum Schutz legalen Waffenhandels«, erklärte Bella. »Der zweite Ordner ist eine Zusammenfassung von Melissa Davids' Aussage von gestern. Ich kenne die Gerichtsschreiberin. Sie hat mir eine Datei geschickt.«

Jason wusste, dass es wichtig war, dass die Aussagen sorgfältig zusammengefasst wurden, damit die Anwälte sich leichter darin zurechtfanden. Eine sechsstündige Aussage zusammenzufassen, konnte leicht drei oder mehr Stunden benötigen.

Er blätterte die Ordner durch. »Beeindruckend«, sagte er.

»Also gut«, sagte Bella, »können wir jetzt über Krankenversicherungen reden?«

Ein letztes Mal schoss Jason theatralisch ein flüchtiges Bild von Tami Pershing durch den Kopf. Es war verführerisch, aber er hatte seinen Mandanten gegenüber eine Verpflichtung. Mit Bella im Büro würde es keine Ablenkungen geben, keine Büroromanze, kein Drama. Der Gedanke daran machte ihn ein bisschen melancholisch.

»Wann können Sie anfangen?«, fragte er.

45

Kelly schlief sehr wenig in der Nacht auf Mittwoch. Am Mittwochmorgen verwandte sie ein bisschen zusätzliche Zeit für Make-up, Lippenstift, Accessoires und was sie anziehen sollte, konnte aber dennoch nicht alle Indizien der dunklen Ringe beseitigen, die sich unter ihren Augen gebildet hatten. Nach drei Outfitwechseln, bei denen sie sich jedes Mal abschätzend im Spiegel gemustert hatte, entschied sie sich für einen schlichten grauen Anzug und passende Silberohrringe. Sie schalt sich selbst dafür, dass sie sich so viele Gedanken darüber machte, wie sie aussah. Wann hatte sie zum letzten Mal solchen Wert darauf gelegt, was sie anziehen sollte?

Es schien ihr passend, dass der Tag einer der Kältesten und Windigsten des ganzen Winters in D.C. war. Wolkenbänke schirmten die Sonne ab, die in den seltenen Augenblicken, wo sie doch durchbrach, ihre ganze Wärme verloren zu haben schien.

Kellys Auto war fast einen ganzen Block von ihrer Wohnung entfernt geparkt – der Preis dafür, dass sie am Abend zuvor spät aus dem Büro gekommen war. Sie schloss den obersten Knopf ihres Mantels und stellte den Kragen hoch, aber ihr Gesicht schmerzte dennoch von dem beißenden Wind, bis sie den Schutz ihres Toyota erreicht hatte.

Sie kam ungefähr fünfzehn Minuten zu früh am Bundesgericht an, mit einer schmalen Aktentasche, als hätte sie einen wichtigen Antrag einzureichen. Sie glitt in die hinterste Bankreihe in Richter Shavers Gerichtssaal und sah ihm zu, wie er einen Fall mit zwei erfahrenen Prozessanwälten verhandelte. Sein Blick fing ihren den Bruchteil einer Sekunde auf. Eine Begrüßung, die so raffiniert war, dass kein anderer sie bemerkt haben konnte, dann wandte er seine Aufmerksamkeit wieder der Verhandlung zu.

Sein Gesicht war immer noch kantig und attraktiv, mit dem ewigen Bartschatten, den Kelly immer verführerisch gefunden hatte. Er hatte einen Hauch Grau um die Schläfen herum und trug eine Lesebrille, die seit Kellys Referendariat neu dazugekommen war. Die Brille allein ließ ihn zehn Jahre älter wirken.

Sie erinnerte sich, wie sie ihn sieben Jahre zuvor in Verhandlungen beobachtet und das Aphrodisiakum Macht seine Wirkung entfaltet hatte. Außerdem konnte sie sich, mit einer nicht gerade geringen Menge Scham, erinnern, wie sie über den Gedanken gestaunt hatte, eine Vertraute eines so mächtigen Mannes zu sein. Anwälte überschlugen sich, um sich ihm anzubiedern, aber der Richter hatte Kelly in der Einsamkeit seines Autos vor ihrem Apartment gefragt, was bei den wichtigsten Fällen auf seinem Terminplan herauskommen sollte. Sie sahen die Dinge normalerweise gleich; das ging so weit, dass Kelly sich eingeredet hatte, dass sie unter anderen Umständen Seelenverwandte hätten sein können. Zu einer anderen Zeit. An einem anderen Ort. Ein jüngerer und unverheirateter Richter Shaver.

Ihre Ansprüche waren gestiegen, nur weil sie in seiner Nähe war.

Sie versuchte, sich zu erinnern, wann die Schuldgefühle darüber, dass sie beide so viel Zeit zusammen verbrachten, aufgehört hatten. Das war das Problem mit solchen Dingen – es war alles so allmählich geschehen. Es gab keinen einzigen entscheidenden Moment, obwohl der Abend, an dem sie von der Affäre seiner Frau erfahren hatte, sicherlich eine Wende gewesen war. Von da an hatte Kelly nicht länger das Gefühl gehabt, eine Ehe zu zerstören. Die hässliche Wahrheit war, dass die Ehe schon lange, bevor Kelly auf der Bildfläche erschienen war, zu Ende gewesen war.

Wie lange hatte es nach diesem Abend gedauert? Eine Woche? Zwei Wochen? Die Ereignisse verschwammen zwischen dem Abend ihrer ersten Berührung und dem Abend, an dem er fragte, ob er mit hineinkommen dürfe. Irgendwie hatte sie geahnt, dass er an diesem Abend fragen würde. Sie hatte sich geschworen, dass sie nein sagen würde, aber sie hatte die Wohnung trotzdem geputzt. Damals war ihr alles so natürlich erschienen, ein Gefühl führte zum nächsten, das aufgeregte Pochen ihres Herzens, die Sensibilität des Richters. Sie hatten eine halbe Stunde geredet, und Kelly hatte gewusst, dass er nicht gehen würde.

Sie wollte nicht, dass er ging. Sie wussten beide, wie es enden würde.

Als er sich vorbeugte, um sie zu küssen, schloss sie die Augen und widersetzte sich nicht. Später an diesem Abend nahm sie seine Hand und führte ihn ins Schlafzimmer.

Als er um Mitternacht ging, suchten sie die Schuldgefühle heim.

Er musste es am nächsten Morgen in ihrem Gesicht gelesen haben. Er rief sie in sein Büro, schloss die Tür und sagte ihr, dass diese Nacht die unglaublichste Nacht seines Lebens gewesen sei.

»Es war falsch«, gab Kelly als Antwort. »Das wissen wir beide. Wir dürfen nicht zulassen, dass das noch einmal passiert.«

Er sah am Boden zerstört aus. »Bist du dir da sicher, Kelly?« Er dachte an eine gemeinsame Zukunft. Irgendwie würde er es hinbekommen.

Es hatte sie alle Charakterstärke gekostet, die sie noch hatte, aber Kelly hatte sich nicht erweichen lassen. Sie hatte das Bild heute noch in ihrem Kopf – der Ausdruck auf seinem Gesicht, sein stummes Flehen, seine Entschuldigungen und schließlich sein Versprechen, ihre Entscheidung zu akzeptieren.

Man musste ihm zugutehalten, dass er das Thema während ihres gesamten Referendariats nie wieder ansprach. Sie begann, die Metro zu nehmen. Sie verbrachten nie wieder einen unbeobachteten Moment allein zusammen. Richter Shaver behandelte sie mit professioneller Höflichkeit und gab sich große Mühe, seine Ehe zu retten.

Zwei Jahre später hatte er angerufen. »Ich bin wieder im Gespräch für einen Posten am Vierten Berufungsgericht«, hatte er Kelly erzählt.

»Das hast du verdient«, hatte sie gesagt. Und sie meinte es ernst.

»Wenn ich nominiert bin, werden sie eine genaue Überprüfung durchführen. Sie werden mit allen meinen ehemaligen Angestellten reden, versuchen, herauszufinden, ob ich etwas gemacht habe, womit man mich erpressen könnte. Es kann sein, dass sie nach Affären fragen.«

Der Gedanke daran schockierte Kelly. FBI-Agenten, die Fragen über Richter Shavers Privatleben stellten. Die falschen Antworten konnten alle seine Chancen zerstören. »Ich kann nicht lügen.«

»Ich weiß«, sagte er leise. »Das würde ich auch nicht von dir verlangen.«

»Warum hast du dann angerufen?«

Der Richter holte am anderen Ende der Leitung tief Luft. »Kelly, du weißt, wie leid es mir tut, was passiert ist. Lynda und ich sind immer noch zusammen und geben uns große Mühe, dass es funktioniert. Ich will damit nur sagen, dass ich alles zu schätzen wüsste, was du außer Lügen tun kannst.«

»Vielleicht solltest du deinen Namen zurückziehen«, schlug Kelly vor. »Familiäre Gründe. Dass du nicht im Rampenlicht stehen willst. Dass du gern Hauptverhandlungsrichter bist. Es könnte eine Million Gründe geben.«

Shaver antwortete nicht sofort. »Ich weiß, das könnte ich«, sagte er schließlich. »Aber Kelly, die Dinge, an die du und ich glauben, sind richtig. Die richtigen Anliegen. Wir brauchen Richter in den höchsten Instanzen, die bereit sind, für die Verletzlichsten in unserer Gesellschaft einzutreten. Ich kann sie nicht einfach verraten, nur um mir selbst potenzielle Peinlichkeiten zu ersparen.«

Nicht länger geblendet von ihrer Vernarrtheit, hatten die Worte für sie hohl geklungen. Der Präsident konnte hundert andere Richter finden, die

Shavers juristische Überzeugungen teilten. Es ging um sein Ego, seine Gelegenheit, so weit zu gehen, wie er konnte.

»Ich werde tun, was ich kann«, hatte Kelly gesagt.

»Mehr kann ich nicht verlangen.«

46

Als die Anhörung beendet war, bat Richter Shaver Kelly in sein Richterzimmer. Er stellte sie seinen aktuellen Referendaren vor und wartete, während Kelly ein paar Höflichkeiten mit der Sekretärin des Richters austauschte. Dann folgte ihm Kelly in sein geräumiges Büro, wo er seine Richterrobe abnahm und sie an einen Garderobenständer hängte.

»Kann ich dir den Mantel abnehmen?«, fragte er.

»Es geht, danke«, sagte Kelly, obwohl ihr ein wenig warm war.

Shavers Büro hatte sich noch weniger verändert als der Richter selbst. Die Papiere waren ordentlich gestapelt. Dieselben Bilder und Diplome wie früher zierten die Wände. Selbst die Kinderbilder auf dem Schreibtisch sahen wie die aus, an die sich Kelly sieben Jahre zuvor erinnern konnte. Er hatte die Bürotür offen gelassen, aber sein Schreibtisch stand am gegenüberliegenden Ende des Raums. Wenn sie leise sprachen, mussten sie sich keine Sorgen machen, dass man sie belauschen konnte.

Der Richter machte die Art von Konversation, die man erwarten konnte, wenn eine ehemalige Angestellte vorbeikam. »Was macht die berufliche Laufbahn? … Ich habe den Artikel über dich in der *Post* gelesen … Interessanter Fall, den du da gegen die Waffenfirma führst …« Und so weiter, und so weiter.

Kelly antwortete höflich und stellte ihre eigenen einfachen Fragen. Richter Shaver ging davon aus, dass die Anhörungen für die Stelle am Berufungsgericht in ein paar Wochen oder vielleicht auch Monaten beginnen würden. Das war schwer vorherzusagen. »Das ist das dritte Mal, dass mein Name im Gespräch ist, aber das erste Mal, dass ich es so weit geschafft habe«, sagte er. »Ich hoffe, aller guten Dinge sind drei.«

»Ich auch.«

Der Richter beugte sich vor und senkte die Stimme. »Danke dafür, was du mit dem FBI gemacht hast.«

Es war ein Tonfall, der Kelly früher Gänsehaut gemacht hatte. Heute ließ sie die Aussage einfach so stehen. Sie griff in ihre Aktentasche und zog die E-Mail von Luthor heraus.

»Wir haben ein Problem, Richter. Das hier ist letzte Woche in meine Mailbox geflattert.«

Sie sah zu, wie Richter Shaver seine Brille aufsetzte und sich sein Gesicht rötete, während er die E-Mail las. Er legte den Brief auf seinen Schreibtisch und starrte ihn an.

»Wer weiß von uns?«, fragte er.

»Wenn du damit meinst, wem ich es erzählt habe, ist die Antwort ›niemand‹«.

»Ich wollte dich nicht beschuldigen, Kelly. Ich versuche nur, das durchzudenken.«

Kelly blickte hinab auf den Schreibtisch. Es gab etwas, was sie dem Richter nie erzählt hatte, weil sie es vorgezogen hatte, allein mit dem Schmerz fertigzuwerden. Sie hatte es verarbeitet, sich selbst dafür verurteilt, was sie getan hatte und sich dann gezwungen, es zu vergessen und weiterzumachen.

»Ich war schwanger«, sagte Kelly. Sie schluckte, ihre Stimme war plötzlich belegt. »Ich habe fünf Wochen später die RU-486-Pille genommen.«

Sie sah zu dem Richter auf und sah nichts als Mitgefühl auf seinem Gesicht. Sie versuchte weiterzusprechen, unterbrach sich, riss sich zusammen und setzte noch einmal an. »Ich bin in eine Klinik gegangen und habe ein Rezept bekommen. Sie haben mich durch den Ablauf begleitet, und ich sollte an dem Tag, an dem der Abbruch stattfand, noch einmal zur Beratung und Überwachung in die Klinik kommen.« Sie atmete lange und tief aus. »Der Fötus ist zu Hause abgegangen. Aber wahrscheinlich wissen es ein halbes Dutzend Leute in der Klinik.«

Es laut auszusprechen, löste wieder eine Welle der Gefühle und Bilder aus. Damals hatte Kelly sich größte Mühe gegeben, nicht weiter darüber nachzudenken, weil sie wusste, dass sie sich sonst wahrscheinlich ausgeredet hätte, was sie meinte, tun zu müssen. Sie hatte die erste Dosis RU-486 in der Klinik genommen und ein paar Stunden Übelkeit, Kopfschmerzen und Erschöpfung durchlitten. In den folgenden achtundvierzig Stunden war sie herumgelaufen wie ein Zombie und hatte versucht, nicht daran zu denken, was sie getan hatte.

Sie nahm die Cytotec-Pille zu Hause und ein paar Stunden später begann der Abgang. Laut den Informationen, die sie gelesen hatte, war der Fötus in diesem Stadium winzig, kaum mehr als einen Zentimeter groß. Sie achtete darauf, nicht hinzusehen, bevor sie die Toilettenspülung drückte.

Sie war ganz sachlich gewesen, als sie zur Beobachtung in die Klinik zurückkehrte. Aber sie brach zusammen, als sie wieder in ihrer Wohnung war und weinte bis weit in die Nacht hinein. Kurz vor Morgengrauen war sie, emotional erschöpft und schwach vor Trauer, endlich in einen unruhigen Schlaf gefallen.

Wochen später hatte sie es sich nicht verkneifen können, die fötale Entwicklung zu recherchieren. Sie hatte sich sogar ein paar Bilder im Internet angesehen. Im Alter von fünf Wochen konnten sich winzige Arm- und Beinknospen gebildet haben. Das winzige Herz des Babys schlug schon. Das Bild dieses Fötus hatte sich in ihr Gedächtnis gebrannt.

»Es tut mir so leid«, sagte Richter Shaver. »Ich hatte keine Ahnung.«

Er stand auf und ging die Bürotür schließen. Dann setzte er sich wieder und reichte Kelly ein Papiertaschentuch.

»Ich wollte einfach allein damit fertigwerden«, sagte Kelly. »Ich wollte mein Leben wieder auf die Reihe bekommen.«

Sie presste die Lippen zusammen und drängte die Tränen zurück, während sie beobachtete, wie auf dem Gesicht des Richters die Erkenntnis dämmerte. Es ging nicht nur um sein und Kellys Wort gegen die Welt. Irgendwo gab es einen Beweis, dass Kelly schwanger gewesen war.

Kelly hatte die letzten Tage damit verbracht, sich zu fragen, wie er wohl reagieren würde. Würde er bezweifeln, dass das Baby seines war? Wütend auf sie sein, weil sie es ihm nicht gesagt hatte? Sofort in den Schadensbegrenzungsmodus umstellen?

Sie sah keine derartigen Überlegungen in seinen Augen. Nur eine überwältigende Traurigkeit und ein fast greifbares Mitgefühl.

»Ich kann nicht fassen, dass du das allein durchgemacht hast«, sagte Richter Shaver. Er zögerte, suchte nach Worten. »Ich kann die Vergangenheit nicht ändern, Kelly. Ich wünschte, ich könnte ... aber ich kann nichts davon ungeschehen machen. Aber was ich tun *kann*, ist dafür zu sorgen, dass du nicht noch mehr leiden musst. Es ist noch nicht zu spät, meine Bewerbung zurückzuziehen.«

Sie wusste das Angebot zu schätzen, aber er dachte die Sache nicht zu Ende. »Das würde überhaupt nichts ändern. Wenn die Presse Wind davon bekommt, bringen sie die Story trotzdem, um zu erklären, warum du zurückgetreten bist. Die Berichterstattung wird vielleicht nicht so intensiv, aber es wäre trotzdem draußen. Ich habe meine Aussage beim FBI schon gemacht. Alle, die uns wichtig sind, würden verletzt. Deine Familie. Meine Familie.«

Richter Shaver nickte nachdenklich. Sie hatte recht, und er wusste es.

Eine Sekunde traf Kelly die Ironie der Situation – dieser Mann, der sie ein paar Jahre zuvor mit seiner salomonischen Weisheit bezaubert hatte, schien jetzt schlicht überfordert. Es war erstaunlich, wie Liebe – oder war es nur Lust gewesen? – ihre Objektivität zerstört und ihren gesunden Menschenverstand ausgeschaltet hatte.

Kelly ihrerseits hatte sich für das gewappnet, was kommen würde. Ein Teil von ihr wollte einfach nur, dass das Ganze herauskam – dass die Geheimnisse, die sie verfolgten, endlich enthüllt wurden. Vielleicht würde sie nach der Demütigung Befreiung finden. Doch der Gedanke, alle, die ihr am meisten bedeuteten, zu enttäuschen, hielt sie zurück.

»Ich muss ein bisschen Zeit schinden«, sagte Kelly und versuchte, überzeugter zu klingen, als sie es in Wirklichkeit war. »Eine Weile mit diesem Typ tanzen. Mal sehen, ob er einen Fehler macht. Vielleicht kann ich meinen Mandanten vertreten und trotzdem herausfinden, wer Luthor ist, bevor der Fall vor Gericht geht.«

Shaver sah skeptisch drein. »Das ist ein großes Risiko«, sagte er.

»Wem sagst du das.«

47

Bevor sie ihre Wohnung am Freitagmorgen verließ, checkte Kelly noch ein letztes Mal den Kryptonite-Blog. Obwohl die Drohung ihres Erpressers sehr spezifisch gewesen war – die Enthüllung ihrer Affäre *nur*, wenn sie einen

Vergleich schloss – konnte sie es sich dennoch nicht verkneifen, wie besessen die Internetseite zu beobachten.

Der Blog vereinte irgendwie alles, was am Internet schlecht war, in einer URL. Zunächst einmal war es eine bösartige Gerüchteseite, voller schmutziger Geschichten, die ungenannten Quellen zugeschrieben wurden. Die Kommentare waren schmierig und vulgär. Es war im Grunde ein Ort, an dem wehrlose Personen des öffentlichen Lebens auf der Grundlage reiner Spekulationen oder der schwächsten Beweise, die man sich vorstellen konnte, geteert und gefedert wurden.

Kelly atmete jedes Mal erleichtert auf, wenn sie den neuesten Beitrag las und sah, dass es nicht um sie ging. Ihre Ängste gründeten sich auf das, was sie in den letzten Monaten über den PR-Effekt der Waffenkontrolle gelernt hatte. Die Massenmedien waren ihre Verbündeten. Die »intellektuelle Elite«, wie der rechte Flügel sie nannte, war allgemein der Meinung, dass die Faszination des ganzen Landes, was Waffen anging, ungesund war, dass eine Wildwestmentalität ein Übel darstellte. Zivilisierte Länder wie die Vorbilddemokratien in Europa klärten ihre Streitigkeiten mit schlauen Leitartikeln und gegensätzlichen politischen Weltanschauungen, nicht mit Waffen zur High-Noon-Stunde.

Doch die »Überflugzonen« waren voller fanatischer Waffennarren. Viele ganz normale Leute in umkämpften Staaten verloren jeglichen Sinn für Sachlichkeit, wenn es Gerüchte gab, die Regierung wolle den Besitz von Feuerwaffen stärker kontrollieren. Kelly hatte schon ein wenig von dieser Wut in den E-Mails gesehen, die sie bekommen hatte, und in den Leserbriefen, in denen ihr Name erwähnt wurde. Wenn ihre Affäre je in die Presse gelangen würde, würde ein ganzes Rudel Zweiter-Verfassungszusatz-Wölfe sie zerfleischen.

Die launischen Medien würden sie vermutlich ebenfalls aufgeben. Es würde ihr wie einer Camperin in einem Notzelt mitten in einem Hurrikan gehen, ausweglos seiner zerstörerischen Gewalt ausgesetzt.

In der heutigen Kryptonite-Story ging es dankenswerterweise um den neuesten politischen Sexskandal. In den wenigen Tagen, die sie den Blog las, hatte Kelly ein eindeutiges Muster entdeckt. Politische Storys konzentrierten sich auf Sex und Korruption. Bei Filmstars ging es um Sex und Drogen. Über Rockstars, von denen man nichts anderes erwartete, als dass sie zugedröhnt und promiskuitiv waren, tischte Kryptonite die richtig bizarren Anschuldigungen auf, begleitet von wenig schmeichelhaften Fotos der Stars, die entweder magersüchtig oder schwer übergewichtig aussahen.

Und dann wurden sie von den »Fans« gekreuzigt.

Der gemeinsame Nenner aller Geschichten war Sex. Es entging Kelly nicht, dass ihre Eskapade mit Richter Shaver mit Sicherheit ins Profil passte.

Kelly las ein paar Kommentare, sprach in Gedanken ein Dankgebet, dass sie noch nicht dran war, und machte sich für die Arbeit fertig. Die Klatschblätter konnten warten. Heute war die entscheidende eidliche Aussage von Jarrod Beeson.

* * *

Beesons Aussage begann um 13.00 Uhr in einem schäbigen Konferenzraum in der Justizvollzugsanstalt in der Nähe von Martinsville in Virginia. Das Gefängnis beherbergte 150 Insassen und war eine Einrichtung mit niedrigerer Sicherheitsstufe. Kein Country Club, aber auch weit entfernt von der Art von Einrichtungen, wo Gewaltverbrecher lange Strafen absaßen.

Wegen der Schwierigkeiten, die damit verbunden waren, Beeson für den Prozess nach Virginia Beach transportieren zu lassen, hatten sich Kelly und Jason darauf geeinigt, dass dies eine *de-bene-esse*-Anhörung werden sollte, was bedeutete, dass sie im Prozess benutzt werden konnte, ohne dass Beeson selbst vor Gericht erscheinen musste.

Kelly wusste, dass Beeson einen orangefarbenen Overall tragen und wie ein Verbrecher aussehen würde, deshalb hatte sie nur einen Gerichtsschreiber und keinen Kameramann dazu beordert. So würde die Aussage den Geschworenen vorgelesen, sie würden aber keine statische Portraitaufnahme von einem schuldig aussehenden Beeson auf Video sehen. Leider hatte Jason Noble das vorhergesehen und selbst einen Kameramann beauftragt, entschlossen, Jarrod der Jury von Virginia Beach zu zeigen.

Beeson trug einen nervtötenden Blick zur Schau, während er Kellys Fragen beantwortete. Er war ein kleiner Mann mit dicken schwarzen Augenbrauen, die sich in der Mitte fast berührten, und einem kurzen, drahtigen Bart, der sein Kinn und seine Kieferpartie bedeckte. Sein Bein vibrierte pausenlos nervös, und er beugte sich vor, wenn er sprach, den Blick an

Kelly klebend, als könne er nicht genug von ihr bekommen. Sie hätte ihm gern gesagt, er solle in die Kamera sehen, aber sie wusste, dass Jason Einspruch erheben und ihr vorwerfen würde, den Zeugen zu beeinflussen und damit noch mehr Aufmerksamkeit auf Beesons grusliges Verhalten lenken.

Die einleitenden Fragen absolvierte Kelly ohne Zwischenfall. Beeson hatte insgesamt dreiundzwanzig Waffen bei Peninsula Arms gekauft. Als die ATF-Beamten seine Wohnung durchsuchten, hatten sie nur noch drei dieser Waffen gefunden, zusammen mit einer vierten, deren Seriennummer abgefeilt war.

Im Verhör durch die ATF war Beeson eingeknickt und hatte zugegeben, dass er als Strohkäufer für Verbrecher und andere, die nicht selbst Waffen kaufen durften, fungierte. Zwei der Waffen, die er gekauft hatte, waren bei Gewaltverbrechen benutzt worden. Eine davon war die MD-9, die Larry Jamison benutzt hatte, um Rachel Crawford zu töten.

Dieser Teil seiner Zeugenaussage war unbestritten. Das Entscheidende würde sein, zu zeigen, dass die Verkäufer bei Peninsula Arms gewusst hatten, dass Beeson ein Strohkäufer war, der die Waffen an unberechtigte Käufer weitergab.

»Wie sind Sie an Ihre Kunden gekommen?«, fragte Kelly. »Wie haben Sie von Männern erfahren, die Waffen brauchten, sie aber nicht selbst kaufen konnten?«

»Einspruch, Hörensagen«, sagte Jason.

Jason hatte bis dahin zurückgelehnt dagesessen und die Befragung eher wie ein amüsierter Beobachter verfolgt als wie ein Anwalt. Er war in Jeans und einem langärmligen Pulli erschienen, weil er wusste, dass er nicht vor der Kamera stehen würde. Das war außerdem, wie Kelly bewusst wurde, eine subtile Form der psychologischen Kriegsführung. *Dieser Zeuge ist es nicht wert, dass man sich für ihn gut anzieht.*

»Dies ist eine eidliche Aussage«, antwortete Kelly. »Hörensagen ist erlaubt.«

»Ich mache nur schon mal meinen Einspruch für die Verhandlung deutlich, wo Hörensagen definitiv *nicht* erlaubt ist.«

»Sie können antworten«, erklärte Kelly dem Zeugen. »Mr Nobles Einspruch ist nur fürs Protokoll.«

»Woher ich meine Kunden hatte?«, schnaubte Beeson. »Das Waffengeschäft hat sie zu mir geschickt. Ich hab sie mir nicht gesucht.«

»Antrag auf Streichung dieser Bemerkung«, sagte Jason, die Stimme monoton, als sei es kaum die Mühe wert. »Dafür gibt es keine Grundlage außer Hörensagen.«

»Sprechen wir über *diesen* Kauf«, schlug Kelly vor. »Die MD-9, die benutzt wurde, um Rachel Crawford zu erschießen. Wann haben Sie gehört, dass Larry Jamison eine Waffe brauchte?«

»Einspruch. Hörensagen.«

Kelly atmete aus und sah Jason an. »Warum erheben Sie nicht einfach Einspruch gegen die gesamte Fragerichtung und hören damit auf, jede Frage einzeln zu unterbrechen?«

Jason schenkte ihr ein knappes Lächeln. »Danke für den Hinweis. Aber ich glaube, ich verhandle meinen Fall lieber selbst.«

»Dieser Jamison hat mich angerufen«, sagte Beeson, ohne auf eine Aufforderung zu warten. »Er sagte, er hätte versucht, bei Peninsula Arms eine Waffe zu kaufen, hätte aber den Backgroundcheck nicht bestanden. Sagte, der Typ im Laden hätte ihm meine Nummer gegeben.«

»Antrag auf Streichung«, sagte Jason. »Hörensagen.«

Kelly schoss einen bösen Blick auf ihn ab.

»Sagte er, welcher Verkäufer ihn zu Ihnen geschickt hat?«, fragte sie.

»Einspruch. Schon wieder Hörensagen.«

Hör endlich auf!

»Nö«, sagte Beeson. »Das war nicht wichtig.«

»Geschah so etwas auch schon zuvor? Unberechtigte Waffenkäufer, die Sie anriefen und sagten, man hätte sie im Geschäft an Sie verwiesen?«

Diesmal schnaubte Jason auf die Frage hin. »Mal sehen«, sagte er. »Hörensagen – um genau zu sein, doppeltes Hörensagen – Suggestivfrage, Relevanz ... Habe ich was vergessen?«

»Meinen Sie, abgesehen von dem Kurs im Jurastudium, in dem man uns beigebracht hat, die Einsprüche bis zum Prozess aufzuheben?«, fragte Kelly.

»Ich sage Ihnen etwas«, gab Jason in freundlichem Ton zurück. »Sie hören auf, unzulässige Fragen zu stellen, und ich höre auf, Einspruch zu erheben.«

Kelly schüttelte den Kopf. In den letzten fünf Jahren hatte sie ihre Lektionen bei Zeugenbefragungen auf die harte Tour gelernt – lass dich nicht von den Männern herumschubsen. Behalte immer das letzte Wort. »Es ist eine Schande«, sagte sie, »dass dieser Anfänger in meinem Fall lernen muss, wie man praktiziert.«

Beeson kicherte. »Mann, mit der würde ich mich nicht anlegen«, sagte er zu Jason.

Die Streiterei ging noch ein paar Fragen lang weiter, bis Kelly wieder festen Boden unter den Füßen hatte. Das Telefongespräch war nur ein Weg, zu zeigen, dass die Angestellten bei Peninsula Arms wussten, dass dies ein Strohkauf war. Der andere war die Transaktion selbst.

Laut Beeson waren er und Larry Jamison gemeinsam in das Geschäft gegangen. Jamison hatte mit dem Angestellten gesprochen und sich Waffen angesehen, während Beeson dabei zusah. Als Jamison die Waffe ausgewählt hatte, gingen Beeson und Jamison vor die Tür, und das Geld wechselte den Besitzer – der Preis für die Waffe und eine »Bearbeitungsgebühr« von fünfzig Prozent. Beeson ging allein zurück ins Geschäft und kaufte die Waffe, gab sie Jamison auf dem Parkplatz und sah den Mann nie wieder.

Das, fand Kelly, war ein guter Zeitpunkt, um die Zeugenaussage zu beenden. Beeson war kein besonders guter Zeuge, aber Kelly konnte es sich nicht aussuchen. Sie wusste schon, wie sie das in ihrem Schlussplädoyer erklären würde.

»Pfadfinder beteiligen sich nicht am Waffenschmuggelgeschäft. Die anderen Leute, die wussten, dass diese Transaktion stattfand, sind entweder tot oder verweigern die Aussage. Wir können uns unsere Zeugen nicht aussuchen, meine Damen und Herren, wir befragen sie nur.

Aber sagt er die Wahrheit? Denken Sie daran – Beesons Geständnis hat ihm einen zwölfmonatigen Gefängnisaufenthalt eingebracht. Welcher Mensch würde lügen, damit er ein Jahr seines Lebens hinter Gittern verbringen darf?«

48

Jason war jetzt im vollen Aktionsmodus. Er war so nervös, dass er sein Herz gegen seine Rippen klopfen fühlte. Nichtsdestotrotz schob er seine Nervosität beiseite und nahm einen herablassenden Gesichtsausdruck und herben Tonfall an.

Jarrod Beeson war Abschaum. Es war wichtig, dass jeder Teil von Jasons Kreuzverhör diese Botschaft übermittelte.

»Sie scheinen mir sehr freundschaftlich mit Ms Starling umzugehen«, sagte Jason. »Haben Sie Ihre Zeugenaussage vorher einstudiert?«

»Einspruch«, schnappte Kelly. »Diese Frage beschreibt das Verhalten des Zeugen vollkommen falsch.«

»Ich dachte, wir würden uns unsere Einsprüche für den Prozess aufsparen«, sagte Jason.

»Stellen Sie einfach nur Ihre Fragen.«

»Also«, sagte Jason nachdenklich, »fassen wir mal ein bisschen nach. Wurden Sie von Ms Starling verklagt?«

»Vielleicht. Keine Ahnung.«

Jason lächelte. Wenn Zeugen versuchten, sich zu zieren, schadete das nur ihrer Glaubwürdigkeit. »Okay, ich werde Ihnen helfen. Wurden Ihnen irgendwelche offiziell aussehenden juristischen Dokumente zugestellt, seit Sie im Gefängnis sitzen – Dokumente, die von Ihnen verlangen, dass Sie Rachel Crawfords Ehemann viel Geld bezahlen?«

»Nein.«

»Dann nehmen wir an, dass Sie nicht verklagt wurden.«

»Ich erspare Ihnen die Mühe«, sagte Kelly in barschem Tonfall. »Ich habe ihn nicht verklagt, weil er mittellos ist. Das wäre reine Zeitverschwendung.«

Jason dachte eine Minute darüber nach. Er wusste, dass er Kelly auf die Palme brachte. Sie war eine gute Anwältin, aber sie nahm alles persönlich. Vielleicht konnte er das ausnutzen. »Wollen Sie auch behaupten, dass Sie das Waffengeschäft nicht verklagt haben, weil es bankrott ist?«

»Das hat nichts mit dieser Zeugenbefragung zu tun«, sagte Kelly.

»Oder wie steht es mit der Tatsache, dass Sie meine Mandanten verklagt haben, weil sie anscheinend die Einzigen sind, die Geld haben?«

Kelly wandte sich an den Gerichtsschreiber. »Streichen Sie das aus dem Protokoll«, sagte sie. Dann wieder an Jason gewandt: »Werden Sie dem Zeugen noch Fragen stellen, oder wollen Sie nur Streit anfangen?«

»Also gut.« Jason wandte sich wieder Beeson zu. »Kennen Sie Melissa Davids?«

»Nein.«

»Haben Sie je mit *irgendjemandem* gesprochen, der in der Firma meiner Mandanten, MD Firearms, arbeitet?«

»Meinen Sie abgesehen von den Verkäufern im Waffenladen?«

»Netter Versuch. Aber die arbeiten nicht für uns. Ich meine irgendwen, der tatsächlich bei MD Firearms angestellt ist?«

»Ich glaube nicht.«

»Wenn Sie diese Waffen illegal für Kriminelle kaufen, kaufen Sie nicht immer Waffen, die von MD Firearms hergestellt werden, oder?«

Sogar Beeson wusste, dass er das nicht leugnen konnte. Die Sachlage war klar. »Nein. Obwohl die meisten Verbrecher anscheinend die MD-9 mögen.«

Alle Achtung. Jason lächelte Beeson kurz an und ermahnte sich, nicht nachlässig zu werden. »Sie haben auch manche Ihrer Strohkäufe in anderen Geschäften gemacht, nicht nur bei Peninsula Arms, richtig?«

»Wenn Sie das sagen.«

»Wollen Sie die Quittungen sehen?«

»Nö. Ich glaube Ihnen.«

Jason hielt einen Augenblick inne. Er wusste, dass Perioden des Schweigens manchmal helfen konnten, die Aufmerksamkeit der Geschworenen wieder auf den Punkt zu bringen. »Dann lassen Sie mich Ihnen eine Frage stellen: Wenn MD Firearms aus irgendeinem Grund beschlossen hätte, Peninsular Arms keine Waffen mehr zu verkaufen, hätten Sie eine andere Waffe für Jamison kaufen können oder hätten in ein anderes Geschäft gehen und die MD-9 dort kaufen können – richtig?«

Kelly seufzte frustriert auf. »Reine Spekulation.«

»Genau wie Ihre Klage«, konterte Jason. Er wandte sich wieder an Beeson. »Sie müssen die Frage beantworten. Der Richter wird später entscheiden, ob die Geschworenen sie hören werden.«

»Können Sie sie noch mal wiederholen?«, fragte Beeson. Es schien Jason, als versuche Beeson, Zeit zu schinden.

Jason ließ den Gerichtsschreiber die Frage noch einmal vorlesen, und Beesons Gesichtsausdruck wechselte von Sorge zu Triumph – ein begriffsstutziger Mathematikstudent, der endlich die Formel verstand.

»Vielleicht«, sagte Beeson. »Aber ich hätte nicht einmal gewusst, dass Jamison existiert, wenn Peninsula Arms ihn nicht zu mir geschickt hätte.«

»Was alles Hörensagen ist«, sagte Jason. »Der einzige Mensch, der Ihnen gesagt hat, dass Peninsula Arms Jamison an Sie verwiesen hat, war Jamison selbst; ist das richtig?«

»Einspruch. Frage ist bereits beantwortet.«

»Soll ich trotzdem antworten?«, fragte Beeson mit Blick auf Kelly.

Sie nickte.

»Das stimmt«, sagte Beeson. »Jamison hat es mir gesagt. Und es könnte ein bisschen schwierig werden, ihn ins Kreuzverhör zu nehmen.«

* * *

Als Kelly das Gefängnis verließ, hielt ihr Jason die Tür auf. Nach zwei Stunden, in denen sie sich mit Zähnen und Klauen bekämpft hatten, hätte sie ihm am liebsten gesagt, er könne sich seine Gentlemen-Scharade sparen. Stattdessen ertappte sie sich dabei, wie sie sich bedankte. Aber als er versuchte, höflich über Termine für andere Aussagen und Offenlegungen zu sprechen, wimmelte sie ihn ab. »Rufen Sie mich im Büro an«, sagte sie. »Es war ein langer Tag.«

»Darf ich Sie zu einem Kaffee einladen?«

Kelly blieb stehen und sah ihn an. *Diese Dreistigkeit!* »Nein, danke.« Sie wusste, sie hätte es dabei bewenden lassen sollen. Jason war jung. Er war gut in Zeugenbefragungen, aber er hatte wahrscheinlich noch einiges über das Leben zu lernen. »Wir sind nicht Ralph Wolf und Sam Sheepdog«, sagte Kelly, »die den ganzen Tag versuchen, sich gegenseitig umzubringen, ausstempeln und einander dann einen schönen Abend wünschen.«

Jason sah ein wenig verblüfft aus, aber Kelly fing gerade erst an. »Ihre Mandanten pumpen nutzlose halbautomatische Angriffswaffen auf den Schwarzmarkt und schauen weg, während Leute sterben. Mein Mandant muss den Rest seines Lebens ohne seine Seelenverwandte verbringen. Ich weiß, dass Sie nur Ihre Arbeit machen, aber das heißt nicht, dass mir das gefallen muss.«

Jason stand eine Sekunde nur da und verarbeitete ihren Ausbruch. »Okay«, sagte er. »Also gut, das habe ich verstanden. Aber habe ich erwähnt, dass der Kaffee auf mich geht?«

Kelly seufzte. Es war schwer, wütend zu bleiben, wenn er nicht zurückschlug. »Rufen Sie mich im Büro an«, sagte sie. Sie wandte sich um und steuerte auf ihr Auto zu, wobei sie ein leichtes Lächeln unterdrücken musste.

»Fahren Sie vorsichtig!«, rief Jason ihr hinterher.

Wollte er sie verunsichern, oder war er wirklich so ahnungslos?

49

Bella Harper hatte, wie es sich herausstellte, zu allem eine Meinung. Zwischen Raucherpausen, an Jason gewandten Vorträgen, wie man eine Kanzlei führte, und dem Ordnen von allem, was ihr in die Finger kam, versuchte sie auch noch Jasons geistliches Leben in Ordnung zu bringen. Sie sprach über ihre eigene dramatische Bekehrung zum Christentum nur wenige Jahre zuvor und wie sehr sie das verändert hatte. »Vielleicht nicht, was das Rauchen angeht«, gab sie zu. »Aber alles andere.«

Jason musste ihr einen schiefen Blick zugeworfen haben, denn sie las augenblicklich seine Gedanken. »Sie halten mich jetzt für rechthaberisch? Sie hätten mich mal vorher erleben sollen!«

Jason konnte sich nur schwer vorstellen, wie es noch schlimmer hätte sein können. Bella war herrisch, aber er würde es tolerieren, weil sie ihre Arbeit gut machte.

Seit ungefähr einer Woche hatten sie ein unausgesprochenes Wer-kommt-früher-zur-Arbeit-Wettrennen am Laufen. Jason kam am Montag um 8.30 Uhr. Statt ihn zu begrüßen, sagte Bella, sie habe sich Sorgen gemacht, er hätte sich den Tag freigenommen und vergessen, es ihr zu sagen. Am Dienstag kam er um 8.00 Uhr, nur um festzustellen, dass Bella schon mit einem Kaffee an ihrem Schreibtisch saß. Mittwoch war es 7.45 Uhr. Als er am Freitag um 6.30 Uhr kam, nur um Bella bei ihrer ersten Zigarettenpause anzutreffen, warf Jason das Handtuch.

»Übernachten Sie hier?«, fragte er. »Lassen Sie uns doch mal über vernünftige Bürozeiten reden.«

Sie standen vor der Eingangstür. Es war dunkel, kalt und windig.

Bella zog an ihrer Zigarette und blies den Rauch von Jason weg. »Sie sind derjenige, der um 1.00 Uhr E-Mails verschickt. Wer im Glashaus sitzt …«

Jason lächelte. »Vielleicht sind wir beide Workaholics und tun uns da nicht gerade gegenseitig gut«, gab er zu. »Vielleicht sollten wir beide ab und zu mal einen Tag freinehmen.«

»Ja, zum Beispiel den Sonntag. Und zusammen zur Kirche gehen.«

»Netter Versuch«, sagte Jason. Die Einladung war zu einem Running Gag geworden. Jason achtete darauf, Bellas Glauben zu respektieren, machte aber deutlich, dass er eigentlich nicht interessiert war. Bella hatte dennoch ihre Absicht erklärt, ihn eines Tages mit in die Kirche zu schleppen, wenn nötig unter Protest. Sie hatte es schon mit sämtlichen Argumenten versucht, inklusive Jason von all den jungen Singlefrauen zu erzählen, die auch dort anzutreffen waren.

»Okay, ich brauche vielleicht ein bisschen Nachhilfe, was den Bereich Religion angeht«, hatte Jason gesagt. »Aber ich brauche definitiv keine Hilfe von Ihnen, was Frauen angeht.«

»Ach ja«, sagte Bella. »Ich vergaß den stetigen Strom von Junggesellinnen, die Ihnen die Bude einrennen. Man fragt sich, wie Sie es schaffen, sie alle unter einen Hut zu bekommen.«

Jason schenkte ihr seinen schönsten Ich-bin-der-Boss-und-ich-bin-gar-nicht-zufrieden-Blick.

Sie warf die Hände in die Luft. »Ich hab's kapiert. Ich meine, eigentlich nicht, aber ich hab's gehört.«

»Okay, danke.«

Jason dachte, das Gespräch sei vorbei und wollte gehen. Aber etwas an Bellas Blick hielt ihn auf. Sie sah kleinlaut aus, ein Ausdruck, den er noch nie an ihr gesehen hatte.

»Was ist los?«, fragte er.

Bella zog eine Grimasse. Es war offensichtlich, dass sie ihm etwas verschwieg.

»Bella?«

»Wenn Sie einen Anruf von *Beach Weekly* wegen ihrer Ausgabe über die zehn begehrtesten Junggesellen bekommen …« Sie unterbrach sich und wappnete sich für seine Reaktion. »Ich habe das eingeschickt, bevor wir dieses Gespräch hatten. Also seien Sie nicht eingeschnappt.«

* * *

Der Anruf kam, als Kelly mittags in der Schlange in dem kleinen Deli im Erdgeschoss ihres Gebäudes wartete. Richter Shavers Handy.

»Hallo Richter«, sagte Kelly. Sie versuchte, natürlich zu klingen, aber ihr Herz schlug ihr bis zum Hals. Shaver würde nicht anrufen, wenn es nicht wirklich sehr wichtig wäre. »Kann ich dich gleich zurückrufen?«

»Wann?«, fragte Shaver.

»Eine Minute. Im Wortsinn.«

»Okay.«

Kelly bezahlte ihr Mittagessen, trug ihr Tablett zu einem Tisch und ließ es dort stehen. Sie hielt nach einem ungestörten Platz in der Lobby Ausschau. Es wuselten so viele Leute herum, und der Granitboden erzeugte ein Echo. Sie beschloss, nach draußen zu gehen, auch ohne Wintermantel, mitten im Februar. Sie nahm an, dass der Anruf nicht lange dauern würde.

Shaver hob beim ersten Klingeln ab. »Ich wollte nur noch mal unser Treffen neulich nachverfolgen«, sagte er fröhlich. »Danke, dass Sie vorbeigekommen sind.«

Sein Tonfall und die förmliche Anrede, das wusste Kelly, sollte ihr eine eigene Nachricht übermitteln: Sei vorsichtig, was du sagst; jemand könnte zuhören.

»Danke für die Erkundigung nach den Bestätigungsanhörungen«, fuhr er fort. »Und dass Sie mich um meinen Rat gebeten haben, was den Vergleich angeht.«

Kelly hatte ihn natürlich um keinerlei derartigen Rat gebeten. Dieser Mann schickte ihr irgendein Signal und achtete darauf, dass seine Wortwahl ihm später keinen Ärger bereiten konnte.

»Die Politiker arbeiten an einer Übereinkunft für die Richteraufstellung. Sie sagen, meine Anhörungen könnten schon nächsten Monat anfangen, aber genauso gut erst in drei oder vier Monaten.«

»Das ist ein ziemlich weites Zeitfenster«, antwortete Kelly und ging im Geist die Zeitpläne durch. So oder so würde es wahrscheinlich vor dem Beginn ihres Prozesses stattfinden.

»Ja. So läuft das System«, sagte Shaver. »Ich bin so frustriert von diesem ganzen Prozess, ich spiele mit dem Gedanken, meine Kandidatur einfach zurückzuziehen.«

Kelly war den Gehweg entlanggegangen im Versuch, sich warm zu halten. Sie zog einige Blicke auf sich. Die Anspannung und die eisige Luft ließen ihre Stimme ein wenig zittern. »Halten Sie durch, Richter. Sie sind schon so weit gekommen, steigen Sie jetzt nicht aus.«

Kelly hatte die Sache aus allen Blickwinkeln betrachtet. Wenn Shaver sich zurückzog, würde das nicht so viele ihrer Probleme lösen. Luthor konnte sie immer noch erpressen, auch wenn die Story über die Affäre nicht mehr dieselbe nationale Wirkung hätte. Dennoch würden Kellys Freunde und Familie alles erfahren.

»Na ja, im Moment bin ich zufrieden damit, wie es läuft. Aber ich bin gern Hauptverhandlungsrichter. Manchmal frage ich mich, ob es diese ganze Prozedur wert ist.«

Es entstand eine kurze Gesprächspause, als wartete Shaver auf irgendeine Art verschlüsselter Nachricht als Antwort. Es wäre einfacher gewesen, sich mit ihm zu treffen, aber Kelly konnte verstehen, warum er dieses Risiko nicht eingehen wollte.

»Anderes Thema«, sagte Shaver. »Ich habe über den Waffenfall nachgedacht, von dem Sie mir erzählt haben und den Rat, den ich Ihnen wegen des Vergleichs gegeben habe. Eines habe ich mich gefragt: Wer hätte etwas davon, wenn der Fall vor Gericht ginge? Mir scheint, als würden zwei große Gruppen davon profitieren. Die *Handgun Violence Coalition*, die Gruppe, die dafür gesorgt hat, dass Sie den Fall bekommen haben, weil dieser Fall eine Menge Spenden einbringen wird.

Die zweite Gruppe, die einen Vorteil davon hätte, ist die *National Rifle Association* mit ihren Verbündeten. Überlegen Sie einmal. Die brauchen einen Bösewicht, der ihnen dabei hilft, Geld aufzutreiben. Ein Schreckgespenst, das droht, ganz Amerika zu entwaffnen. Prozessanwälte im Allgemeinen – und Sie im Besonderen – passen gut in diese Rolle. Also profitieren diese Befürwortergruppen ganz hübsch davon, wenn der Fall vor Gericht geht. Aber, Kelly ...«

»Ja, Euer Ehren?«

»Ihre Rolle ist, sie zu ignorieren. Ihre einzige Rolle ist, das zu tun, was am besten für Ihren Mandanten ist.«

»Ja, Sir«, sagte Kelly.

Es gab keine aktuellen Gespräche über einen Vergleich, so gesehen waren die Bemerkungen des Richters also alle Unsinn. Aber man musste kein Genie sein, um die Botschaft zu entschlüsseln. Shaver dachte, Kelly werde von der *Handgun Violence Coalition* oder von einem Verbündeten der *National Rifle Association* erpresst. Beide Gruppen hatten sicherlich finanzielle Interessen daran, diesen Fall vor Gericht zu bringen. Doch wie hätten sie von der Affäre wissen können?

»Und sonst, wie läuft der Fall?«, wollte Richter Shaver wissen.

Kelly machte es kurz; schließlich war es eiskalt draußen. Sie machte sich auf den Rückweg in die Wärme der Gebäudelobby und erzählte unterwegs von ihrem Frust wegen Jarrod Beesons Aussage und anderen Aspekten des

Falls. Shaver hörte höflich zu, achtete aber sorgfältig darauf, ihr keinen juristischen Rat zu geben.

Nachdem sie aufgelegt hatten, eilte Kelly zurück ins Gebäude. Sie holte tief Luft, rieb sich die durchgefrorenen Arme und ging das Gespräch in Gedanken noch einmal durch.

Das ganze Telefonat war irgendwie merkwürdig gewesen. Sie hatte Paranoia in Shavers Stimme gehört. Er hatte sogar ein zweites Angebot gemacht, die Nominierung zurückzuziehen, in der Hoffnung, dass das alles irgendwie vorüberging.

Aber das würde es nicht.

Seine Andeutungen, was den Vergleich anging, machten Kelly nur noch misstrauischer. Shaver hatte deutlich gemacht, dass Kelly tun solle, was für ihren Mandanten am besten war. Ja, er hatte angedeutet, wen er für die Erpresser hielt. Doch dieser Anruf war, wenn er aufgezeichnet worden war, Shavers Beweisstück A, um zu zeigen, dass er Kelly gedrängt hatte, dem Erpresser nicht nachzugeben. *Wenn es in seinem Interesse ist, sollte Ihr Mandant einem Vergleich zustimmen* – oder etwas Dahingehendes.

Er *musste* das nicht sagen. Kelly hatte ihm schon gesagt, dass sie sich von Luthor nicht vorschreiben lassen würde, was sie in diesem Fall tun sollte. Aber jetzt hatte Richter Shaver extra angerufen, um offiziell zu äußern, dass er sich von Kellys Entscheidung distanzierte.

Es fühlte sich vage nach einer Falle an, als würde Shaver versuchen, sie zu beschwichtigen und sich gleichzeitig von ihren Entscheidungen zu distanzieren. Wenn Kelly zu behaupten versuchte, der Richter habe sie gedrängt, keinen Vergleich einzugehen, um ihre Affäre geheim zu halten, würde er einfach dieses Telefongespräch als Beweis des Gegenteils nehmen.

Es war clever und hintersinning, aber sie durchschaute es. Richter Shaver traute ihr nicht. Er versuchte, eine Trennwand zwischen ihren Entscheidungen in diesem Fall und ihrer ehebrecherischen Beziehung zu ziehen.

In der politischen Welt der Hauptstadt war sich wie üblich jeder selbst der Nächste.

50

Für Jason Noble und Andrew Lassiter war es fast wie in alten Zeiten.

Allerdings nicht ganz.

Die Stimmung zwischen ihnen war jetzt spürbar kühler, als sie sich in Jasons Konferenzraum zusammensetzten und die aufgezeichneten Aussagen von Melissa Davids und Jarrod Beeson ansahen – nicht direkt so frostig, dass man seinen eigenen Atem sehen konnte, aber auch nicht so warm wie die Nächte in Louisiana. Es gab ein unausgesprochenes Eingeständnis zwischen ihnen, dass Jason nicht für Andrew eingetreten war, als Justice Inc. ihm Unrecht getan hatte. Es hing wie eine Dunstwolke über ihrem Treffen, obwohl sie beide zu reserviert oder stur waren, um darüber zu reden.

Während Andrew die Aussagen ansah, spielte er mit einer Reihe von Tabellen auf seinem Computer herum und justierte die Eigenschaften, die sie für ihre Modellgeschworenen wollten. Er werde ein paar Testgruppen zusammenstellen müssen, um seine Überlegungen zu überprüfen, erklärte er Jason, aber er hatte das Thema Waffenkontrolle schon einmal recherchiert.

Laut Lassiter mussten sie afroamerikanische Frauen und weiße Oberschichtfrauen meiden. Keine Demokraten. Baptisten und Pfingstkirchler waren in Ordnung; Protestanten aus der Hauptkirche waren ein Problem. Katholiken konnten beides sein. Intellektuelle Eliten waren eine Katastrophe – vor allem Leser des *Atlantic Monthly* oder der *New York Times*. Dasselbe galt für Umweltschützer, es sei denn, dass sie begeisterte Jäger waren. Jason wollte Leute, die bei Supermarkt-Discountern einkauften und nicht in Feinkostgeschäften.

Doch Lassiter wies noch auf einen weiteren überraschenden Zusammenhang hin. Angestellte bei Polizei und Vollzugsbehörden standen zu 90 Prozent auf der Seite der Waffenhersteller.

»Wie kommt das?«, fragte Jason.

»Die meisten Cops sind Waffenenthusiasten und begeisterte Jäger«, erklärte Lassiter und blinzelte in rascher Folge dabei. »Sie glauben, dass es nichts nützt, ehrliche Bürger zu entwaffnen, um die Verbrechensrate zu senken. Doch auf der anderen Seite würde man diesen Bürgern ihre Möglichkeit zur Selbstverteidigung nehmen.«

In einer ihrer Pausen, während Lassiter auf der Toilette war, ging Jason hinaus in den Empfangsbereich.

»Dieser Typ ist *schräg*«, flüsterte Bella laut genug, dass man es im ganzen Flur hören konnte.

»Aber sehr talentiert«, flüsterte Jason viel leiser, in der Hoffnung, dass Bella den Wink verstand.

»Er blinzelt die ganze Zeit«, beschwerte sie sich in unverminderter Lautstärke. »Und er schaut einem nie in die Augen. Als er hier saß und auf Sie gewartet hat, hat er wie verrückt gezappelt!«

»Er verhandelt den Fall nicht, Bella. Er hilft mir nur, die Jury auszuwählen.«

Sie schüttelte den Kopf, immer noch nicht überzeugt. »Irgendwas stimmt nicht mit ihm«, sagte sie und verzog das Gesicht.

Drei Stunden später spähte Bella in den Konferenzraum, wo Jason und Lassiter immer noch die aufgezeichneten Befragungen ansahen. »Es ist 18.00 Uhr«, sagte sie. »Brauchen Sie noch etwas, bevor ich gehe?«

»Nein, wir haben alles«, antwortete Jason, seine Aufmerksamkeit weiterhin auf den Bildschirm gerichtet. Aber bevor Bella sich zum Gehen wenden konnte, kam ihm ein Gedanke. Er drückte den Pausenknopf.

»Bella, kommen Sie mal einen Augenblick rein.« Er reichte ihr die Abschrift von Melissas Aussage. »Suchen Sie eine Frage auf irgendeiner Seite heraus«, sagte Jason. »Andrew, mal sehen, ob du die Antwort errätst.«

»Das bringt doch nichts«, sagte Andrew.

»Nur zum Spaß. Bella, na los, suchen Sie sich eine Frage aus.«

Bella und Andrew sahen Jason mit gleichermaßen gerunzelter Stirn an, aber er ließ nicht locker. Eine frustrierte Bella stieß einen tiefen Seufzer aus, dessen Luftstrom ausgereicht hätte, um ein kleines Segelboot zu bewegen, und schlug die Mitte der Aussage auf. »Wissen Sie, was ein illegaler Strohkauf ist?«, fragte sie und ließ ihren Protest in ihrer Stimme deutlich mitschwingen.

»Natürlich«, sagte Andrew.

Bella warf Jason einen Blick zu, als hätte sie eben einen beeindruckenden Kartenspielertrick gesehen. »Erklären Sie es mir«, las sie weiter, die Augen auf den Text geheftet.

Diesmal starrte Andrew einen Augenblick an die Wand und flatterte mit den Augenlidern. »Ist es meine Aufgabe, ihr das Gesetz zu erklären?«

Jason lächelte. Er erinnerte sich an diese Zeile aus der Befragung – und an seine eigene Antwort. »Sie müssen es nicht erklären, aber es könnte hilfreich sein, dass wir schneller hier rauskommen.«

»Um genau zu sein«, sagte Andrew, »hast du in der Befragung wörtlich gesagt: ›Eigentlich nicht. Aber wenn Sie es tun, kommen wir hier vielleicht schneller wieder heraus.‹ Dann sagt Ms Davids: ›Ein Strohkauf ist, wenn ein berechtigter Käufer einer Feuerwaffe im Namen einer anderen Person, die nicht berechtigt ist, eine Feuerwaffe zu kaufen, eine Pistole kauft. Sagen wir zum Beispiel …‹«

»Schon gut«, sagte Bella. »Ich hab's kapiert. Sie können jetzt aufhören. Aber lassen Sie mich nur etwas prüfen …« Als wahre skeptische New Yorkerin blätterte sie ein paar Seiten um und begann wieder vorzulesen.

»Haben Sie davon Kenntnis, dass die Städte New York, Washington, Baltimore und Philadelphia Klage gegen Waffenhändler eingereicht haben, die Waffen verkauft hatten, die man später zu Verbrechen auf den Straßen dieser Städte zurückverfolgen konnte?‹«

»Ja, das weiß ich. Wollen Sie meine Meinung zu diesen Prozessen hören?«

»Das wird nicht nötig sein.«

»Das dachte ich mir.«

»Wow.« Bella schüttelte den Kopf – eine bekehrte Zweiflerin. »Wie machen Sie das?«

Lassiter zuckte und richtete den Blick wieder auf sein Computerprogramm – *game over*.

»Ich weiß nicht. Ich konnte mir einfach immer schon Sachen merken.«

»Un-glaub-lich«, sagte Bella. »Sie sollten bei *Jeopardy* mitmachen!«

»Danke, ich werde es mir merken.«

51

Rafael Johansen zu beauftragen war nicht Jasons Idee gewesen. Andrew Lassiter hatte es vorgeschlagen – oder besser: darauf bestanden. »Was nützt uns ein Mikromarketingprogramm, um Geschworene auszuwählen, wenn wir nicht genug über ihren Lebensstil wissen, damit sie passen?«

Lassiter zufolge konnte niemand besser detaillierte Hintergrundinformationen über potenzielle Geschworene zusammentragen als Rafael Johansen und sein Ermittlerteam.

»Ich dachte, Rafael sei bei Justice Inc. angestellt«, sagte Jason.

»Machst du Witze? Robert Sherwood lässt doch nicht zu, dass man Justice Inc. mit Johansens Aktionen in Verbindung bringen kann. Rafael arbeitet als unabhängiger Vertragspartner. Sherwood bekommt den ganzen Schmutz über die realen Geschworenen, ohne je wissen zu müssen, wie er in Johansens schmierige Hände gelangt ist. Glaubwürdige Bestreitbarkeit. Im Stil Richard Nixons.«

Jason stimmte schließlich zu, Johansen mit an Bord zu nehmen, bestand aber darauf, vorher Robert Sherwood anzurufen. Das führte zu einer hitzigen Diskussion, aber Jason ließ nicht locker. »Wenn Sherwood ein Problem damit hat, finden wir einen anderen Ermittler«, sagte Jason.

»Das geht Sherwood gar nichts an«, antwortete Andrew.

Jason rief trotzdem an und erfuhr zu seiner großen Überraschung, dass Sherwood das für eine großartige Idee hielt. Jason gewann den Eindruck, dass Sherwood eine Menge Geld auf Jasons Seite des Falls setzen würde und dafür sorgen wollte, dass Jason alle Hilfe bekam, die er brauchte. »Machen Sie sich aber darauf gefasst«, warnte ihn Sherwood, »dass das nicht billig wird.«

Jasons nächster Anruf galt Case McAllister, um die Zustimmung der Mandanten einzuholen. Alles war abgemacht, bis sie erfuhren, wie viel Johansens Dienste kosten würden. Nach zweitägigen telefonischen Verhandlungen überredeten sie Johansen schließlich zu einem Stundenhonorar von »nur« 325 Dollar für sich selbst und 200 für seine Partner. Zu Jasons Verdruss verdiente sein Juryermittler jetzt mehr in der Stunde als er selbst. Als Sicherheit forderte Johansen einen Vorschuss von 50 000 Dollar.

Es war wenig überraschend, dass Bella Johansen einen kühlen Empfang bescherte, als er eine halbe Stunde später zu einer ersten Besprechung im Büro auftauchte. Er kam in schwarzen Hosen und einem engen, schwarzen, langärmligen Pullover, der seine beeindruckenden Brustmuskeln betonte. Seine harten Augen und der eisige Blick ließen alle in seiner Umgebung sich unwohl fühlen.

In seinem Büro erklärte Jason die Art der Informationen, die er für jeden potenziellen Geschworenen brauchen würde, und in welcher Form er die

Berichte gerne hätte. Als er fertig war, reichte er Johansen eine zweiseitige Vorschussvereinbarung, die dessen Aufgaben detailliert auflistete.

Johansen sah auf die Vereinbarung hinab, schnaubte und legte sie zurück auf Jasons Schreibtisch. »Ich unterschreibe keine Vereinbarungen«, sagte er.

»Dann kommen wir nicht ins Geschäft.«

»Alles klar.« Johansen stand auf und ging zur Tür.

»Warten Sie«, sagte Jason. Der große Mann drehte sich um, das Gesicht genauso unbewegt wie vorher. »Wir machen es ohne schriftlichen Vertrag«, bot Jason an.

Johansen nickte und kehrte zu seinem Stuhl zurück. »Ich bin hier, weil Robert Sherwood mich gebeten hat zu helfen. Für mich sind Sie nur ein mieser Anwalt wie jeder andere auch, der viel Geld gezahlt bekommt, bevor er irgendwas im Gerichtssaal bewiesen hat.« Johansens Blick wurde noch härter. »Ich mache meine Arbeit und besorge Ihnen die Informationen, die Sie brauchen. Aber ich mache es auf meine Art, und das bedeutet, dass wir nichts schriftlich machen.«

Die Gehässigkeit traf Jason unvorbereitet. Er hatte nicht erwartet, Johansens Kumpel zu sein, aber es gefiel ihm überhaupt nicht, von einem Kerl mies genannt zu werden, den er gerade für 325 Dollar pro Stunde angeheuert hatte.

»In Ordnung«, sagte Jason brüsk. »Dann lassen Sie uns noch ein paar Dinge klarstellen. Sie arbeiten für mich an diesem Fall. Sie rufen den Mandanten nicht an, es sei denn, ich gebe Ihnen die Erlaubnis. Sie stellen keine Ermittlungen an, wenn ich Sie nicht autorisiert habe, und ich will wöchentliche Berichte über alle Ihre Aktivitäten. Ihre Hauptverantwortung wird sein, Informationen über alle potenziellen Geschworenen zusammenzutragen. Sie werden direkt mit Andrew Lassiter zusammenarbeiten.« Jason lehnte sich zurück und ließ seine Forderungen ein paar Sekunden in der dicken Luft hängen. Mit Johansen zu arbeiten, würde schwierig werden. »Noch Fragen?«

Johansen zuckte die Achseln. »Nein.«

»Dann reden wir jetzt über die Einzelheiten ...« In den nächsten Minuten zählte er im Detail die Informationen auf, die er von jedem Geschworenen haben wollte. Er ignorierte Johansens Blick und gab vor, sich nicht an der Tatsache zu stören, dass Johansen sich keine einzige Notiz machte.

»Ich gehe von einem Prozesstermin im Juni oder Juli aus«, sagte Jason abschließend. »Einen Monat vorher werden wir wahrscheinlich eine Liste von möglichen Geschworenen haben – es werden wahrscheinlich fast hundert sein.«

»Ist das alles?«, fragte Johansen von oben herab.

»Im Moment ja.«

»Sonst soll ich niemanden überprüfen?«

»Nein, nur die Geschworenen.«

»Alles klar«, sagte Johansen und nickte. »Was soll ich dann mit den Informationen machen, die ich schon über den Kläger, die Klägeranwältin und Richter Garrison eingeholt habe?«

»Was für Informationen?«

Johansen grinste höhnisch. »Heißt das, Sie wollen es hören?«

»Wie wäre es, wenn wir mit den Spielchen aufhören«, sagte Jason. »Wenn Sie Informationen haben, die ich kennen sollte, dann raus damit.«

Johansen verschränkte die Beine und grinste Jason leicht an. »Ich dachte mir schon, dass Ihre Neugier vielleicht stärker sein würde. Fangen wir mit dem Kläger an.«

Instinktiv nahm Jason einen Stift und kritzelte eine Überschrift auf seinen Block. Er knirschte mit den Zähnen und versuchte, sich davon zurückzuhalten, etwas zu sagen, was er bereuen könnte.

»Was tun Sie da?«, schnappte Johansen.

»Was meinen Sie?«

»Keine Notizen«, verlangte Johansen. »Sie machen sich keine Notizen über dieses Zeug.«

Jason schüttelte den Kopf und legte den Stift nieder.

Was Blake Crawford anging, stellte es sich als viel Lärm um nichts heraus. Ein Typ namens Tony Morris, einer von Johansens Topmännern, war Crawford gefolgt, hatte es geschafft, sich in seinen privaten E-Mail-Anschluss zu hacken, hatte diskret Freunde befragt – »und noch ein paar andere Techniken genutzt«.

Das Ergebnis? Crawford war blütenrein. Keine Affären, bevor seine Frau starb; keine weibliche Begleitung seither. Keine Internetpornos, keine Drogen, keine Finanzschwindeleien. Laut Johansen war er die männliche Ausgabe von Mutter Theresa. »Viel Glück, wenn Sie an ihn rankommen wollen«, sagte Johansen sarkastisch.

Aber der Richter ... über ihn gab es definitiv Gerüchte. Es war die Rede von einer Affäre mit einer Assistentin in seiner Firma vor neun oder zehn Jahren. Ein paar fragwürdige Urteile zugunsten von ortsansässigen Bauunternehmen, die Verbindungen zu seinem Vater hatten. Eine junge weibliche Strafverteidigerin, die in Garrisons Gerichtssaal anscheinend nie einen Antrag abgewiesen bekam.

Jetzt hatte Johansen Jasons Aufmerksamkeit. Das Letzte, was Jason brauchen konnte, war ein korrupter Richter. »Haben Sie seine Finanzen gecheckt, seit die Klage eingereicht wurde?«, fragte Jason. »Irgendwelche merkwürdigen Ausreißer in seinem Lebensstandard?«

»Ist das autorisiert?«, fragte Johansen verächtlich. »Ich dachte, ich hätte strenge Anweisung, nur zu tun, was man mir sagt.«

»Beantworten Sie einfach die Frage.«

»Der Lebensstandard des Richters und seine bekannten Bankkonten haben sich nicht dramatisch verändert.«

»Überwachen Sie ihn weiter?«

»Natürlich.«

Jason dachte einen Augenblick darüber nach. Garrison hatte bei der Anhörung zum Antrag auf Klageabweisung geradlinig gewirkt. Trotzdem konnte es nicht schaden, ihn im Auge zu behalten. Jason hatte keine Ahnung, wo Johansen seine Informationen herbekam – er wollte es auch gar nicht wissen –, aber sie waren trotz alledem nützlich.

»Was wissen Sie über Kelly Starling?«, fragte Jason.

»Ich bin sicher, dass Sie von ihrer Zeit bei Justice Inc. wissen«, antwortete Johansen. »Sie war eine gute Prozessanwältin – hartnäckig, kompromisslos, eine wahre Gläubige. Sie hat viel mit Opfern von Menschenhandel in D.C. gearbeitet. Wir haben einen gründlichen Backgroundcheck gemacht, bevor sie für uns bei Justice Inc. angefangen hat, und haben keine Leichen in ihrem Keller gefunden. Nichts, was während ihrer letzten fünf Jahre bei B&W über das Übliche hinausgeht. Scheint ein ziemlicher Workaholic ohne Zeit für Romanzen zu sein. Typische Justice Inc.-Ehemalige.«

Jason stellte noch ein paar Fragen, aber Johansen hatte wenig zusätzliche Informationen. Als Johansen gegangen war, kam Bella herein und wischte Johansens Stuhl mit einem Desinfektionsmittel ab. Es war eine offensichtliche Geste, damit Jason sie nach ihrer Meinung zu dem Thema fragte; also versuchte Jason, sie komplett zu ignorieren.

»Der Mann hat Probleme«, sagte Bella, als offensichtlich wurde, dass Jason nicht fragen würde. »Ich kenne einen Ermittler namens O'Malley, der ihm graue Haare machen könnte.«

»Danke für Ihren Rat«, sagte Jason.

»Ich sage ja nur ... Wenn Sie mit einem Schwein ringen, werden Sie beide schmutzig, aber nur einem von Ihnen beiden gefällt das.«

»Vielen Dank für das Klischee.«

»Ich habe meinen Instinkt«, sagte Bella und warf die Papiertücher, die sie benutzt hatte, in Jasons Papierkorb. »Und dieser Kerl ist mir unheimlich.«

»Ist vermerkt«, sagte Jason. »Wenn es Ihnen nichts ausmacht – ich habe an diesem Schriftsatz zu arbeiten.«

52

Dies war der letzte Ort, an dem Kelly Starling sein wollte.

Die *Hillside-Klinik* war ein unscheinbarer Bau aus roten Ziegeln, mit viel Glas, getrimmten Büschen und einem kleinen Schild. Sie sah so harmlos und steril aus. Aber als Kelly auf den Parkplatz fuhr, kamen die Erinnerungen mit aller Macht zurück, als hätte ihr jemand ein frisches Loch ins Herz gerissen. Kelly fuhr rückwärts in eine Parkbucht am entgegengesetzten Ende des Platzes und ließ den Motor laufen, während sie zu dem Gebäude hinüber starrte.

Sie hatte ein paar Onlinetagebücher von anderen Frauen gelesen, die die Abtreibungspille genommen hatten und später ihre Gefühle vor der ganzen Welt ausbreiteten. Die Frauen auf den Abtreibungsgegnerseiten sagten, sie dächten jeden Tag an ihre Babys. Wie alt wären sie jetzt? Was wären ihre ersten Worte gewesen? Ihr Lieblingsspielzeug?

Manche schrieben über die Fehlinformationen, die sie in den Kliniken bekommen hatten. Den Frauen war zugesagt worden, die Abtreibung sei wie eine normale Periode. Aber manche hatten einen Embryo gesehen, der größer war als erwartet. Manche sprachen von ihrem Wunsch nach einem Begräbnis.

Kellys Erfahrung war anders gewesen. Eine Krankenschwester in der Klinik hatte ihr klargemacht, dass die RU-486-Pille weder angenehm noch schmerzlos sei. Sie hatte ihr mit Geduld und Sensibilität genau die Unterschiede zwischen einer chemischen und chirurgischen Abtreibung erklärt. Kellys Eindruck, der sich als richtig erwies, war, dass die Abtreibungspille wie eine Fehlgeburt sein würde, mit Blutungen und Krämpfen und einem Gefühl der Einsamkeit.

Und einer Menge Schuldgefühlen, etwas, worüber die Krankenschwester *nicht* gesprochen hatte.

Die meisten Frauen sagten, sie hätten die Pille dem chirurgischen Eingriff vorgezogen, weil sie ihnen natürlicher schien und ihnen einen Anschein von Kontrolle überließ. Das waren definitiv auch Faktoren in Kellys Überlegungen gewesen. Sie konnte den Ablauf zu Hause starten, nach ihrem eigenen Zeitplan. Und es fühlte sich an wie etwas, was sie selbst tat, statt etwas, was jemand anderes mit ihr machte.

Doch rückblickend war Kelly bewusst, dass sie die RU-486 gewählt hatte, eben *weil* es nicht einfach, schnell und schmerzlos ging. Auf eine verworrene Art, die Kelly nicht recht hätte in Worte fassen können, fühlte es sich richtig an zu leiden, so als sollte der Prozess selbst der Beginn ihrer Buße sein.

Sechs Jahre alt. Ihr Baby wäre dieses Jahr in die Schule gekommen.

Sie drängte die Tränen zurück und zwang sich, sich auf die Aufgabe zu konzentrieren, die vor ihr lag. Sie hatte es in Gedanken immer wieder hin und her gewälzt und war immer zum selben Ergebnis gekommen. Das Leck musste irgendwer in der Klinik sein. Sie würde hineingehen und einen Termin bei ihrem Arzt verlangen, sich weigern zu gehen, bis er ihr ein paar Minuten seiner Zeit schenkte. Sie würde ihm sagen, dass jemand gedroht hatte, die Tatsache zu enthüllen, dass sie schwanger gewesen war. Sie würde erklären, dass sie außerhalb der Klinik mit niemandem darüber gesprochen habe. Sie würde verlangen, dass er nachforschte.

Doch schon als sie das Gespräch in Gedanken durchging, erkannte sie das Problem dieser Methode. Es wäre gut möglich, dass ihr Arzt in die Defensive gehen würde. Selbst wenn er die Untersuchung in Gang setzte, würde er wahrscheinlich ungeschickt und uneffektiv dabei vorgehen und nichts anderes bewirken, als dass der Erpresser noch vorsichtiger wurde. Wenn der Arzt Autoritäten von außen zu Hilfe holen würde, würde das nur die Zahl derer erhöhen, die von Kellys Abtreibung wussten.

Kelly wusste, dass sie sich vielleicht vorübergehend besser fühlen würde, wenn sie dem Arzt die Meinung sagte, aber es würde nichts bringen. Alle in der Klinik hatten sie mit Freundlichkeit und Respekt behandelt. Im Herzen fiel es ihr schwer zu glauben, dass jemand dort drin mit dem Erpresser zusammenarbeitete.

Sie starrte auf die Klinik und versuchte, ihre Gefühle ehrlich zu beurteilen. Zögerte sie, weil sie Angst hatte? Oder war es wirklich keine gute Idee?

In jedem Fall konnte sie sich nicht dazu überwinden, hineinzugehen.

Sie legte den Gang ein und fuhr wieder vom Parkplatz. Sie würde herausfinden, wer hinter der Erpressung steckte; ihre Entschlossenheit war kein Stück gewichen.

Aber dies war nicht der richtige Weg.

53

Jason hatte gehört, dass die Fähigkeit gegnerischer Anwälte, gut miteinander auszukommen, geringer wurde, je näher der Prozess rückte. Jetzt wusste er, dass das stimmte. Man nehme einen Fall mit großem Medieninteresse, eine frostige Beziehung zu Beginn und zwei junge Anwälte, die beide versuchten, sich selbst einen Namen zu machen. Das Ergebnis war eine konstante Parade zum Gericht, damit der Richter über belanglose Unstimmigkeiten entschied.

An den ersten zwei Freitagen im März stritten Kelly und Jason über verschiedene Offenlegungsanträge. Sie warfen sich abwechselnd vor, regelwidrig Informationen zurückzuhalten und wider Treu und Glauben zu handeln, reichten lästige und schikanöse Offenlegungsanträge ein, zeichneten sich durch alle möglichen anderen Arten von Hinterlistigkeiten und allgemein rücksichtslosem Vorgehen aus. Richter Garrison entschied in manchen Punkten für Kelly und in anderen für Jason und frustrierte alle damit.

Am dritten Freitag fanden sich die Anwälte wieder einmal in Garrisons Gerichtssaal ein, diesmal im Streit über Kellys Wunsch nach einer weiteren Befragung von Melissa Davids. »Ich würde nicht mehr als zwei Stunden brauchen«, führte sie an. »Es gibt ein paar Dinge, die ich jetzt weiß, aber noch nicht wusste, als ich sie zum ersten Mal befragt habe.«

»Was zum Beispiel?«, wollte Jason wissen.

»Ich bin nicht verpflichtet, meine Befragungsstrategie zu enthüllen«, antwortete Kelly.

Nach zwanzig Minuten hitziger Diskussion benutzte Richter Garrison seinen Hammer und sagte den Anwälten, dass er genug gehört habe. Er begann mit einem Vortrag an Kellys Adresse – er würde ihr nicht jedes Mal, wenn ihr etwas Neues einfiel, einen zweiten und dritten Versuch bei der Verteidigung genehmigen. Aber dann sprach er vom Sinn und Zweck der eidlichen Aussagen vor Prozessbeginn und dass beide Seiten adäquat Gelegenheit haben sollten, die Gegenpartei zu allen Themen, die für den Fall relevant waren, zu befragen.

Jason konnte erkennen, wo die Entscheidung hinführen würde und hätte am liebsten geschrien. Er verstand die Regeln einer vollständigen Offenlegung, aber Melissa Davids hatte bereits fast sechs Stunden lang Fragen beantwortet. Seine Mandantin würde einen Anfall bekommen.

»Sie bekommen nur noch zwei Stunden mit der Zeugin«, sagte Garrison zu Kelly. »Keine Minute mehr.«

»Danke, Euer Ehren.«

»Und Sie werden auf eigene Kosten nach Atlanta fliegen müssen. Ich lasse Ms Davids nicht nochmals für zwei Stunden herkommen.«

»Ja, Euer Ehren.«

»Sonst noch was?«, fragte Garrison.

»Nein, Euer Ehren«, antwortete Kelly fröhlich.

Jason schüttelte den Kopf und weigerte sich, Richter Garrison die Befriedigung einer verbalen Antwort zu geben. Zunächst hatte Jason geglaubt, Garrison sei eine gute Wahl für den Fall. Der Richter war durch die Ränge der republikanischen Partei aufgestiegen und nachweislich konservativ. Doch jetzt ging ihm die Information, die er von Rafael Johansen hatte, nicht aus dem Kopf. Der Richter hatte Probleme. … Vielleicht zog jemand auf der anderen Seite seine Fäden. Jason glaubte nicht, dass Kelly zu so etwas fähig war, aber es gab eine Menge vehementer Waffengegner-Gruppen mit aktivem Interesse an diesem Fall.

Oder vielleicht war es etwas weniger Ruchloses. Vielleicht bevorzugte Garrison nur unterbewusst hübsche weibliche Anwälte.

In jedem Fall konnte Jason im Moment nicht viel tun. Nach der Anhörung würde er Case McAllister anrufen und ihm sagen, er solle Melissa

Davids für weitere zwei Stunden Aussagen vorbereiten. Welchen neuen Aspekt wollte Kelly Starling jetzt verfolgen?

* * *

Zehn Tage später fuhr Jason früh am Morgen auf dem Weg zum Flughafen im Büro vorbei. Es überraschte ihn nicht, dass Bella schon da war. Sie hatte seine Reiseunterlagen fertig, inklusive Wegbeschreibung vom Flughafen zu MD Firearms, die vorherige Aussage von Davids mit Verzeichnis und alle möglichen sonstigen Dinge, die Jason auf seiner Reise brauchen könnte, unter anderem auch die Telefonnummer von Richter Garrisons Richterzimmer, falls er während der Aussage über irgendetwas entscheiden musste.

Jason dachte an den Tag, an dem er das Bewerbungsgespräch mit Bella geführt hatte, und dass er fast diese andere Frau eingestellt hatte – wie hieß sie noch? Sich für Zigarettenkippen, Körperumfang und Erfahrung statt für Schönheit und Verführung zu entscheiden, war eine der schlauesten Entscheidungen seiner jungen Anwaltskarriere gewesen.

Aber an diesem speziellen Morgen stand auch Bellas größte Schwäche in voller Blüte: Sie war nicht damit zufrieden, einfach ihr eigenes Leben zu organisieren; sie musste auch noch Jason bemuttern.

Sie tat es von ihrem üblichen strategischen Platz aus – indem sie die Tür zu Jasons Büro blockierte, die Arme vor der Brust verschränkt und Aktenordner und juristische Unterlagen umklammernd.

»Brad Carson sagte immer, ein Prozess sei ein Marathon«, dozierte Bella. »Sie können dieses Tempo nicht den ganzen Marathon durchhalten.«

»Was für ein Tempo?«, fragte Jason, ohne aufzublicken. Er hatte keine Zeit für so etwas.

»Mal sehen ... um 23.30 Uhr gestern Nacht haben Sie mir den ersten Entwurf für einen Antrag auf Erzwingung im MD-Firearms-Fall gemailt; zwei Stunden später einen Entwurf der Meinung unserer Expertin zum McAfee-Fall – also sprechen wir hier von fast 2.00 Uhr heute. Vier Stunden später bekomme ich noch mehr E-Mails, dass wir Termine mit Tatsachenzeugen in allen Haarfällen machen müssen.«

Jason zuckte die Schultern. »Ich bin nachtaktiv.«

»Mmm-hmmm«, sagte Bella, als habe Jasons Antwort irgendwie ihr Argument bestätigt. »Wann waren Sie zum letzten Mal am Strand?«

Jason sah auf. »Wie jedes andere normale menschliche Wesen verbringe ich im Januar und Februar nicht viel Zeit am Strand.«

»Ich rede nicht vom Herumliegen oder Schwimmen und so. Ich meine die Promenade entlangspazieren, wenn die Touristen weg sind, oder in einem der Restaurants mit Blick aufs Meer essen gehen. Wann haben Sie zum letzten Mal *irgendetwas* gemacht, was nichts mit der Arbeit zu tun hatte?«

Jason legte seinen Stift ab. Sie hatte recht. Nur ein bisschen, aber immerhin. Als er nach Virginia Beach gezogen war, hatte ihn das Meer angezogen, der Sand, das Wasser, die entspannte Kultur. Er wollte surfen lernen oder vielleicht einen Raddampfer meistern lernen. Er wollte auf der Strandpromenade joggen gehen oder sich in einem Fitnessstudio anmelden und sich dem Verband der jungen Anwälte anschließen.

Nichts davon hatte er getan. Stattdessen hatte er gemacht, was er immer machte: sich auf die intellektuellen Herausforderungen gestürzt. Natürlich hatte er in der High School Fußball gespielt und im Schultheater mitgemacht, aber meistens hatte er gelernt. Im College hatte er Studentenverbindungen und Freizeitaktivitäten gemieden, damit er sich auf seine Bücher konzentrieren konnte. Aufgrund dessen, was er durchgemacht hatte, trank er nicht und fühlte sich auf Partys fehl am Platz. Er hatte Zusatzkurse belegt, aber kein einziges Footballspiel besucht. Erst während des Jurastudiums, wo es endlich okay war, ein Streber zu sein, war er aufgeblüht. Gesetzeskommentare, hypothetische Gerichtsverhandlungen und ein hoher Rang in seinem Jahrgang machten ihn eher zum Neidobjekt seiner Kommilitonen als zu einem Außenseiter.

Aber selbst während des Jurastudiums aß er jeden Mittag allein in einem abgelegenen Restaurant oder in der Küche seiner Einzimmerwohnung. Jason war unverbesserlich introvertiert. Er hatte sich immer selbst für ein Paradoxon gehalten – ein Einzelgänger, der gern Publikum hatte. Seit dem Jurastudium hatte er gelernt, dass eine ganze Menge anderer öffentlicher Redner und Schauspieler genauso introvertiert waren. Er konnte nicht ändern, wie er war. Warum sollte er es also nicht akzeptieren?

»Und wann waren *Sie* das letzte Mal am Strand?«, fragte er Bella und drehte den Spieß um. Abwehren und umlenken, immer eine gute Verteidigung.

Aber Bella arbeitete seit dreißig Jahren für Anwälte. »Hier geht es nicht um *mich*«, sagte sie. »Abgesehen davon: Wollen Sie irgendwann so enden wie ich? Fünfzig Jahre alt, und alles, was ich habe, ist mein Job?«

Diese Ehrlichkeit überraschte Jason. Bella selbst war vielleicht auch ein wenig überrascht, denn sie fügte rasch hinzu: »Und mein Glaube und meine Freunde in der Gemeinde. Aber … Ich meine, ich wünschte, ich hätte mehr unternommen, als ich in Ihrem Alter war.«

In diesem Moment der Offenheit fühlte Jason eine Welle des Mitgefühls für seine Assistentin. Er hatte nie groß darüber nachgedacht, wie es ihm an Bellas Stelle gehen würde. Für Jason war das Gesetz eine faszinierende Geliebte, eine anspruchsvolle intellektuelle Übung und ein Weg, Geld zu machen, indem er seinen Mandanten half. Für Bella musste es eine Plackerei sein – nur Hilfsarbeit und Verwaltungsarbeit. Schlimmer noch: Nachdem sie den größten Teil ihrer Berufslaufbahn bei einem Anwalt verbracht hatte, musste sie jetzt mit einem Neuen wieder ganz von vorn anfangen.

Aber Jason war kein Ratgeber. Ganz im Gegenteil, er hasste es, über Persönliches zu sprechen. Er beschloss, zu einer weiteren lang erprobten Anwaltswaffe zu greifen – der Verschleppungstaktik.

»Lassen Sie uns erst einmal den Crawford-Fall durchstehen«, sagte Jason. »Dann werden wir beide zu Salonlöwen in der Gesellschaft von Virginia Beach.«

»Lassen Sie mich da raus«, erwiderte Bella. »Alte Bäume soll man nicht verpflanzen.«

54

Melissa Davids' Gesichtsausdruck hatte während ihrer ersten eidlichen Aussage Selbstgefälligkeit und Ungeduld ausgestrahlt, aber heute war es reine Verachtung. Jason machte sich Sorgen, dass seine Mandantin etwas sagen könnte, was sie später bereuen würde. Etwas, das Jason vielleicht nicht meistern konnte, egal, wie geschickt er die Jury auswählte und beschwatzte.

Selbst bei Kellys einführenden Fragen waren Jasons Handflächen praktisch tropfnass vor Besorgnis. Er merkte, dass sein Bein unter dem Tisch nervös wippte und hörte auf, bevor er Case McAllister anstieß, der neben ihm saß. *Was hatte Kelly Starling, was so wichtig war, dass es eine Folgebefragung brauchte?*

»Während Ihrer letzten Befragung habe ich Sie gefragt, ob Sie davon wussten, dass Peninsula Arms auch schon vor Rachel Crawfords Tod drei Vorladungen von der ATF hatte. Sie sagten, es wäre möglich. Erinnern Sie sich an diese Aussage?«

»Klar.«

»Wollen Sie diese Antwort korrigieren?«

»Natürlich nicht.«

»Wussten Sie von diesen Vorladungen?«

»Einspruch«, sagte Jason. »Wie oft muss sie dieselbe Frage noch beantworten?«

Kelly ignorierte ihn. »Ms Davids, sagen Sie heute, unter Eid, dass Sie sich nicht erinnern, ob Sie von diesen drei Vorladungen durch die ATF wussten?«

»Ich habe es bereits gesagt und ich sage es noch einmal: Es ist *möglich*, dass ich davon wusste.«

Kelly schnaubte auf diese Antwort hin. Jason verkrampfte sich noch mehr, sein Bein wippte, sein Herz hämmerte. Ihm gefiel gar nicht, wohin das steuerte.

»Ich habe Sie außerdem gefragt, ob Sie darüber nachgedacht hatten, Peninsula Arms als Zwischenhändler auszuschließen.« Kelly sah in ihre gebundene Abschrift der vorherigen Befragung. »Und Ihre Antwort war: ›Nein. Wenn jemand mir so etwas vorgeschlagen hätte, hätte ich ihm gesagt, dass ich immer noch an den zweiten Verfassungszusatz und die freie Marktwirtschaft glaube.‹ Erinnern Sie sich an diese Aussage?«

»Nicht ausdrücklich. Aber wenn das so im Protokoll steht, leugne ich es nicht.«

»Ist es nicht eine Tatsache, Ms Davids, dass Sie *definitiv* darüber nachdachten, ob MD Firarms die Zusammenarbeit mit unlauteren Händlern aufgeben sollte und dass Sie sich *definitiv* dagegen entschieden haben, weil Sie den Gewinn der Firma nicht schmälern wollten?«

Jason öffnete den Mund, um Einspruch zu erheben, aber es war zu spät.

»Natürlich nicht«, schoss Davids zurück. Sie sah aus, als wolle sie über den Tisch springen und Kelly körperlich angreifen. »Das sind nur Ihre Fantasien.«

Jason wusste, was als nächstes kommen würde. Zum Teil war es das Grinsen auf Kellys Gesicht. Zum Teil war es die Art, wie sie die Antwort im Raum stehen ließ, während sie bedächtig einen Satz Dokumente herauszog, langsam die Büroklammer abzog und drei Kopien voneinander trennte.

Eine behielt sie, eine weitere reichte sie dem Gerichtsschreiber und die dritte schob sie Jason über den Tisch zu. »Da Ihre letzte Aussage sechsundzwanzig Beweisstücke besaß, werde ich den Gerichtsschreiber bitten, dieses Dokument als Beweisstück 27 der Klägerpartei aufzunehmen«, sagte sie ruhig. »Dann werde ich Sie fragen, ob Sie dieses Dokument je vorher gesehen haben.«

Jason überflog das Dokument rasch. Genau wie er befürchtet hatte, war Kelly irgendwie an eine Kopie des Memos von Case McAllister gelangt.

»Ich erhebe Einspruch«, unterbrach Jason, noch bevor der Gerichtsschreiber das Dokument an Davids weiterreichte. »Dieses Dokument fällt unter die anwaltliche Schweigepflicht. Ich weise die Zeugin an, keine Fragen dazu zu beantworten.«

Ohne ein weiteres Wort zog Kelly noch ein Set Dokumente heraus, entfernte eine Büroklammer und trennte drei einzelne Blätter Papier. Als Jason seine Kopie bekam, schnürte es ihm die Kehle zu.

Es war ein Ausdruck von Davids' E-Mail an Gerald Franks, den Geschäftsführer der *Walker Gun Corporation*, in der sie ihn drängte, keine unlauteren Händler auf die schwarze Liste der Absatzkette seiner Firma zu setzen. Die E-Mail war kryptisch und treffend – typisch Melissa Davids.

Gerry:

Wenn nur ein Hersteller in dieser Sache nachgibt, müssen auch alle anderen jeden Händler überwachen und die juristisch schwierigen ausschließen. Aus einer ganzen Reihe von Gründen ist das keine gute Idee. Im Anhang finden Sie ein Memo, das Case zu dem Thema zusammengestellt hat. Bitte vertraulich behandeln.

Öffnen Sie keine Schleusen für Schadenersatzklagen.

Melissa

Während Jason noch auf das Memo starrte, hatte Kelly es schon als Beweisstück 28 der Klage aufnehmen lassen. »Erkennen Sie das wieder?«, fragte sie Davids.

»Moment mal«, warf Jason ein. Er wandte sich an Kelly. »Wo haben Sie das her?«

Sie zuckte die Achseln. »Das muss ich nicht beantworten.«

»Diese E-Mail und das angehängte Memo fallen unter die anwaltliche Schweigepflicht. Ich weise die Zeugin an, nicht zu antworten.«

»Das soll wohl ein Witz sein«, sagte Kelly.

Jason spürte, wie ihm die Röte ins Gesicht stieg, aber jetzt hatte er schon angefangen. »Ich gründe meinen Einspruch auf das Vorrecht der gemeinsamen Verteidigung. Beide Firmen mussten damit rechnen, verklagt zu werden. Unter diesen Umständen ist es kein Verzicht auf die anwaltliche Schweigepflicht, ein vertrauliches Dokument einer Führungskraft einer anderen Firma zukommen zu lassen.«

Kelly lachte zynisch. »Das ist kreativ. Aber es ist auch vollkommener Blödsinn. Kennen Sie irgendwelche Fälle, wo das Vorrecht auf gemeinsame Verteidigung auf zwei Firmen angewendet wurde, die nicht einmal gemeinsam im selben Fall angeklagt waren?«

Jason setzte sich aufrechter hin. »Das können Sie nicht schönreden. Wenn Sie den Richter anrufen wollen – tun Sie sich keinen Zwang an.«

Kelly brummte noch einmal missbilligend und verschob ihre Frage, damit sie Richter Garrison ans Telefon holen konnten. Mitten in Kellys Erklärung unterbrach sie der Richter.

»Stimmt das?«, fragte er Jason. »Hat Ms Davids das Memo dem Geschäftsführer einer anderen Firma geschickt?«

»Ja, Euer Ehren. Aber beide Firmen waren potenzielle Ziele in den Klagen, die von den nordöstlichen Städten eingereicht worden waren. MD Firearms war schon als beklagte Partei genannt worden. Tatsächlich war das überhaupt der Grund, warum dieses Memo geschrieben wurde.«

»Sparen Sie sich Ihre Worte«, sagte Garrison. »Ihr Einspruch ist abgelehnt. Sagen Sie Ms Davids, sie soll Ms Starlings Fragen beantworten, oder ich belange sie wegen Missachtung des Gerichts.«

Melissa Davids war immer noch im Konferenzraum und starrte das Telefon mit geblähten Nasenflügeln an. »Ich bin hier«, sagte sie. »Darf ich etwas sagen?«

»Nein«, sagte Case McAllister schnell und überraschte damit sogar Jason.

Davids sah ihren Chefrechtsbeistand einen Augenblick finster an und beschloss dann offenbar, dass zwanzig Jahre Vertrauen etwas wert sein sollten. »Okay«, sagte sie zu der Freisprechanlage. »Auf den Rat meines Anwalts hin halte ich einfach den Mund und beantworte die Fragen.«

»Gute Entscheidung«, sagte Richter Garrison.

55

Nach dem Telefongespräch erhöhte Melissa Davids ihren Grad der Streitlust noch – den Kiefer vorgereckt, blickte sie finster in die Kamera. Jason konnte sich lebhaft vorstellen, wie die Aufzeichnung in der Verhandlung abgespielt werden würde – ein großer Monitor vor der Geschworenenbank, und Davids Wut für alle Geschworenen gut sichtbar.

Kelly ließ die Zeugin die Schlussfolgerung von Case McAllister vorlesen: »Eine sorgfältige Kosten-Nutzen-Analyse ergibt, dass wir weiterhin allen lizensierten und qualifizierten Händlern Waffen verkaufen sollten.«

»Stimmten Sie mit Mr McAllisters Kosten-Nutzen-Analyse überein?«

»Nein.«

Die Antwort schien Kelly zu überraschen und sie fragte nach. »Was stimmt nicht damit?«

»Es sollte überhaupt keine Kosten-Nutzen-Analyse geben.«

»Warum nicht?«

»Aus zwei unwichtigen Gründen namens zweiter Verfassungszusatz und freier Marktwirtschaft. Es ist ein Dominospiel, das von Waffenkontrollfanatikern wie Ihnen gespielt wird. Man schließt den schlimmsten Händler, dann ist der nächste in der Reihe per Definition der schlimmste Händler der Welt. Also wird auch er zugemacht. Dann fangen die Leute an, auf den nächsten zu zeigen. Wo soll das enden?«

»Lassen Sie mich Ihnen ein paar konkrete Fragen über Mr McAllisters Daten stellen. Sehen Sie die Stelle in dem Memo, wo steht, dass insbesondere vier Händler für mehr als die Hälfte der Waffen verantwortlich sind, die in den Städten im Nordosten mit Verbrechen in Verbindung gebracht werden konnten?«

Davids ließ sich Zeit beim Lesen des Dokuments, was ein langes Schweigen zur Folge hatte.

»Seite zwei, zweiter Abschnitt«, half Kelly weiter.

»Was war nochmals die Frage?«, wollte Davids wissen.

Kelly las die Frage ein zweites Mal vor.

»Ja, das hat Case gesagt.«

»Und Peninsula Arms war einer dieser Händler, richtig?«

Wieder ließ sich Davids Zeit beim Lesen. Kelly wartete ab.

»Das stimmt«, sagte Davids. »Wollen Sie, dass ich einfach das ganze Memo fürs Protokoll vorlese?«

»Das wird nicht nötig sein«, sagte Kelly scharf. »Nun sagt Mr McAllister, dass ein Auslieferungsstopp an diese Händler dazu führen könnte, dass diese Händler dagegen klagen und dass es außerdem den Städten in die Hände spielen würde, indem Sie anerkennen, dass MD Firearms die Verantwortung dafür trägt, seine Zwischenhändler zu kontrollieren. Ist das richtig?«

»Das Dokument spricht für sich selbst«, sagte Jason. »Haben Sie eine Frage an die Zeugin?«

Kelly seufzte, legte das Dokument hin und sah Melissa Davids an. »Gibt es einen einzigen Satz irgendwo in Mr McAllisters Memo, in dem steht, dass einer der Faktoren, die Sie berücksichtigen sollten, die Lebensgefahr ist, die dadurch entsteht, dass Verbrecher und andere illegale Käufer an Feuerwaffen gelangen?«

»Nein«, sagte Davids entschieden. »Und wenn er etwas in dieser Art geschrieben hätte, hätte ich ihn wahrscheinlich auch gefeuert.«

Kelly kicherte laut über die vermeintliche Absurdität der Antwort.

»Sie finden das lustig?«, fragte Davids herausfordernd.

»Ja. Um genau zu sein, finde ich die meisten Ihrer Antworten höchst amüsant.«

»Einspruch«, sagte Jason im herablassendsten und verächtlichsten Tonfall, den er zustande brachte. »Die Bemerkungen der Anwältin sind kindisch und respektlos und sollten aus dem Protokoll gestrichen werden.«

»Sie nennen mich kindisch?«, fragte Kelly mit einem kleinen ironischen Kichern. Sie schüttelte den Kopf und wandte ihre gesamte Aufmerksamkeit wieder der Zeugin zu. »Warum hätten Sie Mr McAllister denn gefeuert, wenn er vorgeschlagen hätte, dass Sie an das Leben der Menschen denken sollen?«

»Weil jeder, der glaubt, dass der Verkaufsstopp von Waffen an Peninsula

Arms Kriminelle davon abhalten wird, sich Waffen zu beschaffen, nicht genug Verstand hat, um bei MD Firearms zu arbeiten.«

»Vielleicht könnte er dann Klägeranwalt werden«, sagte Kelly sarkastisch.

»Das haben Sie gesagt, Frau Anwältin, nicht ich.«

* * *

Als die Befragung vorbei war und alle gegangen waren, setzte sich die Vertrauensgruppe von MD Firearms im Konferenzraum zusammen.

»Ich will wissen, wo das Leck war«, verlangte Melissa Davids an Case gewandt. »Ich will, dass jemand jeden einzelnen unserer E-Mail-Server und Angestelltenmailkonten durchsucht. Ich will, dass Sie jeden Bereichsleiter befragen. Wir können es uns nicht leisten, Verräter in unserer Firma zu beschäftigen, Case.«

Davids stand jetzt, schritt neben dem Konferenztisch auf und ab, das Gesicht wütend verzogen. Case dagegen blieb sitzen und strahlte Ruhe aus, während seine explosive Chefin Feuer spuckte.

»Haben Sie irgendeine Ahnung, wer das gewesen sein könnte?«, wollte sie wissen.

»Es ist nicht sicher, dass es jemand aus unserer Firma war«, sagte Case. »Es kann auch jemand bei *Walker Gun* sein, oder jemand könnte sich in unser Netzwerk gehackt haben.«

Die beiden spekulierten noch eine Weile, wo das Leck sein könnte. Case versprach, dass er bei seinen Nachforschungen jeden Stein umdrehen würde.

Nachdem Melissa gegangen war, atmete Case tief aus.

»Was meinen Sie?«, fragte Jason.

»Sie ist gut mit den Fragen umgegangen. Leider haben sie ihre Aussagen in der letzten Befragung in die Klemme gebracht.« Case zog an seiner Fliege. »Unterm Strich wird sie aussehen, als würde sie lügen, wenn Starling ihre vorherige Aussage vorspielt, in der sie abgestritten hat, dass irgendwer ihr je vorgeschlagen hat, darüber nachzudenken, die Zusammenarbeit mit Peninsula Arms zu beenden.«

Die beiden Männer saßen einen Augenblick schweigend da. Jason ließ sein Schweigen seine Zustimmung ausdrücken.

»Sie bekommt unterschiedliche Ergebnisse von unseren Testgruppen«, sagte er dann. »Entweder sie lieben sie, oder sie hassen sie.«

»Das überrascht mich nicht.«

Case arrangierte seinen Block und die Aussageabschrift zu einem ordentlichen kleinen Stapel. Die Kopien der Beweisstücke dieses Tages legte er obenauf.

»Sie besitzen ein gutes Urteilsvermögen, Jason. Und ich habe mir die Bänder von Justice Inc. angesehen.« Case hörte auf, mit dem Papierstapel vor sich herumzuspielen und sah Jason direkt an. »Sie sind ein wahnsinnig guter Prozessanwalt.«

Für Jason kam diese Gesprächswende unerwartet. »Danke«, sagte er.

»Es kann sein, dass Sie den Fall allein verhandeln müssen«, fuhr Case fort.

»Was meinen Sie damit?«

»Es könnte sein, dass ich in den Zeugenstand muss.«

Jason zog die Augenbrauen zusammen. »Warum?«

»Wir brauchen jemanden, der das Memo richtig erklären kann«, schlug Case vor. »Ein paar der Geschworenen denken vielleicht, Melissa würde ein bisschen übertreiben, aber mit mir können sie möglicherweise mehr anfangen. Die Frage ist, ob ich diesem Fall als Anwalt oder als Zeuge mehr nütze. Im Moment tendiere ich zum Zeugen.«

Jason spürte, wie sich ein Druck in seiner Brust aufbaute; diese raschen Entwicklungen machten ihm Kopfschmerzen. Kelly Starling hatte vielleicht einen Maulwurf bei MD Firearms und ein Memo als entscheidenden Beweis in ihrem Arsenal. Doch jetzt musste Jason den Fall möglicherweise allein verhandeln.

»Lassen Sie uns ein paar Nächte darüber schlafen, bevor wir etwas überstürzen«, schlug Jason vor.

»Natürlich«, gab Case zurück. »Sie kennen mich. Ich treffe nie überstürzte Entscheidungen.«

56

Auf dem Flug zurück nach Norfolk, allein auf seinem Fensterplatz, hatte Jason Zeit für eine Bestandsaufnahme. Er machte eine Liste der Dinge, die er vor dem Prozess erledigen musste – zwei ganze Seiten auf seinem Block, und es gab vermutlich noch massenhaft Punkte, die er vergessen hatte. Vielleicht war er nur müde, aber die Befragung hatte irgendwie seinen emotionalen Blickwinkel verändert.

Hätte er eine Wahl gehabt, hätte er sich wahrscheinlich auf die Klägerseite geschlagen. Er liebte es, den Underdog zu vertreten. Er war nicht von Haus aus ein Fan des zweiten Verfassungszusatzes, auch wenn er sich sicherer fühlte, wenn er seine MD-45 im Haus oder Auto hatte. Auf irgendeine unbestimmte Art verlieh sie ihm ein Gefühl der Sicherheit und Stärke.

Eine Weile hatte Jason sich eingeredet, der Fall würde ihm gefallen. Es war bei weitem der größte Fall seiner juristischen Laufbahn, und er respektierte Melissa Davids inzwischen sehr. Außerdem war da diese ganze Sache mit der individuellen Verantwortung. War MD Firearms eigentlich nicht nur ein unschuldiger Sündenbock? Waren die wahren Schuldigen nicht Jamison, Beeson und Peninsula Arms, von denen keiner verklagt wurde?

Aber jetzt, als Cases Memo ans Tageslicht gekommen war, lag Jasons Enthusiasmus für den Fall knapp über Null. Melissa Davids hatte heute ihre schlimmste Seite gezeigt. Obwohl er Kelly vor seinen Mandanten das Leben schwer gemacht hatte, ertappte er sich dabei, wie er Respekt für ihre Kreuzfahrermentalität entwickelte. Kelly gab sich wie jemand, der die Gerechtigkeit auf seiner Seite hatte – jemand, der bereit war, für seinen Mandanten zu bluten. Jason wurde es in einem Augenblick uneingeschränkter Aufrichtigkeit bewusst, dass er selbst sich nicht so fühlte.

Aber er *war* Jason Noble. Juristisches Ausnahmetalent. Top-Prozessanwalt. Der größte Schauspieler, der jedoch nie für einen Oscar nominiert werden würde.

Jason hatte einmal einen Hollywood-Veteranen sagen hören, dass Ehrlichkeit der Schlüssel zu gutem Schauspiel sei. »*Wenn Sie Ehrlichkeit vortäuschen können, haben Sie es geschafft.*« Das galt, dachte Jason, auch im Gerichtssaal.

Bis das Flugzeug seinen Landeanflug begann, hatte sich Jason wieder erfolgreich selbst davon überzeugt, der große Verteidiger des zweiten Verfassungszusatzes zu sein. Das Memo hatte ihn vielleicht seinen Co-Anwalt gekostet, aber in diesem Fall hätte Jason einen großartigen Zeugen dadurch gewonnen. Melissa Davids hatte ihre Ecken und Kanten, aber Case McAllister war Profi. Er würde dort im Zeugenstand sitzen, seine Fliege zurechtrücken und systematisch Kelly Starlings Fall auseinandernehmen.

Jasons BlackBerry vibrierte, bevor das Flugzeug den Boden berührte. Wie üblich hatte er sich geweigert, ihn während des Fluges auszuschalten und es heimlich auf Vibration umgestellt. Diese Angewohnheit ließ vermutlich auf irgendeinen tiefsitzenden Charakterfehler schließen, geboren aus seiner rebellischen und trotzigen Natur, aber seine Begründung war einfach: Würde man es Passagieren überhaupt erlauben, Handys ins Flugzeug mitzunehmen, wenn sie wirklich die Navigationsgeräte in Flugzeugen durcheinanderbrachten?

Allerdings besaß er den gesunden Menschenverstand, seine Nachrichten nicht abzurufen, bis das Flugzeug aufgesetzt hatte. Als die Flugbegleiterin mit ihrer Willkommen-in-Norfolk-Rede anfing, zog Jason seinen BlackBerry von seinem Clip und begann, durch seine Nachrichten zu scrollen.

Sieben E-Mails. Nicht schlecht für einen Neunzigminutenflug. Er konnte sie durchsehen, bis er am Gate war.

Doch als er die dritte E-Mail öffnete, erstarrte seine Hand über dem Gerät. Die Worte nahmen ihm die Luft und ließen ihn hörbar keuchen. Er las sie zweimal und ließ den Kopf sinken, lehnte ihn an den Sitz vor sich und starrte auf den Bildschirm seines BlackBerry.

Jason:

Der pensionierte Polizeichef von Atlanta würde einen exzellenten Sachverständigen in Ihrem Fall abgeben. Sein Name ist Ed Poole. Heuern Sie ihn an.

Übrigens, Jason, Sie werden tun, was ich sage. Sonst wird die ganze Welt auf dem Kryptonite-Blog alles über den kleinen Unfall erfahren, den Sie in Ihrer High School-Zeit hatten.

Ich weiß, wer gefahren ist, und ich habe den Beweis.

Zwingen Sie mich nicht, ihn zu benutzen. Ich will nur helfen. Der zweite Verfassungszusatz ist das Einzige, das die Herrschaft der Gewalt verhindert. *Sic semper tyrannis!*

Luthor

P.S.: Lassen Sie sich von niemandem überreden, einen Vergleich zu schließen. Der Fall ist gut zu gewinnen.

Jason holte tief Luft und versuchte, sein rasendes Herz zu beruhigen. Seine Hände zitterten buchstäblich, als habe er eben einen alten Freund aus dem Grab auferstehen, mit dem Finger auf Jasons Brust deuten und ihn des Mordes anklagen sehen.

Er schloss die Augen, und wie in einem immer wiederkehrenden Albtraum brach alles erneut über ihn herein.

57

Zehn Jahre zuvor

Die Ironie war, dass Jason und seine Freunde an diesem Abend die große Party mieden – die mit den ganzen Footballspielern, Cheerleadern und reichen Kids –, weil Jason und seine Kumpels darüber diskutiert hatten und der Meinung waren, dass es Ärger geben könnte.

Größtenteils mied Jason Partys grundsätzlich, denn in großen Gruppen fühlte er sich einsamer, als wenn er zu Hause blieb. Aber an diesem Abend hatte er mit seinen Fußball-Teamkollegen und ein paar Mädchen geplant, auf einem Parkplatz neben dem Tennisplatz in einem Außenbezirk im Norden von Atlanta abzuhängen. Ein älterer Schüler mit gefälschtem Ausweis brachte das Bier mit. Wieder ein anderer zog sein eigenes Gras.

Jason fuhr mit einem Kumpel namens LeRon zu der Party, dem Linksaußen seiner Mannschaft und einem so draufgängerischen und angeberischen Spieler, dass seine Mannschaftskollegen ihn liebevoll »das Großmaul« nannten.

Irgendwie gaben sie ein seltsames Paar ab – der stille Sohn eines Cops und der extrovertierte Sohn eines afroamerikanischen Methodistenpastors –, aber der Sport brachte sie zusammen. Das Großmaul war ihm intellektuell ebenbürtig, zitierte King, Plato und T. D. Jakes, und er war ein netter Gegenpol zu Jasons beißendem Sarkasmus. Das Großmaul war ein ewiger und unerschütterlicher Optimist, sogar in einer Fußballmannschaft, die in fünf Jahren keinen Titel mehr gewonnen hatte.

Außerdem hatte das Großmaul große Träume. An einem Tag wollte er der neue Johnnie Cochran werden. Am nächsten der weltbeste Sportagent. Einmal hatte Jason versucht, ihn in Richtung Politik zu locken, aber das Großmaul hatte bei dem Gedanken nur verächtlich das Gesicht verzogen und gelacht. »*Damit* kann man kein Geld machen.«

An diesem Abend, wie an vielen anderen zuvor, hatte das Großmaul ein paar Bier zu viel gehabt und ein bisschen zu viel Gras geraucht. Nach ein paar Stunden Herumhängen, eine halbe Stunde in den Autos, weil es leicht regnete, mit eingeschlossen, beschlossen sie, alle in einen *Steak'n Shake* zu gehen und etwas zu essen. LeRon klinkte sich zur allgemeinen Überraschung aus und gab Jason seinen Autoschlüssel. »Dein Alter ist der Cop«, sagte er. »Dich verhaften sie nicht, wenn du besoffen fährst. Du kannst mich nach Hause fahren und bei mir pennen.«

Jason erklärte sich bereit zu fahren, aber nicht, weil er dachte, dass sein Vater nachsichtig mit ihm sein würde. Er war nicht so zu wie Ron. Jason hatte in den letzten zwei Stunden nur ein paar Bier gehabt, höchstens vier oder fünf. Wenn er heil zu Hause ankommen wollte, ohne seinen Vater anzurufen und sich seinen Zorn zuzuziehen, war es der sicherste Weg, wenn er selbst fuhr.

Der Ärger begann auf der Ausfahrt des Highway 400. Jason wohnte an einer anderen Ausfahrt und verpasste die von LeRon aus Gewohnheit beinahe. In der letzten Sekunde scherte er seitlich aus, um die Ausfahrt doch noch zu erwischen. Vielleicht war es sein abruptes Manöver oder die scharfe Kurve der Ausfahrt oder die glatte Straße oder die fast komplett abgefahrenen Reifen oder die Scheibenwischer, die mehr schmierten als die Windschutzscheibe freizuwischen. Vielleicht war es auch die Geschwindigkeit. Oder der Alkohol.

Das Auto fing an zu schleudern, Jason übersteuerte und unterdrückte einen Anfall von Panik. LeRon streckte den Arm, um sich am Armaturenbrett abzustützen und schrie Kraftausdrücke. Das Auto rutschte über den Randstreifen und überschlug sich – einmal, zweimal, wer weiß, wie oft.

Die Welt drehte sich und stürzte auf ihn ein, wurde brutal und chaotisch, als hätte ein Riese das Auto hochgehoben, herumgeschüttelt und gegen einen Baum geworfen.

Der Baum. Jason hatte ihn für den Bruchteil einer Sekunde kommen sehen - nichts als ein Aufblitzen im Augenwinkel während eines Überschlags - und dann hatte er ihn gespürt. Das Auto rammte dagegen, Metall krachte, explodierte praktisch, Jasons Kopf prallte brutal gegen den Türrahmen, gefolgt von einem Ruck und dem Geruch nach Rauch.

Airbags?

Im Bruchteil einer Sekunde, fast sofort, war alles still. Jason stöhnte - in seinem Kopf drehte sich alles, sein Unterbewusstsein brüllte Gefahr. War er überhaupt noch am Leben? Der Schmerz sagte ihm, dass er es war. Eine Schulter. Das rechte Bein. Er schmeckte Blut in seinem Mund.

Seine Brust. Es fühlte sich an, als habe ihm jemand den Brustkorb eingedrückt.

Er rang nach Atem. Er kämpfte gegen die Dunkelheit.

Er hing fast kopfüber, sein Gewicht auf einer Schulter und dem Hals, der ganze Vordersitz des Autos war zerquetscht. Das Auto lag auf der Fahrerseite. Es gab keinen Weg hinaus.

»LeRon?«, sagte er. Es kam als ein Wimmern heraus. »LeRon?«

Er versuchte, sich zu drehen, doch der Schmerz schoss ihm durch den ganzen Körper. Er musste nach seinen Freund sehen. Ein adrenalinbefeuerter Panikanfall machte seinen Kopf ein bisschen klarer. Der Rauch - würde das Auto explodieren?

Jason wand sich weit genug herum, dass er LeRon sehen konnte. Sein Freund rührte sich nicht. Sein Hals war in einem schrecklichen Winkel verdreht, als hätte irgendeine übermenschliche Macht ihn wie einen Flaschenverschluss verdreht. LeRons Augen waren offen und starrten ... leblos.

»Nein!« Jason versuchte, die Hand nach ihm auszustrecken, aber die Dunkelheit gewann, überwältigte ihn, trübte seine Gedanken.

Er musste hier raus, musste weg von dem Auto und Hilfe für LeRon holen ... aber er war gefangen. Er konnte sich nicht konzentrieren. Er begann, immer tiefer, immer schneller in ein schwarzes Loch der Bewusstlosigkeit zu sinken.

Irgendwie schaffte er es, in seine Tasche zu greifen und sein Handy herauszuziehen. Er klappte es auf und drückte die Kurzwahltaste mit der Nummer seines Vaters. Jason wurde schnell schwächer, japste nach Luft. Er sprach in abgehackten Sätzen. Sein Dad sagte etwas - geh vom Auto weg? Beweg deinen Freund nicht? – die Instruktionen gingen im Wirbel der Gedanken unter, die Jason nicht länger kontrollieren konnte. Er murmelte etwas von der Ausfahrt Nummer 6, von einem Baum. Das Telefon glitt ihm aus der Hand.

Der Schmerz wich und die Panik erstarb, ersetzt von einer zähen Dunkelheit und einem Gefühl überwältigenden Verlusts.

* * *

Jason wachte im Krankenhaus auf, mit benebeltem Kopf von den Schmerzmitteln und dem Schlag gegen den Kopf. Sein Vater saß an seinem Bett. Jason sah ihn einen Augenblick an, ließ die Welt wieder ihren Platz einnehmen. Das Gesicht seines Vaters war verhärmt, seine Augen blutunterlaufen.

»LeRon?«, fragte Jason.

Sein Vater schüttelte den Kopf.

Die Schmerzmittel dämpften die Trauer, hielten Jason davon ab, um sich zu schlagen oder zu schreien. Stattdessen schloss er die Augen, während die Traurigkeit in jede Faser seines Seins drang. Er hatte das Gefühl, dass sich sein Leben für immer verändert habe.

Sofort begannen die Fragen auf ihn einzuprasseln.

Warum ist LeRon gestorben?

Warum habe ich überlebt?

Wer will so leben?

Als er die Augen wieder öffnete, hatte sich sein Vater nicht bewegt. Jason spürte Tränen über seine Wangen laufen und sein Kissen durchnässen. Sein Vater beugte sich vor und warf einen Blick zur Tür.

»Du bist nicht gefahren«, flüsterte er.

Häh? Jason runzelte die Stirn, versuchte zu verstehen.

»Ich habe den Unfall Officer Corey gemeldet, der in dieser Gegend auf Streife war. Dann habe ich die 911 gewählt.« Sein Vater rückte ein wenig näher an Jasons Bett. »Matt Corey ist ein Freund. Er hat es geschafft, euch beide aus dem Auto zu holen, bevor der Notarzt da war.«

Jason schüttelte den Kopf. Zumindest versuchte er, ihn zu schütteln. Kleine Bewegungen. Eisern.

Er würde nicht damit davonkommen.

»Hör mir zu«, sagte sein Vater scharf. »Wir haben schon ein Leben verloren. Ich werde nicht zulassen, dass es noch eines wird.«

Jason starrte zurück. Selbst in seinem medikamentenbenebelten Zustand wusste er, dass er dagegen kämpfen musste. Er hatte LeRons Familie schon genug Schmerz zugefügt.

»Matt Corey hat seine Karriere für *uns* aufs Spiel gesetzt«, sagte sein Vater eindringlich. »Wenn du jetzt einen Fehler machst, wirfst du nicht nur dein eigenes Leben weg. Du beendest auch die Karriere eines großartigen und selbstlosen Cops.«

* * *

Der schwerste Tag in Jasons Leben war der Tag von LeRons Beerdigung. Jason kam mit seinem gebrochenen rechten Bein im Gips und den linken Arm in einer Schlinge – gebrochenes Schlüsselbein, mehrfacher Schienbeinbruch, zwei gebrochene Rippen und eine schwere Gehirnerschütterung. Er benutzte zum Gehen eine Krücke unter seinem unverletzten Arm.

Er wurde von LeRons Familie mit Freundlichkeit und Liebe überschüttet.

Der körperliche Schmerz war nichts im Vergleich mit Jasons gebrochenem Geist. Während der Befragung hatte er immer wieder genickt, als Officer Corey die Szene beschrieb, selbst als Corey davon sprach, wie er Jason vom Beifahrersitz gezogen hatte. Jason lieferte vage Einzelheiten zu den Ereignissen dieser Nacht – er behauptete, das Letzte, woran er sich erinnere, sei der Parkplatz am Tennisplatz. Er hatte die Menge, die er selbst getrunken hatte, heruntergespielt. Von Drogen war keine Rede.

Bei der Beerdigung sah Jason mit Entsetzen zu, wie LeRons Mutter am Sarg haltlos schluchzte. Er weinte leise, als LeRons Vater über seinen Sohn sprach und die ganze Gesellschaft zum Lachen und zum Weinen und schließlich zum Aufstehen brachte, als sie einem gut gelebten Leben applaudierten.

* * *

In den nächsten Monaten dachte Jason oft an Selbstmord. Und an ein Geständnis. Mindestens dreimal fuhr er zu dem Parkplatz von LeRons Kirchengemeinde, brachte aber nicht den Mut auf, hineinzugehen und mit LeRons Vater darüber zu sprechen, was wirklich passiert war.

Der Unfall veränderte Jason. Er schwor sich, nie wieder einen Tropfen Alkohol anzurühren. Er wurde zynischer, weniger gesellig, gelegentlich mutlos.

Es war außerdem der endgültige Wendepunkt in einer sowieso schon angespannten Beziehung zwischen Vater und Sohn. Jasons Vater fand, dass Jason für seine zweite Chance dankbar sein sollte. Stattdessen fühlte Jason Groll gegenüber einem Polizisten, der das System missbrauchte und seinen eigenen Sohn drängte, über eine Frage von Leben und Tod zu lügen. Und er schämte sich für seinen eigenen Part in diesem Täuschungsmanöver.

Die Zeit verging, und es wurde immer schwerer für Jason, darüber nachzudenken, die Sache richtigzustellen. Es hätte sowohl die Karriere von Officer Corey als auch die von seinem eigenen Vater zerstört. Aber was hätte es genützt? Würden LeRons Eltern wirklich Trost in dem Wissen finden, dass ihr Sohn nicht gefahren war? Dadurch würde er nicht wieder lebendig. Jason wäre vermutlich ins Gefängnis gewandert, was in gewisser Weise eine Verbesserung gewesen wäre – die Schuld, die er mit sich herumtrug, erschien ihm erstickender als jede Gefängniszelle.

Monatelang suchten ihn Reue und Scham heim, hingen in jedem wachen Augenblick über ihm, lauerten in seinen Albträumen und festigten ihren Würgegriff in dem Augenblick, wenn er aufwachte, um sich einem neuen quälenden Tag zu stellen. Er packte das Leben rational an, redete sich täglich selbst ein, dass es jetzt zu spät war, um umzukehren.

Er ging zu LeRons Grab und bat seinen Freund um Vergebung. Er ging mit derselben Last auf seinen Schultern wieder, mit der er gekommen war.

* * *

Zwei Jahre später, auf dem College, beschloss Jason, Anwalt zu werden. Vielleicht waren es die Schuldgefühle, weil er den Unfall überlebt hatte und LeRon nicht. LeRon hatte Prozessanwalt werden wollen, der nächste Johnnie Cochran. Vielleicht wäre er es tatsächlich geworden.

Jason konnte seinen Freund nicht wieder lebendig machen. Aber er konnte ihm zumindest auf bescheidene Weise Ehre erweisen. Vielleicht war das der Grund für Jasons Bereitschaft, angeklagte Verbrecher als Mandanten zu übernehmen. Das war sicherlich die Art von Recht, die LeRon praktiziert hätte.

LeRons Stil hätte sich sehr von Jasons unterschieden. LeRon argumentierte aus Leidenschaft; für Jason war es hauptsächlich Theater. Aber vielleicht würde Jason eines Tages an seinem Anwaltstisch sitzen und jemanden verteidigen, der sich der vollen Härte des Gesetzes stellen musste und erkennen, dass dies genau das war, was LeRon getan hätte.

Jason würde noch einmal die Plätze tauschen.

Aber diesmal würde er seinen guten Freund stolz machen.

58

Jason war die ganze Nacht wach, nachdem er die E-Mail von Luthor bekommen hatte. Er ging in seiner Wohnung über dem Bootshaus auf und ab. Irgendwann ging er nach draußen, setzte sich auf die Trennmauer und starrte auf die Bucht hinaus.

Die meiste Zeit stellte er sich Fragen.

Welchen »Beweis« konnte es für den Unfall geben? Es war zehn Jahre her. Vielleicht hatte irgendein Privatdetektiv damals den Unfall auf Grundlage des Schadens im Innenraum des Autos, dem Blut und den Verletzungen, die Jason und LeRon erlitten hatten, rekonstruiert – etwas in der Art. Aber das Auto war zum Schrottplatz geschleppt und die Fallakte geschlossen worden. Es konnte kein Beweis übrig sein.

Es sei denn, Matt Corey hätte etwas zurückbehalten. Aber weshalb hätte er das tun sollen?

Die Aussicht auf einen Lügendetektortest tauchte in Jasons Gedanken auf und ließ seinen Puls hochschnellen. Als Anwalt wusste er, dass er nicht zu einem Lügendetektortest gezwungen werden konnte. Aber was, wenn jemand die Frage aufwarf, wer gefahren war und den Test vorschlug, um die Sache endgültig zu den Akten zu legen? Welchen Grund konnte Jason dafür anbringen, dass er sich weigerte?

Wollte Luthor wirklich, dass Jason den Crawford-Fall gewann? Wenn ja, warum erpresste er ihn dann? Wenn man wollte, dass jemand gewann, rief man ihn am helllichten Tag an und benutzte seinen richtigen Namen.

Jason hatte den Lebenslauf des ehemaligen Polizeichefs von Atlanta, Edward Poole, nachgeschlagen. Die Referenzen dieses Mannes waren beeindruckend. Jason konnte einen Sachverständigen brauchen, der über den Schwarzmarkt für Waffen aussagte. Jemand, der erklärte, dass Kriminelle wie Jamison an Waffen herankamen, egal, ob Händler illegale Strohverkäufe tätigten oder nicht. Aber wollte er es wagen, jemanden zu nehmen, den Luthor vorgeschlagen hatte?

Was war Luthors wahrer Plan?

Als die Dunkelheit der kühlen Frühlingsnacht den ersten Sonnenstrahlen wich, begann Jason, sich auf die wichtigste Frage von allen zu konzentrieren.

Wem konnte er trauen?

Sicherlich nicht Rafael Johansen. Genaugenommen, kam Jason in den Sinn, waren sowohl die Sache mit Case McAllisters Memo als auch die E-Mail von Luthor nicht lange, nachdem Rafael zum Team dazugestoßen war, geschehen.

Je mehr er über Rafael und den Haufen Dreck nachdachte, den er für die Prozesse von Justice Inc. immer irgendwie über die Geschworenen ausgegraben hatte, desto mehr misstraute Jason seinem eigenen Ermittler. Er beschloss, Rafaels Zugang zu den Akten zu beschränken. Der Mann konnte seine Geschworenenermittlungen unabhängig machen – Jason brauchte ihn nicht im Büro.

Er dachte daran, ihn gleich am nächsten Tag zu feuern, aber er wusste, dass er Rafaels Fähigkeiten brauchte, um die Jury im Crawford-Fall ordentlich auswählen zu können.

Abgesehen davon glaubte Jason an das Prinzip, Freunde in seiner Nähe und Feinde noch näher bei sich zu haben. Er würde Rafael frühestens eine oder zwei Wochen vor Verhandlungsbeginn feuern, wenn Rafael mit seinen Profilen aller Geschworenen fertig war.

Was war mit den anderen? Konnte er sich auf Matt Corey verlassen? Andrew Lassiter? Was war mit Case McAllister? Oder Bella? Was wusste er überhaupt von *ihrem* Hintergrund? Und wenn er schon dabei war: Konnte er seinem eigenen Vater überhaupt trauen?

Vielleicht war er auch nur hundemüde. Vielleicht war es die nervenzerreißende Aussicht darauf, dass seine Vergangenheit ihn schließlich doch noch einholte. Vielleicht war er auch einfach nur paranoid.

Aber im Moment fiel Jason *niemand* ein, dem er vertrauen konnte. Er würde das Spiel spielen, wie er es immer getan hatte – allein. Er würde Zeit schinden, indem er sich mit Poole traf und ihn als Sachverständigen auf die Liste setzen ließ. Er konnte diese Nominierung später immer noch zurückziehen, wenn etwas herauskam.

Doch er hatte das ungute Gefühl, dass er wieder von Luthor hören würde. Die richtige Strategie zu entwerfen, um diesen Fall zu gewinnen, war womöglich das kleinste seiner Probleme.

Bevor er ins Bad ging, um zu duschen, checkte Jason den Kryptonite-Blog. Er hatte das Gefühl, dass er das jetzt eine Weile jeden Morgen als erstes und jeden Abend, bevor er ins Bett ging, als letztes tun würde. Genau wie er jede E-Mail, die er bekam, mit einem nagenden Gefühl der Furcht und Unsicherheit öffnen würde.

* * *

Kelly Starling verbrachte die drei Wochen vor Prozessbeginn »in der Zone«, wie sie es nannte – in einer adrenalingesteuerten Konzentration, die es ihr erlaubte, wochenlang Vierzehnstundentage zu arbeiten. Sie rechnete fast fünfunddreißig Stunden pro Woche für ihre zahlenden Mandanten ab und verbrachte noch einmal vierzig Stunden mit dem Crawford-Fall. Sie reduzierte ihr morgendliches Schwimmtraining auf vier Mal pro Woche, aß an ihrem Schreibtisch oder im Auto und fand kaum die Zeit, zur Reinigung zu gehen. E-Mails sammelten sich in ihrem Posteingang an, und die Nachrichten aus ihrem schwindenden Freundeskreis auf ihrem Anrufbeantworter blieben unbeantwortet.

Kellys Leben war jetzt mehr oder weniger darauf reduziert, die Teller ihrer anderen Fälle am Kreisen zu halten, während sie sich auf den einen und bedeutendsten Fall ihrer Karriere konzentrierte.

Richter Shavers Bestätigungsanhörungen stockten weiterhin. Er meldete sich gelegentlich bei Kelly, erkundigte sich angeblich nach dem neuesten Stand in ihrem großen Fall und ermunterte sie wie ein stolzer Vater. Doch die Anrufe enthielten auch immer ein oder zwei nebulöse Fragen –

»Irgendwelche neuen Entwicklungen? Haben Sie mal was von unserem gemeinsamen Freund gehört? Irgendwelche Vergleichsverhandlungen, oder haben Sie immer noch vor, vor Gericht zu gehen?«

Jedes Mal versicherte Kelly ihm, dass es keine neuen Entwicklungen gebe. Sie begann langsam zu glauben, dass sie vielleicht gar nichts mehr von Luthor hören würde – dass er (oder sie) nur sichergehen wollte, dass der Fall vor Gericht ging.

Luthor war jedenfalls mit Sicherheit kein guter Brieffreund. Und ohne häufigeren Kontakt hatte Kelly es aufgegeben, herausfinden zu wollen, wer er war. Wie konnte sie an Informationen kommen, wenn der mysteriöse Luthor sich nie die Mühe machte, sie zu kontaktieren?

Drei Monate lang konzentrierte sie sich auf ihre Prozessvorbereitung. Blake Crawford zählte auf sie. Sie durfte sich von den Spekulationen über Luthor nicht von ihrer anstehenden Aufgabe ablenken lassen.

Selbst Luthor schien das zu verstehen. Drei Monate lang blieb er stumm.

Teil V

Der Prozess

59

29. Juni

Das Päckchen kam am Montagmorgen, eine Woche vor dem Prozess. Die gedruckte Botschaft darin war kurz und kryptisch:

> Gut, dass Sie keinen Vergleich geschlossen haben. Ich dachte mir, Sie könnten ein bisschen Hilfe mit Ed Poole gebrauchen. Vielleicht könnten Sie das hier der Scheidungsanwältin seiner Frau weitergeben, wenn Sie damit durch sind.
>
> Luthor

Unter anderem enthielt das Päckchen Kontoauszüge der letzten Monate von etwas, das aussah wie ein Auslandskonto auf Pooles Namen. Für Anfang Juni zeigte der Kontostand fast 300 000 Dollar an. Es gab sporadische Einzahlungen und einmal im Monat eine abgehende Überweisung von 10 000 Dollar auf ein Konto bei einer Bank in den Vereinigten Staaten. Das Empfängerkonto war auf dem Kontoauszug angegeben.

Außerdem war da noch eine Rechnung für ein Handy, das auf Poole registriert war. Luthor hatte mehrere Anrufe und SMS an eine Nummer markiert, die Poole mindestens einmal am Tag angerufen hatte, manchmal zwanzig oder dreißig Minuten lang. Die Telefonrechnung war vom vorigen Herbst.

Kelly hatte Poole seine eidliche Aussage abgenommen, ein paar Wochen, nachdem Jason ihn als Experten angegeben hatte. Poole wirkte jovial und väterlich, ein ehemaliger Polizeichef, der versuchte, einer jungen Anwältin aus D.C. etwas über die harte Realität der Polizeiarbeit beizubringen. Kriminelle konnten sich laut Poole immer und überall Waffen besorgen. Händler wie Peninsula Arms waren nicht gerade hilfreich, aber wenn Kelly dachte, dass ein Waffengeschäft zu schließen Jamison davon abgehalten hätte, sich eine Feuerwaffe zu besorgen, dann lebte sie in einer Traumwelt. Poole hatte in Atlanta jahrelang kriminelle Händler kommen und gehen sehen. Es machte keinen Unterschied, was den illegalen Waffenhandel anging.

Poole zitierte sogar ein paar Fakten, um seine Ansicht zu stützen. Eine Studie des Justizministeriums, für die fast 18 000 staatliche und bundesstaatliche Häftlinge befragt worden waren, hatte es ihm besonders angetan. Mehr als 80 Prozent hatten ihre Waffen über Freunde oder Familienmitglieder bekommen oder hatten sie auf der Straße gekauft. Nur 9 Prozent der Waffen, die von Kriminellen benutzt wurden, waren illegal in echten Waffengeschäften gekauft worden, entweder durch Strohkäufe oder sonst irgendwie. Außerdem war die Zahl der Waffen - die die Medien »halbautomatische Angriffswaffen« nannten - die bei Verbrechen benutzt wurden, relativ gering. Sie lag bei ungefähr 8 Prozent.

So ging es weiter - der sympathische ehemalige Polizeichef spuckte Statistiken und hausgemachte Südstaatenratschläge aus, während Jason Noble kaum ein Lächeln unterdrücken konnte.

Kelly wusste, dass sie beim Prozess ihre liebe Not mit Poole haben würde. Aus diesem Grund interessierten sie die Dokumente von Luthor. Aber sie war auch skeptisch. Beweise aus Pooles Scheidungsverhandlung waren wahrscheinlich nicht zulässig, um ihn als Zeugen anzuzweifeln.

Trotzdem war es zumindest ein paar Anrufe wert.

Kellys erster Anruf galt der Nummer, die auf der Telefonrechnung angestrichen war. Eine weibliche Stimme meldete sich, und Kelly fragte nach Angela, Pooles getrennt lebender Ehefrau. Die Frau am anderen Ende zögerte, bevor sie Kelly sagte, sie habe die falsche Nummer. »Mit wem spreche ich denn?«, fragte Kelly. »Sie haben sich verwählt«, wiederholte die Frau.

Kellys zweiter Anruf ging an Angela Pooles Scheidungsanwältin. Kelly erzählte ihr von den Dokumenten, und die Anwältin bat Kelly, sie einzuscannen und ihr als PDF-Datei zu schicken.

Innerhalb einer Stunde rief die Anwältin zurück. »Wir dachten uns schon, dass er seine Besitzverhältnisse verschleiern würde«, sagte sie. »Mit diesen Dokumenten können wir es beweisen. Poole hat dieses Konto nicht auf die Liste seiner Besitztümer gesetzt. Die Telefonnummer ist die von Pooles Geliebten. Diese Information hatten wir schon. Ich habe meinen Ermittler darauf angesetzt, aber ich wette, dass die Überweisungen auf ihr Konto gehen.«

Einfach so besaß Kelly jetzt schwere Geschütze fürs Kreuzverhör. Poole hatte das Scheidungsgericht in Bezug auf seine Vermögensverhältnisse belogen. Wer wusste außerdem schon, woher das Geld kam, das auf das Auslandskonto eingezahlt wurde? Kelly fragte sich, ob Poole dieses Einkommen dem Finanzamt angegeben hatte.

Doch zugleich steckte Kelly auch in einem Dilemma. Genaugenommen hatte Jason Noble den Antrag auf Einsicht in alle Dokumente gestellt, die Kelly vor Gericht verwenden wollte. Aber diese gewissen Dokumente waren sehr viel effektiver, wenn sie sie zurückhielt und Poole im Kreuzverhör damit überraschte. Natürlich war das ein wenig anrüchig, und der Richter würde sie möglicherweise zusammenstauchen, aber erst, *nachdem* sie Poole im Zeugenstand in Verlegenheit gebracht hatte. Manche Gerichte würden sogar darüber hinwegsehen, dass sie die Pflicht hatte, Dokumente offenzulegen, die dem Zeugen bekannt waren und nur im Kreuzverhör benutzt wurden.

Kelly hatte keine Zweifel, dass Jason es an ihrer Stelle so gemacht hätte. Er hätte die Dokumente zurückgehalten, dem Zeugen in der Verhandlung eine Falle gestellt und dann Empörung geheuchelt, wenn der Richter ihn deswegen zurechtwies.

Was es natürlich nicht richtiger machte. Kelly fuhr sich mit den Händen durch die kurzen blonden Haare, dachte daran, dass sie vor dem Prozess noch zum Friseur musste und versuchte, ihre ethische Verantwortung gegen ihre Pflicht abzuwägen, ihren Mandanten so gut sie konnte zu vertreten.

Nach ein paar Minuten rief sie ihren Mandanten an. Blake Crawford war derjenige, für den am meisten auf dem Spiel stand. Warum ihn also nicht in die Entscheidung mit einbeziehen?

60

Der vierte Juli fiel auf einen Samstag, was bedeutete, dass die Geschäfte und Gerichte am folgenden Montag geschlossen bleiben würden. Folglich wurde der Prozessbeginn im Fall Crawford auf den Dienstagmorgen gelegt.

Für Jason würde der Nationalfeiertag ein Zwölf-Stunden-Arbeitstag wie praktisch jeder andere Tag in den letzten drei Monaten werden. Er stand früh auf und checkte den Kryptonite-Blog, obwohl er zwölf Wochen kein Wort von Luthor gehört hatte. Er nahm eine schnelle Dusche, beschloss, dass das Rasieren heute ausfallen konnte, weil keine Mandanten ins Büro kommen würden, und zog sich Shorts, das T-Shirt vom Vortag und ein Paar abgelatschte Crocs an. Es war fast 6.30 Uhr, also würde Bella wahrscheinlich schon da sein. Andrew Lassiter würde ungefähr um 9.00 Uhr auftauchen und bis Mitternacht arbeiten.

Der Tag versprach viel Sonnenschein, Hitze und Schwüle. Der Strand würde überfüllt sein. Die Hauptsaison war in vollem Gange und die Atmosphäre der Brandung zog zehntausende Touristen an. Abends würde es ein Feuerwerk geben und Konzerte an drei verschiedenen Veranstaltungsorten.

Jason würde all das ignorieren. Er würde den Tag und den Abend fleißig bei der Arbeit verbringen. Allenfalls würden er und Bella vielleicht eine Meile die Straße entlang zu dem leeren Parkplatz des leer stehenden *Surf & Sand*-Kinos fahren und sehen, ob sie das Feuerwerk von dort aus beobachten konnten.

Bis dahin würde er den Tag damit verbringen, sich auf das Feuerwerk vorzubereiten, das am Dienstagmorgen begann.

Zu Jasons Überraschung war er der Erste im Büro. Er ging in die Küche und setzte die Kaffeemaschine in Gang. Er sah zu, wie sie brühte und dachte an tausend Dinge, die er noch tun musste, bevor der Prozess losging.

Die Geschworenenauswahl würde am Dienstagmorgen als erstes stattfinden. Der ganze Fall wurde im Fernsehen übertragen, auf *truTV*, dem Nachfolger des Senders *Court TV*. Große Teile davon würden auch auf *CNN*, *Fox News*, *CNBC* und ein paar lokalen Sendern laufen.

Wenn die tatsächliche Jury zusammengestellt war, würden Bella und Andrew eine Schattenjury rekrutieren, bestehend aus Anwohnern der Gegend mit denselben Mikromarketingprofilen wie die echte Jury. Die Schattenjury würde die echten Vorgänge vor Gericht sehen und in Echtzeit Rückmeldung geben, wie die verschiedenen Zeugen und Beweise sie beeinflussten. Jason würde seine Prozessstrategie dann einfach entsprechend anpassen.

Es war ein ehrgeiziger Plan für eine Firma, die so klein war wie die von »Jason Noble, Rechtsanwalt«. Robert Sherwood wäre stolz auf ihn.

Aber der Versuch, das alles auf die Beine zu stellen, forderte seinen Tribut.

Bella schlurfte um 7.45 Uhr herein, sie sah blass aus, die Augen blutunterlaufen, ohne Make-up. Sie trug ein weites weißes T-Shirt und eine schwarze Caprihose, die sie zehn Minuten gekostet haben musste, bis sie sich hineingezwängt hatte. Sie war außer Puste vom Treppensteigen und roch, als hätte sie schon eine Packung Camels durch.

»Guten Morgen«, sagte Jason.

»Wohl kaum. Es ist der vierte Juli, und wir sind hier und schuften im Büro, keine Pläne für den Abend, kein Privatleben, kein Grillen mit der Familie. Stattdessen sitzen wir den ganzen Tag herum und versuchen herauszubekommen, wie wir dafür sorgen können, dass ein guter christlicher Witwer kein Geld als Ausgleich für den Verlust seiner Frau bekommt.«

»Sie brauchen einen Kaffee«, schlug Jason vor.

Um 9.00 Uhr war Bella wieder voll in Fahrt, stellte Verhandlungsnotizen zusammen, organisierte Dokumente, machte Termine für Zeugen. Sie machte Andrew Lassiter das Leben schwer, weil er so spät kam; wie üblich ignorierte er sie und steuerte auf den Konferenzraum zu, den er für seine Geschworenenrecherchen beschlagnahmt hatte.

Um 10.00 Uhr wagte sich Jason hinaus in den Empfangsbereich, wo Bella in die Arbeit vertieft war.

»Ich werde Ihnen den Tag retten«, sagte Jason.

Bella sah zu ihm auf und grunzte, als wäre es schon zu spät, um da noch etwas zu machen.

»Wir haben von Rafael Johansen alle Geschworeneninfos, die wir bekommen können«, sagte Jason. »Andrew gibt die Mikromarketingdaten ein und müsste seine Empfehlungen für die Geschworenenauswahl bis Dienstagmorgen fertig haben. Ich denke, wir können Johansen endlich feuern. Wollen Sie diese Ehre übernehmen?«

»Machen Sie Witze?«, fragte Bella und rieb sich in offensichtlicher Freude die Hände. Sie war pausenlos mit dem arroganten Ermittler aneinandergeraten. »Ich glaube, dafür habe ich zwischendurch gerade noch kurz Zeit.«

Jason lächelte. »Seien Sie nachsichtig mit ihm. Er hat uns einiges an gutem Stoff verschafft.«

* * *

Um 20.00 Uhr beschloss Jason, dass es Zeit sei, ein bisschen Führungsqualität zu zeigen. Er ging den Flur zum Konferenzraum hinunter, wo Andrew

Lassiter über seinen Laptop gebeugt saß. Der Mann drückte seine Nase praktisch am Bildschirm platt; seine Brille mit dem dicken schwarzen Gestell lag auf dem Tisch.

Er sah zu Jason auf, sein brauner Pony hing ihm in die Augen.

»Komm, wir schauen uns das Feuerwerk an«, schlug Jason vor. »Mach ein paar Stunden Pause.«

»Kann nicht.«

»Doch, du kannst. Komm schon.«

Andrew setzte seine Brille auf, warf die Haare zurück und sah Jason an. »Ich habe viel Arbeit.«

»Die kann warten.«

Andrew atmete hörbar aus. »Ich habe immer noch Löcher in meiner Juryinformation.« Er scrollte durch die Tabellen. »Grundlegende Sachen. Gehen sie in die Kirche? Zeitschriftenabos? Politische Parteien? Privatunterricht? Rafael hat uns nur für zwei Drittel dieser Leute die kompletten Informationen gegeben.«

Jason wusste, dass die Daten nicht perfekt waren. Es waren sechzig Geschworene auf der Liste, und selbst Rafaels Geheimoperationen hatten ihre Grenzen. Aber Jason wusste, dass Andrew Lassiter improvisieren würde, indem er die Daten, die er hatte, benutzte, um die bestmögliche Jury auswählen zu helfen.

Die Auswahl der Geschworenen war Jasons geringste Sorge.

»Ich lass dich auch neben Bella sitzen«, versprach Jason.

Das brachte ihm ein Grinsen von Lassiter ein. Er nahm die Brille ab und rieb sich die Augen. »Ich passe«, sagte er.

Bei seiner Assistentin hatte Jason mehr Glück. Zuerst versuchte sie auch, die Märtyrerin zu spielen. Aber als Jason sich aufs Betteln verlegte, gab sie nach.

Sie sprangen in seinen Truck, kämpften sich anderthalb Meilen durch den Verkehr, bogen nach links auf die *Atlantic Avenue* ein und fanden schließlich auf der 53. Straße, ein paar Häuserblocks vom Strand entfernt, einen Parkplatz. Als erstes steuerten sie ein Souvenirgeschäft auf der Promenade an, Jason kaufte zwei Aluminium-Strandstühle. Er und Bella gingen barfuß durch den Sand und stellten ihre Stühle knapp hinter der Wasserkante auf. Es war kurz vor Sonnenuntergang, und der Himmel war umwerfend. Sie lehnten sich zurück, um die Festivitäten zu genießen.

Der Strand war nicht überfüllt, aber es waren eine Menge andere da, die ähnlich gedacht hatten. Familien auf Decken, eng umschlungene Pärchen, kleine Gruppen von Touristen, die Frisbeescheiben oder Footbälle warfen, Einheimische mit ihren Hunden. Ein paar Väter und Söhne zündeten schon Wunderkerzen an und ließen ihre eigenen Feuerwerkskörper los.

Bella und Jason saßen mit Blick zum Südende des Strands. »Ich glaube, sie lassen es von einem Kahn da drüben auf dem Meer aus steigen«, sagte Bella.

Sie sahen den anderen Strandbesuchern zu, während es dunkel wurde, und Bella machte bissige Bemerkungen, die Jason vor sich hin lächeln ließen. Ein oder zwei Mal fing Bella von dem Fall an, aber Jason brachte sie zum Schweigen: »Heute Abend wird nicht über die Arbeit geredet.« Weil die Arbeit tabu war, dauerte es nicht lange, bis ihnen die Gesprächsthemen ausgingen. Sie warteten in relativem Schweigen auf das Feuerwerk.

Wie Bella vorhergesagt hatte, wurde das Feuerwerk von einem Kahn gezündet, der mehrere hundert Meter vor der Küste lag. Es erleuchtete sowohl den Nachthimmel als auch die Zuschauer am Strand, verwandelte die Wellen des Ozeans in leuchtendes Purpur, Rot, Blau und Grün. Jede Salve löste neue Ooohs und Aaahs aus, und ein gelegentlicher Nachhall oder eine besonders helle Explosion schien der Menge kollektiv den Atem zu nehmen.

Jason war jahrelang nicht mehr bei einem Feuerwerk gewesen und ertappte sich eigenartigerweise dabei, wie er an die Zeiten zurückdachte, als sein Vater ihn, als er noch klein war, am vierten Juli immer zum *Stone Mountain* mitgenommen hatte. Sie waren immer ein wenig früher zurückgegangen und hatten das große Finale auf dem Weg zum Auto immer nur über die Schulter gesehen, weil sie versuchten, schneller zu sein und dem Stau an der Parkplatzausfahrt zuvorzukommen.

Es war eine der wenigen schönen Erinnerungen, die Jason an Zeiten mit seinem Vater hatte.

»Haben Sie das gesehen?«, fragte Bella, die sich plötzlich in ein Kind verwandelt hatte. »Ich liebe die, die so auffächern!«

Als Jason an diesem Abend den Strand verließ und der Sand zwischen seine Zehen quoll, als er zur Promenade zurückging, Bella schnaufend neben sich, die davon schwärmte, was für eine tolle Idee das gewesen war, fühlte er sich plötzlich melancholisch. Er dachte an seinen Dad. Das Letzte, was er von Matt Corey gehört hatte, war gewesen, dass sein Vater immer noch Probleme bei der Arbeit hatte. Die interne Untersuchung hatte ihn entlastet, aber Detective Coreys Meinung nach hatte das nur das Unvermeidliche hinausgezögert.

Sein Vater würde abstürzen. Doch niemand würde da sein, um ihm dabei zu helfen, die Scherben wieder aufzusammeln.

»Sind Sie einverstanden?«, fragte Bella zwischen zwei keuchenden Atemzügen.

»Klar«, sagte Jason.

»Gut, ich hol Sie um 9.00 Uhr ab.«

»Wozu?«

»Kirche«, sagte Bella. »Sie haben mir eben zugestimmt, dass Sie öfter mal Abstand vom Büro bräuchten. Vielleicht zur Kirche gehen oder so was.«

»Ich habe nicht zugehört«, sagte Jason. »Dies hier ist meine letzte Pause, bis der Prozess vorbei ist.«

In Wahrheit wollte er unbedingt zurück an die Arbeit. Der Druck eines bevorstehenden Prozesses hatte die wunderbare Eigenschaft, ihn für lange Zeit davon abzuhalten, an etwas anderes zu denken.

Das war ein Segen.

61

Der erste Tag jedes großen Prozesses beginnt mit einem bunten Medienrummel, gefolgt von der Plackerei, eine Jury auszuwählen. Für die meisten Beobachter ist es das juristische Äquivalent davon, in ein großes Footballstadion mit Musikkapellen, Cheerleadern und Hotdog-Verkäufern zu gehen, nur um das Gras wachsen zu hören. Aber für Jason Noble und Andrew Lassiter war die Geschworenenauswahl der entscheidendste und faszinierendste Aspekt des Falls.

Richter Garrison, der sich vor den Kameras aufplusterte, die er im Gerichtssaal erlaubt hatte, machte sich einen Spaß daraus, sich stark in den Mittelpunkt zu rücken. Jason wusste, dass es im Grunde zwei Modelle in der Welt der Geschworenenauswahl gab – der Richter konnte die Starrolle übernehmen, oder die beiden Anwälte taten es. Garrison machte von Anfang an sehr deutlich, dass die Anwälte in diesem Prozess im Hintergrund bleiben würden.

Bevor er die Verhandlung eröffnete, scheuchte Garrison Kelly Starling und Jason Noble in sein Richterzimmer. Hinter seinem Schreibtisch und in seinem Seersucker-Anzug nahm der rundliche Richter seine Brille mit Goldrand ab und sprach ein Machtwort: Die Verhandlung werde jeden Tag pünktlich beginnen, oder vielleicht ein paar Minuten zu früh. Irgendwelche Tricks der Anwälte würden nicht toleriert – hatte er sich deutlich ausgedrückt? Er werde den Geschworenen die meisten Fragen selbst stellen; die Anwälte würden sich nur einschalten, wenn er ihnen die Erlaubnis erteilte.

Die fünfundvierzigminütige Besprechung verbrachten Kelly und Jason hauptsächlich mit Nicken und gemurmeltem »Ja, Euer Ehren«.

»Ich habe eine Reihe von Standardfragen, die ich mit der Jury durchgehen werde«, informierte der Richter sie. »Dann werde ich einzeln mit jenen Geschworenen weitermachen, die wir vielleicht aus wichtigem Grund ablehnen müssen. Wenn ich fertig bin, mache ich eine Pause, und Sie können Ihre Zusatzfragen einreichen, die ich ihnen stellen soll, und Ihre Anträge auf Ablehnung stellen. Noch Fragen?«

»Nein, Sir«, sagten Jason und Kelly unisono.

Jason fand den Richter immer noch schwer zu durchschauen. Rafaels Team hatte Garrisons Finanzen und private Aktivitäten vor dem Prozess weiter überprüft, hatte aber nichts gefunden, was darauf hindeutete, dass der Richter gekauft sein könnte. »Er hat ein Auge auf den obersten Gerichtshof von Virginia geworfen«, hatte Rafael Jason berichtet. »Die anderen Richter würden ihn nur zu gern ziehen lassen. Er ist unausstehlich und narzisstisch – aber soweit wir es beurteilen können, ist er sauber.«

Richter Garrison begann den ersten Prozesstag mit einem halbstündigen Vortrag für die Medien und Prozessbeobachter. Es werde keine Gefühlsausbrüche geben. Kein Flüstern oder Reden während der Verhandlung. Die Verhandlung werde pünktlich beginnen, und er dulde nicht, dass Besucher zu spät kämen und die Abläufe unterbrachen. Fünfzehnminütige Pausen würden auch genau auf fünfzehn Minuten beschränkt sein – nicht mehr, nicht weniger. Alle Handys, Piepser und Computer mussten durch die Metalldetektoren. »Sobald ein Handy klingelt, gehört es mir«, erklärte Garrison. Dies sei ein äußerst wichtiger juristischer Vorgang, sagte der Richter feierlich, keine Spaßveranstaltung. Wenn irgendwer unterhalten werden wolle, könne er sich Matlock im Fernsehen anschauen.

»Also«, fragte Garrison, »gibt es noch Fragen?«

Es gab keine: Der Richter sah aus wie Elmer Fudd, aber er sprach mit der Autorität eines General Patton. Sein Gerichtsdiener beobachtete die Zuschauer genau, um zu sehen, ob jemand auch nur eine der gerade verkündeten Regeln brach.

Jason Noble, der schon jetzt wie ein Stahlarbeiter schwitzte, begann noch mehr zu transpirieren. Case McAllister, der als Vertreter von MD Firearms neben ihm saß, sah aus, als müsse er ein Gähnen unterdrücken.

Schließlich, nachdem er seine unangefochtene Autorität klargestellt hatte, wies Richter Garrison seinen Gerichtsdiener an, die Geschworenen hereinzuholen. Vier Reihen Holzbänke, die als Zuschauerbänke im Gerichtssaal dienten, waren für die Liste von sechzig potenziellen Geschworenen geräumt worden. Jeder Anwalt bekam eine nummerierte Liste der Geschworenen mit einigen minimalen Hintergrundinformationen. Die ersten vierzehn Geschworenen auf der Liste saßen auf der Geschworenenbank, die nächsten zwölf in der ersten Reihe hinter dem Tisch der Kläger, die nächsten zwölf in der Reihe dahinter, und so weiter.

Nachdem die potenzielle Jury vereidigt war, erteilte Richter Garrison ihr eine Lektion in Staatskunde, wie wichtig ihr Job sei und wie glücklich sie alle sich als Amerikaner schätzen könnten, ein Geschworenensystem zu haben.

Jason warf verstohlene Blicke zu den Geschworenen hinüber und schenkte ihnen ein freundliches Lächeln mit geschlossenen Lippen. Als er sich umdrehte, sah er Andrew Lassiter, der direkt hinter ihm saß und die Geschworenen wie ein Serienkiller anstarrte. Er sah in seinen Laptop, holte sich einen bestimmten Geschworenen heran, tippte ein paar Zeilen, dann starrte er sein nächstes Opfer an. Die meisten ignorierten ihn. Oder versuchten es zumindest.

Jason ermahnte Andrew, sie nicht anzustarren, als wären sie Tiere im Zoo. Andrew nickte und starrte weiter.

Das Gesetz von Virginia schrieb sieben Geschworene für einen Zivilprozess vor. Bei einem komplexen Thema wie diesem war es üblich, dass der Richter mindestens zwei Ersatzleute auf die Liste setzte. Geschworene, die eine Voreingenommenheit zeigten, wurden aus diesem Grund abgelehnt. Danach würde jede Seite drei vorläufige Ablehnungen für die Hauptjury aussprechen und eine für die Ersatzleute. Die Anwälte konnten diese vorläufigen Ablehnungen für wen sie wollten benutzen.

Jason rückte seinen Stuhl zurück, damit er neben Andrew Lassiter saß, und drehte sich zu den Geschworenen um. Garrison begann mit den Standardfragen: Kennen Sie eine der Parteien in diesem Fall? Was ist mit den Anwälten? Haben Sie von diesem Fall gehört? Könnte das, was Sie gehört haben, Ihre Fähigkeit beeinträchtigen, gerecht und unparteiisch zu sein?

So ging es weiter. Manchmal ließ er die Geschworenen als ganze Gruppe per Handzeichen antworten; andere Fragen stellte er einzeln. Jason machte sich Notizen zu allen Antworten, die ihn störten.

Es war wenig überraschend, dass viele der Geschworenen eine ausgeprägte Meinung zum Thema Waffenkontrolle hatten. Andere suchten wahrscheinlich nur nach einem Weg, der Geschworenenpflicht zu entgehen und dachten, wenn sie Voreingenommenheit zeigten, könnten sie bis zur Mittagspause abgelehnt sein. Am Ende des Vormittags hatten Garrisons Fragen dreißig Opfer gefordert.

Garrison vertagte sich für die Mittagspause mit einer langen Tirade darüber, dass die Geschworenen es vermeiden sollten, mit irgendwem über den Fall zu reden, inklusive »Ihr Therapeut, Ihre Ehefrau oder Ihr Lover«. Er endete mit einer versteckten Warnung, dass er die Jury absondern würde, wenn sie sich nicht benahmen und wünschte ihnen dann einen guten Appetit.

Sobald Garrison die Richterbank verlassen hatte, fing Andrew Lassiter an, sich zu beschweren. »Er zerstört diese Geschworenenliste«, flüsterte er fieberhaft und wie verrückt mit den Augen zwinkernd. Er schüttelte den Kopf über den Computerbildschirm, als würden sich die Daten ändern, wenn er nur lange genug daraufstarrte. »Die Waffenliebhaber müssen lernen, den Mund zu halten!«

Es stimmte, dass Garrison mehr Waffenbefürworter als Waffengegner entlassen hatte, aber Jason hatte das erwartet. In mancher Hinsicht freute es ihn, dass die Geschworenen seine Seite des Falls so leidenschaftlich unterstützten. Bisher sah es aus, als würden die Waffenbefürworter zwei zu eins überwiegen, was Jasons Entscheidung bestätigte, den Fall am Gericht von Virgina Beach zu lassen.

»Mal sehen, wie es läuft«, sagte Jason. Er war auch ohne Andrews Paranoia schon nervös genug. »Das letzte Wort ist noch nicht gesprochen.«

Andrew schien wenig überzeugt. »Ich sage ja nur …« Er hob frustriert die Hände, die Sorge stand ihm ins Gesicht geschrieben. »Mir gefällt nicht, wo das hinführt.«

* * *

Jason und Case aßen in einem nahegelegenen Deli zu Mittag.

Während seiner Prozesse bei Justice Inc. war Jason oft so angespannt gewesen, dass er am ersten Tag das Mittagessen hatte ausfallen lassen. Wenn der Prozess fortschritt, aß er dann irgendwann etwas Leichtes – einen Salat oder irgendeine Art Wrap. Abends, wenn der Druck des Tages nachließ, aß er Pizza oder Burger oder sonst etwas Fettiges, während er seine Akten durchging, um sich auf den nächsten Verhandlungstag vorzubereiten.

Doch jetzt war Jason ganz in seiner Rolle – der ruhige, coole, gefasste Prozessmagier –, und Case wollte Gesellschaft beim Essen. Jason spielte mit und bestellte Suppe und ein Sandwich.

Andrew Lassiter hatte sich entschuldigt, er brütete lieber über seinem Computerprogramm und ärgerte sich über den schwindenden und anämisch aussehenden Jurypool.

Mit Case zu Mittag zu essen, war fast so gut wie eine Therapie. Case wollte nur ein paar Minuten über den Prozess sprechen, bevor er mit Geschichten von anderen Prozessen anfing, von Jagdausflügen und Politikern, mit denen er die Schwerter gekreuzt hatte. Er kleckerte ein bisschen Senf auf sein weißes Hemd und fluchte, dann tauchte er seine Serviette in sein Wasserglas und versuchte, den Fleck wegzureiben.

Das ließ Jason an die Geschichte denken, wie er damals beim Mittagessen direkt vor einem Eröffnungsplädoyer sein Getränk umgeworfen hatte, das sich in seinen Schoß ergossen hatte. »Ich werde manchmal ein bisschen nervös«, hatte er der Jury erzählt.

Als sie sich wieder auf den Rückweg zum Gericht machten, fühlte sich Jason schon besser. Er genoss es, Case mit den Reportern scherzen zu sehen, die ihnen über den Parkplatz zum Gerichtsgebäude folgten.

»Was halten Sie von Richter Garrison?«, fragte jemand.

»Die Weisheit Salomons«, schoss Case zurück.

»Machen Sie sich Sorgen wegen der öffentlichen Aufmerksamkeit, die dieser Fall für MD Firearms erzeugt?«

»Nicht, wenn Sie unseren Namen richtig schreiben.«

»Bedauert es MD Firearms, Peninsula Arms mit Waffen beliefert zu haben?«

»Ich weiß nicht«, sagte Case. Er blieb einen Augenblick stehen. »Was ist mit Ihnen?«

Die Reporterin sah Case verwirrt an. »Was meinen Sie damit?«

»Haben Sie schon aufgehört, Ihre Kinder zu schlagen?«

Sie verdrehte die Augen, und Case nahm seine kleine Parade zum Gerichtsgebäude wieder auf.

Sie kamen fünfzehn Minuten zu früh oben im Gerichtssaal an, und Jason beschloss, noch auf die Toilette zu gehen. Der Anruf von Bella kam genau im falschen Moment, und Jason ließ es einfach klingeln. Ein paar Minuten später rief sie noch einmal an.

Diesmal ging er dran. »Was ist los?« Er war wieder im Flur auf dem Weg zum Sitzungssaal.

»Ich habe eben einen seltsamen Anruf bekommen«, sagte Bella. Sie klang erschüttert. »Eine von diesen digital veränderten Stimmen.«

Jasons Herz schlug ihm bis zum Hals. Er wartete auf die Pointe.

»Es war eine Männerstimme. Er sagte, ich soll dafür sorgen, dass Sie Ihre E-Mails checken«, sagte Bella. »Da sollen irgendwelche Informationen über potenzielle Geschworene sein, die Sie nicht verpassen sollten.«

»Das ist alles?«

»Er sagte, ich soll dafür sorgen, dass Sie sie in der Mittagspause checken. Dann hat er aufgelegt.«

»Ich nehme nicht an, dass seine Nummer auf dem Display angezeigt wurde.«

»Er hatte sie unterdrückt.«

Sie sprachen noch ein paar Minuten, und Jason beantwortete Bellas Fragen zu den Ereignissen des Vormittags. Er fasste sich kurz; er musste auflegen und seine E-Mails checken.

»Klingt, als wären Sie gut gestartet«, sagte Bella. »Ich bete für Sie.«

Diese Bemerkung traf Jason unvorbereitet. Er fand es ein bisschen seltsam, die Hilfe des Allmächtigen gegen einen trauernden Witwer zu erbitten.

Er dankte Bella, beendete das Gespräch und checkte seine E-Mails. Es gab keine neuen Nachrichten seit dem Mittagessen. *Seltsam.*

Drei Minuten später, während er an seinem Anwaltstisch saß, vibrierte sein BlackBerry.

Jason:

Streichen Sie die Geschworenen 3 und 7 nicht. Es wäre ein schlechter Zeitpunkt, wenn Ihre Trunkenheitsfahrt in der Presse auftauchen würde.

Vertrauen Sie mir, ich will nur helfen. Diese Geschworenen werden Ihre Champions.

Luthor

62

Mit hämmerndem Herzen wandte sich Jason zu Andrew Lassiter um. »Kann ich sehen, wo wir stehen?«

Andrew rief seine Zusammenfassung auf, die die ersten dreizehn Geschworenen enthielt, die übrig blieben, wenn Richter Garrison niemand anderen aus wichtigem Grund ablehnte. Nach bisherigem Stand riet Andrew, dass Jason seine vorläufige Ablehnung beim Geschworenen 3 einsetzte. Die Geschworene 7 hatte ebenfalls einen niedrigen Rang in Andrews System, war aber im Moment sicher – aber nur, weil noch drei andere Geschworene mit noch schlechteren Punktzahlen auf der Liste waren.

Was wusste Luthor über diese zwei Geschworenen, was Jason und Andrew nicht wussten?

Es würde schwierig werden, den Geschworenen 3 zu behalten. Sein Name war Rodney Peterson, ein afroamerikanischer Geschichtsprofessor am *Virginia Wesleyan College*. Aus der Mikromarketingperspektive sprach einiges gegen ihn. Falsche politische Partei. Falsche Religionszugehörigkeit. Er lebte in Virginia Beach, aber er arbeitete viel mit dem *Boys & Girls Club* in Norfolks Innenstadtbezirk und sah aus erster Hand die tödliche Kombination von Waffen und Gangs. Er hatte einen Doktortitel – noch ein

Punkt. Jason bevorzugte Arbeiter. Das Einzige, was für ihn sprach, war sein Geschlecht. Die Testgruppen zeigten, dass Frauen viel mehr Mitgefühl mit Blake Crawford hatten als Männer.

Die Geschworene 7, eine Frau mittleren Alters namens Marcia Franks, hatte einige Plus- und Minuspunkte. Noch eine Demokratin, Punkt eins. Keine Religionszugehörigkeit, Punkt zwei. Bei ihr gab es noch andere strittige Punkte, vielleicht keine totalen Ausschlusskriterien, aber zumindest ein großer Minuspunkt. Sie las die falschen Zeitschriften, hatte ihre Kinder an einer Privatschule ohne religiöse Ausrichtung angemeldet und kaufte in Bioläden ein. Und sie hatte einen Obama-Aufkleber an ihrem Auto.

Ein Pluspunkt war, dass ihr Mann ein pensionierter Soldat war, der jetzt für eine private Sicherheitsfirma arbeitete. Es gab Waffen im Haus. Gelegentlich ging ihr Mann an der Ostküste jagen.

Jason deutete auf ein paar andere Geschworene mit niedriger Punktzahl, wenn auch nicht so niedrig wie die von Marcia Franks. »Ich habe ein schlechtes Gefühl bei den beiden«, sagte er. Er wusste noch nicht, ob er die Geschworenen 3 und 7 streichen würde, aber er wollte schon einmal anfangen, für den Fall, dass er sich entschloss, sie zu behalten, das Fundament zu legen. Der beste Weg war, das Hauptaugenmerk auf andere potenziell schlechte Geschworene zu lenken und für alle Fälle etwas gegen sie aufzubauen.

Aber Lassiter kaufte es ihm nicht ab. »Vertrau den Formeln«, sagte er. »Wenn die Geschworenen in der *Vorvernehmung* nichts sagen, das unsere Informationen vollkommen verändert, müssen wir uns an die Formeln halten.«

Auch bevor Jason die E-Mail von Luthor erhalten hatte, hatten Andrew und er über dieses Thema immer wieder hin und her überlegt. Jason sah die Formeln als Orientierungshilfe. Andrew sah sie als Auftrag, eine Art mosaische Gesetzestafeln – du sollst die untersten drei Geschworenen ablehnen, so spricht die Formel.

Jason tippte sich an die Brust. »Das hier ist auch Teil der Formel.«

Andrew deutete auf den Bildschirm. »Dieses Ding basiert auf objektiven Informationen, nicht auf Gefühlen.« Er wandte sich Jason mit eindringlichem Blick zu. Der Fall setzte sie alle unter Druck, doch Andrew zeigte es am meisten – er war ein Vulkan kurz vor dem Ausbruch. »Wirf nicht Monate harter Arbeit weg, nur weil Du ein Gefühl im Bauch hast. Gefühle ändern sich.« Er blinzelte, und sein Hals zuckte ein bisschen. »Und selbst wenn nicht …«

»Erheben Sie sich!«, rief der Gerichtsdiener und rettete Jason vor dem Rest von Andrews Vortrag.

»Jason, du weißt, dass das hier funktioniert«, flüsterte Andrew.

In den nächsten Stunden, während die Geschworenenbefragung sich dahinschleppte, konzentrierte sich Jason auf seine Zwickmühle. Wenn er einen der Geschworenen 3 und 7 ablehnte, würde seine Vergangenheit enthüllt, mitten in einem Fall mit riesigem Medieninteresse, ihn von seiner Aufgabe ablenken und damit auch seine Mandanten beschmutzen. Was, wenn Luthor wirklich helfen wollte? Luthor hatte Ed Poole als Sachverständigen vorgeschlagen, und Poole hatte sich in seiner Aussage großartig geschlagen.

Aber warum hatte Luthor keine Einzelheiten geliefert, wenn er etwas über diese Geschworenen wusste, das sie für Jasons Fall favorisierte? Ehrlich gesagt, war diese ganze Sache schmutzig. Sie musste es sein. Luthor erpresste Jason. Es konnte gut sein, dass er diese Geschworenen auch erpresste. Selbst wenn er sie zu Jasons Vorteil erpresste: War Jason nicht an Luthors Betrug beteiligt, wenn er seine E-Mails nicht meldete?

Und was, wenn Luthor die Geschworenen erpresste, um ein Urteil für den Kläger zu erwirken? Wenn Jason den Geschworenen erlaubte zu bleiben, würde das Lügengespinst, das er vor zehn Jahren angefangen hatte, noch ein Opfer umschlingen – Jasons Mandantin.

Andererseits konnte er nicht einmal den Gedanken an die Konsequenzen ertragen, wenn die Wahrheit nach all diesen Jahren ans Tageslicht kam. Was würde er Bella sagen? Was war mit LeRons Familie? – Jason hatte ihre Trauer verschlimmert, indem er sie im Glauben ließ, das ihr Sohn am Steuer gesessen hatte. Warum diese alten Wunden wieder aufreißen? Und dann waren da noch die juristischen Auswirkungen. Selbst für eine jahrzehntealte Vertuschung konnte er seine Anwaltslizenz verlieren – vielleicht sogar ins Gefängnis kommen.

Virginia forderte einstimmige Geschworenenurteile. Selbst wenn Jason die Geschworenen 3 und 7 nicht ablehnte, konnten sie nicht allein entscheiden. Zwei Geschworene konnten die Liste nicht beeinflussen, wenn Jason die anderen fest auf seiner Seite hatte.

An ihren Gesichtern konnte er nichts ablesen. Beide saßen gelassen da, beantworteten die Fragen des Richters, mieden den Augenkontakt mit Jason und allen anderen am Anwaltstisch. Ein paar andere Geschworene wurden aus wichtigem Grund entlassen, und Jason war sich ziemlich sicher, dass sowohl der Geschworene 3 als auch die Nummer 7 jetzt auf Andrews Liste der empfohlenen Streichungen standen.

In ein paar Stunden würde es Zeit sein zu wählen.

* * *

Um halb fünf gingen Richter Garrison die Fragen aus, und er überließ seine Hauptrolle den Anwälten. Ungefähr die Hälfte der Geschworenen war schon aus wichtigem Grund entlassen. Die Geschworenen 3 und 7 hatten es durch die erste Runde geschafft und standen auf der Liste der dreizehn verbliebenen. Der einzige Grund, warum sie nicht als Geschworene dienen sollten, wäre, wenn Kelly oder Jason Gebrauch von ihrem vorläufigen Ablehnungsrecht machten oder Fragen stellten, die eine Voreingenommenheit zutage brachten.

Kelly fing an und tat ihr bestes, um die Waffenliebhaber unter den Geschworenen dazu zu bringen, etwas Aufrührerisches zu sagen, damit sie sie hinauswerfen konnte. Ihren bevorzugten Geschworenen stellte sie einfache Fragen, damit sie noch einmal wiederholen konnten, wie fair und unvoreingenommen sie zu sein gedachten.

Als Jason an der Reihe war, ergriff er die Gelegenheit, seine Seite des Falls in Form von Fragen darzulegen. Würden sie ihre Sympathien außer Acht lassen und seine Mandanten freisprechen, wenn er zeigen konnte, dass sie nichts Illegales getan hatten? Verstanden sie, dass die Tatsache, dass Waffen gefährlich sein konnten, nicht bedeutete, dass man den Hersteller für alles verantwortlich machen konnte, was mit diesen Waffen passierte? Wären sie bereit, den zweiten Verfassungszusatz als Gesetz ihres Landes zu befolgen, selbst wenn sie nicht mit ihm einverstanden waren?

Keiner der beiden Anwälte konnte irgendein ernstes Vorurteil aufdecken, das weitere Geschworene disqualifiziert hätte. Als sie mit ihren Fragen fertig waren, gab Richter Garrison ihnen die Gelegenheit, sich mit ihren jeweiligen Mandanten zu besprechen, um zu sehen, ob sie etwas vergessen hatten.

»Noch Fragen?«, wollte Garrison nach ein paar Minuten wissen.

»Nein, Sir«, sagte Kelly.

Jason stand auf. »Nur eine.«

Garrison seufzte und sagte Jason, er solle weitermachen.

Jason stellte sich vor die Geschworenenbank und lächelte. »Richter Garrison und die Anwälte haben Ihnen heute eine Menge Fragen gestellt, und Richter Garrison hat in allgemeinen Worten erklärt, worum es in diesem Fall geht. Ich habe mich nur gefragt, was Sie vielleicht an Fragen an uns haben könnten, bevor wir anfangen.«

»Was?«, fragte Kelly, die augenblicklich aufgesprungen war. »Ich erhebe Einspruch.«

Jason wandte sich zu dem jetzt rotgesichtigen Richter Garrison um. »Nach vorne!«, bellte der Richter.

Als sie vor seinem Pult standen, beugte sich der Richter zu Jason vor. »Was sollte das? *Wir* stellen die Fragen in der *Geschworenenvorvernehmung*, nicht die Jury. Wie viele Fälle haben Sie bisher verhandelt?«

Jason breitete die Hände aus. »Ich dachte, der ganze Sinn der *Vorvernehmung* wäre, möglichst viel über die Geschworenen herauszufinden. Wie ginge das besser als zu fragen, welche Fragen sie haben? Ich hätte sie nicht beantwortet – aber Ms Starling und ich wären verrückt, wenn wir unseren Fall nicht entsprechend lenken würden.«

Kelly war entgeistert. »Richter«, stammelte sie, als wäre die Absurdität des Ganzen so eindeutig, dass sie keine Worte fand, um sie zu beschreiben. »Ich meine … das ist lächerlich!«

»Ich stimme Ihnen zu«, sagte Richter Garrison. »Kehren Sie auf Ihre Plätze zurück.«

Jason und Kelly taten wie ihnen geheißen, und Garrison wandte sich an die Geschworenen. »Mr Noble ist in diesem Stadium nicht berechtigt, Fragen von Ihnen entgegenzunehmen«, sagte er. »Hoffentlich werden Ihre Fragen während des Beweisvortrags beantwortet werden.«

An ihren Gesichtern konnte Jason ablesen, dass die Geschworenen zumindest dankbar waren, dass er gefragt hatte. Eines, was er in seinen Geschworenenbefragungen bei Justice Inc. gelernt hatte, war ihre Frustration, nie eigene Fragen stellen zu dürfen. Warum kümmerte es niemanden, was sie dachten, wenn sie doch so ein entscheidender Teil des Verhandlungsprozesses waren?

Zumindest wussten sie jetzt, dass es Jason kümmerte.

Als Jason sich setzte, beugte sich Case McAllister herüber und flüsterte nur ein Wort.

»Genial.«

63

Der Gerichtsdiener kam zu Kelly Starling herüber und reichte ihr eine Liste der dreizehn verbleibenden Geschworenen. Sie kontrollierte ein paar Notizen, flüsterte mit Blake und strich einen Namen von der Liste.

Der Gerichtsdiener brachte die Liste zu Jason. Er streckte mit Andrew Lassiter auf der einen und Case McAllister auf der anderen Seite die Köpfe zusammen. Es überraschte ihn nicht, dass Kelly den Geschworenen mit ihrer höchsten Bewertung gestrichen hatte und das Zeichen für »Kläger« danebengesetzt hatte. »Das war ja klar«, flüsterte Andrew. Er deutete auf den Geschworenen 2 und zuckte die Achseln. »Und das ist unser Logischer.«

Der Geschworene 2 war ein afroamerikanischer Schulrektor, der eine Abneigung gegen große Konzerne demonstriert hatte, die Geld mit einer Kultur von Gewalt und Tod machten. Jason hatte versucht, ihn aus wichtigem Grund streichen zu lassen, aber der Mann hatte geschworen, er würde unvoreingenommen bleiben.

Jason sah Case an, der zustimmend nickte. Der Schulrektor bekam einen Korb.

Kelly und ihr Mandant ließen sich mit ihrer nächsten Streichung deutlich mehr Zeit. Als der Gerichtsdiener mit der Liste zurückkam und Jason den Strich durch den Namen des Geschworenen 9 sah, war er ein wenig überrascht. Lassiters System wies mindestens vier Geschworene auf, die mehr Punkte hatten.

»Das ist super!«, rief Andrew aus. Seine Stimme war ein Flüstern, aber laut genug, dass Kelly es vermutlich gehört hatte.

»Schhht!«, warnte Jason.

»Sie kapieren's einfach nicht«, flüsterte Andrew aufgeregt. »Sie hätten die Nummer 9 nie streichen sollen!«

Andrew deutete auf die nächste naheliegende Streichung für Jason – der

Geschworene 3. Zu seinem Leidwesen sah Jason, dass die Geschworenen 3 und 7 jetzt die niedrigsten Bewertungen hatten.

»Ich kann ihn noch nicht streichen«, flüsterte Jason. »Dann würden sie mir Rassismus vorwerfen.«

Das Fallrecht verbot es Anwälten, Geschworene aufgrund ihrer Rasse abzulehnen. Wenn ein gegnerischer Anwalt die Frage nach möglichen rassistischen Vorurteilen aufwarf, musste der Anwalt, der den bewussten Geschworenen ablehnen wollte, einen legitimen Grund für seine Streichung angeben, der nichts mit dessen Rasse zu tun hatte.

»Du hast rassenunabhängige Gründe«, beharrte Andrew. »Er muss gehen.«

»Nehmen Sie ihn als Dritten«, schlug Case vor. »Werden Sie als erstes die Nummer 7 los.«

Jason erstarrte für einen Augenblick und dachte über seine Möglichkeiten nach. Er sah die Geschworenen 3 und 7 an – keine offene Feindseligkeit in ihren Gesichtern. Vielleicht suchte er nur einen Grund, diese beiden Geschworenen auf der Liste zu behalten, aber er begann zu glauben, dass es ein bisschen Zocken wert sein könnte.

Zuerst einmal hatte Justice Inc. dafür gesorgt, dass Jason den Fall bekam. Dann hatte eine anonyme Quelle namens Luthor Jason geholfen, einen guten Sachverständigen zu finden. Jetzt schlug derselbe Luthor vor, dass Jason diese beiden Geschworenen behielt.

Die Art des Handelns trug alle Züge von Justice Inc.: Insiderinformationen über die Geschworenen und über Jason selbst. Die Firma hatte sicherlich ein riesiges finanzielles Interesse daran, den Fall zu beeinflussen. Das Einzige, was nicht ins Bild passte, war die Erpressung. Justice Inc. bewegte sich gern am Rande der Legalität, aber Jason hätte nie gedacht, dass sie sich zu etwas so offensichtlich Illegalem herablassen würden.

Jason sah noch einmal auf die Liste. Die Geschworene mit der niedrigsten Punktzahl, abgesehen von den Geschworenen 3 und 7, war die Nummer 12. Jason deutete auf den Namen. »Ich habe ein echt schlechtes Gefühl, was die hier angeht.«

»Was?«, flüsterte Andrew. »Das hatten wir doch schon! Lass deine *Gefühle* aus dem Spiel!«

»Ich bin kein Roboter!«, protestierte Jason. »Ich muss Geschworene haben, zu denen ich eine Verbindung herstellen kann!«

Andrew antwortete mit einer Reihe von Statistiken aus den Testgruppen, der Bedeutung dieses Faktors im Vergleich zu jenem. »Sie ist eine gutgläubige und solide Liberale«, argumentierte er und deutete auf die Geschworene 7. »Werde sie bei dieser Streichung los und die Nummer 3 bei der nächsten.«

Der Gerichtsdiener ragte neben dem Tisch auf, die Arme verschränkt. Der ganze Gerichtssaal wartete gespannt.

»Geben Sie mir die Liste«, sagte Case. »Wir sehen aus wie drei Comedians!«

Er wandte sich an Jason. »Sind Sie sich sicher?«

Jason senkte den Blick auf die Tischplatte. *Nein.* »Ja«, sagte er leise.

Case zog eine Linie durch die Geschworene 12 und setzte das Zeichen der Verteidigung daneben. »Ich habe *Sie* für die Verteidigung meiner Firma angestellt«, sagte er. »Nicht irgendein Computerprogramm.«

Als der Gerichtsdiener das Blatt für die dritte Streichung brachte, sagte Andrew Lassiter kein Wort. »Es tut mir leid, Andrew«, sagte Jason und strich die Nummer 11.

Als Jason dem Gerichtsdiener die Liste zurückgab, klappte Andrew seinen Laptop zu. Einen Augenblick lang dachte Jason, sein Freund würde den Gerichtssaal mitten im Geschworenenauswahlprozess verlassen.

Wenn er es getan hätte, hätte Jason ihm keinen Vorwurf machen können. Jason selbst hatte gerade wochenlange Arbeit und Tausende von Dollar in den Abfluss gespült. Die Wahrheit war, dass er eben kein schlechtes Gefühl bei den letzten beiden Geschworenen gehabt hatte, die er gestrichen hatte.

Aber die tiefere Wahrheit, die, die ihm selbst Übelkeit verursachte, war, dass die Geschworenen 3 und 7 ohne Luthors E-Mail gegangen wären. Vielleicht hatte er die Wettquoten gegen sich selbst erhöht, vielleicht auch nicht. Hoffentlich konnte er es noch herausreißen. Oder, im schlimmsten Fall, eine gespaltene Jury erwirken.

Weil Case Partei für ihn ergriffen hatte, war Jason entschlossener denn je, sein Bestes zu geben. Vielleicht konnte Jason Luthor und wer immer sonst noch hinter diesem Versuch, das Justizsystem zu manipulieren, steckte, im Lauf des Prozesses entlarven.

Oder vielleicht waren das auch nur die Rechtfertigungen eines Verräters. MD Firearms hatte Jason angeheuert, damit er die Firma verteidigte. Am ersten Prozesstag war er schon zu sehr damit beschäftigt gewesen, sich selbst zu verteidigen.

64

Richter Garrison ermahnte die Geschworenen noch einmal streng, mit niemandem über den Fall zu reden. Dann entließ er sie und bat die Anwälte noch einmal in sein Richterzimmer. Als sie ankamen, nahm Garrison gerade seine schwarze Robe ab und machte eine Geste zu zwei freien Stühlen hin.

»Wir hatten einen guten Start. Aber, Mr Noble?«

»Sir?«

»Wir hätten auch ohne Ihre Frage an die Geschworenen auskommen können.«

»Ja, Sir.«

»Sie haben keine Tricks für morgen geplant, oder?«

»Noch nicht.«

Garrison hatte ein paar Papiere auf seinem Schreibtisch durchgesehen, doch die Bemerkung ließ ihn innehalten. »Wie bitte?«

»Nur ein kleiner Scherz, Sir.«

»Also gut … versuchen wir doch, die ganze Sache so gut wie möglich hinter uns zu bringen und die Selbstdarstellungen auf ein Minimum zu reduzieren.«

Jason hätte gern gefragt, ob das auch für Richter galt, aber er ließ es blieben. In den nächsten Minuten sprachen sie über Zeitpläne und wie lange der Fall dauern könnte.

»Haben die Parteien über einen Vergleich gesprochen?«, fragte Richter Garrison.

Kelly antwortete als Erste. »Mein Klient ist nicht zu einem Vergleich bereit. Es ist eine Frage des Prinzips.«

»Ja, ja, das habe ich schon ein paar Mal gehört.« Er wandte sich an Jason. »Warum legen Sie nicht ein bisschen Geld auf den Tisch, damit wir herausfinden können, wie viel diese Prinzipien kosten?«

»Es tut mir leid, Richter. Für meine Mandantin ist es eine Frage des Geldes – und sie ist nicht bereit, welches zu bezahlen.«

Garrison seufzte. »Also gut, dann fangen Sie morgen früh um 9.00 Uhr mit den Eröffnungsplädoyers an.«

Nachdem er die Anwälte gewarnt hatte, keine aufrührerischen Bemerkungen gegenüber der Presse zu machen, entließ er sie.

Kelly hielt Jason im Flur auf und reichte ihm eine Akte.

»Das sind ein paar Dokumente, um deren Offenlegung Sie gebeten hatten«, sagte sie. Jasons Blick musste deutlich sein Misstrauen ausgedrückt haben, weil er sie nicht früher bekommen hatte. »Bevor Sie ausflippen, sollten Sie wissen, dass ich sie selbst auch erst bekommen habe«, fuhr Kelly fort. »Die meisten Anwälte hätten sie Ihnen nicht einmal gegeben – sie würden Sie einfach im Kreuzverhör damit überraschen.«

»Wessen Kreuzverhör?«, fragte Jason.

»Die Unterlagen sprechen für sich selbst«, antwortete Kelly.

Jason ignorierte die Reporter auf dem Weg aus dem Gericht und ging direkt zu seinem Wagen. Als er die Fahrertür öffnete, kam ihm ein Schwall heißer Luft wie aus einem Hochofen entgegen. Er warf sein Jackett auf den Beifahrersitz hinüber und lockerte seine Krawatte.

Er schaltete die Klimaanlage an, machte sich auf das Schlimmste gefasst und öffnete die Akte. Sie enthielt Bankunterlagen – ein Auslandskonto unter Ed Pooles Namen – und Handyrechnungen.

Jason erkannte keine der Telefonnummern wieder und verstand die volle Bedeutung des Auslandskontos nicht, aber eines wusste er – wenn Kelly Starling vorhatte, diese Unterlagen im Kreuzverhör zu benutzen, mussten sie schlimm sein.

Was ihn wiederum zu einer üblen Schlussfolgerung brachte – Luthor hatte Jason eine Falle gestellt. Jasons Hauptsachverständiger hatte eine ernste Achillesferse. Luthor hatte das zweifellos die ganze Zeit gewusst. Und jetzt hatte sich Jason wie ein Idiot noch ein tieferes Loch gegraben, indem er Luthors vorgeschlagenen Geschworenen auf der Liste behalten hatte.

Jason fluchte und hieb mit der Faust aufs Armaturenbrett. Warum hatte er das nicht kommen sehen?

Vielleicht weil er es nicht hatte sehen wollen. Er war so erpicht darauf, seine Vergangenheit geheim zu halten, dass er die Augen vor dem Offensichtlichen verschlossen und mitten in Luthors Falle getappt war.

Ein Klopfen am Fenster riss Jason aus seiner Versunkenheit. Er sah zu Case McAllister auf und kurbelte das Fenster herunter.

»Alles in Ordnung?«, fragte Case. »Sie sehen ein bisschen abgekämpft aus.«

»Mir geht's gut. Es war nur ein langer Tag.«

* * *

Kelly Starling rief ihren Anrufbeantworter erst ab, als sie auf dem Weg zum *Hilton Oceanfront Hotel* war, ihrem vorübergehenden Hauptquartier für die nächsten zwei Wochen. Manchmal hatte es auch seine Vorteile, Teil einer großen Kanzlei zu sein.

Der vierte Anrufer hatte während der Mittagspause von einer unbekannten Privatnummer angerufen. Kelly war früh in den Gerichtssaal zurückgekehrt und hatte ihr Handy ausgeschaltet. Sie musste ihn knapp verpasst haben.

Die Stimme klang wie die eines Mannes, aber das war schwer zu sagen, weil sie digital verzerrt war. Die Verbindung war auch nicht die beste, und Kelly musste die Nachricht zweimal abhören, um genau zu verstehen, was die Person sagte. Was sie hörte, ließ ihr das Herz stehenbleiben.

»Kelly. Hier ist Luthor. Behalten Sie die Geschworenen 3 und 7 in Ihrer Jury. Wenn Sie das tun, ist Ihr Geheimnis bei mir sicher.«

Nachdem sie es zum zweiten Mal abgehört hatte, legte sie auf, ohne die anderen Nachrichten abzuhören. Sie hatte beide Geschworene auf der Liste behalten - warum auch nicht? -, aber das beunruhigte sie nicht. Luthor griff in den Fall ein. Gab ihr direkte Befehle. Wenn er die Geschworenenauswahl beobachtet hatte, würde er glauben, dass er sie in der Hand hatte, dass sie sich seinen Forderungen gefügt hatte.

In Wahrheit hatte sie beschlossen, genau das Gegenteil zu tun. Sie würde Blake Crawford nach besten Kräften verteidigen, egal, was es kostete.

Wie es aussah, konnte der Preis hoch sein. Sie hatte Luthors Forderung erfüllt, wenn auch unbeabsichtigt. Wie lange würde es dauern, bis er eine Forderung stellte, die sie nicht erfüllen konnte?

Sie rief Richter Shaver an, um ihm zu sagen, dass sie wieder von Luthor gehört hatte. Er ging nicht ans Telefon, also hinterließ sie ihm eine kryptische Botschaft.

»Hier ist Kelly Starling. Ich habe eben wieder von unserem gemeinsamen Freund Luthor gehört. Im Moment geht es ihm gut, aber ich fürchte, es ist vielleicht nur noch eine Frage der Zeit. Dachte, das würde Sie vielleicht interessieren.« Sie hinterließ ihre Handynummer und legte auf.

Sie fragte sich, was ihr bei den Geschworenen 3 und 7 entgangen war. Sie war offen gestanden ein bisschen überrascht gewesen, dass Jason die 3, Rodney Peterson, nicht gestrichen hatte. Jetzt fragte sie sich: *Waren sie Spitzel der Gegenseite?*

Das kam ihr unwahrscheinlich vor. Luthor schien auf ihrer Seite zu sein. Er hatte ihr schon schädliches Material fürs Kreuzverhör von Ed Poole zugespielt und eine Kopie von Case McAllisters Kosten-Nutzen-Analyse. Aber wie konnte sie sich sicher sein? Vielleicht versuchte Luthor nur, ihr Vertrauen zu gewinnen, um sie am Ende zu verraten.

Sie hatte immer noch nicht den blassesten Schimmer, wer Luthor war. Das Einzige, was sie tun konnte, war sich auf den Fall zu konzentrieren. Vielleicht würde Luthor in der Zwischenzeit einen Fehler machen und Kelly würde seine oder ihre Identität erfahren.

So oder so: Wenn Luthor glaubte, er könne Kelly Starling kontrollieren, dann war er auf dem Holzweg. Wenn ihre Affäre mit dem Richter je bekannt wurde, würde es schmutzig werden, aber Kelly würde es überleben. Danach würde sich Luthor wünschen, ihr nie begegnet zu sein.

Aber das würde sie sich alles für später aufheben. Im Moment musste sie sich auf ihr Eröffnungsplädoyer vorbereiten.

65

Jason fuhr langsam ins Büro zurück. Er wollte Andrew Lassiter nicht begegnen. Eigentlich war er sich nicht einmal sicher, dass Lassiter dort sein würde. Andrew glaubte so fest an sein Jury-Überprüfungssystem, dass er Jasons heutige Aktion höchstwahrscheinlich als persönliche Beleidigung aufgefasst hatte.

Jason fürchtete sich auch davor, Bella Harper und Case McAllister zu sehen. Sie glaubten an ihn. Sie hatten so hart an diesem Fall gearbeitet. Jetzt hatte Jason sie alle verkauft, nur um seine eigene Haut zu retten.

Während der Fahrt krempelte er sich die Ärmel hoch, hielt an einer Tankstelle, um vollzutanken und sich ein Mineralwasser zu kaufen. Er war deprimiert. Er fühlte sich, als wäre seine Seele von seinem Körper getrennt, hinge irgendwo in einem komischen Höllenkreis, nachdem er sich von Luthor und seinen E-Mails hatte kaufen lassen. Doch selbst in der emotionalen Dunkelheit erkannte er einen einzelnen Lichtstrahl. Es war vielleicht kein Ausweg ... aber es *war* ein Anfang.

Ironischerweise verschafften ihm die Unterlagen, die jetzt auf dem Beifahrersitz lagen, diesen einen Vorteil, den Jason in seinem Kampf gegen Luthor hatte. Jason nahm an, dass Luthor Kelly diese Dokumente zugespielt hatte. Wäre er nicht so geschockt gewesen, als sie sie ihm übergab, hätte er Kelly direkt dort im Flur nach Luthor fragen und genau hinsehen können, ob sie zusammenzuckte. Trotzdem nahm er sich vor, das nachzuholen, wenn sich während des Prozesses einmal die Gelegenheit ergab.

Luthors einziger Fehler war bisher, dass er Kelly Starlings Moralvorstellungen nicht mit einberechnet hatte. Er hatte darauf gezählt, dass sie die Unterlagen für sich behielt und Poole damit im Kreuzverhör überfiel, wie es die meisten Anwälte getan hätten. So hätte Jason erst viel später erfahren, dass Luthor definitiv gegen ihn arbeitete. Stattdessen hatte Kelly ihm die Dokumente früher übergeben, und jetzt wusste er direkt von Beginn an, dass Luthor versuchte, ihn zu sabotieren statt ihm zu helfen.

Es war ein kleiner und vorübergehender Vorteil, aber es war zumindest etwas. Um dieses Wissen zu seinem Vorteil zu nutzen, brauchte Jason einen Ermittler, dem er trauen konnte.

Er fuhr auf seinen Büroparkplatz und stand dort ein paar Minuten mit laufendem Motor. Dann zog er seinen BlackBerry heraus, holte tief Luft und rief seinen Vater an.

Während er hörte, wie es klingelte, hätte er fast wieder aufgelegt. Er schaltete in Gedanken einen Gang tiefer und zwang sich, am Telefon zu bleiben.

»Ja.«

»Dad, ich bin's, Jason.«

Pause. »Ich weiß«, sagte sein Vater. »Anruferkennung.« Er wartete noch ein paar Sekunden. »Es ist Monate her.«

Es gibt kein Gesetz, das dir verbietet, mich anzurufen. »Tut mir leid, Dad. Ich hatte viel zu tun.«

Sie sprachen ein paar Minuten, ein abgehacktes und unbehagliches Gespräch über den Fall. Die Vorurteile seines Vaters gegen MD Firearms waren immer noch eindeutig. Der Mann sprach mit schwerer Zunge, und Jason konnte sich gut vorstellen, wie er in seinem Wohnzimmer in Jeans und einem weißen Unterhemd saß, leere Flaschen überall im Raum verteilt.

Jason starrte durch die Windschutzscheibe und fragte sich, ob es überhaupt das Richtige war. »Ich könnte wirklich ein bisschen Hilfe in diesem Fall brauchen, Dad. Ich brauche jemanden, dem ich vertrauen kann und der ein paar von den Geschworenen für mich überprüft.« Er zögerte, das Schweigen seines Vaters brachte ihn aus dem Konzept. »Ich dachte, ich weiß auch nicht, du könntest dir vielleicht ein paar Tage freinehmen und herkommen, um mir zu helfen.«

Das Schweigen am anderen Ende der Leitung schien nicht enden zu wollen. Jasons Herz pochte in seinen Ohren. Eine Sekunde verging … zwei. Jason wünschte, er hätte nie gefragt.

»Du willst wohl einen Ermittler, der keinen Entzug braucht«, sagte sein Vater bitter.

Jason wusste nicht, was er antworten sollte. »Dad, ich habe getan, was ich meinte, tun zu müssen. Julie und Matt auch. Wenn dich das verletzt hat, tut es mir leid.«

»Es tut dir nicht leid, Jason. Du brauchst etwas. Das hast du schon dein ganzes Leben lang so gemacht. Du kommst nach Hause gekrochen, um deinen alten Herrn auszunehmen; dann höre ich wieder monatelang nichts von dir.«

Jason war nicht in der Stimmung für so etwas. Es war schon ein langer Tag gewesen. Jetzt brauchte er nicht auch noch zusätzlich die Vorwürfe seines Vaters. »Weißt du was, Dad? Vergiss es einfach. Ich hätte nicht anrufen sollen.«

Sein Vater schnaubte. »Was brauchst du?«

Aber es war zu spät. Jedes Mal, wenn er seinem Vater die Hand reichen wollte, war das sein Dank. Ablehnung. Erniedrigung. Kritik. Jason hätte am liebsten irgendetwas kurz und klein geschlagen.

»Ich brauche gar nichts von dir«, sagte Jason.

Und damit legte er auf.

Ein paar Minuten später, nachdem er sich beruhigt hatte, ging er ins Büro. Bella war auf ihrem Posten.

»Auf Ihrem Schreibtisch liegt ein Sandwich mit Pute und Käse«, sagte sie.

»Ich habe keinen Hunger.«

»Essen Sie es trotzdem. Prozesse sind wie ein Marathon. Man muss an den Saftstationen anhalten.«

Um genau zu sein, sind Prozesse eher wie Waterboarding, dachte Jason.

Er ging in den Konferenzraum hinüber, der schlimmer aussah denn je. Er musste über eine Kiste und einen Stapel Akten steigen, um durch die Tür zu gelangen.

»Hatte nicht erwartet, dich hier zu sehen«, sagte Jason.

Andrew Lassiter blätterte ein paar Papiere durch. »Wir müssen unsere Schattenjury zusammenstellen«, antwortete er, ohne Jason anzusehen.

Es war Andrews Art zu sagen, dass er bleiben würde, egal, was Jason im Gericht getan hatte. Sie sprachen ein paar Minuten über die Schattenjury, keiner von beiden erwähnte mit einem Wort Jasons Auswahl der tatsächlichen Geschworenen. Andrew meinte, die Schattenjury bis Donnerstag zusammenhaben zu können.

»Tu dein bestes«, sagte Jason. »Und Andrew …« – sein Freund sah auf – »ich weiß es zu schätzen, dass du das mit mir durchstehst.«

»Mach dir keine Gedanken«, sagte Andrew mit blinzelnden Augen. »Du wirst mich reich machen.«

Jason runzelte die Stirn. »Wie?«

Andrew setzte seine Brille auf, kämmte sich mit den Fingern die Haare aus den Augen und starrte Jason einen Augenblick an. »Wenn wir diese Schattenjury zusammenstellen, hole ich noch zwei zusätzliche Geschworene mit herein, die genauso sind wie die zwei, die du von der Liste gestrichen hast. Wenn der Fall vorbei ist, werden wir die Meinung der beiden, die du ausgesucht hast, mit den beiden vergleichen, die ich empfohlen hätte. Das wird Super-Marketingmaterial: Mann gegen Maschine – schauen wir, was passiert, wenn du dich auf deine Instinkte verlässt.«

»Clever«, sagte Jason.

»Ja. Und wenn du mit der Liste, die du ausgesucht hast, verlierst, vor allem, wenn meine Geschworenen anders entschieden hätten, wird das toll fürs Geschäft.«

»Nichts für ungut«, sagte Jason, »aber ich hoffe, dass dein Marketingplan in Flammen aufgeht.«

66

»Ms Starling, hat die Klägerseite ein Eröffnungsplädoyer vorzubringen?«

»Ja, Euer Ehren.«

Kelly stand auf und ging zu den Geschworenen hinüber, mit nichts als einer Fernbedienung in der Hand. Nach monatelangen Prozessvorbereitungen, Offenlegungen, Aussagestreitigkeiten und tonnenweisen Anträgen konnte sie nicht glauben, dass der Moment endlich gekommen war.

»›Durch unsere Bereitschaft, zu erlauben, dass Waffen beliebig gekauft und nach Lust und Laune abgefeuert werden dürfen, haben wir eine Atmosphäre geschaffen, in der Gewalt und Hass zum beliebten Zeitvertreib geworden sind.‹«

Sie sah den Geschworenen 3 an, Rodney Peterson, den einzigen Afroamerikaner, der noch in der Jury übrig war. Ein Geschichtsprofessor. Ein Demokrat. Ein Mann, der sich in den Problembezirken der Stadt engagierte. »Das sind nicht meine Worte«, sagte Kelly. »Es sind die Worte von Dr. Martin Luther King Jr.«

Sie blieb knapp vor der Geschworenenbank stehen und musterte alle einzeln. »Was Dr. King sagte, ist wahr. Und niemand war mehr dazu bereit, zu erlauben, dass Waffen beliebig gekauft und nach Lust und Laune abgefeuert werden dürfen, als die Beklagten – MD Firearms.«

Kelly hatte einen großen LCD-Bildschirm vor dem Zeugenstand aufhängen lassen. Sie drücke einen Knopf auf ihrer Fernbedienung, und der erste Fakt flammte auf.

»Laut der Behörde für Alkohol, Tabak und Feuerwaffen, der Bundesbehörde, die dafür zuständig ist, unsere Waffengesetze zu beaufsichtigen, verkaufen ein Prozent der Waffengeschäfte die Waffen, die zu 57 Prozent der Verbrechen mit Schusswaffen zurückverfolgt werden können. ›Wie kann das sein?‹, werden Sie sich vielleicht fragen. Das scheint statistisch gar nicht möglich. Und Sie haben recht – das ist es auch nicht.

Es sei denn, dass diese Waffengeschäfte ein bisschen nachhelfen. Es sei denn, ein paar Geschäfte, ein paar unlautere Händler, finden Wege, den Schwarzmarkt mit Waffen zu versorgen und damit Geld zu machen. Vielleicht verkaufen sie ein paar Waffen an legale Käufer, auch wenn sie wissen, dass diese Käufer die Waffen an Kriminelle weitergeben. Vielleicht fälschen sie die Papiere. Vielleicht gehen die Papiere auch verloren. Wie auch immer sie es machen, diese Händler sind Händler des Todes. Sie machen Geld, indem sie die Straßengangs, Schläger und Drogendealer mit tödlichen Feuerwaffen versorgen.

Die Beweise in diesem Fall werden zeigen, dass Peninsula Arms eines dieser Geschäfte war.«

In den nächsten Minuten ging Kelly mit den Geschworenen eine Reihe von PowerPoint-Seiten durch, die ihre Argumente aufzeigten. Sie begann mit einer Karte der Vereinigten Staaten und hob die Städte hervor, die Klagen gegen illegale Händler eingereicht hatten. Anhand einer Vergrößerung der Aufzeichnungen der Bundesbehörden über Waffentransaktionen erklärte sie, wie Strohkäufe abliefen – man ließ einen berechtigten Käufer die Papiere ausfüllen, in dem Wissen, dass die Waffe in Wirklichkeit an jemand anderen ging, der sie nicht selbst hätte kaufen dürfen.

Kelly zeigte seitenweise Statistiken aus den einzelnen Prozessen. Zwei Händler hatten 30 Prozent der Waffen, die mit Straßenkriminalität in Verbindung standen, verkauft. Einer davon war Peninsula Arms. Allein 2006 konnten 251 Waffen, die vorher von Peninsula Arms verkauft worden waren, mit Morden oder schweren Körperverletzungen in Philadelphia, Washington, Baltimore und New York City in Verbindung gebracht werden. Als Teil ihrer Ermittlungen hatten verdeckte Ermittler aus New York City Angestellte von Peninsula Arms zu illegalen Strohkäufen verleitet. Das war nicht einmal schwierig gewesen.

»MD Firearms wusste von diesen Klagen und Statistiken, und was taten sie mit diesem Wissen über einen ihrer größten Zwischenhändler?«, fragte Kelly. Sie ging zu dem Tisch hinüber, an dem Jason Noble und Case McAllister saßen. »Haben sie aufgehört, Peninsula Arms Waffen zu verkaufen, bis der Händler den legalen Weg ging?«

Kelly sah auf Case hinab, der ihren Blick stur erwiderte. In diesem Moment war sie sich ziemlich sicher, dass Case ihr am liebsten in die Kniescheiben geschossen hätte. *Perfekt.*

»Haben sie der ATF geholfen, eine verdeckte Operation zu starten, damit Peninsula Arms vor Gericht gebracht werden konnte? Haben sie ihrem Händler auch nur eine lausige Nachricht zukommen lassen und ihm gesagt, er solle die Strohverkäufe einschränken oder MD Firearms müsste aufhören, ihn zu beliefern?«

Kelly lachte höhnisch auf und ging wieder zur Jury hinüber. »Nein. Ich werde Ihnen sagen, was sie taten – sie verkauften weiterhin Waffen an Peninsula Arms. Und wissen Sie warum?«

Kelly drückte auf den Knopf und zeigte die Gewinnspanne bei einer MD-9. »Darum – zweihundert Dollar pro Waffe. Fast eine Million Dollar letztes Jahr allein von Peninsula Arms.«

Sie hielt inne und ließ die Zahl sacken. »Falls Sie jetzt meinen, dass ich mir das nur ausdenke – dass MD Firearms nicht nur durch das Geld angetrieben wird –, haben sie uns den Gefallen getan, alles schriftlich niederzulegen. Wie passend für einen Prozess über den Vertrieb von Feuerwaffen, dass Mr McAllister dort drüben so nett war, ein Memo zu schreiben, das man nur als schlagenden Beweis bezeichnen kann.«

Seite um Seite ging Kelly mit der Jury McAllisters Memo durch. Der Mann hatte die Profite, die vier unlautere Händler machten, analysiert, unter anderem Peninsula Arms. Er hatte argumentiert, dass der Stopp der Belieferung dieser vier Händler (die, wie Kelly unterstrich, gemeinsam für über 50 Prozent der Waffen verantwortlich waren, die in den Großstädten im Nordosten mit Verbrechen in Verbindung standen) Klagen vonseiten dieser Händler zur Folge gehabt hätte und als stillschweigendes Eingeständnis hätte gewertet werden können, dass MD Firearms die Pflicht hatte, seine Zwischenhändler zu überprüfen.

»Laut Mr McAllister ergab eine Kosten-Nutzen-Analyse, dass MD Firearms weiterhin Waffen an alle Lizenzhändler verkaufen sollte – auch wenn sie sich beim Verkauf dieser Waffen gesetzeswidrig verhielten.«

Es machte Kelly wütend, auch nur daran zu denken. Sie musste keine Emotionen vorspielen – ihr Zorn war echt. Wenn McAllister und Davids verantwortlich gehandelt hätten, hätte Rachel Crawford noch am Leben sein können.

»Wissen Sie, was in Mr McAllisters Kosten-Nutzen-Analyse fehlt?«, wollte Kelly wissen. »Wissen Sie, was ihm dabei zufällig entfallen, einfach durch die Maschen geschlüpft ist?«

Sie hielt inne, die Kiefermuskeln angespannt, die Lippen geschürzt. »Die Kosten eines unschuldigen Menschenlebens. Die Zerstörung eines jungen Paares wie Rachel und Blake Crawford. Der Tod eines winzigen Babys in der dreiundzwanzigsten Schwangerschaftswoche, die kleine Rebecca Crawford, die sicher im Bauch ihrer Mutter geborgen war.«

Kelly hielt abermals inne und ließ die Bilder des 3D-Ultraschalls auf dem Bildschirm erscheinen. »Zum Pech der Firma MD Firearms ist Mr McAllister nicht der Einzige, der eine Kosten-Nutzen-Analyse darüber machen darf, ob die Firma hätte aufhören sollen, Waffen an Peninsula Arms zu verkaufen.

Sie, meine Damen und Herren, können Ihre eigene Kosten-Nutzen-Analyse machen. Hat MD Firearms verantwortlich gehandelt, indem die Firma wissentlich Waffen an schmutzige Händler verkauft hat? Oder hat ihr Versäumnis, mit angemessener Sorgfalt vorzugehen, Rachel Crawford das Leben gekostet?«

Kelly ließ die Frage einen Augenblick nachklingen, während sie sich darauf vorbereitete, einen Gang höherzuschalten. Sie wollte der Jury von Ed Poole erzählen. Sie musste sicherstellen, dass Jason Noble ihn entweder in den Zeugenstand holte oder den Preis dafür zahlte, ihn als Sachverständigen herangezogen zu haben.

»Die Verteidigung hat einen Sachverständigen namens Ed Poole«, erklärte Kelly. »Ein ehemaliger Polizeichef der Stadt Atlanta. Er wird Ihnen erzählen, dass der Mann, der Rachel Crawford erschoss, seine Waffe vom Schwarzmarkt hätte haben können. Dass überhaupt nichts anders geschehen wäre, wenn MD Firearms Händler wie Peninsula Arms nicht mehr beliefert hätte.

Aber dann werde ich die Gelegenheit haben, ihm ein paar Fragen im Kreuzverhör zu stellen. Und ohne vorwegzunehmen, was ich sagen werde, kann ich Ihnen eines versprechen: Wenn er den Zeugenstand verlassen wird, werden Sie diesem Mann kein Wort mehr glauben wollen.«

Kelly senkte die Stimme. Sie ging zu ihrem Tisch und nahm die MD-9 hoch, die benutzt worden war, um Rachel Crawford zu töten. »Dieser Fall ist eigentlich die Geschichte einer Waffe«, sagte sie. »Dieser Waffe.«

Sie brauchte noch zehn Minuten, um die Geschichte zu erzählen. Der illegale Kauf durch Larry Jamison. Sein Rachefeldzug gegen Rachel Crawford wegen des Berichts, den Rachel gemacht hatte. Sein Plan, Rachel als Geisel zu nehmen und sie live im Fernsehen hinzurichten.

»Leider«, sagte Kelly, die Stimme fast ein Flüstern, »ging sein Plan perfekt auf. Was Sie gleich sehen werden, ist drastisch, aber es ist der Grund, warum der Einsatz so hoch ist, wenn eine Firma wie MD Firearms eine Kosten-Nutzen-Analyse über die Wege macht, wie sie ihre Produkte vertreibt. Was Sie gleich sehen werden - was viele von Ihnen schon gesehen haben -, sind die letzten Minuten in Rachel Crawfords Leben ...«

67

Jason Noble lehnte sich auf seinem Stuhl zurück, runzelte ein wenig die Stirn, schüttelte gelegentlich den Kopf und warf ein oder zwei Notizen auf seinen Block. Für die Geschworenen unterdrückte er ein Gähnen. Nach außen hin der Inbegriff der Langeweile. In seinem Inneren randalierten Schmetterlinge, sein Herz raste, die Schweißproduktion machte Überstunden.

Er bemerkte, dass Kelly Starling kein Problem hatte, die Aufmerksamkeit der Männer unter den Geschworenen zu fesseln. Sie hatte ihre kurzen blonden Haare vor kurzem erst schneiden lassen, was ihre Erscheinung noch geschäftsmäßiger machte. Sie trug eine weiße Bluse, einen grauen Anzug, hohe Absätze, dezente Ohrringe, eine Silberkette und einen Hauch von Lippenstift - sehr stilvoll, aber nichts, um vorsätzlich die Aufmerksamkeit auf sich zu lenken.

Das musste sie auch gar nicht. Sie bewegte sich mit graziler Anmut im Gerichtssaal umher, ihre Augen loderten vor Intensität, aber sie schaffte es dennoch, hier und da ein verführerisches Lächeln hervorzubringen. Die vier Männer in der Jury verfolgten jede ihrer Bewegungen. Die drei Frauen sahen immer wieder zu Kellys Mandanten hinüber. Sie war, dachte Jason, eine beeindruckende Gegnerin.

Sie stand jetzt am Rand der Geschworenenbank, abseits, und im ersten Moment achtete niemand auf sie. Sie spielte das Video von der Schießerei ab. Es begann mit Rachel live auf Sendung, und dann schrie jemand etwas von einer Waffe. Der Bildschirm wurde für eine scheinbare Ewigkeit dunkel.

Als das Bild wieder da war, stand Jamison mit Lisa Roberts, der Nachrichtensprecherin, und Rachel vor der Kamera. Jamison zwang die Frauen, sich vorzustellen und erklärte den Fernsehzuschauern, dass sie gerade einen Haufen Lügen gehört hätten. Er ging hinter Lisa und Rachel auf und ab, dann richtete er die Waffe auf Rachels Gesicht.

Während Jamison über die Reportage wütete, beobachtete Jason die Blicke der Geschworenen. Die meisten von ihnen verzogen das Gesicht, wappneten sich für das, wovon sie wussten, dass es kommen würde. Sie schienen kollektiv den Atem anzuhalten.

Jamison fragte Rachel nach ihren Quellen und bedrohte sie dabei. Er zwang Rachel, sich zu entschuldigen und um Gnade zu betteln. Er fragte Lisa: »Bist du auch der Meinung, dass es *ihre* Schuld ist?« Lisa zitterte und schluchzte: »Sie hat einen Fehler gemacht.«

Obwohl die Geschworenen wussten, was kommen würde, erschreckte sie der Pistolenknall doch. Manche zuckten zurück, während sie zusahen, wie Rachel sich zu Boden warf und Jamison Kugeln in sein Opfer pumpte, auch noch, als sein eigener Körper von den Kugeln des Sondereinsatzkommandos zerfetzt wurde. Es gab Geschrei und Chaos. Sowohl Rachel als auch Jamison lagen tot am Set, die Körper blutüberströmt.

Der Bildschirm wurde schwarz.

Kelly ging wieder vor die Geschworenenbank und blieb dort stehen. Sie sagte kein Wort. Ihr Rücken war Jason zugewandt, deshalb konnte er nicht sagen, ob sie weinte oder nur versuchte, sich zusammenzureißen. Die Spannung im Gerichtssaal war unerträglich.

»Ms Starling«, forderte Richter Garrison sie schließlich auf. Er sagte es leise, als versuche er, sie aus einer Trance zu wecken.

»Stille«, sagte Kelly. »Seit dem Moment, in dem diese Schüsse abgefeuert wurden … gab es für meinen Mandanten nichts mehr als Stille. Wo einst das Lachen einer Ehefrau war, eine Begrüßung, wenn er von der Arbeit nach Hause kam, leises Atmen in der Nacht auf dem Kissen neben ihm, all diese Geräusche, die Freude und Zufriedenheit in sein Leben brachten … jetzt ist da nur noch Stille.«

Kelly drückte noch einmal auf die Fernbedienung, und auf dem Bildschirm erschienen die Ultraschallbilder. »Wo einst ein Herzschlag war, ist jetzt Stille.

Was würde mein Mandant geben, um noch einen Tag mit seiner Frau verbringen zu dürfen? Ich werde Ihnen sagen, was er geben würde – alles auf der Welt. Man kann keinen Preis für einen Seelenverwandten festsetzen.«

Kelly unterbrach sich und wandte sich zu Jasons Anwaltstisch um, ihr Blick richtete sich fest auf Case McAllister.

Dann drehte sie sich wieder zur Jury und senkte die Stimme. »Nicht einmal Mr McAllister könnte eine Kosten-Nutzen-Analyse davon erstellen.«

* * *

Während er es sich auf einem großen Flachbildschirm in seinem Büro ansah, grunzte Robert Sherwood zustimmend über Kellys Eröffnung. Er nahm einen langen Zug von seiner Zigarre und ließ den Rauch in Richtung Decke wabern. Kelly Starling hatte sich der Situation gewachsen gezeigt.

Bei Justice Inc. war sie eine gute Anwältin gewesen – ein angenehmes Gesicht, ein äußerst ehrgeiziger Charakter und eine fleißige Arbeiterin. Doch sie hatte nie die Genialität gezeigt, die Sherwood immer wieder an Jason Noble beobachten konnte. Fünf Jahre Prozesserfahrung hatten Kelly verändert. Sherwood hatte ein solides Eröffnungsplädoyer erwartet. Aber dieses zeigte wahre Größe.

Im Herzen war Robert Sherwood immer noch ein Prozessanwalt. Er liebte es, die Fälle sich entwickeln zu sehen. Er hatte die Monate seit Andrew Lassiters Weggang damit verbracht, das Vertrauen seiner Investoren wieder aufzubauen. Ausnahmsweise einmal standen die Sterne wirklich günstig in einem Fall. Wenn alles blieb, wie es war, konnte das Justice Inc.'s größter finanzieller Erfolg werden. Es gab Dutzende von börsennotierten Waffenherstellern, die vom Ergebnis dieses Falls betroffen waren.

Sherwood zog wieder an seiner Zigarre und sah zu, wie Jason Noble aufstand, um sich der Jury zu stellen. Das versprach, gut zu werden. Kelly Starling hatte ihm den Fehdehandschuh vor die Füße geworfen. *Mal sehen, wie der Senkrechtstarter reagiert.*

68

Jason Noble stand auf, sah sich kurz im Gerichtssaal um und erstarrte. An einer Säule an der hinteren Wand, die Arme vor der Brust verschränkt, stand sein Vater. Die Gerichtsdiener hatten den Saal am Morgen geschlossen, als die Plätze besetzt waren, aber sein Vater musste seine Marke benutzt haben, um trotzdem durchzukommen.

Jason war es nicht gewöhnt, seinen Vater im Publikum zu haben. Selbst in der High School hatte dieser Mann immer eine Ausrede für Jasons Fußballspiele gehabt. Das ging so weit, dass Jason ihm nicht einmal mehr den Spielplan gab. Aber jetzt stand er da an der hinteren Wand und nickte Jason leicht zu, was dessen Adrenalinspiegel noch etwas höher trieb, als er sowieso schon war.

Jason wusste, dass es seine erste Aufgabe war, die Emotionen aus dem Gerichtssaal zu verbannen. Die Geschworenen sollten ihre Köpfe benutzen, nicht ihre Herzen.

»Einige von Ihnen haben vielleicht den Film *A Beautiful Mind* gesehen, die wahre Geschichte eines Mathematikgenies namens John Forbes Nash. Er gewann den Nobelpreis für Wirtschaft. Er ist vielleicht das beeindruckendste Mathematikgenie, das die Welt je gesehen hat.«

»Einspruch, Euer Ehren.« Kelly Starling war aufgestanden, ein leichtes Lächeln auf den Lippen. »Vielleicht bin ich in der falschen Verhandlung. Aber falls nicht, kann das nicht relevant sein.«

Jason hatte während Kellys gesamtem Eröffnungsplädoyer keinen Einspruch erhoben, obwohl er massenhaft Gelegenheiten gehabt hätte. Er fand, Einspruch in Eröffnungsplädoyers zu erheben, ließ Anwälte kleinlich aussehen und lenkte nur mehr Aufmerksamkeit darauf, was die andere Seite sagte.

Jason breitete die Hände aus. »Ich komme auf den Punkt, Richter. Wenn die gegnerische Anwältin mir sechzig Sekunden zugestehen würde, bevor sie ihren ersten Einspruch erhebt, könnte sie sehen, dass es relevant ist.«

»Kommen Sie *schnell* zum Punkt«, sagte Garrison, als hätte Jason schon seit Stunden Zeit geschunden. »Einspruch abgelehnt.«

»Wo war ich gerade?«, sinnierte Jason einen Augenblick. »Ach ja. Dieser brillante Mann, John Forbes Nash, glaubte auch, dass Außerirdische mit ihm sprachen. Deshalb wurde er in eine psychiatrische Einrichtung eingewiesen. Als ihn ein Harvard-Professor besuchte und fragte, wie ein Mathematiker wie er glauben könne, dass Außerirdische ihm Botschaften schickten, sagte ihm Nash Folgendes: ›Weil die Ideen, die ich von übernatürlichen Wesen hatte, mir auf dieselbe Art kamen wie meine mathematischen Einfälle. Also nahm ich sie ernst.‹«

Jason hielt inne, damit die Geschworenen darüber nachdenken konnten. Er hatte keine Notizen dabei und sprach sachlich, wie ein Dozent in einer Vorlesung. »Richter Garrison wird Sie am Ende dieses Falles über Ihre Rechte und Pflichten belehren. Er wird Ihnen sagen, dass es Ihre Aufgabe ist, den Fall auf der Grundlage der Fakten und der Gesetze zu entscheiden und Ihren eigenen gesunden Menschenverstand zu benutzen. Aber Sie dürfen nicht zulassen, dass Ihre Gefühle Ihre Entscheidung beeinflussen.

Die linke Hälfte Ihres Gehirns benutzt Logik, Mathematik und Wissenschaft. Sie ist detailorientiert, hier regiert der gesunde Menschenverstand. Aber die rechte Hälfte Ihres Gehirns nutzt Gefühle und Emotionen und ist impulsiv. Was der Richter Ihnen sagen wird, ist, dass jeder halbwegs vernünftige Mensch diesen Fall richtig verstehen kann – aber vielleicht auch nur mit dem halben Gehirn. Schlechter Kalauer, ich weiß.

Um Recht zu sprechen, vor allem in einem emotional aufgeladenen Fall wie diesem, müssen Sie Ihre linke Gehirnhälfte benutzen. Denn wenn Sie die rechte Hälfte einsetzen, werden Ihre Emotionen die Oberhand über die Gerechtigkeit gewinnen. Und das macht es so schwer, ein unvoreingenommenes Urteil zu fällen – denn Ihre Gedanken und Ideen, ob sie nun primär auf Logik oder Gefühlen gegründet sind, scheinen alle auf dieselbe Art zu entstehen. Sie werden das Gefühl haben, dass sie alle aus derselben Quelle kommen.

Es wird deshalb Ihre Aufgabe sein, sich ständig selbst zu hinterfragen: Logik oder Gefühl? Fakten oder Emotionen? In diesem Fall werden Sie es schwer haben, Ihren gesunden Menschenverstand von Ihren Emotionen zu trennen.«

Ein paar der wohlwollenderen Geschworenen schienen ihre angespannten Gesichter ein wenig gelockert zu haben, aber die meisten sahen immer noch skeptisch drein. Das eindrückliche Bild von Rachel Crawford hatte sich in ihre Gehirne gebrannt – ob rechte oder linke Seite schien ihnen nicht von Bedeutung zu sein.

»Ich werde Ihnen, so gut ich kann, dabei helfen. Ich möchte Ihnen versichern, dass auch ich Mitgefühl mit Mr Crawford habe. Niemand sollte die Stille ertragen müssen, von der Ms Starling gesprochen hat. Die Frage ist hier aber nicht, ob das Leben fair zu Mr Crawford war. Die Frage ist, wem man die Schuld dafür geben sollte.«

Jason zögerte. Das nächste Versprechen war ein ziemliches Risiko, aber ein überschaubares. Die gängige Meinung war, dass ein guter Verteidiger kein unschuldiges Opfer wie Blake Crawford, das kein Faktenwissen über das Ereignis selbst hatte, ins Kreuzverhör nehmen würde. Außerdem hatte Jason schon die Videoaussage des Mannes. Er konnte das Video abspielen, wenn es sein musste.

»Ich will nicht, dass Mr Crawford dort sitzt und sich fragt, ob ich ihn im Kreuzverhör durch den Fleischwolf drehen werde.« Jason drehte sich leicht und warf einen Blick zu Crawford hinüber. »Also werde ich es Ihnen und ihm jetzt sofort sagen. Wenn Mr Crawford in den Zeugenstand tritt, werde ich keine Fragen fürs Kreuzverhör haben. Dieser Mann hat schon genug gelitten.«

Ein paar der Geschworenen warfen Jason neugierige Blicke zu. Das hatten sie nicht erwartet.

Jason nahm die MD-9 hoch, die Kelly auf den Beweismitteltisch gelegt hatte, und nahm sie mit zu seinem eigenen Anwaltstisch. Er legte sie in die Tischmitte, knapp vor Case McAllisters Block. Er hatte Case vorher gebeten, den Tisch von allem anderen freizuhalten.

»Ich will, dass Sie diese Waffe im Auge behalten«, sagte Jason. »Die Mordwaffe. Die, die Larry Jamison benutzt hat. Verkauft von Peninsula Arms. Gekauft von einem Mann namens Jarrod Beeson. Und hergestellt von meinem Mandanten, MD Firearms.

Ich will, dass Sie sie während meines gesamten Eröffnungsplädoyers genau beobachten.«

69

Jason ging wieder hinüber zur Geschworenenbank. »Larry Jamison ist heute nicht hier. Er hat all diesen Schmerz, das Chaos und den Verlust verursacht. Aber er ist nicht hier. Warum? Weil das Sondereinsatzkommando ihn erledigt hat, bevor er noch andere unschuldige Opfer in seiner Raserei töten konnte. Sie benutzten ein Standardmodell des Colt CAR-15 dafür. Sie werden nicht erleben, dass diese Waffe als Beweisstück in einem Prozess gegen ihren Hersteller aufgenommen wird. Es ist eine militärische Angriffswaffe, genauso tödlich wie die MD-9 – daran besteht kein Zweifel. Aber sie wurde benutzt, um unschuldige Leben zu *schützen*, nicht um sie zu nehmen.«

Jason ging zu seinem Tisch zurück und stellte sich hinter den Stuhl, auf dem er gesessen hatte. »Hier am Tisch der Verteidigung steht ein leerer Stuhl. Bis eben habe ich hier gesessen. Aber ich habe beschlossen, dass ich nicht mehr hier sitzen werde. Warum? Weil dies der Stuhl Nummer eins am Tisch der Verteidigung ist. Die Person, die auf diesem Stuhl sitzt, sollte der Anwalt von Larry Jamison sein. Er ist derjenige, der abgedrückt hat.«

Als nächstes beugte sich Jason vor und bat Case McAllister, einen Platz weiter zu rutschen, damit der zweite Stuhl am Tisch der Verteidigung frei wurde. »Dieser Stuhl«, sprach Jason weiter, »sollte Jarrod Beeson gehören. Im Moment ist er ziemlich beschäftigt, er verbringt zwölf Monate hinter Gittern wegen Beteiligung am Waffenschmuggel. Er kaufte die Waffe für Larry Jamison, in dem Wissen, dass Jamison sie nicht selbst kaufen durfte. Um genau zu sein, kaufte Beeson mehr als zwanzig Waffen bei Peninsula Arms und machte direkt kehrt, um viele davon an Kriminelle weiterzuverkaufen.«

Jason stand einen Moment nur da, die Hände auf der Stuhllehne vor sich. »Das ist Beesons Platz.«

Jetzt war nur noch ein Stuhl übrig, der Sitz, den momentan Case McAllister besetzte. Hinter dem Tisch standen noch mehrere andere Lederstühle für Anwaltshilfen und andere, die für die Anwälte arbeiteten. Jason nahm zwei von diesen Stühlen und stellte sie parallel zum Tisch, aber ein Stück entfernt, von der Jury aus gesehen ans gegenüberliegende Ende des Tisches. Er bat Case McAllister, sich auf einen dieser Stühle zu setzen.

Den Rest des Prozesses würden Jason und Case dort sitzen, ohne einen Tisch, auf den sie ihre Unterlagen legen konnten. Es würde unbequem werden, aber es würde eine anhaltende visuelle Erinnerung an Jasons Eröffnungsplädoyer sein.

Doch jetzt war Kelly Starling aufgesprungen. »Richter, ich erhebe Einspruch gegen dieses … was auch immer es ist. Es ist sicherlich kein Eröffnungsplädoyer; es kommt mir eher vor wie die *Reise nach Jerusalem*.«

»Es ist ungewöhnlich«, sagte Jason, »das gebe ich zu. Aber ich bin mir keiner Regel bewusst, die besagt, dass wir *am* Tisch sitzen müssen und nicht *neben* dem Tisch.«

»Machen wir weiter«, sagte Garrison. »Einspruch abgelehnt.«

»Dieser letzte Stuhl«, fuhr Jason fort, »der letzte *am* Tisch, ist für Peninsula Arms. Sie haben zahlreiche Strohverkäufe durchgeführt. Sie wurden tatsächlich ganze drei Mal von der ATF vorgeladen. Und sie haben diese Waffe an Jarrod Beeson in dem Wissen verkauft, dass er sie sofort jemand anderem weiterverkaufen würde, der kein legaler Käufer war. Dennoch werden Sie kein Wort vom Besitzer des Geschäfts oder den Angestellten hören; sie machen alle von ihrem Auskunftsverweigerungsrecht Gebrauch.«

Jason blickte über den Tisch und ging zurück zur Geschworenenbank. »Es gibt nur zwei Gründe, warum die Kläger versuchen, meine Mandantin an diesen Tisch zu setzen. Der erste ist, weil meine Mandantin Geld hat …«

»Einspruch!«

»Stattgegeben. Sehen Sie sich vor, Mr Noble.«

»Der zweite ist, weil meine Mandantin Waffen an Peninsula Arms verkaufte, obwohl sie angeblich wusste, dass der Händler ein paar Waffen illegal verkauft hatte. Aber ich will Sie etwas fragen:, Erwarten Sie, wenn Sie ein Auto kaufen, von Ihrem Autohändler oder Hersteller, dass er Ihre Führerscheinakte kontrolliert und sich weigert, Ihnen ein Auto zu verkaufen, wenn Sie ein paar Strafzettel wegen zu schnellen Fahrens haben? Nein. Sie erwarten, dass die Regierung Ihnen den Führerschein abnimmt, wenn Sie zu viele Strafzettel haben, um noch fahren zu dürfen. Aber wenn die Regierung Ihnen das Fahren erlaubt und Sie einen gültigen Führerschein haben, erwarten Sie, dass der Autohändler Ihnen einen Wagen verkauft. Fords Job ist es, Autos zu verkaufen, und nicht die Straßen zu überwachen.

Auf dieselbe Art liegt es in der Verantwortung der Sicherheitsbehörde für Alkohol, Tabak und Feuerwaffen – für die wir im Allgemeinen die Abkürzung ATF benutzen –, es ist die Aufgabe der ATF, Waffengeschäfte zu überwachen. Es ist MD Firearms Job, Waffen herzustellen – gute Waffen, Waffen, die funktionieren, wie es die Werbung verspricht – und diese Waffen dann an lizensierte Feuerwaffenhändler zu verkaufen.«

Jason deutete auf den Tisch der Verteidigung. »Ich habe Sie gebeten, diese Waffe im Auge zu behalten«, sagte er. »Haben Sie bemerkt, dass die Waffe sich nicht bewegt hat? Es ist kein lebendes Objekt mit einem Gewissen und einem Bewusstsein für Gut und Böse. Diese Waffe ist nur ein Gegenstand. Sie kann für Gutes benutzt werden, wie das Sondereinsatzkommando seine Waffen benutzt hat, oder für Böses, so wie Jamison diese spezielle Waffe benutzt hat.

Jamison hat abgedrückt. Beeson belieferte den Schwarzmarkt. Peninsula Arms verkaufte Waffen illegal. Und MD Firearms? Alles, was sie taten, war ein legitimes Produkt herzustellen, das funktionierte, wie es die Werbung versprach, und es dann an einen lizensierten Feuerwaffenhändler zu verkaufen, der mit der Zustimmung der Regierung handelte.

Benutzen Sie Ihre linke Gehirnhälfte und stellen Sie sich selbst diese einfache Frage: Warum sitzt MD Firearms überhaupt in diesem Gerichtssaal – abgesehen von der Tatsache, dass meine Mandantin Geld hat?«

70

Nach dem Mittagessen holte Kelly Blake Crawford in den Zeugenstand, um seine Geschichte zu erzählen. Seine Lippen zwangen sich ein oder zwei Mal zu einem Lächeln, während er über Rachel sprach, doch seine Augen machten nie mit. Die dunklen Ringe unter ihnen spiegelten eine abgrundtiefe Trauer wider.

Kelly ging mit Blake mehrere alte Videos und Fotos durch, um das Leben von Rachel Crawford zu illustrieren. Blake achtete darauf, seine Frau nicht zu einer Heiligen zu machen. Rachel habe eine sture Seite gehabt, sagte er – das war mit ein Grund, warum er sie liebte. Aber sie hatte auch einen ausgeprägten Gerechtigkeitssinn. Wenn Gott es für Rachel vorgesehen hatte, jung zu sterben, dann starb sie wenigstens, während sie für etwas kämpfte, woran sie glaubte – die Rechte von jungen internationalen Studenten, die Larry Jamisons Menschenhandelspraktiken zum Opfer fielen.

Kelly hatte Blake vorher allgemein umrissen, welche Art von Fragen sie stellen würde, aber sie war sie nicht Wort für Wort mit ihm durchgegangen.

Sie wollte, dass seine Zeugenaussage spontan war, und sie hörte viele der Antworten selbst auch zum ersten Mal. Während sie zuhörte, wurde ihr bewusst, dass sie so auf Blake als Mandant konzentriert gewesen war, dass sie eigentlich nicht viel über Rachel nachgedacht hatte.

»Sie haben in Ihrem Eröffnungsplädoyer Martin Luther King zitiert«, sagte Blake. »Eines der Dinge, die Rachel antrieben, war ein anderes Zitat von Dr. King: ›Ungerechtigkeit an irgendeinem Ort bedroht die Gerechtigkeit an jedem anderen.‹ Deshalb machte sie investigative Reportagen über Leute wie Larry Jamison.«

In diesem Moment wurde Kelly klar, wie sehr sie und Rachel sich ähnelten. Ihr gemeinsamer Wunsch, den Armen und Unterdrückten zu helfen. Ihre Kreuzfahrermentalität. Sogar ihr Fokus auf dieses spezielle Thema: Menschenhandel.

Ein paar Minuten später, als Blake sich damit quälte, zu erklären, wie es war, Rachel nicht mehr im Haus zu haben, klang seine Stimme erstickt und er kämpfte mit seinen Gefühlen. Kelly spürte die Tränen in ihren eigenen Augen brennen, sowohl aus Mitgefühl mit Blake als auch aus der schlichten Erkenntnis heraus, dass Blake und Rachel etwas gemeinsam gelebt hatten, was Kelly nicht kannte.

»Brauchen Sie eine Pause?«, fragte sie.

Er schüttelte den Kopf, was sie auch erwartet hatte. »Es tut mir leid«, sagte er. Kelly wusste, dass jeder einzelne Geschworene ihm jetzt am liebsten gesagt hätte, dass es keinen Grund geben würde, sich zu entschuldigen. »Ich vermisse sie nur so sehr.«

Kelly ließ die Aussage eine Weile nachklingen und begann dann eine Reihe von Fragen über Blakes und Rachels Familienplanung. Es war der Teil von Blakes Aussage, den Kelly am meisten gefürchtet hatte, aber sie stellte fest, dass es einfacher war, als sie es erwartet hatte.

Am Ende von fast drei Stunden Zeugenaussagen, unterbrochen nur durch eine fünfzehnminütige Pause, kam Kelly auf Rachels Streben nach Gerechtigkeit zurück.

»Hat dieses Gefühl, wer Rachel war – die Art, wie sie für Fairness und Gerechtigkeit kämpfte – hat das Ihre Entscheidung beeinflusst, diese Klage einzureichen?«

Kelly erwartete fast einen Einspruch von Jason, doch ihr Gegner hatte während der gesamten Zeugenaussage geschwiegen. Er saß auf seinem

Stuhl neben seinem Mandanten, den Notizblock auf dem Schoß, und sah gleichzeitig bedauernswert und albern aus, wie er versuchte, ohne einen Tisch als Unterlage auszukommen.

»Ich bin nicht der Typ für Streit und Konfrontationen«, sagte Blake. »Ich glaube an Vergebung. Aber wenn ich auch nur eine einzige andere Familie davor bewahren kann, diesen Schmerz durchzumachen, ist es das wert. Ich weiß, dass Rachel das gewollt hätte.«

»Keine weiteren Fragen«, sagte Kelly und kehrte zu ihrem Platz zurück.

Jason stand auf und ging nicht einmal auf den Zeugen zu. »Mein Beileid für Ihren Verlust, Mr Crawford.«

»Danke.«

»Euer Ehren, ich habe keine Fragen an diesen Zeugen.«

* * *

In der restlichen Stunde der Verhandlung am Mittwoch rief Kelly Bob Thomas, den Regisseur der Nachrichten auf WDXR, in den Zeugenstand. Sie wollte den ersten Tag stark beenden und das Videomaterial in die Gedanken der Geschworenen einbrennen.

Thomas war im Studio gewesen, als Jamison hereinkam, und es war Thomas, der den Notruf gewählt hatte. Nach der ersten Schießerei hatte er sich hinter irgendwelcher Ausrüstung vor Jamison versteckt. Während er seine Strategie überlegte, Jamison zu überwältigen, war sein Versteck von Lisa Roberts verraten worden. Danach war er in die Regiekabine gegangen, um wieder live auf Sendung zu gehen, wie Jamison es verlangt hatte.

Er beschrieb anschaulich und detailliert, wie er gesehen hatte, wie Jamison Lisa und Rachel mit seiner Waffe bedrohte, während er für die Fernsehzuschauer sein Gift versprühte. Thomas beschrieb, wie hilflos er sich gefühlt hatte, und dass es ihm wie eine Ewigkeit erschienen war, bis das Sondereinsatzkommando ankam. Am Ende seiner Aussage bat ihn Kelly, das Band zu identifizieren und ließ es dann als Beweisstück aufnehmen. Ein paar Minuten vor fünf fragte sie den Richter, ob sie den Geschworenen das Band noch einmal zeigen dürfe.

Jason stand auf. »Sie haben es schon einmal gesehen, Richter. Wie oft wollen wir sie noch zwingen, es sich anzusehen?«

»Ich habe das Recht, es einmal während des Eröffnungsplädoyers und noch einmal während der Verhandlung zu zeigen«, sagte Kelly.

»Ich glaube nicht, dass es sich irgendwie geändert hat«, konterte Jason. »Und die Geschworenen haben ein ziemlich gutes Gedächtnis. Aber wenn Sie darauf bestehen, ziehe ich meinen Einspruch zurück.«

Du Idiot, dachte Kelly. Jasons zeitlich gut gewählter Einspruch hatte eben die Wirksamkeit ihrer zweiten Vorführung vermindert. Jetzt sah es aus, als wolle Kelly nur mit den Gefühlen der Geschworenen spielen.

Was sie natürlich auch tat.

Dennoch hatte sie keine Wahl, als das Band ein zweites Mal abzuspielen. Sie merkte, dass die Reaktion der Geschworenen dieses Mal gedämpfter ausfiel. Auf halbem Weg wünschte sie, sie hätte es sich fürs Schlussplädoyer aufgehoben.

Das Band endete ein paar Minuten nach fünf. »Keine weiteren Fragen«, sagte Kelly.

Richter Garrison sah Jason an. »Sollen wir uns das Kreuzverhör für morgen aufheben?«

Jason stand auf und zuckte die Achseln. »Eigentlich habe ich nur ein paar kurze Fragen. Es bringt nichts, den Zeugen noch ein zweites Mal herkommen zu lassen.«

Garrison runzelte die Stirn. »Machen Sie es kurz.«

Jason stellte sich in die Mitte des Gerichtssaals. »Wenn ich es also recht verstehe, haben Sie sich eine Weile vor Jamison versteckt.«

»Das ist richtig.«

»Wie weit weg – drei Meter, oder mehr?«

»Ich weiß nicht; wahrscheinlich eher zehn oder zwölf.«

»Okay. Hat Ihnen Jamison je den Rücken zugewandt?«

»Ja. Ein oder zwei Mal.«

»Besitzen Sie eine Waffe, Mr Thomas?«

»Nein.«

»Haben Sie sich an diesem bestimmten Tag gewünscht, Sie hätten eine?«

Der Zeuge zögerte und rutschte auf seinem Sitz herum. »Ich wünschte, ich hätte etwas tun können, um diesen Verrückten zu stoppen. Also ja, ich denke, ich hätte gern eine Waffe gehabt.«

»Keine weiteren Fragen«, sagte Jason und kehrte zu seinem Platz zurück.

Bevor er saß, stand Kelly schon wieder. »Nachtrag, Euer Ehren. Nur eine Frage.«

Garrison nickte.

»Mr Thomas, haben Sie sich an diesem Tag gewünscht, Larry Jamison hätte *keine* Waffe gehabt?«

»Oh, auf jeden Fall!«

71

Als das Gericht sich vertagte, verschwand plötzlich das Adrenalin, das den ganzen Tag durch Kellys Körper geströmt war. Es fühlte sich an, als habe gerade jemand auch den letzten Tropfen Gefühl aus ihr herausgequetscht und sie erschöpft und leblos zurückgelassen. Die Anstrengung eines Tages vor Gericht war schlimmer, als ihre anspruchsvollsten Schwimmwettkämpfe es je gewesen waren.

Kelly verließ das Gericht Seite an Seite mit Blake Crawford und blieb auf den Eingangsstufen stehen, um die Fragen der Presse zu beantworten. Es schien ihr Jahre her, dass sie das Gericht betreten hatte, um ihr Eröffnungsplädoyer zu halten. Am Abend lagen noch Stunden von Arbeit vor ihr, und dann würde sie am nächsten Morgen wieder hier sein, um weiterzukämpfen.

Der Druck war unglaublich. Die Höhepunkte eines Prozesses waren so beglückend, die Tiefpunkte so niederschmetternd. Und das Verrückte war, dass sie jede Minute davon liebte.

Kelly beantwortete ungefähr ein Dutzend Fragen, hielt ihre Antworten nichtssagend und professionell, dann steuerte sie auf ihr Auto zu. Sie hatte die frühen Abendstunden des Vortages damit verbracht, Blake auf seine Aussage vorzubereiten. Danach hatte sie bis ein Uhr nachts an ihrem Eröffnungsplädoyer gearbeitet. Sie hatte seit fast vier Tagen keine Zeit gehabt, auch nur eine Minute zu trainieren. Als sie in ihr Auto stieg, fühlte sie sich schwerfällig, hungrig und körperlich ausgelaugt.

Als sie das Auto startete, vibrierte ihr BlackBerry – Darcie Rollins, die Leiterin der PR-Abteilung ihrer Kanzlei. »Sind Sie auf dem Weg ins Hotel?«, fragte Darcie.

»Ja. Was ist los?«

»Sie müssen ins WDXR-Studio. Sie lassen uns heute Abend ihre Satellitenverbindung für ein paar Interviews benutzen. Das erste geht um 19.00 Uhr los.«

»Was für Interviews?«, fragte Kelly.

»Haben Sie Ihre Nachrichten nicht abgehört?«

»Was für *Interviews*?«

Kelly wartete. Als Darcie endlich antwortete, klang ihre Stimme weniger enthusiastisch. »Wir haben drei Interviews mit Kabelsendern arrangiert – CNN, CNBC und Fox. Sie können bis 20.30 Uhr mit allen fertig sein.«

Kelly hätte die arme Frau fast zusammengestaucht. Sie hatte keine Zeit, Fernsehpromi zu spielen. Sie hatte Glück, wenn sie es um Mitternacht ins Bett schaffte, auch wenn sie sich jetzt umgehend an die Arbeit machte. Irgendwie, auf wundersame Weise, schaffte sie es, ihr Temperament zu zügeln. »Ich kann diese Interviews nicht machen«, sagte sie. »Ich stecke mitten in einem Prozess.«

Aber Darcie ließ das nicht gelten. Die Seniorpartner der Kanzlei witterten eine einmalige Gelegenheit für Werbung. Darcie befolgte nur Befehle. Sie hatte Kelly schon verpflichtet; sie konnte jetzt nicht mehr zurück.

Diesmal ließ Kelly ihrem Ärger freien Lauf. Sie machte sich fast drei Minuten lang Luft, ging hart mit ihrer Firma, ihren Seniorpartnern und sogar Darcie ins Gericht, weil sie so gefühllos waren. Am Schluss stimmte sie zu, zwei der Sendungen zu machen, ließ Darcie aber das Fox-Interview absagen. »Und Darcie …«

»Ja?«

»Wagen Sie es nicht, noch ein Interview zu vereinbaren, ohne mich vorher zu fragen.«

»O-kay.« Darcie klang zögerlich. »Keines nach morgen früh.«

»Was?!«

»Sie waren letztes Mal in der *Today Show* so ein Erfolg, dass sie Sie unbedingt noch einmal wollten. Sie schicken ein Kamerateam in Ihr Hotel.«

* * *

Bis Jason im Büro war, hatten sich sein Vater und Case McAllister schon kennengelernt. Sie verglichen ihre Pistolen und tauschten wie alte Freunde

Waffengeschichten aus. Man hätte nie geglaubt, dass Jasons Vater eine tiefe Abneigung gegen MD Firearms hegte.

Andrew Lassiter hatte sich in der Zwischenzeit über einen Computer im Konferenzraum gebeugt und alles um sich herum vergessen. Bella spielte die Gastgeberin und lieferte laufend Kommentare zur Lage verschiedener Aufträge.

Jason versammelte sein Team in dem vollgestopften Konferenzraum und schob Andrew Lassiters Aktenstapel und Listen beiseite, damit sie alle einen Sitzplatz hatten.

Bella brachte Abendessen in Styroporbehältern – Lasagne und Salat aus dem *Purple Cow.*

Jason rührte sein Essen kaum an, während er sich auf die Liste der Aufgaben konzentrierte, die erledigt werden mussten. »Unsere erste Priorität ist, die Schattenjury aufzustellen«, sagte er. »Ich habe das Gefühl, blind durch die Gegend zu rennen, solange wir noch kein Feedback haben.«

Andrew setzte zu einer fünfminütigen Erklärung an, warum der Prozess so lange brauchte. Bella verdrehte die Augen.

»Können wir sie morgen Abend fertig haben?«, fragte Jason.

Bevor Andrew den Mund öffnen konnte, schaltete sich Case ein. »Ein einfaches Ja oder Nein genügt«, sagte er.

»So einfach ist das nicht«, murmelte Andrew, sah Case dabei aber nicht an. »Bella und ich haben fast zweihundert Anwärter am Telefon befragt. Wenn wir exakte Entsprechungen wollen, braucht das Zeit.« Er schüttelte ein wenig den Kopf, ein nervöser Tick, den Jason noch nicht kannte. »Das ist nicht meine Stärke – mit potenziellen Schattengeschworenen zu reden. Bei Justice Inc. hatte ich Leute, die das gemacht haben.«

»Kannst du ihm dabei helfen, Dad?«, fragte Jason.

Jasons Vater zuckte die Achseln. Er dachte wahrscheinlich, er sei nicht von Atlanta hergeflogen, um Büroarbeiten zu erledigen, aber er sagte nicht nein.

»Ich werte das als Zustimmung«, sagte Jason.

Sie verbrachten eine weitere halbe Stunde damit, sich über den Berg von Aufgaben zu zanken, um die sie sich kümmern mussten: Zeugen vorbereiten, Aussagebenennungen vervollständigen, Vorbereitung der Kreuzverhörfragen, Gesetzesrecherchen, Faktenrecherchen ... Jason wurde depressiv, wenn er nur darüber sprach. Jedes Thema, das sie anrissen, zog fünf zusätzliche unerledigte Dinge nach sich. Bella nörgelte unaufhörlich, wie unmöglich es sei, das alles zu schaffen.

Am Ende hatte Case genug davon. Er übernahm die Führung der Sitzung und verteilte Aufgaben mit den dazugehörigen Fristen. Er bestand darauf, dass Jason freigestellt wurde, damit er sich darauf konzentrieren konnte, sein Kreuzverhör der Zeugen zu entwickeln.

»Ich mache noch eine Kanne Kaffee«, sagte Bella. »Das wird eine lange Nacht.«

Zwei Stunden später machte Jason eine Pause und wanderte den Flur entlang zu einem improvisierten Büro, das sein Vater benutzte, um die potenziellen Probegeschworenen anzurufen. Sein Vater besetzte den einzigen Stuhl im Raum, also lehnte sich Jason an die Wand und wartete, bis er mit seinem Telefongespräch fertig war.

»Danke fürs Kommen«, sagte Jason.

»Du bist immer noch mein Sohn«, sagte sein Vater und sah Jason mit blutunterlaufenen Augen an. »Wie es sich anhörte, klang es, als könntest du ein bisschen Hilfe gebrauchen.«

Jason war sich nicht sicher, was er meinte, also reagierte er nicht darauf. Er schloss die Tür und legte ein Blatt Papier auf den Schreibtisch vor seinen Vater. »Ich habe dich nicht hergeholt, nur um mir zu helfen, die Schattenjury aufzustellen«, sagte Jason.

»Das ist eine Erleichterung.«

»Ich brauche dich eigentlich, um ein paar der Geschworenen zu überprüfen.« Jason nickte zu dem Blatt Papier hin. »Drei und Sieben. Niemand darf je wissen, dass du das machst.«

»Wieso?« Jasons Vater verengte die Augen, und seine buschigen Augenbrauen rückten zusammen. Jurymanipulation war eine Straftat.

»Nichts Illegales, Dad. Ich habe nur so ein Gefühl, dass sie etwas zurückhalten, dass sie aus irgendeinem Grund darauf aus sind, mich dranzukriegen.«

»Ein *Gefühl*«, sagte sein Vater sarkastisch.

»Es ist kompliziert«, antwortete Jason. »Ich kann dir jetzt nicht mehr erzählen.«

Jasons Vater stand auf. »Ich bin dein Vater, Jason. Wenn du Probleme hast, muss ich das wissen.«

Einen Moment lang dachte Jason ernsthaft darüber nach, es ihm zu sagen. Es konnte solch eine Erleichterung sein, wenn jemand seine Bürde mit ihm trug. Aber er wusste, was dann passieren würde. Sobald sein Vater Bescheid wusste, hatte Jason die Sache nicht mehr unter Kontrolle. Sein Vater würde versuchen, ihm vorzuschreiben, was zu tun war. Es würde mit noch einer Verschleierungsaktion enden.

»Machst du es?«, fragte Jason.

»Du willst mir nicht sagen, warum?«

»Noch nicht. Ich kann nicht.«

Jasons Vater stieß einen tiefen Seufzer aus, einer von denen, die nach »Was habe ich nur falsch gemacht?« klangen und die Jason nur allzu gut kannte. »Wann brauchst du es?«

»Alles, was du bis morgen Abend haben kannst, wäre super.«

»Brauchst du sonst noch ein Wunder?«, fragte sein Vater. »Eine Teilung des Roten Meers? Wasser in Wein?«

»Nein, das reicht mir«, antwortete Jason. Trotz des Drucks des Falles kam ihm dieses Gespräch irgendwie richtig vor. Es war das erste Mal seit Weihnachten, dass sie miteinander redeten, ohne sich zu streiten.

»Übrigens, wenn du fertig bist, komm einfach und hol mich ab«, sagte Jason. »Ich kann meine Arbeit auch in meiner Wohnung fertigmachen.«

»Danke«, sagte sein Vater. »Aber ich habe bereits in einem Hotel eingecheckt.«

* * *

Jason kam weit nach Mitternacht in seiner vorübergehenden Wohnung an, so müde, dass er sich kaum noch rühren konnte. Er zog die Schuhe aus, warf sein Jackett, das Hemd und die Krawatte auf einen Stuhl und setzte sich aufs Sofa vor den Fernseher. Er zappte von einem Kanal in den nächsten: alles, um seine Gedanken von dem Fall abzulenken. Es dauerte nicht lange, bis er sich auf dem Sofa zusammengerollt hatte und eingeschlafen war, die Fernbedienung immer noch in der Hand, während im Fernseher ein Sender mit einer Late-Night-Talkshow lief.

Ein paar Stunden später, den Nacken steif vom Liegen auf der Armlehne, wachte Jason auf. Instinktiv checkte er seinen BlackBerry, bevor er zum Bett weiterwankte. Die E-Mail weckte ihn mit einem Ruck.

Bremsen Sie den Prozess. Holen Sie Poole nicht vor Montag in den Zeugenstand. Machen Sie weiter so. Ihre Geheimnisse sind sicher bei mir.

Luthor

72

Robert Sherwood kam am Donnerstag früh bei der Arbeit an, zufrieden in dem Wissen, dass die drei Schattenjurys, die sich den Crawford-Fall anhörten, ihren Tag genau wie am Tag zuvor punkt 7.00 Uhr beginnen würden. Der Fall ging an allen Fronten gut voran, abgesehen vom Zeitplan. Prozesse gingen schnell am Bezirksgericht von Virginia Beach. Vielleicht ein bisschen zu schnell.

Wenn sie ab 7.00 Uhr bis ungefähr 20.00 Uhr arbeiteten, musste sein Prozessteam seiner Meinung nach in der Lage sein, die gekürzte Version des Crawford-Falles an diesem Abend beenden zu können. Alle drei Schattenjurys würden bis Mitternacht ihr Urteil abgeben.

Am Freitag würde Justice Inc. seinen Zug an der Börse machen. Dadurch blieb das Wochenende, um sich mit verschiedenen Hedgefondsmanagern zu treffen, die wiederum ihre Marktschachzüge am Montag machen würden. Das tatsächliche Urteil im Crawford-Fall würde nicht vor dem späten Montagnachmittag gesprochen werden. Frühestens. Höchstwahrscheinlich wurde es Dienstag oder Mittwoch.

Der Zeitplan konnte funktionieren, aber er war eng. Es gab keinen Spielraum für Fehler.

* * *

Die demonstrierenden Waffenbefürworter waren am ersten Prozesstag in Scharen vor dem Gerichtssaal erschienen, aber ihre Zahl war am Tag zwei schon geschrumpft. Für die Schlussplädoyers würden sie vermutlich zehnfach wieder da sein, aber anders als der bunte Aufmarsch von Figuren, die bei G8-Gipfeln protestierten, hatten diese Leute hier echte Jobs. Protestieren war nur ein Hobby für sie. Außerdem sagten die Wetterprognosen, dass die Temperaturen bis zum frühen Nachmittag auf 38 Grad klettern konnten.

Die Jury wurde erst kurz vor 10.00 Uhr auf die Geschworenenbank geleitet, eine volle Stunde später als Richter Garrison hatte beginnen wollen. Er entschuldigte sich bei den Geschworenen, sagte ihnen, dass er und die Anwälte an ein paar organisatorischen Dingen gearbeitet hätten (Jason und Kelly hatten sich über eine Stunde lang über Jasons Einsprüche gegen gewisse Teile der Beeson-Aussage gestritten), und dankte ihnen für ihre Geduld.

Die Jury begann Tag zwei damit, sich die aufgezeichnete eidliche Aussage von Jarrod Beeson anzusehen. Der verbrecherische Waffenschieber kam auf dem Bildschirm genauso schäbig herüber wie in Wirklichkeit. Sein Blick flog zwischen der Kamera und Kelly hin und her, und seine Gesichtsausdrücke wechselten zwischen einem Feixen und einem höhnischen Grinsen. Er hatte sich ungefähr drei Tage nicht rasiert und trug einen orangefarbenen Overall.

Trotz seines offensichtlichen Status als Gefängnisinsasse sahen die Geschworenen aufmerksam zu, mehrere machten sich Notizen.

Beeson gab zu, dass er insgesamt dreiundzwanzig Waffen von Peninsula Arms gekauft hatte. Die meisten davon verkaufte er mit Gewinn an verurteilte Straftäter weiter, die nicht berechtigt waren, sich Waffen zu kaufen. Manchmal feilte Beeson vorher die Seriennummer heraus; manchmal nicht. Zwei der Waffen, die er gekauft hatte, waren nachweislich bei Verbrechen benutzt worden.

Richter Garrison hatte Jasons Einsprüche wegen Hörensagen für den Teil der Aussage stattgegeben, in dem Beeson sein angebliches Telefongespräch mit Larry Jamison beschrieb. Aber das hielt Beeson nicht davon ab, darüber zu sprechen, wie er die Pistole gekauft hatte.

Auf dem Video erklärte Beeson, dass sich er und Jamison bei Peninsula Arms verabredet hatten. Es war Larry Jamison, der mit dem Verkäufer sprach und sich verschiedene Waffen ansah, währen Beeson zusah. Als Jamison sich schließlich für die MD-9 entschieden hatte, gingen die beiden Männer nach draußen vors Geschäft und Geld wechselte den Besitzer. Beeson kehrte in den Laden zurück, füllte die Papiere aus und gab dem Angestellten das Geld. Dann trug er die Waffe hinaus auf den Parkplatz und übergab sie Jamison. Danach sah er ihn nie wieder.

Jasons aufgezeichnetes Kreuzverhör folgte. Er hatte sich auf Beesons fehlende Verbindung zu MD Firearms konzentriert. Beeson hatte alle möglichen Waffen gekauft und weiterverkauft, in mehreren Waffengeschäften. Es hatte sich einfach so ergeben, dass diese spezielle Waffe von MD Firearms war. Außerdem war Beeson ein überführter Lügner - er hatte mindestens dreiundzwanzig Mal gelogen, auf dreiundzwanzig einzelnen Formularen - alle unter Eid und Androhung einer Gefängnisstrafe für falsche Angaben unterschrieben.

Doch als Jason die Geschworenen beobachtete, kam es ihm vor, als glaubten sie jedes Wort, das Beeson sagte. Sein Geständnis hatte ihm zwölf Monate in einem Bundesknast eingebracht. Warum sollte er es sich ausdenken?

Nach Beesons Aussage machte Kelly weiter, indem sie Lisa Roberts, die fotogene Nachrichtensprecherin von WDXR, in den Zeugenstand rief. Jasons Meinung nach war diese Zeugin viel zu bemüht und nutzte ihre Zeit im landesweiten Fernsehen aus, so gut es ging. Sie brach mindestens zwei Mal weinend zusammen und benutzte alle möglichen lebhaften Gesichtsausdrücke und Gesten, wenn sie mit den Geschworenen sprach. Jason konnte die Frustration auf Kellys Gesicht ablesen, während sie versuchte, die Zeugin zu zügeln.

Lisa hatte an dem Tag, als Larry Jamison ins Studio gekommen war, nicht gerade eine heldenhafte Rolle gespielt. Also bemühte sie sich sehr, die Ereignisse in einem vorteilhafteren Licht erscheinen zu lassen. Doch ein paar Dinge waren unleugbar. Sie hatte den Regisseur der Sendung, Bob Thomas, verpfiffen, als er sich versteckte. Später hatte sie sich geweigert, für Rachel Crawfords Unschuld einzutreten. Natürlich war das gefährliche Ende einer MD-9 auf ihr Gesicht gerichtet gewesen, aber die Geschworenen schienen sie trotzdem nicht zu mögen, verschränkten die Arme mit versteinerten Gesichtern, während Lisa sich größte Mühe gab, sie zu bezaubern.

Das ist das Ironische an einem Geschworenenprozess, dachte Jason. Sie glauben dem Verbrecher. *Aber sie mögen die unschuldige Nachrichtensprecherin nicht.*

Nach Lisa Roberts' direkter Vernehmung verkündete Jason, er habe keine Fragen fürs Kreuzverhör und meinte, ein paar enttäuschte Blicke von der Geschworenenbank zu bemerken. »Nein, warten Sie«, sagte er, »ich habe doch noch eine Frage.«

Lisa hatte den Zeugenstand schon halb verlassen, und Jason wartete, bis sie wieder saß.

»Werden Sie MD Firearms auch verklagen?«

»Einspruch«, sagte Kelly Starling. »Das ist hier nicht relevant.«

»Es geht um Voreingenommenheit, Euer Ehren«, sagte Jason ruhig.

»Abgelehnt.«

Die Zeugin sah Jason einen Augenblick an. Er wusste, dass MD Firearms bereits einen Brief von ihrem Anwalt bekommen hatte.

»Kommt drauf an, wie dieser Fall ausgeht«, sagte Lisa.

»Verstehe«, gab Jason zurück. Und er hoffte, die Geschworenen taten das auch. Der Dammbruch – *wo würde das alles enden?* »Dann denken Sie also darüber nach, zu klagen, obwohl Jamison überhaupt nicht auf Sie geschossen hat, verstehe ich das richtig?«

»Einspruch!«

Jason hielt die Hände hoch. »Sie hat recht, Euer Ehren. Das waren zwei Fragen. Ich habe den Geschworenen nur eine versprochen. Ich ziehe sie zurück.«

73

Die Zeugenparade zog sich durch den ganzen Morgen und bis in den frühen Nachmittag hinein. Der WDXR-Sendeleiter bezeugte, wie viel Potenzial Rachel als Reporterin gezeigt hatte. Der Gerichtsmediziner bestätigte die Todesursache. Kelly holte sogar zwei Angestellte und den Inhaber von Peninsula Arms in den Zeugenstand und zwang sie, vor der Jury auf ihrem Aussageverweigerungsrecht zu bestehen.

Dann rief Kelly Case McAllister auf und stellte ihm gerade genug Fragen, um ein Fundament für das Memo zu legen, das er Melissa Davids geschrieben hatte. Nur fürs Protokoll erhob Jason Einspruch gegen das Memo auf Grundlage der anwaltlichen Schweigepflicht. Richter Garrison wies den Einspruch noch einmal mit dem Hinweis ab, dass Melissa Davids zu einem früheren Zeitpunkt auf dieses Recht verzichtet hatte, als sie das Dokument an andere weitergegeben hatte.

Jason hatte diesmal keine Fragen für Case. Er plante, Case in den Zeugenstand zu rufen, wenn er an der Reihe war, Zeugen aufzurufen. Außer, wenn Melissa Davids sich so gut schlug, dass Case nicht nötig war. Auf jeden Fall würde Jason sich seine Fragen für später aufheben.

Nach der Mittagspause zeigte Kelly Teile der aufgezeichneten Aussagen von Melissa Davids. Die Geschäftsführerin von MD Firearms sah wütend aus, als Kelly sie wegen der Umgestaltung der MD-9 in die Mangel nahm, nachdem 833 dieser Waffen von Kriminellen in vollautomatische Waffen umgebaut worden waren und man sie später mit Verbrechen in Verbindung bringen konnte. Melissa Davids antwortete zögernd, als Kelly sie nach den Schalldämpferteilen fragte, die MD Firearms verkaufte, und über den Zusammenstoß der Firma mit der ATF, inklusive Davids' Übereinstimmen mit dem Leserbrief, der die ATF mit den Regimes von Hitler und Stalin verglich.

Jason sah mutlos zu, wie Kelly in der ersten Vernehmung fragte, ob Melissa je darüber nachgedacht habe, den Verkauf von Waffen an Peninsula Arms zu stoppen, weil das Geschäft drei Mal gegen ATF-Auflagen verstoßen hatte und wegen der Anzahl ihrer verkauften Waffen, die später bei Verbrechen benutzt wurden.

»Nein«, sagte Davids. »Wenn jemand mir so etwas vorgeschlagen hätte, hätte ich ihm gesagt, dass ich immer noch an den zweiten Verfassungszusatz und die freie Marktwirtschaft glaube.«

Kelly ließ dieser Antwort Auszüge aus der zweiten Befragung folgen, als sie Davids Case McAllisters Memo zeigte. Diesmal wurde die Zeugin offen feindselig. Es fiel Jason nicht schwer, die Körpersprache der Geschworenen zu lesen; jeder Einzelne von ihnen signalisierte kaum verhüllte Verachtung für seine Mandantin.

Der letzte Zeuge für diesen Tag, ein ATF-Agent namens Bill Treadwell, betrat den Zeugenstand mit einem Ausdruck unmissverständlichen Selbstvertrauens. Er trug ein zugeknöpftes Sportjackett, ein weißes Hemd mit roter Krawatte und eine Khakihose. Er hatte kurze, rote Haare und Sommersprossen – das Gesicht eines jungen Mannes, das Vertrauen weckte.

Als er sich gesetzt hatte, holte er eine Lesebrille aus seiner Tasche und legte sie auf die Brüstung vor sich. Kelly Starling ging ein paar raffiniert formulierte Fragen mit ihm durch – der choreografierte Walzer einer direkten Zeugenbefragung.

Treadwell war einer der Agenten gewesen, die das Geständnis von Jarrod Beeson erwirkt hatten, und er beschrieb seine Ermittlung in dem Strohkauf. Er unterrichtete die Geschworenen über die Papiere und den Prozess, der nötig war, wenn man eine Feuerwaffe kaufen wollte – der Backgroundcheck, das ATF-Formular 4 473 und andere Aspekte des Kaufs. Er sagte über die drei anderen Male aus, als Peninsula Arms wegen Strohverkäufen vorgeladen worden war.

Treadwell sprach leise, hörte aufmerksam zu und beschränkte seine Antworten auf die präzisen Fragen, die ihm gestellt wurden. Durch seine Aussage schaffte Kelly es, der ATF das Gesicht des Jungen von nebenan zu verleihen, was Davids' Aussagen über die ATF noch empörender wirken ließ.

Kelly beendete ihre Befragung von Treadwell ungefähr um 16.00 Uhr mit der Einführung der Waffe als Beweisstück.

Jason stand rasch auf, um sein Kreuzverhör zu beginnen. Er war so auf den momentanen Konkurrenzkampf konzentriert, dass er kaum nervös war.

»Kennen Sie irgendeinen Waffenhersteller im ganzen Land, der sich weigert, Waffen an lizensierte Feuerwaffenhändler zu verkaufen, weil er diesen Händlern nicht vertraut?«

Treadwell dachte einen Augenblick nach. »Nein. Nicht, dass ich wüsste.«

»Tatsächlich ist es Aufgabe der ATF, Feuerwaffenhändler zu überwachen, richtig?«

»Wir überwachen Händler, ja.«

»Die ATF kann Waffenhändlern die Lizenz entziehen, stimmt das?«

»Das ist richtig.«

»Und ist es auch richtig, dass Sie persönlich in diesen Prozess eingebunden sind?«

»Ja.«

»Ist Ihnen bekannt, dass es vor fünfzehn Jahren ungefähr 250 000 lizenzierte Händler in Amerika gab, und dass es heute weniger als halb so viele sind – um die 108 381?«

Treadwell zuckte die Achseln. »Ich kenne die genauen Zahlen nicht. Aber das klingt in etwa richtig.«

»Sagt Ihnen der Name *Red's Trading Post* in Twin Falls, Idaho etwas?«

Treadwells Gesicht wurde ein bisschen länger. Er war ein paar Jahre zuvor in den Osten versetzt worden. »Ja.«

»Dieser Händler ist schon seit einundsiebzig Jahren im Geschäft, stimmt das?«

»Ich weiß nicht. Könnte hinkommen.«

»Sie haben versucht, ihm die Lizenz zu entziehen, richtig?«

»Einspruch«, sagte Kelly. »Was hat das mit dem Fall Crawford zu tun?«

»Ich stelle die Verbindung noch her«, versprach Jason.

»Machen Sie es kurz«, befahl Garrison.

Jason wandte sich wieder dem Zeugen zu. »Sie haben versucht, ihnen die Lizenz zu entziehen, richtig?«

»Wir *haben* ihnen die Lizenz entzogen. Im Jahr 2006. Für mehrfache Regelverstöße über mehrere Jahre hinweg.«

»Aber das Waffengeschäft hat Einspruch beim Bundesgericht eingelegt, nicht wahr?«

»Ja.«

»Und darf ich Sie fragen, ob Folgendes die Urteilsbegründung des Bundesrichters in diesem Fall war: ›Die ATF spricht von Regelverstößen, die bei den Überprüfungen in den Jahren 2000 und 2005 festgestellt wurden, versäumt es aber, die Überprüfungen in den Jahren 2001 und 2007 zu erwähnen, die keine Verstöße oder Probleme zeigten.‹«

»Ich kenne die Urteilsbegründung nicht auswendig, aber es war etwas in dieser Art.«

»Also hat das Gericht den Lizenzentzug rückgängig gemacht. War es so?«

Das brachte Kelly wieder auf die Beine, die Hände ausgebreitet. »Richter, ich sehe immer noch nicht, inwiefern das relevant für diesen Fall sein könnte.«

»Da stimme ich Ihnen zu«, sagte Garrison. »Einspruch stattgegeben.«

»Ist es nicht so«, fuhr Jason fort und sah noch einmal in seine Notizen, »dass die Zahl der Waffenhändler in den zehn Jahren vor 2005 um mindestens 50 Prozent geschrumpft ist, und dass die Fälle, in denen Händlern die Lizenz entzogen wurde, zwischen 2001 und 2006 um fast das Sechsfache angestiegen sind?«

»Ich kann Ihnen nicht sagen, ob diese Statistiken stimmen oder nicht.«

»Aber Sie würden mir zustimmen, dass die ATF Vollstreckungsaktivitäten gesteigert hat, indem sie aggressiv gegen Waffenhändler vorgeht, die das Gesetz brechen?

»Das haben wir immer getan, Mr Noble.«

»Was haben Sie dann unternommen, um Peninsula Arms nach seiner dritten Vorladung wegen illegaler Strohverkäufe die Lizenz zu entziehen?«

»Wir haben am 18. September letzten Jahres den Lizenzentzug bekanntgegeben.«

»Das war, nachdem Mr Jamison Rachel Crawford erschossen hatte. Ich frage Sie, was Sie davor taten - angesichts der Tatsache, dass Peninsula Arms bereits wegen drei vorheriger Strohverkaufstransaktionen vorgeladen worden war.«

Treadwell verlagerte sein Gewicht auf dem Stuhl und versuchte, Augenkontakt mit Kelly herzustellen. Jason machte einen halben Schritt zur Seite und stellte sich dem Blick des Zeugen direkt in den Weg.

»Wir hielten diese anderen Vorladungen - die sich über fast zehn Jahre erstreckten - nicht für ausreichend, um die Lizenz zu entziehen«, sagte Treadwell.

»Aber Sie wussten auch, dass eine ganze Reihe von Waffen von Peninsula Arms zu Verbrechen in den großen Städten im Nordosten zurückverfolgt werden konnten - Städte wie Philadelphia, Baltimore, New York und Washington?«

»Ja. Aber ohne die Information, dass die Verkäufe dieser Waffen irgendwie gegen das Gesetz verstießen, konnten wir keine rechtlichen Schritte gegen den Händler einleiten.«

»Genau mein Reden!«, rief Jason aus.

»Einspruch!«, sagte Kelly. »Antrag auf Streichung.«

Richter Garrison warf Jason einen strafenden Blick zu und wandte sich dann an die Geschworenen. »Bitte ignorieren Sie die letzte Aussage von Mr Noble«, sagte er. »Ich werde sie aus dem Protokoll streichen. Und Mr Noble - bitte behalten Sie Ihre persönlichen Kommentare für sich.«

»Ja, Euer Ehren.« Jason überflog seine Notizen. »Ich habe aber noch eine Frage«, sprach er weiter. »Hat Ms Starling Ihres Wissens nach irgendwelche Klagen gegen die ATF eingereicht, weil sie es versäumt hatte, gegen Peninsula Arms vorzugehen?«

»Nein, das hat sie nicht.«

»Keine weiteren Fragen.«

Bevor er sich setzte, schob Jason beiläufig noch einen leeren Stuhl an den Tisch der Verteidigung. Als er sich auf seinen eigenen Stuhl neben Case McAllister setzte, waren alle Augen auf ihn gerichtet.

Case beugte sich zu ihm hinüber. »Nach diesem Fall müssen Sie Ihren Stundensatz erhöhen.«

74

Am Ende von Agent Treadwells Aussage stand Kelly auf und erklärte ihre Beweisführung für abgeschlossen.

Innerlich hinterfragte sie ihre Strategie. Sie hatte mit der Videoaufzeichnung der Schießerei und der Aussage von Blake Crawford stark angefangen. Aber sie hatte auch stark abschließen wollen. Sie hatte mit dem Gedanken gespielt, mit der aufgezeichneten Aussage von Melissa Davids zu schließen – ein garantierter Höhepunkt für ihre Seite. Stattdessen hatte sie beschlossen, ihren Fall mit Treadwells Aussage zu beschließen, in der Hoffnung, in natura zu zeigen, wie weit ATF-Agenten von Hitler und Stalin entfernt seien.

Leider war Treadwell eine Katastrophe gewesen.

Jetzt stand Jason Noble wieder. »Ich möchte einen Antrag stellen«, sagte er.

Die Anwälte und Richter Garrison wussten, was jetzt kam – ein Antrag auf Streichung der Klage. Verteidiger stellten solche Anträge regelmäßig nach beendigter Beweisführung der Klägerpartei und baten den Richter, den Fall aus Mangel an Beweisen aus dem Prozessregister zu streichen.

»Okay«, sagte Richter Garrison und sah auf die Uhr. »Ich werde die Damen und Herren Geschworenen für heute nach Hause gehen lassen. Dann können wir den Antrag diskutieren.«

Kelly nickte. Das war normal und kein Grund zur Aufregung.

Doch dann fügte Richter Garrison etwas hinzu, das ihr den Magen umdrehte: »Ich bitte die Geschworenen außerdem, morgen nicht vor 13.00 Uhr zu kommen. Wir werden eine Weile brauchen, bis wir uns durch diesen

Antrag gearbeitet haben, und ich würde den Geschworenen deshalb gern den Vormittag freigeben.«

Fast alle Geschworenen lächelten. Richter Garrison hatte sich gerade sehr beliebt gemacht.

Und Kelly war übel vor Sorge.

* * *

Jason hielt sich auf der zwanzigminütigen Fahrt zurück in sein Büro von seinem Telefon fern. Sein Erfolg in der Verhandlung sorgte nur dafür, dass er sich wie ein noch größerer Heuchler vorkam. Nur er wusste, dass sein Fall, selbst wenn er Zeugen wie Agent Treadwell im Kreuzverhör auseinandernahm, am Ende implodieren würde, wenn Chief Poole den Zeugenstand betrat.

Es war schlimm genug, dass Jason gezwungen war, Poole als Zeugen aufzurufen, schlimm genug, dass er manipuliert wurde, damit er zwei Geschworene in diesem Fall behielt, die er eigentlich nicht wollte. Aber jetzt war er gezwungen, Poole als seinen letzten Zeugen aufzurufen. Indem er bis Montag wartete, um Poole aufzurufen, würde Jason seine Ausführungen genauso beenden wie Kelly ihre – elend.

Vielleicht war er auch nur paranoid. Vielleicht dachte dieser Luthor wirklich, Poole würde einen guten Sachverständigen abgeben. Vielleicht war Luthor gar nicht derjenige, der Kelly die negativen Unterlagen geschickt hatte; vielleicht hatte Luthor keine Ahnung, dass Poole im Kreuzverhör vernichtet werden würde. Jason konnte nicht mit Luthor kommunizieren, also war es unmöglich zu wissen, was er wirklich dachte. Vielleicht waren die Geschworenen 3 und 7 glühende Verfechter von Jasons Sache.

Und vielleicht würde der Weihnachtsmann morgen auftauchen und Jasons Antrag auf Streichung bewilligen.

Wenn Jason das Leben eines gelehrt hatte, dann Realist zu sein. Mütter sterben. Väter enttäuschen. Freunde sterben bei Autounfällen. Man wird gefeuert, weil man seine Arbeit gut macht. Das Leben ist nicht fair. Man macht weiter, so gut man kann.

Was es schwerer machte, war, dass Jason so einen großen Respekt für Case McAllister entwickelt hatte. Der Mann hatte ihn seit ihrer ersten Begegnung immer nur unterstützt und gefördert. Case vertraute seine komplette Firma und Karriere einem Anwaltsneuling an. Und Jason dankte es ihm, indem er Case an einen anonymen Erpresser verkaufte.

Aber was hätte er sonst tun können? Seinen Vater und Matt Corey verraten? Wenn er das tat, würde der Fall zu einem Fehlprozess erklärt und MD Firearms musste wieder ganz von vorn anfangen. Es war sehr wahrscheinlich, dass er selbst seine Anwaltslizenz verlor, und eine empfindliche Gefängnisstrafe war nicht ausgeschlossen.

Doch dann würde er vielleicht zumindest wieder sein Spiegelbild ertragen können.

Jason hielt an einer roten Ampel, die Fingerknöchel weiß hervortretend, so fest umklammerte er das Lenkrad. Er zitterte förmlich von all der Anspannung, seine Gedanken rasten wild von einem Problem zum nächsten.

Die Ampel wurde grün, und Jason holte ein paar Mal tief Luft. Er zwang sich, logisch zu denken. *Linke Gehirnhälfte, Jason; filtere die Emotionen heraus. Beruhige dich.* Er musste es einen Schritt nach dem anderen durchspielen. Wenn morgen seinem Antrag auf Streichung stattgegeben wurde, war der Fall vorbei. Selbst wenn nicht, konnte er Melissa Davids als erste Zeugin aufrufen. Dadurch gewann er Zeit übers Wochenende.

Erst am Montagmorgen würde ihm die Zeit ausgehen – entweder er beendete seine Beweisführung, oder er rief Chief Poole in den Zeugenstand. Ehre oder Ruf? Sollte er seinen eigenen Vater oder MD Firearms opfern?

Seine Hände begannen wieder zu zittern, während er langsam über die Kreuzung fuhr.

* * *

Als Jason im Büro ankam, war es bis auf Case McAllister verwaist. Er fand den alternden Anwalt in der kleinen Küche der Kanzlei, wo er gerade sein Abendessen aus den Einwegschachteln aus dem *Purple Cow* beendete.

»Ich hole Melissa vom Flughafen ab«, sagte Case. »Ich sorge dafür, dass sie für ihre Aussage bereit ist.«

»Danke.«

»Sie sehen aus wie der Tod«, sagte Case. »Sie müssen etwas essen und sich ein, zwei Stunden freinehmen.«

Er schob ein paar Styroporschachteln zu Jason hinüber. Hähnchenwrap, Truthahn-Clubsandwich oder Caesar Salat. Jason war es egal.

»Ich muss an meiner Argumentation für den Antrag auf Streichung arbeiten«, sagte er. Er versuchte, optimistisch zu klingen, fühlte sich aber wie auf Autopilot. »Ich ruhe mich am Wochenende aus.«

»Sie sollten vielleicht Bella anrufen. Sie hat versucht, Sie zu erreichen.«

Jason lächelte. »Ich weiß. Vier Nachrichten auf meinem BlackBerry.«

Nachdem Case gegangen war, wählte Jason Bellas Nummer. Sie war mit der Schattenjury im *Courtyard Marriott Hotel* an der Uferpromenade. Sie und Andrew Lassiter hatten ihnen die Eröffnungsplädoyers und die ersten paar Zeugen gezeigt. Jeder Geschworene hatte einzeln einen kurzen Fragebogen ausgefüllt.

»Andrew sagt, wir dürfen ihnen keinen Hinweis geben, für wen wir arbeiten«, berichtete Bella. »Er sagt, das könnte ihre Meinung beeinflussen.«

»Stimmt, das ist das Standardvorgehen«, antwortete Jason. »Sie sollen nicht wissen, welche Seite sie bezahlt.«

Bella schnaubte. »Das würde mich kein bisschen beeinflussen. Wenn mir etwas nicht passt, sage ich das. Egal, wer mich bezahlt.«

»Das habe ich gemerkt.«

»Egal, sie mögen Sie sehr. Aber sie mögen auch Ms Starling.«

Das überraschte Jason nicht. Er würde später mit Andrew sprechen und sich basierend auf dem Feedback der Geschworenen einen umfassenden Bericht über sämtliche subtilen Strategieänderungen geben lassen, die nötig werden würden.

»Andrew lässt ausrichten, dass die zwei Geschworenen, die er ausgewählt hätte, wohlwollender sind als die zwei, die Sie in der Jury gelassen haben«, sagte Bella. »Aber ich sage immer noch, dass Sie Ihrem Instinkt vertrauen müssen.«

Die Erwähnung der Geschworenen 3 und 7 verursachte Jason ein flaues Gefühl im Magen. »Ist mein Vater auch da?«, fragte er, das Thema wechselnd.

Bella zögerte. »Ihr Vater ist nicht gerade der Einfachste, wenn man mit ihm arbeiten soll.« Jason konnte sich die Reibung zwischen Bella und seinem Vater gut vorstellen – die streitlustige Sekretärin und der geradlinige Detective. »Er ist genau genommen nach dem halben Tag verschwunden, sagte, er hätte noch Ermittlungen zu machen. Wollte mir nicht sagen, was es ist.«

Jason dankte Bella und ging von der Küche in sein Büro. Auf seinem Stuhl lag ein Umschlag mit der Handschrift seines Vaters darauf. *Jason Noble, persönlich und vertraulich. Nur von ihm selbst zu öffnen.*

Jason riss den Umschlag auf und zog ein kurzes Memo von seinem Vater mit einer Reihe von Dokumenten daran heraus. Die Nachricht war mit der Nüchternheit eines Polizeiberichts geschrieben. Die Information bestätigte Jasons schlimmste Befürchtungen.

Unter anderem hatte sein Vater Studenten befragt, die einen Kurs bei Rodney Peterson, dem Geschworenen 3 belegt hatten. Sie alle hatten Professor Petersons Unterricht gerühmt, ihn aber als »fortschrittlich« und »liberal« bezeichnet. Zum Thema Waffenkontrolle erinnerten sich die meisten, wie leidenschaftlich Peterson wurde, wenn es um die Ermordung von Martin Luther King und John F. Kennedy ging. Er beklagte die Faszination für Waffen und Gewalt in ihrer Kultur. Die meisten Studenten zeigten sich überrascht, dass Peterson in der Jury hatte bleiben dürfen.

Aber während der Geschworenenauswahl, erinnerte sich Jason, hatte Peterson behauptet, aufgeschlossen zu sein. Er hatte jede Frage ehrlich beantwortet. Diese Zusatzinformation gab Jason keine juristische Grundlage, ihn jetzt disqualifizieren zu lassen.

Am Schluss konnte Jasons Vater es sich nicht verkneifen, kurzzeitig von seinem nüchternen Stil abzuweichen und ein paar persönliche Bemerkungen zu machen. *Warum ist ein Typ wie Peterson überhaupt in dieser Jury? Hat dein anderer Ermittler das nicht herausgefunden? Ich habe in die Akte von Peterson geschaut, und da war kein* einziges *Gespräch mit ehemaligen Studenten.*

Warum eigentlich?, fragte sich Jason.

Das Memo über Marcia Franks, die Geschworene 7, war sogar noch beunruhigender. Nichts von Rafaels Untersuchung war falsch: Marcia war eingetragene Demokratin ohne Glaubenszugehörigkeit, hatte ihre Kinder in einer Privatschule und stellte stolz ihren Obama-Aufkleber zur Schau.

Doch was Rafael Johansens ursprünglicher Bericht nicht enthielt, ließ Jason die Knie weich werden. Man hatte ihm eine Falle gestellt. Daran gab es jetzt keinen Zweifel mehr.

Niedergeschlagen las er sich die Einzelheiten durch. Marcia Franks hatte mehr als zehn Jahre zuvor eine hässliche Scheidung durchgemacht. Sie hatte ihren Mann angezeigt, Vermögen zu verschleiern, konnte es aber nie richtig beweisen. Es hatte einen längeren Sorgerechtsstreit gegeben, und es sah aus, als wäre Marcia die Verliererin gewesen: Sie hatte das gemeinsame Sorgerecht erhalten, bis ihr Sohn sechzehn wurde. Dieser hatte sich zu diesem Zeitpunkt dann entschieden, bei seinem Vater zu leben. Marcia Franks würde Chief Poole hassen, einen Mann, der sie zweifellos an ihren eigenen Ex-Ehemann erinnern würde.

Jason sank auf seinem Stuhl zusammen, die nackte Wahrheit zog ihn runter. Luthor war gerissen. Keiner dieser Geschworenen hatte etwas in seiner Vorgeschichte, was ihn als Geschworenen ausgeschlossen hätte. Aber die giftige Mischung von Chief Poole, Marcia Franks und Rodney Peterson konnte nur für ein Ergebnis sorgen.

Jason konnte sich das Endspiel jetzt lebhaft vorstellen. Wenn Richter Garrison dem Antrag auf Streichung nicht stattgab, würde Geld in Leerverkäufe von Waffenfirmenaktien und Verkaufsoptionen fließen - Optionen, die unglaublich wertvoll werden würden, wenn die Aktienkurse fielen.

Das Spiel mit der Gerechtigkeit war in vollem Gange. Und wie immer gewann die Bank.

75

An diesem Abend ging Luthor die Zahlen ein letztes Mal durch. Er hatte bereits eine Reihe von Briefkastenfirmen gegründet, um die Millionen Dollar zu verstecken, die fließen würden, wenn die Waffenhersteller - MD Firearms vor allem - zu kollabieren begannen. Wenn Ed Poole am Montag im Zeugenstand war, würde Jason Nobles Fall zusammenbrechen und die Aktienkurse in den Keller gehen. Mit etwas Glück würden sich Luthors Investitionen dann mehr als verdoppeln.

Luthor hatte auch das Worst-Case-Szenario durchgespielt. Plan B gründete sich auf den unwahrscheinlichen Fall, dass Jason Noble versuchen könnte, den Helden zu spielen und die Erpressung den Behörden zu melden. Indem er die Papiere manipuliert und Unterschriften gefälscht hatte, hatte Luthor sichergestellt, dass die Inhaberschaft der Briefkastenfirmen zu niemand anderem als Jason Noble und Kelly Starling zurückverfolgt werden konnte.

Luthor wusste, dass die Behörden bei Erpressungsanzeigen von Natur aus misstrauisch waren. Oft war das »Opfer« in Wirklichkeit der Kopf hinter dem Verbrechen, der einen Plan ausgetüftelt hatte, um unschuldige Dritte um ihre Kohle zu bringen. Genauso wie schuldige Mütter versuchten, einen Entführer für das »Verschwinden« eines Kindes verantwortlich zu machen. Die Bundesbehörden hatten gelernt, die Person, die das Verbrechen anzeigte, mit auf die Liste der Verdächtigen zu setzen.

Luthor würde dieser Neigung auf die Sprünge helfen, indem er ein paar subtile Andeutungen auf die Briefkastenfirmen in Jasons und Kellys E-Mail-Verlauf unterbrachte. Es würde gerade genug Spuren geben, dass das FBI es sich zusammenreimen konnte. Luthor würde mit dem Geld verschwinden, aber die Behörden würden glauben, Jason und Kelly wären aus dem Land geflohen und verprassten jetzt ihre Millionen unter neuen Identitäten an exotischen Orten. Jeder würde über die Kühnheit des Planes der jungen Anwälte staunen. Sie würden die *Bonnie & Clyde* des einundzwanzigsten Jahrhunderts sein.

Gerüchte würden auftauchen, dass die zwei Anwälte in diesem oder jenem Land aufgetaucht seien, doch die Gerüchte würden falsch sein.

Die traurige Wahrheit war, dass man nach Plan B weder von Jason Noble noch von Kelly Starling je wieder hören würde.

* * *

Jason versuchte, sich auf die Anhörung für seinen Antrag auf Streichung vorzubereiten, aber er war nicht mit dem Herzen dabei. Ständig checkte er den Kryptonite-Blog, obwohl er wusste, dass sein Name nicht auftauchen würde. Zumindest noch nicht. Seine Gedanken wanderten zu LeRons Familie – ihr Schock, wenn sie je erfuhren, dass ihr Sohn nicht derjenige gewesen war, der in der Nacht, in der er starb, das Auto gefahren hatte. LeRons Eltern gegenübertreten zu müssen, war eine schlimmere Aussicht als die aufs Gefängnis.

»Wie konntest du uns zehn Jahre damit leben lassen?«, würden sie fragen.

Das andere Bild, das Jason nicht aus seinen Gedanken verbannen konnte, war Chief Poole im Zeugenstand. Kelly Starlings Kreuzverhör würde vernichtend werden. Marcia Franks, die Geschworene 7, würde innerlich kochen. Am schlimmsten von allem würde der Blick von Case McAllister sein, wenn der Prozess den Bach hinunterging.

Je mehr Jason zu dem Thema recherchierte, desto klarer wurde ihm, dass Richter Garrison dem Antrag auf Streichung nicht stattgeben würde. Jason kam einfach nicht um den Präzedenzfall *Farley gegen Guns Unlimited* herum. Garrison hatte gleich zu Anfang dieses Falls in der Anhörung zu seinem Antrag auf Klageabweisung genau zu diesem Thema gegen Jason geurteilt. Wenn Cases Freunde im Parlament von Virginia Garrison nicht überzeugt hatten, seine Meinung zu ändern, würde der Fall vor die Jury gehen.

Jasons Stimmung hob sich ein wenig, als Andrew Lassiter und Bella mit dem Feedback der Schattenjury zurückkehrten. Sie hatte nach Jasons Eröffnungsplädoyer vier zu drei für Jason gestimmt. Ein Geschworener war dann nach Blake Crawfords Zeugenaussage auf die Klägerseite gewechselt, aber einer hatte die Klägerseite nach der Aussage von Agent Treadwell verlassen. Jetzt stand es unentschieden. Die Bilanz war nach Abschluss der Beweisführung der Klägerseite eine virtuelle Sackgasse – kein schlechter Ort für einen Anwalt der Verteidigung.

Lassiter hatte eine dreiseitige Liste von Anregungen, die sie bis ungefähr 23.30 Uhr diskutierten. Jason versuchte, sich auf die Details zu konzentrieren, aber in Wirklichkeit interessierten ihn die genauen Einzelheiten des Falles nicht mehr.

Als Jason beschloss, es für heute gut sein zu lassen, ging Bella in den mütterlichen Modus über.

»Haben Sie etwas gegessen?«, fragte sie. »Sie sehen furchtbar aus.«

»Ja, ich hatte ein Clubsandwich.«

»Ein Prozess ist ein langer Feldzug«, dozierte Bella. »Kein kleines Scharmützel. Sie müssen sich ausruhen, und Sie müssen essen.«

»Gute Nacht«, sagte Jason.

* * *

Statt direkt nach Hause zu gehen, beschloss Jason, im Hotel seines Vaters vorbeizufahren. Er konnte es nicht erklären, warum er dieses Bedürfnis verspürte, sich hinzusetzen und mit seinem Vater zu reden - *wirklich* mit ihm zu reden -, aber im Moment funktionierte er nach Gefühl, nicht nach Logik. Die rechte Gehirnhälfte hatte übernommen.

Jason hatte beschlossen, alles offen auf den Tisch zu legen - von Luthors erster E-Mail bis zu den Auswirkungen der Ermittlungen, die sein Vater gerade abgeschlossen hatte. Jason war bereit, vorzuschlagen, das Richtige zu tun, auch wenn er fürchtete, dass sein Vater sich weigern würde.

In gewisser Weise war es Jason inzwischen egal. Er war es so leid, diese Bürde allein zu tragen, sehnte sich so danach, mit jemandem darüber sprechen zu können. Er hatte so die Nase voll davon, aufzuwachen und sich zu fragen, ob das alles vielleicht nur ein böser Traum gewesen war, sich zu wünschen, der Albtraum, der sein Leben beherrschte, möge endlich enden.

Die Empfangschefin im *Holiday Inn Express* rief im Zimmer seines Vaters an, aber es hob keiner ab. Jason versuchte es auf dem Handy seines Vaters - auch nichts. Jason bat um die Zimmernummer seines Vaters, damit er an die Tür klopfen konnte, aber die Empfangsdame verweigerte sie ihm mit dem Hinweis auf die Gepflogenheiten des Hauses. Da er keine andere Möglichkeit hatte, setzte sich Jason an einen Tisch in der Lobby und wartete. Er schätzte, dass sein Vater in der Stadt unterwegs war.

Es wurde 1.30 Uhr, bis sein Vater durch die Tür gewankt kam. Jason hatte ihn schon so gesehen, den unsicheren Gang und den verträumten Ausdruck in den Augen.

Jason saß außerhalb des Blickwinkels seines Vaters und dachte daran, einfach nur zuzusehen, wie sein Vater zum Aufzug schwankte, damit er gehen konnte, ohne etwas zu sagen.

Aber das war ja das ganze Problem. Vermeidung. Aufschub. Vor der Wahrheit davonrennen.

»Dad«, sagte Jason.

Sein Vater blieb stehen - verblüfft. Er sah Jason an, als sähe er einen Geist. »Hast du das Zeug bekommen, das ich dir im Büro hingelegt habe?«, fragte sein Vater und lehnte sich zurück.

»Ja. Kann ich kurz mit dir reden?«

Sein Vater schnaubte und kicherte ein bisschen. »Bisschen spät zum Reden, oder nicht, Sohn?« Er sprach lauter als normal, und Jason wusste sofort, dass dies nicht der richtige Zeitpunkt war.

Aber wann würde das sein?

»Setz dich«, sagte er.

»Warum? Wartet dein Kumpel Prescott unterm Tisch? Willst du deinen alten Herrn wieder in Verlegenheit bringen?« Sein Vater breitete die Arme aus. »Ich bin hier. Alles, was du mir zu sagen hast – sag es mir einfach hier und jetzt.«

»Darum geht es nicht, Dad. Ich brauche deine Hilfe.«

Sein Dad griff in seine Tasche und zog ein Bündel Geldscheine heraus. »Hier. Du willst meine Hilfe? Das ist alles, was ich noch übrig habe.« Er kam zu Jason herüber und knallte das Geld auf den Tisch. »Alles andere hast du schon«, sagte er lallend. »Es hat nicht gereicht, dass du mich hasst, du musstest auch noch Jules auf deine Seite ziehen – damit sie mich auch hasst.«

Jason schüttelte den Kopf. Er stand auf und versuchte, seinem Vater das Geld zurückzugeben. »Also gut. Reden wir jetzt nicht davon.«

»Ja, klar«, sagte sein Vater und wies das Geld zurück. »Lauf davor weg, Sohn. Das machst du immer.« Er trat näher, und sein beißender Atem warf Jason fast um. »Alles, was ich wollte, war ein Sohn mit ein bisschen Rückgrat.« Er unterbrach sich, hatte offenbar Mühe, seine Gedanken zu ordnen. »Aber alles, was ich bekommen habe, war ein Sohn, der sich umdreht und wegrennt.«

Jason sagte sich, dass sein Vater das nicht ernst meinte. Hier sprach der Alkohol, nicht sein Dad. Aber dann stiegen ihm dennoch die Tränen hoch, auch wenn er dagegen ankämpfte und sie rechtzeitig zurückdrängte.

»Genau«, sagte sein Vater. »Lass uns einfach eine Runde heulen. Das tun wahre Männer so.« Er tätschelte die Außenseite von Jasons Arm, schüttelte angewidert den Kopf und wandte sich zum Gehen.

»Warte«, sagte Jason. Er hielt seinen Vater am Arm fest, was diesen fast umwarf. »Ich liebe dich, Dad.« Die Worte schlüpften heraus, bevor er wusste, was er da sagte. »Es ist mir egal, wenn du mich nicht ausstehen kannst. Du bist mein Vater, und du bist alles, was ich habe.«

Sein Vater blieb einen Augenblick stehen, als versuche er, irgendwie daraus schlau zu werden, was er gerade gehört hatte. Für Jason sah er mitleiderregend aus – verwirrt und vollkommen sprachlos. Hätte Jason ihn geschlagen, hätte sein Vater damit umgehen können. Irgendwie, betrunken oder nicht, hätte er sich instinktiv gewehrt.

Doch hierauf hatte dieser Mann keine Antwort.

Er senkte den Blick und streifte Jasons Hand von seinem Arm. »Ich gehe schlafen.« Damit wankte er in Richtung Aufzug.

Jason sah ihm nach, bis er aus seinem Blickfeld verschwand.

»Gute Nacht, Dad«, sagte er.

76

Am Freitagmorgen im fast übervollen Gerichtssaal hatte Jason das beunruhigende Gefühl eines Déjà-vu. Er hatte dieselben Argumente schon einmal vorgebracht, und derselbe Richter hatte sie abgewiesen.

Kelly Starling zitierte großzügig aus *Farley gegen Guns Unlimited* für die Behauptung, dass Ursachenzusammenhang ein Thema für die Geschworenen sei. Diesmal untermauerte sie ihre Argumente mit Zitaten aus Richter Garrisons eigener Urteilsbegründung beim früheren Antrag auf Klageabweisung.

Wie schon zuvor versuchte Jason zu argumentieren, dass dieser Fall aufgrund des Gesetzes zum Schutz legalen Waffenhandels nicht zulässig sei. Doch Garrison wischte dieses Argument schnell beiseite. »Wir haben es hier mit einer Ausnahme dieses Gesetzes zu tun, Herr Anwalt. Die Frage ist, ob das Verhalten Ihrer Mandantin Anstiftung oder Unterstützung für die illegalen Aktivitäten war.«

Garrisons Fragen waren so einseitig, dass Jason sich, während Kelly Starling ihre Argumente vorbrachte, zu Case hinüberbeugte und flüsterte: »Ich dachte, Ihre Jungs im Parlament würden ihn auf Kurs bringen.«

Case zuckte nur die Achseln.

Der untersetzte kleine Richter ließ die Anwälte ihre Positionen fast zwei Stunden lang darlegen, während er seine Zeit im Scheinwerferlicht genoss. Um 11.00 Uhr zog er sich kurz zurück und kam fünfzehn Minuten später wieder, um sein Urteil zu verkünden. Er ermahnte die Zuschauer, dass er keine Gefühlsausbrüche dulden werde, als meinte er, diese Entscheidung sei so kontrovers, dass der Gerichtssaal explodieren würde.

Er verlas seine Urteilsbegründung von der Richterbank aus und sah dabei regelmäßig von seinen Notizen auf, damit sich die Fernsehkameras an mehr als nur der Oberseite seines kahlen Schädels erfreuen konnten. Garrison sagte, er sei verpflichtet, dem Gesetz zu gehorchen. Er mache die Gesetze nicht, und um ehrlich zu sein, könne er sie oft nicht einmal gutheißen, doch seine Aufgabe sei es, sie auszulegen. Ein Richter, der versuche, das Gesetz neu zu schreiben, arbeite für den falschen politischen Zweig, sagte er. Nach diesem Satz hielt er inne, schien sich sicher zu sein, dass sämtliche Nachrichtensendungen des Abends ihn als Aufmacher benutzen würden.

»Es ist eindeutig«, schloss er, »dass der Kläger einen Fall vorgelegt hat, der nach dem Stand der heutigen Gesetze verhandlungsfähig ist. Folglich weise ich den Antrag der Verteidigung auf Streichung des Verfahrens ab.«

* * *

Kelly Starlings Erleichterung, den Antrag auf Streichung überlebt zu haben, war kurzlebig. Nach der Mittagspause rief Jason seine erste Zeugin auf. Er verlor keine Zeit mit Nebenrollen.

»Die Verteidigung ruft Melissa Davids in den Zeugenstand«, verkündete er.

Die Geschäftsführerin von MD Firearms hatte beschlossen, auf Durchschnittsbürger zu machen. Sie trug Jeans, Stiefel und eine weiße Bluse. Sie hielt ihre Hand hoch, das Kinn gereckt, und legte stolz den Eid ab.

»Schwören Sie, die Wahrheit zu sagen, die ganze Wahrheit und nichts als die Wahrheit, so wahr Ihnen Gott helfe?«

»Absolut.«

Die Geschworenen beäugten sie misstrauisch. Das Medieninteresse vor der Verhandlung und ihre Aussage hatten dafür gesorgt, dass sie die zierliche Frau bereits jetzt für niederträchtig hielten.

Kelly war keine Expertin in Körpersprache, aber wenn Osama bin Laden auf den Zeugenstuhl geklettert wäre, hätte sie bezweifelt, dass das Mienenspiel der Geschworenen viel anders gewesen wäre.

Jason stand auf und lächelte die Zeugin an. »Guten Tag, Ms Davids.«

»Sie können mich Melissa nennen«, sagte sie. »So viel wie meine Firma Ihnen schon bezahlt hat, können wir uns inzwischen mindestens beim Vornamen nennen.«

Kelly verdrehte die Augen, in der Hoffnung, dass die Geschworenen es sahen.

In den nächsten zwei Stunden hatte Kelly das Gefühl, sich gleich übergeben zu müssen. Jason machte seine Sache gut, indem er Davids – und damit auch ihre Firma – personalisierte. Über Kellys Einsprüche hinweg bekam Davids die Erlaubnis, darüber zu sprechen, dass sie mit sechzehn vergewaltigt wurde und versuchte, sich zu schützen, indem sie Jiu-Jitsu lernte. Sie sprach über den zweiten sexuellen Übergriff, der zwei Jahre später passiert war und wie dieses zweite traumatische Erlebnis sie dazu gebracht hatte, sich ihre erste Pistole zu kaufen.

Davids sprach auch über ihre Schwierigkeiten als Besitzerin eines mittelständischen Unternehmens. Man musste sich mit Demonstranten herumschlagen und wurde von der ATF schikaniert, und dann noch die ganzen persönlichen Probleme. Als Jason erwähnte, dass sie als Geschäftsführerin eines großen Waffenherstellers viel Geld verdienen musste, lachte Davids. Sie erzählte von der Hypothek auf ihrem Haus und dass sie ihren Rentensparplan beleihen musste. Manchmal musste sie sich etwas von der Familie ihres Mannes und von Freunden leihen, damit sie ihre Angestellten bezahlen konnte. Sie erhielt regelmäßig Todesdrohungen und Hass-Mails. Einmal hatte auch jemand versucht, ihre Fabrik anzuzünden.

Am schlimmsten von allem waren natürlich Klageanwälte. Sie war schon ungefähr ein Dutzend Mal verklagt worden; offen gestanden habe sie den Überblick verloren, wie oft genau. Aber MD Firearms hatte keinen einzigen Fall verloren.

»Sie müssen gute Anwälte haben«, sagte Jason.

»Eigentlich nicht. Wir stellen gerne junge Leute direkt von der Uni ein. Geben ihnen eine Chance zu üben.« Sie lächelte, und zu Kellys Verdruss lächelten ein paar Geschworene mit ihr. »Wir gewinnen, weil wir recht haben.«

Mindestens zwei Mal korrigierte sie Jason, was Waffen-Fachbegriffe anging. Sie wandte sich den Geschworenen zu, während sie darüber sprach, warum sie jedem mit einer behördlichen Feuerwaffenlizenz Waffen verkauften.

»Mein Job ist es, die bestmöglichen Waffen herzustellen«, sagte sie. »Und meine Steuern zu zahlen, damit die Regierung die Waffenhändler auf Sicherheitsübertretungen hin überprüfen kann. Denken Sie an den Kontext der Luftsicherheit. Boeing stellt die Flugzeuge her, aber die Regierung erteilt den Piloten ihre Zulassungen. Wenn ein Flugzeug wegen eines Pilotenfehlers abstürzt, können Sie Boeing nicht verklagen.

Bei Waffenhändlern ist es genauso. Die ATF entscheidet, wer Waffen verkaufen darf und wer nicht. Unser Job ist, sie mit den bestmöglich hergestellten Waffen zu beliefern.«

Nach zwei Stunden sah Jason in seine Notizen und dann wieder die Zeugin an. »Habe ich etwas vergessen?«, fragte er.

»Nein«, antwortete Davids. »Ich glaube, ich bin bereit für den Teil, in dem Ms Starling und ich uns einen Zickenkrieg liefern.«

77

Kellys ursprüngliche Strategie war gewesen, Melissa Davids im Kreuzverhör so wenige Fragen wie möglich zu stellen. Sie hatte die Zeugin schon während ihrer eidlichen Aussagen, die sich die Jury angesehen hatte, mit den ganzen guten Dingen gelöchert. Bevor die Geschäftsführerin den Zeugenstand betrat, hatte Kelly sogar daran gedacht, selbstzufrieden zu sagen, dass sie ihr ihre Fragen schon in der eidlichen Aussage gestellt habe und sich auf diese Aussage zu berufen.

Aber je länger Davids redete, desto wütender wurde Kelly. Bis Jason sich wieder setzte, hätte ein ganzes Footballteam Kelly nicht davon abhalten können, auf diese Zeugin loszugehen.

»Wie süß«, sagte Kelly sarkastisch. »Halten Sie das hier für lustig?«

Jason stand auf, um Einspruch zu erheben, aber Davids winkte ab.

»Verklagt zu werden, ist nie lustig«, sagte sie. »Ich nehme es sehr ernst, wenn mir jemand vorwirft, ich hätte den Tod eines anderen Menschen verursacht.«

»Gut. Denn ich habe ein paar ernste Fragen.« Kelly ging auf und ab wie ein Panther, der seine Beute belauert. »Fangen wir doch mit den Waffentypen an, die Sie in Ihrem netten kleinen Familienunternehmen verkauft haben.«

»Einspruch, Euer Ehren«, sagte Jason. »Argumentativ.«

»Stattgegeben. Ms Starling, wir kommen auch ohne Sarkasmus aus.«

»Fangen wir mit dem ursprünglichen Design der MD-9 an. Ein Design, das es den Kunden einfach machte, die Waffe in eine illegale vollautomatische Angriffswaffe zu verwandeln.«

»Die MD-9 war eine vollkommen legale halbautomatische Pistole«, gab Davids zurück. Und bevor Kelly ihr die nächste Frage stellen konnte, versuchte Davids, sie auszustechen. »Ich weiß ... als nächstes werden Sie mich fragen, ob mir bewusst war, dass eine große Anzahl von Kunden sie in eine vollautomatische Pistole umbaute und ob die ATF sich einschaltete und all das – habe ich recht?«

Die Arroganz dieser Antwort brachte Kelly zur Weißglut. »Euer Ehren«, sagte sie, »bitte weisen Sie die Zeugin an, nur meine Fragen zu beantworten.«

Garrison kam dem nach und hielt Melissa Davids einen strengen kleinen Vortrag.

»Ich habe nur versucht, uns ein bisschen Zeit zu sparen«, erklärte Davids.

»Sie hatten außerdem einen Zusammenstoß mit der ATF wegen ihres Verkaufs von Schalldämpfern; ist das richtig?«

Davids nickte. »Die ATF steht Prozessanwälten in nichts nach.«

Kelly ignorierte die Antwort und feuerte eine Reihe von Fragen über die Art ab, wie MD Firearms die Gesetze umgangen hatte, die die Registrierung von Schalldämpfern regelten.

»Sie haben die äußeren Rohre für die Schalldämpfer verkauft, und andere Firmen verkauften die inneren Teile, richtig?«

»Wenn Sie von den schallvermindernden Aufsätzen sprechen, ist das richtig.«

»Mehr als sechstausend Rohre, verkauft von MD Firearms, und nur vier Käufer registrierten ihre *Aufsätze*. Stimmt das so?«

»Ungefähr.«

»Was glaubten Sie, was die Leute mit all diesen Aufsätzen taten?«, fragte Kelly. »Sich an Rehe anschleichen, wenn sie sie mit dem ersten Schuss verfehlt hatten?«

Davids grinste höhnisch. »Finden Sie das lustig?«, fragte sie spöttisch. »Ich dachte, wir würden hier ernsthafte Fragen stellen.«

»Sie scheinen ein Talent dafür zu haben, Kriminelle mit den Waffen zu versorgen, die sie benötigen«, stellte Kelly fest.

»Einspruch!«, warf Jason ein. »Das ist keine Frage.«

»Ich ziehe sie zurück«, sagte Kelly.

»Ich werde sie beantworten«, sagte Davids gereizt. »Wir hatten schon ein Gerichtsurteil zu unseren Gunsten, als die ATF uns wegen der Aufsätze verklagte. Wenn mir da nicht etwas entgangen ist, können Sie gegen diese Entscheidung hier keine Berufung einlegen.«

Die Frauen duellierten sich eine halbe Stunde und hielten jeden einzelnen Geschworenen in Atem. Für Kelly war es, wie mit dem Kopf gegen eine Ziegelwand zu rennen. Sie beschloss, mit einer sicheren Sache aufzuhören.

»Die Geschworenen haben Ihre erste Aussage gesehen, in der Sie unter Eid leugneten, je darüber nachgedacht zu haben, ob Sie aufhören sollten, Waffen an Peninsula Arms zu verkaufen.« Sie reichte Davids eine Kopie des Memos von Case McAllister.

»Ist das Ihre Handschrift oben auf diesem Memo, das als Beweisstück 27 der Anklage registriert ist?«, fragte Kelly.

»Ja.«

»Und dies ist ein Memo, in dem der Firmenanwalt, dieser Mann dort drüben, Case Mc Allister, das Für und Wider analysiert hat, ob Sie aufhören sollten, problematische Händler weiterhin zu beliefern, inklusive Peninsula Arms, stimmt das?«

»Einspruch. Das Memo spricht für sich selbst.«

»Stattgegeben.«

Kelly nickte und trat einen Schritt näher an Davids heran. »Warum lesen Sie uns nicht Case McAllisters Schlussfolgerung und was Sie danebengeschrieben haben vor?«

Davids musterte das Memo einen Augenblick. »Case schrieb ›Eine sorgfältige Kosten-Nutzen-Analyse ergibt, dass wir weiterhin allen lizensierten und qualifizierten Händlern Waffen verkaufen sollten.‹ Und ich schrieb: ›Na so was. Was ist bloß mit der freien Marktwirtschaft passiert?‹«

»Wenn Mr McAllister in sein Memo auch die Tatsache aufgenommen hätte, dass diese Waffenhändler weiter zu beliefern viele unschuldige Menschen das Leben kosten würde, wären Sie dann zum selben Ergebnis gekommen?«, fragte Kelly.

»Einspruch«, sagte Jason. »Aufforderung zur Spekulation.«

Davids wandte sich an Richter Garrison. »Ich würde die Frage gern beantworten, wenn ich darf«, sagte sie.

»Ich lasse sie zu«, entschied Garrison.

»Ich hätte ihm gesagt, dass eine Menge unschuldiger Menschen ihr Leben schon auf dem Schlachtfeld verloren haben, um unsere Rechte als Amerikaner zu schützen«, sagte Davids, »inklusive das Recht, Waffen zu tragen, dem im zweiten Verfassungszusatz ein Denkmal gesetzt wurde. Ich hätte Mr McAllister gesagt, dass er an diese Leben denken soll, wenn er das nächste Mal anfängt, abzuwägen, auf welcher Seite der Debatte sich die unschuldigen Toten häufen.«

Kelly wartete ein paar Sekunden, bevor sie die nächste Frage stellte. Jetzt kamen sie voran. »Sagt der zweite Verfassungszusatz, dass Sie zwielichtige Händler beliefern sollen? Ist der zweite Verfassungszusatz eine Lizenz zum Töten?«

»Der zweite Verfassungszusatz«, sagte Davids überzeugt, »ist eine Lizenz, um Tyrannei zu verhindern, die Unschuldigen zu bewaffnen und Kriminelle zu stoppen.«

»Ich habe eine letzte Frage, Ms Davids. Und ich wäre dankbar für ein einfaches Ja oder Nein als Antwort.« Kelly machte noch einen Schritt auf die Zeugin zu. Sie wartete zwei, drei Sekunden, nutzte die totale Stille des Gerichtssaals aus. »War der zweite Verfassungszusatz auch an dem Tag gültig, an dem Rachel Crawford von Larry Jamison niedergeschossen wurde?«

»Natürlich.«

»Dann genügt der zweite Verfassungszusatz vielleicht nicht. Vielleicht brauchen wir auch ein bisschen gesunden Menschenverstand und Einsicht.«

»Einspruch«, sagte Jason.

»Zurückgezogen«, sagte Kelly und kehrte an ihren Platz zurück.

78

Jason beendete den Nachmittag, indem er Case McAllister in den Zeugenstand rief. Case sorgte für weniger Zündstoff als Melissa Davids und lieferte auch weit weniger Inspiration fürs Kreuzverhör. Vielleicht waren auch alle einfach nur müde. Als Case um 17.15 Uhr herabstieg, hatte man das Gefühl, als hätte jemand schon vor langer Zeit die ganze Luft aus dem Raum gelassen.

Garrison sprach seine üblichen Warnungen an die Geschworenen aus und entließ sie fürs Wochenende. »Wie viele Zeugen gedenkt die Verteidigung noch aufzurufen?«, fragte er Jason.

»Wir müssten am Montagmorgen durch sein.«

»Das ist gut zu wissen«, sagte Garrison. Er informierte die Anwälte, dass sie am Montag direkt nach der Mittagspause mit ihren Schlussplädoyers anfangen konnten. So konnte die Jury ihre Beratung am Montagnachmittag beginnen.

Während sie ihre Sachen zusammenpackten, gab Case Jason eine Nachricht. »Das ist von Melissa«, sagte er. »Sie musste schnell zu irgendwelchen Fernsehinterviews los.«

Jason faltet den Zettel auseinander und las die hastig von Hand hingeschriebenen Zeilen: *Sie machen Ihre Sache großartig. Danke fürs Dranbleiben.*

Noch mehr Ermutigung von einer dankbaren Mandantin. Unter den gegebenen Umständen fühlte Jason sich dadurch nur noch schlechter.

* * *

Jason sollte sich am Freitagabend im Büro mit Bella und Andrew Lassiter treffen, um das Feedback der Schattenjury durchzugehen. Aber es interessierte ihn nicht mehr, was sie dachten. Alles würde sich am Montag ändern, wenn Chief Poole den Zeugenstand betrat. Jason rief Bella an und sagte, er wolle ihr Treffen auf Samstagmorgen verschieben.

»Was ist los?«, fragte sie.

»Kelly Starling hat angerufen«, log Jason. »Sie will über einen Vergleich reden.«

»Was? Weiß Mr McAllister das?«

»Noch nicht«, sagte Jason. »Und es wäre mir lieb, wenn Sie ihm nichts sagen würden.«

»Er kommt heute Abend nicht. Es sind nur Andrew und ich da.«

Bella zögerte, wahrscheinlich überlegte sie, ob sie weiter drängen sollte.

»Was ist los?«, fragte Jason.

»Na ja, bei allem nötigen Respekt, aber ich glaube, dass manche Fälle im Grunde eine Frage des Prinzips sind. Ich mag Mr Crawford und alles, aber ich glaube eigentlich nicht, dass MD Firearms ihm auch nur einen Cent zahlen will.«

»Das verstehe ich«, sagte Jason. »Aber es kann nie schaden, es sich anzuhören.«

Nachdem er das Gespräch mit Bella beendet hatte, versuchte Jason, Kelly Starling auf ihrem Handy zu erreichen, konnte aber nur eine Nachricht hinterlassen. Er fuhr in seine Wohnung, zog sich Shorts und ein T-Shirt an und setzte sich vor den Fernseher.

Er zappte von einem Kanal zum nächsten und schaltete dann aus. Wenn sich nichts änderte, würde er Montagmorgen Chief Poole in den Zeugenstand holen, und der Prozess würde implodieren. Die Geschworene 7 würde das Kommando für den Kläger anführen. Jason würde seine Mandanten betrogen haben, um sich selbst, seinen Vater und Matt Corey zu schützen.

Jason war nicht sehr religiös und hasste Klischees. Nichtsdestoweniger fühlte sich das hier wie der sprichwörtliche Pakt mit dem Teufel an. Wenn Poole erst im Zeugenstand war, war Jasons Entscheidung unumkehrbar. Wie konnte er sich noch selbst im Spiegel ansehen, wenn das geschah?

Selbst wenn er das Ehrenvolle tun wollte und Poole nicht aufrufen, gab es keinen Weg mehr, den Prozess noch zu retten. Wenn Poole nicht in den Zeugenstand ging, würde sich Marcia Franks vermutlich nicht gegen ihn wenden. Aber er hätte immer noch den Geschworenen 3, Rodney Peterson, was bedeutete, dass das Beste, worauf Jason hoffen konnte, eine uneinige Jury war.

Doch Luthor würde trotzdem der ganzen Welt erzählen, was vor zehn Jahren passiert war. Jason würde sich einem möglichen Berufsverbot stellen müssen, der nationalen Schande und dem Zorn von LeRons Familie, zusammen mit einer möglichen Gefängnisstrafe. Der Crawford-Fall würde von jemand anderem noch einmal von vorn verhandelt.

Und das war noch der *beste* Fall.

Jasons einzige Hoffnung war, Luthors Identität herauszubekommen. Das war der wahre Grund, warum er sich mit Kelly treffen musste. Er würde sie darauf ansprechen, wie sie die belastenden Informationen über Poole bekommen hatte. Er würde Luthors Namen nennen. Er würde ihren Gesichtsausdruck beobachten.

Bis Kelly zurückrief, war es fast 21.00 Uhr. Sie hatte ein paar Fernsehinterviews gegeben und dafür ihr Handy ausschalten müssen. »Ich verhandle meine Fälle gern vor Gericht, nicht im Fernsehen«, sagte Jason.

»Na gut; wir sehen uns Montag dort.«

»Eigentlich ... Ich hatte gehofft, dass Sie mir heute Abend ein paar Minuten von Ihrer Zeit schenken.«

»Wozu?«

»Kann ich Ihnen das erzählen, wenn wir uns treffen? Ich möchte nicht am Handy darüber sprechen.«

79

Sie verabredeten sich im *Catch 31,* einer Bar mit Restaurant im Erdgeschoss des *Hilton*. Ein paar Minuten nach 21.00 Uhr fand Jason einen Parkplatz im Parkhaus in der 31. Straße genau gegenüber. Er deponierte seine Waffe unter dem Beifahrersitz und ging los in Richtung Treppenhaus und Aufzug.

In Gedanken war er bei seinem Treffen mit Kelly. Wie würde sie reagieren, wenn er Luthor erwähnte? Wie viel sollte er ihr verraten?

Das Parkhaus war dunkel und auf der vierten Ebene, wo er geparkt hatte, halb voll. Er konnte Menschen unter sich auf der Straße hören, eine Band, die im *Neptune Park* spielte, die *Atlantic Avenue,* auf der es von Touristen wimmelte.

Er war so in Gedanken versunken, dass er nicht bemerkte, dass auf dieser Ebene zwei Autos mit laufenden Motoren standen. Ohne Vorwarnung schalteten zwei Wagen am anderen Ende des Parkhauses ihre Scheinwerfer an – Fernlicht –, so dass Jason direkt in ihrem Lichtkegel stand. Er wandte sich zu ihnen um und schirmte die Augen mit den Händen ab.

Der Schlag kam von hinten, etwas Hartes traf auf seinen Hinterkopf. Jason versuchte, sich zu drehen, aber seine Knie wurden weich. Bevor er wusste, wie ihm geschah, schnappte ihn jemand und zog ihm grob eine Kapuze über den Kopf.

Fast gleichzeitig hieb ihm jemand mit der Faust in die Seite, was ihm die Luft nahm und seine Rippen vor Schmerzen aufschreien ließ.

»Schrei, und du bist tot«, sagte jemand mit schwerer Zunge in sein Ohr. Der Mann zog die Kapuze fest um Jasons Hals zu.

Ein zweiter zog Jasons Hände hinter seinen Rücken und ließ Plastikhandfesseln um seine Handgelenke einrasten.

»Ins Auto!«, zischte der erste Mann. Er drückte Jasons Kopf nach unten und schob ihn auf den Rücksitz eines Wagens. Bei jedem Atemzug schoss Jason der Schmerz in die Seite. Es fühlte sich an, als wären seine Rippen gebrochen, und er konnte nur in kurzen und schmerzhaften Zügen Luft holen.

»Wir haben dir doch gesagt, dass du keinen Vergleich schließen sollst.« Die Stimme war heiser und rau. Jason erkannte sie nicht. Er saß eingezwängt zwischen zwei Männern auf dem Rücksitz.

Einer von ihnen beugte sich zu ihm, so dass sein Mund nur wenige Zentimeter von Jasons Ohr entfernt war. »Ich habe mal einen Typen mit meinem Handballen so hart geschlagen, dass ich ihm den Nasenknochen bis ins Gehirn hinaufgetrieben habe. Hast du eine Ahnung, wie sich das anfühlt?«

Jason schüttelte energisch den Kopf.

»Warum triffst du dich mit Kelly Starling?«

Jason versuchte, wieder zu Atem zu kommen. »Wir müssen für Montag ein paar Dinge durchgehen. Nur … formelles Zeug …«

»Umpf!« Ein weiterer Schlag in die Rippen nahm ihm erneut den Atem. Er krümmte sich und stöhnte vor Schmerzen.

»Sitz gerade!« Einer der Männer riss ihn auf seinem Sitz zurück und löste damit eine weitere qualvolle Welle des Schmerzes aus. Der Mann zog den unteren Teil des Stoffes, der Jasons Gesicht bedeckte, hoch und rammte ihm den harten Stahl eines Pistolenlaufs in den Mund. Jason würgte. Kalter Schweiß bildete sich in seinem Rücken und auf der Stirn.

»Wenn du mir noch einmal in die Quere kommst, bist du tot«, zischte einer der Männer. »Verstanden?«

Jason nickte.

Er erstarrte, als er hörte, wie der Hahn gespannt wurde. »Willst du immer noch einen Vergleich?«

Jason schüttelte den Kopf, unkontrolliert zitternd.

»Guter Junge«, flüsterte sein Entführer. »Denn ich werde dir ein kleines Geheimnis verraten.«

Er wartete, folterte Jason durch sein Schweigen. »Diese Waffe ist ein Revolver mit drei Kugeln in der Kammer. So ähnlich wie in *Dirty Harry*. Meinst du, dass du Glück hast?«

Jason schüttelte wieder den Kopf. Heftig. Doch je mehr er sich wand, desto härter stieß ihm der Mann den Revolverlauf in die Kehle.

»Harter Kerl«, sagte sein Entführer. »Mal sehen, ob du trotzdem welches hast.«

Er drückte ab.

Jason zuckte ... doch nichts geschah.

»Heute muss dein Glückstag sein«, sagte der Mann. Er nahm den Lauf aus Jasons Mund und presste ihn gegen seinen Hals.

»Na komm«, sagte der Mann. Er riss Jason aus dem Auto. Der Mann war größer als Jason, stark wie ein Ochse. »Wenn ich dich loslasse, gehst du direkt zu deinem Auto. Schau dich nicht um, oder ich pumpe dich mit Kugeln voll.«

Damit schnitt sein Entführer die Plastikfesseln durch und zog ihm die Kapuze vom Kopf. Er schob Jason vorwärts, vor die Scheinwerfer. Jason stolperte und rappelte sich taumelnd wieder auf, kaum in der Lage zu atmen. Vornübergebeugt humpelte er zu seinem Wagen. Gerade als er die Fahrertür aufmachte, hörte er das Quietschen von Reifen und sah sich um.

Die schwarze Limousine hatte ihren Parkplatz verlassen und schoss um die Ecke des Parkhauses. Ein zweites Auto folgte.

Jason kletterte vorsichtig in seinen Wagen und holte seine Waffe hervor. Er versuchte, sich zu sammeln. Der Schmerz machte ihn benommen, und er versuchte, sich von dem Schock, angegriffen worden zu sein, zu erholen. Solche Sachen geschahen in Filmen, aber keinem Zivilrechtsanwalt im echten Leben.

Ihm ging auf, dass er wohl Anzeige bei der Polizei erstatten sollte, aber er wollte sie nicht mit hineinziehen. Sie hätten Fragen gestellt, die ihn gezwungen hätten, eine Wahl zu treffen zwischen Lügen und der Wahrheit, dass Luthor ihn erpresste. Die Wahrheit über den Unfall vor zehn Jahren.

Stattdessen wählte Jason die Nummer seines Vaters. Als der nicht dranging, hinterließ Jason eine dringende Nachricht auf seiner Mailbox.

In diesem Moment des Schmerzes, wo jeder noch so flache Atemzug schwerer fiel als der vorherige, hatte Jason eine Erkenntnis. Etwas, was ihm schon vor langer Zeit hätte auffallen müssen. Etwas, das ihm plötzlich so offensichtlich erschien, dass er sich fragte, wie er es hatte übersehen können.

Sein BlackBerry war ihm von Justice Inc. als Teil seiner Abfindung gestellt worden, der Vertrag schon für ein Jahr im Voraus bezahlt. Vielleicht – nein, fast sicher – überwachte es jemand. Der Anruf bei Bella war abgehört worden. Daher hatten sie gewusst, dass er hier herkommen würde.

Diese Theorie bestätigte einiges. Justice Inc. wollte das Ergebnis der Verhandlung kontrollieren. Sie hatten wahrscheinlich hundert Millionen oder mehr auf den Fall gesetzt. Bis jetzt hatten sie jeden einzelnen von Jasons Schritten verfolgen können.

Jason schaltete den BlackBerry aus und starrte ihn an, als wäre er eine giftige Schlange. Er dachte an seine Zeit in der Firma. Für jeden Fall hatten sie Millionen Dollar aus Firmengeldern eingesetzt. Wie konnten sie sicher sein, dass die Anwälte, die die Scheinprozesse verhandelten, nicht nebenbei Informationen an Hedgefondsmanager weitergaben? Diese Anwälte, wie Jason, kannten das Ergebnis sämtlicher Schattenjurys.

Vielleicht hatte Justice Inc. jedes Telefongespräch abgehört, das er während seiner Zeit bei der Firma je geführt hatte. Das konnte erklären, warum sie überhaupt von dem Unfall wussten – seine Gespräche mit seinem Vater hatten darauf hingewiesen. Jason hatte wahrscheinlich von Zeit zu Zeit auch Matt Corey erwähnt. Es konnte nicht schwer gewesen sein, es herauszufinden. Jason fühlte sich von dem Gerät, das er überall, jede Minute des Tages, wie ein trojanisches Pferd an seinem Gürtel mit sich herumgetragen hatte, betrogen. Vielleicht hatte Justice Inc. sogar irgendein GPS-System eingebaut, mit dem sie auch jetzt, während das Telefon ausgeschaltet war, jeden seiner Schritte überwachen konnten. Er hatte es schließlich mit einer riesigen und mächtigen Organisation zu tun, für die unermesslich viel Geld auf dem Spiel stand.

Und er steckte immer noch in derselben Zwickmühle wie eine halbe Stunde zuvor. Wenn er mitspielte, verriet er seine Mandanten. Wenn er sich weigerte, verriet er seinen Vater. Wenn er sich weigerte, fügte er LeRons Familie Leid zu. Wenn er sich weigerte, kam er ins Gefängnis.

Jason schaltete das Telefon wieder an und wählte Kellys Nummer.

»Ich schaffe es heute Abend nicht«, sagte er. »Mir ist etwas dazwischengekommen.«

»Sollen wir es verschieben?«

»Nein. Ich muss einfach absagen. Es ist etwas eingetreten, wodurch es sich mehr oder weniger erledigt hat.«

»Also gut«, sagte Kelly. »Dann sehen wir uns Montag in der Verhandlung.«

»Ja. Bis Montag.«

Nach dem Gespräch wartete er noch ein paar Minuten und versuchte, ein paar Mal ohne den stechenden Schmerz, der jeden Atemzug begleitete, Luft zu holen.

Seltsamerweise hatte der Angriff seine Entschlossenheit nur noch verstärkt. Es war wie Folter gewesen, wochenlang auf den nächsten Schlag zu warten. Der Gedanke an die Auswirkungen, wenn sein Verrat ans Tageslicht kam, hatte ihn gelähmt.

Aber vor ein paar Minuten hatte er geglaubt, er müsste sterben. Und in diesem Augenblick wollte er nur eine zweite Chance zu leben.

Dem Tod so nahe zu kommen, konnte einen Menschen verändern.

Er musste ins Krankenhaus und seine Rippen untersuchen lassen. Aber zuerst musste er sich noch um etwas anderes kümmern. Jason fuhr aus dem Parkhaus und ein paar Blocks die Atlantic Avenue entlang. Er fand einen gebührenpflichtigen Parkplatz in einer Seitenstraße, schnallte sich sein Schulterholster mit der MD-45 um und warf sich eine Windjacke über, obwohl die Temperatur immer noch fast dreißig Grad betrug.

Von jetzt an würden Jason und seine Waffe unzertrennlich sein; sein BlackBerry würde im Auto bleiben. Er wollte ihn allerdings nicht ganz wegwerfen, sonst hätte Justice Inc. gemerkt, dass er wusste, dass sie ihn überwachten.

Jason schlängelte sich ein paar Minuten durch den Fußgängerverkehr und sah sich immer wieder um. Das rasche Tempo verursachte noch mehr Schmerzen in seiner Brust. Schließlich arbeitete er sich bis in die Lobby des Hilton vor, wo er Kelly von einem Hoteltelefon aus anrief.

»Ich bin in der Lobby«, sagte er. »Ich weiß, das klingt ein bisschen schizophren, aber wir müssen uns wirklich dringend treffen.«

80

Es war spät am Abend. Kellys Treffen mit Jason Noble hatte mehr als eine Stunde gedauert, und sie wusste, dass sie auf keinen Fall würde schlafen können. Sie ging hinaus auf den Balkon ihres Zimmers mit Blick auf die Uferpromenade und sog die Nachtluft tief ein.

Sie liebte diesen Ausblick, hatte sich in den letzten Tagen oft hierher zurückgezogen, wenn der Druck des Falles zu sehr auf ihr lastete. Es war hier, mit dem rhythmischen Geräusch der Wellen im Ohr, wo sie ihrem Eröffnungsplädoyer den letzten Schliff gegeben hatte. Am Abend zuvor hatte sie sich, auf dem kleinen Balkon auf und ab gehend, jede Minute des Kreuzverhörs von Melissa Davids ausgemalt.

Die Nachtluft war schwül, aber eine angenehme Brise blies vom Meer herüber. In der Luft lag eine eigentümliche Mischung aus Salzwasser und den Aromen des Restaurants des Catch 31 zwölf Stockwerke unter ihr. Sie konnte die Countryband nebenan im *Neptune Park* spielen hören. Touristen spazierten die Promenade entlang, andere im Sand, Kinder spielten bei der Neptun-Statue.

Aber heute Abend konnte nichts davon ihre Nerven beruhigen. Der Druck in diesem Fall war sowieso schon groß genug. Doch nach dem Treffen mit Jason hatten sich die Intrigen und Psychospielchen noch verzehnfacht.

Konnte sie Jason Noble vertrauen? Nichts im bisherigen Verlauf dieses Falls ließ darauf schließen, dass er besonders integer war.

Kelly war verwirrt und ruhelos. Sie stand kurz vor der emotionalen Erschöpfung, und dennoch fühlte sie sich fast kribbelig vor nervöser Energie. In gewisser Weise konnte man das am Ende einer langen Prozesswoche erwarten. Sie hatte die ganze Woche nicht trainiert. Das Adrenalin schoss ohne produktives Ventil in ihrem Körper herum und zehrte an ihren Reserven.

Sie brauchte irgendetwas zur Entspannung. Sie musste nachdenken. Vielleicht konnte sie in den Hotelpool springen und ein paar Runden schwimmen. Das Training verschaffte ihr vielleicht wieder einen klaren Kopf.

Sie zog sich einen einteiligen Badeanzug an, den sie fürs Training benutzte, streifte Shorts und Flip-Flops über, hängte sich ihre Schwimmbrille um den Hals und schnappte sich ein Hotelhandtuch.

Der Außenpool des Hilton befand sich auf dem Hoteldach, zwanzig Stockwerke über der Strandpromenade, umgeben von einer hüfthohen Mauer mit einem Drahtzaun darauf.

Kelly fuhr mit dem Aufzug hinauf, zusammen mit Geschäftsleuten, die für einen Abend in der Stadt gekleidet waren. Das Dach des Hilton besaß außerdem eine schicke Bar und war offensichtlich ein Treffpunkt für die vornehmen Einheimischen.

Als sie aus dem Aufzug trat und auf den Pool zusteuerte, erkannte sie sofort, dass das eine dumme Idee war. Pärchen fläzten sich auf den Liegestühlen. Ein paar Frauen im Bikini standen mit ihren Freunden oder Ehemännern im Wasser, einige buchstäblich aufeinanderhängend, andere mit Drinks in der Hand. Kelly kicherte über den absurden Gedanken, in diesem Pool Bahnen ziehen zu wollen. Die Stammkunden warfen ihr argwöhnische Blicke zu, als wäre sie gerade mit einem Sixpack bei einem Treffen der Anonymen Alkoholiker aufgetaucht.

Sie machte kehrt und ging zurück zum Aufzug.

Statt auf die Zwölf drückte sie den Knopf fürs Erdgeschoss. Sie verließ die Lobby und trat in die schwüle Abendluft von Virginia Beach hinaus. Sie überquerte die Promenade, steuerte aufs Meer zu und zog ihre Flip-Flops aus.

Der Sand war weich und kühl unter ihren Füßen. Der breite Strand war nachts unbewacht und offen für Touristen, von denen viele diese Gelegenheit nutzten. Paare saßen im Sand und redeten oder spazierten händchenhaltend im knöcheltiefen Wasser den Strand entlang. Ein paar Leute spielten Frisbee im Mondlicht. Eine Familie ging in der Nähe mit ihrem Hund spazieren.

Der Mond war zu drei Vierteln voll, und es war keine Wolke in Sicht. Die Lichter der Promenade und des Nachthimmels warfen einen blassen Schimmer über die Wasserfläche des Atlantiks, eine verlockende Einladung, ein bisschen richtig zu schwimmen.

Kelly suchte sich einen Platz für ihr Handtuch, die Flip-Flops und die Shorts. Als niemand hersah, vergrub sie ihren Hotelzimmerschlüssel im Sand, ein paar Zentimeter unterhalb von ihrem linken Flip-Flop. Sie setzte ihre Schwimmbrille auf und watete ins Wasser, bis es ungefähr knietief war und spritzte sich ein bisschen kaltes Wasser über Schultern und Rücken.

Ein Pärchen, das am Strand entlang spazierte, entdeckte sie. – *Was ist das denn für eine Verrückte?* Wahrscheinlich starrten auch noch andere. Kelly holte tief Luft und watete vorwärts, die kalten Wellen klatschten ihr gegen den Körper und nahmen ihr den Atem. *Also los!* Sie suchte sich eine große Welle aus und tauchte unter.

Sie kam wieder hoch, augenblicklich erfrischt, strich sich die Haare zurück, prüfte den Sitz ihrer Brille und watete noch ein wenig tiefer ins Wasser, wo sie in eine weitere Welle eintauchte. Diesmal kam sie schwimmend wieder hoch. Zuerst schwamm sie in einem schrägen Winkel vom Ufer weg und tauchte unter ein paar hohen Wellen hindurch, während diese sich brachen. Innerhalb von Sekunden war sie hinter der Linie der sich brechenden Wellen, parallel zum Strand, schwamm Freistil und ihr Körper hob und senkte sich mit den Wellen.

In den ersten Minuten konzentrierte Kelly sich darauf, den Rhythmus der Wellen zu finden, ihre Atemzüge anzupassen, damit sie kein Salzwasser schluckte. Es dauerte nicht lange, bis sie ihren Rhythmus gefunden hatte. Es fühlte sich toll an, wieder in ihrem Element zu sein und ihre aufgestaute Anspannung in jeden Schwimmzug zu kanalisieren. Es kam ihr vor, als würde sie stärker, je länger sie schwamm. Sie trat stärker und machte längere Züge, sprintete praktisch die Rückseite der Wellen hinab.

Sie wusste, dass sie darauf achten sollte, sich noch ein bisschen Energie aufzusparen – eine starke Strömung konnte sie in Nullkommanichts eine halbe Meile hinaustragen. Aber heute Nacht war ihr das ziemlich egal.

Sie wurde schneller müde, als sie erwartet hatte, aber sie schwamm weiter. Nach zwanzig Minuten hielt sie lang genug inne, um auf ihre Uhr zu sehen. Eine gute Trainingseinheit im Becken dauerte dreißig Minuten. Aber hier, im Kampf mit den Wellen, war sie bereits zwanzig Minuten geschwommen und hatte noch nicht einmal umgedreht.

Sie war ein wenig weiter vom Ufer abgetrieben als sie vorgehabt hatte. Sie senkte den Kopf und pflügte weiter, während ihre Muskeln zu brennen begannen. Der Schmerz war genau, was sie brachte. Das Risiko war genau, was sie wollte.

Nach fünfundzwanzig Minuten drehte sie um und steuerte wieder in Richtung Hilton. In dieser Richtung drehte sie ihren Kopf in Richtung Ufer, wenn sie atmete, und erhaschte mit jedem zweiten Zug einen Blick auf die Lichter der Häuser am Ufer.

Zehn Minuten später wurde es ein bisschen mühsam. Das Atmen fiel schwerer und ihre Arme und Beine fühlten sich wie Bleigewichte an. Sie war immer noch gefährlich weit vom Ufer entfernt, aber heute hatte sie dieses unerklärliche Bedürfnis, mit der Gefahr zu spielen. Sie wusste, wie gefährlich das war. Fast schon verrückt. Sie hatte eine vielversprechende Karriere. Eine Familie, die sie liebte. Sie war kurz davor, eine nationale Berühmtheit zu werden – eine Heldin im Kampf gegen Waffengewalt.

Aber nichts davon schien im Moment wichtig. Denn das Einzige, was Kelly am wichtigsten war – ihr Ruf, ihre Integrität – stand kurz davor, zerschmettert zu werden. Luthor würde gezwungen sein, was er wusste, zu enthüllen. Der Monica-Lewinski-Makel würde Kelly für immer anhaften. Wie oft hatte ihr Vater gesagt, wenn man seine Integrität verlor, verlor man alles.

Sie schwamm energischer. Länger. Zwang sich zu noch einer Minute … noch einem Atemzug … noch einem Schwimmstoß.

Endlich war sie an dem Punkt angelangt, an dem nichts mehr ging, und begann, aufs Ufer zuzuschwimmen. Sobald sie dort ankam, würde sie sich ein paar Minuten in den Sand legen und dann den Rest des Weges zum Hotel zu Fuß gehen.

Doch während sie in Richtung Strand schwamm, ging ihr auf, dass sie sich verrechnet hatte. Die Flut zog sie weiter hinaus – keine ausgewachsene Brandungsrückströmung, aber ähnlich.

Sie hielt inne und trat einen Augenblick im Wasser, um sich zurechtzufinden, begann aber schnell wieder zu schwimmen, als sie sah, wie das Ufer sich immer weiter entfernte. Ein Adrenalinstoß schoss durch ihren Körper, und sie geriet fast in Panik, als ihr klarwurde, dass sie immer noch an Boden verlor. Sie kannte sich aus – kämpf nicht gegen die Strömung. Schwimm parallel zum Ufer, seitlich aus dem Strom heraus, nicht dagegen.

Aber das erforderte Energie und Ausdauer. Sie versuchte, tief Luft zu holen und sich zu entspannen, aber sie war so müde. Sie kämpfte mutig gegen die Panik an, senkte den Kopf und fing an, parallel zur Uferlinie zu schwimmen. Zwei Minuten. Drei Minuten. Fünf.

Sie schluckte Wasser und hustete es heraus. Die Wellen kamen ihr jetzt größer vor, obwohl sie wusste, dass das eine Illusion sein musste. Der Strand entfernte sich trotzdem weiter.

Sämtliche Gedanken an den Prozess waren der sturen Konzentration aufs Überleben gewichen. Ein Gebet und noch ein Adrenalinstoß ließen sie noch ein paar Minuten durchhalten, aber mit diesem Tempo würde es bald vorbei sein. Ihre Arme und Beine brannten vor Erschöpfung, als ihre übersäuerten Muskeln ihren Tribut forderten. Sie widerstand dem Drang zu schreien. Das war nur eine Verschwendung von Atemluft; niemand konnte sie so weit vom Ufer entfernt hören.

Sie konnte nur eines tun - weiterschwimmen.

Kelly senkte den Kopf und peitschte sich weiter - über die Erschöpfung hinaus, über den Schmerz, ein Zug nach dem anderen, jeder schwerer als der vorherige. In ihren Wettkampfzeiten war sie für ihren Siegeswillen legendär gewesen. Heute Nacht brauchte sie jedes kleinste Bisschen dieses Willens, um zu überleben. Sie dachte an alles, wofür es sich zu leben lohnte - ihr Glaube, ihre Familie, ihre Freunde, die Mandanten, die sie brauchten.

Nichts half. Sie würde diesen Kampf verlieren.

Doch als sie gerade bereit war, ihre Niederlage einzugestehen, spürte sie eine leichte Veränderung in der Strömung, fast unmerklich - ein schrittweises Nachlassen des Griffs, der sie gefangen hielt. Es war, als wäre die Faust des Todes von der Hand Gottes aufgestemmt worden.

Sie schwamm noch ein paar schmerzhafte Züge, bis sie vollends aus der Strömung heraus war. Ein paar Minuten lang verschnaufte sie auf der Wasseroberfläche treibend, bevor sie begann, sich in Richtung Strand voranzukämpfen. Sie erwischte den richtigen Winkel, ritt auf den Wellen, entspannte in den Wellentälern und spürte endlich den Sand unter ihren erschöpften Beinen.

Sie watete ans Ufer und ließ sich im knöcheltiefen Wasser auf die Knie sinken. Dort verharrte sie einen Moment und versuchte, wieder zu Atem zu kommen. Wie knapp war sie davor gewesen zu sterben? Wie viele Minuten hätte sie noch gegen die Strömung kämpfen können?

Sie wusste, dass Gott sie dieser Gefahr entrissen hatte. In einem persönlichen Moment, den niemand sonst nachempfinden oder verstehen können hätte, hatte er sie gerettet. Aber erst, nachdem sie aufgehört hatte, gegen die Strömung anzukämpfen. Erst als sie bereit gewesen war, aufzugeben und den mächtigen Ozean sein Opfer fordern zu lassen. In diesem Augenblick hatte sie sein Handeln gespürt.

Im Sand kniend dachte sie an einige Verse, die ihr Vater oft zitiert hatte. Es waren Worte von Jesus, auch wenn Kelly sich nicht erinnern konnte, wann oder wo. *Wer versucht, sein Leben zu behalten, wird es verlieren. Doch wer sein Leben für mich aufgibt, wird das wahre Leben finden. Was nützt es, die ganze Welt zu gewinnen und dabei seine Seele zu verlieren?*

Die ganze Welt - eine Anwaltskarriere, ein Ruf, landesweiter Ruhm.

Was nützt es, die ganze Welt zu gewinnen und dabei seine Seele zu verlieren?

Zu ihrem Entsetzen wurde Kelly klar, wie sie mit diesem Angebot gespielt hatte. Ihr Stolz und ihre Scham hatten sie von Gott weggetrieben. Sie war gegen das Bedürfnis nach Buße und Versöhnung angeschwommen, hatte versucht, sich mit ihren Kreuzzügen bei Gott einzuschmeicheln, während das, was sie in Wirklichkeit brauchte, Gnade und Annahme waren.

Dort im Sand kniend, bat sie Gott, ihr zu vergeben.

81

Am Samstagmorgen rief Kelly als allererstes ihren Vater an. »Können wir reden?«, fragte sie.

»Klar, Kell. Was ist los?«

Sie hatten sich vor dem Prozess ein paar Mal gesprochen, aber Kelly war normalerweise so beschäftigt, dass ihr Vater ihr meistens Nachrichten auf dem Anrufbeantworter hinterließ und ihr sagte, wie stolz er darauf sei, wie sie den Fall meisterte.

Am Abend zuvor hatte sie beschlossen, ihn heute anzurufen und ihm alles zu erzählen, was sie in den vergangenen sieben Jahren vor ihm verheimlicht hatte. Doch jetzt, als er wirklich am Telefon war, war ihr unbehaglich.

»Ich weiß, dass du morgen Gottesdienst hältst, aber können wir uns trotzdem irgendwie für ein paar Minuten treffen? Ich muss dich einfach sehen.«

Kelly wusste, dass der Samstag der Tag war, an dem ihr Vater seiner Predigt den letzten Schliff gab. Regel Nummer eins im Hause Starling: Mach Dad am Samstag keinen Ärger. Und die einfache Fahrt von Charlottesville nach Virginia Beach dauerte vier Stunden.

Aber ihr Vater musste den Unterton in Kellys Stimme gehört haben. Er sagte, er könne gegen 14.00 Uhr bei ihr sein. Er würde eine Vertretung für die Predigt am nächsten Tag auftreiben. Ihr Schlussplädoyer habe er sich sowieso ansehen wollen.

Sie ruderte ein wenig zurück und leistete ein bisschen symbolischen Widerstand, aber es war eine ausgemachte Sache.

Am frühen Nachmittag rief ihr Vater von der Hotellobby aus an. Er kam in Kellys Zimmer herauf, und sie erzählte ihm alles.

Sie saßen auf der Bettkante, und ihr Vater versicherte ihr sanft Gottes Vergebung. Sie weinte in seinen Armen, es kam ihr vor wie eine Stunde lang.

* * *

Jason kam am Samstagmorgen erst um 9.00 Uhr ins Büro. Nach seinem Treffen mit Kelly am Freitagabend war er in die Notaufnahme des *Virginia Beach General Hospital* gefahren. Man hatte ihn in der Notaufnahme eine Stunde warten lassen, bevor sie seine Rippen röntgten und ein CT von seinem Kopf machten. Obwohl er nicht ohnmächtig gewesen war, wollten sie sichergehen.

Die gute Nachricht war, dass es keine erkennbare Hirnschädigung gab, und die Rippen waren nur geprellt, nicht gebrochen. Mit ein paar Schmerztabletten schaffte es Jason, ungefähr fünf Stunden Schlaf zu bekommen.

Der Schmerz war am Samstagmorgen mit voller Kraft zurück, aber er musste einen klaren Kopf behalten, also hielt er sich von den Schmerzmitteln fern.

»Dornröschen ist da!«, verkündete Bella, als Jason durch die Tür kam. Er lächelte und verzog das Gesicht.

»Was ist los mit Ihnen?«, fragte sie.

»Ich wurde gestern Abend auf dem Parkplatz ausgeraubt«, sagte Jason. Er dachte sich, die halbe Wahrheit würde er sich besser merken können als eine komplette Lüge. Das rief eine Menge Mitleid hervor und erforderte eine ungefähr zehnminütige Erklärung mit so vielen kleinen Flunkereien, dass Jason sich sicher war, dass er sie niemals so wiederholen können würde.

Ungefähr auf halber Strecke von Jasons Erzählungen kam Lassiter in den Empfangsbereich, so dass er noch einmal von vorn anfangen musste. Bella unterzog ihn ein paar Minuten lang einem Kreuzverhör und gab ihm ungebetene Ratschläge, wie er seine Verletzungen im Einzelnen behandeln sollte.

Schließlich schaffte es Jason, das Thema wieder auf die Tagesplanung zu lenken. Sowohl Lassiter als auch Bella waren erpicht darauf, das Feedback der Schattenjury durchzugehen. Geplante Anweisungen an die Geschworenen mussten aufgesetzt werden. Und Jason musste sein Schlussplädoyer vorbereiten.

»Wie gut ist Brad Carson?«, fragte Jason.

Die Frage zu ihrem ehemaligen Chef schien Bella zu überraschen. »Sie meinen vor Gericht?«

»Ja. Denken Sie, er könnte für ein paar Stunden rüberkommen und mir mit meinem Schlussplädoyer helfen? Ich brauche eine unabhängige Sicht.«

Bellas Gesicht erhellte sich bei dem Gedanken. »Er kommt«, sagte sie überzeugt, »und wenn ich ihn persönlich hier herzerren muss.«

Bevor sie zum Tagesgeschäft kamen, gab Bella Jason einen Umschlag. »Das hat jemand letzte Nacht unter der Tür durchgeschoben.«

Jasons Name stand darauf und *»persönlich und vertraulich«*. Jason erkannte die Handschrift seines Vaters. »Ich stoße gleich im Konferenzraum wieder zu euch«, sagte Jason.

Er ging in sein Büro, schloss die Tür und riss den Umschlag auf. Seine Hände zitterten ein wenig, als er die einseitige Nachricht las.

Wenn wir uns sehen, läuft es normalerweise nicht so, wie ich es geplant hatte, also dachte ich, ich schreibe dir stattdessen diese Nachricht. Das mit Donnerstagabend tut mir leid. Ich weiß nicht mehr alles, was ich gesagt habe, aber genug, um mich dafür zu entschuldigen.

Ich glaube, ich habe geholfen, so gut ich konnte. Ich wünschte, du würdest mir genug vertrauen, um mir zu sagen, was tatsächlich los ist. Dir zuzuschauen, wie du dein Ding machst und Case kennenzulernen, war gut.

Du sollst wissen, dass ich stolz auf dich bin.

Ich gehe nach Atlanta zurück und lasse mir helfen. Der Donnerstagabend hat das Fass zum Überlaufen gebracht. Ich habe daran gedacht, bis zum Urteil dazubleiben, aber mir ist klargeworden, dass ich dich nur ablenke. Das Beste, was ich für dich tun kann, ist wieder gesund zu werden.

Vielleicht bekommst du nach ein paar Wochen im Entzug deinen alten Herrn wieder. Vielleicht könnten wir uns dann treffen.

Viel Glück.

Dad

Jason starrte den Brief lange an. Er wusste nicht so recht, wie er reagieren sollte. Aber er wusste, wie er sich jetzt fühlte – dankbar, stolz, verwirrt. Er versuchte, die Nummer seines Vaters anzurufen, endete aber auf der Mailbox. Später am Tag würde er seine Schwester und Matt Corey anrufen. Aber im Moment starrte er nur den Brief an und las eine einzelne Zeile immer wieder.

Du sollst wissen, dass ich stolz auf dich bin.

Sein Vater brauchte Hilfe, und heute hatte er es endlich zugegeben. Vielleicht konnten sie sich in ein paar Wochen wirklich treffen. Vielleicht gab es noch Hoffnung.

Solange Jason nicht alles vermasselte, indem er Luthor in Zugzwang brachte.

Jason dachte darüber nach, wie schwer es gewesen war, den Interventionsbrief an seinen Vater zu schreiben. Den Männern in der Noble-Familie fiel es nicht leicht, ihren Stolz hinunterzuschlucken und sich verletzbar zu machen. Für seinen Vater musste es noch schwerer gewesen sein, diesen Brief hier zu schreiben. Aber zuzugeben, dass er suchtkrank war, war der erste Schritt zur Genesung.

Welcher Sohn würde sich in so einem Moment gegen seinen Vater wenden?

Teil VI

Das Urteil

82

Am Montagmorgen schluckte Jason schwer und rief Chief Ed Poole als Zeugen für die Verteidigung auf. Poole war ein großer, kräftig gebauter Mann mit den hängenden Schultern eines Football-Lineman. Er bewegte sich langsam und methodisch in den Zeugenstand und warf dabei einen Blick zu den Geschworenen hinüber.

Poole war fast kahl, mit zu kleinen Gesichtszügen, einem grauen Haarkranz und Falten, die von seinen Augen ausgingen und seine Stirn knitterten. Er trug ein graues Jackett und ein weißes Hemd, die Krawatte so eng um den Hals, dass die Haut sich über seinem Kragen wölbte.

Er wirkte selbstsicher und schien sich wohl zu fühlen. Er war der ehemalige Polizeichef einer großen Stadt. Er hatte einiges gesehen.

Jason begann, indem er mit dem Zeugen dessen beeindruckende Liste von Qualifikationen durchging. Wie jeder gute Experte schien Poole ungern über all das, was er erreicht hatte, sprechen zu wollen und schaffte es, sowohl höchst qualifiziert als auch auf charmante Weise bescheiden zu wirken. Als Jason zu dem Antrag überging, Poole als Sachverständigen zum Thema Waffenhandel zuzulassen, gab es keine Einsprüche.

Während Poole aussagte, drehte er sich regelmäßig zu den Geschworenen um und warf ein paar witzige Bemerkungen ein, um sie bei Laune zu halten. Er erzählte ihnen, dass 80 Prozent der Waffen aus Verbrechen von Kriminellen auf der Straße, von Freunden oder Familienmitgliedern gekauft wurden. Diese Käufe unterlagen natürlich keinerlei Beschränkungen. Nur 11 Prozent wurden legal in Waffengeschäften gekauft, und 9 Prozent der Waffen, die bei Verbrechen benutzt wurden, wurden illegal in Einzelhandelsgeschäften wie Peninsula Arms gekauft.

»Was ist mit der Machart der Waffen?«, fragte Jason. »Die Geschworenen haben viel von halbautomatischen Angriffswaffen wie der MD-9 gehört. Wie hoch ist der Prozentsatz der Verbrechen, bei denen diese Waffentypen benutzt werden?«

»Eigentlich nicht sehr hoch«, erklärte Poole. Er ließ einen Vortrag über Waffen-Fachbegriffe folgen und erklärte, dass er den Begriff »halbautomatische Angriffswaffe« nicht mochte, weil er so irreführend sei. Am Ende seines Vortrags sah er Jason wieder an. »Wie war noch die Frage?«

»Bei wie vielen Verbrechen werden diese Waffentypen im Vergleich zu anderen Arten von Waffen benutzt?«

»Ach ja«, sagte Poole lächelnd. »Bei weniger als einem von zehn.«

Jason schloss mit seiner Erfolgsfrage. »Können Sie mit ausreichender Bestimmtheit etwas darüber sagen, ob Larry Jamison sich eine Waffe auf dem Schwarzmarkt hätte besorgen können, auch wenn sämtliche Waffengeschäfte Amerikas sich geweigert hätten, ihm eine zu verkaufen?«

Poole lachte. »Umfragen haben ergeben, dass fast 60 Prozent der High School-Jungs sagen, dass sie Zugang zu einer Waffe haben könnten, wenn es nötig wäre. Und das ist nur die High School, Mr Noble. Einem Erwachsenen wie Jamison müssen Sie nur ein paar hundert Dollar und ein paar Stunden Zeit auf den Straßen der Innenstadt von Norfolk geben, und Sie können sich eine aussuchen.«

Jason erwiderte das selbstzufriedene Lächeln des Zeugen nicht. »Danke, Chief Poole. Bitte beantworten Sie alle Fragen, die Ms Starling noch an Sie haben könnte.«

Kelly stand rasch auf, erpicht auf ihren Angriff. Sie trug ein blaues Kostüm mit Nadelstreifen, marineblaue hochhackige Pumps und eine weiße Bluse. Sie sah noch schmaler aus als sonst, professionell und elegant. Anders als Jason sah sie ausgeruht aus.

Wie hat sie letzte Nacht überhaupt schlafen können?, fragte sich Jason. Im Spiegel hatten seine eigenen blutunterlaufenen Augen an diesem Morgen eine erneute schlaflose Nacht verraten. Er hatte einen Anzug angezogen, den er in zwei Wochen schon drei Mal angehabt hatte, ohne ihn zwischendurch reinigen zu lassen, und hatte es gerade rechtzeitig ins Gericht geschafft.

»Sind Ihre Antworten, unter Eid und Androhung von Strafe bei Meineid abgegeben, alle wahrheitsgemäß und korrekt?«, fragte Kelly.

Poole lehnte sich ein wenig zurück und grunzte, als wisse Kelly nicht, wen sie da beschuldigte. »Natürlich.«

»Haben Sie je unter Eid gelogen?«

»Auf keinen Fall.«

»Befinden Sie sich zurzeit mitten in einem Scheidungsverfahren?«

Jason stand auf und erhob Einspruch. Es war lediglich eine Formalität; er wusste, dass Garrison ihn ablehnen würde.

»Ich stelle die Verbindung noch her«, versprach Kelly. »Es geht um seine Glaubwürdigkeit.«

»Machen Sie es kurz, aber machen Sie weiter«, sagte Garrison.

Poole seufzte schwer und schoss Blicke wie Dolche auf Kelly ab. »Ja. Auch wenn es Sie meiner Meinung nach nichts angeht: Meine Frau und ich lassen uns scheiden.«

»Mussten Sie in Ihrem Scheidungsprozess unter Eid detailliert Auskunft über Ihre Vermögensverhältnisse geben?«

Poole wurde ein wenig rot um die Ohren. »Ja ... und das habe ich.«

»Über Ihr *ganzes* Vermögen?«

»Natürlich.«

»Sie haben keine heimlichen Konten unterschlagen, die Sie benutzt haben, um, sagen wir ... eine Geliebte zu finanzieren?«

Der Gerichtssaal summte, und Poole runzelte die Stirn - Verärgerung wurde zu Sorge.

»Einspruch!«, sagte Jason.

»Abgelehnt.«

»Ich weiß nicht so recht, was Sie meinen«, sagte Poole. »Oder was das mit diesem Fall zu tun hat.«

Kelly lächelte. Sie ging zu Jason hinüber und reichte ihm eine Kopie des Kontoauszugs, den er eine Woche zuvor bereits gesehen hatte. Sie bat den Gerichtsschreiber, eine Kopie des Kontoauszugs als Beweisstück 33 der Klage zu vermerken und eine Handyrechnung als Beweisstück 34 der Klage. »Darf ich mich dem Zeugen nähern?«, fragte sie Richter Garrison.

»Ja.«

Sie reichte dem gebeutelten Poole die Dokumente. »Können Sie identifizieren, was als Beweisstück 33 und 34 der Klage vermerkt ist?«

Poole ließ sich Zeit beim Ansehen der beiden Dokumente. Kelly stand vor ihm, unbeweglich und wie ein Racheengel. »Also?«, fragte sie.

Poole sah den Richter an und dann wieder Kelly. »Ich berufe mich auf mein Auskunftsverweigerungsrecht nach dem fünften Verfassungszusatz«, sagte er. »Ich weigere mich, die Frage zu beantworten.«

Im Gerichtssaal war ein kollektives Japsen zu hören, gefolgt von Gemurmel und Richter Garrisons Hammer. »Ruhe! Ruhe hier drin.« Die Geschworene 7 hatte die Arme verschränkt und die Lippen angewidert verzogen.

Jason konnte die Blicke der Zuschauer förmlich in seinem Rücken spüren. Es tat weh, zusehen zu müssen, wie der eigene Fall in Flammen aufging.

»Beweisstück 33 der Klage«, sagte Kelly. »Ist das nicht ein Kontoauszug von einem Konto, das Ihnen gehört und das in Ihrer Scheidungsverhandlung nicht angegeben wurde?«

»Ich verweigere die Aussage.«

»Wo kamen die Einzahlungen her? Ist das nicht Geld, das Sie mit Ihrer Beratertätigkeit verdient haben?«

»Ich verweigere die Aussage.«

»Und was ist mit Beweisstück 34 der Klage? Zeigt das nicht Handyanrufe bei derselben Frau, die Überweisungen von diesem Konto erhalten hat?«

Pooles Gesicht war jetzt puterrot, als könne er jeden Augenblick explodieren. Seine Lippen bewegten sich kaum, als er sprach. »Ich berufe mich auf den fünften Verfassungszusatz, Frau Anwältin, und verweigere die Aussage.«

»Lassen Sie mich noch ein Mal fragen«, sagte Kelly, »denn Sie haben vorhin vergessen, sich bei dieser Frage auf den fünften Verfassungszusatz zu berufen. Haben Sie je unter Eid gelogen?«

»Ich verweigere die Aussage«, sagte Poole.

83

Ed Poole war um 10.30 Uhr im Zeugenstand fertig. Er verließ den Gerichtssaal mit eingekniffenem Schwanz. Er würde nach Atlanta zurückfliegen und sich wahrscheinlich einer Anklage wegen Meineids stellen müssen, oder zumindest einem erzürnten Scheidungsrichter.

Obwohl Kelly ihm schwer zugesetzt hatte, tat ihr der Mann ein wenig leid. Bei allem, was in ihrem Privatleben los war, machte es Kelly keine Freude, zuzusehen, wie jemand anderer von seiner Vergangenheit eingeholt wurde.

Jason stand auf und verkündete, dass die Verteidigung ihre Beweisführung abgeschlossen habe. Kelly sagte dem Richter, sie habe keine Gegenzeugen. Jeder konnte spüren, dass die Geschworenen danach drängten, mit ihrer Beratung zu beginnen.

Richter Garrison kündigte an, dass seine Geschworenenbelehrung und die Schlussplädoyers nach einer Pause von fünfzehn Minuten beginnen würden. Die Spannung im Gerichtssaal stieg exponentiell.

* * *

Eine Viertelstunde später, nachdem Richter Garrison seine Geschworenenbelehrung abgeschlossen hatte, stellte sich Kelly vor die Geschworenenbank und musterte die Jury. Sie fing den stahlharten Blick von Marcia Franks, der Geschworenen 7, auf und den aufmerksamen Blick von Rodney Peterson, dem Geschworenen 3. Alle sahen freundlich und ermutigend drein, soweit Kelly das beurteilen konnte. Sie spürte, dass es allein an ihr liegen würde, wenn sie den Fall verlöre.

»Wir sind nicht hier, um Rachel Crawford von den Toten auferstehen zu lassen. Ich wünschte fast, wir könnten es, aber ihr warmes und fröhliches Licht wurde für immer ausgelöscht – zumindest diesseits des Himmels.

Wir *sind* aber hier, um ein schweres Unrecht zu korrigieren. Wie mein Mandant uns so beredet ins Gedächtnis gerufen hat, indem er die Worte Martin Luther Kings zitierte: ›Ungerechtigkeit an irgendeinem Ort bedroht die Gerechtigkeit an jedem anderen.‹

Mr Noble scheint nicht über Gerechtigkeit sprechen zu wollen. Er will, dass wir uns auf die linke Gehirnhälfte konzentrieren. Wissen Sie noch, was er in seinem Eröffnungsplädoyer gesagt hat? Urteilen Sie nach der Logik, nicht nach Ihren Gefühlen. Also tun wir Mr Noble einen Gefallen. Sprechen wir aus der linken Gehirnhälfte.

Was könnte mehr der linken Gehirnhälfte entsprechen als Statistiken?« Kelly drückte einen Knopf auf ihrer Fernbedienung, und Zahlen erschienen auf dem Bildschirm. »Ein Prozent der Waffengeschäfte verkaufen 57 Prozent der Waffen, die am Ende mit Verbrechen in Verbindung gebracht werden. Ich weiß, Chief Poole hat ausgesagt, dass die meisten Waffen, die bei Verbrechen benutzt werden, aus Straßenverkäufen stammen. Aber wenn Sie sie weit genug zurückverfolgen – wie sind diese denn überhaupt auf die Straße gekommen? Durch ein paar gesetzlose Waffenverkäufer, die sich auf illegale Verkäufe spezialisiert haben.

Laut MD Firearms eigener Studie sind vier Waffengeschäfte für ungefähr 50 Prozent der Waffen von MD Firearms, die letztlich mit Verbrechen in

Verbindung stehen, verantwortlich. Eines dieser Geschäfte war Peninsula Arms. Dieses Geschäft hat 251 Waffen verkauft, die mit Morden oder schwerer Körperverletzung in Washington, Philadelphia, Baltimore und New York allein im Jahr 2006 in Verbindung standen.«

Kelly machte ein paar Schritte, und der Bildschirm blitzte erneut auf, diesmal mit einer anderen Zahl: 2 763 960,00 Dollar. »Dies ist der Grund, warum MD Firearms weiterhin Waffen an Händler wie Peninsula Arms verkauft. Zwei Millionen siebenhundertdreiundsechzigtausend neunhundertundsechzig Dollar. Dies ist der Umsatz, den MD Firearms in den letzten drei Jahren mit Peninsula Arms gemacht hat.«

Sie wandte sich wieder direkt an die Geschworenen. »Sie wollen die linke Gehirnhälfte? Dann reden wir über juristische Definitionen. Vor ein paar Minuten hat Richter Garrison Ihnen eine Reihe von Instruktionen vorgelesen. Er hat Ihnen gesagt, dass Nachlässigkeit ein fahrlässiger Akt oder eine Unterlassung des Beklagten ist.

Ein Akt oder eine *Unterlassung.*

Anders ausgedrückt: MD Firearms kann sich nicht darauf berufen, nichts getan zu haben, wenn ein vernünftiger Hersteller gehandelt hätte.

Oh, sie sind gut im Schuldzuweisen.« Kelly drehte sich um und starrte ihre drei Gegner an – Jason Noble, Case McAllister und Melissa Davids, die offenbar beschlossen hatte, zu den Schlussplädoyers anwesend zu sein. Alle saßen in dieser lächerlichen Haltung neben dem Tisch der Verteidigung. Sie ging hinüber zu dem Tisch. »Mr Noble ist großartig darin, alle anderen vor Gericht zu stellen.« Sie deutete auf die leeren Stühle. »Larry Jamison. Peninsula Arms. Jarrod Beeson. Er hat sogar noch einen Stuhl für die ATF dazugestellt.«

Sie drehte sich wieder zu den Geschworenen um. »Larry Jamison hat sein Urteil bekommen – aus den Händen des Sondereinsatzkommandos. Beeson sitzt im Gefängnis. Peninsula Arms ist bankrott. Die ATF unterliegt der Immunität. Aber für diese Individuen, die MD Firearms vertreten, ist *dies* der Tag des Gerichts.«

Ihre Stimme wurde höher, zorniger, eindringlicher. »Und sie können sich nicht damit verteidigen, sich selbstgefällig zurückzulehnen und zu sagen: ›Wir haben nichts getan. Wir haben uns hinter dem zweiten Verfassungszusatz versteckt. Wir wussten, dass Leute starben. Wir wussten, dass dieser Händler den Schwarzmarkt bediente. Aber wir wussten auch, dass wir in den letzten drei Jahren fast drei Millionen Dollar mit ihnen gemacht haben. Also haben wir *nichts* getan.‹«

Kelly hielt inne. Holte Luft. Senkte die Stimme. Sie dachte daran, wie ihr Vater das Abendmahl leitete, an die Worte der Liturgie, die auf ihr eigenes Leben zutrafen. *Wir haben durch das, was wir getan haben und durch das, was wir unterlassen haben, gegen dich gesündigt.*

»MD Firearms hat nicht abgedrückt. Sie haben den illegalen Verkauf nicht durchgeführt. Das waren die falschen Dinge, die *getan* wurden. Aber MD Firearms ist schuldig durch das, was sie *unterlassen* haben. Sie wussten von diesem gesetzlosen Verkäufer, haben aber nicht gehandelt. Sie wussten, dass Menschen ihr Leben verloren, weil Peninsula Arms den Schwarzmarkt belieferte, und sie sahen weg. Sie kamen in den Gerichtssaal und brachten die sprichwörtliche Schüssel Wasser mit, wuschen ihre Hände in Unschuld und machten alle anderen verantwortlich.«

Die Jury wollte mit ihrer Arbeit beginnen, das konnte Kelly sehen. Die meisten Geschworenen hatten ihre Entscheidung wahrscheinlich schon gefällt. Sie musste es kurz machen. Aber sie musste auch mit ein wenig Gefühl aufhören.

»Wenn Sie also tun, was Mr Noble vorschlägt, und Ihre linke Gehirnhälfte benutzen, möchte ich Ihnen mit allem Respekt vorschlagen, für den Kläger zu entscheiden. Aber ich muss sagen, meine Damen und Herren, dass es einen Grund dafür gibt, dass die linke und die rechte Gehirnhälfte miteinander verbunden sind. Denn Gerechtigkeit ist nicht nur eine Frage des Kopfes; sie ist auch eine Frage des Herzens.«

Kelly trat vor die Geschworenen hin und wandte sich einer Weißwandtafel zu. Sie zog den Deckel von einem roten Marker und schrieb den Namen Larry Jamison. »Folgen Sie der Spur des Blutes«, sagte sie und zeichnete einen Pfeil. »Von Jamison zu Jarrod Beeson.« Sie schrieb Namen und malte Pfeile, während sie weitersprach. »Von Beeson zu Peninsula Arms. Und von Peninsula Arms zu MD Firearms.

Keine noch so hochtrabende und raffinierte Anwaltskunst kann das Blut von ihren Händen waschen.«

Sie legte den Marker hin, die rote Tinte hatte Flecken an ihren Fingern hinterlassen.

»Folgen Sie der Spur des Blutes, meine Damen und Herren. Sie wird Sie direkt zur Tür von Melissa Davids und MD Firearms führen.«

84

Jason stand auf und entfernte sich nur ein paar Schritte von seinem Stuhl, wobei er versuchte, ruhig und entspannt auszusehen. In seinem Inneren brodelte die Anspannung.

»In der jüdischen Urtradition legte der Priester am Versöhnungstag seine Hände auf den Kopf einer Ziege und beichtete die Sünden des Volkes. Die Ziege wurde dann, als Buße für die Sünden des Volkes, in die Wildnis hinausgetrieben.

Die alten Griechen hatten einen ähnlichen Brauch, wenn eine Naturkatastrophe wie eine Seuche oder Hungersnot auftrat. Sie suchten einen Bettler oder Verkrüppelten aus der Stadt aus, gaben ihm die Schuld, steinigten und schlugen ihn, und dann stießen sie ihn aus der Gemeinschaft aus.«

Jason trat mitten in den Gerichtssaal, den Blick auf die Jury gerichtet. Er würde sein Schlussplädoyer ohne Notizen halten. Den größten Teil würde er seine Stimme ruhig und bedacht halten – ein perfektes Bild der Vernunft.

»Sündenböcke. Die gibt es schon seit Tausenden von Jahren. Aber die amerikanischen Zivilklageanwälte haben diese Praxis perfektioniert.«

»Einspruch!«, sagte Kelly, und Jason hätte ihr am liebsten gedankt. »Das ist ein unsachgemäßes Argument, Euer Ehren.«

Richter Garrison sah ein bisschen perplex drein. Er sagte Jason, er solle aufpassen, was er sagte und erinnerte die Geschworenen daran, dass dies nur eine Auseinandersetzung unter Anwälten sei, kein Beweis in dem Fall.

»Am 25. August hat sich eine Tragödie ereignet, als Larry Jamison in die Studios von WDXR einbrach und Rachel Crawford kaltblütig hinrichtete. Eine Familie wurde zerstört. Eine Karriere wurde beendet. Eine Ehefrau wurde getötet. Ein Baby verloren. Jemand muss dafür zahlen. Und so kommt Ms Starling daher und legt ihre Hände auf den Kopf meiner Mandanten, den Herstellern der Waffe, und erklärt sie für verantwortlich für all dieses Übel.«

Jason schüttelte ungläubig den Kopf. »Warum? Weil sie den Abzug gedrückt haben? Nein. Weil sie eine rechtswidrige Tat verübten, indem sie die Waffen verkauften? Nein. Alles, was sie getan haben, war, eine vollkommen legale Waffe herzustellen und sie einem vollkommen legalen Händler zu verkaufen, in einem Land, das das konstitutionelle Recht seiner Bürger schützt, genau dies zu tun.«

An ihren skeptischen Blicken konnte Jason ablesen, dass ihm einige der Geschworenen das nicht abkauften. Marcia Franks zum Beispiel. Rodney Peterson auch nicht. Aber sie kümmerten Jason nicht mehr. Er sprach jetzt zu anderen Geschworenen.

»Es gab in diesem Fall so viel Rauch und Zerrspiegel, dass ich uns alle daran erinnern muss, worum es in diesem Fall *nicht* geht. Es geht nicht um Schalldämpfer oder vollautomatische Maschinengewehre oder darum, ob ATF-Agents Nazis sind. Es geht nicht einmal darum, ob Sie meine Mandantin mögen oder nicht.« Jason drehte sich um und sah Melissa Davids an. Es überraschte nicht, dass sie nicht lächelte.

»Ich mag Ms Davids tatsächlich«, sagte Jason, als könne das die Geschworenen überraschen. »Sie ist direkt und geradeheraus. Sie hat ihre Überzeugungen, und sie ist nicht bereit, davon abzuweichen. Sie ist ein lebendes Beispiel dafür, wie Waffen das Spiel ausgeglichener machen können und Frauen helfen, sich zu schützen.

Aber es ist wirklich nicht wichtig, ob Sie sie mögen oder der Meinung sind, sie sei das personifizierte Böse. Sie nimmt hier nicht an einem Persönlichkeitswettbewerb teil. Sie ist hier, weil sie Gerechtigkeit sucht. Und Justitia trägt nicht ohne Grund eine Augenbinde.«

Jason wusste, dass er das nächste Thema ansprechen musste, so unschön es auch war.

Poole war im Zeugenstand auseinandergenommen worden. Um den Schein zu wahren, musste Jason zumindest kurz darauf eingehen und über das Thema sprechen.

»In diesem Fall geht es auch nicht um Chief Pooles Scheidung«, fuhr er fort. »Sie sind vielleicht der Meinung, ich hätte einiges an Glaubwürdigkeit verloren, indem ich ihn in den Zeugenstand rief.« Jetzt sah er Marcia Franks direkt in die Augen. »Aber wenn das der Fall ist, dann sollten Sie noch eines wissen.

Anwälte haben gewisse Pflichten in dem, was wir die Beweisoffenlegung vor der Verhandlung nennen. Dazu gehört, Unterlagen auszuhändigen, die wir in der Verhandlung benutzen wollen. Bevor der erste Zeuge in den Zeugenstand trat, bekam ich die Dokumente von Ms Starling, die sie heute Morgen im Kreuzverhör benutzte.« Die Geschworenen sahen ein wenig überrascht aus – genau die Reaktion, die Jason erwartet hatte. »Ich habe Chief Poole nichts davon gesagt. Ich wusste, dass er im Kreuzverhör gekreuzigt werden würde, und ich habe ihn trotzdem in den Zeugenstand gerufen. Ihren Gesichtern entnehme ich, dass Sie sich fragen, warum.«

Jason machte ein paar Schritte mit gesenktem Blick, um den Geschworenen einen Augenblick Zeit zu lassen, darüber nachzudenken.

»Zunächst einmal dachte ich mir: wenn er versuchte, seine Exfrau in ihrer Scheidungsverhandlung zu betrügen, sollte das vielleicht in öffentlicher Sitzung ans Tageslicht kommen. Der zweite Grund war, dass ich wusste, dass alles, was er über auf der Straße erhältliche Waffen sagte, unabhängig überprüfbar ist. Denken Sie darüber nach – was hat die Tatsache, dass er in seinem Scheidungsprozess geschummelt hat, mit seiner Aussage als Sachverständiger zum Thema Verfügbarkeit von Waffen auf der Straße zu tun?«

Jason sah von einem Geschworenen zum anderen, aber er achtete besonders auf Marcia. Sie schien zumindest darüber nachzudenken. »Ich habe ihn in den Zeugenstand geholt, weil ich wusste, dass Sie klug genug sind, um zwischen dem Charakter eines Mannes und der Qualität seiner Angaben unterscheiden zu können. Thomas Jefferson schrieb die Unabhängigkeitserklärung, ließ aber seine eigenen Sklaven nie frei. Bedeutet das, dass wir die Unabhängigkeitserklärung verwerfen sollten?

Sie werden sich erinnern, dass Ms Starling, obwohl sie Chief Poole vorführte, nicht einmal versucht hat, die Statistiken in Frage zu stellen, die er angeführt hat.«

Jason holte tief Luft, dachte einen Augenblick nach und nahm die Jury dabei mit. Er war nicht mehr nervös. *Das* liebte er. Auf der Bühne stehen. Hohe Einsätze. Das Publikum, das an seinen Lippen hing.

»Larry Jamison kann hier heute nicht bestraft werden. Das Sondereinsatzkommando hat ihn ausgeschaltet. Aber da draußen sehen uns andere Mörder wie Larry Jamison zu. Und ob Sie es glauben oder nicht, sie hoffen wahrscheinlich, dass Sie dem Kläger recht geben und eine hohe Schadenersatzsumme zusprechen werden. Warum? Weil diese Kriminellen wissen, dass *sie* immer an eine Waffe kommen können. Und ihre Pläne sind sehr viel einfacher auszuführen, wenn gesetzestreue Bürger das nicht können.

Ein Unrecht hebt das andere nicht auf. Larry Jamison hat Rachel Crawford ermordet. Ein ungerechtes Urteil gegen den Hersteller der Waffe macht sie nicht wieder lebendig.«

* * *

»Irgendwelche Gegenbeweise?«, fragte Richter Garrison.

»Ganz kurz, Euer Ehren.«

Kelly drehte den Monitor zu den Geschworenen um und legte eine DVD ein. Ohne ein Wort begann sie die Aufnahme noch einmal abzuspielen. Jamison, der in das WDXR-Studio stürmte. Die Schikane, die Drohungen, die Aufforderungen an Lisa Roberts, die Rachel zwang, sich zu entschuldigen. Entschlossenheit stand in Rachels Gesicht, als Jamison etwas von Lügen brüllte und das Fernsehstudio zum »Gerichtshof« erklärte.

Die Geschworenen sahen aufmerksam zu, als Jamison die Waffe an Lisas Kopf hielt und sie fragte, ob Rachel schuldig sei. Sie hörten den Tumult hinter der Kamera und sahen Jamison zu Rachel herumwirbeln, Hass und Verzweiflung im Blick.

Kelly Starling hielt das Video genau an dieser Stelle an. Die Aufnahme fing sehr gut den Hass und die Angst ein. Jamison, der sich rasend vor Wut zu seinem Opfer umdrehte. Rachel, die sich duckte. Das WDXR-Studio im Bruchteil einer Sekunde, bevor die Kugeln zu fliegen begannen.

Als Kelly sprach, war ihre Stimme kaum noch ein Flüstern. »Mit seiner MD-9, die er illegal in einem Waffengeschäft gekauft hatte, das nie die Erlaubnis hätte haben sollen, diese Waffe zu verkaufen, machte Larry Jamison die Gerechtigkeit zum Gespött. In den letzten Sekunden ihres Lebens musste Rachel Crawford die Demütigung eines Scheingerichts über sich ergehen lassen, durchgeführt von einem Irren. Ein Gericht, das sie für etwas schuldig sprach, das sie nicht getan hatte.«

Kelly unterbrach sich, ließ die folgende Stille unterstreichen, was sie sagte. »Ich glaube, dass ihre Seele in diesen letzten Sekunden des Schreckens um Hilfe schrie, in der Hoffnung, dass die echte Gerechtigkeit irgendwie siegen würde. Und ich glaube, genauso wie mein Mandant, dass sie uns jetzt zusieht und wieder nach Gerechtigkeit schreit. *Sie* sind diejenigen, die dafür sorgen können.

Lassen Sie Larry Jamison und die Händler des Todes, die ihn mit Feuerkraft ausgestattet haben, nicht noch einmal gewinnen. Machen Sie das Ganze nicht noch schlimmer. Egal, was Larry Jamison sagte: Dieses Fernsehstudio war kein Gerichtssaal. *Hier* kommen Menschen her, um das Recht wieder herzustellen. *Hier* kommen Menschen her, um um Gerechtigkeit zu bitten.

Tun Sie das Richtige.

Ja, wir wollen, dass Sie ihren Kopf benutzen. Wir haben keine Angst vor einer Überprüfung der Beweise mit klarem Kopf. Aber wir bitten Sie auch, ohne uns dafür zu schämen, Ihrem Herzen zu folgen. Dort herrscht die Gerechtigkeit. Dort werden Sie die Wahrheit finden.«

85

Richter Garrison wies die Jury an, vor der Mittagspause einen Sprecher zu wählen und mit den Beratungen zu beginnen, sobald sie vom Essen zurück waren.

Die meisten Beobachter erwarteten, dass die Beratungen ein paar Tage dauern würden. Manche sagten eine uneinige Jury voraus; andere waren der Meinung, dass sich der Ausschlag der Waage nach dem verheerenden Kreuzverhör von Chief Poole eher in Richtung Kläger bewegen würde.

Niemand erwartete, dass die Geschworenen noch am selben Nachmittag ein Urteil fällen würden.

»Nur für alle Fälle«, sagte Garrison den Anwälten, »will ich, dass Sie in der Nähe und per Handy erreichbar bleiben. Ich sage Ihnen eine halbe Stunde, bevor die Sitzung weitergeht, Bescheid. Richten Sie sich darauf ein.«

* * *

Jason wollte auf der zwanzigminütigen Fahrt zum *Courtyard Marriott Hotel* an der Uferpromenade so gern seinen Vater anrufen, aber er wusste, dass er es nicht tun sollte. Erstens war er sich ziemlich sicher, dass jeder Anruf von seinem BlackBerry von den Leuten bei Justice Inc. abgehört wurde. Und selbst wenn nicht, war Brad Carson, was diesen Teil des Plans anging, unerbittlich gewesen.

»Wir handeln von jetzt an nur noch unter strengster Geheimhaltung«, hatte Brad gesagt. »Vertrauen Sie niemandem. Nicht einmal Ihrem eigenen Vater.«

Zwei Tage zuvor, am Samstagnachmittag, als Brad und Jason allein im Konferenzraum waren und vorgeblich an Jasons Schlussplädoyer arbeiteten, hatte Jason Brad Carson als seinen Anwalt angestellt. Unter dem Schutz des Anwaltsgeheimnisses hatte Jason ihm alles gestanden.

Brad war einverstanden gewesen, Jason als Mandanten anzunehmen, aber erst, nachdem er ein paar Grundregeln festgelegt hatte. Und Grundregel Nummer eins war: »Befolgen Sie meinen Rat, ohne Fragen zu stellen und ausnahmslos.«

Aber je mehr sich Jason seinen Vater vorstellte, wie er versuchte, nüchtern zu werden, und je mehr er an den Brief dachte, den ihm sein Vater am Sonntagmorgen hinterlassen hatte und an den Schmerz, den sein Vater darüber verspüren würde, betrogen zu werden, desto weniger konnte Jason sich selbst ertragen, wenn er nicht *irgendetwas* sagte.

Er kaute auf seinen Fingernägeln, während er den Highway entlangfuhr. Zehn Jahre zuvor hatte er sich in dieses Schlamassel gebracht, indem er dem Rat anderer Leute gefolgt war - dem von seinem Dad und von Matt Corey, um genau zu sein -, statt das Richtige zu tun. Diesmal würde es anderes sein.

Er beschloss, einen Abstecher ins Büro zu machen.

Er parkte den Wagen und eilte nach oben. Er nahm an, dass niemand da sein würde - Bella und Andrew waren bei der Schattenjury -, aber er rief in den Flur, um sicherzugehen. Rasch sah er in jeden Raum und schloss dann die Tür seines Büros.

Er wählte die Nummer seines Vaters vom Festnetz aus. Es klingelte ein paar Mal, dann schaltete sich der Anrufbeantworter an. Jason legte auf und wählte sofort neu. Wieder nur der Anrufbeantworter.

»Dad, hier ist Jason. Vielen, vielen Dank für den Brief, den du mir am Wochenende geschrieben hast.« Er unterbrach sich. »Ähm … hör zu, die Sache mit dem Fall geht inzwischen ziemlich drunter und drüber. Es ist schwer zu erklären, aber irgendwer hat herausgefunden, dass ich gefahren bin, als LeRon umgekommen ist. Sie versuchen, mich damit zu erpressen, Dad. Der einzige Weg, wie ich meine Arbeit machen und meine Mandanten vertreten kann, ist, die Dinge laufen zu lassen. Wenn die Wahrheit herauskommt, kommt sie eben heraus. Ähm, ich weiß auch nicht. Ich glaube, ich wollte einfach anrufen und dir das sagen und dass es mir leid tut.«

Die Nachricht erschien ihm so unzulänglich, aber was hätte er sonst noch sagen können?

»Ach ja. Versuch nicht, mich auf meinem Handy anzurufen. Ich glaube, es wird abgehört. Ich rufe dich später am Nachmittag nochmals an.«

Jason legte auf und holte tief Luft. Er starrte das Telefon einen Augenblick an. »Ich liebe dich, Dad.«

* * *

Als James Noble die Nachricht seines Sohnes abhörte, spielte er sie zweimal ab. Seine Gedanken waren schon nicht mehr klar von seinen Versuchen, mit dem Trinken aufzuhören. Er hatte hämmernde Kopfschmerzen und das Gefühl, keine zwei Gedanken aneinanderreihen zu können.

Sein erster Anruf galt Case McAllister. Der Anrufbeantworter sprang an. Er legte auf und fluchte. Er wollte einfach irgendwie eine Nachricht an Jason loswerden – ihm sagen, dass er das Richtige tun sollte.

Er versuchte es mit Jasons Büronummer. Noch ein Anrufbeantworter.

Sein dritter Anruf ging an Matt Corey.

Er erzählte Matt das wenige, was er über Jasons Zwangslage wusste. Matt flippte fast aus. Er wollte mit Jason sprechen. Es musste doch einen Ausweg geben. Was für eine Erpressung? Wer? Wie konnten sie Jason erreichen?

James Noble hatte keine Antworten darauf.

* * *

Matt Corey legte in Panik den Hörer auf. Nicht in einer Million Jahren hätte er gedacht, dass Jason Noble den Erpressern die Stirn bieten würde. Diese halbe Portion zeigte doch noch ein bisschen Rückgrat.

Sechs Monate waren jetzt seit jenem Anruf vergangen. Es hatte wie die Stimme eines Mannes geklungen, auch wenn Corey sich nicht sicher sein konnte; die Stimme war digital verzerrt gewesen. Die Person hatte sich Luthor genannt.

Luthor sagte, er habe Beweise, dass Corey den Unfallbericht von Jason

Nobles Unfall vor zehn Jahren gefälscht habe. Es gab anscheinend aufgezeichnete Gespräche zwischen Jason und seinem Vater, die darauf hindeuteten. Luthor hatte vor, diese Information im Fall Rachel Crawford zu seinem Vorteil zu nutzen.

Außerdem hatte er Corey versichert, er werde mit dieser Information nicht an die Öffentlichkeit gehen, solange Jason Noble kooperieren würde. Luthor schwor, er habe kein Interesse daran, die Karriere der Detectives Matt Corey und James Noble zu zerstören.

»Warum erzählen Sie mir das?«, hatte Corey gefragt.

»Ich gehe davon aus, dass Jason als erstes Sie anrufen wird, wenn er beschließt, mir Schwierigkeiten zu machen und zu den Behörden zu gehen. Wenn er das tut, sollten Sie versuchen, ihm das auszureden. Wenn Sie das nicht können, sagen Sie mir zumindest Bescheid.«

Corey hatte versucht, sich reserviert zu geben. Vielleicht stocherte diese Person namens Luthor nur im Trüben – versuchte, Corey dazu zu bekommen, dass er etwas zugab und nahm das Gespräch auf Band auf.

»Ich weiß nicht, was Sie meinen«, hatte Corey gesagt.

»Natürlich nicht«, antwortete Luthor. »Aber ich habe eine Theorie. Einmal korrupter Bulle, immer korrupter Bulle. Wenn es aussieht, als könnte Ihr kleiner Jason drauf und dran sein, Ihr schmutziges kleines Geheimnis zu enthüllen, könnte es ja sein, dass Sie es mich wissen lassen wollen. Damit ich mit ihm reden kann, bevor er etwas Unwiderrufliches tut.«

»Halten Sie sich aus meinem Leben heraus«, hatte Corey gesagt, dessen Misstrauen, das Ganze könnte eine Falle sein, wuchs. »Wenn Jason mich um Rat fragt, werde ich ihm sagen, dass er *niemals* einem Erpresser nachgeben soll.«

»Natürlich werden Sie das.« Die digitale Stimme war ausdruckslos, fast monoton, wie ein Roboter. »Aber wenn Sie doch einmal mit mir reden wollen, schreiben Sie einfach einen Kommentar in den Blog auf der Kryptonite-Seite. Unterschreiben Sie mit Ihrem Namen. Ich werde Sie anrufen.«

Das war das letzte Mal gewesen, dass Corey von Luthor gehört hatte – vor fast sechs Monaten. Zuerst hatte Corey daran gedacht, es Jason zu erzählen. Doch dann wurde ihm klar, dass ihn das noch tiefer in diesen Albtraum verwickeln würde. Eine Weile hatte er versucht, mit Jason in Kontakt zu bleiben. Zumindest wollte er wissen, ob Jason vorhatte, zu den Behörden zu gehen und Coreys Karriere zu ruinieren.

Aber jetzt konnte er nicht fassen, dass das wirklich passierte. Er hatte vor zehn Jahren versucht, einem Freund zu helfen. War das der Dank? Er dachte an die Peinlichkeit, die Untersuchung, die juristischen Probleme. Seine Familie würde durch die Hölle gehen. Sein Name würde für polizeiliches Fehlverhalten stehen. LeRon Tates Familie würde ihn öffentlich auseinandernehmen.

Wie konnte Jason Noble, ein Junge, der Corey alles verdankte, auch nur daran denken, das zu tun? Warum hatte Jason nicht wenigstens den Anstand, Corey selbst anzurufen, wenn er Luthor die Stirn bot und die Bloßstellung riskierte? Stattdessen musste er es aus zweiter Hand von Jasons Vater erfahren.

Corey ging zu seinem Computer und suchte die Kryptonite-Seite. Er schrieb einen Kommentar über den aktuellen Sportler mit Steroidkonsum und unterschrieb mit seinem Namen.

Zwanzig Minuten später klingelte das Telefon. Als Corey nach dem Gespräch auflegte, war ihm übel.

Eine Stunde zuvor hatte er noch geglaubt, in seinem Leben würde alles gut laufen. Eine tolle Familie. Eine Karriere auf dem aufsteigenden Ast. Der Respekt seiner Kollegen.

Jetzt hing sein ganzes Leben in der Luft. Sein Schicksal lag in den Händen eines Erpressers, den er nie gesehen hatte, und eines ängstlichen Jungen, den er eigentlich nie gemocht hatte.

86

Jason sah ständig in den Rückspiegel, obwohl es in der Ufergegend von Touristen nur so wimmelte und der Verkehr so dicht war, dass man unmöglich erkennen konnte, ob man verfolgt wurde. Nur zur Sicherheit parkte er ein paar Häuserblocks vom Courtyard Marriott entfernt. Er schnallte sich seine Pistole um, zog sein Jackett darüber und joggte fast zum Hotel. Es war über dreißig Grad warm, und bis er in der Lobby war, schwitzte er ziemlich. Seine Rippen taten immer noch bei jedem tiefen Atemzug weh.

Er sah sich ein letztes Mal um und bog links in einen Flur zum Konferenzraum C ein. Er trat ein, ohne zu klopfen, und sah sich rasch um.

Alle bis auf Melissa Davids waren schon da. Jason schüttelte Case, Kelly Starling und Blake Crawford die Hand. Andrew Lassiter und Bella standen hinter den anderen.

»Ich nehme an, dass Sie sich bereits vorgestellt haben«, sagte Jason. Sie nickten und verbrachten die Zeit, bis Melissa Davids kam, mit hölzernem Smalltalk.

Die Sache war am Abend zuvor per Telefon eingefädelt worden, kurz nach Mitternacht, nur zwölf kurze Stunden zuvor. Am Sonntag hatte Jason Case McAllister bei einem Treffen erklärt, dass er erpresst wurde, damit er die Geschworenen 3 und 7 auf der Liste ließ und Chief Poole als Sachverständigen aufrief. Brad Carson war bei diesem Treffen in seiner Eigenschaft als Jasons Anwalt ebenfalls dabei gewesen und hatte Jason verboten, die Einzelheiten zu nennen, die der Erpresser als Druckmittel benutzt hatte. Aber Jason und Brad hatten einen Plan, den sie Case vorschlugen.

Case hörte aufmerksam zu und ging mit Anstand und Verständnis mit der ganzen Situation um, dass Jason hoffte, eines Tages genauso zu werden wie dieser Mann. »Glauben Sie mir«, hatte Case gesagt, »wenn Sie so lange wie ich in diesem Geschäft sind, haben Sie *alles* gesehen.«

Case hatte Melissa Davids angerufen, die deutlich weniger positiv mit der Sache umging. Sie explodierte förmlich am Telefon, drohte, Jason zu feuern und Case vielleicht gleich mit. »Warum melden wir nicht einfach den Betrug durch unseren eigenen Anwalt und beantragen die Feststellung auf Ungültigkeit des Verfahrens wegen schwerer Verfahrensverstöße?«, schlug Melissa vor. »Das stinkt ja förmlich nach einer Aktion der *Coalition*.«

Aber Case ließ es nicht dabei bewenden. Er beschwichtigte Melissas anfänglichen Ärger und führte ihr die Vorteile von Jasons Plan vor Augen. MD Firearms würde trotzdem ein unvoreingenommenes Urteil bekommen – positiv oder negativ. Man würde die Firma allgemein für mehr als fair gegenüber Blake Crawford halten. Die Medienberichterstattung würde beispiellos sein.

»Dann wollen Sie mir also sagen, dass unser kleiner Benedict Arnold* uns eigentlich einen Gefallen getan hat?«, fragte Melissa.

---

* Ursprünglich General der Kontinentalarmee im amerikanischen Unabhängigkeitskrieg. Lief zu den Briten über und gilt deshalb in den USA als der Inbegriff eines hinterhältigen Verräters (Anm. d. Übers.).

»So könnte man es auch sehen.«

»Ich nicht«, schnappte Melissa. »Aber ich nehme an, dass der Plan das Beste aus einer schlimmen Situation macht.« Einen Augenblick herrschte Schweigen in der Leitung. »Aber Case, wenn ich dem zustimme, wäre es verdammt noch mal besser, wenn wir gewinnen.«

Nach dem Telefonat hatte Case das Gespräch für Jason und Brad zusammengefasst, inklusive Melissa Davids' Warnung am Schluss. »Keine Panik«, sagte Case. »Aber ich hoffe, wenn das Ding an die Wand fährt, kann einer von Ihnen einen neuen Kanzleipartner gebrauchen.«

Melissa war spät am Sonntagabend nach Norfolk geflogen und inzwischen nicht besser gelaunt. Sie hatte den ganzen Montag über kaum ein Wort mit Jason gesprochen. Selbst jetzt, als sie endlich im Konferenzraum ankam, konnte Jason deutlich erkennen, dass sie nicht in der Stimmung für eine Vorstellungsrunde war.

Jason schnappte sich ein paar Papierservietten von der Mitte des Konferenztisches und wischte sich den Schweiß vom Gesicht. Sein Mund war trocken, und er war so angespannt, dass er kaum klar denken konnte. Selbst während seines Schlussplädoyers war er nicht einmal halb so nervös gewesen.

»Bella und Andrew, Sie fragen sich sicherlich, warum alle anderen hier sind. Danke, dass Sie die Schattenjury betreut haben.«

Am Abend zuvor hatte Jason Bella strikte Anweisungen gegeben. »Versammeln Sie die Schattenjury um 11.30 Uhr. Lassen Sie sie Chief Pooles Aussage oder die Schlussplädoyers nicht sehen, bis ich es Ihnen sage.«

Jason räusperte sich und fuhr fort. Es gab keine einfache Art, das zu sagen – er konnte Bella und Andrew kaum ansehen. »Dieses Wochenende habe ich mit der gegnerischen Anwältin ein paar Probleme diskutiert, die in unserem Prozess durch mein eigenes Fehlverhalten entstanden sind. Diese Probleme waren schwerwiegend genug, dass sie ein fehlerhaftes Gerichtsverfahren gerechtfertigt hätten, vielleicht auch meinen Ausschluss aus der Anwaltskammer. Ich habe Kelly gesagt, ich sei bereit, heute Morgen sofort einen Antrag auf fehlerhaftes Verfahren zu stellen, wenn wir keinen anderen Weg finden, um die Angelegenheit zu lösen.«

Weil alle im Raum außer Bella und Andrew Jasons Geständnis schon am Abend zuvor gehört hatten, zwang er sich jetzt, sie beide anzusehen. Bella sah geknickt und angeschlagen aus – der Blick einer Mutter, die gerade erfahren hat, dass ihr Sohn Drogen nahm. Andrew erwiderte Jasons Blick nicht einmal; sein Gesichtsausdruck zeigte den Schmerz eines verratenen Freundes.

Doch Kelly nickte aufmunternd, und Jason holte noch einmal tief Luft. Melissa Davids durchbohrte ihn mit Blicken, während er fortfuhr. »Der Prozess war vom ersten Tag an belastet. Ohne in die Details gehen zu wollen, möchte ich einfach sagen, dass ich gezwungen wurde, Chief Poole in den Zeugenstand zu holen und zwei Geschworene auf der Liste zu behalten, die dort überhaupt nicht hätten sein dürfen.«

Jason unterbrach sich und sah Andrew an. »Es tut mir leid, Andrew.« Sein Freund sah ihn an, schürzte die Lippen und nickte, wenn er auch die Enttäuschung auf seinem Gesicht nicht verbergen konnte.

»Ich habe Kelly von der Schattenjury erzählt und davon, dass wir sehr darauf geachtet haben, sie nicht wissen zu lassen, welche Seite des Falls sie eingestellt hat. Ich schlug vor, dass wir die Geschworenen, die die Geschworenen 3 und 7 der echten Jury nachstellen sollten, entlassen. Außerdem habe ich vorgeschlagen, dass wir diese Schattenjury die Aussage von Chief Poole nicht hören lassen, genauso wenig wie alles, was die Anwälte in ihren Schlussplädoyers über Chief Poole gesagt haben.

Um wieder auf den Fall zurückzukommen: Wir haben uns alle darauf geeinigt, uns an das Urteil der unbelasteten Schattenjury zu halten und nicht an das der echten. Wenn die Schattenjury vor der echten ihr Urteil abgibt, werden wir Richter Garrison informieren, dass wir uns auf einen außergerichtlichen Vergleich geeinigt haben. Wenn die Schattenjury ihr Urteil erst nach dem echten Urteil abgibt, einigen wir uns einfach danach auf einen Vergleich. In jedem Fall ignorieren wir das echte Urteil, auch wenn wir beschlossen haben, dem Fall heute Morgen seinen Lauf zu lassen, weil …« Jason zögerte. »Na ja, aus Gründen, die ich Ihnen nicht nennen kann, ist es das Beste, wenn wir den echten Fall weiterlaufen lassen.«

Kelly schaltete sich ein, die Stimme weit optimistischer als Jasons. »Mein einziger Einwand war, dass ich die Möglichkeit haben wollte, diese Geschworenen selbst in Augenschein zu nehmen und ihnen ein paar Fragen zu stellen, als eine Art persönliche Geschworenenvernehmung. Jason kann ihnen ebenfalls Fragen stellen, wenn er will. Ich muss nur sichergehen, dass sie nicht von etwas anderem als den Fakten und Beweisen in diesem Fall beeinflusst wurden.«

Köpfe nickten. Bella hatte immer noch die Augen aufgerissen und versuchte, sich einen Reim auf alles zu machen.

»Eines habe ich gestern Abend nicht erwähnt«, sagte Kelly. »Ich würde gerne jemanden hierbehalten, um alles zu überwachen.« Sie sprach Jason direkt an: »Sie haben Bella und Mr Lassiter. Wir anderen werden vielleicht zurück in den Gerichtssaal gerufen. Mein Vater kommt von außerhalb und man kann ihm vertrauen, dass er das alles vertraulich behandelt. Wenn wir beschließen, in dieser Sache so weiterzumachen, hätte ich gerne, dass er als Beobachter bei der Jury und Ihrem Team bleibt.«

Jason zuckte die Achseln und sah Case an. Er hütete sich, jetzt Melissas Zustimmung oder ähnliches zu suchen.

»Ich habe nichts dagegen«, sagte Case. »Wenn man einem Pastor nicht mehr trauen kann, haben wir alle ein Problem.«

Weitere logistische Einzelheiten wurden besprochen, und die verblüffte Bella und Andrew Lassiter wurden abgestellt, die Geschworenen auf einen Termin mit den echten Anwälten und den echten Prozessparteien vorzubereiten.

Ein paar Minuten später kam Bella zurück und führte die Gruppe an. Sie fand bereits Gefallen an ihrer neuen Rolle, einer Art Schattenrichterin für die Schattenjury. Sie erklärte den Prozessparteien, die Geschworenen befänden sich im größten Konferenzraum des Hotels, direkt am Ende des Flurs. Sie saßen um einen Konferenztisch, und Bella hatte für die Anwälte und ihre Mandanten ein paar Stühle vor den Tisch gestellt.

Sie ließ Kelly und Blake als erste eintreten, gefolgt von Jason, Case und Melissa. Es gab staunende Blicke von den Schattengeschworenen, als wären die Schauspieler einer Fernsehserie gerade in ihr Wohnzimmer spaziert. Bella stellte die Parteien und ihre Anwälte vor und bat sie, sich zu setzen. Dann wandte sie sich an ihre Jury.

»Leute, die Anwälte werden Ihnen ein paar Fragen stellen, um sicherzugehen, dass Sie nicht von einer Quelle von außen beeinflusst wurden. Im echten Fall gab es ein paar …«, sie suchte nach dem richtigen Wort, »… kleinere Probleme. Es obliegt jetzt Ihnen, ein faires und unparteiisches Urteil zu fällen. Und die Prozessparteien haben sich bereiterklärt, sich daran zu halten, wie Sie entscheiden werden.«

87

Nach fast einer Stunde *Geschworenenbefragungen* gingen Kelly und Jason in den Flur hinaus, um sich mit ihren Mandanten zu beraten. Sie steckten ein paar Minuten die Köpfe zusammen; dann zog Kelly Jason beiseite, außer Hörweite der anderen.

»Wir sind dabei«, sagte sie ihm.

Jason holte tief Luft, und Kelly merkte, wie leid er ihr tat. Obwohl Jason keine Einzelheiten aus seinen Gesprächen mit seinen Mandanten erzählt hatte, war es offensichtlich, dass Melissa Davids nicht glücklich war.

»Danke«, sagte Jason.

»Lassen Sie mich mit Ihnen zum FBI kommen«, sagte Kelly. Es war ein Angebot, das sie schon einmal gemacht hatte, und Jason hatte es auch schon einmal abgelehnt.

Jason schüttelte den Kopf. »Ein Teil des Deals war, dass ich allein gehe. Es nützt nichts, wenn mehr Leben als unbedingt nötig zerstört werden.«

Er hatte denselben entschlossenen Blick wie am Freitagabend, als sie sich im Hilton getroffen hatten. Jason hatte Kelly von dem Angriff im Parkhaus erzählt und wie Luthor ihn in diesem Fall erpresst hatte. Jason sagte, er habe beschlossen, Chief Poole nicht in den Zeugenstand zu rufen. Stattdessen hatte er vorgeschlagen, dass er und Kelly sich außergerichtlich einigten. Wenn sie sich auf keinen Vergleich einigen konnten, wollte Jason einen Antrag auf ein fehlerhaftes Verfahren stellen, basierend auf seinem eigenen Fehlverhalten. So oder so – Vergleich oder nicht – würde er sich selbst verpfeifen und zu den Behörden gehen.

Später am Freitagabend, nach ihrem Bad im Ozean, hatte sich Kelly mit der Tatsache angefreundet, dass ihre Vergangenheit ans Tageslicht kommen würde. Das Einzige, was Luthor von ihr verlangt hatte, war ihre Weigerung, sich außergerichtlich zu einigen. Aber im besten Interesse ihres Mandanten war jetzt ein Vergleich nötig – die Alternative war ein Antrag auf fehlerhaften Prozess, der Jason zweifelsohne genehmigt werden würde. Danach würden sie alle wieder am Anfang stehen.

Aber Jason hatte nicht die Befugnis zu einem Vergleich, solange er seine Mandantin nicht dazu brachte, mitzumachen.

Übers Wochenende entwickelten sie einen leicht geänderten Plan, hauptsächlich aus dem objektiven Denken Brad Carsons heraus. Warum den Fall nicht der Schattenjury übergeben? So konnten beide Seiten ein faires Ergebnis bekommen und Justice Inc. trotzdem dafür dranbekommen, dass sie die Prozessparteien im echten Fall erpressen wollten.

Während der Plan weiter Gestalt annahm, hatte Kelly langsam immer mehr Vertrauen zu Jason gefasst und beschlossen, ihm vertraulich von Luthors E-Mails an sie selbst zu erzählen. Sie hatte angeboten, mit ihm zu den Behörden zu gehen, aber Jason hatte darauf bestanden, dass er keinen Vergleich schließen würde, wenn sie das tun sollte.

»Sie haben nichts falsch gemacht«, beharrte er jetzt, als sie allein im Flur standen. »Ich habe zwei Geschworene auf der Liste behalten, von denen ich wusste, dass sie meinem Fall schaden. Sie haben nichts getan, was Ihrem schaden könnte. Luthor hat Sie nicht sabotiert; er hat Ihnen geholfen. Warum also auch Ihre Karriere ruinieren?«

»Aber er hat *versucht,* den Fall von beiden Seiten zu manipulieren. Seine E-Mails an mich sind trotzdem ein Verbrechen!«

»Das hatten wir doch schon, Kelly. Ihre Verpflichtung gilt Ihrem Mandanten. Zu den Bedingungen für mein Angebot gehört, dass Sie *nicht* zu den Behörden gehen, es sei denn, Ihre Zeugenaussage wird später notwendig, um Robert Sherwood und Justice Inc. zu überführen.«

Er hatte recht; sie hatten das am Vorabend *bis zum Überdruss* besprochen. Was das anging, würde Jason ihr keinen Millimeter entgegenkommen. Kelly verstand nicht, warum er so darauf bestand, sie zu schützen, aber sie konnte auch nichts dagegen tun. Die beschlossene Lösung war im besten Interesse ihres Mandanten.

»Also gut«, sagte sie mit einem Seufzen.

»Ich sage allen, dass wir einen Deal haben«, sagte Jason.

Sie schüttelten sich die Hände und Kelly dankte ihm. Er nickte grimmig. Auch im besten Fall war sein Ruf ruiniert. Der Ausdruck seiner grünen Augen hatte sich von durchdringend zu entschlossen gewandelt: der Blick eines Märtyrers auf dem Weg ins Kolosseum. Er kam Kelly viel älter vor als zu Beginn des Falls. Sie schämte sich ein wenig deswegen, wie sie ihn anfangs eingeschätzt und schlecht gemacht hatte.

»Sie haben eine gute Verhandlung geführt«, sagte sie.

»Nicht halb so gut wie Sie.«

* * *

Kellys Vater kam ein paar Minuten später am Hotel an, und eine weitere Vorstellungsrunde folgte. Der Plan war jetzt, dass Blake und Kelly zurück ins Gericht gingen und mit den Reportern plauderten, während die Geschworenen sich berieten. Dort würde Melissa Davids zu ihnen stoßen, die den Medien eine Menge Munition von ihrer Seite liefern würde. Brad und Jason waren der Meinung, es würde ein bisschen verdächtig aussehen, wenn sämtliche Prozessteilnehmer den ganzen Nachmittag verschwinden würden.

Die Schattenjury würde von Kellys Vater, Bella und Case McAllister überwacht. Es wurde nie explizit ausgesprochen, aber jeder wusste, was Jason tun würde. Es war Zeit, als Kronzeuge aufzutreten und einen Deal abzuschließen.

Kelly beschloss, auf dem Weg zum Gericht in ihrem Hotel vorbeizufahren. Sie freute sich nicht unbedingt auf noch einen Schlagabtausch mit den Reportern, vor allem, wenn sie vorsichtig sein musste, während der Beratung der Jury nichts Unangemessenes zu sagen. Sie hatte vor, ein paar Minuten damit zu verbringen, ihre Sachen zu packen und die Berichte in den Nachrichten zu schauen. Sie konnte sich ein Sandwich holen und auf dem Weg zum Gericht zu Mittag essen.

Sie parkte im Parkhaus an der 31. Straße auf dem vierten Parkdeck. Inzwischen kannte sie den Weg - sie würde zwei Stockwerke zu Fuß die Treppen hinuntergehen und die Straße auf der überdachten Betonbrücke, die das Parkhaus mit dem Hotel verband, überqueren.

Sie erreichte das Treppenhaus ungefähr gleichzeitig mit einem Mann, der aus einer anderen Ecke des Parkdecks kam. Er kam ihr vage bekannt vor - vielleicht einer der anderen Dauergäste im Hilton? Er trug Jeans, eine Windjacke und eine Baseballmütze, aus der hinten ein Pferdeschwanz hing.

Eine Windjacke? Es hatte fünfunddreißig Grad.

Kelly ging die erste Treppenflucht so schnell es ihre hohen Absätze erlaubten hinunter. Der Mann folgte dicht hinter ihr, sie spürte buchstäblich seinen Atem im Nacken. Wenn sie ihre Schuhe abstreifte, war sie sicher schneller als er. Der Mann musste über hundertzehn Kilo wiegen.

Als sie um die Ecke bog, um die nächste Treppe zu nehmen, streckte er die Hand aus und packte sie am Arm. Sie keuchte, als er sie neben sich zog, Auge in Auge, und sie plötzlich eine Pistole zwischen den Rippen spürte.

»Kein Wort!«, zischte er.

Er riss sie in Richtung Tür, die zum dritten Parkdeck führte, als ein Auto mit quietschenden Reifen um die Ecke bog. Die hintere Tür flog auf.

Kelly schrie, so laut sie konnte.

»Halt's Maul!« Der Bewaffnete stieß sie auf den Rücksitz und stieg nach ihr ein, hielt sie fest, als sie krabbelnd versuchte, zur anderen Seite wieder hinauszukommen. Der Fahrer fuhr los, bevor die Tür hinter dem Rohling neben ihr zu war. Die Masse des Mannes drückte Kelly an ihrer Seite gegen die Tür und dämpfte ihre Schreie.

Er hieb ihr seine Waffe ins Gesicht, und sie spürte, wie ihr Jochbein brach.

»Bring sie zum Schweigen!«, brüllte der Fahrer.

Der Mann mit dem Pferdeschwanz drückte sie mit dem Gesicht gegen die Tür und riss ihre Arme nach hinten, damit er sie fesseln konnte. Danach lehnte er sich mit seinem ganzen Gewicht auf sie, bis sie zu zappeln aufhörte. Sie spürte eine Nadel an ihrem Hals, und die Welt begann sich zu drehen.

Der Fahrer hielt auf einem Parkplatz und öffnete den Kofferraum. Kelly versuchte, noch einmal zu schreien, aber ihre Zunge gehorchte ihr nicht. Ihre Angreifer verschwammen, drehten sich, zoomten abwechselnd heran und wieder weg.

Ihre Augen fielen ihr zu. Sie versuchte, dagegen anzukämpfen, doch die Worte ihrer Angreifer gingen in einem Nebel aus wirren Geräuschen und purzelnden Gedanken unter.

* * *

Rafael Johansen zahlte am Ausgang des Parkhauses. Er bog seelenruhig auf die Atlantic und noch einmal links auf die Laskin Road ab. Jason und Kelly hatten ihn überrascht. Vor allem Jason. Der kleine Idiot hatte den Mumm, Luthor die Stirn zu bieten und seinen eigenen Ruf zu opfern.

Der dumme Junge konnte nicht wissen, dass ihn das das Leben kosten würde.

Johansen rief Robert Sherwood an und hörte einen Anflug von Panik in der Stimme des großen Mannes. Der Crawford-Fall war nicht gerade nach Plan gelaufen.

Johansen beendete das Gespräch, sah in den Rückspiegel und bog nach links auf den verlassenen Parkplatz des *Surf&Sand*-Kinos ab. Der vergilbte Schriftzug auf der breiten Markise zeigte immer noch seine letzte Botschaft: *Lebwohl, Surf&Sand. Wir werden dich vermissen. In Liebe, das Team.*

Letzte Woche hatten die Einheimischen Johansen erzählt, dass das Gebäude seit mehr als anderthalb Jahren leer stand. Die Türen waren verschlossen und mit Ketten gesichert.

Johansen hatte den Platz vor zwei Tagen überprüft. Der Parkplatz war durch hohes Sumpfgras und ein Naturschutzgebiet abgeschirmt. Das Kino war nur ungefähr eine Meile vom Hilton entfernt, von der Laskin Road zurückgesetzt und von allen Seiten vom Sumpf umgeben bis auf den Parkplatz im Westen, der an den Parkplatz des *Purple Cow* grenzte. Früher am Tag hatte Johansen mit Hilfe eines Bolzenschneiders und einer Brechstange bereits eine der Hintertüren aufgebrochen.

Er parkte das Auto hinter dem Gebäude und sah sich noch ein letztes Mal um. Man konnte das Auto nur vom Sumpf aus sehen.

Johansen öffnete den Kofferraum, und ein Partner aus seiner Ermittlungsfirma, ein massiger Gewichtheber namens Tony Morris, hob Kelly heraus und trug sie in das verlassene Kino. Bis auf Johansens Taschenlampe war der Raum stockfinster.

Sie fesselten Kelly mit Klebeband an einen Sitz in der ersten Reihe, direkt vor der großen Leinwand, knebelten sie mit einem Stück Stoff und gingen wieder, um ihr zweites Opfer zu entführen.

»Wie lange dauert es, bis sie wieder wach wird?«, fragte Johansen.

»Eine Viertelstunde.«

»Gerade rechtzeitig für die Show.«

88

Es war schon ein katastrophaler Tag gewesen, noch bevor Olivia Special Agent Billingsley vom FBI in Robert Sherwoods Büro führte. Der Agent war klein, kompakt und jung. Er hielt sich sehr gerade und hatte kurz gestutzte, hellblonde Haare. Wenn Sherwood ihm auf der Straße begegnet wäre, hätte er geschätzt, dass er seinen Abschluss in West Point gemacht hätte.

»Nette Aussicht«, sagte Billingsley, der die Glasfront mit Blick auf den Hudson River bewunderte. »Ertappen Sie sich manchmal dabei, dass Sie das für selbstverständlich halten?«

»Setzen Sie sich«, sagte Sherwood mit einer Geste zu dem marineblauen Ledersessel hin. »Ich bin ein vielbeschäftigter Mann, und wenn ich es richtig verstehe, haben Sie ein paar Fragen.«

»Ja, richtig.« Bevor Billingsley sich setzte, legte er ein digitales Aufnahmegerät auf Sherwoods Schreibtisch. »Macht es Ihnen etwas aus, wenn ich unser Gespräch aufzeichne?«

Sherwood seufzte. »Nein.«

Billingsley setzte sich und ratterte eine kleine Einleitung für seine Aufnahme herunter - Zeit, Ort, das Einverständnis von Robert Sherwood. Dann begann er mit seinen Fragen.

»Sagt Ihnen der Name Luthor etwas?«

»Nein.«

»Haben Sie den Crawford-Prozess in Virginia Beach verfolgt?«

»Ja.«

»Wenn ich es richtig sehe, haben sowohl Jason Noble als auch Kelly Starling früher für Sie gearbeitet. Ist das richtig?«

»Technisch gesehen, nein. Sie haben für zwei hiesige Kanzleien gearbeitet. Justice Inc. war ein Kunde dieser Firmen. Aber sie haben die meiste Zeit an Probefällen für unsere Forschungsabteilung gearbeitet.«

»Wissen Sie, ob einer von ihnen noch andere Mandanten hatte, während er angeblich für diese New Yorker Kanzleien arbeitete?«

Das brachte ihm noch ein Seufzen von Sherwood ein. Warum mussten sie immer diese Katz-und-Maus-Spiele spielen? »Nein.«

»Haben Sie Kenntnis über etwas aus Mr Nobles oder Ms Starlings Vergangenheit, das benutzt werden könnte, um sie zu erpressen oder in eine schwierige Lage zu bringen?«

Sherwood verengte die Augen. »Worum geht es hier?«, fragte er.

»Jemand erpresst Mr Noble im Fall Crawford und manipuliert möglicherweise Geschworene«, sagte Billingsley. Er schien Sherwood auf eine mögliche Reaktion hin zu beobachten. »Wir denken, es könnte jemand sein, für den viel Geld auf dem Spiel steht.«

Sherwood lachte bei dieser angedeuteten Beschuldigung höhnisch auf. »Sie glauben, ich würde Jason Noble erpressen?«

»Ich stelle nur Fragen«, sagte Billingsley.

»Ich sage Ihnen mal was«, entgegnete Sherwood. »Wenn ich Jason Noble erpresse, mache ich meine Sache erbärmlich schlecht.«

* * *

Jason war in seinem Büro, druckte E-Mails aus und stellte die Unterlagen zusammen, die er dem Staatsanwalt vorlegen wollte. Er wurde um 14.00 Uhr in Brads Büro erwartet.

Im Konferenzraum am anderen Ende des Flurs machte Andrew Lassiter dasselbe. Als Jason ihm gesagt hatte, er werde alles über Justice Inc. ausplaudern, hatte Lassiter helfen wollen. »Ich kann zu allen Daten aussagen, die sie über Angestellte gesammelt haben«, erklärte er Jason. »Ich weiß mit Sicherheit, dass sie deine E-Mails gelesen haben, deine Telefone angezapft und all das.«

Zunächst hatte Jason niemanden anderen mit hineinziehen wollen. Aber Lassiter bestand darauf, und Jason musste zugeben, dass sein Freund eine Menge unterstützendes Beweismaterial liefern konnte. Jason rief Brad an, der keinen Nachteil darin sah, Lassiter mitzubringen.

Während er seine Beweise ordnete, war Jason in Gedanken über die Auswirkungen dieser Entscheidung versunken. Was würde mit seinem Vater passieren? Mit Detective Corey? Was würde LeRons Vater sagen? Wie konnte Jason ihm überhaupt unter die Augen treten?

»Jason!«

Andrews Stimme aus dem Konferenzraum zerriss die Stille und erschreckte Jason. Der Schrei wurde gefolgt von den Geräuschen eines Handgemenges und einem weiteren erstickten Schrei.

Jason schnappte seine Waffe und schoss aus seinem Büro, sprintete in Richtung Konferenzraum. Als er im Flur um die Ecke kam, blieb er abrupt stehen. Ein großer Mann mit einer Baseballmütze und hellblonden Haaren hatte Lassiter als Geisel genommen und benutzte ihn als Schutzschild, während er ihm eine Pistole an die Schläfe hielt. Der große Mann hielt Lassiter den Mund zu.

»Noch ein Schritt und ich erschieße ihn«, sagte er zu Jason.

Bevor Jason reagieren konnte, spürte er einen Schlag am Hinterkopf. Farben blitzten auf, ein Kaleidoskop von Funken ... und dieses Mal wurde Jasons Welt dunkel.

89

Jason trieb in einem Nebel - hinein und heraus. Versprengte Gedanken und Albträume vermischten sich in seinem wirren Kopf. Er hörte Stimmen am Ende eines langen Tunnels und spürte den intensiven und hämmernden Kopfschmerz, der von seinem Hinterkopf ausging. Sein Kopf fühlte sich an, als hätte ihn jemand in einen Schraubstock gespannt und drehte ihn fester und fester zu, während Jason das Bewusstsein wiedererlangte. Sein Mund war staubtrocken.

Er spürte einen kurzen Schmerz an der Wange. Einmal. Zweimal. Er zuckte. Noch ein Schlag.

»Wach auf, Wunderknabe!«

Ihm wurde bewusst, dass er auf einem Stuhl saß. Er blinzelte ein paar Mal in die Dunkelheit und versuchte, einen klaren Kopf zu bekommen. Jemand hatte ein helles Licht auf seine Augen gerichtet - irgendeinen Scheinwerfer? Er blinzelte und kniff die Augen zusammen - eine Taschenlampe.

Jason spürte den stechenden Schmerz des nächsten Schlags, ein kurzer, harter Schlag mit der Handfläche, und schüttelte den Kopf. Er versuchte, zurückzuschlagen, aber seine Handgelenke waren vor seinem Körper aneinandergefesselt. Als er aufzustehen versuchte, schoss ein starker Arm vor und rammte ihn zurück auf seinen Sitz. Er konnte nicht schreien - sie hatten ihm etwas in den Mund gestopft; er spürte den Stoff auf der Zunge. Ein Lappen vielleicht, der von irgendeinem Klebeband um seinen Kopf gehalten wurde.

»Willkommen zurück in der Realität«, sagte eine tiefe Stimme. »Blöd für dich ist nur: Die Realität ist ganz schön bescheiden.«

Jason blinzelte, um sich zurechtzufinden. Er befand sich in einem Zuschauerraum. Ein Theater? Es war dunkel bis auf das Licht, das ihm direkt in die Augen schien. Er konnte die Schatten von zwei Gestalten hinter der Taschenlampe ausmachen.

Er spürte den Lauf einer Waffe an seinem Hinterkopf.

»Das reicht«, sagte jemand. »Er ist wach.« Es war eine leisere Stimme. Der Sprecher von eben übernahm die Taschenlampe von dem ersten Mann und legte sie auf den Boden. Er kniete sich vor Jason hin.

Andrew?

Jason starrte ihn an, und Andrew Lassiter starrte blinzelnd zurück. »Ich hatte nicht geplant, dass es so läuft«, sagte er.

* * *

Robert Sherwood parierte fast eine halbe Stunde lang die Fragen von Agent Billingsley, ein geistiger Wettstreit zwischen einem brillanten Geschäftsführer und einem gerissenen Ermittler. Das Einzige, was Billingsley hatte und Sherwood nicht, war Zeit. Und Geduld.

Sherwood musste Kunden anrufen. Feuer löschen. Sein kompletter Businessplan implodierte.

»Schalten Sie dieses Ding aus«, sagte er und deutete auf den Recorder.

Billingsley beugte sich vor und schaltete das Gerät ab.

»Unsere Firma ist eine hochentwickelte Forschungsfirma, die einer Reihe von Kunden Empfehlungen erteilt«, sagte Sherwood in herablassendem Ton. Er würde versuchen, es einfach zu halten, damit Billingsley von all den technischen Einzelheiten keine glasigen Augen bekam. »Wir haben ein topmodernes System, mit dem wir potenzielle Geschworenenurteile in großen Fällen wie dem Crawford-Fall analysieren. Es ist kompliziert, aber der Kern des Systems ist ein Testprozess, den wir mit drei verschiedenen Jurys durchführen, die alle jeweils dieselben Charakteristiken wie die Geschworenen im echten Fall besitzen.« Sherwood hielt inne. »Können Sie mir folgen?«

»Vielleicht reden Sie lieber ein bisschen langsamer«, sagte Billingsley sarkastisch. »FBI-Agenten sind manchmal ein bisschen schwer von Begriff.«

Sherwood runzelte die Stirn über dieses Ablenkungsmanöver. »Letzten Donnerstagabend haben wir die Ergebnisse unserer drei Geschworenenlisten gehört. Sie hatten die Beweise, die unserer Einschätzung nach in der echten Verhandlung des Crawford-Falles vorgelegt wurden und urteilten alle drei auf dieser Grundlage für die Verteidigung. Im Lauf des Wochenendes haben wir unsere Kunden, die meisten von ihnen Hedgefondsmanager, darüber informiert, dass wir der ernsthaften Überzeugung sind, dass dieses Urteil den Aktien der Waffenhändler wie MD Firearms nicht schaden wird. Um genau zu sein, erwarten wir, dass ein Urteil zugunsten der Verteidigung die Aktien steigen lassen wird.«

Sherwood sah genau hin, während Billingsley diese Information verarbeitete. Der Agent zeigte keinerlei Reaktion.

»Heute ist allerdings der letzte Zeuge der Verteidigung zusammengebrochen, der Fall geht den Bach runter und wir sehen aus wie Idioten.« Sherwood beugte sich über seinem Tisch nach vorn. »Wenn der Fall für den Kläger entschieden wird, und ich fürchte, das wird er, wird sich unsere Firma davon vielleicht nie erholen.« Er schwieg erneut, um dem FBI-Agenten Zeit zu geben, diese Information zu verdauen.

»Deshalb wüsste ich es zu schätzen, Agent Billingsley, wenn Sie aus meinem Büro verschwinden und herausfinden, wer Jason Noble erpresst hat. Ich habe da selbst ein paar Ideen, und ich kann Ihnen eines versprechen: Wer immer es ist, sollte beten, dass Sie ihn zuerst finden.«

90

»Du solltest wie geplant weitermachen«, sagte Andrew Lassiter abgehackt. »Es ging nicht um *dich*; es ging darum, es *ihnen* heimzuzahlen! Sherwood hat sich alles genommen, Jason. Er hat mir mein ganzes Lebenswerk gestohlen!«

Jason starrte Lassiter an und versuchte, den Verrat dieses Mannes zu begreifen. Er versuchte, den Presslufthammer zu ignorieren, der ihm anscheinend den Hinterkopf weghämmern wollte. *Es muss doch einen Ausweg geben!*

Es waren drei Männer hier, soweit Jason wusste. Lassiter, ein Kerl hinter Jason, der ihm eine Waffe an den Kopf hielt, und ein dritter Mann – größer und stärker als Lassiter –, der Mann, der Jason wachgeprügelt hatte.

»Lass uns weitermachen«, sagte dieser Mann zu Lassiter. Es war eine vertraute Stimme. Ein New Yorker Akzent. Hispano. »Er ist nicht dein Priester, und wir brauchen deine Beichte nicht.«

Jasons Augen gewöhnten sich an die Dunkelheit. Er konnte endlich die Gestalt des großen Mannes ausmachen. Es war das erste Mal, seit Jason sich erinnern konnte, dass er ihn je lächeln gesehen hatte.

Rafael Johansen.

»Das ist richtig, Wunderknabe«, sagte Rafael. »Ich bin wohl käuflich. Obwohl Sherwood mir nie einen so großen Teil des Profits angeboten hat wie der verrückte Professor hier.« Er schob sich ein bisschen näher, und Jason lehnte sich zurück. »Du hast es mit deinem Johnny-Be-Good-Verhalten gehörig versaut. Jetzt ist die Sache ein bisschen kompliziert geworden.«

Jason registrierte immer noch seine Umgebung. Er schien in der ersten Reihe des zweiten Blocks eines Kinos zu sitzen, ungefähr zehn Reihen von der Leinwand entfernt. Sie hatten zweifellos vor, ihn zu töten - warum sollten sie sonst dreist genug sein, ihre Gesichter zu zeigen?

Falls Andrew Lassiter es sich nicht noch plötzlich anders überlegte, war Jason ein toter Mann. Aus irgendeinem Grund nahm es seiner Lage etwas von ihrem Schrecken, dass er diese unbestreitbare Tatsache akzeptierte. *Mut entsteht, wenn man nichts mehr zu verlieren hat.*

Jason beschloss rasch, dass es nicht mehr schlimmer werden konnte. Der einzige Vorteil, den er jetzt vielleicht noch hatte, war das Überraschungsmoment.

Jason schoss hoch und drehte sich, schwang die gefesselten Hände zu dem Gangster hinter sich herum. Er schlug in die Luft. Rafael war sofort auf ihm, rammte ihn in den Zementboden. Rafaels ganzes Gewicht landete auf Jasons Schulter, und er brüllte in den Knebel. Er wurde fast ein zweites Mal ohnmächtig, als Rafael ihn auf die Füße zerrte und zurück auf seinen Sitz warf.

»Du strapazierst meine Geduld, Junge«, sagte Rafael schwer atmend.

Der andere Mann kam jetzt nach vorn, stellte sich keine zwei Meter von Jason entfernt auf und zielte mit der Pistole auf Jasons Stirn. Es war noch ein Bodybuilder, ein privater Sicherheitswachmann, der mit Rafael zusammenarbeitete. Jason erkannte den Pferdeschwanz wieder.

Aus dem vorderen Teil des Zuschauerraums meinte er, einen erstickten Schrei zu hören. Waren sie nicht allein? Seine Gedanken rasten, während er die Möglichkeiten abspulte. Das wahrscheinlichste Szenario war das, das Jason am meisten fürchtete.

»Ich kümmere mich gleich um dich«, rief Rafael über seine Schulter.

91

»Seid nicht zu grob mit ihm«, stotterte Andrew.

Rafael lachte und wandte sich zu Andrew um, der ein paar Schritte zur Seite gegangen war. »Seid nicht zu grob zu ihm«, äffte er seinen Mitverschwörer nach. »Wir bringen ihn um, du Genie!«

»Nein, tun wir nicht«, erwiderte Andrew. »Ich habe darüber nachgedacht.«

Auch wenn Jason Andrew im Schatten nur schwer erkennen konnte, hörte er den verzweifelten Unterton in seiner Stimme. Vielleicht begann er zu verstehen, was für ein Monster er losgelassen hatte. »Wir brauchen das Risiko einer Mordanklage nicht einzugehen. Ich habe einen besseren Weg.«

»Es gibt keinen anderen Weg«, beharrte Rafael. »Bringen wir es hinter uns.«

Er richtete die Taschenlampe auf Andrew. Zum ersten Mal bemerkte Jason, dass sein Freund Gummihandschuhe trug. In der rechten Hand hielt er Jasons MD-45.

»Ich habe ihnen schon was angehängt«, sagte Andrew, dessen Stimme jetzt zitterte, und die Worte sprudelten nur so aus ihm heraus. »Die Investment-Briefkastenfirmen, die ich für die Aktien der Waffenfirmen gegründet habe, tragen überall Jasons und Kellys Fingerabdrücke. Ich habe ihre BlackBerry-Accounts benutzt, um E-Mails über ihre Verschwörung auszutauschen. Wir können beide unter Drogen setzen, sie am Leben lassen, sie außer Landes absetzen. Jeder wird davon ausgehen, dass sie das System ausgenutzt haben und …«

»So war das nicht geplant«, sagte Rafael sachlich. »Zu viele offene Fragen.«

»Sie können nicht zurückkommen, weil die Polizei sie suchen wird. Wir gehen zuerst zu den Cops …«

Rafael schüttelte entschieden den Kopf. »So war das nicht geplant.«

»Wenn die zwei je ins Land zurück kommen, wird ihnen niemand glauben …«

»Halt's Maul.«

Im Raum wurde es still, als Rafael mit der Taschenlampe direkt in Lassiters Augen leuchtete. Andrew starrte lange zurück – blinzelnd, mit zuckendem Hals; jeder seiner Gesichtszüge spiegelte sein gemartertes Gewissen wider. Er machte einen Schritt rückwärts, hob die Waffe und richtete sie auf Rafael und seinen bezopften Partner, immer abwechselnd, mit zitternden Armen.

Der Mann mit dem Pferdeschwanz hielt seine Waffe weiterhin auf Jason gerichtet. Rafael griff nicht nach seiner eigenen Waffe, die im Bund seiner Jeans steckte.

Stattdessen machte er ruhig ein paar Schritte auf Andrew zu. »Schieß doch«, stichelte er. »Mal sehen, ob das Genie auch Mumm in den Knochen hat.«

Andrew versteifte die Arme, das Gesicht verzerrt. »Stopp«, sagte er, aber Rafael machte noch einen Schritt. Andrew machte einen halben Schritt rückwärts. »Stopp!«

Rafael ging einfach weiter.

Andrew schloss die Augen, zuckte und drückte den Abzug.

Als nichts passierte, griff Rafael nach seiner eigenen Waffe und lächelte. »Es erstaunt mich immer wieder, wie dumm ihr genialen Typen sein könnt. Oder habe ich vergessen, dir zu sagen, dass Jasons Waffe eine Sicherung hat, die man nur mit seinem Fingerabdruck lösen kann?«

Ein Ausdruck blanken Entsetzens breitete sich auf Andrews Gesicht aus. Er ließ die Pistole fallen und hielt die Hände vor sich, als wolle er den größeren Mann wegschieben. »Nein«, sagte er kopfschüttelnd. »Ich kann uns aus dieser Sache rausbringen. Niemand muss sterben!«

»Da irrst du dich.« Rafael grinste selbstgefällig, dann blitzte es am Lauf seiner Waffe und eine Kugel fetzte durch Andrew Lassiters Augenhöhle. Er wurde nach hinten gerissen, landete leblos auf der Sitzreihe hinter ihm, der Mund zum Schrei geöffnet, während Blut aus dem Loch in seinem Kopf rann.

Jason würgte und spürte, wie Erbrochenes in seiner Kehle nach oben stieg. Er hörte einen weiteren gedämpften Schrei aus der vordersten Reihe.

Der Mann mit dem Pferdeschwanz starrte auf Lassiters leblosen Körper. »Was zum …?« Er wandte sich an Rafael: »Bist du wahnsinnig?«

Das brachte Rafael wieder zum Lächeln. »Tony. Wie lange kennst du mich schon? Acht Jahre? Neun?« Rafael steckte seine Waffe zurück in seinen Hosenbund. »Ich habe einen Plan, Tony. Du weißt, ich mag keine offenen Fragen.«

»Aber das ist doch verrückt!«, protestierte Tony. »Völlig außer Kontrolle!«

»Denk mal drüber nach«, sagte Rafael. »Lassiters Plan hatte ein großes Problem. Wenn man jemanden hereinlegt, muss es wasserdicht sein. Warum sollten diese zwei Anwälte nicht bis ein paar Wochen nach dem Urteil, wenn sie nicht mehr im Rampenlicht stehen, warten, wenn sie den Fall manipulieren, Briefkastenfirmen gründen, um auf den Aktienmarkt zu wetten und dann mit dem Geld abhauen wollen? Warum sollten sie verschwinden, während die Geschworenen noch beraten, damit garantiert eine landesweite Fahndung nach ihnen herausgegeben wird? Das ergibt doch keinen Sinn.«

Tony zuckte die Achseln. »Ich weiß nicht. Aber wir haben immer noch dasselbe Problem.«

»Nicht mehr.« Rafael lächelte über die Genialität dessen, was er sagen würde. »Denn jetzt sind drei Leute verschwunden. Wir lassen es aussehen, als wären die Anwälte und Lassiter alle zusammen in den Betrug verwickelt. Lassiter wird gierig, bekommt Angst, was auch immer. Er rastet aus und bringt beide Anwälte um. Die Polizei findet die Leichen von Jason und Kelly und eine Waffe mit Lassiters Fingerabdrücken darauf. Das Geld und Lassiter verschwinden für immer.«

Auch ohne Tonys Gesicht zu sehen, spürte Jason, wie sich der große Mann entspannte.

»Verstehst du?«, fragte Rafael.

»Vielleicht«, sagte Tony, die Stimme immer noch ein klein wenig unentschlossen. »Aber wir hätten zuerst darüber reden sollen.«

Was als nächstes kam, musste im Voraus geplant gewesen sein, denn die Männer sagten kein Wort, als sie Jason von seinem Sitz hochzogen und ihn in Richtung Leinwand schleppten. Sie drückten ihn auf einen Sitz, nur ein paar Plätze von Kelly entfernt, und fesselten Jasons rechtes Handgelenk an die Armlehne.

Im Zwielicht tauschte Jason einen Blick mit Kelly. Ihr Blick war grimmig entschlossen.

Zu Jasons Überraschung zog Rafael ihm das Klebeband ab, das den Knebel hielt. Jason spuckte den Knebel aus und sah zu Johansen auf.

»Tony, leuchte mit der Taschenlampe auf die Leinwand«, sagte Rafael.

Tony tat wie ihm geheißen und stützte die Taschenlampe auf die Armlehne eines der Kinositze.

Gleichzeitig begann Rafael, das Klebeband abzuwickeln, das Kelly auf ihrem Sitz festhielt, und sprach dabei weiter. »Wir werden Ihre Mitarbeit brauchen, Mr Noble, damit das alles so schmerzlos wie möglich für Ihre Mitverschwörerin hier abgeht. Die Cops wissen, dass jeder eine Nachricht in einen BlackBerry tippen kann. Also müssen Sie eine Sprachnachricht auf Ms Starlings Telefon hinterlassen. Sie werden ihr sagen, dass sie sich mit Ihnen und Andrew Lassiter im *First Landing State Park* treffen soll. Das wird die letzte Ruhestätte für Sie und Ihre gegnerische Anwältin.«

Diesmal schnaubte Jason höhnisch. »Vergessen Sie's.« Er wusste bereits, dass er sterben würde – warum also bei der Verschleierung helfen? »Was können Sie schlimmstenfalls tun, mich töten?«

Das brachte Rafael zum Lachen – lang und laut, als hätte Jason gerade eine Superpointe geliefert. Johanson holte ein Springmesser heraus und zog Kelly von ihrem Sitz hoch, die Hände hinter dem Rücken gefesselt, die Beine mit Klebeband zusammengebunden, den Knebel immer noch an Ort und Stelle. »Ich bin froh, dass Sie fragen«, sagte Rafael. Er drückte Kelly mit dem Gesicht nach unten auf den Boden und kniete sich auf ihren Rücken.

»Denn Sie werden gleich sehen, was ich schlimmstenfalls tun kann.«

92

Rafael Johansen ließ das Messer aufschnappen und hielt die Schneide der Klinge neben Kellys Knöchel. »Man sagt, die Achillesferse zu durchtrennen, ist das Schmerzhafteste, was einem menschlichen Wesen passieren kann«, sagte Rafael in nüchternem Ton. »Diese Sehne ist wie ein unglaublich starkes Gummiband, das den Fuß mit dem Wadenmuskel verbindet. Wenn es durchgeschnitten wird, ziehen die Wadenmuskeln einfach das ganze Band ein und rollen es in Richtung Knie auf. Der Fuß baumelt dann nur noch am Ende des Beins und wird nur noch lose von Haut und Gelenkpfanne gehalten.«

Jason sah den entsetzten Ausdruck auf Kellys Gesicht, den Schweiß auf ihrer Stirn, die Augen aufgerissen in einer Mischung aus Angst und Wut. Sie fing Jasons Blick auf und schüttelte leicht, aber trotzig den Kopf. Dann wand sie sich und trat mit aller Macht zu.

Rafael riss sie zurück und hielt ihre Schultern und den Oberkörper auf dem Boden fest. »Wenn du das nochmals versuchst, zerschneide ich dir stattdessen das Gesicht.«

Jason verfluchte Rafael und versprach, zu sagen, was immer er wollte. »Wenn Sie ihr wehtun, dann ...«

Rafael lachte wieder. »Dann *was*? Willst du mir ein ergreifendes juristisches Plädoyer halten? Mich zu Tode quatschen?«

»Sie haben gewonnen«, sagte Jason. »Geben Sie mir das Telefon.«

Rafael grinste. »Nee. So läuft das nicht. Du sprichst in diesen kleinen digitalen Recorder, den Tony da hat. Wenn du die Nachricht richtig hinbekommen hast, machen *wir* den Anruf und benutzen den Recorder, um die Nachricht zu hinterlassen. Vermindert die Fehlerquote, meinst du nicht auch?«

Jason wusste, dass Rafael irgendwie dafür sorgen würde, dass die Cops Kellys Handy und Jasons BlackBerry fanden. Oder vielleicht zählte er auch darauf, dass Justice Inc. Jasons Anrufe überwachte, dass das FBI Aufzeichnungen dieser Anrufe fand, wenn sie ihren Durchsuchungsbefehl ausführten. So oder so, Jason würde eine perfekte Tarnung für diese Männer abgeben.

Tony stellte sich vor Jason und holte den Recorder heraus. Er richtete seine Pistole auf Jasons Knie. »Das ist nicht ganz dasselbe wie die Achillesverse durchzuschneiden, aber wenn einem die Kniescheibe rausgeschossen wird, tut das auch ein bisschen weh. Sorgen wir doch dafür, dass wir die Nachricht schon beim ersten Mal richtig hinbekommen.«

»Es ist ganz einfach«, rief Rafael herüber. »Sag ihr einfach, sie soll sich mit dir und Andrew Lassiter im First Landing State Park treffen. Der Plan hat sich geändert. Komm sofort.«

Jason starrte den Recorder an, er fühlte sich unglaublich hilflos. Er würde sowieso sterben. Hatte er genug Mumm, nicht auch noch bei der Vertuschung mitzumachen?

Kelly beantwortete die Frage für ihn. Ohne Vorwarnung trat sie erneut zu und rollte sich von Johansen weg. Sie versuchte, aufzustehen, aber mit ihren gefesselten Knöcheln fiel sie wieder auf ihre Seite. Rafael packte sie und zog sie wieder zu sich her. »Temperamentvoll«, sagte er und wedelte mit seinem Messer vor ihrem Gesicht. »Es ist eine Schande, so ein hübsches Gesicht zu ruinieren.«

Er schnippte das Messer genau in dem Moment in ihre Richtung, als Jason den Knall einer Pistole hörte und sah, wie Rafaels Arm zurückgerissen wurde – weg von Kelly – und ihm das Messer aus der Hand flog. Der Schuss lenkte Tony ab, und Jason warf sich auf ihn, verpasste dem großen Mann einen Kopfstoß und drängte ihn damit zurück.

Eine weitere Salve Schüsse erklang, drei um genau zu sein, so dicht nacheinander, dass sie fast wie eine Explosion klangen. Die Kugeln trafen Rafael, und er fiel rückwärts in sich zusammen.

Hinter Jason flog den Bruchteil einer Sekunde später noch eine Salve Kugeln, die in Tonys Kopf und Brust explodierten. Er war tot, bevor er auf dem Boden auftraf.

So schnell es begonnen hatte, war es auch schon wieder vorbei.

Jason wagte kaum zu atmen. »Sind hier noch mehr?«, rief Melissa Davids vom Eingang zu Jasons Linken.

»Ich glaube, wir sind fertig«, sagte Case McAllister, der hinter Jason hervorgehinkt kam. Er nahm die Taschenlampe, und er und Melissa durchsuchten gemeinsam und mit gezogenen Waffen kurz das Kino, gingen wie erfahrene Cops von Reihe zu Reihe.

Als sie fertig waren, kam Case herunter, um Jason zu helfen, der sich auf dem Boden zusammengerollt hatte.

»Alles klar?«, fragte Case.

»Nicht wirklich.«

Melissa kniete neben Kelly und benutzte Johansens Messer, um das Klebeband um ihre Knöchel aufzuschneiden. Dann löste sie mit der Behutsamkeit einer Mutter das Klebeband, das Kellys Knebel hielt.

»Gott sei Dank!«, sagte Kelly, im Gesicht eine Mischung aus Erleichterung und Tränen. Sie lehnte sich an Melissa Davids, die Hände immer noch hinter dem Rücken gefesselt. Melissa hielt sie einen Augenblick fest im Arm.

Jason beobachtete die Frauen, während Case die Taschen der toten Männer nach den Schlüsseln für die Handschellen durchsuchte.

»Ich weiß nicht genau, wie viel wir vorhatten, für diese GPS-Option an unseren Waffen zu verlangen«, sagte Case über seine Schulter hinweg. »Aber egal, wie viel es war: Wir sollten es verdoppeln.«

Ein paar Minuten später, nachdem Case die Handschellen geöffnet hatte, stürmte das Sondereinsatzkommando durch die Kinotüren. »Hände hoch! Keine Bewegung!«

»Gut so. Und jetzt zwei Schritte weg von Ihren Waffen.«

»Schön, dass ihr Jungs auch noch zur Party kommen konntet«, sagte Melissa Davids.

93

Das medizinische Personal im *Virginia Beach General Hospital* behandelte Jason wie ein Mitglied des Königshauses. Obwohl Jason von dem Schmerz und dem Trauma immer noch unter Schock stand, merkte er, dass er im Großen und Ganzen auf wundersame Weise unverletzt war. Er hatte sich die Schulter ausgekugelt und eine ernsthafte Gehirnerschütterung von dem Schlag auf den Kopf. Außerdem hatte er einen großen kahlen Fleck, wo sie ihm den Kopf rasiert hatten, um die Platzwunde zu nähen, auch wenn sie die Wunde hinterher mit Gaze und einem Verband abgedeckt hatten.

Jasons erste Besucherin war Bella Harper.

»Schau sich das einer an«, sagte sie. »Ich lasse Sie eine Stunde allein, und Sie lassen sich fast umbringen. Sie sehen fürchterlich aus.«

»Danke«, murmelte Jason. Er bedeutete ihr mit der Hand, leiser zu sprechen. »Ich habe unglaubliche Kopfschmerzen.«

Bella schüttelte den Kopf, und Tränen stiegen ihr in die Augen. »Ich bin so froh, dass Sie okay sind«, sagte sie mit erstickter Stimme. Ihre gespielte Tapferkeit hatte nicht lange angehalten. Es sah aus, als wolle sie Jason umarmen, wagte es aber nicht, aus Angst, sie könnte ihm wehtun. Stattdessen quetschte sie seine Hand.

»Sofort als uns klar war, dass Sie verschwunden waren, habe ich angefangen für Sie zu beten«, sagte sie.

»Danke.«

Bella erzählte ihm eine kurze Zusammenfassung der Suche. Sie hatte entdeckt, dass Jason und Kelly verschwunden waren, als sie versuchte, die Anwälte anzurufen und ihnen das Urteil der Schattenjury mitzuteilen. Nach einer Viertelstunde ohne Rückrufe hatte Melissa Davids ihre Firma angerufen und die Koordinaten für die GPS-Einheit in Jasons Pistole bekommen.

»Als sie die Position hatte, waren sie und Mr McAllister schon unterwegs, bevor sie überhaupt die 911 gewählt hatten«, sagte Bella. »Ich glaube, Ms Davids traut den Cops nicht.«

Jason dankte Bella für alles, was sie getan hatte. Er war müde, hatte Schmerzen und wollte nur noch schlafen. Leider waren die Krankenschwestern entschlossen, ihn wegen der Gehirnerschütterung noch einmal zwölf Stunden wachzuhalten.

»Wollen Sie denn das Urteil nicht wissen?«, fragte Bella.

Am Ton ihrer Stimme war schwer abzulesen, ob sie gewonnen hatten oder nicht. Vielleicht waren es die Schmerzmittel oder das Schreckliche, das Kelly vor seinen Augen hatte durchmachen müssen, oder auch das Entsetzen, als Andrew Lassiter vor seinen Augen erschossen wurde. Was auch immer es war, das Urteil schien Jason nicht mehr wichtig. Ein Urteil zugunsten der Verteidigung war sicherlich kein großer Trost. So hart es gewesen war, Andrew und die anderen sterben zu sehen, konnte er sich nicht vorstellen, was Blake Crawford durchgemacht haben musste, als er die Aufnahme von Rachels Erschießung sah.

»Sie haben dem Kläger eine Million Dollar gegeben«, sagte Bella.

Jason schloss die Augen und verarbeitete die Nachricht. War das Gerechtigkeit? In seinem medikamentenbenebelten Zustand war das schwer zu sagen.

»War nur Spaß«, sagte Bella grinsend. »Es war ein einstimmiges Urteil für die Verteidigung.«

Jasons erster Impuls war, seine Assistentin umbringen zu wollen. Es gab Dinge, über die man keine Witze machte. Aber die Medikamente hatten einen Pazifisten aus ihm gemacht.

»Sehr lustig, Bella«, sagte er so schneidend wie möglich, auch wenn seine Stimme im Moment wenig Schärfe besaß. »Wie hat Blake Crawford es aufgenommen?«

»Ist das alles?«, fragte Bella. »Ich habe Ihnen gerade gesagt, dass Sie den größten Fall Ihrer Karriere gewonnen haben, und Sie lächeln nicht einmal?«

»Ich weiß nicht«, sagte Jason. Er war zu sehr zugedröhnt, um etwas anderes als ehrlich zu sein. »Ich habe irgendwie nicht das Gefühl, dass irgendjemand gewonnen hat.«

»Ich weiß, was Sie meinen«, gab Bella zu. Die beiden schwiegen einen Augenblick, als ehrten sie die Erinnerung an Rachel Crawford.

»Um Ihre Frage zu beantworten«, sagte Bella nachdenklich, »Blake Crawford war nicht da. Aber Reverend Starling war dabei, und er war unglaublich. Er dankte jedem einzelnen Geschworenen und rief dann Kelly und Blake an. Kelly ging natürlich nicht dran. Wollen Sie wissen, was Blake sagte – laut dem Reverend?«

Jason zuckte die Achseln, so gut es ging.

»Er sagte dem Reverend, er solle Ihnen gratulieren und Ihnen danken, dass Sie für einen fairen Prozess gesorgt haben. Er sagte, er hätte das Geschworenenurteil als Gottes Willen zu akzeptieren.«

Darüber dachte Jason einen Moment nach. »Erstaunlich«, sagte er.

»Genau das dachte ich auch«, sagte Bella.

94

Die Folgen des Crawford-Falles kamen prompt und hart.

Matt Corey und James Noble wurden bis zum Ergebnis einer internen Untersuchung aus der Polizeieinheit von Altanta ausgeschlossen. Angesichts der Tatsache, dass zehn Jahre seit dem gefälschten Bericht vergangen waren und es deshalb schwer zu beweisen war, dass Jason tatsächlich gefahren war, ging kaum jemand davon aus, dass Jason oder sein Vater eines Verbrechens beschuldigt werden würden. Matt Corey dagegen musste sich einer Anklage wegen Verschwörung stellen, weil er Andrew Lassiter gewarnt hatte, dass Jason zu den Behörden gehen wollte.

Zu Jasons Überraschung fand das FBI keine Hinweise darauf, dass Richter Garrison erpresst oder auf andere Art in das Komplott verstrickt worden war. Im Gegenteil, sein diszipliniertes Vorgehen in dem Fall erhielt jetzt allgemeinen Beifall, was ihm die Nominierung als möglichen Kandidaten für einen Job am Berufungsgericht einbrachte.

In der Zwischenzeit hatte Richter Shaver offensichtlich noch einmal über seine eigenen Ambitionen, was das Berufungsgericht anging, nachgedacht. Nur wenige Insider wussten, dass es mit dem Fall Crawford zusammenhing, dass der Richter seinen Namen von der Anwärterliste für das Vierte Berufungsgericht streichen ließ.

Die größeren Pressekanäle feierten Kelly Starling als Heldin und waren sogar gezwungen zuzugeben, dass Melissa Davids und Case McAllister ebenfalls couragiert gehandelt hatten - auch wenn es doch eher in Richtung Selbstjustiz ging. Die öffentliche Meinung zu Jasons Rolle war heiß umstritten. Waffenbefürworter sprachen ihn eifrig aus Mangel an Beweisen frei, während andere zu bedenken gaben, dass dieses Lügengespinst Kelly Starling fast das Leben gekostet hatte.

Noch vor der Schießerei im *Surf&Sand*-Kino hatte Brad Carson mit dem FBI einen Deal ausgehandelt, der Jason im Austausch gegen seine Kooperation Immunität garantierte. Während Jason im Krankenhaus lag, besprach Brad die Angelegenheit auch informell mit dem Disziplinarausschuss der Anwaltskammer. Laut Brad konnte Jason mit einem Tadel und einer Bewährungszeit für sein Verhalten im Fall Crawford rechnen, würde aber seine Lizenz nicht verlieren, da er letztendlich zu den Behörden gegangen war, *bevor* sein Mandant Schaden nahm.

Jason wurde am Dienstagmorgen aus dem Krankenhaus entlassen, rasierte sich die Haare bis knapp an die Kopfhaut, damit der kahle Fleck nicht so auffiel, setzte seine *Georgia-Bulldogs*-Mütze auf und buchte einen Flug nach Atlanta. Er blieb über Nacht bei seinem Vater und stellte zu seiner großen Enttäuschung fest, dass die Ereignisse der letzten Tage seinen Vater wieder zur Flasche hatten greifen lassen.

»Ich will nichts von deinem scheinheiligen Mist über meine Sauferei hören«, sagte sein Vater nach einem halben Dutzend Biere. »Was soll ein Mann sonst machen, wenn er seinen Job und seinen Ruf verliert, nur weil er seinem Sohn helfen wollte?«

In der Vergangenheit hätte Jason wahrscheinlich mit Wut reagiert. Doch am Dienstagabend murmelte er nur eine Entschuldigung und ging ins Bett.

Am Mittwochmorgen stellte sich Jason einer der härtesten Prüfungen seines Lebens. Er versuchte, seinen Vater dazu zu bringen, mitzukommen, aber der weigerte sich.

»Ich darf während einer laufenden Ermittlung nichts sagen«, sagte sein Vater, zusammengesunken über einer Tasse starkem, schwarzem Kaffee. »Und selbst wenn ich dürfte, werde ich mich nicht dafür entschuldigen, dass ich meinen Sohn geschützt habe. Ich würde es wieder tun.«

»Wie du willst«, sagte Jason mit einem Achselzucken. Sich zu ändern, war nicht leicht für jemanden, der so stolz wie Jim Noble war.

Aber ein paar Minuten später, als sich Jason mit der Tatsache abgefunden hatte, dass sein Vater sich nie ändern würde und vom Tisch aufstand, sagte sein Vater etwas, das ihn abrupt innehalten ließ.

»Ich verstehe, warum du das machst«, sagte sein Vater, ohne aufzusehen. »Ich würde es vielleicht anders machen, aber … egal, was ich vielleicht gestern Abend gesagt habe, ich verstehe es.«

Jason starrte seinem Vater einen Augenblick auf den gesenkten Kopf. Dieser Mann war kompliziert.

»Mehr kann ich nicht verlangen«, sagte er. Dann wandte er sich um und ging zur Tür.

* * *

Als Jason in der Kirche ankam, blieb er fast fünf Minuten in seinem Mietwagen sitzen, malte sich die bevorstehende Begegnung aus und versuchte, sich selbst davon abzubringen, das Auto zu wenden und wieder wegzufahren. Es wäre einfach nicht gut gewesen. Jason würde die Verantwortung übernehmen müssen, sich der Sache stellen und um Vergebung bitten. Er würde ihnen direkt in die Augen sehen und erklären, wie leid ihm alles tat. Er würde ihnen sagen, dass seine Lügen ihn jeden Tag seines Lebens verfolgt hatten.

Er würde dort sitzen und all ihre Wut, ihr Gift, jede einzelne ihrer Anschuldigungen und Anklagen hinnehmen. Er verdiente jedes Wort davon.

Mit allem, was er sagte, würde er sich natürlich selbst beschuldigen. Wenn die Tates beschlossen, ihn nach diesem Treffen zu verklagen, sollte es so sein. Alles war besser, als weiterhin mit dieser Lüge zu leben.

Ihm war übel, bis er sich endlich kleinlaut Reverend Tates Assistent vorstellte. Er hatte das verzweifelte Bedürfnis, wegzulaufen, aber jetzt gab es kein Zurück mehr. Der Reverend hatte die Tür zu seinem Büro geschlossen und ließ Jason noch fünf Minuten länger warten. Es waren die längsten fünf Minuten in Jasons ganzem Leben.

Reverend Tate kam mit ernstem und traurigem Gesicht heraus, schüttelte Jason die Hand und führte ihn in sein Büro. Er sah genauso aus, wie Jason ihn in Erinnerung hatte – baumstark und einschüchternd, mit durchdringenden braunen Augen. Inzwischen war er etwas schwerer geworden, und seine Haare waren grau gesprenkelt.

Mrs Tate war ebenfalls im Büro, und sie begrüßte Jason mit einer Umarmung. Sie hatte mehr zugenommen als ihr Mann, und ihre Augen sahen traurig aus, auch als sie kurz lächelte.

Jason setzte sich auf eine kleine Couch, als wäre er bei einem seelsorgerlichen Gespräch. Reverend und Mrs Tate saßen ihm gegenüber auf zwei Sesseln und hielten sich an den Händen.

»Wir wissen es wirklich zu schätzen, dass du gekommen bist«, sagte Reverend Tate. »Macht es dir etwas aus, wenn ich mit einem Gebet beginne?«

Diese Frage hätte Jason nicht überraschen sollen, tat es aber. Er nahm seine Mütze ab, stützte die Ellbogen auf die Knie und neigte den Kopf. Er war so nervös, dass er kaum ein Wort davon hörte, was der Reverend sagte.

Als Reverend Tate fertig war, erkundigte er sich nach Jasons Schulter.

Tatsächlich schmerzte es wie verrückt, aber Jason versuchte, es abzutun: »Nur eine Fleischwunde«, sagte er in einem lahmen Versuch, lustig zu sein.

»Hör zu, Jason, ich weiß, wie schwer es für dich sein muss, hierherzukommen und dich all dem zu stellen.« Reverend Tate sah Jason an – eigentlich direkt in sein Inneres – und Jason konnte den Blick nicht abwenden. »Das ist alles ziemlich neu für uns und reißt ein paar schlimme Wunden wieder auf, aber ich will, dass du weißt …« – er hielt inne und sah Mrs Tate an, die nickte – »du *musst* wissen, dass wir dir nichts nachtragen, mein Sohn.«

Mrs Tate betupfte ihre Augen, und Jason merkte, dass die Stimme des

Reverends auch ein bisschen belegt klang. »Du warst LeRons bester Freund, und er liebte dich wie einen Bruder. Ihr Jungs wart jung, und du hast einen großen Fehler gemacht. Gott hat beschlossen, LeRon nach Hause zu holen. Wir haben gelernt, das zu akzeptieren.«

Die Worte verblüfften Jason, machten ihn sprachlos. Er hatte nicht recht gewusst, was ihn erwarten würde, doch damit hatte er nicht gerechnet. Seine geplante *mea-culpa*-Rede schien ihm jetzt so unangebracht. Was konnte er darauf antworten?

Jason war kein emotionaler Typ, aber er ertappte sich dabei, wie er versuchte, seine Tränen zu unterdrücken, als er seine dürftige Entschuldigung anbot. »Er hatte einen besseren Freund als mich verdient. Ich habe Sie angelogen, war ihm gegenüber respektlos, habe meinen toten Freund als ...« Jason rang um das richtige Wort, dann griff er auf sein Schlussplädoyer zurück. »... als Sündenbock benutzt.«

Jason hatte noch mehr zu sagen, aber Mrs Tate unterbrach ihn, als ihr Mutterinstinkt die Führung übernahm. »Du warst jung. Du hattest noch dein ganzes Leben vor dir. Wir machen dir keinen Vorwurf.«

»Wie könnten Sie nicht?«, fragte Jason.

»Was würde Bitterkeit nützen?«, erwiderte Reverend Tate, dessen Stimme jetzt wieder fest und stark klang. Er war jetzt wieder ganz Pastor. »Würde Wut uns unseren Sohn zurückgeben? Würde dich zu bestrafen ihn aus dem Grab auferstehen lassen?«

Jason schüttelte den Kopf, aber das genügte dem Reverend offenbar nicht.

»Würde es das?«, hakte er nach.

»Nein, Sir.«

»Du weißt, dass das wirklich stimmt«, sagte der Reverend. »Es ist, wie es ist. LeRon hätte nicht gewollt, dass wir dir Schuldgefühle machen.«

So sprachen sie noch fast eine Stunde weiter, die zweite Hälfte davon über Erinnerungen an LeRon. Währenddessen spürte Jason, wie eine erdrückende Last von seinen Schultern genommen wurde. Zehn Jahre lang hatte er mit der Schuld und dem Verrat gelebt. Jetzt hatte er das Gefühl, wieder atmen zu können.

Bis Jason bereit war zu gehen, hatte Reverend Tate ihn davon überzeugt, dass LeRon auf die Art Prozessanwalt, zu der Jason geworden war, tatsächlich stolz gewesen wäre.

»Er beobachtet dich wahrscheinlich gerade«, sagte er, »und redet über dich: ›Schau dir den alten Jason an. Gibt keinen besseren als ihn.‹«

Reverend Tate sah Jason fest in die Augen. »Macht es dir etwas aus, wenn ich kurz für dich bete, Junge? Manchmal kann ich einfach nicht anders.«

»Kein Problem«, sagte Jason.

Mrs Tate lächelte.

»Schreck nicht vor den harten Fällen zurück, mein Junge. Die Mandanten, die sonst keiner will – die Leute, die alle anderen schon aufgegeben haben. Willst du LeRons Andenken ehren?«

»Ja, Sir.«

»Dann suche die Gerechtigkeit, mein Sohn. Darin bist du gut. Ich gebe dir einen Vers aus der Schrift mit, über den du nachdenken kannst. Bereit?«

Jason nickte.

»›Redet so und handelt so wie Leute, die durchs Gesetz der Freiheit gerichtet werden sollen. Denn es wird ein unbarmherziges Gericht über den ergehen, der nicht Barmherzigkeit getan hat; Barmherzigkeit aber triumphiert über das Gericht.‹ Das steht in Jakobus zwei, Verse zwölf und dreizehn.«

Es klang tiefsinnig, aber um ehrlich zu sein, wusste Jason nicht genau, was das alles bedeutete. Er lieh sich ein Stück Papier und einen Stift und schrieb sich die Bibelstelle auf.

Später, wenn er Zeit hatte, würde er sie nachschlagen. Er würde mit derselben Intensität darüber nachdenken, die er seinen Fällen entgegenbrachte. Er würde lesen, was die Experten sagten. *Das Gesetz der Freiheit. Barmherzigkeit triumphiert über das Gericht.* Die Worte waren ihm vertraut, aber die Art, wie sie aneinandergereiht waren, schuf Begriffe, die fremd waren. Wie ein Rätsel.

Vielleicht würde er es eines Tages verstehen.

Epilog

Nach einem zweitägigen Mediengewitter machte Melissa Davids es sich in ihrem unscheinbaren Büro in dem abgelegenen Industriegebiet bequem, das als landesweite Firmenzentrale von MD Firearms galt. Die Herstellung lief auf Hochtouren, hielt kaum Schritt mit all den Bestellungen, die für MD-9er und MD-45er mit dem neuen GPS-System und der per Fingerabdruck zu aktivierenden Sicherheitssperre hereinströmten. Fast alle Angestellten machten Überstunden.

Um 10.00 Uhr rief Melissa Case McAllister zu einer kurzen Besprechung in ihr Büro.

Bevor er kam, nahm sie ein Memo in die Hand und trat vor ihren Schreibtisch. Wie üblich würde es eine Besprechung im Stehen werden. Wenn es fünf Minuten dauerte, war das viel.

»Wie geht es Annie Oakley?«, fragte Case, als er durch die Tür trat.

»Erinnern Sie mich daran, nie wieder zu CNBC zu gehen«, antwortete Melissa. »Hoffnungslose Liberale.«

»Das haben Sie auch letztes Mal schon gesagt«, erinnerte sie Case.

»Ja, richtig. Tja, sie haben sich nicht geändert.«

»Was für eine Überraschung.«

Melissa reichte Case das Memo. »Schauen Sie sich das an und lassen Sie mich dann wissen, was Sie davon halten.«

Sie sah, wie sein Blick die Seite überflog und dann an der handschriftlichen Notiz am oberen Rand hängenblieb. Es war eine Kopie des Memos mit dem Titel »Verkäufe an Händler, die von den großen Städten im Nordosten verklagt wurden«, das Case zwei Jahre zuvor geschrieben hatte.

Aber Melissa hatte ihre ursprünglichen handgeschriebenen Anweisungen durchgestrichen und sie durch neue ersetzt. Case, vollendeter Profi, ließ nicht die geringste Spur von Überraschung erkennen, während er las.

> Lassen Sie uns die schlimmsten von den unlauteren Händlern ausschließen. Ich überlasse es Ihnen, die Schafe von den Böcken zu trennen. Vielleicht dürfen alle zugelassenen Händler Waffen kaufen. Aber nicht alle zugelassenen Händler dürfen *unsere* Waffen kaufen.

»Ich glaube, dafür kann ich sorgen«, sagte Case. »Schließlich ist der zweite Verfassungszusatz keine Lizenz zum Töten.«

Melissa schoss einen Blick auf ihn ab. »Zitate wie dieses … – Sie sollten für CNBC arbeiten.«

* * *

Robert Sherwood brauchte zwei Tage, um das FBI loszuwerden. Als er belegte, dass Justice Inc. und seine Kunden zweistellige Millionenbeträge hätten verlieren können, wenn das Urteil für die Klage ausgesprochen worden wäre, musste das FBI zugeben, dass Andrew Lassiter, Rafael Johansen und Tony Morris außerhalb des Geltungsbereichs von Justice Inc. gehandelt haben mussten. Aber sie waren nicht bereit, sich vollkommen geschlagen zu geben. Sie machten Andeutungen, dass sie Sherwood möglicherweise dafür strafrechtlich verfolgen wollten, dass er Jason Nobles Telefone illegal angezapft und seine E-Mails abgefangen hatte.

»Vielleicht hat Rafael Johansen diese Anrufe und E-Mails angezapft«, argumentierte Sherwood, »aber er hat uns diese Information nicht weitergegeben. Denken Sie mal drüber nach. Wenn ich Jason Nobles E-Mails überwacht hätte, hätte ich gewusst, dass er erpresst wurde. Und wenn ich gewusst hätte, dass er erpresst wurde, hätte ich nicht Millionen in MD Firearms und andere Waffenfirmen investiert.«

Diese Logik war zwingend, und Sherwood wusste, dass seine Rechtsschutz-Firewall halten würde. Während Anwälte wie Jason für Justice Inc. arbeiteten, wurden ihre Firmentelefonate und E-Mails genau überwacht – alles vollkommen legal. Justice Inc. setzte bei jedem Fall zig Millionen Dollar aufs Spiel. Die Handys und E-Mail-Accounts waren Firmeneigentum. Die Erlaubnis, sie zu überwachen, war in einem Wust von Juristenjargon im Kleingedruckten der Verträge enthalten, die die Anwälte unterschrieben, wenn sie Firmenfälle abwickelten.

Andrew Lassiter hatte zweifellos durch seinen Zugriff auf diese Aufzeichnungen, zusammen mit den zurückgegebenen Computern dieser Anwälte, von Kellys Affäre erfahren und war auch so darauf aufmerksam geworden, dass an Jasons Autounfall etwas faul war.

Wenn die Anwälte die Kanzleien in New York City verließen und aufhörten, für Justice Inc. zu arbeiten, waren sie auf sich allein gestellt. Von Zeit zu

Zeit konnte es vorkommen, dass Sherwood Rafael Johansen beauftragte, die Anwälte zu durchleuchten oder zu überwachen, vor allem, wenn der Verdacht bestand, dass sie geheime Informationen verbargen, die der Firma gehörten. Aber Sherwood war ein Meister im plausiblen Abstreiten.

»Wie genau Johansen das mit der Überwachung machte, war seine Sache«, erklärte er. »Er war ein unabhängiger Dienstleister, und ich habe ihm keine Fragen gestellt. Ich habe nur immer wieder betont, dass alles grundehrlich ablaufen muss.«

Am dritten Tag gingen dem FBI die Fragen aus, und Robert Sherwood war bereit, richtig Geld zu verdienen.

Die Firma war durch den Crawford-Fall flüssig, und die Kunden waren nie glücklicher gewesen. Natürlich hatte Sherwood am Montag direkt nach dem verheerenden Kreuzverhör von Chief Poole ein paar panische Anrufe bekommen. Im Allerheiligsten seines Büros war er auf und ab gewandert, hatte geflucht und Jason alles Mögliche genannt, weil er Poole nicht ordentlich überprüft hatte. Aber am Telefon im Gespräch mit den Kunden war er der Inbegriff der Gelassenheit gewesen, riet ihnen, es auszusitzen, versicherte ihnen, dass Jason im Schlussplädoyer noch ein Kaninchen aus dem Hut zaubern würde.

Dann kamen die schockierenden Ereignisse des Montagabends. Ein Fehlprozess im echten Fall. Ein Urteil für die Verteidigung durch die Schattenjury. Eine Schießerei im *Surf&Sand*, die Melissa Davids zur Volksheldin gemacht hatte.

Die MD-Firearms-Aktien waren in die Höhe geschossen, und Justice Inc. Kunden hatten abgesahnt. In den folgenden Wochen war die einzige Wolke am Horizont für die Waffenhersteller die neue Beliebtheit der Anwältin der Klägerseite Kelly Starling.

Es gab Gerüchte, dass ihre Kanzlei bereits ein halbes Dutzend neue Fälle im Interesse von Opfern von Schießereien vorbereitete. Laut Sherwoods Quellen hatte sie einen Auftritt als juristische Kommentatorin bei CNN abgelehnt, um sich weiterhin auf ihre Kreuzzüge gegen Waffenhersteller und Sexhändler konzentrieren zu können.

Aber solche Themen kümmerten Robert Sherwood nicht mehr. Er war schon weitergezogen. Es gab Millionen von AIDS-Opfern in Kenia, und Sherwood war keiner, der sich auf seinen Lorbeeren ausruhte.

»Brett Lawson, Leitung eins«, rief Olivia.

Sherwood verbrachte die folgenden fünfzehn Minuten im Gespräch mit dem Vater von Carissa Lawson, der Backgroundsängerin, die mit hohen Dosen Kokain und Oxycodon im Blut gestorben war. Trotz des Geschworenenurteils im Strafprozess, das Kendra van Wyck freigesprochen hatte, war Brett Lawson überzeugt, dass Kendra seine Tochter vergiftet hatte. Monate zuvor hatte Mr Lawson eine Klage wegen widerrechtlicher Tötung eingereicht und geschworen, Kendra van Wyck und alle ihre Unternehmen zu ruinieren. Er erinnerte die Welt daran, dass O. J. Simpson den Strafprozess gewonnen und den Zivilprozess verloren hatte. Der Beweisstandard war in Zivilprozessen anders. Brett Lawson würde nicht ruhen, bis der Gerechtigkeit Genüge getan war.

Aber jetzt war der Zivilprozess durch die Unfähigkeit des Promianwalts aus Los Angeles, der sich darum kümmerte, ins Stocken geraten. Robert Sherwood hatte ein paar seiner Beziehungen in der Unterhaltungsindustrie spielen lassen. So hatte man Brett Lawson überredet, den Geschäftsführer von Justice Inc. anzurufen.

»Ich habe genau den richtigen Anwalt für Sie«, versprach Sherwood. Dank Jasons trauriger Berühmtheit durch den Fall Crawford dauerte es nicht lange, bis er Mr Lawson überzeugt hatte, dass er besser dran war, wenn er den Anwalt wechselte. Jason Noble konnte diesen Fall im Schlaf gewinnen.

Sechzig Sekunden, nachdem Sherwood aufgelegt hatte, stand Olivia im Türrahmen, die Arme verschränkt. Sie wusste, warum Brett Lawson angerufen hatte.

»Und?«

Robert Sherwood sah auf und lächelte. Er zog eine Zigarre aus seiner Schreibtischschublade und zündete sie an.

»Das Spiel geht weiter«, sagte er.

Danke

Hier bekomme ich die Möglichkeit, den echten Charakteren zu danken, die die fiktionalen möglich gemacht haben. Weil ich meine gesamte Kreativität bis auf den letzten Rest in dieses Buch gesteckt habe, werde ich es recht einfach halten.

Fangen wir mit dem Verlagsteam an, das eindeutig an erster Stelle steht. Ich kann ehrlich sagen, dass es *Das Spiel* ohne Eure unermüdliche Unterstützung nicht gäbe.

Bei meinen Bemühungen um Ausgeglichenheit und Genauigkeit habe ich mich sehr auf Leser und Freunde gestützt. Mary Hartman und Michael Garnier haben hervorragende Arbeit geleistet, indem sie regionale und juristische Fakten prüften, während Jack Spitler und O.E. Burke, zwei der sachkundigsten Sportler und Waffenliebhaber, die ich kenne, mir Einblicke in die technischen Aspekte des Buchs verschafften.

Außerdem gilt mein Dank allen, die sich das Vorschauvideo angesehen und für das Urteil gestimmt haben, das jetzt in dieser Geschichte widergespiegelt wird. Ein besonderes Dankeschön geht an die Buchhändler in Hershey, Pennsylvania, die die Abstimmung eröffneten, und an die Anwälte und Richter des *James Kent American Inn of Court*, die sie abschlossen. Es wird Sie vielleicht interessieren, dass 63 Prozent der Wähler für das Urteil stimmten, das ich in mein Buch übernommen habe. 37 Prozent stimmten für das gegenteilige Ergebnis. Danke auch besonders an Mark Allen, der das Video produziert hat, und Debbie Lykins fürs Weitererzählen.

Wie in den meisten Romanen ist auch hier die Geschichte der Boss und ich habe nicht gezögert, mir literarische Freiheiten zu nehmen, wenn es förderlich war. Zum Beispiel werden die Bewohner von Virginia wissen, dass das *Purple Cow* inzwischen zugemacht hat. Aber *Purple Cow* war während ihrer Glanzzeit ein so authentisches und spaßiges Stück Virginia Beach, dass ich es für mein Buch noch eine Weile geöffnet gelassen habe. Na ja, andere Autoren erfinden ganze Städte. Genauso sollten Sie die Argumente der Anwälte und die Fakten rund um den Waffenprozess eher als grob fiktionale Betrachtungen sehen denn als Anspruch auf tatsächliche Wahrheiten.

Zusätzlich zu denen, die in direkter Weise zu diesem Buch beigetragen haben, gibt es viele andere, die es möglich gemacht haben, indem sie dem

Autor auf anderen Gebieten des Lebens gnädig waren. Die *Trinity Church* musste ein paar Predigten unter Nennwert ertragen. *Willcox & Savage* musste sich an den Gedanken gewöhnen, ein wandelndes Pulverfass von Schriftsteller an Bord zu haben. Und die Familie Singer musste diesen fiktionalen Charakteren fast sechs Monate lang erlauben, sich in unserem Haus niederzulassen und unsere Gespräche zu stören.

Kurz gesagt: Dieses Buch ist nicht das Produkt eines einzelnen und kein einsamer Versuch, literarische Genialität zu produzieren. Es ist das natürliche Ergebnis meiner Interaktionen mit Lesern, Verlagsmitarbeitern, Familie und Freunden. Das Gute darin ist auf das Zusammentreffen reicher und bunter Beziehungen, die Gott in mein Leben gestellt hat, zurückzuführen. Nicht einmal *Justice Inc.* könnte ein Preisschild daran kleben.

Glücklich, die das Recht bewahren, die Gerechtigkeit üben zu aller Zeit!
Psalm 106,3 (Elb.)

Über den Autor

Randy Singer ist ein von Kritikern gefeierter Autor und erfahrener Prozessanwalt. Er hat neun Justizthriller geschrieben, unter anderem seinen preisgekrönten Debütroman *Die Witwe*. Neben seiner juristischen Tätigkeit und dem Schreiben dient Randy als Pastor der *Trinity Church* in Virginia Beach im Bundesstaat Virginia. Er nennt es »eine Jekyll-und-Hyde-Sache« – teils Anwalt, teils Pastor. Außerdem lehrt er an der *Regent Law School*.

Er und seine Frau Rhonda leben in Virginia Beach. Sie haben zwei erwachsene Kinder. Schauen Sie auch im Internet unter www.randysinger.net vorbei.